한국 근대 척독서 연구

홍인숙

서간이 소통에 대한 인간의 원형적 욕망을 보여주는 텍스트라는 점에 끌려 고전문학의 다양한 서간 형태에 관심을 갖고 연구하고 있다. 주요 논문으로 「조선후기 여성 유서 연구 — 순절 열녀 신씨부의 한글 유서를 중심으로」, 「조선시대 한글 간찰(언간)의 여성주의적 가치에 대한 재고찰 시론」, 「언간을 통해 본 19세기 양반가의 일상과 문화 — 초계정씨 가문의 여성 한글 간찰을 중심으로」, 「서간을 통해 본 퇴계의 스승으로서의 면모와 그 의의 — 월천 조목에게 보낸 서간을 중심으로」 등이 있고, 지은 책으로 『누가 나의 슬픔을 놀아주랴 — 여성예술가 열전』, 『근대계몽기 여성 담론』, 『열녀×열녀, 여자는 어떻게 열녀가 되었나』 등이 있다. 이화여대 국문과에서 쭉 공부하고 학위를 받았다. 이화여대 강의전임 교수를 거쳐 현재 선문대학교 교양학부에 재직 중이다.

한국 근대 척독서 연구

한문 서간, 그 지적 욕망의 문화사

초판 1쇄 발행   2020년 7월 15일

지은이 | 홍인숙
펴낸곳 | (주)태학사
등록 | 제406-2020-000008호
주소 | 경기도 파주시 광인사길 217
전화 | 031-955-7580
전송 | 031-955-0910
전자우편 | thspub@daum.net
홈페이지 | www.thaehaksa.com

책임편집 | 조윤형
편집 | 최형필 김성천
디자인 | 이윤경 이보아
마케팅 | 안찬웅
경영지원 | 정충만
인쇄·제책 | 영신사

값 30,000원

ISBN 979-11-90727-01-3 94810
      979-11-90727-21-1 (세트)

이 도서의 국립중앙도서관 출판예정도서목록(CIP)은 서지정보유통지원시스템 홈페이지
(http://seoji.nl.go.kr)와 국가자료종합목록 구축시스템(http://kolis-net.nl.go.kr)에서 이용하실 수 있습니다.
(CIP제어번호 : CIP2020027534)

태학총서 53

한국
근대 척독서
연구

홍인숙 지음

한문 서간,
그 지적 욕망의
문화사

태학사

척독(尺牘)이라는 단어는 낯설다. 딱딱한 어감만큼 어렵게 느껴지기도 한다. 하지만 알고 나면 뜻은 쉽다. '한 자[尺]' 정도 되는 '짧은 편지[牘]', 그것이 척독이다. 이 책에서 다룬, 20세기 전반에 걸쳐 대량 출판된 '척독서(尺牘書)'는 한문으로 간단한 편지를 쓰게 도와주는 한문 서간 교본을 말한다.

내가 근대 척독서를 만나게 된 것은 이화여대 한국문화연구원에서 고서(古書) 해제 프로젝트 연구원으로 일할 때였다. 학교 고서실(古書室)에 있던 낡은 책들을 정리하고 해제를 의뢰하면서 고서 실물을 가까이 대할 수 있는 귀한 시간이었다. 그런데 그중에 고서에는 끼이지도 못하고, 준고서(準古書) 자격도 될까 말까 한 어정쩡한 누런 책들이 제법 많다는 것을 알게 되었다. 나름 한문학을 전공했는데, 한문이 거의 사라지는 시기인 줄 알았던 20세기에 이런 책들이 굉장히 많이 나왔다는 것이 신기했다. 이런 책들이 '한문 편지 쓰기를 도와주는 책'임을 알고 나서는 좀 더 관심이 갔다. 국문인 한글의 가치가 높아지고 언문일치의 방식을 고민하는 시대인 줄만 알았던 20세기에도 사람들이 한문 서간을 쓰고 싶어 했다는 점, 필부필부(匹夫匹婦)들이 기꺼이 돈을 내고 책을 사 보면서까지 한문 편지 쓰는 법을 배우려 했다는 점이 놀라웠다.

그런데 막상 공부를 시작하니 전혀 다른 면에서 또 한 번 놀라게 되었다. 이 근대 척독 자료가 '제대로 된 자료'가 아니라는 시선 때문이었다. 주변의 평가는 대체로 '공부할 만한 게 아니다'라는 시선이었다. 학문적인 관점(?)에서 소위 '취급을 못 받는' 자료였던 것이다. '왜?'라는 오기가 생겼다. 아무것도 아는 것은 없었지만, 오기를 지속할 수 있게 뒷심이 되어준 것은 이 책들이 '많다'는 것이었다. 이렇게 많은 책이 세상에 나오고 그만큼 팔려나갔다는 것은 그 속에 사람들의 '욕망'이 있었다는 뜻이기 때문이다. 그 의미를 읽어내고 싶었다.

척독 공부를 시작하면서 주변 선생님들께 많은 도움을 얻었다. 한국고전연구학회에서 월례 콜로퀴움으로 첫 발표를 함께해주신 김수경 선생님, 귀한 자료를 선뜻 빌려주신 박해남 선생님, 뜬금없는 연락과 질문에 쾌히 응해주신 김동준 선생님, 구자황 선생님, 문혜윤 선생님께 감사드린다. 2011년 한국연구재단에서 2년짜리 신진연구과제에 선정되어 현실적인 지원을 받은 덕분에 척독서들을 직접 구입하기도 하고 자료를 마음껏 입수할 수도 있었다. 목록을 만들고 자료 정리를 도와준 박혜인 선생님에게도 고마움을 전한다. 국립중앙도서관, 규장각, 한양대, 서강대 등에 척독서 자료를 열람하러, 또 복사하러 찾아갔던 길들이 드문드문 생각난다. 그때 척독서들의 규모를 보면서 혼자 감당하기 벅찬 크기라는 생각을 했는데, 최근 척독 관련 합동연구 프로젝트가 시작되었다고 들었다. 함께 가는 연구를 기대하게 된다. 무슨 연구를 한다 해도 그거 괜찮겠다고, 한번 해보라고 북돋워준 두 분 선배에게 감사한 마음을 잊을 수 없다. 김경미 선생님과 조혜란 선생님이다.

　여러 도움과 지원 속에 운 좋게 진행할 수 있었던 이 연구의 결과물은 이렇게 묶여 있다. 먼저 1부는 근대 척독서의 시초라고 할 수 있는 김우균의 『척독완편』에 대한 연구이고, 2부는 근대 척독의 대유행기였던 1920~30년대를 중심으로 시대적 배경과 함께 중요한 개별 척독서 세 권을 살펴본 각론이다. 3부는 이러한 근대 척독의 문화사적 의미를 찾고자 한 연구들을 묶어놓은 것이다.

　근대 척독서는 형식적이고 상투적인 문구들이 담겨 있는 책이지만, 이 책을 사 보는 사람들에게 소통의 도구, 사회적 교류의 수단이 되었을 것이다. 어찌 보면 자기 언어가 부족한 사람들에게 글을 쓸 수 있게 도와주는 책, 사회적으로 체면을 차릴 수 있게 도와주는 책이기도 했을 것이다. 그런 점에서 근대 척독은 쓸데없는 자료, 보잘것없는 책이 아니라 사람들의 삶의 애환을 담고자 한 소중하고 의미 있는 자료이다.

　연구자에겐 의미가 있지만 이런 궁벽한 연구를 모아놓은 학술서 출판은 출판사 쪽에서는 쉽지 않은 일일 것이다. 연구 대상인 책들은 시대의 베스트셀러였는데 몇백 부도 팔리기 어려운 책을 내려니 저자로서 작아지는 기분도 든다. 그래도 학술 출판의 의의를 혜량해주시는 태학사 같은 출판사가 있다는 사실은 진심으로 감사한 일이다. 수고로운 연락에도 늘 유쾌하게 대해주신 안찬웅 부장님께 특히 감사한 마음을 전한다. 책 만드는 과정에서 조윤형 실장님께 큰 신세를 졌다. 허술한 부분을 꼼꼼하게 짚어내주신 것은 물론, 내용과 형식 면에서 두루 동의하지 않을 수 없는 많은 의견을 주셨다. 감사하다는 말이 부족할 정도이다.

　바쁜 사위, 지방에 통학하며 수업 준비에 논문 쓴다고 허둥거리는 딸,

부모님 보시기에 늘 모자라 보이고 걱정스러우셨을 것이다. 외손녀 거두어 먹이시고 딸 내외까지 곁에서 보살펴주신 부모님께 이 책을 드리고 싶다. 엄마보다 할머니 손길에서 더 많이 자란 딸이 나중에 할머니의 쪽지 편지들을 기억할지 모르겠다. 남보다 조금이나마 속 깊은 아이로 자란다면 그것은 모두 이분들 덕택이다.

2020년 6월
홍인숙

차례

서문   5

김우균의 『척독완편』,
근대 한문 서간 교본의 유행을 알리다

1. 근대 척독집 최초의 베스트셀러, 김우균의 『척독완편』   15
1) 근대 시기, 척독집 유행이라는 특이 현상   15
2) 근대 척독집의 대표 저작   25
3) 근대 한문 편지 교본으로서의 의의   37

2. 『척독완편』의 편찬 과정, 그리고 김우균의 편저자 위상 변화   41
1) 여러 판본들, 그리고 다양한 서발문의 존재   41
2) 판본별 서발문 상황   45
3) 서발문을 통해 본 편찬 과정과 편찬 주체   49
4) 서발문에 나타난 척독 인식   59

1920~30년대, 근대 척독서의 대유행

2부

1. 1920~30년대를 풍미한 '편지 예문집류 척독집'   71

   1) 편지 예문을 보여주는 척독 교본   71

   2) 자료 현황   74

   3) 전형적 양상   78

   4) 변이형과 그 양상   86

   5) 존재와 그 의미   101

2. 근대 척독집에 실린 여성 서간   117

   1) 여성 서간문의 존재   117

   2) 여성 서간의 자료 상황   120

   3) 여성 서간에 반영된 젠더 의식의 양상과 그 의미   126

   4) 한문 서간의 주체로 여성을 상정한다는 것   141
      - 상상된 여성 주체, 상상된 여성 글쓰기

3. 근대 척독집의 새로운 시도 1   144
   -『신체미문 시문편지투』

   1) 새로운 척독 교본의 등장   144

   2) 기본 자료 양상   145

   3) 근대 척독집으로서의 특이성   155

   4) '청년다움'에 대한 규범을 제시하는 '독본'적 성격   165

   5) 근대 척독집 스펙트럼의 확장과 변천   173

4. 근대 척독집의 새로운 시도 2   175
   - 이종국의『무쌍주해 보통신식척독』

   1) 상호모방성을 벗어난 독자적이고 성찰적인 척독 교본의 등장   175

   2) 저자, 서지사항 및 편집체제   178

   3) 문체적 특징   181

   4) 내용적 특징   185

   5) 가치와 의의   205

3부

근대 대중은 왜 '한문 서간'이라는 교양을 욕망했나

1. 1900~50년대 근대 척독집의 시대별 변화   211

   1) 근대 한문 서간의 대중 교재, '척독 교본'   211
   2) 시대별 주요 근대 척독집의 저자 및 체제 구성   214
   3) 시대별 흐름에 따른 근대 척독집의 변화 양상   228
   4) 척독 교본의 시대별 특징과 의의   236
     *근대 척독집 목록   238

2. 척독 교본의 문화적 의미, '옛 것(舊學)/당대성(時務)'의 이중적 효용   244

   1) 소비재로서의 지식 – 근대의 '한문 편지 쓰기'라는 능력   244
   2) 장르적 본질, '구(舊)/시(時)'의 긴장과 공존   249
   3) '옛 전통(舊)' 지속의 차원   254
   4) '시대성(時)' 반영의 차원   266
   5) '구(舊)/시(時)', 이중적 효용과 근대 한문학사적 의미   279

3. 근대 척독 교본에 담긴 '한문 교양'에 대한 대중들의 욕망과 '쓰기' 리터러시   281

   1) 한문이라는 '중세 상층 교양'에 대한 '근대 대중'의 욕망   281
   2) 20세기 한문 서간 쓰기 책의 대중적 유행이라는 현상   283
   3) '척독 유용론'을 통해 본 당대 '한문 교양'의 상황   289
   4) '한문 교양'의 대중화의 의미   303
     – '서간-글쓰기' 능력에 방점을 둔 한문의 '대중 교양'화

참고문헌   306
부록 – 척독론 관련 원문 및 번역문   319

1부

김우균의 『척독완편』,
근대 한문 서간 교본의 유행을 알리다

1. 근대 척독집 최초의 베스트셀러, 김우균의 『척독완편』

1) 근대 시기, 척독집 유행이라는 특이 현상

척독집 혹은 척독 교본은 근대적 활자 기술의 발달로 새로운 시대를 맞이한 출판 시장에서도 매우 활발하게 유통되었던 실용서 종류의 책이었다. 대략 30~40종에 달하는 근대 척독집은 대부분 2판 이상이 팔렸으며, 출판사나 저자명을 달리하여 재출간을 하는 경우가 많았다. 근대 출판물 중에서 척독집의 공급과 수요가 이렇게 많았다는 사실은 그 자체만으로도 이 자료군의 존재에 대한 적극적인 해명을 요청하는 지점이다. 이는 조선이라는 봉건 왕조의 마지막 시기에 한문의 전통이 어떻게 변화해갔는지 알게 해주는 열쇠일 수도 있고, 한문 글쓰기에 대한 대중들의 기호를 파악하게 해주는 실마리일 수도 있다. 나아가 당대 대중들의 문화적 취향과 기호, 전통과 근대 문명의 공존 등과 같은, 한국의 '근대'라는 시기를 새롭게 조망하게 해주는 문제 제기의 지점을 다양하게 내포한 흥미로운 자료이기도 하다.

그러나 근대 척독집은 상투적인 투식구(套式句)와 문장 규범을 제시하는 교본이라는 점 때문에 그 가치가 다소 낮게 평가되면서 본격적인 연구의 중심에서 벗어나 있었다. 거의 순 한문에 가까운 자료 상태 역시 연구를 더디게 하는 큰 요소로 작용했다. 그러한 이유로 근대 척독에 대한 관심이 연구자들에 의해 비로소 조금씩 표명되기 시작한 것은 최근 들어서의 일이다.[1] 따라서 이 글에서는 근대 척독 교본 자료군에 대한 전반적인 개관과 함께, 가장 자주 언급되는 대표적인 근대 척독집을 중심으로 지은이와 서지사항, 책의 체제와 특징을 밝히는 데 그 목표를 두고자 한다.

'척독(尺牘)'이라는 용어는 1척 즉 '한 자[尺]'의 종이에 쓸 정도로 짧은 '편지[牘]'라는 뜻으로, 조선 후기 문예미학을 대표하는 박지원, 이덕무 등이 소품문으로 즐겨 썼던 서간 장르였다. 그러나 편지 쓰기 교본의 성격을 갖고 있는 근대 척독집은 문예적 소품문인 조선 후기 척독과는 거의 연관 관계가 없으며, 오히려 그 직접적인 연원은 『간식유편(簡式類編)』, 『한훤차록(寒暄箚錄)』, 『간독정요(簡牘精要)』와 같은 조선 후기 한문 간찰 교본이다. 즉 근대 척독집은 한문을 배우기 시작한 초학자나 스스로 문장을 짓는 정도에 이르지는 못한 이들에게 한문 편지를 혼자서 쓸 수 있게 해주려는 목적으로 간행되었던 조선 후기 간찰 교본들의 뒤를 잇는 자료인 것이다.[2]

---

1 천정환, 「4장 글쓰기와 연애편지의 시대−삶의 새로운 양식으로서의 글쓰기」, 『근대의 책읽기』, 푸른역사, 2004; 권용선, 「4장 편지, 일상의 재편과 '서간체'의 활용」, 『근대적 글쓰기의 탄생과 문학의 외부』, 한국학술정보, 2007; 박대현, 『한문서찰(漢文書札)의 격식(格式)과 용어(用語) 연구』, 영남대학교 박사학위논문, 2009.

2 이는 다음 연구를 참고할 수 있다. 김효경, 「18세기 간찰교본 간식유편(簡式類編) 연구」, 『규장각(奎章閣)』 9집, 2003; 류준경, 「방각본(坊刻本) 간찰교본(簡札敎本) 연구(研究)」, 『한문고전연구(漢文古典硏究)』 18, 2009; 박철상, 「『동관지록(童觀識錄)』을 통해 본 조선후기 간찰투식집 고찰」, 『대동한문학』 36, 대동한문학회, 2012.

근대 척독 교본이 '간찰(簡札)', '간독(簡牘)', '서한(書翰)' 등의 다른 용어들을 제쳐두고 굳이 '척독(尺牘)'이라는 용어를 주로 택한 이유는 정확히 알 수 없다. 다만 척독이 원래 '길이상 짧은 편지'를 지칭해왔다는 점, 간찰이나 서한 등에 비해 일반적으로 덜 사용되는 용어라는 점으로 그 단어 선택의 배경을 미루어 짐작할 수는 있다. 즉 척독이라는 용어는 본격적인 의론을 펼치거나 특별한 정회를 전하는 격식 높은 한문 편지가 아니라 교본에서 가르칠 수 있는 정도의 '양식적인 짧은 한문 편지'라는 뜻과 함께, 편지를 가리키는 다른 용어들에 비해 다소 어려운 어감의 단어를 선호하는 한문 사용자층 특유의 취향이 반영된 결과로 이해할 수 있는 것이다.

그렇다면 근대 시기 출간된 척독집들의 실제 목록을 살펴보자. 다음은 근대 척독집 목록을 연도별로 정리한 것이다.[3]

(1) 김우균(金雨均)·최성학(崔性學), 『척독완편(尺牘完編)』, 박문사(博文社), (1899)/1905/1908/1912/1916/1937.

(2) 이정환(李鼎煥), 『국문구해(國文句解) 신찬척독(新撰尺牘)』, 대창서원(大昌書院), 1905; 『선문구해(鮮文句解) 신찬척독(新撰尺牘)』, 대창서원(大昌書院), 1913.

(3) 유일서관(唯一書館) 편, 남궁준(南宮濬), 『증보척독(增補尺牘)』, 유일서관(唯一書館), 1910.

(4) 안태영(安泰瑩), 『비문척독(備門尺牘)』, 광덕서관(廣德書館), 1910.

(5) 남궁준(南宮濬), 『증보(增補) 최신척독(最新尺牘)』, 유일서관(唯一書

---

3 이 목록은 박대현, 위 논문, 45~46쪽의 목록을 보완, 수정한 것이며, 주된 자료 검색 경로는 '한국역사정보통합시스템'과 각 대학 도서관 사이트이다.

館), 1911.

(6) 광동서국(光東書局) 편집부 편, 『개정증보(改正增補) 일선비문척독(日鮮備門尺牘)』, 광동서국(光東書局), 1913.

(7) 백윤규(白潤珪), 『정선척독(精選尺牘)』, 운림서원(雲林書院), 1913.

(8) 유일서관(唯一書館) 편집부, 『신정(新訂) 척독전서(尺牘全書)』, 유일서관(唯一書館), 1913.

(9) 구희서(具羲書), 『해동명가척독(海東名家尺牘)』, 광동서국(光東書局), 1914.

(10) 정운복(鄭雲復), 『독습(獨習) 일선척독(日鮮尺牘)』, 일한서방(日韓書房), 1915.

(11) 지송욱(池松旭), 『신편(新編) 척독대방(尺牘大方)』, 신구서림(新舊書林), 1915/1916.

(12) 작자 미상, 『여행필휴(旅行必攜) 회중척독(懷中尺牘)』, 한국도서주식회사, 1916.

(13) 현공렴(玄公廉), 『일선척독대전(日鮮尺牘大全)』, 보급서관(普及書館), 1917; 대창서원(大昌書院), 1923.

(14) 박문서관(博文書館) 편집부, 『근세(近世) 신편척독(新編尺牘)』, 박문서관(博文書館), 1917.

(15) 김우균(金雨均), 『문명척독(文明尺牘)』, 간행지(刊行地) 불명, 1917.

(16) 현채(玄采), 『척독대성(尺牘大成)』, 대창서원(大昌書院), 1917/1919.

(17) 작자 미상, 『비주(備註) 시행간독(時行簡牘)』, 조선도서주식회사(朝鮮圖書株式會社), 1918.

(18) 노익형(盧益亨), 『비음주해(備音註解) 시체척독(時體尺牘)』, 박문서관(博文書館), 1919.

(19) 노익형(盧益亨), 『주해부음(註解附音) 신식척독(新式尺牘)』, 박문서

관(博文書館), 1920.

(20) 곽찬(郭瓚), 『문자주해(文字註解) 고등척독(高等尺牘)』, 보문관(寶文館), 1921.

(21) 김동진(金東縉), 『주해부음(註解附音) 척독대감(尺牘大鑑)』, 덕흥서림(德興書林), 1921.

(22) 조남희(趙男熙), 『신식(新式) 비문척독(備門尺牘)』, 동양서원(東洋書院), 1921/1926.

(23) 김우균(金雨均), 『회책화계(悔責花界) 진명척독(進明尺牘)』, 신구서림(新舊書林), 1922.

(24) 강의영(姜義永), 『실용주해(實用註解) 신식보통척독(新式普通尺牘)』, 영창서관(永昌書館), 1922.

(25) 고유상(高裕相), 『최신(最新) 척독대관(尺牘大觀)』, 회동서관(匯東書館), 1923.

(26) 김우균(金雨均), 『현토구해(懸吐句解) 척독합벽(尺牘合璧)』, 신구서림(新舊書林), 1923.

(27) 지송욱(池松旭), 『부음주석(附音註釋) 신식금옥척독(新式金玉尺牘)』, 신구서림(新舊書林), 1923.

(28) 고유상(高裕相), 『부음주해(附音註解) 최신신척독(最新新尺牘)』, 회동서관(滙東書舘), 1923.

(29) 이종정(李鍾楨), 『석자부음(釋字附音) 최신금옥척독(最新金玉尺牘)』, 광동서국(光東書局), 1925.

(30) 강은형(姜殷馨), 『부음주해(附音註解) 신식유행척독(新式流行尺牘)』, 대성서림(大成書林), 1925.

(31) 조남희(趙男熙), 『신식(新式) 비문척독(備門尺牘)』, 간행지 불명, 1925.

(32) 한흥교(韓興敎), 『척독대방(尺牘大方)』, 경성서적공동출판사(京城

書籍共同出版社), 1925/1927.

(33) 김동진(金東縉), 『증주부음(增註附音) 유행금옥척독(流行金玉尺牘)』, 덕흥서림(德興書林), 1926.

(34) 작자 미상, 『수세척독(酬世尺牘)』, 조선도서주식회사(朝鮮圖書株式會社), 1926.

(35) 이면우(李冕宇), 『주해부음(註解附音) 최신문명척독(最新文明尺牘)』, 영창서관(永昌書館), 1927.

(36) 지송욱(池松旭), 『부음주석(附音註釋) 신식금옥척독(新式金玉尺牘)』, 대동인쇄사(大同印刷社), 1927/1929.

(37) 지송욱(池松旭), 『신식(新式) 금옥척독(金玉尺牘)』, 신구서림(新舊書林), 1927.

(38) 강의영(姜義永), 『증보유행(增補流行) 신식보통척독(新式普通尺牘)』, 영창서관(永昌書館), 1927.

(39) 강의영(姜義永), 『최신무쌍(最新無雙) 일용대간독(日用大簡牘)』, 간행지 불명, 1928.

(40) 강의영(姜義永), 『주해부음(註解附音) 무쌍금옥척독(無雙金玉尺牘)』, 영창서관(永昌書館), 1928.

(41) 임남일(林南日), 『주해부음(註解附音) 신식간독편람(新式簡牘便覽)』, 태화서관(太華書館), 1928.

(42) 광한서림(廣韓書林) 편집부, 편찬(編纂), 『석자부음(釋字附音) 최신금옥척독(最新金玉尺牘)』, 광한서림(廣韓書林), 삼문사(三文社), 1929.

(43) 김동진(金東縉), 『무쌍주해(無雙註解) 보통신식척독(普通新式尺牘)』, 덕흥서림(德興書林), 1930.

(44) 윤용섭(尹用燮), 『가정실용 반초언문척독』, 세창서관(世昌書館), 1931.

(45) 강의영(姜義永), 『주해부음(註解附音) 무쌍금옥척독(無雙金玉尺牘)』,

영창서관(永昌書館), 1932.

(46) 고병교(高丙敎), 『대증보(大增補) 무쌍금옥척독(無雙金玉尺牘)』, 회동서관(滙東書館), 1933.

(47) 이철응(李哲應), 『부음주해(附音註解) 신식청년척독(新式青年尺牘)』, 화광서림(和光書林), 1933.

(48) 신태삼(申泰三), 『주해부음(註解附音) 모범금옥척독(模範金玉尺牘)』, 세창서관(世昌書館), 1934.

(49) 김동진(金東縉), 『증주부음(增註附音) 유행금옥척독(流行金玉尺牘)』, 덕흥서림(德興書林), 1934.

(50) 이종국(李鍾國), 『증보부음(增補附音) 유행금옥척독(流行金玉尺牘)』, 덕흥서림(德興書林), 1934.

(51) 작자 미상, 『주해부음(註解附音) 모범금옥척독(模範金玉尺牘)』, 세창서관(世昌書館), 1934.

(52) 강은형(姜殷馨), 『주해부음(註解附音) 신식대성간독(新式大成簡牘)』, 대성서림(大成書林), 1934.

(53) 강범형(姜範馨), 『주해부음(註解附音) 특별금옥척독(特別金玉尺牘)』, 화광서림(和光書林), 1936.

(54) 이종수(李宗壽), 『대증보(大增補) 무쌍금옥척독(無雙金玉尺牘)』, 성문당서점(盛文堂書店), 1936.

(55) 이종수(李宗壽), 『보통유행(普通流行) 성문척독(成文尺牘)』, 성문당서점(盛文堂書店), 1936.

(56) 고경상(高敬相), 『두주부음(頭註附音) 무쌍대금옥척독(無雙大金玉尺牘)』, 삼문사(三文社), 1937.

(57) 고경상(高敬相), 『부음주해(附音註解) 신식유명척독(新式有名尺牘)』, 삼문사(三文社), 1937.

(58) 고경상(高敬相), 『신식유행(新式流行) 보통척독(普通尺牘)』, 회동서
관(滙東書舘), 1937.

(59) 강남형(姜南馨), 『주해부음(註解附音) 무쌍금옥척독(無雙金玉尺牘)』,
영창서관(永昌書舘), 1946.

(60) 김동진(金東縉), 『현대미문(現代美文) 청년학생척독(靑年學生尺牘)』,
덕흥서림(德興書林), 1946

(61) 김동진(金東縉), 『이십세기(二十世紀) 영웅척독(英雄尺牘)』, 간행지
불명, 간행년 불명.

(62) 신길구(申佶求), 『최신무쌍(最新無雙) 일용대간독(日用大簡牘)』, 영
창서관(永昌書舘), 간행년 불명.

(63) 박준표(朴埈杓), 『청년실용(靑年實用) 무쌍신식간독(無雙新式簡牘)』,
간행지 불명, 간행년 불명.

위 목록에서 알 수 있듯이 근대 척독집은 1900년대에 출판되기 시작하
여 1920~30년대까지 활발하게 소비, 유통되었다. 전반적인 자료 상황을
볼 때 1900년대의 척독집은 주로 제목에 '완편(完編)', '비문(備門)', '대성
(大成)', '대방(大方)' 등의 단어를 붙여서 한문 편지의 다양한 격식과 체제
를 분류별로 완비하고 있음을 전달하고 있으며, '신정(新訂)', '신찬(新撰)',
'신편(新編)', '신식(新式)' 등의 조어를 자주 사용하는 것으로 보아 기존
판본을 재판하거나 보완하여 출판하는 경우가 많았음을 알 수 있다.
1910년 이후에는 한일합병의 영향으로 국한문에 일어를 병기한 '일선(日
鮮)'이라는 제목을 단 척독집이 등장하기도 했다. 1920년대에는 '금옥척
독(金玉尺牘)'이라는 말이 유행할 만큼 척독 체제를 배우는 일이 아주 귀
하고 유익한 일이었음을 강조했으며, 1920년대 중반부터는 '석자(釋字)',
'구해(句解)', '부음(附音)', '비음(備音)'이라는 단어에서 알 수 있듯이 글자

나 단어, 구절을 풀어 해석해주는 방식, 본문의 모든 한자에 한글 독음을 달아주는 방식이 유행했다. 시기가 뒤로 갈수록 척독집 전반에 글 전체의 독음 부기 경향이 보편화되었다는 점, 목차에서의 편지 분류가 점차 단순화, 간편화되는 경향을 보였다는 점, 한글 표기의 비중이 점점 커졌다는 점 등을 볼 때, 한문 서간에 대한 독자들의 접근성을 더욱 높이는 방식으로 변화해갔음을 알 수 있다.

척독 교본의 주요 작자층은 대부분 한문 지식을 갖춘 중인이거나 지체가 낮은 양반 계층이었을 것으로 짐작된다. 근대 저술가로 활발하게 활동했던 중인 지식인인 현채(玄采), 현공렴(玄公廉) 부자의 이름을 각기 (13)과 (16)의 목록에서 확인할 수 있다. 또한 척독 작자층 중 서점 운영자가 많았다는 사실도 주목할 만하다. (1), (15), (23), (26)의 편저자인 김우균(金雨均)은 '동문서림(同文書林)'을, (11), (27), (36), (37)의 편저자인 지송욱(池松旭)은 '신구서림(新舊書林)'을 운영했고, (24), (38), (39), (40), (45)의 편저자인 강의영(姜義永)은 '영창서관(永昌書館)', (21), (33), (41), (49), (60), (61)의 편저자인 김동진(金東縉)은 '덕흥서림(德興書林)'의 주인이었다.

이 중 신문 광고에서 가장 많이 발견되고 판본의 다양성 면이나 현존하는 책수(冊數) 면에서 압도적인 다수를 차지하는 것은 단연 (1) 김우균(金雨均)의 『척독완편(尺牘完編)』이다.[4] 당시 『대한매일신보』에 광고된

---

4 『척독완편(尺牘完編)』의 책 광고는 『황성신문(皇城新聞)』, 『대한매일신보(大韓每日申報)』, 『신한국보(新韓國報)』, 『국민보(國民報)』 등에 실려 있다. 『皇城新聞』, 1906. 3. 15; 3. 21; 8. 22~25; 8. 27~31; 9. 1; 9. 3; 9. 5~8; 9. 10~15; 9. 17~22; 9. 24~25 / 『大韓每日申報』, 1908. 12. 1 / 『皇城新聞』, 1909. 11. 23~28; 11. 30~12. 5; 12. 7~10; 12. 12(이 광고에서는 저자가 '朴晶東'으로 되어 있으나 오기인 듯하다). / 「新書籍發售廣告」, 『新韓國報』, 1909. 9. 14~28; 1910. 2. 22; 6. 14. / 「書冊大發賣」, 『皇城新聞』, 1910. 4. 5; 4. 7; 4. 9; 4. 12; 4. 14; 4. 16; 4. 19~23; 4. 26~5. 1; 5. 3. / 「表柳商店廣告」, 『國民報』, 1914. 1. 24~8. 1.

이 책의 홍보 문구는 다음과 같다.

지금 형세가 새롭게 바뀌고 상황이 극히 바쁜 시대에 즈음하여 우리도 세상에
따라 사귐을 논하는 도(道)가 날로 커지고 많아지니 척독을 읽지 않을 수 없다.
본 척독은 이미 세상에 간행되어 강호(江湖)의 호평을 널리 받은바, 지금 국한문
으로 새로 편찬하고 증보하여 신구(新舊) 척독의 우두머리가 되며, 또 근일 신법
령의 긴요한 것을 종류별로 모아 편집해 붙였사오니 일반 인사들은 책상머리에
필히 갖춰야 할 훌륭한 책이다.[5]

그러면 위와 같이 『대한매일신보』에서 "안두(案頭)에 필비(必備)홀 호
서(好書)" 즉 "책상머리에 필히 갖춰야 할 훌륭한 책"이라고 광고되었던
이 책은 얼마나 팔렸을까. 이를 알 수 있는 대목은 김우균의 또 다른
척독 교본인 『문명척독(文明尺牘)』 서문의 한 구절에서 확인된다.

몇 년 사이에 인쇄가 무릇 여섯 번이요, 삼만여 질에 달하여 조용히 이 지역에
다 깔려 있었다. …… 벗들이 '완편(完編)'의 일곱 번째 인쇄를 거듭 청하는 고로……[6]

『문명척독』이라는 책에서 김우균이 말하고 있는 위와 같은 진술은 자
신의 전작인 『척독완편』의 인기를 다소 과장하는 어조일 수 있다. 그러

---

5 "今此局勢가 維新ᄒ고 事爲가 繁劇혼 時代에 際ᄒ야 吾人도 論交酬世의 道가 日廣日
多홈이 尺牘을 不可不讀이라 本尺牘은 已爲刊行于世ᄒ야 江湖의 好評을 博得ᄒ온바
今에 國漢文으로 新編增補ᄒ야 新舊尺牘에 牛耳가 되며 且近日 新法令의 緊要혼 者
를 類聚附輯ᄒ얏ᄉ오니 一般 人士ᄂ 案頭에 必備홀 好書이오." 『大韓每日申報』, 1908.
12. 1.
6 "幾年의 間에 翻印이 凡六度오 三萬有餘帙에 達ᄒ야 居然이 域內에 衣被혼지라……
坊友가 完編의 第七度印布홈을 苦請ᄒᄂ 故로……." 金雨均, 「文明尺牘叙言」, 『文明尺
牘』, 1917.

나 최소 '여섯 번의 재판(再版)'을 찍었고 '3만여 질'의 판매량을 기록했다는 표현에서 『척독완편』이 상당히 많이 팔리는 책이었음을 알 수 있다.

2) 근대 척독집의 대표 저작

(1) 저자

『척독완편』의 저자 김우균(金雨均, 1874~미상)의 기본적인 생애 정보를 제공해주는 것은 『대한제국관원이력서』와 1905년판 『척독완편』 서문 뒤에 편집에 관여한 인물들을 소개하고 있는 '동학편집제씨(同學編輯諸氏)' 기사이다. 이 두 기록에 따르면, 김우균은 본관은 김해이며, 자는 경부(景傅), 호는 춘포(春圃)로, 군수를 지낸 부친 김성진(金聲振)과 천녕현씨(川寧玄氏) 사이에서 태어났다. 『일성록(日省錄)』에 기재되어 있는 관직 기록에 따르면, 김우균은 26세인 1899년 9월부터 평리원에서 주사로 근무했고[7] 이후 법부와 한성재판소에서 또 주사를 지낸 뒤,[8] 35세가 된 1908년에는 울산재판소 판사(判事)에 임명되었다.[9] 그는 또한 기호흥학회 회원으로 가입하기도 했으며,[10] 1910년에는 '동문서림(同文書林)'이라는 출판사의 주인으로 직접 경영에 나서기도 했다.[11]

---

7 『日省錄』, 광무 3년(1899) 8월 29일자, 9월 5일자, 12월 28일자.

8 "陞敍判任五等法部主事 金雨均 該部以其勤勞陞敍也." 『日省錄』, 광무 4년(1900) 8월 10일자; "免漢城裁判所主事趙命熙 以金雨均任漢城裁判所主事." 『日省錄』, 광무 5년(1901) 7월 8일자.

9 "金雨均補蔚山區裁判所判事." 「裁下法部補職奏」, 『日省錄』, 융희 2년(1908) 12월 18일자.

10 「本會記事」, 『畿湖興學會月報』 창간호, 1908. 8. 25.

11 "本人이 靑年學生界에 智識開發ᄒ기 爲ᄒ야 東西洋各新敎科書를 多數綱羅ᄒ야 編緝發行인온바 今番學生의 臨時窘急을 自擔ᄒ옵고 至精至美ᄒ 各新敎科三四百種과 希貴ᄒ 古書를 鳩聚ᄒ야 大發售이온바 位置ᄂ 京城南部銅峴四巨里東邊第三│五統八戶이

김우균에 대한 또 다른 정보를 얻을 수 있는 경로는 『척독완편』의 서문과 발문이다. 『척독완편』에는 여러 편의 서문이 붙어 있는데 그중 스스로 쓴 서문인 「자서(自序)」에서 그는 자신을 어려서부터 경전과 한학을 오래 공부한 인물로 소개하고 있다.[12] 또한 이 책을 펴내는 과정을 담은 고응원(高應源)의 발문에 따르면 이들은 연농(研農) 최성학(崔性學)을 스승으로 모시고 공부하는 그룹의 일원이었다.[13] 김우균이 사사한 스승으로 소개되고 있는 최성학은 고종 1년인 1864년 증광시(增廣試) 역과(譯科)에 합격한 역관 출신의 인물이다.

이상의 사실들을 종합하여 김우균의 출신과 배경을 정리하면 다음과 같다. 첫째, 그가 중인인 최성학의 제자 그룹에 속했다는 점과 그의 어머니가 대표적인 중인 가문인 천녕현씨 출신이라는 점으로 미루어볼 때, 그는 계실이나 후취 소생의 한미한 양반 출신일 가능성이 높으며, 주로 중인 지식인들과 주요한 친분 관계를 맺고 있었다는 것이다. 둘째, 그는 원래 한학과 경전에 근거한 전통적인 학문 배경을 가지고 있었지만, 근대 문물에 대한 관심과 근대적인 사회 변화에 민감한 촉수를 가지고 그에 대처할 만한 능력을 가진 인물이었던 것으로 보인다. 1908년 서울, 경기 지역의 계몽운동단체인 '기호흥학회(畿湖興學會)'에 회원으로 가입했던 사실이나, 1910년경 직접 서점 운영에 뛰어들었던 일 등은 그러한

온딘 名稱은 同文書林이라 ᄒᆞ오니 十三道僉君子ᄂᆞ 陸續來購ᄒᆞ심을 望ᄒᆞᆷ 請求多小를 隨ᄒᆞ야 特別割引도 有ᄒᆞ옵고 或千里跋涉에 勞을 不量ᄒᆞ시고 引換代金小包로도 請求ᄒᆞ시면 本書林에서 即爲酬應ᄒᆞᆷ 屢百種書目은 揭布키 難ᄒᆞ와 摘要布告ᄒᆞᆷ…… 同文書林主金雨均." 「書册大發賣」, 『皇城新聞』, 1910. 4. 5.~5. 3.

12 "余自弱冠, 熏炙乎經籍之藪, 埋沒於蠹魚之叢, 始焉不知量而貪多務得, 末乃望洋知醜而會神於約." 金雨均, 「自序」, 『增補字典尺牘完編』, 1916.

13 "尺牘一書, 乃研農師弟, 爲初學而編輯也. …… 於是金君雨均, 念傳鉢之恩, 慨然以付梓爲己, 任歷三處, 擇其刊而不憚勞費." 高應源, 「尺牘完編跋」, 『尺牘完編』, 同文書林, 1904.

해석을 가능하게 해주는 지점이다.

김우균이 편저 및 번역한 책으로 확인되는 것은 다음 총 6종이다.

① 『척독완편(尺牘完編)』, 박문사(博文社), 1899/1905/1908/1912/1916/1937.

② 『경제원론(經濟原論)』, 일한도서인쇄주식회사(日韓圖書印刷株式會社), 1907.

③ 『문명척독(文明尺牘)』, 간행지 불명, 1917.

④ 『묵지홍보(墨池鴻寶)』, 동문서림(同文書林), 1918.

⑤ 『진명척독(進明尺牘)』, 신구서림(新舊書林), 1922.

⑥ 『현토구해(懸吐句解) 척독합벽(尺牘合璧)』, 신구서림(新舊書林), 1923.

위 목록 중 ① 『척독완편』은 초기 판본과 후기 판본의 저자가 다르게 기입되어 있어 흥미롭다. 초기 판본인 1905년본에는 저자가 김우균과 그 스승인 최성학, 두 사람이 공저한 것으로 되어 있으나, 후기 판본에는 김우균의 단독 저서로 표시되어 있다. ③ 『문명척독』은 『척독완편』의 내용을 수정하여 실은 것으로 그 속에 수신서적(修身書的) 내용을 추가하고 근대 문물을 소개하고 삽화를 삽입하는 등 새롭게 편집한 책인데, 『척독완편』의 이본 계열로 볼 수 있다.[14] ⑤ 『진명척독』은 원제가 '회책화계진명척독(悔責花界進明尺牘)'으로, 조선시대 기녀들의 편지를 모아 엮은 책

---

14 『문명척독』이 『척독완편』의 이본 성격을 가진다는 사실은 다음의 서문 구절에서 알 수 있다. "坊友가 完編의 第七度印布홈을 苦請ᄒᄂᆫ 故로 技癢을 不禁ᄒᅌᅣ 往時體裁를 一變ᄒᅌᅣ 文明尺牘이라 稱名호 共合千有餘百의 套式일 撰著ᄒᅌᅣ 一切人事上의 尋常往復ᄭᅡ지 無有括括히 其凡例를 略擧헌디 文明에 關한 禮式과 修身上에 必要ᄒᆫ 事項을 繪圖解釋허며 札翰의 起頭브터 結尾ᄭᅡ지 分節條解허며 家庭書類 及哀慶問訊 等套를 分門彙輯허며 又短札名片上의 裸體를 一一拈出ᄒᅌᅣ 愛讀君子의 便覽을 供히 니……." 金雨均, 「叙言」, 『文明尺牘』, 1917.

이다. ②『경제원론』은 번역서이며, ④『묵지홍보』는 중국의 유명 문인들의 초서에 독음을 달아 소개한 책이다. 척독이나 초서에서 경제학에 이르는, 이러한 김우균의 편저 및 역저의 편폭은 곧 그의 관심이 전통 한학을 중심에 두고 있으면서도 근대 학문을 소개하는 영역까지 걸쳐 있는 것이었음을 보여준다. 특히 그는 척독 관련 서적을 네 권이나 남길 만큼 이 장르에 대해서 특별한 관심을 가졌는데, 대표적인 근대 척독집 저자라는 점에서도 그의 생애는 앞으로도 더 연구되고 조명될 필요가 있다.

(2) 판본 사항

『척독완편』은 1899년 출판된 이후 1905년, 1908년, 1912년, 1916년, 1937년 등 여러 해에 걸쳐 새롭게 편찬되었으며 그때마다 제목을 달리했던 것으로 보인다. 현재 남아 있는 자료 중 제목으로 분류할 수 있는 것은 『척독완편(尺牘完編)』, 『신찬(新撰) 척독완편(尺牘完編)』, 『증보(增補) 척독완편(尺牘完編)』, 『증보자전(增補字典) 척독완편(尺牘完編)』의 네 가지이다.[15] (이하 『척독완편』, 『신찬』, 『증보』, 『증보자전』으로 표기함.)

각 제목별 판본의 기본적인 정보들을 모아보면 다음과 같다.

---

15 『척독완편(尺牘完編)』의 소장처는 경희대 도서관, 국회도서관 자료수집과, 한국학중앙연구원(한중연) 장서각, 충남대 도서관, 단국대 퇴계기념도서관, 경상대 도서관, 인하대 정석학술정보관, 고려대 도서관, 이화여대 도서관, 국립중앙도서관이다. 『신찬(新撰) 척독완편(尺牘完編)』의 소장처는 계명대 동산도서관, 중앙대 도서관, 국민대 도서관, 한양대 백남학술정보관, 경상대 도서관, 성균관대 존경각, 경기대 도서관이다. 『증보(增補) 척독완편(尺牘完編)』의 소장처는 영남대 도서관, 한양대 백남학술정보관, 경기대 도서관이다. 『증보자전(增補字典) 척독완편(尺牘完編)』의 소장처는 영남대 도서관, 원광대 도서관, 한중연 장서각, 국회도서관 자료수집과, 한양대 백남학술정보관, 이화여대 도서관, 국민대 도서관, 경희대 도서관, 고려대 도서관, 경기대 도서관이다. 필사본 『척독완편』은 원광대 도서관, 한중연 장서각, 국립중앙도서관, 고려대 도서관, 성균관대 존경각에 있다.

표 1. 『척독완편』의 판본별 기본 정보

	연도	권책수	서문 및 발문	부록
『척독완편』	1899/1905	6권 2책 (건·곤)	조병식(趙秉式)·황민수(黃民秀)·최성학(崔性學)·김우균(金雨均) 서문(序文), 고응원(高應源) 발문(跋文)	화인투(華人套), 장전(葬前), 장후(葬後), 대상(大祥), 담사(禫祀)
『신찬』	1908/1912	2권 2책/1책	조병식(趙秉式)·황민수(黃民秀)·최성학(崔性學)·김우균(金雨均) 서문(序文), 고응원(高應源) 발문(跋文)	융희 원년 재판소 법령(隆熙元年裁判所法令)[현행법규(現行法規)]
『증보』	1912/1913	1책	이용직(李容稙) 서문(序文), 김우균(金雨均) 자서(自序)	고명필초찰(古名筆草札), 지방(地方)·문전편람(文典便覽)
『증보자전』	1912/1916/ 1920/1937	3권 3책 (천·지·인)	이용직(李容稙) 서문(序文), 김우균(金雨均) 자서(自序)	증보자전(增補字典)·명가법첩(名家法帖)·시품췌진(詩品萃珍)

『척독완편』이 처음 완성된 것은 1899년경으로 보인다. 이는 최성학이 쓴 자서(自序)의 날짜가 '광무(光武) 기해(己亥)'년의 '소춘월(小春月)' 즉 1899년 11월로 되어 있는 점, 이 책의 이본에 해당되는 『문명척독』의 서문에서 김우균이 『척독완편』을 최초로 쓴 해가 '광무 2년' 즉 1898년이라고 밝히고 있는 점으로 알 수 있다. 최성학과 김우균의 진술에 약 1년의 격차가 있으나 대략 1898년에서 1899년경에 책이 완성된 것은 맞는 것으로 볼 수 있다.

그러나 책이 완성된 이때는 필사한 책으로만 유통된 것으로, 인쇄하여 출판된 책으로 유통된 것은 아니었다. 『척독완편』 출판본의 가장 이른 연도는 1905년이며, 독립기념관에서 제공하는 원문 이미지와 이화여대 소장본을 대조해보면 다음과 같은 점을 확인할 수 있다.[16] 1905년판 『척

---

16 독립기념관에서 제공하는 1905년판 『척독완편』의 원문 이미지는 권1~권3까지이 1책

독완편』은 6권 2책으로 조병식·황민수·최성학·김우균 네 명의 서문이 권두에, 고응원의 발문이 권말에 실려 있다.[17] 이들의 서발(序跋)은 각기 1, 2년의 편차가 있다. 최성학의 서문은 앞서 말했듯 '광무 기해년'인 1898년에 쓰였으며, 조병식·황민수·김우균의 서문은 각각 '광무 8년'인 1904년, 고응원의 발문은 '광무 9년'인 1905년에 쓰인 것으로 되어 있다. 부록으로는 중국에서 상례(喪禮) 때 쓰는 표현들을 '화인투(華人套)'라는 제목으로 간략하게 실었다.

『신찬』은 1908년에 수정, 보완된 판본으로, 1908년판과 1912년판 두 종류가 전하는데 두 판본이 약간 다르다. 본고에서는 1908년판『신찬』과 1912년판『신찬』을 모두 소장하고 있는 한양대본을 참고하였다.[18] 1908년 동문사(同文社)에서 펴낸『신찬』은 2권 2책으로 각 권은 126면, 195면 씩이며, 한 권당 네 개의 장으로 이루어져 있다. '동문사 지(同文社 識)'라고 한 '서언(緖言)'이 있으며, '신행재판소법령(新行裁判所法令)'이 부록으로 붙어 있다. 1912년 중앙서관(中央書館)에서 펴낸『신찬』은 1책으로 권 분류는 없으며 317면으로 되어 있고, 1908년본과 장절의 내용은 같다. 속표지에 '정정4판(訂正四版)', '김우균 편찬(金雨均 編撰)'이라고 되어 있다. 서발문이 없고, 부록으로 '현행법규(現行法規)'가 붙어 있으며, '잡록(雜錄)'이라는 제목으로 '내국우편위체요금표(內國郵便爲替料金表)' 등 우

이며, 이화여대 소장본은 권4~권6까지의 2책이다.

17 1905년판『척독완편』의 서문을 쓴 조병식(趙秉式, 1823~1907)은 조선 고종 때의 문신으로 대사성·성천부사·이조참의·강화유수 등을 지냈고, 함경도관찰사 때 방곡령을 선포하였으며, 동학교도를 탄압하여 동학농민운동의 원인을 제공했던 인물이다. 서문의 내용으로 볼 때 고응원(高應源, 1872~미상)은 최성학 문하에서 김우균과 함께 수학한 동문이며, 황민수(黃民秀, 1857~미상)는 출판을 지원해준 인물이다.

18 원래 한양대 백남학술정보관에 있는 1908년판『신찬』은 낙질만 두 권이 있는 것으로 소개되고 있으나, 직접 확인한 결과 그 두 개의 낱권이 각각 1908년판『신찬』의 권1과 권2임을 알 수 있었다.

체국 이용에 관한 정보 제공 기사를 자세히 소개하여 부록 느낌의 내용을 강화하였다.

『증보』는 『신찬』을 1912년에 수정, 보완한 판본으로, 1912년판과 1913년판 두 종류가 전하는데, 본고에서는 한양대 소장본인 1912년판 『증보』를 확인하였다. 『증보』는 권 분류 없이 1책으로 총 350면이며, 서발문 수록 상황이나 장절의 내용은 『증보자전』과 거의 같다. 부록으로는 각 도와 군의 명칭을 소개하는 '지방(地方)'과 '자전(字典)'이 붙어 있다.

『증보자전』은 『증보』와 같은 해인 1912년판이 전하는데, 이후에도 1916년, 1920년, 1937년[19]까지 거듭 발행되었다. 본고는 한국학중앙연구원(이하 '한중연') 장서각에서 제공하는 『증보자전』 원문 이미지를 참고하였다. 1916년 동문서림 발행본으로 3권 3책이며, 각 권당 192면, 188면, 180면이다. 속표지에 '증보6판(增補六版)', '김우균 편찬(金雨均 編撰)'이라고 되어 있다. 이용직의 서문과 김우균의 자서가 실려 있으며, 부록으로는 왕희지·황정견·소동파·동기창·옹방강 등 역대 중국 문인들과 한석봉·김정희 등 한국 서예가들의 초서를 영인한 법첩(法帖)과 '시품췌진(詩品萃珍)'이 실려 있다.

위 내용을 통하여 다음과 같은 사실들을 읽어낼 수 있다.

첫째, 최초의 『척독완편』이 출간된 것은 1899년경이지만 이 판본은 전하지 않는다. 처음 편집에 관여한 사람은 여섯 명이었으며,[20] 그중 스승인 최성학과 제자 가운데 가장 편찬 과정에 많이 관여한 인물인 김우균

---

19 1937년판은 원제가 '서찰대방(書札大方) 최신척독완편(最新尺牘完編)'이라 되어 있고 부제가 '부(附) 증보자전(增補字典)·명가법첩(各家法帖)'이라고 되어 있다.

20 1905년판 『척독완편』 '범례(凡例)' 뒤에 '동학편집제씨(同學編輯諸氏)'에는 '김우균(金雨均), 김균상(金均祥), 이건(李鍵), 이정균(李鼎均), 김세익(金世益), 박형석(朴瀅錫)'의 여섯 명의 이름이 적혀 있다.

을 공동 편자로 했을 것으로 짐작된다.

둘째, 현재 남아 있는 『척독완편』은 서발문 상황, 권책수, 목차 체제, 부록 등을 고려할 때 크게 세 가지 계열로 나눌 수 있다. 『척독완편』 계열, 『신찬』 계열, 『증보자전』 계열이 그것이다.

셋째, 『신찬』 계열에서는 1908년판에서 1912년판으로 가는 과정에서, 공동 편찬의 과정을 표현하고 있는 '서언'[21]을 삭제함으로써 '김우균' 단독 편저임을 확실히 하였다.

넷째, 『증보』는 『증보자전』으로 가기 위한 중간 단계의 책으로, 가장 짧은 기간 동안 유통되었다.

다섯째, 『증보자전』의 판본은 이후 목차나 체제에 큰 변화 없이 1930년대 후반까지 지속적으로 유통되었다.

여섯째, 『신찬』에서는 근대 법제와 우편 사무와 같은 근대 문물에 대한 정보를 부록으로 실었으며, 『증보자전』에서는 중국 문인들의 글씨와 한시 시품(詩品)을 모아놓은 전통 지식을 부록으로 제시하고 있다.

(3) 체제와 편차

위에서 말한 세 가지 계열에 해당되는 『척독완편』의 체제와 편차를 정리하여 각각 표로 제시하면 다음과 같다.

---

21 1908년판 『신찬』의 「서언(緖言)」 첫머리는 이렇게 시작한다. "崔師研農氏와 其門人諸氏等 所集혼 尺牘完編이 刊行發賣ᄒ야 海內諸家의 大讚賞을 受ᄒ고 大光榮을 得ᄒ니라."

표 2. 『척독완편』 계열의 체제

권	소제목별 분류
권1	존비(尊卑), 도읍(都邑), 사제(師弟), 존대(尊待), 노소(老小), 삼당칭호(三黨稱號), 가서식(家書式)
권2	방경국애두사(邦慶國哀頭辭), 지방(地方), 관제(官制), 하인중선(賀人中選), 하인초사(賀人初仕), 하인외제(賀人外除), 하인복직(賀人復職), 하인승자(賀人陞資), 하인헌첩(賀人獻捷), 하인복거(賀人卜居), 하인생자(賀人生子), 하인관혼(賀人冠婚), 하인수연(賀人壽宴), 결의형제(結義兄弟), 승도(僧道), 여사(女史)
권3	춘령(春令), 춘일유상(春日遊賞), 하령(夏令), 하일유상(夏日遊賞), 추령(秋令), 추일유상(秋日遊賞), 동령(冬令), 동일유상(冬日遊賞), 시(詩), 문(文), 서(書), 화(畵)
권4	인간(印刊), 사업(事業), 명절(名節), 학예(學藝), 상무(商務), 회영(懷仰), 천인(薦引), 송사(訟事), 권면(勸勉), 변론(辨論)
권5	감사(感謝), 촉탁(囑託), 간청(干請), 작별(作別), 궤견(餽遣), 요약(邀約), 차인마(借人馬), 차서책(借書冊), 차의복(借衣服), 차기구(借器具), 구화훼(求花卉), 대전(貸錢)
권6	차곡(借穀), 완기(緩期), 상서(傷逝), 위인파면(慰人罷免), 위인질병(慰人疾病), 위인재난(慰人災難), 위인견적(慰人譴謫), 위인복제(慰人服制), 거려왕복(居廬往復) 부록: 화인투(華人套) - 장전(葬前), 장후(葬後), 대상(大祥), 담사(禫祀)

표 3. 『신찬』 계열의 체제

권	장 제목	절 제목
권1	천시(天時)	춘령(春令), 하령(夏令), 추령(秋令), 동령(冬令)
	가족(家族)	삼당(三黨), 가서식(家書式)
	사위(事爲)	인간(印刊), 사업(事業), 명절(名節), 학예(學藝), 상무(商務), 천인(薦引), 송사(訟事), 권면(勸勉), 변론(辨論)
	교제(交際)	감사(感謝), 촉탁(囑託), 작별(作別), 궤견(餽遣), 요약(邀約), 차대(借貸)
권2	경하(慶賀)	방경두사(邦慶頭辭), 치하(致賀)
	위문(慰問)	국애두사(國哀頭辭), 상서(傷逝), 위인파면(慰人罷免), 위인질병(慰人疾病), 위인재난(慰人災難), 위인복제(慰人服制), 거려왕복(居廬往復)

존비(尊卑)	대신(大臣), 차관(次官), 고등관(高等官), 지방관(地方官), 장유(長幼)
상소(上疏)	정려(旌閭)
부록	신행재판소법령(新行裁判所法令, 1908) / 현행법규(現行法規), 내국우편위체요금표(內國郵便爲替料金表)(1912) 등

표 4. 『증보자전』 계열의 체제

권	장 제목	절 제목
권1	천시(天時)	춘령(春令), 하령(夏令), 추령(秋令), 동령(冬令)
	찰투요언(札套要言)	서식(書式), 사모(思慕), 송양(頌揚), 서사(敍事), 봉투서식(封套書式)
	각당칭호(各黨稱號)	부당(父黨), 모당(母黨), 외당(外黨), 처당(妻黨), 향당(鄕黨)
	가정요언(家庭要言)	조손(祖孫), 부자(父子), 모녀(母女), 형제(兄弟), 숙질(叔姪), 부부(夫婦), 옹서(翁婿)
	가정서식(家庭書式)	조손(祖孫), 부자(父子), 옹부(翁婦), 부부(夫婦), 형제(兄弟), 남매(娚妹), 숙질(叔姪), 종족(宗族), 족척(族戚), 인친(姻親), 동서(同婿)
	사위(事爲)	인쇄(印刷), 사업(事業), 시문서화(詩文書畵), 명절(名節), 학예(學藝), 상무(商務), 천인(薦引), 송사(訟事), 권면(勸勉), 권계(勸戒), 승권계답응(承勸戒答應), 변론(辨論)
권2	교제(交際)	감사(感謝), 촉탁(囑託), 작별(作別), 궤견(餽遣), 상품주문(商品注文), 부궤(附餽), 사사(謝賜), 요약(邀約), 차대(借貸), 완기(緩期)
	경하(慶賀)	치하(致賀), 축하(祝賀), 사경하(謝慶賀), 하영경(賀榮慶), 혼서식(婚書式)
	위문(慰問)	상유(傷遊), 위인파면(慰人罷免), 위인질병(慰人疾病), 위인재난(慰人災難), 가정위언(家庭慰唁), 위인복제(慰人服制), 거려왕복(居廬往復), 축문서식(祝文書式), 제문식(祭文式), 만장식(輓章式), 상복도식(喪服圖式)
권3	존비(尊卑)	고등관(高等官), 장유(長幼), 승(僧), 여(女)
	부록	지방(地方)[도군(道郡)], 자전(字典), 명가법첩(名家法帖), 시품췌진(詩品萃珍)

앞 표를 통해 살펴본『척독완편』의 체제상 변화 과정은 다음과 같다. 『척독완편』은 '주제별 분류'를 통해 경우에 따른 짧은 편지의 예들을 보여주는 구성으로 이루어져 있다. 권1에서는 주로 '존비(尊卑)', '사제(師弟)', '존대(尊待)', '노소(老小)', '삼당칭호(三黨稱號)' 등 상하 관계에서 주고받는 편지의 예를 주로 보여주고 있다. 권2에서는 나라에 좋거나 나쁜 일이 생겼을 때 앞머리를 쓰는 방법을 보여주는 '방경국애두사(邦慶國哀頭辭)'와, 벼슬길에 나아가는 일과 같은 남의 경사를 축하해주는 사례별 예문을 담은 '하인중선(賀人中選)', '하인초사(賀人初仕)' 등을 실었다. 권3에서는 '춘령(春令)', '춘일유상(春日遊賞)' 등 절기에 관련된 예를, 권4에서는 '인간(印刊)', '사업(事業)', '명절(名節)', '학예(學藝)' 등 대외적인 업무 관련 예를 싣고 있다. 권5와 권6에서는 '감사(感謝)', '촉탁(囑託)' 등의 감회와 부탁을 전하는 인사 편지와 '차인마(借人馬)', '차서책(借書冊)' 등 물건을 빌리는 편지, '위인파면(慰人罷免)', '위인질병(慰人疾病)' 등의 위로 편지 등 다양한 일상사에 대한 편지를 보여주고 있다.

이러한『척독완편』의 체제는『신찬』과『증보자전』으로 나아가면서 장 제목을 통해 분류가 좀 더 체계화되는 방식으로 정비되었다.『신찬』에서는 편지를 써야 하는 주제별 제목을 '천시(天時)', '가족(家族)', '사위(事爲)', '교제(交際)', '경하(慶賀)', '위문(慰問)', '존비(尊卑)', '상소(上疏)'의 총 여덟 개 장으로 나누었다.『척독완편』과 비교할 때 세분된 절의 내용은 크게 다르지 않지만, '존비(尊卑)' 장에서는 '대신(大臣)', '차관(次官)', '고등관(高等官)', '지방관(地方官)'의 근대식 직위에 따른 내용을 보완하였으며, '상소(上疏)' 장을 새로 두어 충효열의 '정려(旌閭)'를 청하는 내용을 실었다.

『증보자전』에서는『신찬』에서 분류한 여덟 개의 주제별 장 분류 중 '천시', '사위', '교제', '경하', '위문', '존비'의 여섯 개 장 제목을 그대로 사용했다. 달라진 부분은 '가족' 장이 '가정요언(家庭要言)', '가정서식(家庭書

式)'으로 세분되었다는 것과, 편지의 핵심적 투식구를 모아놓은 '찰투요언(札套要言)'과 친족 관계와 칭호를 제시하는 '각당칭호(各黨稱號)'가 첨가되었다는 것이며, '존비' 장은 '고등관(高等官)', '장유(長幼)'로 오히려 간략해지는 양상을 보였다는 것이다.

이러한 『척독완편』의 체제 면에서의 특징을 살펴보면 다음과 같다.

우선 지적할 것은 『척독완편』은 조선 후기 간찰 교본들에서 볼 수 있는 편지의 투식 순서를 설명하는 부분을 처음부터 싣지 않고, '주제별 분류'에 중점을 두어 편집 방향을 잡았다는 점이다. 예컨대 『간식유편』에서의 '왕서식(往書式) · 답서식(答書式)', 『한훤차록』에서의 '기장식(寄狀式) · 답장식(答狀式)'은 한 편의 편지에서 차례대로 쓰는 투식구를 순서대로 제시한 부분이었다. 『척독완편』과 『신찬』은 이러한 부분을 생략하고 처음부터 '주제별 예문'을 바로 보여주는 방식을 택하였다. 이는 '편지 형식의 일반적 투식구'보다 구체적인 주제하에 개별 상황에서 바로 적용할 수 있는 예문 제시가 사용자들에게 더 긴요하다는 판단을 했기 때문인 것으로 보인다. 『증보자전』에서는 편지 형식의 일반적 투식과 명칭들을 제시하는 '찰투요언(札套要言)', '각당칭호(各黨稱號)', '가정요언(家庭要言)', '가정서식(家庭書式)'이라는 장이 새로 생겨 약간의 보완 및 변화가 일어나기는 했지만, '주제별 분류'를 중시하는 성격 자체가 변화했다고 볼 수는 없다.

두 번째는 증보와 개수를 거듭한 가장 나중 판본인 『증보자전』의 체제가 다소 '보수 회귀적'인 성격을 가진다는 점이다. 그러한 증거로 삼을 수 있는 것은 가족 및 친인척 관계 부분이 유난히 강화되었다는 사실이다. 『척독완편』이나 『신찬』에서 '삼당칭호(三黨稱號)', '가서식(家書式)'으로만 분류되었던 내용이 『증보자전』에서는 '각당칭호(各黨稱號)'라는 장 안에 '부당(父黨)', '모당(母黨)', '외당(外黨)', '처당(妻黨)', '향당(鄕黨)'으로 분류 제시되었고, '가정요언(家庭要言)'과 '가정서식(家庭書式)'이라는 장이 따로 만들어져서 그 밑에 각각 '조손(祖孫)', '부자(父子)', '모녀(母女)', '형제(兄弟)', '남매(男妹)', '숙질(叔姪)', '옹서(翁婿)', '옹부(翁婦)', '부부(夫婦)', '종족(宗族)', '족척(族戚)', '인친(姻親)', '동서(同婿)' 관계의 예들이 나누어 제시되고 있다. 이는 가족과 친인척 관계를 경우별로 세분하고 각 관계에서의 용어와 법식을 정비함으로써 유교적인 관계 질서와 가족 내의 위계를 강조하는 방향이라고 볼 수 있다. 『증보자전』의 보수적 성격은 '부록'의 성격에서도 뚜렷이 드러난다. 『신찬』에서 '현행법규'와 '우편정보' 등 근대적인 정보나 지식 위주의 부록을 실었던 것에 비해, 『증보자전』은 유명 문인들의 초서(草書) 영인본과 시품을 위주로 한 부록을 실어서 고급한 한문문화 전통에 대한 향수를 분명히 드러내고 있기 때문이다.

3) 근대 한문 편지 교본으로서의 의의

1905년 『척독완편』에 실린 서발문에는 이 책의 편찬 과정과 함께 이 책의 기원을 직접적으로 언급하는 부분이 등장한다. 다음 예문을 보자.

노년에는 집을 빌려 여러 선비들과 문답하고 분류하는 자리를 마련했다. 청나라에서 간행된 여러 편 및 우리나라의 차록(箚錄)을 취하여 서로 대조하고 다듬고 요점을 추려 여섯 권을 모아 이루었으니 4년이 지나서야 완성을 알리게 되었다.[22]

---

22 "及老而假館, 與諸生設爲問答, 分類相證, 取清市所刊諸編, 暨吾邦箚錄, 刪冗撮要, 裒成六卷, 閱四年而告竣. 崔性學." 崔性學, 「自序」, 『尺牘完編』, 博文社, 1905.

정유년(1897) 봄 내가 최연농 선생에게 수학하며 옛 구절을 빌려 글을 짓고 동학들과 척독을 익히게 되었다. 중국의 책에서 그 핵심을 기록하고 조선의 풍속을 서로 비교하여 각 편마다 문답을 하면 선생께서 그것을 가다듬어주셨으니, 편집하니 여섯 권이었다. 여러 서당에 두도록 명하니…….[23]

위 예문은 최성학의 「자서」, 아래 예문은 김우균의 「후서」이다. 여기서 주목되는 것은 이들이 『척독완편』을 만드는 과정에서, '청시소간제편(淸市所刊諸編)'과 '화인소저(華人所著)'라고 한 중국의 편지 교본과 '차록(箚錄)'으로 표현된 우리나라의 편지 교본을 동시에 참고했다는 표현이다. 이는 조선에서 간행된 최초의 간찰 교본인 『간식유편(簡式類編)』이 명말청초 전겸익(錢謙益)의 편저를 우리의 풍속에 맞게 보충하여 간행했던 전례를 참고하여, 『척독완편』의 편찬 또한 중국과 우리 식을 절충하여 이루어졌음을 밝히는 것으로 볼 수 있다. 또한 우리나라의 편지 교본으로 참고했다고 지목한 '차록'은 곧 19세기 조선의 대표적인 간찰 교본인 『한훤차록(寒暄箚錄)』을 지칭하는 것으로 보인다. 즉 『척독완편』은 그 스스로 조선 후기 간찰 교본의 계보를 잇고 있음을 분명히 밝히고 있는 것이다.

또한 『척독완편』은 한문을 처음 배우는 초학자들을 대상으로 한 교재로서의 성격을 분명히 하고, 한문의 저변 확대 및 대중화를 목표로 하고 있음을 뚜렷이 했다. 다음 고응원의 발문은 그러한 성격을 잘 보여준다.

이 책은 깊은 문장과 심오한 뜻으로 영예를 구하거나 미(美)를 훔치고자 함이

---

23 "丁酉春, 余受讀于崔師研農, 尋摘之暇, 與同學, 因習尺牘, 取華人所著, 錄折其衷, 叅互東俗, 篇各問答, 而師乃潤色之, 輯爲六卷, 命寘諸家塾." 金雨均, 「尺牘完編後序」, 『尺牘完編』, 博文社, 1905.

아니요, 외진 마을 먼 시골에서 일용하는 수응(酬應)의 도구로 도움을 주기에는 넉넉하게 남을 것이다. 장차 초학자들로 하여금 모두 법도로 삼아 능히 고루하다는 칭호를 면할 수 있게 하였으니, 그 도움 되는 바가 어찌 깊은 병에 좋은 약을 투여함이나 헤매는 길에 반걸음을 가리켜줌에 그치겠는가.[24]

『척독완편』의 감인(監印) 작업에 참여했다고 스스로를 밝힌 고응원은 이 책이 '벽항하향(僻巷遐鄕)'의 '일용수응지구(日用酬應之具)', 즉 시골의 먼 마을에서 매일 주고받는 도구로 쓰이는 것을 목적으로 하였다고 쓰고 있다. 이는 정형화된 짧은 한문 편지로서의 '척독' 쓰기를 통해 한문 글쓰기 학습자층의 대중화를 꾀하고자 하는 의도를 밝히고 있는 대목이다. 이후 『척독완편』이 여러 차례에 걸쳐 수정과 개수 작업을 거치고, 부록을 증보하며, 자전을 보완했던 것 또한 독자 대중의 요구를 신속하게 파악하고 대응하겠다는 의지를 적극적으로 관철시킨 결과라고 볼 수 있다.

그리고 실제로 이러한 『척독완편』의 한문 편지 쓰기의 대중화 기획은 상당히 큰 성공을 거두었던 것으로 보인다. 다음의 예문을 보자.

이에 한마디 말, 한 글자를 큰 옥처럼 받들어 찾아 베끼는 자가 많아지니 거의 낙양의 지가(紙價)를 올릴 정도였다.[25]

스승 연농 최성학 씨와 그의 문인 몇몇이 편집한 『척독완편』이 간행 발매되어

---

24 "是編之作, 非深文奧義, 欲以干譽而掠美, 其在僻巷遐鄕, 以資其日用酬應之具, 則綽綽然有餘. 將使初學, 皆爲繩墨, 能免於固陋之稱, 其所補者, 奚止投良劑於沈疴, 指迷津於跬步而已." 高應源, 「尺牘完編跋」, 『尺牘完編』, 博文社, 1905.
25 "於是焉片言隻字, 奉如拱璧, 索抄者衆, 殆紙貴洛陽." 金雨均, 「尺牘完編後序」, 『尺牘完編』, 博文社, 1905.

세상 많은 이들에게 큰 찬사와 영광을 얻고 있다.[26]

『척독완편』을 찾는 당시의 독자들이 많았음은 '책의 구절들을 옥처럼 받들었다'거나 '책을 찾아 베끼는 이가 많았다'거나 '낙양의 지가를 올렸다'는 표현에서 분명히 알 수 있다. 나아가 '해내제가(海內諸家)', 즉 나라 안의 여러 문인들에게 '대찬상'과 '대광영'을 얻었다는 표현을 통해서도 그 자부심을 읽어볼 수 있다. 이는 앞서 『문명척독』의 서문에 나왔던 대로 '수차례 인쇄'되고 '수만 질'이 팔려 온 지역을 뒤덮었다는 말에서처럼 상당한 대중적 성공을 거두었음을 보여주는 대목이라고 할 수 있다.

따라서 최초의 근대적인 한문 서간 교본인 『척독완편』의 의의는 이렇게 정리할 수 있다.

첫째, 『척독완편』은 조선 후기 간찰 교본의 편찬 과정과 체제를 모방하여 만들어진 것임을 밝혀, 스스로 그 맥을 잇고 있음을 분명히 하였다.

둘째, 『척독완편』은 한문 글쓰기의 대중화에 기여하고자 하는 의도를 가지고 있었으며, 여러 번의 개수를 통해 대중적 기호에 적극적으로 부응하고자 했다.

셋째, 그 결과 『척독완편』은 실제로 상당한 대중적 호응을 얻고 대량 판매됨으로써 이후 근대 척독집의 편찬 및 발매 붐을 이끌어냈다.

---

26 "崔師研農氏와 其門人諸氏等 所集ᄒ 尺牘完編이 刊行發賣ᄒ야 海內諸家의 大讚賞을 受ᄒ고 大光榮을 得ᄒ니라." 金雨均, 「緒言」, 『新撰尺牘完編』, 同文社, 1908.

2. 『척독완편』의 편찬 과정, 그리고 김우균의 편저자 위상 변화

1) 여러 판본들, 그리고 다양한 서발문의 존재

앞 장에서 1900년대 이후 근대 시기에 '척독 교본', 즉 한문 서간 쓰기를 가르치기 위한 책이 다량으로 유통되었으며 그중 가장 많이 팔린 베스트셀러인 김우균의 『척독완편』을 주목해보았다. 20세기 초 출판 시장에서 가장 많이 출판되고 소비되었던 책 중 하나인 '척독 교본'은 조선 후기 간찰 교본인 『간식유편(簡式類編)』, 『한훤차록(寒暄箚錄)』, 『간독정요(簡牘精要)』의 연장선상에 있는 자료임도 지적했다. 척독 교본은 1900년대부터 1940년대까지 약 70여 종 이상이 출판되었는데, 그중 가장 먼저 출판되고 가장 많이 팔렸던 것으로 추정되는 것이 바로 김우균의 『척독완편』이다. 이 장에서는 근대 척독 교본의 대유행을 이끌었던 『척독완편』이 시간의 흐름에 따라 다양하게 증보되고 개수되는 과정을 살펴보고, 그 각각의 판본들에 실려 있는 서발문의 내용들을 통해 이 책이 어떻게 기획되고 만들어졌는지 짚어보고자 한다.

지금까지 밝혀진 『척독완편』의 판본별 기본 정보는 다음과 같다. 최초의『척독완편』이 완성된 것은 1899년경이며, 이는 필사된 책의 형태로 사람들 사이에서 읽히고 유통되었다. 그러다가 1905년 이후 근대 출판 시장에 대량 유통되는 출판물의 형태로 보급되기 시작한『척독완편』은 크게 세 번에 걸쳐 수정, 보수되었다. 1905년에 편찬된, 원본에 가장 가까운 형태의 초판본『척독완편』(1905)을 기준으로, '신찬'이라는 말이 붙어 출판된 판본, '증보'가 붙은 판본, '증보자전'이라는 말이 붙은 판본으로 총 네 종류가 있다.

· 『척독완편(尺牘完編)』, 1905. (이하 '초판본'으로 표기)
· 『신찬(新撰) 척독완편(尺牘完編)』, 1908/1912. (이하 '신찬'으로 표기)
· 『증보(增補) 척독완편(尺牘完編)』, 1908. (이하 '증보'로 표기)
· 『증보자전(增補字典) 척독완편(尺牘完編)』, 1912/1916/1920/1937. (이하 '증보자전'으로 표기)

그러면 '척독완편'이라는 제목으로 지금까지 남아 있는 책은 어느 정도나 될까. 현재 '한국역사정보통합시스템'에서 '한국고전적종합목록'이 제공하는 자료를 대상으로 '척독완편'이라는 검색어를 쳐보면 결과는 총 43종이 존재한다. 우선 이를 각각 하나씩의 종류로 파악하여 그 종류와 소장처를 정리하면 다음과 같다.

표 1. '한국고전적종합목록' 제공 『척독완편』 판본별 목록 및 소장처

번호	제목	소장처 및 비고	번호	제목	소장처 및 비고
1	신찬 척독완편	계명대 동산도서관	22	신찬 척독완편	한양대 백남학술정보관
2	증보 척독완편	영남대 도서관	23	증보자전 척독완편	국민대 도서관
3	증보자전 척독완편	영남대 도서관	24	척독완편	경상대 도서관
4	증보자전 척독완편	원광대 도서관 한중연 장서각	25	척독완편	인하대 정석학술정보관
5	필사본(신찬 척독완편)	원광대 도서관	26	신찬 척독완편	경상대 도서관
6	신찬 척독완편	중앙대 도서관	27	증보자전 척독완편	경희대 도서관
7	필사본(척독완편)	한중연 장서각	28	증보자전 척독완편	경희대 도서관
8	척독완편	경희대 도서관 국회도서관 자료수집과 한중연 장서각	29	증보자전 척독완편	경희대 도서관
9	척독완편	충남대 도서관	30	척독완편	충남대 도서관
10	척독완편	단국대 퇴계기념도서관	31	필사본(척독완편)	고려대 도서관
11	척독완편	단국대 퇴계기념도서관	32	필사본(척독완편)	고려대 도서관
12	필사본(척독완편)	한중연 장서각	33	증보자전 척독완편	고려대 도서관
13	증보자전 척독완편	국회도서관 자료수집과	34	척독완편	고려대 도서관
14	필사본(척독완편)	국립중앙도서관	35	척독완편	이화여대 도서관
15	척독완편	국회도서관 자료수집과	36	척독완편	단국대 퇴계기념도서관
16	신찬 척독완편	국민대 도서관 한양대 백남학술정보관	37	필사본(척독완편)	성균관대 존경각
17	척독완편	한양대 백남학술정보관	38	신찬 척독완편	성균관대 존경각
18	척독완편	17, 18번은 같은 책	39	증보 척독완편	경기대 도서관
19	증보자전 척독완편	한양대 백남학술정보관	40	신찬 척독완편	경기대 도서관
20	신찬 척독완편	한양대 백남학술정보관	41	증보자전 척독완편	경기대 도서관
21	증보 척독완편	한양대 백남학술정보관	42	신찬 척독완편	경기대 도서관
			43	척독완편	국립중앙도서관

위 표를 통해 『척독완편』의 현전 판본 목록에 대한 상세 정보를 정리하면 다음과 같다. 현전하는 『척독완편』은 필사본 7종, 인쇄본 39종이며, 출판된 판본인 인쇄본만을 대상으로 하면 '초판본'은 15종, '신찬'은 10종,

'증보'는 3종, '증보자전'은 11종이 전한다. 이러한 현전 『척독완편』의 판본 정보를 통해 다음과 같은 점을 짐작해볼 수 있다.

첫째, 네 종류의 판본 중에서 '초판본'은 그 자체로 여러 번 재판되었으며 가장 많이 유통되었다는 점이다. 둘째, 1905년의 '초판본'을 여러 번에 걸쳐 개정하고 보수하는 과정을 거칠 만큼 독자들의 수요가 있었다는 점이다. 셋째, 네 종류의 판본 중에서 '신찬'은 1910년과 1912년에 두 번, '증보자전'은 1912년, 1916년, 1920년, 1937년 등 네 번이나 출판되었음에 비해, '증보'는 1908년에 단 한 번 출판되고 말았다는 점에서 '증보자전'으로 가기 위한 과도기적인 판본으로 보인다는 점이다.[27] 따라서 『척독완편』은 '초판본', '신찬', '증보자전'의 총 3종이 있다고 볼 수 있다.

그런데 이 세 종류의 『척독완편』 판본은 각각 다른 서발문을 싣고 있으며 그 내용이 제법 흥미롭다. 각 서발문에 해당 판본이 출판될 당시의 편저자의 상황에 대한 정보가 들어 있기도 하고, 당대인들의 척독에 대한 인식을 읽어볼 수 있는 내용이 들어 있기도 하기 때문이다. 따라서 이 글에서는 근대 척독집의 대표작이라 할 수 있는 『척독완편』의 판본별 서발문의 내용을 소개하고, 이를 통해 『척독완편』의 편찬 과정과 '척독'이라는 장르에 대한 편저자들의 인식을 읽어보고자 한다.[28]

---

27 위 목록 중 5, 7, 12, 14, 31, 32, 37번은 '필사본'으로, 이 가운데 『척독완편』 필사본은 6종, 『신찬』 필사본은 1종이다. 17, 18번은 같은 책의 1, 2권이므로 한 종류로 보아야 하며, 4번 『증보자전』은 2종이 들어 있고, 8번 『척독완편』은 3종, 16번 『신찬』은 2종이 들어 있으므로 실제 인쇄본 『척독완편』은 총 39종 존재하는 것으로 보아야 한다.

28 본고에서 연구 대상으로 한 원본은 다음과 같다. 1905년판 『척독완편』은 독립기념관에서 제공하는 원문 이미지와 이화여대 소장본을 대조하면서 참고하였다. 1908년판 『신찬 척독완편』은 한양대 소장본을, 1912년판 『증보자전 척독완편』은 한중연 장서각에서 제공하는 원문 이미지를 참고하였다.

2) 판본별 서발문 상황

이 글에서 살펴보고자 하는『척독완편』의 서발문 종류는 앞서 말한 것처럼 크게 세 종류, 즉 '초판본', '신찬', '증보자전'이다.[29] 여기에 한 종류를 더한다면 그것은 앞 장에서도 언급했던『문명척독』(이하 '문명'으로 표기)이다. 이 책은 1917년 김우균이 기존『척독완편』에 '수신서(修身書)'적인 내용을 덧붙여서 편찬한 책으로, 이 책의 서문에 저자 스스로『척독완편』의 내용을 근간으로 하면서 새로운 내용을 추가했음을 밝히고 있기 때문에 이본 계열로 판단할 수 있기 때문이다.

이 네 종류『척독완편』의 서발문 상황은 다음과 같다.

첫째, '초판본'의 서발문으로, 네 편의 서문과 한 편의 발문이 실려 있다. 조병식의「척독완편서(尺牘完編序)」, 황민수의「척독완편서(尺牘完編序)」, 최성학의「자서(自序)」, 김우균의「척독완편후서(尺牘完編後序)」, 고응원의「척독완편발(尺牘完編跋)」이 그것이다.

둘째, '신찬'의 서문으로, 여기에는 한 편의 서문이 실려 있는데, '동문사 지(同文社 識)' 즉 동문사에서 알린다고 한「서언(緖言)」이 그것이다.

셋째, '증보자전'의 서문으로, 이용직[30]의「척독중간서(尺牘重刊序)」와 김우균의「자서(自序)」두 편이 들어 있다.

넷째, '문명'의 서문으로, 김우균의「서언(敍言)」한 편이 실려 있다.

이러한『척독완편』의 판본별 서발문의 상황과 집필 시기를 표로 제시

---

29 '증보'는 '증보자전'과 서문이 동일하다.

30 이용직(李容稙, 1852~1932)은 조선 말기의 문신으로, 본관은 한산(韓山), 자는 치만(稚萬), 호는 강암(剛庵)이다. 을사조약 때 분사(憤死)한 조병세(趙秉世)의 사위이다. 이조참판, 황해도관찰사 등을 지내고 1904년과 1909년에 학부 대신을 역임했다. 1910년 일본에게 자작의 작위를 받았으나, 1919년 3.1운동 때 경학원부제학 재직 시 대제학 김윤식(金允植)과 함께 조선독립청원서사건으로 작위를 박탈당했다.

하면 다음과 같다.

표 2. 김우균의 『척독완편』 계열 서발문 상황과 집필 시기

서명	수록 서발문	집필시기 및 비고사항
1. 『척독완편』(1905)	1-1. 조병식(趙秉式), 서(序)	광무 8년(1904년)
	1-2. 황민수(黃民秀), 서(序)	1904으로 추정
	1-3. 최성학(崔性學), 자서(自序)	광무 기해년(1899년)
	1-4. 김우균(金雨均), 후서(後序)	광무 8년(1904년)
	1-5. 고응원(高應源), 발(跋)	광무 9년(1905년), 권말 수록
2. 『신찬 척독완편』(1908)	2. 동문사(同文社), 서언(緖言)	1908년본에만 있고 1912년본에는 없음
3. 『증보자전 척독완편』(1912)	3-1. 이용직(李容稙), 서(序)	임자년(1912년)
	3-2. 김우균, 자서(自序)	임자년(1912년)
4. 『문명척독』(1917)	4. 김우균, 서언(叙言)	대정 6년(1917), 『척독완편』의 이본

　그러면 우선 각 판본에 실려 있는 서발문의 수록 양상과 내용을 간략히 정리해보자.

　첫째, 1905년에 출간된 '초판본'(1905)의 서발문이다. 여기에는 조병식·황민수·최성학·김우균이 쓴 네 편의 서문이 책의 맨 앞에 들어 있고, 책의 맨 뒤에는 고응원이 쓴 한 편의 발문이 실려 있다. 총 다섯 편의 서발문은 각각 250~350자가량의 분량이며, 집필 시기는 1899년에서 1905년 사이이다. 조병식의 서문은 당대 유명 문인이나 고관에게 서문을 받는 관례에 따라 받은 글로 보이며, 황민수는 이 책의 출판 과정을 주선한 인물로 서문을 싣고 있다. 최성학의 서문은 '자서(自序)'라는 제목이 붙어 있고, 김우균의 서문에는 '후서(後序)'라는 제목이 붙어 있다. 조병식, 황민수의 서문은 척독의 필요성을 역설하면서 『척독완편』의 간행을 축하하는 의례적인 성격을 띠고 있는 데 비해, 구체적인 책의 준비

과정 및 편찬 과정을 언급한 것은 최성학, 김우균의 서문과 고응원의 발문이다.

각각 서문의 말미에 밝혀놓은 집필 시기를 보면, 최성학의 서문은 '광무 기해년(光武己亥年)', 즉 1899년으로 가장 먼저 쓰여졌다. 조병식과 김우균의 서문은 각기 '광무 8년 중추절(光武八年仲秋節)', '광무 8년 막추(光武八年莫秋)'라고 집필 시기를 밝히고 있는 것으로 보아 광무 8년 즉 1904년 가을경으로, 초판본『척독완편』의 출판과 인쇄를 앞두고 쓰여진 것임을 알 수 있다. 황민수의 서문은 따로 집필 연도를 밝히고 있지는 않으나 '중추(仲秋)'라는 계절명을 사용한 것으로 보아 조병식, 김우균과 비슷한 시기에 서문을 썼을 것으로 짐작된다. 책의 맨 뒤에 실려 있는 고응원의 '발(跋)'은 '초판본'의 출판 과정과 참여한 사람들에 대한 내용을 담고 있으며, '광무 9년(光武九年)' 즉 1905년으로 가장 늦게 쓰여졌다.

'초판본'의 서발문이 집필된 순서와 집필 당시의 상황을 정리하면 이렇다. 최성학의 서문이 가장 이른 시기인 1899년에 책의 완성을 앞두고 주 편찬자 입장에서 '자서'로 쓰여졌다. 이후 책의 근대적 출판에 즈음하여 1904년 조병식·황민수·김우균의 서문이 추가되었으며, 다음 해인 1905년 출판 직전의 시점에 출판 작업에 관여했던 또 다른 제자인 고응원의 '발문'이 한 번 더 추가되었다.

둘째, '신찬'(1908)의 서문이다. 다섯 편에 이르렀던 원래의 서발문을 모두 빼고 새로운 서문 한 편을 실었다. 이 서문은 1908년판 '신찬'에서만 발견되고 1912년판 '신찬'에서는 발견되지 않는다. 약 340여 자의 한자가 국한문 현토체(懸吐體)로 쓰여진 '신찬' 서문의 제목은 '서언(緒言)'이며, 필자는 '동문사에서 알림(同文社識)'이라고만 하여 쓴 사람을 밝히지 않았다. 그러나 '동문사'의 운영자가 김우균이었던 것으로 알려진바,[31] 필자는 김우균일 것으로 추측할 수 있다. '서언'의 대강의 내용은 '신찬'이

'초판본'의 번잡하고 거친 것을 다듬어 세상에 내놓는 것이며, '국문으로 써 한문을 돕게 했다'고 밝혀, 순 한문체였던 '초판본'을 '신찬'에서는 국한문혼용체로 개정하고 있음을 밝히고 있다.

셋째, '증보자전'(1912)의 서문이다. 당대 고위 관리였던 이용직의 서문과 함께 김우균의 '자서(自序)'가 실려 있다. 두 편의 글 모두 집필 시기를 '임자 동(壬子冬)', 즉 1912년 겨울이라고 밝히고 있다. 이용직의 서문은 320여 자 내외로 책의 중간(重刊)을 축하한다는 내용이며, 김우균의 자서는 680여 자의 상당히 긴 분량으로, 자신의 공부 내력과 척독에 대한 생각, 개정의 방향, 책을 다시 펴내게 된 경위와 감회 등을 매우 상세하게 기술하고 있다.

넷째, '문명'(1917)의 서문이다. 260자 분량의 김우균의 서문이 한 편 실려 있으며 제목은 '서언(敍言)'이다. '초판본' 편찬 당시에 대한 회고와 함께, '문명'이 '초판본'을 바탕으로 만들어진 책이라는 점, 새로운 문명에서의 처신을 알려주는 수신(修身)의 내용을 그림과 함께 첨가하였다는 점 등을 밝히고 있다.

---

31 김우균이 1910년경 '동문서림(同文書林)' 혹은 '동문사(同文社)'라는 출판사의 주인으로 직접 경영에 나섰던 사실은 당시 신문을 통해 확인할 수 있다. "本人이 靑年學生界에 智識開發ᄒᆞ기 爲ᄒᆞ야 東西洋各新敎科書를 多數綱羅ᄒᆞ야 編輯發行인온바 今番學生의 臨時窘急을 自擔ᄒᆞ옵고 至精至美ᄒᆞᆫ 各新敎科三四百種과 希貴ᄒᆞᆫ 古書를 鳩聚ᄒᆞ야 大發售이온바 位置ᄂᆞᆫ 京城南部銅峴四巨里東邊第三十五統八戶이온ᄃᆡ 名稱은 同文書林이라 ᄒᆞ오니 十三道僉君子ᄂᆞᆫ 陸續來購ᄒᆞ심을 望ᄒᆞᆷ 請求多小를 隨ᄒᆞ야 特別割引도 有ᄒᆞ옵고 或千里跋涉에 勞를 不量ᄒᆞ시고 引換代金小包로도 請求ᄒᆞ시면 本書林에셔 卽爲酬應ᄒᆞᆷ 屢百種書目은 揭布키 難ᄒᆞ와 摘要布告ᄒᆞᆷ …… 同文書林主金雨均." 「書冊大發賣」, 『皇城新聞』, 1910. 4. 5.~5. 3.

3) 서발문을 통해 본 편찬 과정과 편찬 주체

이렇듯『척독완편』은 판본마다 각기 다른 서발문을 싣고 있어서 책의 편찬을 둘러싼 여러 가지 정황을 짐작하는 데에도 큰 도움을 준다. 따라서 이 장에서는 판본별 서발문의 내용을 통해『척독완편』이라는 책이 어떻게 편찬되었는지, 또 그러한 편찬 과정에 참여한 주체는 어떤 이들이었는지, 편찬 주체에 대한 서술은 어떻게 달라지고 있는지 등을 살펴보고자 한다.

(1) 편찬 과정

먼저 1905년판『척독완편』의 서발문 다섯 편 중에서도 가장 이른 시기인 1899년에 쓰인 최성학의 서문 내용 중 책의 편찬 과정에 대한 언급이 나타나는 부분을 보자.

> 내가 일찍이 남북을 한가로이 유유자적하며 교제하는 범위가 더욱 넓어지고 산하에서 풍우를 겪은 바를 쓴 글이 상자에 가득하였다. 나이가 들어서는 집 한 채를 빌려 여러 선비들과 함께 문답하고 분류하는 자리를 마련했다. 청나라에서 간행된 몇 편 및 우리나라의 차록(箚錄)을 취하여 서로 대조하고 다듬고 요점을 추려 여섯 권을 모아 이루었으니 4년이 지나서야 완성을 알리게 되었다. …… 광무 기해년(1899) 11월 연농거사(研農居士) 최성학(崔性學)이 보운산방에서 쓰다.[32]

---

[32] "余嘗倦遊南北, 交知益廣, 所經風雨關河, 東草盈篋. 及老而假館與諸生, 設爲問答分類 相證取淸市所刊諸編, 曁吾邦箚錄, 删冗撮要, 裒成六卷, 閱四年而告竣. …… 光武 己亥 小春月 研農居士 崔性學 題于寶芸山房." 崔性學, 「自序」, 『尺牘完編』, 博文社, 1905.

위 글에서 최성학은 관직을 그만두고 유유자적하던 중에 집을 빌려 여러 선비들과 함께 의논하면서 이 책을 지었다고 밝히고 있다. 그 과정에서 참고한 책은 '청나라 저자에서 간행된 몇 편의 책(淸市所刊諸編)', 그리고 '우리나라의 차록(吾邦箚錄)'이라고 하였다. 최성학은 이 책들을 참고하여 서로 대조하고 다듬고 요점을 정리하는 과정을 '4년'에 걸쳐 행했다고 밝히고 있다. 그의 진술대로라면『척독완편』은 최성학이 여러 선비들과 모여 청나라의 척독 교본들과『한훤차록』으로 짐작되는 조선 후기의 간찰 교본을 참고하여 편찬한 책이다. 편찬이 시작된 시점은 최성학이 서문을 쓰던 1899년에서 '4년' 전이라고 하였으니, 1896년 무렵이었던 셈이 된다.

이 편찬 과정을 좀 더 자세하고 구체적으로 보충해주는 것은 같은 책에 실려 있는 김우균의 서문과 고응원의 발문, 그리고 참여자들의 명단인 '동학편집제씨(同學編輯諸氏)', '감인제씨(監印諸氏)'이다.

정유년(1897) 봄 내가 최연농 선생에게 수학하며 옛 구절을 빌려 글을 짓고 동학들과 척독을 익히게 되었다. 중국의 책에서 그 핵심을 기록하고 조선의 풍속을 서로 비교하여 각 편마다 문답을 하면 선생께서 그것을 가다듬어주셨으니, 편집하니 여섯 권이었다. 여러 서당에 두도록 명하니, 이에 한마디 말, 하나의 글자를 모두 큰 옥처럼 받들어 찾아 베끼는 자가 많았으니 거의 낙양의 지가(紙價)를 올린 일이 되었다. …… 갑진년(1904) 가을 참봉 황민수가 이 책을 보고 기뻐하며 내게 상의해 정정할 것을 요청하여 다시 하단에 주석을 달았다. 자본을 출자하여 활자로 찍어 널리 이것을 배포하니 그 아름다운 은혜가 예림에 자자했다.[33]

___

33 "丁酉春, 余受讀于崔師研農, 尋摘之暇, 與同學, 因習尺牘. 取華人所著, 錄折其衷, 叅互

젊은이들이 그 규식을 배우려고 하지 않는 이가 없어 서로 다투어 베껴서 요새 시행하는 요점을 갖추려 하나 그 오자와 낙자가 이어짐을 늘 걱정하였다. 이에 김우균 군이 스승의 은혜를 생각하여 개연히 책을 출판하기로 하고, 세 곳을 거쳐서 그 간행할 곳을 택하고 노고와 비용을 아끼지 않았다. 또 나와 이항열(李恒烈) 군, 최상호(崔相浩) 군이 그 인쇄 작업을 감독하기로 약속하여 한 해가 지나 겨우 원본과의 비교가 끝났다.[34]

함께 수학한 편집에 참여한 이들—김우균, 자는 경부, 호는 춘포, 김해인, 갑술생(1874)이다. 김균상, 자는 흥경, 호는 운방, 김해인, 기묘생(1879)이다. 이□, 자는 건옥, 호는 운송, 벽진인, 신사생이다. 이정균, 자는 경매, 호는 옥곡, 완산인, 신사생(1881)이다. 김세익, 자는 공삼, 호는 소파, 우봉인, 신사생(1881)이다. 박형석, 자는 사징, 호는 정헌, 밀양인, 임오생(1882)이다.[35]

출판 감독에 참여한 이들—황민수, 자는 성오, 호는 국인, 창원인, 정사생(1857)이다. 고응원, 자는 덕연, 호는 송천, 개성인, 임신생(1872)이다. 이항열, 자는 치구, 호는 선산, 전주인, 을유생이다. 최상호, 자는 양오, 호는 주선, 경주인, 기축생(1889)이다.[36]

東俗, 篇各問答, 而師乃潤色之, 輯爲六卷, 命寘諸家塾. 於是焉片言隻字, 奉如拱璧, 索抄者衆, 殆紙貴洛陽. …… 甲辰秋, 黃參奉民秀, 見是書而悅之, 要余商訂, 更加註脚, 出資付活字, 庸爲廣布, 其嘉惠於藝林多矣." 金雨均, 「後序」, 『尺牘完編』, 博文社, 1905.

34 "年少者無不欲學其規式, 爭相抄寫, 以備時行之要, 常患其誤落相沿. 於是金君雨均, 念傳鉢之恩, 慨然以付梓爲己, 任歷三處, 擇其刊而不憚勞費. 又約余及李君恒烈, 崔君相浩, 監其印役, 歲周而才竣較原本." 高應源, 「尺牘完編跋」, 『尺牘完編』, 博文社, 1905.

35 "同學編輯諸氏, 金雨均 字景傅 號春圃 金海人 甲戌生, 金均祥 字興卿 號雲舫 金海人 己卯生, 李□, 字建玉 號韻松 碧珍人 辛巳生, 李鼎均 字景梅 號玉穀 完山人 辛巳生, 金世益 字公三 號小坡 牛峯人 辛巳生, 朴瀅錫 字士澄 號靜軒 密陽人 壬午生."

36 "監印諸氏, 黃民秀 字聖吾 號菊人 昌原人 丁巳生, 高應源 字悳淵 號松泉 開城人 壬申

김우균의 글을 통해 알 수 있는 것은 최성학이 함께 편찬 작업을 의논했다고 한 '제생(諸生)', 즉 여러 선비들이 최성학 문하에서 수학하고 있는 제자들이었다는 사실이다. 이들의 명단은 1905년판 『척독완편』의 서문 바로 뒤에 실려 있는 '동학편집제씨(同學編輯諸氏)'라는 편집자 명단에서 확인할 수 있다. 여기에는 김우균을 비롯하여 김균상(金均祥)·이건(李建)·이정균(李鼎均)·김세익(金世益)·박형석(朴瀅錫) 등 총 여섯 명의 이름·자호·본관·생년이 표기되어 있다. 또한 '동학편집제씨' 뒤에 바로 '감인제씨(監印諸氏)'라는 명단에는 황민수(黃民秀)·고응원(高應源)·이항열(李恒烈)·최상호(崔相浩) 등 네 명의 이름·자호·본관·생년이 소개되어 있다. 즉 이들이 1905년판인 '초판본'의 편찬과 감수 과정에 실제로 참여했던 인물들인 것이다.

최성학 자신이 고종 1년인 1864년 증광시 역과(譯科)에 합격한 역관 출신의 인물이니, 그의 문하에서 수학한 이들 또한 중인, 즉 여항 출신의 인물들이었을 가능성이 높다.[37] 즉 김우균의 진술대로라면 최성학과 그의 문하에서 공부하던 중인 출신 제자 여섯 명가량이 중심이 되어 『척독완편』의 편찬이 이루어졌다는 말이 된다. 책을 편찬하는 과정에 대한 설명은 '화인소저(華人所著)', 즉 중국에서 나온 책에 '우리의 풍속(東俗)'을 참고하여 넣었다고 하였으니, 최성학의 '자서'에 있는 설명과 크게 다르지 않음을 알 수 있다.

生, 李恒烈 字穉久 號船山 全州人 乙酉生, 崔相浩 字養吾 號珠船 慶州人 己丑生."
37 『척독완편』의 편찬자 계층이 중인 출신이라는 것은 근대 초 유행한 척독집이 조선 후기 방각본 간찰 교본의 뒤를 잇는 자료임을 입증해주는 또 하나의 증거로 볼 수 있다. 류준경은 다음 논문에서 18~19세기의 대표적인 간찰 교본인 『간독정요(簡牘精要)』, 『한훤차록(寒暄箚錄)』, 『간식유편(簡式類編)』, 『후사유집(候事類輯)』 등이 모두 여항인에 의해 간행되었음을 상세하게 고증하였다. 류준경, 「방각본 간찰교본 연구」, 『漢文古典研究』 18, 2009.

김우균과 고응원의 글에서 공통적으로 제시하고 있는 또 하나의 새로운 사실은 '초판본'『척독완편』의 근대적 출판이 이루어지게 된 과정에 대한 설명이다. 김우균에 따르면 스승과 그 동학들이 1899년에 완성한 필사본『척독완편』을 여러 서당에 배포했는데 이 책을 베껴 가는 사람들이 매우 많아서 '낙양의 지가를 올릴 정도'였다고 하였다. 고응원도 척독의 규식을 배우고자 하는 이들이『척독완편』을 '다투어 서로 베끼는' 상황이 되자 김우균이 앞장서서 출판 과정에 나서게 되었음을 증언하고 있다. 김우균에 따르면 이 과정을 추진할 수 있도록 실제 자금을 대고 출판을 주선한 인물이 바로 '감인제씨'에도 이름이 올라 있는 '황민수'였으며, 그렇게 출판을 준비하는 과정에서 고응원은 자신이 원래의 필사본과 앞으로 출판될 초판본 원고의 비교 작업을 수행했다고 진술하고 있다. 즉 이들은 공히 기존의『척독완편』에 대한 독자들의 뜨거운 호응이 곧 '출판과 인쇄'라는 과정으로 이어지게 되었음을 말하고 있는 것이다.

이러한『척독완편』의 편찬 과정을 시간 순으로 정리해보면 다음과 같다. 1896년, 최성학과 그 제자인 김우균 등 여섯 명의 제자들이 공동으로 척독의 규식을 마련하는 책을 편찬하기 시작했다. 그로부터 4년 뒤인 1899년,『척독완편』이 처음으로 완성되어 서당 등에 유포되기 시작했고, 이를 사람들이 많이 베끼는 등 큰 호응이 있었다. 1904년, 황민수의 권유로 김우균이『척독완편』의 최초 출판 작업을 주도하였고, 고응원 등 세 명의 인물이 1년간 원본과 대조 작업을 진행했다. 1905년, 최초의『척독완편』인쇄본이 출판되었다. 즉 1899년에 스승 최성학과 그 제자들이 편찬한『척독완편』은 필사본으로 완성한 책이었으며, 1905년판『척독완편』은 출판된 판본으로는 최초의 것임을 알 수 있다.

(2) 편찬 주체 서술의 변화

그런데 이러한 편찬 과정에서의 중심인물, 즉 '주요 편찬자'에 대한 진술은 1905년 '초판본' 이후 1908년 '신찬', 1912년 '증보자전', 1917년 '문명'의 서문에 이르기까지, 시간의 흐름에 따라 조금씩 변화하는 양상을 보이고 있어 흥미롭다.

연농 최성학 군의 재주는 매우 해박하다. 노년에 서찰 기록에 뜻을 두어 연나라와 조나라 사이에서 노닐면서 물러나 여러 이름난 선비들과 문답한 바가 많으니, 그것이 이 책이다.[38]

지난 번 연농 최성학과 그의 제자가 모은 『척독완편』을 읽었다.[39]

이 한 권의 척독 책은 연농 선생 사제가 초학자들을 위해 편집했다.[40]

정유년(1897) 봄 내가 최연농 선생에게 수학하며 …… (최연농) 선생께서 그것을 가다듬어 여섯 권을 편집하여 여러 서당에 두도록 명하였다.[41]

위 인용문들에 따르면 1905년판 '초판본'에 실려 있는 서발문의 필자들

---

38 "崔君研農才旣淹博, 老年以翩翩書記, 屢遊燕趙之間, 退與諸名士, 多所問答, 故是編也." 趙秉式, 「尺牘完編序」, 『尺牘完編』, 博文社, 1905.

39 "向讀崔研農師弟所輯尺牘完編." 黃民秀, 「尺牘完編序」, 『尺牘完編』, 博文社, 1905.

40 "尺牘一書, 乃研農師弟, 爲初學而編輯也." 高應源, 「尺牘完編跋」, 『尺牘完編』, 博文社, 1905.

41 "丁酉春, 余受讀于崔師研農, 尋摘之暇, …… 而師乃潤色之, 輯爲六卷, 命寘諸家塾." 金雨均, 「後序」, 『尺牘完編』, 博文社, 1905.

은 모두 '최성학'을 편찬의 중심인물로 지목하고 있다. 맨 윗글에서 조병식은 최성학이 벼슬에서 물러난 후 여러 선비들과 문답한 바를 엮은 책이 바로『척독완편』이라고 하면서 편찬 주체가 최성학임을 분명히 밝혔고, 그다음 황민수·고응원·김우균의 서문에서도 최성학의 이름이 편찬의 핵심으로 거론되고 있다. 다섯 편의 서발문 중 최성학의 글만이 '자서(自序)'라는 제목을 달고 있어서 그 자신이『척독완편』의 편저 과정의 중심인물임을 자연스럽게 드러내고 있다는 점 또한 그러한 사실을 뒷받침한다.

그런데 이러한 편찬 과정의 중심인물에 대한 진술에 변화가 시작되는 것은 1908년판 '신찬'에서부터이다. '신찬'에는 원래의 1905년판 '초판본'에 있던 다섯 편의 서발문을 모두 뺀 채 새로운 서문을 한 편 싣고 있다.

스승이신 연농 최성학 씨와 그의 문인 여럿이 모은『척독완편』이 간행, 발매되어 세상의 많은 사람들에게 큰 찬사를 받고 큰 영광을 얻고 있다. …… 이에『척독완편』원고에서 번잡한 것과 거친 것을 다듬고 뽑으며, 간편한 것과 쉬운 것을 모아서 국문은 조금 돕게 하고 한자를 예전처럼 써서 명칭을 바꿔『신찬척독완편』이라고 하여 널리 좋아하게 한 것이다. …… 또 새로운 재판소에 관한「구성법」…… 등의 여러 법령과「구행민형수리절차」법은 국민의 생활요소이다. 이는 진실로 동포의 나침반이요 또한 널리 볼만한 보물상자이므로 본사에서 백성의 손에 함께 붙여 이로써 교제상의 총명에 도움이 되고자 한다.

동문사(同文社)에서 알림.[42]

---

42 "崔師硏農氏와 其門人諸氏等 所集ᄒ 尺牘完編이 刊行發賣ᄒ야 海內諸家의 大讚賞을 受ᄒ고 大光榮을 得ᄒ니라. …… 於是에 尺牘完編 原稿에셔 繁閑을 刪拔ᄒ고 簡易를 蒐集ᄒ야 國文을 助少ᄒ고 漢字를 仍舊ᄒ야 更名曰 新撰尺牘完編이라 ᄒ고 以公同好코자 흠이라. …… 況且新裁判所에 關ᄒ「構成法」…… 等諸法令과「舊行民刑受理節

이 서문은 앞서 밝혔듯 '동문사'라는 이름으로 발표되었지만 김우균의 작이 거의 확실하다. 김우균은 '신찬'의 서언 첫머리에 『척독완편』은 스승 최연농과 그의 문인들이 찬집한 것이라고 밝혀 『척독완편』 편찬의 중심인물이 최성학임을 드러내고는 있으나, 부록에서 자신의 색깔을 강하게 반영하면서 변화를 예고하고 있다. 그는 법무부 주사 출신인 자신의 전문 지식을 활용하여 근대 법령의 요약 소개를 부록으로 실었으며, 그것을 '동포의 나침반이요 널리 볼만한 보물상자'라며 큰 의미를 부여하고 있다. 또한 스승 최성학의 존재를 밝혀 언급하고 있는 이 서문이 1912년판 '신찬'에는 아예 삭제된 상태로 간행되었다는 점도 의미심장하다. 『척독완편』의 편찬 주체를 '최연농과 그의 문인들'이라고 밝히고 있는 서문을 아예 삭제하여 최성학의 존재를 드러내지 않고자 하는 시도처럼 보이기 때문이다.

'신찬'의 서문에 나타난 이러한 변화는 『척독완편』이라는 책의 출판 과정에서의 김우균의 위상 변화를 암시한다. 그 가장 결정적인 원인은 원래의 1905년 '초반본'은 '박문사(博文社)'에서 발행되었는데, '신찬' 이후 후속작들인 '증보'판, '증보자전'은 계속하여 '동문사(同文社)' 혹은 '동문서림(同文書林)' 발행으로 되어 있다는 점, 그리고 '동문사'는 김우균이 운영하던 출판사였다는 점 때문이다. 즉 '신찬'부터는 김우균이 직접 운영하는 출판사인 동문사에서 책을 출판하게 되었고, 실질적인 출판의 중심이 된 김우균이 스승 최성학의 존재에 못지않게 자신의 위상과 비중을 강조하고자 했다고 볼 수 있는 것이다.

이러한 중심적인 편찬 주체로서의 김우균의 부상 과정은 1912년 '증보

次」 法은 國民의 生活要所이니 洵是同胞之指南이요 亦爲博覽之珍笈이기 敝社에서 幷付手民ᄒ야 以助交際上之聰明ᄒ노라. 同文社 識." 『新撰尺牘完編』, 同文社, 1908.

자전' 서문과 1917년 '문명' 서문에서 더욱 분명하게 드러난다.

　김우균 군은 후생을 가르치고 지도하는 데 뜻을 두어 척독집 한 권을 편집해
세상에 간행한 지 몇 년이 되었다. 그러나 시국이 날로 변하여 전에 간행한 것에
비해 법식이 달라져서 미진한 곳이 많게 되었으니, 이에 다시 그 놓치고 누락된
것 약간을 증보하였다.[43]

　이에 감히 스승과 벗들과 상의하고 결정하여 우리나라에 맞는 규식으로써 통
하게 하자고 하여, 책 한 편이 되게 수집함으로써 함께 좋아하는 일이 된 지
몇 년이 되었다.[44]

　나는 광무 2년(1898) 서당 아이들이 공부 시작함을 보고 『척독완편』을 편찬하
여 봄을 지내고 겨울이 되어 비로소 책을 완성했다. 지역의 벗들에게 황송한
애호를 받아서 인쇄하여 배포하게 되었으니, 몇 년 사이에 다시 인쇄한 것이
여섯 번, 삼만여 질에 달해 넉넉히 역내를 뒤덮었다.[45]

　먼저 위 두 개의 인용문은 1912년 '증보자전'에 실려 있는 이용직과
김우균의 서문이다. '증보자전'은 『척독완편』의 본문 상단 부분에 난상

---

43 "金君雨均, 有志於敎導後生, 編輯尺牘一册, 刊行于世, 旣有年. 然時局日新, 程式時異前
　刊, 多有所未盡處, 迺更增補其遺漏若干." 李容植, 「尺牘重刊序」, 『增補字典尺牘完編』,
　同文書林, 1912.
44 "迺敢諮決於師友之論, 融通以中東之規, 蒐輯一編, 以公同好者, 旣有年矣." 金雨均, 「自
　序」, 『增補字典尺牘完編』, 同文書林, 1912.
45 "僕이 於光武二年歲에 家塾兒輩의 發軔홈을 起見ᄒ야 尺牘完編을 纂集홀식 經春抵冬
　ᄒ야 始克成書ᄒ얏더니 坊友의 嗜痂흔 바를 作ᄒ야 印布ᄒ기에 至ᄒ니 幾年의 間에
　翻印이 凡六度오 三萬有餘帙에 達ᄒ야 居然이 域內에 衣被흔지라." 金雨均, 「敍言」, 『文
　明尺牘』, 1917.

주(欄上注)로 한자 풀이를 넣어 자전(字典) 기능을 보완한 최종적인 개정판이었다. 이후 1930~40년대까지 상당히 오랫동안 유통된 이 개정판에는 기존의 서문을 모두 빼고 이용직의 「척독중간서(尺牘重刊序)」와 김우균의 「자서(自序)」 두 편만을 새로 싣고 있다. 이 최종 개정판에 실린 서문에는 김우균 중심의 편찬자 확정 과정이 보다 분명하게 드러난다. 여기서 이용직이 편찬자를 '김우균'으로만 지목하여 마치 단독 편저자인 것으로 서술한 점, 김우균이 자신의 서문에 '자서(自序)'라는 제목을 붙인 점, 김우균의 '자서'가 편찬자로서의 자의식을 강하게 드러내고 있으며 700자가량이나 되는 긴 분량으로 되어 있는 점, 그리고 스승의 존재만 언급할 뿐 '최성학'이라는 이름을 거론하지 않았다는 점 등은 모두 이러한 사실을 강하게 뒷받침해주고 있기 때문이다.

위 세 번째 인용문은 '증보자전'이 출판된 지 5년 뒤인 1917년에 새로 펴낸 '문명'의 서문이다. 여기서 김우균은 '내가 1898년 봄에서 겨울까지 척독완편을 찬집했다'고 하면서, 아예 자신을 『척독완편』의 단독 편찬자로 소개하고 있다. 그는 공부를 시작하는 학생들에게 도움을 주기 위해 '광무 2년' 즉 1898년 가을과 겨울에 걸쳐 『척독완편』이라는 책을 지었으며, 그에 대한 반향이 매우 컸음을 자랑스러운 어조로 진술하고 있다. 여기에 최성학의 이름은 물론, '스승과 동학들'의 존재는 전혀 언급되지 않는 것으로 보아, 그는 1917년 『문명척독』을 펴낼 즈음에는 자신을 『척독완편』의 단독 편찬자로 확정하여 진술하고 있음을 알 수 있다.

이상 『척독완편』의 판본별 서발문을 통해 읽어볼 수 있는 내용을 정리하면 다음과 같다. 첫째, 『척독완편』의 편찬 과정에서 참고한 것은 청나라에서 수입된 책들과 조선의 간찰 교본 및 당대의 간찰 풍속이었다. 둘째, 『척독완편』의 편찬은 1899년경 중인 최성학과 그의 문하생들의 공동 작업을 통해 최초로 이루어졌다. 셋째, 『척독완편』의 근대적 인쇄·

출판은 1899년 완성된 『척독완편』에 대한 대중들의 큰 호응에 힘입어 1905년 '박문사'에서 최초로 이루어졌다. 넷째, 김우균이 1908년경 '동문사'라는 출판사를 운영하기 시작하면서 이후 『척독완편』 후속작의 발행은 동문사에서 지속적으로 이루어지게 되었으며, 이후 『척독완편』 편찬의 중심인물은 최성학에서 김우균으로 점점 그 서술의 축이 옮겨갔다.

4) 서발문에 나타난 척독 인식

『척독완편』에는 판본별로 적게는 한 편에서 많게는 다섯 편에 이르는 서문이 실려 있어서, 당시 사람들이 척독이라는 장르의 글에 대해 갖고 있던 일반적인 생각과 척독집이라는 책의 역할에 대한 생각 등을 엿볼수 있게 해준다. 이 장에서는 『척독완편』의 판본별 서발문에 나타나 있는 척독 및 척독집의 장르 및 기능에 대한 인식을 살펴보고자 한다. 당대 사람들이 '척독'이라는 글을 어떻게 생각했는지, 왜 '척독 교본'이 필요하다고 생각했는지를 가장 집약적으로 드러내 보여주는 것은 최성학의 「자서」이다.

무릇 다른 이와 교제함에 척독이 아니면 대략 마음을 논하고 일을 서술할 수 없다. 그렇기에 편지를 보내서 천만 리에 떨어져 있지만 그리워하는 곡진한 정을 전하고 얼굴을 맞대 이야기하듯 기뻐했으니 …… 모두 옛 책에 능하다고 칭송받고 능히 많은 책을 두루 통했다며 깊이 음미하고 문장을 짓고는 스스로 장자며 이소라고 하지만, 주고받는 편지글에 이르러서는 그 투식에 어두워서 오히려 붓을 놓기를 면치 못하니 하물며 여염의 선비에 있어서랴. …… 비록 작은 도(道)라 할 것이지만 온당한 말과 적당한 구절로써 곳에 따라 인용하고 그 쓰임을 서로 참고하면 남과 더불어 교제할 때 정과 격을 다 갖추고, 임시로 군색하게 넘어지는 걱정은 거의 없게 할 만하다. 또 밑에 지극히 상세한 설명을 두어서 보는 자로 하여금 분명히 알게 하였으니 초학자들에게는 나루터와 다리라고 할 만하다 하겠다.[46]

윗글은 최성학의 「자서」의 일부이다. 그는 척독이 남과 '교제'를 할 때 반드시 필요한 것이라고 하면서 '마음을 논하고 일을 서술하는 것(論心敍事)'이라고 설명하였다. 또한 그는 척독이 '정을 전하는 것', '직접 만나는 것처럼 기쁜 마음을 전하는 것'이라고 설명하고 있다. 즉 그는 척독을 마음과 이야기를 전하고, 먼 거리에서도 안부를 전할 수 있게 해주는 '작은 도(小道)'라고 보고 있는 것이다.

그런데 최성학은 그러한 척독을 쓸 때 반드시 필요한 것이 있다고 말하고 있다. 그것은 '투식(套式)', 즉 '온당한 말과 적당한 구절(妥辭當句)'이다. 즉 최성학은 정을 전하는 편지를 쓰되 그 편지는 정해진 규식, 즉 투식을 정확하게 알고 그대로 써야 한다는 생각을 보여주고 있다. 최성학의 증언에 의하면 당대 사람들의 문제는 많은 책을 읽어 지식이 있는 이들조차도 '편지의 투식'을 잘 알지 못해 편지 쓰기를 두려워한다는 것이었다. 이것은 곧 그의 『척독완편』 편찬 동기로 이어진다. 그는 사람들로 하여금 편지를 쓸 때 '정과 격을 다 갖추도록(情格俱摯)', 즉 내용적인 면에서의 감정적 토로와 형식적인 면에서의 격식을 모두 갖출 수 있도록 하는 척독 규범을 제시하고자 했던 것이다.

---

46 "夫與人交際, 非尺牘, 率莫巾論心而叙事. 故裁魚寄雁, 或在千萬里, 相思繾綣之情, 雖如面譚. …… 皆見稱於古籍, 能博涉群籍, 含英咀華, 僕命莊騷, 至於往復之詞, 昧其套式, 猶未免搁筆, 況委巷之士乎. …… 雖曰小道, 若以妥辭當句, 隨處引之, 叅互其用, 則與人交際, 情格俱摯, 庶幾無臨時窘路之患. 而又有註脚慕詳, 俾觀者了然, 竊以爲初學之津梁云爾." 崔性學, 「自序」, 『尺牘完編』, 博文社, 1905.

이러한 최성학의 진술은 19세기 말, 20세기 초 당시의 한문 편지에 대한 일반적인 생각을 짐작하게 해준다. 즉 편지가 '감정'을 전하는 것이되 그것을 표현하는 '형식적 표현'도 그에 못지않게 중요하다는 생각이 지배적이었던 것이다. 이는 고마움, 미안함, 그리움, 위로와 축하 등 편지에서 전할 수 있는 감정을 표현하는 방식이 일정하게 규격화되어 있었다는 사실을 암시하며, 이는 곧 '정해진 표현과 관용적 구절을 적절하게 구사할 줄 아는가' 하는 것이 그 사람의 한문 글쓰기의 교양 수준을 증명하는 수단이 되고 있었다는 사실을 의미한다. 최성학은 이러한 상황에서 편지 쓰기의 규범을 제시해주는 척독 교본이 사람들에게 한문 글쓰기의 모범이 되어줄 것으로 기대했으며, 아울러 이 책이 '초학자', 즉 한문 공부를 처음 시작하는 사람들에게 길잡이 역할이 되기를 바라고 있었다.

척독의 역할, 그리고 척독 교본의 역할에 대한 이러한 최성학의 생각의 단초들은 다른 이들의 서발문에서도 비슷하게 찾아볼 수 있다.

무릇 척독은 감정을 말하는 것이기 때문에 작은 기미도 정확히 밝히는 것이다. 그러나 법식에 말미암지 않으면 안 되므로 존비, 장유, 친소에 따라 쓰는 문자가 갖추어 있어 진실로 시의에 맞으며, 진실로 정을 드러내며 혼잡해서는 안 된다. …… 조목과 종류를 나누어서 각각 그 지향을 다하였으니, 초학자들이 책을 펴면 그 규식의 자세하고도 간략함과 조어의 기이하고 치밀함이 모두 의지할 만함을 환히 알 수 있다.[47]

---

47 "凡尺牘所以言情, 而剖析幾微者也. 然未嘗不動由規式, 自尊卑長幼親疎之際, 俱有應用文字, 允合時宜, 固不可徑情而布置混襍也. …… 條分類別 各極其趣, 令初學開卷, 暸然輒曉其規式之詳略, 而措語之瑰奇栗密, 皆有依據." 趙秉式, 「尺牘完編序」, 『尺牘完編』, 博文社, 1905.

이 한 권의 척독 책은 연농(研農) 선생 사제가 초학자들을 위해 편집했다. ……
이 책은 깊은 문장과 심오한 뜻으로 영예를 구하고 아름다움을 훔치고자 한 것은
아니며, 궁벽한 마을 먼 시골에서 일용하는 수응(酬應)의 도구로 도움을 주기에
는 넉넉할 것이다. 장차 초학자들로 하여금 모두 법도로 삼게 하여 능히 고루하
다는 칭호를 면할 수 있게 하였으니, 그 도움 되는 바가 어찌 깊은 병에 좋은
약을 투여함이나 헤매는 길에 반걸음을 가리켜줌에 그치겠는가.[48]

척독은 짧은 글이니 큰 문장과 비교하면 체와 격이 다르고, 춥고 더운 계절
인사나 경조사를 알리는 사이에 일에 따라 정이 통하면 그것으로 족하니 어찌
법식을 쓰겠는가. 그러나 백성들의 삶이 오래되자 심상하게 왕복하는 편지도
종류별로 무리가 분류되고 갖춰지며 쌓이게 되었다. 이것이 널리 보고 상고하는
이에게는 견주어볼 만한 밑천이 되고, 어리고 배움이 얕은 이에게는 기대어 모방
하는 도구가 되니, 또한 족히 학생계의 한 요람이 될 것이다.[49]

위 인용문들에서 공히 읽을 수 있는 '척독'이라는 장르에 대한 기본적
인 태도는, 그것이 일에 따라 마음과 감정을 전하는 '짧은 글'이라는 것이
며, 동시에 그럼에도 불구하고 '규식' 즉 법도와 형식이 필요하다는 것이
다. 또한 척독 교본의 기능에 대한 견해는 초학자와 학생들을 위한 문장

---

48 "尺牘一書, 乃研農師弟, 爲初學而編輯也. …… 是編之作, 非深文奧義, 欲以干譽而掠美,
其在僻巷遐鄕, 以資其日用酬應之具, 則綽綽然有餘. 將使初學, 皆爲繩墨, 能免於固陋之
稱, 其所補者, 奚止投良劑於沈疴, 指迷津於跬步而已." 高應源, 「尺牘完編跋」, 『尺牘完
編』, 博文社, 1905.
49 "尺牘短篇也, 與大文字, 體格有異, 寒暄哀慶之間, 隨事通情足矣, 焉用程式爲哉. 然民生
久矣, 雖尋常往復, 輩分類聚, 具收幷畜, 以爲博覽廣考者, 比照之資, 年少學淺者, 依倣
之具, 則亦足爲學生界一要覽." 李容植, 「尺牘重刊序」, 『增補字典尺牘完編』, 同文社,
1912.

의 법도를 제시해주기 위한 것이며, '벽항하향(僻巷遐鄕)에서 매일 쓰는 도구가 되게 하기 위한 것'이라는 '소박한 한문 문장 규범이자 교본'으로서의 역할에 공통적으로 초점이 맞추어져 있음을 알 수 있다.

그런데, 최성학을 비롯하여 서발문을 남긴 대부분의 필자들이 공유하고 있었던 이러한 척독 장르에 대해 다소 다른 생각을 보여주는 유일한 이는 김우균이다. 그는 척독이 규칙과 형식을 지켜 쓰면 되는 한문 편지, 안부를 전하는 '작은 도(小道)'이자 '짧은 글(短篇)'이라는 생각에서 한 걸음 나아가 있었기 때문이다. 그는 한문 편지인 척독이야말로 '고문(古文)의 여파'에서 나온 것이며, '서권기(書卷氣)'가 담겨 있어야 한다는 주장을 펴고 있었다.

나는 세상의 편지를 쓰는 자들이 격식은 쉽지만 말을 엮는 것은 어렵게 아는 것을 늘 걱정하였으니, 왜 그런가. 그 대강을 거칠게 통해 정을 나누는 도구로만 알고 그 근원이 고문의 여파에서 나온 줄은 모르기 때문에 그 문체가 쇠약하고 더욱 진부하게 되는 것이다. 일찍이 저명한 선비들이 주고받은 편지를 보면 불과 몇 줄 안에도 특별한 깊이를 담아서, 혹 의론이 격렬한 데 이르러도 팔밑에서 종횡으로 참고하여 증거로 삼아 분명히 뺏을 수 없는 이치가 있으니 이것이 곧 서권기(書卷氣)이다. …… 편지는 비록 작은 기예지만 또한 고문의 여파에서 나온 것인즉, 격식을 쉽게 알고 말 엮기를 어렵게 아는 것은 또한 이 때문인가.[50]

---

50 "余常患世之爲書札者, 知格式易, 而措語之難, 何也. 盖粗涉其棨, 認以爲通情之具, 而不知其原出於古文餘派, 故其體委靡, 愈覺陳腐矣. 嘗觀名彦往復之辭, 只不過數行, 而寄託殊深, 或至於就事論事風生, 腕底縱橫考据, 有確乎不可奪之理, 此仗書卷氣耳. …… 書札雖爲小技, 亦由乎古文餘派, 則知格式易, 而措語之難者, 抑爲此歟." 金雨均, 「尺牘完編後序」, 『尺牘宗編』, 博文社, 1905.

내가 이십대부터 경전의 수풀에서 김을 쐬었고 좀벌레 무더기에 파묻혀, 처음에는 제 양을 모르고 많이 탐하여 힘써 얻었으나 끝에는 학문의 깊이에 탄식하여 추함을 알고 정신을 요약하는 데로 모았다. 세상의 도리가 사람들의 위의에 관계된 것이 그 어찌 오직 서신을 주고받는 것뿐이겠는가. 그러나 진실로 번화하여 비록 그만두고자 하나 그만둘 수 없어 '이것(서찰)이 유자(儒者)의 일에 가장 가까운 것'이니 나중에야 비로소 정자(程子)께서 나를 속이지 않음을 알게 되었다. 이에 멀리 거슬러 올라가 좌구명(左丘明)의 『국어(國語)』와 『사기(史記)』, 『한서(漢書)』에서부터 명청 시대 명가들의 왕복한 편지에 이르기까지 일가의 말을 이루고자 한 것이 오래되었다. …… 일찍이 우리나라가 글을 숭상한다는 칭송이 있음이 아름답지 않은 것은 아니나, 나이든 선비나 이름 높은 유학자라고 하는 이들은 성리(性理)를 마치 콩이나 밤을 이야기하듯 하며 시 짓기를 가래와 침처럼 여긴다. 경조사나 위문하고 축하할 일이 있을 때면 긴 종이에 짧게 쓰되 대략 진부한 표현으로 많이 도배하며 형식적인 표현에 묶임이 많아 천편일률이라 서권기(書卷氣)라고는 없다.[51]

위 인용문은 김우균이 1905년 『척독완편』의 최초 출판 시점에 쓴 「척독완편후서(尺牘完編後序)」의 일부이다. 여기서 그는 '척독'이라는 장르 자체에 대한 남다른 가치 평가를 내리고 있음을 볼 수 있다. 그는 편지라는 것을 사람들이 '정을 통하는 도구로만 거칠게 알고 있음'이 문제라고 지적하면서, 한문 편지의 기원이 '고문의 남은 여파(古文餘派)'에서 나온

---

[51] "余自弱冠, 熏炙乎經籍之藪, 埋沒於蠹魚之叢, 始焉不知量而貪多務得, 末乃望洋知醜而會神於約. 其奈世諦之關於四威儀者, 惟札翰之應酬者. 寔繁, 雖欲己而不能已, 信知此最近於儒者事, 而後始驗程子之不我欺也. 於是, 遠溯左國史漢, 以逮明淸名家之往復簡編, 擬欲成一家言者, 久矣. …… 嘗恨夫靑邱右文之稱詡, 不爲不美, 而號稱老士宿儒者, 談性理如菽栗, 撰詩賦如咳唾. 及乎哀慶慰賀之際, 長幅短章, 率多塗抹陳腐, 拘束窠臼, 千編一套, 了無書卷之氣." 金雨均, 「自序」, 『增補字典尺牘完編』, 同文社, 1912.

것임을 사람들이 알지 못한다고 말하고 있다. 김우균은 또한 '유명한 선비들의 편지'는 짧은 길이에도 불구하고 '깊은 뜻과 이치'가 담겨 있으며 이것이 곧 문장의 품격, 즉 '서권기(書卷氣)'라고 강조한다. 그는 편지가 '작은 도'라는 것을 인정하면서도 그것이 고문에서 말미암은 것임을 잊어서는 안 된다고 강조하였다.

두 번째 인용문은 김우균이 자신을 단독 편찬자로 내세우기 시작한 1912년 『증보자전』에 실은 「자서(自序)」이다. 여기서 그는 자신의 한문 공부의 내력을 장황하게 소개하면서 척독의 의의를 깨달았음을 말하고 있다. 그는 자신이 많은 경전을 섭렵했는데, 그러던 끝에 한문 편지 즉 척독이야말로 '세상의 도리 중 사람들의 위의에 깊이 관계된 것'이며 '정자의 나를 속이지 않는다는 말씀'에도 가장 가까운 것임을 알게 되었다고 한다. 또 그는 이러한 한문 편지의 연원을 『사기』와 『한서』에까지 거슬러 올라가 찾으면서, 척독이라는 장르가 '고문(古文)'으로서의 전통을 가진 것임을 역설하고 있다. 이어서 그는 당대인들의 척독 쓰기가 경조사가 있을 때 '짧고 진부한 표현'을 일삼는 '천편일투(千編一套)'의 풍조에 불과하다고 개탄하고, 그 때문에 문사다운 격조인 '서권기'를 찾아볼 수 없다며 안타까워하였다.

김우균이 지향했던 것으로 보이는 '몇 줄에 불과해도 깊은 뜻을 담고 있는 유명한 선비들의 편지'는 조선 후기 박지원을 비롯한 이덕무, 유득공 등의 문예 미학적 가치가 높은 청언소품(淸言小品)으로서의 '척독'을 떠올리게 한다.[52] 또한 한문 편지의 근원을 실제 고문에서 찾고, 척독의

---

52 문예 미학적으로 높은 가치를 가진 것으로 평가되는 박지원, 이덕무 등의 척독에 대해서는 한문학 분야에서 이미 상당한 연구가 축적되어 있다. 대표적으로 다음 논저들을 참고할 수 있다. 권정원, 「청장관 이덕무의 척독 연구」, 『東洋漢文學研究』 15, 2001; 강명관, 「이덕무 소품문 연구」, 『조선후기 소품문의 실체』, 태학사, 2003; 안대회, 「조

'서권기'를 강조하는 태도 또한 그가 대단히 고급한 한문문화를 지향하였음을 보여주는 부분이다. 이러한 태도는 다른 서발문의 필자들이 '척독'을 바라보는 태도와는 상당히 다른 것이다. 최성학을 비롯한 다른 필자들은 척독을 멀리 떨어진 이에게 안부를 묻고 마음을 전하는 것이며, 그러한 내용을 '정형화된 문구를 갖추고 격식을 지켜서 쓰는 것'이라 생각했던 데 비해, 김우균은 유독 척독 장르에 대해 복고적이고 보수적인 감각을 강조하고 있기 때문이다.

김우균의 척독에 대한 이러한 인식은, 그가 조선 후기 간찰 교본에서부터 내려온 근대 척독 특유의 전통인 '투식화된 전형적 글쓰기로서의 한문 편지'로서의 성격을 부정하고, '고급한 한문문화'로써 척독을 부각시키고자 했던 의도를 강하게 전해준다. 물론 이러한 김우균의 척독 인식이 실제『척독완편』의 편제 및 수정, 개수 방향에 적극적으로 반영되었던 것 같지는 않다. 편찬 과정의 중심이 온전히 김우균 개인의 독자적인 것으로 넘어간 시점인 1912년『증보자전』의 편제 역시 이전의『척독완편』이 갖고 있던 전형적인 편지 쓰기의 상황 설정, 특정 상황에서 써야 하는 투식 및 관용어구 제시의 큰 틀에서 벗어나 있지 않기 때문이다. 즉 김우균은 척독이 고급한 한문문화의 정수로서 서권기를 갖추어야 한다는 주장을 펴긴 했지만, 그것을 척독 교본의 편제나 내용에 실제로 반영할 수 있는 구체적인 방안을 갖고 있었던 것은 아니었다. 김우균의 이러한 생각은 사실상 근대 초에 한문 글쓰기의 대중화에 기여하기 위해 문장 교본의 성격으로 기획된 근대 척독 교본의 지향과는 근본적으로 모순되는 것이었으며, 근대 한문 지식층으로서의 당대의 척독 편저자가

선후기 소품문의 성행과 글쓰기의 변모」,『조선후기 소품문의 실체』, 태학사, 2003; 정민, 「연암 척독의 문예미」,『韓國漢文學硏究』31, 한국한문학회, 2003; 홍인숙, 「이덕무 척독 연구―내면, 혹은 사적 자아의 발견」,『韓國漢文學硏究』33, 한국한문학회, 2004.

가졌을 법한 자의식을 보여준다고 보는 것이 합당할 것이다. 이러한 복고적 문예 취향을 가진 한문 지식층으로서의 그의 정체성과 '잘 팔리는 척독 교본' 저자로서의 그의 정체성 사이의 괴리의 지점을 찾는 것은 또 다른 연구에서 이어 시도해야 할 문제의식이 아닐까 생각된다.

2부

1920~30년대,
근대 척독서의 대유행

1. 1920~30년대를 풍미한 '편지 예문집류 척독집'

1) 편지 예문을 보여주는 척독 교본

근대 척독 교본은 한문으로 편지 쓰는 법을 가르쳐주는 서간 교본 성격의 책으로, 1890년대 말 김우균의 『척독완편』을 시작으로 하여 1950년대까지 100여 종이 넘게 간행된 실용 서적을 말한다.[1] 이 장에서는 그중에서도 1920~30년대에 간행된 '편지 예문집' 성격의 척독 교본 자료들을 주목하고 그 전반적인 양상과 특징을 살펴보고자 한다. 1920~30년대는 근대 척독 교본이라는 자료집이 나온 50여 년의 시기 중에서도 가장 활발하게 척독집이 간행되었던 전성기이다. 이 시기는 확인된 근대 척독집 목록 74종 중 43종이 쏟아져 나온 시기였는데, 이 중에서도 가장 눈에

---

1 방효순은 근대 시기 출판된 '편지 서식' 교본 성격의 척독서 종류가 161종이라고 보고한 바 있다. 그러나 현재 각 대학 도서관과 '한국역사정보통합시스템'을 통해 그 실체를 확인할 수 있는 근대 척독집은 총 74종으로 파악된다. 방효순, 『일제시대 민간 서적발행 활동의 구조적 특성에 관한 연구』, 이화여대 문헌정보학과 박사학위논문, 2000, 64쪽; 본서의 3부 1장 「1900~50년대 근대 척독집의 시대별 변화」 참고.

띠는 하나의 무리를 형성하고 있는 자료군이 바로 '편지 예문집류 척독집'이다.

원래 근대 척독 교본은 한문 서간을 쓸 때 올바른 표현 및 문체적 규범을 제시해주는 '편지 규범집'으로서의 성격을 기본적으로 갖고 있다. 따라서 척독 교본은 통상적으로 '호칭', '투식구', '예문'의 세 영역에서 한문 서간을 쓰는 규범을 제시해주는 구성을 보여주며,[2] 이러한 구성을 통해 독자들에게 올바른 존비법 및 상하 관계에 맞는 호칭, 용어와 투식구, 실제 서간 예문 등을 익히게 하는 것이다. 1900~10년대를 대표하는 이러한 편지 규범집류 척독집은 본문에 한글 독음이 전혀 없고 어순과 문법 면에서 순 한문체를 유지하고 있으며, 대부분 500쪽 이상의 분량으로 편폭이 큰 책들이 대부분이다.[3]

'편지 예문집류 척독 교본'은 이러한 '편지 규범집'으로서의 '규범'에 대한 내용이 없어진 채 '예문'으로서의 서간문만 실려 있는 교본 유형을 말한다. 1920~30년대에 대거 등장한 이러한 예문 모음집 성격의 척독 교본은, 우선 분량 면에서는 140~170쪽 정도의 얇은 책들로, 별도의 분류체계 없이 '~가 ~께 上ㅎ는 書'와 같은 낱낱의 편지들을 100여 편가량 싣고 있는 구성을 보여준다. 편지 예문집류 척독 교본의 한문 편지 예문들은 우리말 어순에 가까운 평이한 국한문체로 되어 있고, 본문의 한자에

---

2 근대 척독집에서 한문 서간의 규범을 제시하는 방식은 대략 다음과 같다. 첫째, 편지에서의 올바른 한자 호칭을 정리해주는 '각당칭호(各黨稱號)' 부분, 둘째, 편지의 기승전결 부분에 각각 활용할 수 있는 투식구를 제시하는 '구어활투(句語活套)' 부분, 셋째, 주제 및 상황별로 실제 한문 편지의 예문이 제시된 '가서류(家書類)', '문후류(問候類)', '청탁류(請託類)' 등의 부분이다.

3 이에 해당되는 대표적인 책으로 다음 세 종류를 꼽을 수 있다. 金雨均, 『尺牘完編』, 博文社, 1905; 池松旭, 『新編尺牘大方』, 新舊書林, 1916; 玄采, 『尺牘大成』, 大昌書院, 1917. 이들의 양상과 특징에 대해서는 또 다른 지면에서 별도의 논고를 마련하고자 한다.

는 일일이 한글 독음이 표기되어 있으며, 본문 상단에는 한자어의 의미를 해설하는 두주(頭註)가 달려 있어 초보 한문 학습자를 주요 독자로 하고 있음을 알 수 있다. 이들 척독 교본은 교본의 규범을 응용, 활용하여 한문 편지를 쓰는 방법을 전달하는 근대 척독집의 '규범집 및 교본'으로서의 원래의 목적보다는, 독자가 자신이 필요로 하는 상황과 비슷한 예문을 그대로 베껴 쓰도록 할 것을 전제하고 있는 '인용집' 용도의 책처럼 보인다.

사실 이러한 '편지 예문집류 척독 교본'은 근대 척독 교본이라는 분류군 자체를 '상투적이고 구태의연한 편지 모음집'이라고 하는 인상을 주게 만든 가장 결정적인 자료라고 할 수 있으며, 또한 그런 점에서 학문적, 자료적 가치가 매우 낮은 것으로 평가할 수도 있다. 그러나 근대 척독 교본은 한문학사의 마지막 시기에 한문 글쓰기의 규범이 어떻게 변화하고 있는지, 그러한 규범의 변화가 어떻게 실제 한문 문체의 변화에 반영되고 있는지, 그러한 전통적 글쓰기의 형식과 근대적 생활 소재라는 내용이 어떻게 만나는지 등의 지점을 생생하게 보여준다는 점에서 그 문화사적 차원의 가치와 의미를 조명해볼 필요가 있는 자료이다.

따라서 이 글에서는 이러한 '편지 예문집류' 척독 교본들의 양상과 체제를 살펴보고, 이어서 이 자료들의 특징과 의미를 살펴보고자 한다. 지금까지 이들 자료군에 대해서 학계에 본격적으로 보고된 바가 없었기 때문에, 일차적으로 이들의 체제와 내용에 대한 자료 현황을 소개하는 작업부터 시작한다.

2) 자료 현황

1920~30년대 척독 교본 중 실제 책과 목록이 확인되는 것은 현재 총 43종으로, 그중 일부 연구기관 사이트 및 개별 대학 도서관 사이트에서 원문 이미지가 제공되거나 고서점 등을 통해 직접 실물을 확보하여 그 내용을 실질적으로 참고할 수 있는 것은 11종이다.[4] 그중 기존의 편지 규범집류에 속하는 4종[5]을 제외하고, 실제로 이 글에서 주로 살펴보고자 하는 1920~30년대 편지 예문집류 척독 교본 7종을 출판 연도 순으로 나열하면 다음과 같다.

· 노익형(盧益亨), 『주해부음(註解附音) 신식척독(新式尺牘)』, 박문서관(博文書館), 1920. → 전형 ①
· 지송욱(池松旭), 『부음주석(附音註釋) 신식금옥척독(新式金玉尺牘)』, 신구서림(新舊書林), 1923. → 전형 ②
· 강은형(姜殷馨), 『부음주해(附音註解) 신식유행척독(新式流行尺牘)』, 대성서림(大成書林), 1929. → 변이형 ①

---

4 실제로 1920~30년대에 출판된 43종 중 나머지 32종은 대부분 각 대학 도서관에서 고서 및 준고서로 지정되어 있어서 열람만 가능할 뿐 복사 및 대출이 불가능하기 때문에 실질적으로 연구 대상으로 삼기 어려운 면이 있다. 1920~30년대 척독집의 전반적인 자료 상황에 대해서는 본서 3부 1장 참고.

5 1920~30년대에 나온, 실물 확인 가능한 척독집 중 기존의 '편지 규범집류'의 성격을 가진 척독집 4종은 다음과 같다. 이들 척독집은 '편지 예문집류'와 달리 한글 독음이 달려 있지 않고, 분량이 300쪽 이상으로 아주 많거나 80쪽가량으로 아예 적으며, '투식구 제시'와 '예문 제시'의 일반적인 척독집 목차 구성을 보여주고 있다. 金東縉, 『註解附音尺牘大鑑』, 德興書林, 1921; 金元祐, 『註吐常識實用尺牘』, 東昌書屋, 1922; 趙男熙, 『新式備門尺牘』, 東洋書院, 1926; 朴重華, 『最新獨習日鮮尺牘』, 彰文堂, 1929.

· 김천희(金天熙), 『석자부음(釋字附音) 최신금옥척독(最新金玉尺牘)』, 광한서림(廣韓書林), 1929. → 변이형 ②

· 이종국(李鍾國), 『무쌍주해(無雙註解) 보통신식척독(普通新式尺牘)』, 덕흥서림(德興書林), 1930. → 변이형 ③

· 고병교(高丙敎), 『대증보(大增補) 무쌍금옥척독(無雙金玉尺牘)』, 회동서관(滙東書館), 1932. → 전형 ③

· 이종수(李宗壽), 『보통유행(普通流行) 성문척독(成文尺牘)』, 성문당서점(盛文堂書店), 1937. → 전형 ④

위 목록 중에서 노익형·지송욱·고병교·이종수의 척독 교본은 문체와 소재, 편지 예문을 제시하는 분류 기준, 편지를 보내고 받는 상황 설정 등의 면에서 가장 표본적이고 전형적인 예시를 보여주고 있다. 반면 강은형·김천희·이종국의 척독 교본은 서간 예문의 분류와 상황 설정 등에서 앞서 언급한 일반적인 척독 교본의 사례들에서 조금씩 벗어나는 새로운 설정을 시도하는 면모를 보인다. 따라서 이 글에서는 전자의 경우를 '전형적 편지 예문집'으로,[6] 후자를 '변이형 편지 예문집'으로 분류하고 각각의 특징과 양상을 짚어보려 한다.[7] 이 7종의 편지 예문집류 척독집의 기본적인 서지사항, 교본의 구성, 특이점을 정리하여 제시하면 다음과 같다.[8]

---

6 이 중 고병교의 척독집과 이종수의 척독집은 책의 표제만 다를 뿐 목차, 본문, 부록까지 완전히 동일하여 같은 책으로 보아야 한다.

7 이하 본고에서는 이들을 각각 '편지 예문집류 척독집'의 '전형 ①~전형 ④', '변이형 ①~변이형 ③'으로 지칭하고자 한다.

8 본고에서 다루고 있는 위 7종의 편지 예문집류 척독집의 구체적인 서한의 내용은 표 1, 2로 정리 요약하여 뒤에 부록으로 첨부하였다.

	서지사항	기본 구성	특이사항
전형	노익형, 『주해부음 신식척독』 (박문서관, 1920) → 전형 ①	왕복 68쌍 예문 평균 7~10행 분량	·편지 예문집류 척독집 중 최초 ·한문 중요성 강조 ·저자=출판사 운영자
	지송욱, 『부음주석 신식금옥 척독』 (신구서림, 1923) → 전형 ②	왕복 74쌍 예문 평균 7~10행 분량	·편지 예문집류 척독집 중 내용적 전형성 획득 ·저자=출판사 운영자
	고병교, 『대증보 무쌍금옥척독』 (회동서관, 1932) → 전형 ③ =이종수, 『보통유행 성문척독』 (성문당서점, 1937) → 전형 ④	왕복 76쌍 예문 평균 7~10행 분량	·전형 ①에서 14쌍, 전형 ②에서 40쌍 재인용 ·총 76쌍 중 22쌍만 새로 집필 ·저자=출판사 운영자
변이형	강은형, 『부음주해 신식유행 척독』 (대성서림, 1929) → 변이형 ①	왕복 105쌍 예문 4~10행까지 다양	·여성 필자를 가정한 편지가 많음 ·'감사 편지'에서 적극적인 근대 문물 수용 태도
	김천희, 『석자부음 최신금옥 척독』 (광한서림, 1929) → 변이형 ②	왕복 107쌍 예문 평균 5~6행 분량	·경서와 문집 인용한 한문 세주 ·구학문과 한문의 중요성을 완고하게 강조 ·유교 중심적 내용 ·불교, 여성 교육에 대한 부정적 평가 ·전형 ②에서 19편 재인용
	이종국, 『무쌍주해 보통신식 척독』 (덕흥서림, 1930) → 변이형 ③	왕복 87쌍 예문 평균 10~15행 분량	·척독 본문의 평균 길이가 가장 긺 ·당대 척독에 대한 메타적 시선을 보여줌 ·세태 비판 및 구학문의 정통성 강조 ·불교 친화적 태도

전형 ①-④는 우선, 실려 있는 한문 서간의 문체가 우리말 어순에 맞게 조정된 쉬운 국한문체로 되어 있다. 서간문 예문들 각각의 분량도 7~10행으로 균일화되어 있는 양상을 보인다. 또한 이 척독 교본들의 저자는 각각 박문서관(노익형), 신구서림(지송욱), 회동서관(고병교)이라는, 20세기 초 가장 큰 서점의 운영자들이라는 공통점을 갖고 있다. 이들 전형

적 편지 예문집은 별도의 목차나 분류 체계 없이 낱낱의 한문 서한이 쭉 나열되어 있으나, 큰 흐름상 '족척 간 안부→초대→축하→구체적 용무→혼서→문상'이라는 순서의 주제 범주로 되어 있다는 공통점도 있다.

각각의 주제 범주 안에서도 나름대로의 예문 배열의 기준이 적용되고 있다. 예컨대 '족척 간 안부' 범주 안에서는 '조손→부자→부부·형제 →백숙부·종형제·외가→사돈·족척→지인'과 같이 가까운 가족에서 먼 지인 순서로 관계가 제시되면서 각 관계에서 있을 법한 다양한 안부 나 훈계의 내용을 보여준다. '초대' 범주에는 부친의 생일 등 잔치 초대 및 답교(踏橋)나 꽃 감상 초대, '요청'에는 휘호나 서문, 아들 교육 요청, '구체적 용무'에는 주로 중매 제안, 병문안, 빚 독촉, 물건 보냄 등의 내용 이 들어 있으며, 세 종류의 척독집 모두 이러한 국한된 소재 범주를 벗어 나지 않고 있다.

이러한 전형 예문집에 비해 변이형 예문집은 일단 문체의 수준이 제각 각이다. 변이형 ①은 아주 쉬운 우리말 어순의 국한문체임에 비해, 변이 형 ②는 짧은 문장의 쉬운 한주국종(漢主國從) 국한문체를 보이는가 하 면, 변이형 ③은 한주국종체이긴 하지만 다소 장황한 만연체 문체를 구 사하고 있다. 평균적인 서한 길이도 각기 다른 모습을 보여준다. 변이형 ①은 서한 길이가 일정치 않아서 10행 정도의 긴 서한도 있지만 뒤로 갈수록 서한 길이가 짧아져 3~4행의 짧은 예문으로 그치는 것들도 꽤 많다. 반면, 변이형 ②에서는 서한 본문이 평균 5행 내외로 일정한 편이 며 한 페이지에 두 편 정도가 거의 일관되게 배치되어 있음을 볼 수 있 다. 변이형 ③은 모든 서한이 10~15행 정도의 긴 분량으로 한 편의 서한 이 대부분 두 페이지 이상에 걸쳐 배치되는 양상을 보인다.

이들 변이형 척독 예문집은 구성 면에서 기존의 편지 예문집류와 주제 범주를 비슷하게 유지하면서도 각 변이형마다 독특한 한두 개의 주제 범주를 더 설정하는 경향이 있다. 변이형 ①의 경우 '邀友~(벗을 초대함)', '餽~(물건을 보냄)', '謝~(감사함을 표함)'과 같은 분류를 새롭게 설정했으며, 변이형 ③의 경우 '問人~(지인의 안부 물음)' 등의 분류를 각각 10여 편 이상씩 배치하여, 전형 예문집에서는 볼 수 없었던 새로운 주제들을 제시하였다. 또한 이들은 실제 서한의 본문에서도 기존의 전형적 예문집류에서는 볼 수 없었던 소재나 새로운 견해 등을 보여주는 경우도 많아, 전반적으로 내용 차원에서도 상투적 전형성을 벗어나는 경향을 보여준다. 다음 장에서 이 두 유형의 각각의 특징적 양상을 보다 자세히 살펴보기로 한다.

3) 전형적 양상

이 장에서는 1920~30년대 편지 예문집류 척독집 중 강한 전형성을 보이는 네 편의 자료집의 특징들을 살펴보고자 한다. 이들은 책의 전체 분량, 문체, 평균 서한 길이 등이 거의 비슷하며, 실제 실려 있는 서한의 내용적 차원에서도 상동성(相同性)이 강하다. 우선 네 종류의 책들을 차례로 소개하면 이러하다.

전형 ①『주해부음 신식척독』의 저자는 노익형이며, 1920년에 박문서관에서 출간된 척독 교본이다. 이 책은 서간 규범에 대해 설명해주는 구성이 완전히 제거된 '예문집' 성격의 척독 교본으로, 이러한 유의 책 중 최초의 것으로 보인다. 전형 ②『부음주석 신식금옥척독』의 저자는 지송욱으로, 1923년 신구서림에서 출간되었으며, 다른 척독집에서 재인용한 서한 예문을 상당수 수록하고 있다는 점에서 내용적인 전형성을 강하게 띤 책이라고 볼 수 있다. 전형 ③『대증보 무쌍금옥척독』은 1932

년 회동서관에서 나온 고병교의 저작이다. 이 책은 본문에 실린 서한의 70퍼센트가 앞선 두 권의 척독집을 재인용한 것으로, 노익형의 전형 ①에서 14쌍, 지송욱의 전형 ②에서 40쌍, 총 54쌍의 서한을 그대로 전재하였다. 이 전형 ③은 저자, 제목, 출판사만 달리하여 전형 ④인 이종수의 『보통유행 성문척독』(성문당서점, 1937)으로 출판되었는데, 내용과 목차가 100퍼센트 동일하다.

이들 전형 유형의 편지 예문집류 척독집은 대체로 '이상적이고 전형적이며 상투적인 상황 설정'을 하고 있다는 점을 첫 번째 공통점으로 꼽을 수 있다. 즉 이 척독집들에서는 당대적 삶에서 사람들이 누구나 바라고 소망할 만한 이상적인 상황을 전제로 한 모티프를 다수 발견할 수 있다. 그중 가장 먼저 꼽을 수 있는 대표적인 내용은 '학업에 대한 훈계와 당부'를 담고 있는 편지들의 경우이다. 이 소재에 대해서는 신학문을 배우는 학업의 어려움을 호소하는 내용도 간혹 발견되기는 하지만, 그보다는 대부분 '우월한' 학업 성취의 상황을 알리거나 '유학' 중에 생기는 상황을 전제한 내용이 다수를 이루고 있다.

유학 중 시험에서 우등했다는 소식을 부친에게 알리는 아들의 편지(②-6), 벗의 우등 졸업을 축하하는 내용(②-33), 법률학교 시험에 합격한 사촌 형의 소식을 전하는 편지(②-12), 동서 아들의 우등 졸업을 축하하며 선물을 보내는 내용(③-30) 등은 유학과 학업 성취를 동시에 전제한 예문들이다. 또 학업과 직접 연관되지는 않더라도 편지의 발·수신자 가운데 한 명이 유학 중인 상태를 전제하여 자신의 사진과 작문을 보낸다거나(①-11), 졸업하여 '제국대학(帝國大學) 법학과 입학'을 준비하면서 '현해(玄海)'를 건널 예정임을 알린다거나(①-31), 명치대학(明治大學)에 입학하여 열심 학업 중인 아들의 소식을 전하기도 하고(②-3), 일본 의대에서 학업을 마친 이종사촌을 축하하기도 하며(②-23), 외종제의 유학을 격려하며 겨울 양복을 보내는 상황을 설정(③-17)하기도 한다.

편지를 보내거나 받는 이의 신분이나 계층을, 사회적으로 영향력 있는 사업을 펼치거나 선망받는 직업을 가진 '중상층 이상으로 설정'하고 있는 점 또한 이러한 이상적인 상황 전제의 한 양상이라고 볼 수 있다. 이러한 설정은 대부분 친구나 종형, 외종형 등 가까운 친지가 학교를 설립했거나 이제 학교를 세우려고 하면서 교사직을 제안하거나 추천을 부탁하는 내용[9]으로 나타나거나, 사업에 성공해서 상대방에게 물건이나 돈을 후하게 보내는 내용,[10] 군 서기나 교사로 일하고 있음을 전제하거나 군수나 도장관(道長官) 등 높은 관직에 오른 것을 축하하는 내용[11] 등으로 나타난다.

또한 전형 유형의 편지 예문집류 척독집은 서한을 주고받는 가족·친지 관계를 '칭찬이나 덕담을 나눌 만한 사회적 성공'의 상황을 전제하는 내용을 주로 하고 있다. 예컨대 부자·조손 간에는 학업에 힘쓸 것을 당부하고 경계하는 내용이나 관직·사무로 바쁜 상황을 전하는 내용이 대부분이며, 사돈 간에는 딸에 대한 겸양과 사위 칭찬의 내용(①-26, ②-29, ③-29), 장모·처남에게는 득남 소식을 알리거나 유모를 구해달라는 내용(①-22, ①-26, ③-26)이 주를 이룬다. 숙질 간이나 종형제 혹은 족형제 간

---

9 구체적인 해당 서한은 다음과 같다. 외종형이 학교를 설립하여 외종제에게 교사직을 제안(①-20), 친구가 학교를 설립하여 이종형에게 승인을 부탁(①-25, ③-25), 학교 설립자인 형이 동생에게 교사 추천을 부탁(②-11, ③-12), 종형에게 학교 설립을 제안, 요청(②-14).

10 아들의 사업이 극히 바쁨을 알리며 모친에게 청어, 명란을 보냄(①-5), 아들이 사업하여 번 돈 100원을 모친에게 보냄(②-8), 외손자의 사업이 잘됨을 알리며 해물 10종과 50원을 보냄(②-18), 외손자가 사업이 잘되어 외조모에게 해의(海衣, 김), 산꿩을 보냄(③-18).

11 군 서기로 일하고 있음(②-25, 3-20), 교사로 일하고 있음(①-16, ②-17, ③-6), 군수가 된 것을 축하(①-39), 도장관, 군수가 된 것을 축하(②-35, ②-36, ③-37, ③-38).

에는 주로 학교 입학 권유(①-21, ③-5), 사업상 자본금 의논(①-24, ②-24, ③-24), 학비 지원 요청(②-15, ②-19), 족보 간행 의논(②-16, ③-14) 등의 내용이 전형적인 소재와 상황으로 주로 설정되어 있음을 볼 수 있다.

이러한 전형적 설정은 전형 ②의 '조장식(弔狀式)', 즉 조문 편지들에서도 엿볼 수 있다. 이 편지들은 망자의 생전 모습을 '유교적 가족 규범 안에서의 이상적인 전형성'을 강하게 부각시키는 내용으로 제시하고 있다. 예컨대 돌아가신 조부의 모습을 '역대 사책(史冊)을 훈유(訓喩)'하고 '언행으로 후학을 교도'하고 임종 때에도 정좌하여 자손들에게 유언을 남기는 위엄 있는 유림으로서의 모습을 강조한다거나, 조모의 모습을 법도 있게 집안을 다스리고 배고픈 이를 먹이고 입히며 이웃과 향당의 칭송을 받았다는 식으로 묘사하는 것이다.[12]

전형 유형의 편지 예문집류 척독집에서 눈에 띄는 사항 중 하나인 '서점 운영자 및 척독집 저자로서의 특색'이 반영된 서한들 또한 이러한 전형성의 양상을 잘 보여주고 있다. 이 세 척독집에는 각각 서포(書舖) 개설을 축하하는 내용,[13] 척독 책을 지었으니 읽어보고 서문을 써주기를 청하는 내용,[14] 서점을 추천해달라는 요청에 대해 자기 서점을 홍보하는 내용[15]의 편지들이 공통적으로 들어가 있으며, 그 속에 각각 자기 서점의

---

12 "歷代史冊에 可聞可觀을 諄諄訓喩하시며 前言往行에 嘉謨嘉猷를 勉勉敎道하샤 使後學으로 古事를 解得케 하시니…… 每夜에 一帙書를 誦過하시며 每日에 一篇文을 著得하시고 日必冠帶하샤 終日端坐하사대 少無倦色하시고 接人笑語가 渾是和氣러시니 一日은 命諸家人하샤 簟席枕几를 正寢에 鋪設하시고 憑几而臥하샤 身後諸事와 殯窆之節과 以至山地라도 ——遺訓하시고 仍至薨逝하시니"(②-68 '友人의 祖考喪을 慰問'); "至仁厚德으로 御家有道하시고 敎人以義하시며 見人有飢하시면 若己飢之하시고 見人有寒하시면 若己寒之하샤 推食食之하시며 解衣衣之하시니 隣里鄕黨이 莫不感恩懷德하야"(②-69 '友人의 祖母喪을 慰問').

13 ①-47, ②-43, ③-45가 이에 해당한다.

14 ①-38, ②-54, ③-28, ③-56이 이에 해당한다.

주소와 상호를 넣고 적극적인 홍보를 하고 있기도 하다. 아래 예문들을 보자.

형이 서포를 신설하시고 신구 서적을 산처럼 쌓아놓아 고객들이 가게 안에 가득하다고 합니다. 우리 형께서 작은 일을 낮춰 보지 않으시고 전쟁 같은 상업 시대를 이용하여 상업을 시험하셨으니 도주공(陶朱公)과 같이 사업이 흥할 일이 장차 멀지 않으실 테니 기쁨을 금치 못하오며……[16] -노익형, 『주해부음 신식척 독』(박문서관, 1920) 47번 편지.

이제 들으니 우리 형께서 대도시 큰 길가에 서점을 크게 열어 사방에서 구매 자들이 시일로 답지하고 각지의 청구자들의 서한이 쌓여 구하는 대로 수응하느 라 눈과 귀가 막힐 정도라 하니……[17] - 지송욱, 『부음주석신식금옥척독』(신구서 림, 1923) 43번 편지.

요즘 척독 중에 완전한 것이 드문 것을 개탄하여 감히 능력이 되지 않으나 공무의 여가에 틈을 타 현재 보통의 척독 한 부를 뽑고 가려 장차 간행하였으니, 우리 형의 크신 글을 권두에 실으면 그 가치가 만 배나 높아질 것이기에 아뢰기 두려우나 우러러 바치오니 처음부터 끝까지 살펴봐주신 후 혹 가히 글을 내려주 시기를 허락해주시겠습니까.[18] -노익형, 『주해부음 신식척독』(박문서관, 1920)

---

15 ①-50, ②-56, ③-58이 이에 해당한다.
16 "兄이 書舖를 新設하시고 新舊書籍을 山積하시와 顧客이 塡門이라 하오니 吾兄이 小 事를 不卑하시고 商戰時代를 利用하시와 商業에 試術하시오니 陶朱의 事業이 將次不 遠하심을 不勝欣賀이오며……"(①-47 '賀友人書舖開設書').
17 "今聞吾兄이 通衢大都에 書肆를 宏開하야 四方購買者ㅣ 時日遝至하고 各地請求者ㅣ 書翰이 堆積하야 隨求酬應이 眼鼻를 莫開하니……"(②-43 '友人의 書舖改設을 賀하난 書').

38번 편지.

아우는 근일 고인들의 서간을 허다 고열(考閱)하였는데 …… 위에는 오랫동안 헤어짐을 말하고 아래에는 긴 그리움을 말하면 족하다 하나, 이는 천 리에 떨어져 있는데 얼굴을 맞대고 말하는 것처럼 자세히 늘어놓고 말할 수 없음이요, 두 사람의 마음속 일을 말할 수도 없음입니다. 척독 한 권을 부족하나마 짓고 거칠게 엮어 이제 비로소 편집해 완성하여 장차 간행하려 하니 부녀자와 어린아이들, 나무하고 소 치는 촌부일지라도 대강의 뜻을 스스로 깨우쳐 밝게 알며 의심이 없게 해야 합니다. 형의 고수(高手)의 안목으로 옳고 그름을 바로잡아주시고 서문 한 편을 지어주신다면 좌사(左思)의 삼도부(三都賦)와 같이 도성의 지가(紙價)가 고가에 이르고 방외(方外)의 주문도 세 배는 늘어날 것입니다.[19]－지송욱, 『부음주석 신식금옥척독』(신구서림, 1923) 54번 편지.

경성의 서포가 한두 곳이 아니오나 아우가 직접 가서 자주 주문하는 곳은 경성 종로 2정목(丁目)에 있는 박문서관입니다. 그 응대함이 또한 신속 친절할뿐더러 가격이 극히 저렴하니 이로써 해량(海諒)하시고 한번 시험하시면 아우의 말이 헛되지 않음을 아시게 될 것입니다.[20]－노익형, 『주해부음 신식척독』(박문서관,

---

18 "控挽近尺牘의 完全한 者이 鮮하옴을 慨歎하와 非敢曰能이오나 公餘의 暇隙을 乘하와 現今普通의 尺牘一部를 抄選하와 計將刊行이온바 吾兄의 大作을 頭戴하오면 價增萬倍이압기 冒悚仰呈ㅎ오니 頭眉를 俯覽하신 後 或可允諾下筆否아"(①-38 '友人에게 序文을 請求하는 書).

19 "弟난 近日에 古人簡牒을 許多考閱하니 …… 餘外로 上에 久別離를 言하고 下에 長相思를 言하면 足矣라 하나 此난 千里面談을 不可詳陳이오 兩人心事를 不可說道라 尺牘一册을 忘拙搆蕪하야 今始編成에 將欲刊行하니 婦女童穉와 樵夫牧豎라도 旨意를 自解하야 瞭然無疑할지라 兄高手로 斤正을 另加하시고 序文一度를 製付하시면 左思의 三都賦와 如하야 都下紙品이 高價에 至하고 方外發售도 三倍에 增하리니"(②-54 '友人의게 序文을 請하난 書).

1920) 50번 편지.

　　보건대 서적은 봉래정 1정목(丁目) 77번지에 신구서림이 있는데, 신구의 서적
이 갖춰지지 않음이 없고 판각이 정미하고 종이 질이 깨끗하고 가격이 꽤 저렴하
여 방외의 청구와 도성의 구매가 시일로 답지하니 구하고 응대함에 신속함이
흐르는 듯합니다.[21] ―지송욱, 『부음주석 신식금옥척독』(신구서림, 1923) 56번 편지.

　　이 중 전형 ②인 지송욱의 척독 교본의 서한 중 40쌍을 그대로 전재한
전형 ③ 고병교의 척독 교본의 경우, 서점을 추천하는 소재를 다룬 ②의
56번 편지를 그대로 전재하면서 '신구서림'이라는 상호 대신 자기 서점
인 '회동서관'이라는 상호로 바꿔 넣었는데, 문맥이 맞지 않는 곳까지도
상호를 넣는 실수를 보여주기도 했다. 말하자면 '서포(書舖)', '서사(書肆)'
라는 단어가 쓰이는 곳마다 자기 서점의 상호로 바꿔 넣어야 한다는 강
박 때문에 문맥에 맞지 않는 위치에까지 자기 서점 상호를 넣는 상황이
발생했던 것이다. 아래 예문이 바로 그러한 예에 해당되는 부분이다.

　　금번 봄을 시작으로 본군 보통학교에 입학했는데 시골에서부터 구매하여 열
람하기가 극히 어려웠습니다. 경성의 서포들 중에 신구 서적이 모두 구비되고
가격이 좀 저렴한 곳을 택하여 보통 과정의 일정한 서적들과 참고서 종류를 교환

20　"京城書舖가 非止一二處오나 弟之所親切而頻頻注文處는 京城鐘路二丁目에 在한 博文
　　書館也ㅣ라 其酬應이 亦迅速親切할 뿐더러 價格이 極히 低廉하오니 以此海諒하시고
　　一次試驗하시면 弟의 欺詛치아님을 知하시리오다"(1-50 '友人에게 書籍注文에 關한
　　書').
21　"示書籍은 蓬萊町 一丁目 七七番地에 新舊書林이 有한대 新舊書籍이 無不備具하야 板
　　刻이 精美하고 紙品이 潔白하고 價格이 稍廉하야 方外請求와 都下購買가 時日遝至한
　　대 隨求酬應이 迅速이 如流하니"(2-56 '友人의게 書籍을 請求하난 書').

대금으로 속히 송부하시고……[22] —지송욱, 『부음주석 신식금옥척독』(신구서림, 1923) 56번 편지.

금번 봄을 시작으로 본군 보통학교에 입학했는데 시골에서부터 구매하여 열 람하기가 극히 어려웠습니다. 경성 회동서관에 신구 서적이 모두 구비되고 가격이 좀 저렴한 곳을 택하여 보통 과정의 일정한 서적들과 참고서 종류를 교환 대금으 로 속히 송부하시고……[23] —고병교, 『대증보 무쌍금옥척독』(회동서관, 1932) 58 번 편지.

이러한 척독집들의 이상적 상황 설정 및 상투성이라는 측면은 상호 모방을 통해 더욱 강화되는 측면이 있다고 보인다. '편지 예문집류'라는 유형의 초기작이라고 할 수 있는 노익형의 전형 ①과 지송욱의 전형 ② 는 각각 1920년, 1923년에 나온 책들로, 이 두 권의 책은 상황이나 설정, 소재상의 전형성은 공유하고 있지만 자구(字句)까지 똑같은 편지를 모방 하여 재인용하는 사례는 찾아볼 수 없었다. 그러나 1932년에 출판된 고 병교의 전형 ③은 전형 ①과 전형 ②에서 각각 14편, 40편의 편지 예문을 그대로 전재하였으며, 이것을 다시 통째로 모방하여 1937년에 이종수의 전형 ④로 제목만 달리한 채 마치 새로운 책처럼 출판되었다는 사실은 뒤의 시기로 갈수록 상호 모방의 정도가 강화되고 있었음을 잘 보여주는 사례라고 할 수 있다.

---

22 "今春爲始하야 本郡 普通學校에 入學인대 自鄕曲으로 購覽이 極爲難便하니 京城書舖
   에 新舊書籍이 並皆具備하고 價金이 稍廉한 處를 擇하야 普通科程에 一定한 書籍及
   參考書類를 以引換代金으로 卽速付送하시고"(2-56).
23 "今春爲始하야 本郡 普通學校에 入學인대 自鄕曲으로 購覽이 極爲難便하니 京城 滙東
   書館에 新舊書籍이 並皆具備하고 價金이 稍廉한 處를 擇하야 普通科程에 一定한 書
   籍及參考書類를 以引換代金으로 卽速付送하시고"(3-58).

4) 변이형과 그 양상

앞서 말한 바와 같이 편지 예문집류 중 '변이형'에 속하는 척독집들은 각 척독 교본의 저자 특유의 개성이 뚜렷하게 드러나 있다는 점에서 주목할 만하다.[24] 이 장에서는 1920~30년대 편지 예문집류 척독 교본 중 전형성에서 벗어나는 성격을 띠고 있는 변이형 ①에서 변이형 ③까지의 척독집들이 각각 어떠한 특징을 갖고 있는지 살펴보고자 한다. 이들은 얼핏 보기에는 별도의 목차 구분 없이 낱낱의 한문 서한이 병렬적으로 배치되어 있어서 전형적 '편지 예문집류'와 비슷하게 보이지만, 책 전체 분량, 문체, 평균 서한 길이 등 표면적인 요소들도 모두 제각각이며, 그 내용적인 요소 면에서는 더욱 개별적이고 비균질적인 성격이 강함을 알 수 있다.

(1) 근대 문물 및 여성 교육에 대한 우호적인 태도 - 강은형의 변이형 ①

변이형 ①은 강은형이 짓고 대성서림에서 나온 『부음주해 신식유행척독』(1929)으로, 105쌍의 많은 왕복 서한이 실려 있지만 전체 분량은 137면으로 얇은 책이다. 맨 앞에 나온 서한 2쌍만 약 10행의 본문 길이를 갖고 있을 뿐 나머지 100여 쌍의 서한들은 모두 3~5행 정도의 짧은 길이에, 문체 또한 우리말 어순의 쉬운 국한문체로 되어 있어서 가독성이

---

24 변이형에 속하는 세 권의 척독집의 저자인 강은형, 김천희, 이종국에 대해서는 기존에 알려져 있는 바가 거의 없다. 앞으로 더 연구 및 자료 발굴이 필요하다고 생각되는 부분이다. 강은형·김천희 두 저자의 척독집에 실린 여성 서한 예문에 대한 내용은 본서 2부 2장을, 이종국의 척독집에 대한 보다 자세한 내용은 2부 4장을 참고.

높은 책이다.

우선 변이형 ①은 여성을 주체로 한 서간이 다른 척독집보다 월등히 많다. 14번~28번까지 총 15쌍의 왕복 서한에서 여성의 수신자 및 발신자 위치가 '부부', '부녀', '모녀', '조모손녀', '조부손녀', '구고자부', '오누이', '고모질녀', '시숙형수' 등의 관계로 분화되어 제시되면서 다양한 입장에서의 여성 서한의 예시들을 보여주고 있다.

집을 떠난 후로 너의 필적을 종종 받으니 너의 습자(習字)가 까마귀를 그리는 수준을 면하여 언문과 한문의 글자 모양이 체법(體法)을 갖추었으니 자못 기쁘다. 학교는 결석은 말고 시간을 지키며 하교한 후 여가에는 복습을 근면히 하여 여학생계에 선량한 품격을 이루기를 지극히 기대한다. —16번 '부친이 외지에 있어 여아에게 보낸 편지'[25]

소위 공부는 평소와 같이 수업하오나 근일은 선생님이 바뀌어 가르치시는 방법이 전과 같지 않아 이번 시험에는 낙제가 되었으니 죄송하옵니다. …… 낙제가 되었다 하나 그간 추위가 없었다고 하니 심히 다행입니다. …… 오직 여자계에 학문이 보급되지 못함은 식자들이 한탄하는 바이니 너는 힘쓰고 힘써 매진하라. —18번 '어머님께 올리는 편지'[26]

---

25 "家를 離한 後로 汝의 手墨을 種種 受한즉 汝의 習字가 畵鴉를 免하야 諺漢文의 字樣이 體法을 俱하니 頗喜하노라 學校난 缺席은 말고 時間을 守하며 下學한 餘暇에난 復習을 勤勉히 하야 女學界에 善良한 品格을 成하기 至待한다"(변이형 ①-16 父在外하야 女兒에 寄하난 書).

26 "所謂課工은 如常히 受業하오나 近日은 教師가 遞任되야 教導의 方法이 前日과 不同함으로 今回試驗에 落第가 되얏사오니 愧悚이오이다……落第하얏다하나 間寒이 無하다하니 幸甚이로다……오즉 女子界에 學問이 普及지 못함은 識者의 咄嘆하는 바이니 汝난 孜孜不厭하라"(변이형 ①-18 母主前上書).

오늘 아침에 모 회사 잡지를 열람하다가 아름다운 모습을 대한 듯하여 홀로 기뻐하던 중 따님의 이름이 모 여학교 제3회 졸업생에 있음을 보았습니다. 이에 치하드립니다. ―65번 '벗의 딸의 졸업을 축하함'[27]

시아버지께서 몇 해 동안 경영하시던 여자학교를 설립하시어 학교 건물을 별장 앞에 건축하고 학도를 모집하여 교수하시기를 실행하옵는바 저에게 교사의 책임을 담임하게 하셨습니다. ―21번 '출가한 손녀가 조부에게 올리는 편지'[28]

일기책 중에 연필로 황망히 베낀 것이 있기에 소포 안에 넣어 보내니 정밀하게 본 후에 붓으로 인찰지에 베껴 써서 후일 참고하기에 쓰도록 하기를 바라노라. ―24번 '집안 형이 외부에 있어 집안의 여동생에게 부치는 편지'[29]

함께 보낸 족자는 즉시 모 집에 보내니 일가의 남녀 식구가 모두 모여 관람하고는 너의 기법을 한결같이 칭송하였다. 나는 그 그리는 방법을 알지 못하나 족히 다른 이들에게 받아들여짐을 보고 기뻐하고 사랑함을 어쩌지 못했다. ―23번 '며느리에게 답하는 편지'[30]

---

27 "今朝에 某社雜誌를 閱覽하다가 芝宇를 對한 듯 欣喜自若이온중 令愛의 芳名이 某女學校第三回卒業生에 在함을 見하온지라 玆에 致賀하오며"(변이형 ①-65 友人의 女卒業을 賀함).

28 "尊舅께옵서 年來로 經營하시든 女子學校를 設立하시여 校舍를 莊前에 建築하고 學徒를 募集하야 敎授를 實行하옵는바 息으로 敎師의 責任을 負擔케 하신지라"(변이형 ①-21 出家한 孫女가 祖父에 上하난 書).

29 "日記冊中에 鉛筆노 荒忙이 抄한 것이 有하기 小包內에 包送하노니 精閱한 後에 毛筆로 印札紙에 謄寫하야 後日 參考에 充用케 하기를 望하노라"(변이형 ①-24 舍兄이 在外하야 舍妹에 寄하난 書).

30 "伴送한 簇子는 卽時 某家에 納하매 一門男女ㅣ 咸集하야 觀覽하드니 汝의 手法을 一口稱道하는지라 吾는 其畵法을 不知하나 足히 他家의 收用됨을 見하고 喜愛함을 不捨하노라"(변이형 ①-23 答子婦書).

위 첫 예문은 부친이 학교에 다니고 있는 딸에게 습자 실력이 늘었음을 칭찬하면서 '여학계(女學界)의 선량(善良)한 품격을 이뤄달라'고 당부하고 있다. 두 번째 예문은 모친이 낙제 소식을 전하는 딸에게 '여자계(女子界)의 학문 보급'이 중요하니 더욱 힘쓰라는 격려의 내용이며, 세 번째 예문은 지인의 딸이 여학교를 졸업했음을 축하한다는 내용이다. 네 번째, 시집간 손녀가 조부에게 보낸 편지에서는 손녀가 시부가 설립한 학교에서 교사로 일하라는 제안을 받았다는 내용이 들어 있으며, 다섯 번째, 외지에 나간 오빠가 집에 있는 여동생에게 보낸 서한에는 자신의 일기책을 보고 열심히 습자 연습을 할 것을 당부하고 있다. 마지막 예문은 시모가 며느리에게 보낸 서한으로, 자신의 며느리가 그려 보내온 그림을 사람들에게 보여주고 칭찬받은 것을 기뻐하는 내용이다.

이러한 변이형 ①의 여성 관련 서한들은 여성 교육에 대해 적극적으로 지지하고 격려하는 내용이 많이 담겨 있다는 점에서 특이하다. 기존의 전형 척독집들이 부자 관계의 서한만 있고 딸 입장에서의 편지들은 아예 상정하지도 않았던 점에 비해 볼 때, 이는 이 척독집 저자가 갖고 있는 여성 교육에 대한 진보적인 태도를 강하게 드러낸 지점이라 할 만하다. 특히 출가한 손녀가 조부에게 보낸 편지의 경우도 그러한 상황에서 으레 등장할 법한 며느리로서의 처신이나 규범에 대한 내용이 용건이 아니라, 자신이 시부모에게 제안받은 '교사직'에 대해 의논하고 그것을 조부가 허락하는 내용으로 이루어진 점은 이러한 저자의 태도를 잘 보여주는 예문이라 할 수 있다. 그 외에도 지인의 딸의 이름이 잡지에 실린 여학교 졸업자 명단에 있음을 보고 기뻐하며 축하하는 내용이라든가, 시모가 며느리의 그림을 주위 사람들에게 내보이고 나서 그들의 칭찬을 듣고 며느리의 실력을 자랑스러워한다는 등의 내용은 모두 여성의 학업 및 재능 발휘를 적극적으로 긍정하는 태도가 담겨 있는 것이다.

또한 변이형 ①은 근대 문물에 대해서도 개방적이고 참여적인 자세를 보여주고 있는 서한들이 들어 있어서 눈길을 끈다.

지난 번 너를 보낼 때 요즘 사람들의 간략한 예를 따라 혼례식은 예배당 내에서 거행하고 장로교 목사에게 혼인을 맹세하게 하고 내빈은 선화요리점(鮮華料理店)으로 초대하였으니……. −69번 '벗의 딸 시집 보냄을 축하함'[31]

귀 회사의 제5772호를 이번 달 3월에 발행한 지면 제3면 5단에 강호(江湖) 실명씨(失名氏)가 부쳐 온 서한에 '동서남북이 모두 형제'라는 기사를 읽고 우연히 느끼고 생각한 바가 있어 감히 감사장을 올리게 되었습니다. …… 사해가 동포됨을 모른다면 이는 동족의 사람이 아니라고 칭할 것입니다. −87번 '신문사에 감사함'[32]

귀 회사의 기관으로 지금 설립한 잡지는 우리가 갈구하던 바입니다. 귀사의 활동으로 지금 첫 호를 발행하오니……. −'잡지사에 감사함'[33]

이 책은…… 구문(歐文)을 간략히 풀어 서양 문학가의 저서를 열람하니 우연이 이 책의 원료(原料)를 얻고 시의(時宜)에 만분의 일이라도 보완하기를 바라 해석

---

31 "項者에 汝를 送할새 時人의 簡約한 禮를 從하야 婚式은 禮拜堂內에서 擧行하고 長老敎牧師로 婚을 盟케 하고 來賓은 鮮華料理店으로 招待하얏사오니"(변이형 ①-69 友人의 嫁女를 賀함).

32 "貴社第五千七百七十二號를 本月三日에 發行하온 紙面第三面第五段에 江湖失名氏의 寄書하온 東西南北이 皆兄弟란 記事를 讀하고 偶然히 感念한 바이 有하야 敢히 感謝狀을 致하나이다……四海가 同胞됨을 不知한다면 此난 同族의 人이 아니라 稱할지라"(변이형 ①-87 謝新聞社).

33 "貴社의 機關으로 今에 設立하온 雜誌난 吾人의 渴求하든 바이라 貴社의 活動으로 今에 初號를 發行하오니"(변이형 ①-88 謝雜誌社).

하는 방법의 거칠고 모자람을 돌아보지 않고 한 편을 번역하여……. ―'새 책을 감사함'[34]

위 첫 예문은 딸의 결혼을 축하하는 지인에게 혼례를 예배당에서 목사 주례로 간략하게 치렀음을 전하고 있는 서한이다. 그다음 예문들은 차례로, 신문에 실린 논설을 보고 감동하여 그에 감사를 전하는 독자 서한, 잡지의 발행을 허락해준 잡지사에 대한 감사 편지, 자신이 지은 책이 '서양문학가'의 책을 번역한 것임을 밝히는 저자의 서한이다. 변이형 ① 의 저자는 서한들이 오고 가는 배경에 새로운 혼례 방식의 적극적 수용 이라든가, 신문 논설이나 새로운 내용의 잡지와 책 발간 등에 대해 적극 적인 감사를 표하는 내용 등을 설정하여, 자신의 근대 문물에 대한 우호 적인 태도를 분명하게 전달하고 있는 것으로 보인다.

(2) 의고적이고 복고적인 성향의 강화 ― 김천희의 변이형 ②

변이형 ②는 광한서림에서 나온 김천희의 『석자부음 최신금옥척독』 (1929)으로, 평균 5행 내외의 한문 서한이 107쌍 실려 있는 165면 분량의 책이다.[35] 이 책은 문체 면에서 한문식 문법에 가까운 국한문체를 쓰고 있으며, 본문 중간중간에 경전 및 유명 문집의 출처를 밝히고 있는 2행 의 한문 세주(細註)를 매우 빈번하게 사용하고 있다. 1920~30년대 예문집

---

34 "此書난……歐文을 略解하야 西洋文學家의 著書를 閱覽하드니 偶然히 此書의 原料를 得하고 時宜의 萬一을 補할가 望하야 譯法의 疎失을 不顧하고 一編을 飜抄하야"(변이 형 ①-89 謝新書).
35 책 맨 뒷부분에 실려 있는 19쌍의 서한은 전형 ②에서 재인용한 서한들이므로, 107쌍 중 88번까지의 왕복 서한이 저자가 새로 지은 것이다.

류의 다른 척독집들에서는 일반적으로 간단한 단어 풀이 기능의 두주(頭註)만을 활용하고 있을 뿐, 본문 편집에서 전고(典故)를 밝히는 세주를 쓰고 있는 경우는 거의 없다는 점에서 이 척독집이 갖고 있는 특유의 의고적이고 복고적인 지향성을 짐작할 수 있다.

형식 면에서만이 아니라 내용 면에서도 변이형 ②는 확고하게 보수적인 성향을 드러내고 있다. 근대 문물 및 전통에 대해서 앞선 강은형의 변이형 ①과 확연히 다른 대조적 태도를 보여주고 있다는 점은 특히 눈길을 끈다.

요즘 여학계가 크게 발달하여 부인 여자도 학문이 없으면 금수에 가까움을 면치 못하니 가을 개학에는 모름지기 여학교에 보낼 것을 권유하니 그로 하여금 수업을 받게 하는 것이 어떻겠습니까. …… 여자의 행실이 그른 것도 옳은 것도 없고 술과 밥 짓는 것에만 있다고 하나 또한 여성의 가르침이 있으니 집에 있으면서 부모를 잘 모시고 행실에 있어 시부모를 잘 모시는 것이다. …… 내 말이 구습에 얽매여 있다고 도리어 비웃지는 말거라. ─44번 '조카가 이모에게 올림'[36]

우리 무리가 함께 학교 졸업생으로 현재의 학문은 거의 관통하였으나 이것이 원숭이가 말하는 것을 겨우 면한 것입니다. 격물치지의 학문과 앎을 궁구하는 공이 옛 책에서 말미암지 않는 것이 없으니 남자라면 마땅히 다섯 수레의 책을 읽어야만 바로 금일을 준비한다고 할 수 있습니다. 저희 집에 경사자집(經史子集)과 백가(百家)의 여러 사상들이 갖추지 않음이 없으니 바라건대 우리 형께서

---

36 "現時女學界가 大爲發達하야 婦人女子도 如無學問이면 未免近禽之歎이니 秋期開學에 幸須勸送于女學校하사 使之受業이 若何잇가……女子之行이 無非無宜에 議在酒食之間이오 且有姆敎하니 在家에 善事父母하고 有行에 孝養舅姑이라……切勿以我言으로 泥膠舊習而反爲譏笑하라"(변이형 ②-44 姨姪上姨母).

곤 방문하심을 베푸셔서 한겨울 삼동에 문사를 족히 공부하심이 어떻겠습니까.
−49번 '처남이 매부에게 보내는 편지'[37]

들으니 그대가 보관한 상자에 유완암(劉阮庵)의 '산관도(山舘圖)' 12폭을 갖고
있다고 하니 은혜로이 베풂을 행한다면 내 집에서 볼 수 있을 것입니다. ……
진실로 세상에 드문 보배라 남의 눈에 번거로이 내놓지 않고 장속의 보물로 머물
게 했는데 어찌 저의 집에 있다는 소문을 들으셨는지요. 홀로 삼가 경계하는
것도 어려운 일이어서 이에 받들어 보내드리니 이것이 소위 물건도 다 주인이
있다는 것인가 봅니다. 형의 와유선경(臥遊仙境)이 그 아니 맑은 복이 아니시겠
습니까. −86번 '입동'[38]

위 첫 예문은 조카와 이모 사이의 편지로, 여기서 조카는 여자도 학문
을 배워야 하는 '여학계'가 발달한 시대이니 사촌을 여학교에 보내도록
권유하고 있다. 그런데 이에 대한 답장으로 이모는 여자의 행실은 '술과
음식을 마련하는 사이(酒食之間)'에 있으며 '부모와 시부모를 잘 모시는
일(事父母養舅姑)'만 잘하면 될 뿐이라고 답하면서 자신의 말을 '구습(舊
習)'이라고 비웃지 말라고 덧붙이고 있다. 이렇듯 여성의 근대 교육에
대한 부정적인 입장을 분명히 밝히고 있다는 점에서 변이형 ②는 앞서
살펴본 변이형 ①과는 전혀 상반되는 관점을 보여준다.

---

37 "吾儕가 俱以學校卒業生으로 現時學文은 庶謂貫穿이나 此未免猩猩能言이라 格致之學
과 窮知之功이 莫不由舊書中出來니 男兒須讀五車書난 正爲今日準備語也라 散廬에 經
史子集과 百家諸流가 無不必備하니 望吾兄은 卽賜光臨하야 以做三冬文史足用之工이
如何오"(변이형 ②-49 妻娚寄妹夫).

38 "聞貴笥에 有劉阮庵山舘圖十二幅云하니 行惠施면 散廬可以有顔이니……眞罕世所寶라
都不煩他人眼目하고 留作珍藏이러니 那得聞散笥貯有오 難孤勤戒하야 玆賚奉하니 此
可謂物有其主矣로다 兄之臥遊仙境이 其非淸福哉잇가"(변이형 ②-86 立冬).

두 번째 예문은 처남이 매부에게 전통적인 경서 공부를 부탁하는 내용이다. 처남은 자신이 비록 학교에 다니며 신학문은 배웠지만 그것은 '원숭이가 말을 흉내 내는 것에 불과하다'고 하면서, 겨울 동안 매부가 자신의 집에 머물면서 '경사자집(經史子集)'과 '백가제류(百家諸流)'를 가르쳐 줄 것을 부탁하고 있다. 이는 변이형 ②의 저자가 갖고 있는 구학문에 대한 뚜렷한 옹호의 태도를 보여주는 예문이다. 즉 변이형 ②의 저자에게는 신학문이란 아무리 배워도 본질적인 이치의 탐구에는 이를 수 없는 것이며, 진정한 학문으로서의 가치는 오직 구학문에서만 찾을 수 있는 것이라는 생각이 기저에 깔려 있는 것으로 보인다.

이 저자의 고답적인 가치관은 세 번째 예문의 소재에서도 잘 드러난다. 이 서한은 지인이 갖고 있는 유완암의 '산관도(山舘圖)'라는 열두 폭 산수화 그림을 빌려서 자신이 감상하게 해달라고 요청하는 내용이다. 이에 대해 그림 주인은 '남의 눈에 번거롭게 내보이지 않은 보물이지만 물건도 주인이 있는 것 같다'면서 '선경(仙境)을 잘 와유(臥遊)하라'고 답하며 빌려주는 내용을 담고 있다. 그림의 소재 자체에서도, '와유'라는 전통적 그림 감상의 태도에서도, 모두 저자의 복고적이고 고답적인 취향이 잘 반영되어 있는 서한이라고 볼 수 있다.[39]

---

39 변이형 ①에서도 그림을 친척에게 빌려주면서 감상을 권하는 소재가 등장하는데, 그 그림은 '구주전쟁화(歐洲戰爭畵)'라는 점은 흥미롭다. 두 척독집이 갖고 있는 근대적 지향성과 복고적 지향성이라는 상반되는 지향이 잘 대비되어 드러나는 소재라고 할 수 있을 듯하다.

(3) 당대 세태 비판 및 근대 민족주의적 자각의 태도 – 이종국의 변이형 ③

변이형 ③은 이종국의 『무쌍주해 보통신식척독』(1930)으로, 덕흥서림에서 출간되었다. 87쌍의 서한이 164면의 분량으로 실려 있는 이 책은 예문집류 척독집을 통틀어 개별 서한의 평균 길이가 가장 긴 척독집이다. 변이형 ③은 여러 가지 면에서 저자의 개성이 강하게 드러나 있는 척독집이라 할 수 있는데, 여기서는 그중에서도 당시 세태에 대한 비판적 시각과 민족적 자각의 면모를 중심으로 살펴보고자 한다.

먼저 변이형 ③에서는 당대 세태에 대한 비판이 강하게 드러나 있음을 볼 수 있는데, 주요한 비판의 대상이 되고 있는 것은 젊은이들의 맹목적인 서양 추수적 학문 태도와 당대 대중들의 물질만능주의적인 사고이다.

> 최근 보니 젊은 무리들이 매양 기이한 것을 좋아하여 사람들을 대해 말할 때 어법은 반드시 외국어를 쓰고, 어제 갓 입학하여 오늘 능히 물리화학을 말하며, 역사는 반드시 서양을 칭하고, 지리는 반드시 서양을 칭하고, 인물도 반드시 서양을 칭하여 세계 풍조와 고금 역사를 알지 못함이 없는 것처럼 하니, 이 무슨 패습인고 …… 외국어는 이제 이 각국이 교통하는 시대에 배우지 않을 수 없음이나 이는 학문이 아니라 서로 말하기 위해 부득이한 일이니 다만 예를 따라 배우고 익히며, 그 작은 말 통하는 기술로 자부하고 과장하지는 말아야 한다. –1번 '부친이 집에서 밖에 있는 아들에게 부치는 편지'[40]

---

40 "近觀兒少輩가 每多好高奇ᄒ야 對人談論에 語法은 必用外國語ᄒ고 昨日에 始入學ᄒ야 今日則能言物理化學ᄒ며 歷史則必稱西洋하고 地理則必稱西洋ᄒ고 人物則必稱西洋ᄒ야 世界風潮와 古今歷史를 有若無所不知ᄒ니 是何悖習고……外國語난 方此各國交通時代에 不可不學이나 此非學問也라 乃交言上不得已之事也니 但隨例學習ᄒ고 勿

근일 소위 문예소설이니 연애잡지니 하는 도깨비 같은 소리와 동일한 책은 절대 열람하지 말고 반드시 실제가 있는 고금 위인의 사적과 지방의 풍습을 널리 보고 강구하라. ―3번 '아버님 전 상사리'[41]

위 두 예문은 부친이 학업 중인 아들에게 보낸 서한으로, 첫 번째 글에서는 신학문을 배운 청년들의 맹목적인 서양 추종 자세를 비판하고 있다. 여기서 지적되고 있는 당시 청년들의 모습은 대화에 공연히 외국어를 섞어 말하고 역사·지리·인물 등 모든 영역에서 서양 것만 추종하면서, '물리·화학'과 같은 신학문이나 '세계 풍조, 고금 역사' 등에서 자신의 지식을 과시하고 있는 모습이다. 서한 속 화자인 부친은 이러한 당대 청년들의 행태를 '패습(悖習)'이라고 강하게 질타하면서, '각국 교통 시대(各國交通時代)'에 외국어가 필요한 것이긴 하지만 이는 학문이 아니라 '부득이한 것'일 뿐이니 그것으로 자랑을 삼을 일이 아니라는 것을 단호하게 훈계하고 있다. 두 번째 예문에서는 당대 유행하던 신문학 및 문화 풍조를 비판의 대상으로 삼고 있다. '문예소설(文藝小說), 연애잡지(戀愛雜誌)'와 같이 '도깨비같이 허무맹랑한 책'은 보지 말고, '고금 위인 사적(古今偉人史蹟)과 지방 풍습(地方風習)' 등의 연구에 관심을 가지라고 권유하고 있다.

당시 젊은이들의 학문 추종 자세를 비판하고 있는 이러한 변이형 ③의 내용은 다른 척독집에서는 찾아보기 어려운 저자 나름의 시각을 보여주

以其小有通解로 爲自負誇張也ᄒ라"(변이형 ③-1 父가 在家ᄒ야 在外한 子에게 寄하난 書).

41 "近日 所謂文藝小說이니 戀愛雜誌이니 ᄒᄂᆫ 魑魅魍魎之聲과 同一ᄒᆫ 書ᄂᆫ 切勿閱見ᄒ고 必實地가 有ᄒᆫ 古今偉人史蹟과 及地方風習을 博觀講究ᄒ라"(변이형 ③-3 父主前上白是).

고 있다는 점에서 주목할 만하다. 특히 '외국어'는 학문이 아니라 '도구'에 불과하다는 관점이라든가, '문예, 연애잡지'의 대척 지점에 있는 실질적인 연구 영역으로 '고금 위인 사적과 지방 풍습'을 제시하고 있는 점 등은 세태 비판의 구체성이 잘 드러나고 있는 부분이라 할 수 있다.

세상의 도와 인심이 매우 심히 악화되어 다만 눈앞의 작은 이익만 알고 훗날의 큰 사업을 생각지 못하니 이것이 염려되는 바입니다. —5번 '아우가 밖에서 형님 앞에 올리는 편지'[42]

네가 말한 바 여러 학생들과 흔연이 합했다고 한 것은 생각해보면 흡사 경제의 한 방도인 것 같으나 할 수 없는 것이니, 너희는 이제 청년이라 뜻을 세운 것이 굳지 못한즉 세상에 나가고 들어옴이나 때를 기다리거나 나아감, 의복과 음식에서 돌아보고 거리끼는 것이 없다면 자연히 가히 볼 만한 것이다. 사람이 이 세상에 나서 금전과 이해도 알아야 하지만, 그러나 만약 금전을 우선하는 마음이 있으면 학문 공부는 자연히 독실하지 못하게 되니 장래 희망이 과연 어디에 있으리오. —6번 '조카가 밖에 있어 백부께 올리는 편지'[43]

지금 이곳은 교통이 편리하고 물산이 풍부하여 생활 정도는 자못 즐겁게 보이지만 아침저녁으로 따라가는 것은 다만 이익을 경영하는 말일 뿐이다. 만약 사람이 마땅히 행해야 하는 도는 전연 모르면서 혹 예의염치를 논하는 사람이 있으면

---

42 "世道人心이 惡化太甚ᄒ야 都知目前之小利ᄒ고 不思後日之大事業ᄒ니 是所念慮者也라"(변이형 ③-5 弟가 在外ᄒ야 兄前에 上ᄒ는 書).

43 "汝書所言與諸生合炊云者는 泛而思之則似可爲經濟之一道矣나 有所不可者ᄒ니 汝曹는 俱是靑年이라 立志未固인즉 出入臥起와 衣服飮食이 若無顧憚이면 自然放肆는 立可見也라……人於此世에 金錢利害도 不可不知나 然若先以金錢爲心이면 學文工夫는 自然不篤實이니 將來希望이 果安在哉오"(변이형 ③-6 從子가 在外ᄒ야 上伯父書).

대중들이 비난하고 비방하여 모두 '이런 부패한 일을 말하면 굶어죽는 일을 못 면한다'고 하면서 '소위 예의라, 염치라 함이 무슨 소용인가? 다만 재산이 요족하여 포식하고 따뜻한 옷을 입으면 분수에 족하다'라고 하니 자손을 기르는 자가 오래 머물 곳이 아닌 것이다.[44]

또 한편으로 이 척독집에서 세태 비판의 대상이 되고 있는 것은 '물질 만능주의적 태도'이다. 당시의 전반적인 사회적 분위기의 전환을 암시하고 있는 대목은 첫 예문에서의 '눈앞의 이익만 보고 훗날의 큰일은 생각하지 않는 태도'이다. 이러한 태도가 두 번째 예문에서는 당시 젊은이의 태도를 꾸짖는 어른의 서한을 통해 드러나고 있다. 즉 유학 중인 조카가 백부에게 보낸 편지에서 식비를 아끼기 위해 친구들과 돈을 모아 밥 짓는 노파를 고용하겠다고 하자, 백부는 '금전을 우선으로 삼기 시작하면 학문 공부에는 자연히 독실함이 떨어진다'고 엄하게 경계하는 답신을 보내고 있다.

마지막 예문은 당대 만연한 물질만능주의에 대한 저자의 비판이 가장 잘 드러나고 있는 서한이라 할 수 있다. 여기서 편지를 보낸 조카는 자신이 살고 있는 동네가 '교통이 편리하고 물산이 풍부'하여 살기에 좋지만, 그 지역 사람들이 밤낮으로 '영리(營利)'에 대한 생각에만 골몰하여 '예의 염치(禮義廉恥)'에 대해 논하는 사람을 심하게 비방하고 '그것이 무슨 소용이냐'라고 반문한다고 전하고 있다. 이는 이 척독집이, 당시 사람들이

---

44 "現今此處난 交通이 便利하고 物産이 豊富하야 生活程度난 頗有樂觀이오나 日夕趨逐이 只是營利之說而已라 至若人事上當行之道난 全然不識하고 若或禮義廉恥를 論하난 人이 有하면 衆誹群謗하야 皆曰 此等腐敗之事를 言하면 飢餓의 事를 不免할지라 所謂禮義라 廉恥라 함이 有何所用고 但財産이 饒足하야 飽食暖衣하면 於分에 足矣라 하니 養子孫者가 不可久留之地라……"(변이형 ③-11 族叔前에 上하난 書).

'사람으로서의 도리'인 '예의와 염치'를 잊고 오직 '잘 먹고 잘사는 것'에만 관심을 가지고 있음을 생생하게 전하면서, 그러한 풍조에 대한 깊은 우려의 시선을 갖고 있음을 잘 보여주는 내용이다.

역사 교과서를 자국 역사로 힘써 그려서 먼저 교수(教授)하고 다음에 외국 역사에 이르게 함이 가장 좋고 가장 좋다. 최근 학생들이 말하는 것을 보면 모두 외국 역사를 능히 말하지만 자국의 역사와 자기 가문의 내력에 이르면 전연 알지 못하니, 이는 자기를 버리고 남을 좇아가는 것에 다름이 없다. …… 그러므로 백당(白堂) 현채(玄采)가 지은 『반만년조선역사』로 표준을 가르치기로 정했다. 이 책은 백당 선생이 학부 편집국 때 중등·고등학교 교과용으로 편찬하여 문구는 간이하고도 자세하며 사적은 완전히 구비하여 단군 이후로부터 오천 년 역사를 밝게 설명하지 않음이 없다. ─15번 '외종형이 내종제에게 주는 편지'[45]

횡역(橫逆)이 다가옴은 군자에게도 있었던 일이다. 그러니 비록 밧줄에 묶여 있으나 죄 때문은 아니라는 성인의 말씀이 있으니, 한때 절박한 처지에 놓임을 어찌 근심하리오. 다만 마음을 편안히 하고 지나가게 하면 반드시 공론이 돌아오는 바가 있어 자연히 밝혀질 것이니 오직 이것이 스스로 위로하는 바이라. …… 저승 가는 길에 버려진 물건이 다시 하늘의 해를 볼 날이 혹시 있겠는가. 눈·코·귀·입이 비록 모두 머리에 붙어는 있으나 헛된 형식에 불과할 뿐이고, 보고 듣고 말하고 움직이는 네 가지가 내게 무슨 상관이겠는가. 마음으로 자탄하고

---

45 "歷史教科書를 務圖以自國歷史로 先爲教授하고 次及外國史케홈이 至好至好이라 近觀學生言論하면 皆能言外國史ᄒᆞ딕 至於自國史와 及自家來歷하야난 全然不知하니 是無異於舍己從人也라……故로 以玄白堂所著한 半萬年朝鮮歷史로 爲標準教授하기로 牢定이외다 此册則白堂先生이 在學部編輯局時에 以中等高等學校教科用으로 編纂하야 文句난 簡易詳明하고 事蹟은 完全俱備하야 自檀君後로 五千年間歷史를 無所不曉者耳라"(변이형 ③-15 外從兄이 內從弟에 與하난 書).

자조하고 있을 뿐이다. 말하지 않는 속에 말이 있으니 서로 응하며 믿을 뿐이다.
—43번 '죄수로 체포된 사람에게 문안함'[46]

또한 변이형 ③은 근대 민족주의적 자각의 태도를 보여주고 있다는
점에서도 그 특이성이 돋보인다. 위 예문은 종형이 학교를 설립한 종제
에게 교수 과정 중 '자국 역사'를 필히 가르쳐야 한다는 내용을 보내자
종제가 답신에서 '백당 현채의 책을 교과서로 삼고 있다'고 답하고 있는
내용이다. 이 서한에서 '자국 역사를 힘써 가르친 후 외국사로 넘어가야
한다'고 하면서 당시 학생들이 '자국사나 자기 가문의 내력'에 대해 무지
함을 비판하고 있다는 점은, 변이형 ③의 저자가 민족적 문제의식을 갖
고 있음을 잘 보여주는 점이다. 또한 이 서한에 『반만년조선역사(半萬年
朝鮮歷史)』라는 백당 현채의 책 제목을 구체적으로 밝히고 있을 뿐 아니
라 책의 장점을 '문구가 간이하며 명확하고 사적이 완전하게 구비되어
있다'고 명시하고 있는 점 등은 이 저자의 구체적인 민족주의적 교육
시각을 뚜렷하게 드러내고 있는 부분이라고 할 수 있다.

이러한 입장은 '문인계체(問人繫逮)'라는 제목을 가진 다음의 예문에서
도 확인할 수 있다. 이는 '감옥에 갇힌 지인의 안부를 물음'이라는 뜻으
로, 죄가 없는데도 감옥에 끌려간 친구를 위로하는 내용으로 되어 있다.
여기서 편지의 발신자는 감옥에서 편지를 받을 자신의 친구에게 '횡역
(橫逆)의 상황은 군자도 겪었던 일'이라고 위로하며, '비록 갇혀 있게 되

---

46 "橫逆之來난 君子도 受之라 是以로 雖在누綫中이나 非其罪也라 하신 聖言이 有之하니
—時受窘을 何足憂也리오 惟安心過去하면 必有公論之所歸하야 自可不辨而明矣리니
惟以是自慰也하라……鬼關棄物은 復睹天日이 尙有其時乎아 耳目口鼻가 雖曰備在頭部
이나 空然形飾에 不過이라 視聽言動四字가 有何相關於我乎아 心自嘆矣오 心自笑矣로
다……言在不言中하니 想應諒之矣리라"(변이형 ③-43 問人繫逮).

었지만 죄 때문은 아니니', '마음을 편히 먹고 기다리면 공론이 자연히 죄 없음을 밝혀줄 것'이라고 말하고 있다. 이에 대한 답신에서 갇힌 이가 자신의 심정을 '하고 싶은 말은 말하지 않는 중에 있다'는 뜻의 '언재불언중(言在不言中)'이라는 말로 표현하고 있음은 자신의 무고함과 억울함을 호소하는 것이자, 하고 싶은 말을 다 할 수 없는 상황임을 암시하는 표현이다. 이러한 소재와 상황 설정을 보여주는 서한은 극히 드문 것으로, 이 또한 변이형 ③의 저자가 갖고 있는 민족주의적 입장의 연장선상에서 일제강점기의 시대적 억압의 상황을 은연중에 암시하고 있는 내용이라고 볼 수 있다.

5) 존재와 그 의미

이 글에서는 1920~30년대라는 척독집 대유행기에 기존의 '편지 규범집'으로서의 척독 교본과는 달리 새로운 유형의 척독집으로 등장한 '편지 예문집류' 척독집들의 양상과 체제, 특징을 살펴보았다. 편지 예문집류 척독 교본은 소재와 문체, 구성과 분량 면에서 전형적이고 상투적인 양상을 보여주고 있는 '전형' 유형과, 작가 특유의 강조점이나 개성을 드러내고 있는 '변이형' 유형으로 분류할 수 있었다. 따라서 본고는 이 두 유형의 '예문집류' 척독 교본들이 각각 어떤 전형적 양상을 보여주고 있는지, 또는 어떤 개성적인 양상을 보여주고 있는지 살펴보고자 한다.

이를 통해 발견할 수 있었던 것은 다음과 같다. 전형 유형의 척독 교본은 대체로 편지를 보내거나 받는 이의 신분을 사회적으로 영향력 있는 중상층 이상으로 설정하고 있으며, 서한을 주고받는 상황 또한 서한을 주고받는 이의 관계 설정에서 이미 예측되는 상투적인 내용과 상황을 보여주는 경향이 많았다. 또한 이 유형의 척독집들은 1930년데 후반으로 갈수록 상호 모방의 정도가 심해지는 양상을 보여주고 있었다. 이는 전형 유형의 척독집들이 이상적인 상황 설정을 통해 근대적 삶의 모범적 양태를 제시하는 역할을 수행하고 있었음과, 이 유형의 척독집이 시대와 풍조에 대해 대체로 순응적이고 보수적인 성격을 갖고 있었음을 짐작하게 해준다.

변이형 유형의 척독 교본은 문체나 분량 등의 표면적인 요소들은 물론이고 내용과 구성, 주제 범주 등의 내용적 요소에서도 매우 다양하고 비균질적인 양상을 보여주고 있었다. 변이형 척독집들은 근대 문물에 대해 적극적인 수용의 태도를 보여주기도 하고, 복고적이고 전통적인 가치관을 강하게 드러내기도 하며, 당대 세태에 대한 강한 비판의 자세를 보여주기도 한다. 이러한 변이형 유형의 척독 교본은, 근대 척독집들이 획일적이고 상투적인 '한문 편지 교본'으로서의 성격만을 가지고 있었던 것이 아니라, 저자의 개성과 가치관에 따라 근대라는 시대에 대한 저자 나름의 고민과 대응 양식을 보여주는 장르였다고 해석할 수 있게 해준다.

한문 서간을 쓸 수 있게 도와주는 교본으로서의 차원에서, 이러한 '예문 집류' 척독 교본은 기존의 '규범집류' 척독 교본에 비해 학습을 위한 교본으로서의 기능은 많이 약화된 것처럼 보이기 쉽다. '규범집류'에서 한문 서간을 쓸 때 필요한 구절들을 정리하여 제시해주는 부분, 즉 가족 간, 친지 간의 올바른 호칭, 안부 인사와 특정 상황에 대한 적절한 예의와 격식을 갖춘 투식구 등을 체계적으로 제시해주는 대목들이 '예문집류'에서는 완전히 생략된 채 예문들만 등장하고 있기 때문이다. 그러나 역설적으로 이들 척독 교본은 한문을 제대로 배우지 않은 대중들에게 '인용, 모방, 편집'이라는 가장 쉬운 방식으로 자신의 상황에 맞는 예문들을 짜깁기하여 한문 편지를 구성할 수 있게 해주는 기능을 수행했던 것으로 보인다. 그런 점에서 이러한 예문집류 척독 교본은 실제 자신들의 생활에서 한문 편지를 주고받고 싶어 했던 대중들의 욕구에 가장 확실하게 부응하는 형태로 만들어진 '쉬운 교재'로서의 의미를 갖고 있다고도 볼 수 있다.

표 1. 편지 예문집류 중 '전형 척독집' 주요 내용 비교

	전형 ① 노익형, 박문서관(1920)	전형 ② 지송욱, 신구서림(1923)	전형 ③ 고병교, 회동서관(1932) =이종수, 성문당서점(1937)
1	父子, 아들의 경성 유학 생활 경계	孫祖, 용산선린상업학교 입학 알림, 전차왕래 어려움, 학교 근처 집 필요→공부 훈계, 자신에게 수학한 용산 아무개에게 가서 의탁 주선	祖孫, 학업에서 경쟁심 분발할 것 당부→경성 생활 외로움, 공부 소양 부족하다 겸양
2	子父, 아우에게 맞는 규수 소개	祖孫, 시골 농가에서 사슴피 마시고 기력 회복→조모 위해 약간 보내달라 부탁	祖孫, 전형 2.-2 동일 시골 농가에서 사슴피 마시고 기력 회복→조모 위해 약간 보내달라 부탁
3	父子, 외직 근무 중인 부친이 아들의 학교 생활 경계	子父, 명치대학교 수업 열심→유학생활 경계	父子, 밀린 사무에 바쁨, 아들의 학업 훈계
4	母子, 객지 나간 아들 사업 염려	父子, 외직에서 많은 업무로 곤고, 형제 공부 훈계	子父, 전형 2.-3 동일 명치대학교 수업 열심→유학 생활 경계
5	子母, 사업 상황 알리고 안부	祖孫, 손녀 혼처 10여 곳 탐색 중, 남문역 마중 나오라→우수한 동창생 매제로 추천	姪叔父, 인근 학교에 내지 졸업한 교사 부임하여 융성함, 종형제들의 입학 권유→자신의 귀가 후에 결정
6	祖孫, 손주에게 부친 간병 당부	父子, 추수 위해 시골 농장, 아들 유학생활 경계, 학비 30원→추기 시험 우등했음	從叔姪, 한적한 곳에서 조카들 교육해줄 것 제안→작은 사업 실패, 귀향하여 가르치겠다
7	孫祖, 습자 공부 위한 용품 부탁→20원 보냄	孫祖母, 할머니께 패설책 잘 읽는 여성 추천→불매증, 고맙다 인사	孫祖母, 전형 2.-7 동일 할머니께 패설책 잘 읽는 여성 추천→불매증, 고맙다 인사
8	祖孫, 편지 쓰기 힘쓸 것 당부	子母, 지점 사무 바쁨, 100원 보냄	子母, 학교 규칙 엄해 귈석 불허, 명절에 귀향하지 못함, 몇 달 뒤 졸업하여 음력 삼월 귀향하겠다→음력 폐지 잠시 잊고 설에 귀가 기대, 신정에 소년들이 새 옷 입고 행진하는 것 보고 부친도 기다림

9	妻夫, 딸의 자유 활동을 제어 하기 어려움	夫婦, 상업 일로 바쁨, 사구고 (事舅姑), 가사, 아이 양육 부 탁, 200원 보냄	夫婦, 전형 2.-9 동일 상업 일로 바쁨, 사구고(事舅 姑), 가사, 아이 양육 부탁, 200 원 보냄
10	夫妻, 사업 상황 및 안부	弟兄, 외직 관리 월급이 적음 →근검절약, 다른 영업 권유	從子伯母, 교남지역 다녀와 노 독으로 병치레, 백부 기제사 불참 죄송, 20원 보냄→祭需 錢 치하, 산채 답례
11	兄弟, 유학 간 아우에게 사진, 작문 요청	兄弟, 학교 운영 중 교사 부족, 아무개 초빙 원하니 중개 부 탁→이미 초빙되었으니 다른 친구 소개	弟兄, 전형 2.-10 동일 외직 관리 월급이 적음→근 검절약, 다른 영업 권유
12	弟兄, 공무수행하는 형 안부 →토지조사사업 바쁨	姪伯叔父, 사촌형 법률학교 시 험 합격 후 공부 열심, 지금 법 률 옛 것과 많이 다름, 6년 연한	從弟兄, 전형 2.-11 본문 동일, 약 3줄 변형 학교 운영 중 교사 부족, 아무 개 초빙 원하니 중개 부탁→ 이미 초빙되었으니 다른 친구 소개
13	姪叔, 고등학교 입학 시험 기 다리고 있음 알림	姪伯叔母, 한문 소설의 언문 번역 5권짜리 보냄	從弟兄, 전형 1.-15 동일 종제의 공부 근황 물음→'물 리화학산술' 등 어려움 호소
14	姪叔母, 사업 때문에 조부 기 일에 참석 못함, 10원 보냄→ 산채 답례	從弟兄, 아이들이 사숙에서 한 문 공부만 하고 있음, 학교 학 문 졸업증서 필요, 경성학교는 몰지각 무리들, 공립보통학교 설립 제안→같은 뜻 가진 자 모아서 동생과 함께하자	族弟兄, 전형 2.-16 동일 족보 간행 요청→형님 집에 보소 설치하면 돕겠다
15	從兄弟, 종제의 공부 근황 물음 →'물리화학산술' 등 어려움 호소	從姪叔, 부산 원족 시 학교에 서 양복 필착, 양복 마련 못 해 50원 부탁	外祖孫, 청년의 공부 중요, 특 히 외국 유학 경우 더욱 중요, 학자금 50원→중학과에 입 학, 문명국 다소 제도 견문 학 습 중
16	族兄弟, 족제의 교직 생활 격려	族兄弟, 족보 간행 요청→형 님 집에 보소 설치하면 돕겠다	姪外叔, 전형 2.-19 동일 외사촌 동경 유학에 동반, 학 비 요청→양복 일습, 여행 제 구 늦지 말라
17	外孫祖, 외손자의 공부 독려	外孫祖, 모군 학교 훈도로 서 임, 학문 앎아 걱정→옛 스승 은 많은 것 알아야 했음, 지금 은 한문, 이화학, 산술만 알면 되니 힘쓰라	外從兄弟, 유학 간 종제 학업 경쟁심 격려, 내지에 온돌이 없음 걱정, 겨울 양복 보냄→ 향수병 약 없음 한탄, 어학 부 족해 예비과에서 공부 중, 법 률과 지망하나 응모 가능조차 기필할 수 없음
18	姪外叔, 아무개에 대한 일 처 리 부탁	外孫祖母, 회사 사무가 잘되어 해물 10종과 50원 보냄	外孫祖母, 소학교 졸업 후 실 업에 힘써 자본 모음, 해의 5 토, 산꿩 10마리 보냄→외손

			에게 처음 받은 편지, 박리다매 충고, 삶은 돼지 답례
19	姪姑母夫, 고종형이 근처에 왔다가 방문 안 한 이유 물음→해소약	姪外叔, 외사촌 동경유학에 동반, 학비 요청→양복 일습, 여행 제구 늦지 말라	姪外叔母, 지방학무 시찰 중, 가뭄 홍수에 안부 여쭘→새로 지은 건물이 무너짐, 집 고치고 물건 사느라 분주, 60세 처음 겪는 일
20	外從兄弟, 외종형 학교 설립, 외종제에게 교사 초빙하겠다 제안	外從兄弟, 구학·신학·이익 교육이 모두 단점 있어 자식 교육 난점, 이번 겨울 한문 공부 시키니 조카 보내라→모처 산림의 선생 추천	婿翁, 전형 2.-25 동일 군청 서기로 발령받았으나 멀어서 다른 군청 서기와 교체할 수 있도록 주선 부탁
21	婿翁, 자신의 학교 입학 시 처남을 같이 입학시키자고 권유→어려서 불가, 한문 중요성 강조	姪姑母, 모처 임야 불복서류견 경과 보고, 나무 소유 불가, 구시대 문서와 지금 매수문권 상이 국유 편입, 최후방편 대부권 주장하려→억울함	妻男妹夫, 전형 1.-23 동일 유모 구할 것 부탁, 우유 먹임→우유의 이로움, 3남 우유로 키운 친구 사례, 우유 5통, 설탕 3봉 보냄
22	婿聘母, 아내 순산 소식→장모가 미역과 홍합 보냄	外從弟兄, 시골집 관리인을 변경했음	姪姑母夫, 하기 휴가에 算學 연구 위해 유년 아이 모아 가르치려 함, 적당한 교재 없으니 쉬운 산법책 빌려달라 (답장 없음)
23	妻男妹夫, 유모 구할 것 부탁, 우유 먹임→우유의 이로움, 3남 우유로 키운 친구 사례, 우유 5통, 설탕 3봉 보냄	姪姨母夫, 이종사촌 의대 유학에서 돌아옴 축하	姪姑母, 종형의 공부 독실함, 고종여동생 여학교 졸업 칭찬, 수놓은 주머니 부탁→우편 20일 지나 답 없어 걱정했음, 사무 출장 많은 조카에게 산보 권함
24	姪姨母夫, 곡물무역 어려움 호소, 이모부 종수업 축하, 1천원 빚 얻어줄 것 부탁→거절	姨從弟兄, 친구 상점 개업 직전 자본부족, 도움 요청→완곡 거절	姪姨母夫, 전형 1.-24 동일, 표현상 차이 곡물무역 어려움 호소, 이모부 종수업 축하, 1천원 빚 얻어줄 것 부탁→거절
25	姨從弟兄, 보통학교 설립한 친구의 승인 관련 부탁	婿翁, 군청 서기로 발령받았으나 멀어서 다른 군청 서기와 교체할 수 있도록 주선 부탁	姨從弟兄, 전형 1.-25 동일, 표현상 차이 보통학교 설립한 친구의 승인 관련 부탁
26	査頓, 학교 출신 딸 겸양→며느리 칭찬하며 아들 유학시키겠다	婿聘母, 득남 알림→유모 보내니 잘 대접하라 부탁	婿聘母, 금월 초팔일 하오 11시 아내 득남→40전 사남매 얻은 사위 복 축하, 장곽 5속, 홍합 10꼬치
27	同壻, 회사 휴가이니 다음 주 방문하겠다	妹夫妻男, 개간할 땅 비옥하고 수리관개 완벽, 근처 농민 소작인 원하니 추천→보 건축 형편과 비용 고민	姪姨母, 전형 1.-19 동일, 축약, 표현 차이 고종형이 근처에 왔다가 방문 안 한 이유 물음→해소약

28	弟師, 스승의 안부 여쭘→우편 발달했으니 자주 편지하라	同婚, 임술기망, 적벽에서처럼 뱃놀이 모임 청함	戚兄弟, 전형 1.-38 유사, 축약 자신이 척독집을 간행하니 서문을 지어달라 부탁
29	尊丈, 학과 여가에 한문 공부하고 싶으니 백가서 빌릴 것 요청	婦父婿父, 딸 부족함 봐달라→며느리 칭찬	査頓, 전형 1.-26과 동일, 축약, 표현 차이 학교 출신 딸 겸양→며느리 칭찬하며 아들 유학시키겠다
30	小弟老兄, 인천항에 군함 구경 제안	弟師, 중도 공부 폐한 제자가 스승 안부 물음	同壻, 형님 아들의 하기시험 1등 졸업 소식 치하, 공책 10, 연필 몇 자루
31	卒業祝賀, 우수한 졸업 축하→제국대학 법률과 입학 예정 알림	侍生尊長, 10년 관직 생활 후 한가한 곳 가기 원함 청탁	弟師, 스승의 훈계와 가르침 추억, 끝까지 공부하지 못한 후회→재능 칭찬, 아쉬워함
32	元朝祝賀, 고등과 졸업 축하	小弟老兄, 여러 벗 모여 청련사에 가기로 함→근처 벗 함께 가도 되는지	受業生敎師, 서중휴가에 선생님은 호서 본댁으로, 수업생은 영남 향제, 산법 연구의 첩경 문의→원리무궁
33	賞花要請, 일요일 등산 제안	卒業祝賀, 우등 졸업 축하→政治大學校 지원하여 東渡 예정	侍生尊長, 전형 2.-31 동일 10년 관직 생활 후 한가한 곳 가기 원함 청탁
34	幽懷, 황매 감상 제안	元朝祝賀, 새해 축하, 椒栢酒, 屠蘇酒 보냄	小弟老兄, 장마로 인해 아무데도 가지 못한 답답함, 부채 세 개 보냄→과하주 답례
35	賞楓, 단풍 구경 제안	道長官祝賀, 도장관 축하	卒業祝賀, 전형 2.-33 동일 우등 졸업 축하→政治大學校 지원하여 東渡 예정
36	探險, 청년의 모험심 발휘하여 금강산 가고 싶으나 박연폭포, 북한산성이라도 가자 제안	郡守祝賀, 본군 폐단 많고 서류 적체, 군수 됨 축하 및 격려	元朝祝賀, 전형 2.-34 동일 새해 축하, 椒栢酒, 屠蘇酒 보냄
37	揮毫要請, 독서 위한 집에 걸 수 있는 잠언 부탁	初仕祝賀, 조보 보고 축하	道知事祝賀, 전형 2.-35 동일 도장관 축하
38	序文請求, 자신이 척독집을 간행하니 서문을 지어달라 부탁	娶妻祝賀, 벗의 혼인 축하	郡守祝賀, 전형 2.-36 동일 본군 폐단 많고 서류 적체, 군수 됨 축하 및 격려
39	郡守됨을賀, 관보를 보고 승진 소식 봄, 남쪽 지방 옛 풍조 남아 개혁 어려움	生子祝賀, 득남 축하	初仕祝賀, 전형 2.-37 동일 조보 보고 축하
40	生子祝賀, 아들 낳음 축하	子婚祝賀, 친구 아들 혼인, 자부 칭찬	娶妻祝賀, 전형 2.-38 동일 벗의 혼인 축하
41	娶妻祝賀, 혼인 축하	女婚祝賀, 친구 딸 혼인 축하	生子祝賀, 전형 2.-39 동일 득남 축하
42	子婚祝賀, 친구 아들 혼인 축하	搬移祝賀, 이사 축하, 광대·화려 칭찬	子婚祝賀, 전형 2.-40 동일 친구 아들 혼인, 자부 칭찬
43	女婚祝賀, 친구 딸 혼인 축하	書鋪開設祝賀, 서포 개설 축하, 상업 중요성 강조	女婚祝賀, 전형 2.-41 동일 친구 딸 혼인 축하

44	父親回甲請, 상오 11시 잔치, 12점 여흥기악 시작임 알림	父親壽日請, 부친 생신에 박주산채 차렸으니 와달라 초청	搬移祝賀, 전형 2.-42 동일 이사 축하, 광대·화려 칭찬
45	自己生日請, 자기 생일 자녀들이 잔치를 마련했으니 와달라	自己生日請, 자기 생일 자녀들이 잔치를 마련했으니 와달라	書鋪開設祝賀, 전형 2.-43 동일 서포 개설 축하, 상업 중요성 강조
46	搬移祝賀, 이사 축하	交子請, 빈객들로 아들 가르칠 여유 없고 스승에게 보내려니 아들이 병약, 와서 자기 아들 가르쳐달라	父親壽日請, 전형 2.-44 동일 부친 생신에 박주산채 차렸으니 와달라 초청
47	書鋪開設祝賀, 서포 개설 축하, 수일 뒤 필요한 책 사러 가겠음→부기 직무 맡아달라 부탁	踏橋請, 1년의 재액을 보내고 길상을 맞아들이자, 도읍 사녀들이 모두 나와 답교하며 노래 부르니 구경 가자	自己生日請, 전형 2.-45 동일 자기 생일 자녀들이 잔치를 마련했으니 와달라
48	交子要請, 늦게 얻은 아들 13세, 백숙부 없으니 배울 기회 없음	賞花請, 꽃구경 요청	交子請, 전형 1.-48 일부 동일, 축약 늦게 얻은 아들 13세, 백숙부 없으니 배울 기회 없음
49	詩詞往復, 시사에 올 것을 권유함	告幽懷, 더위 속 안부, 청계에 발 담그고 일일피서 제안	踏橋請, 전형 2.-47 동일 1년의 재액을 보내고 길상을 맞아들이자, 도읍 사녀들이 모두 나와 답교하며 노래부르니 구경 가자
50	書籍注文, 아들 보통학교 입학 후 필요한 책 주문할 서점 추천 부탁→박문서관 추천, 경성 종로 2정목, 신속친절, 가격이 극히 저렴, 주문서식	觀楓要請, 단풍 구경 청함, 술 익음	賞花請, 집이 궁벽하여 생활상 교제가 어려우나 집에 술 익었으니 올 것 제안→체육적 운동, 정신적 운동 필요함, 꽃 핀 시절 받은 요청 화답
51	踏橋要請, 대보름 답교 후 공평동 태서관에 올라 금전을 보조해달라	觀梅要請, 매화 피었으니 와서 시 짓고 술 마시자 청함	告幽懷, 전형 2.-49 동일 더위 속 안부, 청계에 발 담그고 일일피서 제안
52	饋山菜, 선영묘 지키는 노파가 보낸 산채 보냄→답례로 송순주	告覽勝, 패책과 농묵으로 시간 보내다가 결연히 명산승지, 풍토험이, 민물성쇠를 돌아보겠다며 동행 제안	觀楓要請, 집에 술 익고 국화 향 좋으니 집에 들러 함께 단풍 보자
53	債務督促, 채무 매개한 자신이 독촉받고 있다는 괴로움 토로	書畵要請, 서문 밖 피서 위해 집 지음, 楹聯 백 대, 壁書 오십 대, 橫軸 영모·절지·기명·인물 30폭씩, 산수 20폭	觀梅要請, 전형 2.-51 동일 매화 피었으니 와서 시 짓고 술 마시자 청함
54	友人謀婚, 홀아비 된 친구 위해 중매 노력해보자	序文要請, 고인 簡牘 보다가 척독집 지음, 척독 기능에 대한 의견, 서문 부탁→문법, 사의, 지의가 모두 갖춰짐	告覽勝, 전형 2.-52 동일 패책과 농묵으로 시간 보내다가 결연히 명산승지, 풍토험이, 민물성쇠를 돌아보겠다며 동행 제안
55	身恙慰問, 길에서 친구 아들 통해 감기 소식 알고 인삼, 숙	詩詞要請, 아무개 周甲, '偕老, 三兄弟, 四子, 七孫'으로 시료	書畵要請, 전형 2.-53 동일 서문 밖 피서 위해 집 지음, 楹

	지환 보냄	隨자 운	聯 백 대, 壁書 오십 대, 橫軸 영모·절지·기명·인물 30폭씩, 산수 20폭
56	初婚書式, 자신의 아들에게 상대의 딸과의 혼인을 허락해달라(순 한문)	書籍請求, 아들 본군 보통학교 입학, 경성 서포 소개 부탁→봉래정 일정목 신구서림 추천, 판각정미, 지품결백, 가격 초렴, 수응신속, 주문식	序文要請, 전형 2.-54 동일 고인 簡牒 보다가 척독집 지음, 척독 기능에 대한 의견, 서문 부탁→문법, 사의, 지의가 모두 갖춰짐
57	初婚書新式, 아무개의 몇째 아들에게 딸과의 짝 이룸 허락 부탁(순 한문)	饋山茶, 동협에 있는 농장 舍音이 목두채 보내줌→석수어 30미 답례	詩詞要請, 전형 2.-55 동일 아무개 周甲, '偕老, 三兄弟, 四子, 七孫으로 시료, 隨자 운
58	再三娶婚書式, 상대의 딸과 혼인 허락해 달라 부탁(순 한문)	饋酒類, 9월 9일 중양절 새 술 담가 보냄	書籍請求, 전형 2.-56 동일, 서점 이름만 다름, 보낸 편지 문장 어색
59	婚書答式, 상대 아들의 훌륭함을 칭찬, 자신의 딸 겸양, 한미한 가문의 영광임(순 한문)	債務督促, 서신과 사람 보내도 답 없음, 가을 추수와 토지 매입으로 갚을 것→답신 못함 사과, 피한 것 아니고 사업 외유, 몇 달 기한 부탁	饋山茶, 전형 2.-57 동일 동협에 있는 농장 舍音이 목두채 보내줌→석수어 30미 답례
60	弔狀式, 불의 흉변을 위로(순 한문)	据媒付託, 가난하나 앞날 기대되는 친구를 위해 중매해달라 부탁	饋酒類, 전형 2.-58 동일 9월 9일 중양절 새 술 담가 보냄
61	破格弔狀式, 갑자기 돌아가심 애도, 갑작스런 상사 치러야 하는 노고 치하, 애훼하지 말 것	身恙慰問, 공부를 너무 열심히 해서 병 난 벗 위로→의사에게 치료받고 나음, 그러나 낙제할까 걱정	債務督促, 전형 2.-59 동일 서신과 사람 보내도 답 없음, 가을 추수와 토지 매입으로 갚을 것→답신 못 함 사과, 피한 것 아니고 사업 외유, 몇 달 기한 부탁
62	慰狀式, 갑작스런 부음에 놀람, 상주 애통함 위로(순 한문)	初娶婚書式, 자신의 아들에게 상대의 딸과의 혼인을 허락해달라(순 한문)	据媒付託, 전형 2.-60 동일 가난하나 앞날 기대되는 친구를 위해 중매해달라 부탁
63	祖考喪慰問, 조부께 글공부 배운 기억, 애훼하지 말 것, 문상 못 감, 지방출장으로 임종 못했음	再三娶婚書式, 상대의 딸과 혼인 허락해달라 부탁(순 한문)	身恙慰問, 전형 2.-61 동일 공부를 너무 열심히 해서 병 난 벗 위로→의사에게 치료받고 나음, 그러나 낙제할까 걱정
64	慰人伯父喪, 의사 대동 병문안 가려했는데 부음, 애훼하지 말 것, 문상 못 감, 10원 조의금	初婚書新式, 아무개의 몇째 아들에게 딸과의 짝 이룸 허락 부탁(순 한문)	初婚書式, 전형 2.-62 동일 자신의 아들에게 상대의 딸과의 혼인을 허락해달라(순 한문)
65	慰人叔母喪, 숙모상 위로	弔狀式, 상주 위로(순 한문)	初婚書新式, 전형 1.-57 동일 아무개의 몇째 아들에게 딸과의 짝 이룸 허락 부탁(순 한문)
66	慰人妻喪, 처상 위로, 아이 어려 더욱 비통하겠다	破格弔狀式, 갑작스런 부음 놀람, 갑작스런 상사에 상주 치하, 애훼 말 것	再三娶婚書式, 전형 2.-63 동일 상대의 딸과 혼인 허락해달라 부탁(순 한문)

67	慰人兄弟喪, 형제상 위로, 할반의 비통함	慰狀式, 놀람, 상주 위로(순 한문)	弔狀式, 전형 2.-65 동일, 글자 차이 상주 위로(순 한문)
68	慰人子喪, 자식상 위로, 손자 있음으로 위로	祖考喪慰問, 역대사책 훈유, 언행으로 후학 교도, 부모 애훼 걱정 → 매일 책 읽고 저술, 임종 모습 묘사	破格弔狀式, 전형 1.-61 동일 갑자기 돌아가심 애도, 갑작스런 상사 치러야 하는 노고 치하, 애훼하지 말 것
69		祖母喪慰問, 법도로 치가, 배고픈 이를 먹이고 입힘, 이웃 향당이 칭송	慰狀式, 전형 2.-67 동일, 글자 차이 놀람, 상주 위로(순 한문)
70		伯叔父喪慰問, 유림 사표가 돌아가심, 그 밑에서 배우고 자란 특별함	祖考喪慰問, 전형 1.-63 동일, 글자 차이 조부께 글공부 배운 기억, 애훼하지 말 것, 문상 못 감, 지방 출장으로 임종 못 했음
71		伯叔母喪慰問, 가무범백, 기거범절 엄숙했음 → 무육함을 입어 은혜 많음	親喪唁, 부친상 위로
72		兄弟喪慰問, 우애 깊은 형제 죽음 위로 → 할반지통 지나쳐 할전체 같음	慰人伯父喪, 전형 1.-64 동일 의사 대동 병문안 가려 했는데 부음, 애훼하지 말 것, 문상 못 감, 10원 조의금
73		妻喪慰問, 남편 대신 살림 알아서 한 현처, 빈한 살림, 어린 자녀 걱정 → 여름 겨울 고생, 삯바느질	慰人叔母喪, 전형 1.-65 동일, 글자 차이 숙모상 위로
74		子喪慰問, 자질 뛰어난 아들 잃음 → 만벽서화 모두 아들 흔적, 참척 비통함	慰人妻喪, 숙덕, 의범 겸한 아내상 위로
75			慰人兄弟喪, 전형 1.-67 동일 형제상 위로, 할반의 비통함
76			慰人子喪, 위문하려는데 부음, 재덕 칭송

표 2. 편지 예문집류 중 '변이형 척독집' 주요 내용 비교

	변이형 ① 강은형, 대성서림(1929)	변이형 ② 김천희, 광한서림(1929)	변이형 ③ 이종국, 덕흥서림(1930)
1	祖孫, 친구 병 때문 여관으로 숙소 옮김, 집안 관련 일지 보내라	祖孫, 공부 근황 물음→사범학교 입학, 어학·산술·이화학 책 공부	父子, 외국어·서양역사·서양지리만 공부, 극장·공원 청년세태 비판
2	孫祖, 일에 진전 없어 귀향 늦음, 금산삼 20근→정초 귀가하라	祖孫, 집안일 당부→단속 잘하고 있음	父子, 하인 다스리는 법, '척독론', 평소 문견 척도, 편지 쓰기 공부하라
3	孫祖, 가시는 길 안부, 동생 보내 일 돕겠다→과수원 묘목 안 좋아 새로 사야 함, 300원 보내라	孫祖, 외지서 고생하는 조부께 황송, 빨리 오시라→치가 부탁, 은 약간 보냄	子父, 조모·모친 병, 집에서 학교로 편지 보내달라→병 나음, 문예소설·연예잡지 보지 말고 고금사적, 지방풍습
4	祖孫, 부랑학생 신문기사 보고 교우관계 훈계→시험 낙제 죄송	孫祖, 조석 복습, 어학·산술 배움, 여비 부탁→서대문우편국 찾을 것	孫祖, 고등학교 입학률 50명에 300명 지원, 구학문 배우지 않아 서찰 못 쓰고 존비 못 함, 주해척독 공부 중→'척독론', 최근 척독집 무지함 비판
5	父子, 사무 시간을 쉬는 시간 보다 작게 하라	父子, 내지의 풍토·습속·실업 관찰 당부, 공원명승·극장 가지 말라→문명모범 위해 학문·실업가 교류	弟兄, 동업자 벗과의 추이 봐야 함, 귀향시기 모름→하는 일 알리지 않아 걱정, 당장 돌아오라
6	子父, 외지 나간 부친 안부, 찬합→일이 복잡, 여관 음식 좋음	父子, 집안 환경 어려우나 가난한 선비 당연, 독서 전념하라	姪伯父, 동기들과 밥 짓는 노파 구해 식비 아끼겠다→부친 귀가 후 논의
7	父子, 학업 당부, 가문 기대	子父, 동생들 입학시험 합격 알림	兄弟, 사업 내용, 대리인과 진행 중
8	伯父姪, 조카 방탕함 소문 질책→자기 변호, 소문의 일부임	子父, 외직 풍속 순후, 청렴한 행정 다짐, 사냥한 사슴 녹용 보냄	姪從叔, '척독론', 신간척독 비판, 문견 부족, 실제 인용→혹독한 비판, 실제 인용, 보지 말고 보게 하지도 말라
9	姪叔父, 대동보 제작 예정, 도유사 선정, 종중 뜻 모아달라	父子, 아들 학업 걱정, 수년 관직 접고 곧 귀향, 학비 20환 광화문→하기 시험 우등, 작문들 보냄	叔父姪, 공직의 고충, 학문하여 벼슬함은 가문 유훈, 학문 근본 당부→『소학』'강주 진씨'편, 가문 우애 다짐
10	兄弟, 제반 공무로 귀향 늦음, 철도로 전복과 대나무술 보냄	兄弟, 농사지으며 동생 학업 당부, 紙貨 송부→하기 시험 우등, 학업 전념하여 방학 중 귀가 포기	孫族祖, 아뢸 일 있으나 부모 병환, 인편으로 전하겠다→의견 또한 복잡하니 부친 회복 후 방문하라
11	弟兄, 민어 300동 수확, 행불된 석수어어선 중국 교주만 발견, 석수어 간조 시기 놓쳐 어획 실패→선원 목숨 건져 다행	兄弟, 외직 형 매달 일정 돈 보낼 테니 치가, 부모 봉양 부탁→아이 조카들 차례로 소학교, 중학교 입학	姪族叔, 문견 없으면 편지 비루하여 조롱거리, 사는 곳 의견 물음, 물산 풍부하나 예의 염치 없음→세태에 끌려가지 말고 시정 변두리에 살라

12	兄弟, 보리 수확 풍작→누에 상황 알림	弟兄, 하는 일 어려우면 귀향하라→조만간 돌아가겠다	族弟兄, 경학원 한문 장려 인재 뽑음, 종중 회의 가문 대표 뽑아 보내자
13	弟兄, 안부, 면옷 우편으로 보냄	弟兄, 춘기 졸업 후 선생 임명, 월급 20원, 부모님 용돈 못 보내 죄송	孫外祖, 내일 새벽 출발, 가서 전하겠다→'척독론', 간이·자세 겸해야, 기두방식, 기기류, 존비선후 분별, 틀린 척독집 실제 인용, 국문 혼용 권장
14	妻夫, 가을옷 우편으로 보냄→내년 봄 귀향 예정, 사진 1매 보냄	兄弟, 관직 중 귀향 시도 불허, 아우에게 부모님 봉양 부탁	姪外叔, '척독론', 척독서 학습 중 안부 순서 틀림 문의→최근 척독서 무식함 일침
15	夫妻, 치가 부탁→열심 응대	伯叔父姪, 사업 외유 조카, 귀향하라	外從兄內從弟, 학교 설립한 사촌동생에게 자국 역사 가르칠 것 당부→현채의 책 교재
16	父女, 딸 글씨 칭찬, 학교 생활 성실 당부→수공 과정 재미 있음	伯叔父姪, 고향 풍년이라는 소문 들음→빨리 귀향하시라	戚弟兄, 척독집 엮음, 교열 부탁→종제의 학문 칭찬, 간이·자세함 칭찬
17	女父, 친정 모친 늦은 출산에 유모 추천	姪伯叔父, 수업과 공부 열심 중, 입학후 체조로 건강해짐	姪姑叔, 하기 방학 고종사촌과 금강산 유람 부탁→구경 후 볼만한 글 지어야 함
18	女母, 교사 바뀌어 적응 못 해 낙제→분발하여 여자계 도움 되라	從祖從孫, 재종제 학업 상황 물음→입학 후 각성하여 열심 공부라 함	姪姨叔, 살림 빈한, 빌려줄 수 있는지→약간 변통해 보냄, 이종형에 영업 논의하라
19	女母, 시집에서 잘 지냄 안부	祖母孫, 손자 허약 걱정→입학 후 매시간 운동으로 건강해짐	弟姨從兄, 살림 도움 감사, 출판업 시도중, 인쇄·장책비 자본 문제 상담 요청→학문 있으니 역사 편집, 소설 저작 애독자 만들라
20	孫女祖母, 시집간 손녀, 조모에게 수놓은 주머니 보냄	母子, 자수성가 당부→좋은 동업자 만나 자기가 이익 많이 가져감	婿聘父, 아내 병 낫게 온양온천 여비 100원 요청→망패행동, 호되게 야단침
21	孫女祖父, 시부 설립한 여자학교 교사 맡음→사돈 간 학교 설립 의논	父女, 여자 행실 시부모 봉양 당부	孫壻聘祖, 경남 해인사에 처남 동행 요청→의미 있는 글을 짓고 오라
22	子婦尊舅, 귀녕 중 아이 아파 더 머물게 됨 알림	母女, 다녀간 지 한참, 귀녕할 때 기다림	妻男妹夫, 동생 중학 입학 청원자 많아 낙제 염려, 매부에게 예습 부탁→아내 임신 안부, 낙제 안 할 것임
23	子婦尊姑, 모부인에게 청탁받은 노송서학도 보냄→머느리 칭찬받아 기쁨	祖母孫女, 밤에 소설책 읽어주던 손녀, 시집가서 잘하라→옷·음식 보냄	同壻, 계를 만들어 화목하게 우의 다지자
24	舍兄舍妹, 외지 오빠, 자기 글 보내 등사 연습→깨끗이 베껴 쓰겠다	舅子婦, 며느리 득남 치하, 약간 은 보냄	査頓, 친구간 사돈, 아들 겸양, 며느리 칭찬
25	舍弟舍姊, 일찍 귀향 못 함 알림	姑子婦, 귀녕 간 며느리 돌아	侍生尊丈, 안향 자손 수만금 들

		오라→친정 부친 병환으로 지체 중	여 서원 건립→선현 숭봉지 사는 조정·사림에서 결정해 야, 근일 무식자 많음 한탄
26	姪姑母, 제주도에서 전복, 해삼 보냄	夫妻, 부모 봉양, 자식 교육, 치가 당부, 紙貨 50원→열심히 돌보겠다	老兄小弟, 영업 어려움, 좋은 방책 물음→모두 어려움
27	姍叔兄嫂, 사업 귀향, 배웅할 종과 송부한 옷상자 세탁 부탁	姪伯叔母, 학교 공부 전과 많이 다름, 조카를 학교 보내라→1, 2년 후	平交, 우정이 이해관계로 변질, 관중포숙, 형의 우애에 감사→친구 간 과찬 경계
28	弟嫂姍伯, 만주 이사 결정 걱정, 서간도에서 낭패 본 친척 사례→만주 번화해 서간도와 다름	夫弟兄嫂, 스승 따라 공부하러 감, 부모님 봉양 감사→잘 못 모신다 겸양, 시동생 유학 격려	弟子先生, 『대학』 난해구 별지 문의, 경성 친구 신학교 입학 권유, 의견 요청→공부 순서 충고, 신학교 가라, 구학문 부패 의견은 연소배 막말, 구학 근본 신학 참고하라
29	婿岳父, 문관시험 입격, 법원 판사 부임 알림	從叔姪, 조카 객리풍상 염려, 城市에 집 짓고 형제 학교 보내라	請父回甲, 부친 회갑 초청
30	岳丈婿, 무료하니 방문하라→石頭記라는 청나라 소설 보냄	從兄弟, 개간지 수도 불편, 보건축 필요, 고민→불이익 없게 신중하라	請子三七日, 40에 얻은 아들 삼칠일 초청
31	婿岳母, 아내 구역질, 음식 기피→임신 예측	弟娣, 졸업 기한 늦어짐, 부모 그리움 안부→객수 위로, 공부 격려	賀人子婚, 혼사 축하, 곧 찾아가겠다
32	婦兄姻弟, 본도의 문관시험 다음달, 시험 응시하라→능력 미흡	兄妹, 관직 바쁨, '여자독본' 책 보냄→여자모범 될 책, 감사	賀人女婚, 딸 혼사 축하→마음 맞는 혼처의 어려움, 빈한 이유 거절 경험 많음
33	姻兄婦弟, 동경에서 사진 연구한 친구 소개, 반도안내사진첩 수집 위해 답사 중→가족 사진 찍었음	族叔姪, 친족 어른 묘비 쇄락, 가문에서 돈 각출하여 보수하자→동의	請婚書式, 청혼 요청
34	外孫祖, 지역 아이들 위해 사숙 설립, 교사 퇴임했으니 추천 부탁	族兄弟, 족보 간행 다시 하자→동의	送四柱單子, 사주단자 보냄
35	外祖孫, 늙고 쇠함, 방문하라→셋째동생 먼저 보냄, 삼용 불로수	外孫祖, 관직 복무, 못 찾아가 죄송→매화 같이 보고 싶어 안타까움	送擇日紙, 택일
36	姪內舅, 구주 유럽 전쟁화 60매 2조 보내니 감상하시라	外孫祖母, 방학 후 강습소 부임, 못 가 죄송→열심히 해 입신양명하라	送衣樣, 옷 치수 보냄
37	姪姑叔, 누이 혼례 신부 예복 빌려달라→예복, 흰떡, 소면 보냄	姪內舅, 측량출장 위해 호남에 있음, 졸업 예정 외사촌 위해 법첩 보내라	婚書式, 혼인 허락 요청
38	內從弟外從兄, 어종 자양 홍수로 다 잃음, 형 지역산물 鮒魚	姪外叔母, 몸 약한 외사촌 공부 힘들어한다는 안부→공부	再三娶婚書式, 혼인 허락 요청

	수천 마리 구해달라→500마리 먼저	힘쓰게 도와달라, 닭 10마리, 소주 3병	
39	外從弟內從兄, 졸업 후 무료하니 논어 빌려달라→옛것은 7권이니 근간 1권짜리 보냄	姪姑叔, 상해 출장 간 고모부에게 중국 발행 새 책 엄선해 구입 부탁, 명월주 10병, 묵 10개→가서 알아보겠다	請婿郎再行, 신랑 하룻밤 자고 가 섭섭, 하인과 말 보내니 재행 허락해달라, 두건주 2말→아들 겸양, 보내겠다
40	聯襟間, 동서의 銅광산 생산량 물음, 중석광산 생산중지, 강원 석유광 감정 중→銅광산 성업, 광부 수만 명	姪姑母, 비단 옷감 보냄→품질 좋음, 감사	問人逢賊, 도적 만난 친구 안부, 인심악화 세태 신문기사, 예의염치 없어 경찰 해치는 경우도 있음, 먹고살기 어려워 도적됨→본성이 도둑인 사람 없음, 교화 중요성, 급히 돈 줘서 가족들 무사함
41	姨叔姪, 땅거래 주선, 토품 좋으니 사라→비싸니 할인해달라	表兄內弟, 친구 추천으로 모 신보사 주필이 되었음 알림	問人火災, 친구 화재 소식 안부→가족들 흩어져 지냄, 집 빌려 개축 후 연락하겠다
42	姨從弟兄, 목제 양옥 건축 중, 목재 요청→주산지라 가격 저렴	內弟表兄, 사퇴한 후 은거하는 형 부러움→안분지족함, 옛날과 다른 시세	問人繫建, 감옥 간힌 친구 안부 물음, 죄 있어서 그런 것 아님, 공론이 무죄 밝혀줄 것임, 성현도 겪었다→불경 외우며 수양
43	姨從兄弟, 대설 후 산돼지, 사냥개 빌려달라→주인만 따름, 직접 가겠다	姪姨叔, 이종사촌 입학 위해 학생모집 알림→때맞춰 보낼 테니 잘 부탁	問人親患, 부모의 병세 걱정→인마 보내니 근처의 모씨를 보내달라 부탁
44	邀友看花, 꽃 감상, 술자리 제안	姪姨母, 이종여동생 여학교 권유→여자행실 酒食·事舅姑 거절	問人身病, 친구 병문안, 더위 인한 체증 예상, 단약 보냄→급복통, 단약 먹고 나음
45	邀友賞綠陰, 녹음 중 쌍감두주	姨兄弟, 서화 진본 보내달라	問人內患, 부인 병→유명 의사 보내달라
46	邀友避暑, 성 동쪽 계곡 피서	岳父婿, 매화 피었으니 방문하라	問人子病, 늙은 여종 권유로 한의사 완쾌 사례, 경험 있는 漢醫 추천, 동의보감 보냄
47	邀友船遊, 뱃놀이 제안	岳母婿, 딸이 부족하니 잘 봐달라	慰人父喪, 부친상 위로
48	邀友翫月, 보름달 구경 제안	姊夫妻男, 외지서 고생 말고 돌아오라	慰人慈親喪, 모친상 위로
49	邀友觀楓, 단풍 구경	妻男妹夫, 신학문 배웠어도 구학 필요, 경사자집·백가제류 빌려 가라	慰人祖父喪, 조부상 위로
50	邀友賞雪, 눈 구경	婦父婿父, 사위 칭찬, 여식 겸양	慰人祖母喪, 조모상 위로
51	邀友遊金剛, 모사 주최 금강산 탐승회 제안→주마관등일 듯, 한가할 때 다시	同婿, 1등 졸업 축하, 공책 10권, 연필 보냄	慰人伯父喪, 백부상 위로
52	邀友遊平壤, 천추 명승지 평양,	祖孫(祖母喪), 조부가 손주에	慰人伯叔母喪, 백숙모상 위로

	지나의 금릉, 구주의 파리 능가	게 조모상 알림, 돌아오라→ 영결 못 해 애통	
53	邀友遊鴨綠, 을지문덕, 양만춘의 전쟁지, 신식 철교와 통군정, 반도와 대륙 형세를 관찰하자	父子(祖父喪), 부친이 아들에게 조부상 알림	慰人叔父喪, 숙부상 위로
54	邀友遊外洋, 상선회사 경영 중, 국견 넓히려 각지 개항장 직접 가보기로→모험적 사상 칭찬, 정포은 선생의 기개	兄喪慰姪, 형님상 당하여 조카 위로 (54~65 답서 없음)	慰人伯氏喪, 백씨상 위로
55	賀人祖壽, 벗 조부 생신 축하	嫂喪慰姪, 부모 모신 형수 회상, 조카 위로	慰人季氏喪, 계씨상 위로
56	賀人父壽, 벗 부친 생신 축하	嫂喪慰兄, 형수상, 형 위로	慰人子喪, 아들상 위로
57	賀人祖母壽, 벗 조모 생신 축하	弟喪慰姪, 아우상, 조카 위로	慰人女喪, 딸상 위로
58	賀人母壽, 벗 모친 생신 축하	伯父喪慰從兄, 백부상, 종형 위로	慰人姊妹喪, 자매상 위로
59	賀人壽, 벗 생일 축하	叔父喪慰從弟, 숙부상, 종제 위로	慰人妻喪, 아내상 위로
60	賀人妻壽, 벗 아내 생일 축하	從祖喪慰從叔, 종조상, 종숙 위로	慰人外祖父母喪, 외조부모상 위로
61	賀人生子, 벗 아들 낳음 축하	從叔喪慰再從弟, 종숙상, 종제 위로	慰從祖喪, 종조상 위로
62	賀人生女, 벗 딸 낳음 축하	從弟喪慰從姪, 종제상, 종질 위로	慰妻父母喪, 처부모상 위로
63	賀人生孫, 벗 손자 낳음 축하	姪喪慰兄, 조카상, 형 위로	慰人副室喪, 첩상 위로
64	賀人子卒業, 벗 아들 졸업 축하	從姪喪慰從兄, 종조카상, 종형 위로	立春, 입춘 맞아 술자리 청함
65	賀人女卒業, 잡지에서 여학교 졸업생 명단→고등과 진학 원하나 학교 없음	姪婦喪慰弟, 질부상, 아우 위로	元日, 새해 첫날 초대
66	賀人大學入格, 벗의 대학 입격 축하	妻喪答弟, 처상 당해 아우에게 답	上元, 답교, 달구경 초대
67	賀人娶妻, 아내 얻음 축하	子喪答弟, 아들상 당해 아우에게 답	上巳, 술자리 초대
68	賀人娶媳, 며느리 생김 축하	子婦喪答弟, 자부상 당해 아우에 답	寒食, 교외 나가니 같이 가자
69	賀人嫁女, 딸 혼사→예배당 결혼, 장로교 목사, 선화요리점 내빈 초대	女喪慰人翁, 딸상, 사돈 위로, 손주 잘 길러달라	餞春, 등산 초대
70	賀人贅婿, 사위 얻음 축하	立春, 이웃에서 나물 얻어 나눠 보냄	立夏, 청앵지유 초대
71	餽新年, 화양식 과자 2상자 보냄	元旦, 藍尾酒, 膠牙湯 보냄	八日, 초파일 같이 가자

72	餽臘日, 사냥한 꿩, 토끼 보냄	上元, 거리 구경, 답교하자	端午, 술자리 초대
73	餽除夕, 백건아일분주 보냄	上巳, 성 동쪽 정자에서 시 짓기 모임	伏日, 피서 개고기 초대
74	餽元正, 도소주 보냄	寒食, 술자리 초대	立秋, 시 수십 편 보냄→창화시 답례
75	餽寒食, 낚시한 물고기 보냄	餞春, 술자리 초대	七夕, 술자리 초대
76	餽端午, 한 광주리 산채 보냄	立夏, 시 짓자	中元, 북한사 우란분회 장관, 함께 가자
77	餽秋夕, 송순주 보냄	八日, 고려풍속, 초파일 명절 아님	旣望, 적벽부처럼 서호 뱃놀이 제안
78	餽重陽, 국화 화분 보냄	端午, 앵도 보냄, 菖華酒로 보답	秋夕, 뱃놀이와 달구경 제안
79	餽冬至, 팥죽 보냄	伏日, 碧筒酒 갖고 시냇가 피서	重陽, 국화꽃 구경하며 술자리 제안
80	餽文鎭, 화양잡화점 백옥필통	立秋, 이른 가을 즐기자	立冬, 책 빌려달라 부탁, '冬官 考工記
81	餽紙, 호남 수령, 서한용지·봉투 지질 좋음→세계 자랑할 반도물건 종이	七夕, 직녀시 10수 보냄	冬至, 술자리 제안
82	餽筆, 장액모 붓, 대무심 일 속	中元, 영도사에서 재 지내자	臘日, 양고기 선물받음, 술자리, 같이 먹자
83	餽硯, 호서 출신 행상에게 남포산 연석	旣望, 적벽가처럼 뱃놀이하자	除夕, 섣달그믐, 안부
84	餽硯滴, 송경 근처 사석 채취 중 얻은 쌍봉경·앵무배·연적 중 연적 사 보냄	秋夕, 新稻酒, 紫蟹煎 함께 즐기자	借糧米, 쌀 빌림, 춘궁기 어려움, 보릿고개 높다 탄식→하늘이 큰일 맡기려고 시험
85	餽墨, 이왕직미술관 관람 후 구입하여 보냄	重陽, 새 술이 익었다 들음, 방문해달라	借書冊, 가난해 읽을 책 없음→아이의 노둔함 겸양, 잘 가르쳐달라, 책 보냄
86	餽琴, 오래 소장한 거문고, 식별 안목 있는 벗에게 보냄	立冬, 유완암의 山館圖 12쪽 보여달라→상해 갔을 때 얻음, 와유 잘하라	借匹馬, 고향 벽촌이라 기차 불통, 말 빌려달라, 왕복 15일→家僮과 보내겠다
87	謝新聞社, '동서남북 개형제' 격절 논설 감동, 감사→본사의 광영	冬至, 매화 보러 와서 술자리하자	借花木, 꽃나무 보내달라 부탁→석류 화분 보냄
88	謝雜誌社, 귀사 기관 잡지 첫호 발행	除夕, 객지 오신반 백엽주 부러워함	
89	謝新書, 새 저서 출간, 청년들 대표로 감사→서양문학가 저서에서 원료를 뽑아 번역한 것이니 엄혹 평론해달라	請詩社, 전형 2.-55 동일	
90	謝舊書, 상해에서 본 책 귀국 후 찾아도 없었음, 박식고견 칭송→조상의 장서고에 수장, 본 후 돌려달라	請書籍, 전형 2.-56 동일	

91	謝業師, 스승에게 감사	饋山菜, 전형 2.-57 동일	
92	謝醫師, 여러 병증으로 고생, 東醫學, 西醫學이 무효능, 홀연 보통약물 먹은 후 나음, 의사 에게 감사	饋酒類, 전형 2.-58 동일	
93	謝媒妁, 자유결혼 풍조 비판, 중매하여 사위 얻음 감사	督促債務, 전형 2.-59 동일	
94	謝紹介, 형의 주선으로 러시아 화폐 교환 이익 감사→노령 지방에 가는 淸상인에게 일화 교환을 위탁한 것임	付託据媒, 전형 2.-60 동일	
95	謝辯護, 몇 년간 묵은 사건을 변호하여 해결해줌 감사	問身恙, 전형 2.-61 동일	
96	謝蒙恩, 은혜 입음 감사	婚書式, 전형 2.-62 동일	
97	謝功勞, 황무지 개간 중 수리 개통 곤란 해결 감사, 땅의 반 양도→거절	再婚書式, 전형 2.-63 동일	
98	弔狀式, 부모상 애통함 위로	弔狀式, 전형 2.-65 동일	
99	破格弔狀式, 갑작스런 상 위로	破格弔狀式, 전형 2.-66 동일	
100	慰狀式, 조부모상 애통함 위로	慰狀式, 전형 2.-67 동일	
101	破格慰狀式, 조부모상 애통 위로	慰祖考喪, 전형 2.-68 동일	
102	慰人喪子, 아들상 슬픔 끊어라	慰祖母喪, 전형 2.-69 동일	
103	慰人喪女, 逆理 애통 위로	慰伯叔夫喪, 전형 2.-70 동일	
104	慰人喪子婦, 자부상 위로	慰伯叔母喪, 전형 2.-71 동일	
105	慰人喪伯仲嫂, 형수제수상 위로	慰兄弟喪, 전형 2.-72 동일	
106		慰妻喪, 전형 2.-73 동일	
107		慰子喪, 전형 2.-74 동일	

2. 근대 척독집에 실린 여성 서간

1) 여성 서간문의 존재

이 장에서는 근대 척독 교본에 실려 있는 여성 서간문 자료를 정리·소개하고, 이들 자료의 구체적인 양상과 그 시대적, 문화적 의미를 살펴보고자 한다. 근대 척독 교본은 대중적이고 세속화된 상투적 한문 서간 교본이라는 점 때문에 그 가치가 평가절하되어왔으나 최근에는 근대의 한문 글쓰기 규범의 변화를 가늠하게 해주는 의미 있는 자료로 새롭게 평가받고 있을 뿐 아니라 이상적인 근대적 삶의 양태를 제시하는 문화적 텍스트로서의 의의를 새롭게 지적하는 논의도 등장하고 있다.[47]

---

47 최근에 나온 근대 척독집에 대한 주요한 연구 성과는 다음을 참고할 수 있다. 박해남, 「근대 척독 자료집 『척독완편』의 출판 현황과 배경」, 『반교어문연구』 32집, 2012; 박은경, 「文範과 時文으로서의 근대 척독 연구」, 성균관대 석사학위논문, 2013; 김진균, 「근대 척독 교본 서문의 척독 인식」, 『한민족문화연구』 46, 한민족문화학회, 2014; 안나미, 「간찰서식집 자료의 현황 및 출판 양상 고찰」, 제주대학교 인문과학연구소, 『인문학연구』 27, 2019; 윤세순, 「간찰서식집 연구의 현황과 제언」, 제주대학교 인문과학연구소, 『인문학연구』 27, 2019.

이 글에서 주목하고자 하는 것은 근대 척독 교본이 가장 활발하게 간행되고 다양한 텍스트가 등장하기 시작한 1920~30년대 자료들에서 발견되는 '여성 서간문'의 존재이다. 원래 1900년대의 초기 근대 척독 교본은 올바른 한문 서간의 표현과 문체적 규범을 제시해주는 '서간 규범집'으로서의 성격을 갖고 있었다. 이러한 성격은 척독 교본의 발행이 급격히 활성화되는 1920~30년대에 들어서면서 '서간 예문집'으로 약간의 성격 변화를 보이게 된다. 즉 올바른 존비 용어, 가족 및 친지 관계에서의 각당 호칭, 계절 및 안부 인사의 투식적 표현 등을 체계적으로 학습하게 하는 것을 주 목적으로 했던 1910년대까지의 '규범집류 척독집'과 달리, 1920~30년대 척독집은 별도의 체제나 목차의 구성 없이 '~가 ~께 上하는 書'와 같은 낱낱의 서간이 100여 편가량 나열되는 체제로 큰 변화를 보이게 된 것이다. 이들 1920~30년대 척독 교본은 문체 면에서도 이전 시기의 척독집이 '순 한문' 위주였던 것과 달리 '한글 독음을 병기한 국한문'의 문체로, 문체 수준을 평이하게 낮추고 한자음의 한글 병기를 허용하는 변화를 보여주고 있기도 했다.[48]

1920~30년대 척독 교본이 보여준 이러한 세 가지 면에서의 의미심장한 변화, 즉 규범집에서 예문집으로의 체제상의 변화, 순 한문에서 국문 위주 국한문체로의 문체상의 변화, 한글 독음을 나란히 병기한 표기상의 변화는 모두 '한문 서간에 대한 욕구를 가진 독자 대중'의 접근을 쉽게 하기 위한 전략적인 고려였다고 볼 수 있다. 즉 이는 한문 글쓰기에 대한

---

48 척독집 간행의 최전성기인 1920~30년대의 대표적인 근대 척독집 7종을 대상으로, 이들이 전 시기인 1900년대 '규범집류 척독집'에 비해 한문 서간의 예문을 모아놓은 '예문집류 척독집'으로 그 성격이 뚜렷이 변모했음을 밝히고, 이들 텍스트의 서지사항과 내용적 특성을 자세히 분석한 내용은 본서 2부의 1장 「1920~30년대를 풍미한 편지 예문집류 척독집」을 참고할 수 있다.

대중적 수요가 눈에 띄게 증가하기 시작했으며, 그에 대해 척독 교본 저자들이 발빠른 대응을 하기 시작했음을 의미하는 것이다.

이 글에서는 이렇듯 척독집의 체제, 문체, 표기 면에서 한문 글쓰기 규범의 대중화가 보다 본격적으로 가시화된 시기인 1920~30년대 척독 교본에서 이색적인 위치를 차지하는 여성 서간문에 주목하고자 한다. 여성 서간문은 1910년대의 척독 교본에서도 모자 간, 조모·손자 간, 부부간의 서간으로 일부 발견되지만,[49] 1920~30년대에는 그 비중이 눈에 띄게 커지고 발신자이자 서간 주체로서 여성을 설정하는 범위도 점차 확장되며 소재와 내용도 다양화되는 경향을 보여준다.

그렇다면 척독 교본의 대중화가 본격화되는 1920~30년대에 여성을 필자로 한 한문 서간 예시문이 제시된다는 것은 어떤 의미인가. 근대 척독 교본에서 여성을 '한문 편지'의 글쓰기 주체로 상정한다는 점은 상당히 흥미롭다. 원래 여성에게 허락되지 않았던 '한문'이라는 문(文)의 체계를 여성에게도 가능한 것, 여성도 쓸 수 있는 것으로 '전제'하고 있기 때문이다. 즉 척독 교본 소재 여성 서간문은 근대 한문 글쓰기의 대중화와 관련하여, 한문이라는 위계적인 문의 질서가 여성에게도 허용되기 시작한 듯한 인상을 준다. 이는 근대 이후 여성 한문 글쓰기의 가능성을 보여주고 있다는 점에서 젠더적 차원에서 의미 있는 텍스트라는 예상을 갖게

---

49 1910년대의 대표적인 척독집으로 볼 수 있는 김우균의 『척독완편』(동문서림, 1913)의 경우, 목차상 "一章 天時 / 二章 札套要言 / 三章 各黨稱號 / 四章 事爲 / 五章 交際 / 六章 慶賀 / 七章 慰問 / 八章 尊卑 / 九章 地方 / 十章 文典便覽"으로 되어 있으며 이 중 1~3장 6절까지와 9~10장은 한문 서간을 쓸 때 필요한 용어, 단편적인 지리적 지식, 자전 부수 해설 등을 설명하고 있는 서간규범 해설 부분, 3장 7절~8장까지는 서간을 써야 하는 경우를 세분화하여 예문을 제시하고 있는 서간문 예문 부분이다. 규범 부분을 뺀 서간문의 편수는 약 400여 편으로, 그중 여성 서간문은 3장 7절 부분에서만 '母子', '母女', '祖母孫女', '夫妻', '男妹'의 5편이 발견되는 것이 전부이다.

하는 지점이다.

그러나 이 글은 이러한 예상에 대해 부정적인 결과가 예측됨을 밝히고 시작하고자 한다. 즉 척독 교본 소재 여성 서간문은 한문이라는 위계적인 글쓰기의 경계를 해체하고 젠더적 차원에서 긍정적 방향으로 확장하고 있는 것이 아니라, 오히려 여성에 대해 더 강화된 보수적 인식을 드러내고 있기 때문이다. 나아가 이는 근대 척독이라는 텍스트가 갖고 있는 장르적 본질, 즉 강한 보수적 회귀성 때문임을 살펴보려 한다. 이를 증명하기 위해 우선 척독집 소재 여성 서간문의 자료 상황을 정리하고 그의미를 짚어본 뒤, 여성 서간의 내용 측면에서 척독집 저자들의 젠더의식이 어떠한 양상으로 드러나고 있는지 분석해보고자 한다.

2) 여성 서간의 자료 상황

이 장에서는 척독 교본 소재 여성 서간문의 전반적인 자료 양상과 주요 내용을 소개하려고 한다. 본고에서 살펴보고자 하는 1920~30년대의 대표적인 주요 척독집은 다음 5종이다.

① 노익형(盧益亨), 『주해부음(註解附音) 신식척독(新式尺牘)』, 박문서관(博文書館), 1920.
② 지송욱(池松旭), 『부음주석(附音註釋) 신식금옥척독(新式金玉尺牘)』, 신구서림(新舊書林), 1923.
③ 고병교(高丙敎), 『대증보(大增補) 무쌍금옥척독(無雙金玉尺牘)』, 회동서관(滙東書館), 1932.
④ 강은형(姜殷馨), 『부음주해(附音註解) 신식유행척독(新式流行尺牘)』, 대성서림(大成書林), 1929

⑤ 김천희(金天熙), 『석자부음(釋字附音) 최신금옥척독(最新金玉尺牘)』,
　광한서림(廣韓書林), 1929.
(출판연도 순, 이하 '노익형', '지송욱', '고병교', '강은형', '김천희'로 지칭.[50])

위의 텍스트들은 1920~30년대에 발행된 대표적인 척독 교본으로, 이 시기의 전형적인 척독집의 면모들을 집약하고 있을 뿐만 아니라 이 시기 특유의 저자 및 저작의 분화 과정을 그대로 보여주고 있다. ①~③번의 노익형, 지송욱, 고병교의 텍스트는 출판사 운영자가 척독 교본의 편저자로 참여한 텍스트로, 예문과 표현 면에서 상투성이 강하고 텍스트 간 상호 인용과 모방이 빈번히 보이는 '전형적 편지 예문집'이다. ④~⑤번의 강은형, 김천희의 텍스트는 저자 특유의 개성적 문체, 관심 소재, 시대 인식 등이 반영되어 있는 '변이형 편지 예문집'이다.[51]

---

50 본고에서 텍스트명을 '저자 이름'으로 표기하는 것은 다음과 같은 이유 때문이다. 우선 대부분의 척독집은 10음절 내외의 긴 제목을 갖고 있어서 제목 전체를 서술하는 것이 번거롭고 의미 전달에서도 비효율적이다. 또한 척독집의 제목은 주로 '주해(註解)', '부음(附音)', '신식(新式)', '금옥(金玉)', '증보(增補)', '무쌍(無雙)', '보통(普通)' 등의 비슷한 단어를 조합하여 쓰고 있기 때문에 그 제목을 축약하여 제시해도 텍스트들이 잘 변별되지 않는다. 따라서 본고에서는 근대 척독집 텍스트에서 가장 유의미한 구별 지표를 '저자'로 보고, 이를 기준으로 텍스트를 표기하고자 한다. 동일 척독집 저자가 여러 편의 척독집을 펴낸 경우 텍스트 구별이 필요할 때는 '노익형(박문, 1920)', '노익형(박문, 1926)'과 같이 '저자(출판사, 출판연도)'로 표기하기로 한다.

51 '전형' 유형의 척독집에서는 '월등한 학업 성취, 사업 성공, 고위직 취임'과 같이 이상적인 상황을 설정하는 모티프가 자주 등장하고, 서간문 주체의 계층성 또한 '사업가, 공직자, 학교 설립자' 등의 상류 계층으로 전제된다. 문제는 별도의 번역이 없어도 독해 즉시 이해가 가능한 평이한 국한문체이며, 서간 길이도 세 텍스트 모두 평균 7~10행의 균일한 양상이다. '변이형' 중 강은형의 척독은 평균 3~5행의 짧은 본문 길이에 전반적으로 국문 어순을 따르는 쉬운 국한문체를 구사하고 있으며, 세태 변화에 전반적으로 개방적인 자세를 보여주고 있는 텍스트이다. 또다른 '변이형'인 김천희의 척독은 의고적인 지향을 뚜렷이 드러내는 자료로, 한문 특유의 통사구조를 살린 국한문체, 경전 및 유명 문집의 원전을 제시하는 세주(細註) 사용, 근대 문물에 대한 보수적이고

위 척독 교본 5종에 실려 있는 여성 서간문 총 55편의 글쓰기 주체와 내용을 표로 정리하면 다음과 같다.

표 1. 근대 척독 교본 소재 여성 서간문의 주요 내용

	노익형 척독 교본 (박문, 1920) 총 6편	지송욱 척독 교본 (신구, 1923) 총 6편	고병교 척독 교본 (회동, 1932) 총 6편 •동일 예문 제외	강은형 척독 교본 (대성, 1929) 총 20편	김천희 척독 교본 (광한, 1929) 총 19편
1	4번 母, 객지 나간 아들 사업 염려	7번 祖母, 패설책 잘 읽는 여성 추천에 대해 고맙다 인사, 불매증	8번 母, 음력 폐지 잊고 귀가 기대, 신정에 소년 행진 보고 부친도 기다림	14번 妻, 가을옷 우편으로 보냄	19번 祖母, 손자 허약 걱정
2	5번 母, 사업 상황 알리고 안부	8번 母, 지점 사무 바쁜 아들 편지에 대해 생계, 상업, 저축 중요 강조	13번 伯母, 조카의 사업 걱정, 20원 祭需錢치하, 산채 답례	15번 妻, 치가 부탁, 열심 응대	20번 母, 자수성가 당부
3	9번 妻, 딸의 자유 활동을 제어하기 어려움	9번 妻, 상업하는 남편 안부, 사구고, 가사일, 아이 양육 다짐	18번 外祖母, 외손의 첫 편지 감회, 박리다매하라, 삶은 돼지 답례	16번 女, 학교 생활에서 수공 과정 재미있음	21번 女, 시부모 봉양 당부한 부친 가르침 따르겠다
4	10번 妻, 사업 상황 및 안부	13번 伯叔母, 한문소설의 언문 번역 5권, 책에 대한 치하	19번 外叔母, 건물 무너짐, 복구 분주, 60세 처음, 조카의 지방 순찰 안부	17번 女, 친정 모친 늦은 출산 알고 부친에게 유모 추천	22번 母, 다녀간 지 한참, 귀녕할 때 기다림
5	14번 叔母, 조카 사업 안부, 염려, 보내준 돈에 대해 산채 답례	18번 外祖母, 외손 집안의 가난함, 일으킨 가세 치하, 해물 10종과 50원 감사	23번 姑母, 20일간 답 없어 걱정, 사무 출장 많아도 산보하라	18번 女, 교사 바뀌어 적응 못 해 낙제했음 알림	22번 답서 女, 친정 그리움, 귀녕하겠다
6	22번 聘母, 사위 득남 축하, 미역과 홍합 보냄	26번 聘母, 사위 득남 축하, 유모 보내니 잘 대접하라 부탁	27번 姨母, 자신의 아들이 감기해소약 사러 조카네 근처까지	18번 답서 母, 분발하여 여자계 도움 되라	23번 祖母, 밤에 소설책 읽어주던 손녀, 시집가서 잘하라 당부

완고한 태도 등의 특징이 두드러진다. 본서 2부 1장 참고.

			갔다가 들르지 못함 해명		
7				19번 女, 시집에서 잘 지냄 안부	23번 답서 孫女, 친정 그리움, 옷과 음식 보냄
8				19번 답서 母, 결혼한 딸의 안부 듣고 기쁨	24번 子婦, 시부에게 산후 무탈함 알림
9				20번 孫女, 시집간 손녀가 조모에게 안부 물음, 수놓은 주머니 보냄	25번 姑, 귀녕 간 며느리 돌아오라
10				20번 답서 祖母, 여자 직분 잘할 것 훈계	25번 답서 子婦, 시모에게 친정 부친 병환으로 지체 중임 알림
11				21번 孫女, 시부가 설립한 여자학교에서 교사 맡음 알림	26번 妻, 부모 봉양, 자식 교육, 치가 당부한 남편 뜻대로 열심히 돌보겠다
12				22번 子婦, 귀녕 중 아이 아파 더 머물게 됨 알림	27번 伯叔母, 조카의 학교 공부 권유에 1, 2년 후 보내겠다
13				23번 子婦, 모 부인에게 청탁받은 노송서학도 보냄	28번 兄嫂, 시부모 봉양 잘 못 함 겸양, 시동생 유학 격려
14				23번 답서 姑, 며느리 칭찬받아 기쁨	32번 妹, 관직에 있는 오빠가 보낸 '여자독본' 감사
15				24번 舍妹, 외지 오빠의 글 받아 등사 연습,깨끗이 베껴 쓰겠다	36번 外祖母, 강습소 부임 손주 입신양명하라
16				25번 舍姉, 남동생에게 하루빨리 귀향할 것 당부	38번 外叔母, 외사촌 공부 힘쓰게 도와달라, 닭 10, 소주 3
17				26번 姑母, 보내준 건어 2종에 대한 감사	40번 姑母, 비단 옷감 품질 좋음, 감사
18				27번 兄嫂, 시숙이 보낸 물건 물표증	44번 姨母, 여학교 권유에 여자행실

				수납 알림, 무사 귀가 당부	酒食·事舅姑, 거절
19				28번 弟嫂, 만주 이사 걱정, 친척의 서간도 이주 사례	47번 岳母, 딸이 부족하니 잘 봐달라
20				31번 婿岳母, 딸의 증세가 임신임을 알려줌	

위 다섯 종의 척독 교본에 각각 실려 있는 여성 서간문의 편수는 노익형 척독의 경우 전체 서간문 136편 중 6편, 지송욱 척독의 경우 총 148편 중 6편, 고병교 척독의 경우 총 152편 중 6편으로, 대략 5퍼센트 내외의 비중을 보인다. 강은형 척독의 경우는 전체 서간문 210편 중 20편, 김천희 척독은 총 214편 중 19편이 여성 서간으로 되어 있어 10퍼센트에 이르는 비율을 보여주고 있다. 즉 1910년대 척독 교본에서 전체 서간 대비 여성 서간이 차지하는 비중이 1~2퍼센트였던 것에 비해 1920~30년대 척독 교본에서는 그 비중이 확실히 커져 있음을 알 수 있다.[52]

여성 서간이 실려 있는 순서는 친친과 존비의 기준에 따라 가족 내에서 가장 가까운 관계의 연장자 여성과의 관계에서 주고받은 서간으로부터 점차 먼 관계 순으로 되어 있으며, 가족 범위의 차원에서는 직계 가족, 친족, 외족의 순서를 따르고 있다. 이 순서는 개별 척독집에 따라 조금씩은 융통성 있게 적용되는 편이지만 큰 원칙의 차원에서 이와 아예 동떨어진 구성을 하는 경우는 없다.

각 척독 교본에 실려 있는 여성 서간 자료를 글쓰기 주체 및 왕복 관계를 중심으로 살펴보면 다음과 같다.

---

52 전형적 척독집에 비해 변이형 척독집은 대략 여성 서간문을 두 배 정도 더 싣고 있음을 볼 수 있다. 이는 척독집의 전형성을 강하게 추수하는 출판사 운영자 출신 저자들의 보수적 성향과, 저자 나름대로의 작지만 개별적 변화를 보였던 변이형 척독집 저자들의 개방적 성향의 차이 때문일 것으로 생각된다.

표 2. 근대 척독 교본 소재 여성 서간의 왕복 상황

	서간 주체	서간 대상	서간 왕복상황
연장자	모·조모 15편	→ 아들·손자 10편 → 딸·손녀 5편	왕서 5편, 답서 10편
	숙모 9편	→ 조카 9편	왕서 0편, 답서 9편
	장모 4편	→ 사위 4편	왕서 1편, 답서 3편
	시모 2편	→ 며느리 2편	왕서 1편, 답서 1편
연소자	딸·손녀·누이 12편	→ 부친·조부 4편 → 모친·조모 5편 → 남자형제 3편	왕서 5편, 답서 7편
	며느리 4편	→ 시부 2편 → 시모 2편	왕서 2편, 답서 2편
수평 관계	아내 6편	→ 남편 6편	왕서 2편, 답서 4편
	형수·제수 3편	→ 시숙 3편	왕서 1편, 답서 2편

위 표를 통해 알 수 있는 내용은 다음과 같다.

첫째, 척독 교본 소재 여성 서간을 쓴 발신인으로 가장 많이 상정된 인물 유형은 '모친, 조모, 숙모' 등 가족·친족 내 연장자 여성이며, 가장 많은 왕복 관계는 '아들, 손자, 조카, 남편'과의 관계에서 이루어졌다. 총 55편의 척독 교본 내 여성 서간 중에서 41편이 '남성'과 왕래한 것이라는 수치는 척독집 저자들이 여성의 한문 서간을 '가문 남성'과의 왕복 수단 으로 간주하고 있음을 보여준다.

둘째, 왕복 상황 면에서 척독 교본 소재 여성 서간은 대체로 누군가 보낸 서간에 답을 하는 '답서'의 형태로 설정되어 있다. 여성 서간 총 55편 중 38편이 '답서'라는 설정은 서간의 능동적 주체로 여성을 상정하 지 않고 있음을 단적으로 보여주는 지점이다. 여성은 적극적이고 주도 적인 의사소통의 주체가 아니라, '남성'에게 '응답'하기 위한 부차적인 수 단으로 한문 서간을 쓸 능력을 갖고 있어야 하는 존재라고 보는 척독 교본 저자들의 시각을 짐작할 수 있다.

셋째, 서간 주체 차원에서 '딸·손녀·누이'와 같이 연소자 여성이 쓴 것으로 설정된 서간은 그 숫자가 많지 않으며, 전체 다섯 종의 척독 교본 중에서도 비교적 저자의 성향이 개방적으로 반영되는 변이형 척독집 두 종에서만 나타난다. 이는 수직적 위계가 강한 유교 질서에서 '나이 어린 여성'이 성별적으로나 연령적으로 존중되지 않는 주체였다는 점이 반영된 현상인 것으로 보인다.

3) 여성 서간에 반영된 젠더 의식의 양상과 그 의미

이 장에서는 1920~30년대 근대 척독 교본 소재 여성 서간에 나타난 젠더 의식의 양상과 그 의미를 세 가지로 살펴보고자 한다. 우선 첫 번째로 척독 소재 여성 서간이 여성들을 가족 내적 위치와 역할로 호명하고 재설정함으로써 전통적인 성별 질서를 재확인하고 있다는 점을 지적하고자 한다. 두 번째로는 이들 여성 서간에 근대적 젠더 질서를 반영하는 것처럼 보이는 '여성 학업' 소재나 '공부하는 여성' 이미지가 등장하고 있지만, 실상은 이러한 내용이 제한적이고 피상적인 차원에서 언급되고 있는 것임을 살펴보려 한다. 세 번째로는 척독 소재 여성 서간에서 유독 '경제 활동에 대한 훈계'라는 모티프가 두드러지는 점에 주목하여, 이러한 설정을 통해 생계 유지와 가계 관리의 책무를 여성에게 전가하고 있음을 지적하고자 한다.

(1) 전통적 성별 역할의 재확인 - 가족 내적 위치로의 여성 호명

근대 척독 교본 소재 여성 서간에서 우선 읽어볼 수 있는 젠더 의식의 양상은 여성들을 그들의 가족 내적 위치와 역할로 호명하고 확인한다는 점이다. 척독 교본에 있는 여성 서간의 주요 내용은 발신자 여성의 가족 및 친족 내의 위치에 따라 상당히 유형화된 양상의 내용과 소재를 보인다. 여성 발신자의 위치에 따라 등장하는 고정적인 내용적 모티프들은 이렇다. '모친·조모'의 서간에는 '자손에 대한 그리움'이, '백모·숙모·이모·고모'의 서간에는 '친족 관계가 소원해짐에 대한 안타까움과 자녀의 학업 의논'의 내용이 자주 등장한다. '장모' 서간은 딸의 임신을 알리는 내용이, '아내'의 서간은 '여자의 직분 다짐'의 내용이 주를 이룬다. 시집 간 딸·손녀는 '친정에 대한 그리움'을 호소하고, '며느리'의 서간에는 귀녕(歸寧)이나 산후 안부 내용이 들어 있기 마련이다.

물론 여성 서간이 아닌 경우에도 대부분의 척독 교본 내에 실린 서간은 '부(父)', '조부(祖父)', '백숙부(伯叔父)', '종질(從姪)'과 같은 가족 및 친인척 명칭을 사용하며, 관계의 설정이 서간문의 주요 상황과 내용을 선규정하는 경향을 보인다. 그러나 여기서 굳이 호명이라는 말을 쓴 이유는 척독 소재 여성 서간이 강조하고 있는 각 여성의 역할과 본분에 대한 확인, 그 당위성의 차원을 읽는 이들에게 환기시키고 그들을 그러한 방식으로 규율하고자 하는 의도가 있다고 보이기 때문이다. 척독집 내 여성 서간의 내용이 강한 전형성을 갖고 있으며 고정적인 내용적 모티프가 나타난다는 점은 바로 그러한 여성에 대한 규율 의도를 뒷받침해주는 대목이다. 곧 특정 위치에 있는 여성은 특정 역할을 해야 한다는 본분을 환기시키는 역할을 하고 있는 것이다. 다음의 예문을 보기로 한다.

모친(母), 조모(祖母): 한 도성 안에서 학교에 통학할 때에도 하학(下學) 후 1~2점이 지나면 늘 문에 기대어 너를 기다렸는데, 지금은 타향에 멀리 떨어져 보지 못한 것이 자못 오래되니 걱정과 그리움을 이기지 못해 장차 근심과 병을 이룰 듯한지라.[53]

빙모(聘母): 또 유년 약질(弱質)의 여아를 귀하신 문중에 보냈으나 여자의 가르침을 배운 바도 없고 여자의 도리도 갖추지 못했으니 크고 작은 안살림을 어찌 감당할지 밤낮으로 근심하는 바입니다. 바라건대 사위께서 가르쳐 덕을 쌓게 하고 이끌어 나아가게 하면 그 은혜가 바다와 같이 클 것입니다.[54]

: 딸을 보낸 후로 매일 밤 몽조(夢兆)가 이상하여 마음을 정하기 어렵더니 사위의 수묵(手墨)을 접하고 딸의 증세를 듣고 꿈의 내용을 미루어보니 태점(胎點)이 분명하옵니다.[55]

백숙모(伯叔母): 깊은 밤 적막한 때가 되면 혼자 올연히 앉아 이리저리 생각하되 본래 많지 않은 대소가(大小家)이나마 한집에 모여 살기는 고사하고 이웃에 접해 사는 낙도 쉽지 않으니 흐르는 눈물이 옷깃을 적심을 그치지 못하는 중에 근래에는 서신까지 간간 두절되니 탄식의 마음을 실로 억제치 못하겠다.[56]

: 미거(未擧)한 아이의 공부는 조카를 모시고 힘쓰고 있을 것이니 어린아

---

53 "一城之內에 學校에 通學할 時에도 下學後一二點이 秒過하면 常히 門을 倚하더니 今에는 他鄉에 遠離하야 不見한지 頗久하니 關念과 思戀을 不勝하야 將次病狂을 成할듯한지라." 노익형 5번(子→母) 답서. 이와 같은 내용은 고병교 8번(子→母) 답서, 고병교 7번(＝지송욱 7번, 孫→祖母) 답서, 고병교 18번(外孫→外祖母) 답서, 김천희 19번(祖母→孫) 답서, 김천희 20번(母→子) 답서에도 실려 있다.

54 "且念女兒의 幼年弱質을 送納尊門에 姆教師謂女之敎全昧하고 婦道未嫺謂未得嫺熟하니 多少內政을 何以勝堪인지 晝宵爲慮라 望賢壻난 敎之而成德하고 導之而就方則恩同海濶이오." 김천희 47번(岳母寄婿).

55 "女兒를 送한 後로 每夜에 夢兆가 乖常하야 心緒를 難定터니 手墨을 接하와 女兒의 證勢를 聞하옵고 我의 夢事를 推測하온즉 胎點이 分明하오이다." 강은형 31번(女婿→聘母) 답서. 이 외에도 노익형 22번(女婿→聘母) 답서, 지송욱 26번(女婿→聘母) 답서에 사위의 득남을 축하하거나 딸의 증세가 임신임을 알리는 내용이 실려 있다.

56 "深夜人靜한 時를 當하야 兀然獨坐에 左思右想하니 本來 繁族치 못한 大小家나마 一室에 團聚함은 姑捨하고 接隣의 樂도 不易하니 泫然한 淚水가 沾襟함을 不已하는 中 近者에 至하야난 書信 까지 間間杜絶되니 感歎之懷를 實難裁抑이로다." 고병교 10번(從子→伯母) 답서. 이와 같은 내용은 노익형 14번(姪→叔母)에서도 볼 수 있다.

이라고 등한히 버려두지 말고 귀를 잡아끌고 묻고 깨우쳐 면전에서 가르치고 깨우쳐 열심히 배우게 하라.[57]

　처(妻): 윤선(輪船)의 총총한 편으로 떠나신 후에 빈 규방의 세월이 흘러 계절이 변하였습니다. 목을 빼고 멀리 바라보지만 기러기는 헛되이 날아가고 서풍은 쓸쓸히 불어올 뿐이니 간장이 마디마디 끊어짐을 감당하기 어렵습니다.[58]
　　　: 며느리가 되어 시부모를 효로써 봉양함은 당연한 도리요, 어미가 되어 자식을 이끌고 가르침은 당연한 책임이며, 음식 공양을 다하고 가사를 정리함은 고유한 직분이니, 어찌 멀리서 근심하여 번거롭게 하겠습니까.[59]

　위 예문을 보면 서간을 보내는 여성의 입장이 곧 서간의 용건임을 알 수 있다. 모친은 아들이 학교에 갔을 때나 사업을 위해 멀리 떠났을 때나 문에 기대어 아들을 그리워하며 기다리는 모정의 존재이다. 장모는 딸을 제대로 가르치지 못해 결점이 많음을 미안하게 고백하며 사위와 시댁의 관용을 간청하거나, 딸의 증상이 임신을 알려주는 역할을 하는 존재

---

57 "迷兒所工은 侍君勉勵하노니 勿以幼年等棄謂等閑棄置하고 耳提而諄諭하며 面命詩傳云,非面命言提其耳而篤課하라." 김천희 38번(甥姪→外叔母) 답서. 이와 같은 내용은 김천희 27번(姪→伯叔母) 답서에도 실려 있다.

58 "輪船의 悤悤한 便으로 發行하신 후에 空閨日月이 節序가 一變하온지라 翹首遙望하오매 飛雁이 虛度하고 西風이 蕭飋할 뿐이오니 九曲이 寸斷함을 難堪이오이다." 강은형 14번(妻→夫). 이와 같이 남편에 대한 그리움을 표현하는 내용은 노익형 9번(妻→夫), 노익형 10번(夫→妻) 답서, 지송욱 9번(夫→妻) 답서, 강은형 15번(夫→妻) 답서, 김천희 26번(夫→妻) 답서에서도 찾아볼 수 있다.

59 "爲人媳하야 舅姑孝養은 當然한 道理오 爲人母하야 兒子敎導난 自在한 責任이오 主中饋하야 家事整理난 固有한 職分이니 何用遠慮하야 至有此煩乎잇가." 지송욱 9번(＝고병교 9번, 夫→妻) 답서. 이와 같은 내용은 노익형 10번(夫→妻) 답서, 강은형 14번(夫→妻) 답서, 김천희 26번(夫→妻) 답서에도 들어 있다.

이다. 백모나 숙모는 친족의 왕래가 뜸해짐을 안타까워하거나, 자식의 학업을 이끌어주는 조카와 진로나 장래 문제를 의논한다. 아내는 멀리 떨어져 있는 남편에게 절절한 그리움을 전하는가 하면, 사구고(事舅姑)와 자녀 교육과 가사가 여자의 당연한 도리이자 직분임을 다짐한다.

이렇듯 여러 척독 교본의 여성 서간에서 서간 주체인 여성의 입장에 따라 그 용건의 주요 소재와 내용이 유형적으로 결정되어 있다는 것은, 곧 척독 교본이 문장을 익히게 하는 역할만을 하는 것이 아니라 여성의 도리를 규율하는 일종의 지침서로서의 기능을 하고 있다고 보게 하는 지점이다. 이들 서간은 여성이 특정한 가족, 친족 관계에서 발화해야 할 내용과 어조를 지시해주고 있을 뿐 아니라, 각 입장에서 여성이 맡은 본분과 덕목을 제시해주는 역할을 하고 있는 것이다. 즉 서간에서 제시되고 있는 여성들의 가족 내적 위치와 역할은 '마땅히 그래야 할 본분', 즉 '어머니다움, 장모다움, 백숙모다움, 아내다움'과 같은 덕목으로 일관되게 연결되고 있다.

이때 '특정 위치에서의 특정한 여성의 덕목'이란 대부분 전통적인 여성의 성별 역할과 일치하는 것이다. 이렇듯 척독 소재 여성 서간은 여성들을 가족 내적 위치로 호명하고 재설정하는 과정을 통해 그들이 마땅히 해야 할 덕목을 제시하는 역할을 하고 있으며, 여성들을 전통적인 성별 질서의 체계로 재위치시키는 기능을 하고 있다고 볼 수 있다.

(2) '공부하는 여성' 이미지의 등장 – 근대적 젠더 질서의 표면적, 제한적 수용

1920~30년대 척독 교본에 실려 있는 여성 서간의 특징적인 양상 중 하나는 근대 여성 교육에 관계된 소재와 '공부하는 여성' 형상이 나타나

기 시작했다는 사실이다. 이는 앞서 보았던 1절에서, 대부분의 여성 서간이 여성들을 가족 내 위치로 호명함으로써 전통적인 성별 질서로 재배치하고 있었다는 점과 극단적인 대비를 이룬다. '여성 학업' 소재를 담고 있는 서간문은 전형적 척독 교본에서는 발견되지 않으며, 저자의 개별적 성향이 강화되는 방향으로 나아가던 1920년대 후반 강은형과 김천희의 변이형 척독 교본의 일부 서간에서만 발견되기 때문에, 근대 척독이라는 텍스트가 젠더 의식의 차원에서 근대적인 여성 교육에 호의적인 견해를 표명하는 양상으로 조금씩 발전하고 있다는 인상을 주기도 한다. 서간문 예문을 보면 다음과 같다.

> 말씀드리건대 소위 과목 공부는 별반 늦어지는 흠은 없사온바, 요즘은 특별히 수공(繡工) 과정을 첨가하여 그 배우는 기술이 심히 재미가 있습니다.[60]

> 이번에 내려 보내신 일기초(日記抄)는 받들어 읽어보지는 못했으나 깨끗이 필사하라는 가르침의 말씀은 받들고자 하옵니다. 다만 서법이 좋지 못할까 두렵습니다.[61]

> 내려 보내신 교과서는 틈나는 대로 보았은즉 수신(修身)의 규모가 상세하고 정당하여 가히 여자의 모범이라 일컬을 만하니, 이후에 또 이러한 책이 있으면 잊지 말고 구입하여 보내주시기를 바라오며……[62]

---

60 "就伏白所謂課工은 別般遲刻의 欠은 無하온바 近間은 當級으로 特別히 繡工課程을 添加하야 其學術이 甚히 滋味가 有하오이다." 강은형 16번(父→女) 답서.

61 "今回에 下送하압신 日記抄는 伏閱은 未得하엿사오나 精寫의 下敎는 奉副코저 하오되 但書法이 善良치 못할가 恐하노이다." 강은형 24번(舍兄→舍妹) 답서.

62 "下送敎科書난 間暇曼涉이온즉 修身規模가 綜詳正當하와 可謂女子模範이오니 從後에 又有

소위 과목 공부는 평소와 같이 수업하고 있으나 최근 교사가 바뀌어 교수 방법이 전과 달라서 이번 시험에 낙제가 되었으니 죄송합니다. …… 너의 공부는 이번에 비록 낙제했다 하나 마땅히 더욱 힘을 써서 훗날을 계획할 수 있게 하라. 오직 여자계에 학문이 보급되지 못함은 식자들이 탄식하는 바이니 너는 꾸준히 힘써라.[63]

위 예문들은 각각 '딸'과 '여동생'이 쓴 것으로 설정된 서간문들이다. 첫 번째 예문은 학교에서 수업을 듣는 여학생의 상황을, 두 번째와 세 번째 예문은 외지에 나간 오빠에게 책을 받아 집에서 공부를 하는 젊은 여성의 모습을, 네 번째는 학교 생활에 대한 서간을 주고받는 모녀의 모습을 보여주고 있다.

이들 서간은 다양한 상황에서 학업을 쌓고 있는 젊은 여성의 이미지를 보여준다는 점에서 흥미롭다. 첫 번째 예문의 서간 주체인 딸은 부친에게 서간을 보내, 다른 과목의 공부도 잘하고 있지만 그중에서도 '수공(繡工) 과정'의 공부가 특히 더 재미있다고 고백하고 있다. 두 번째 예문에서 여동생은 오빠가 보내준 '일기초'의 내용을 다 읽지는 못했지만 '필사와 정서'만이라도 힘쓰겠다고 다짐한다. 세 번째 예문의 여동생은 오빠가 보내준 책을 읽은 자신의 소감을 '여자계의 모범'이 될 만한 책이라는 평가를 통해 전하면서 이런 책이 있으면 또 보내달라고 요청하는 내용이다. 마지막 예문은 우등이나 월반과 같은 우월한 학업 성취가 아니라

此等書冊이어든 勿忘購寄하심을 伏望이오며……." 김천희 32번.

63 "所謂課工은 如常히 受業하오나 近日은 敎師가 遞任되야 敎導의 方法이 前日과 不同함으로 今回試驗에 落第가 되얏사오니 愧悚이오이다 …… 汝의 課業은 속에 비록 落第하얏다 하나 尤當勉力하야 後日을 可圖하라 오즉 女子界에 學問이 普及지 못함은 識者의 咄嘆하는 바이니 汝난 孜孜不厭하라." 강은형 18번(女→母) 왕답서.

낙제 소식을 전하고 있다는 점에서, 또한 '딸의 학업'에 대한 '모친'의 격려를 담고 있다는 점에서, 1920~30년대 근대 척독집 자료 전체에서 희귀한 내용을 보여주는 서간이다. 교사의 교체로 인해 공부를 따라가기 어려워 낙제를 했다는 여학생의 상황 자체가 근대 척독집의 상투화된 서간문에서 드물게 보이는 입체적인 설정이기도 하다.

그러나 이렇듯 표면적으로 여성의 교육 및 학업 의지를 장려하는 듯한 내용 속에 미묘한 한정적 단서들이 전제되고 있다는 점을 간과해서는 안 된다. 서간의 상황 설정이나 행간에 여성의 근대적 교육에 대한 성별적 선입견과 제한적 시선이 매개되어 있음을 읽어볼 수 있기 때문이다. 예컨대 가장 재미있는 과목이 '자수'라는 설정은 여성이 가장 흥미를 가질 만한 과목은 전통적인 부공(婦功)의 영역이라는 시각을 드러낸다. 책을 받고 글씨 연습을 다짐하는 것 또한 여성이 지적인 이해와 습득을 하는 것보다는 '좋은 글씨체(善良한 書法)'의 기술을 훈련하는 것이 더 좋은 선택임을 암암리에 지시한다.

책을 통해 지적인 각성으로 나아가는 경우에도 그것이 '여자계의 모범'이라는 평가로 이어지는, '여성으로서의 모범적 역할'을 학습게 하는 것이어야 한다는 맥락을 보여준다. 마지막 예문의 경우 답신의 내용을 통해 '여성 교육이 꼭 필요하다'는 격려와 훈계로 이어지고는 있지만 근대 교육의 수혜 상황에서 낙제를 했다는 설정은 사실상 남성들의 학업 관련 서간에서는 거의 찾아볼 수 없는 부정적 설정이다. 즉 이들 여성 학업 소재 서간의 내용은 '여성에게 어울리는, 여성으로서 할 만한, 여성이 배울 법한' 한정된 영역 내의 공부여야 한다는 암묵적인 전제가 깔려 있거나, 여성의 학업 성취에 대해 은연중 회의적으로 바라보는 시각이 깔려 있는 것이라고 이해할 수 있다.

엎드려 생각건대 이종 여동생은 올해 십여 세인데 다만 슬하에서 재롱만 부릴 뿐 공부는 하지 않고 있습니다. 현재는 여학계(女學界)가 크게 발달하여 여자라도 학문이 없으면 금수에 가깝다는 탄식을 면하지 못하오니 권하건대 가을 개학 때 여학교에 보내 수업을 받게 하는 것이 어떻겠습니까. …… 여자의 행실은 나쁠 것도 좋을 것도 없이 다만 술과 음식을 만드는 데 있을 뿐이라고 하고, 또 여사(女師)의 가르침만 있을 뿐이라고도 하니, 집에 있으면 부모를 잘 모시고 시집가면 시부모를 효성스럽게 모실 뿐이다. 태임(太任), 태사(太姒)의 덕과 마황후(馬皇后), 등태후(鄧太后)의 현명함이 어찌 학교를 다녀서 천고의 아름다움으로 칭송되는 것이겠는가. 내 말이 구습에 치우쳐 있다며 기롱하여 웃지 말기를 바라노라.[64]

위 예문은 조카와 이모 사이의 서간으로, 조카가 이종 여동생의 학교 진학을 권하는 서간을 보내자 그것을 거절하는 이모의 답변으로 설정된 것이다. '여학계가 크게 발달'했으며 '여자도 학문이 없으면 천대를 받는다'는 조카의 서간 구절은 근대적 여성 교육이 시대적 안건으로 부상했던 당대 현실을 잘 보여주는 듯하다. 그런데 이에 대한 답서에 피력되고 있는 견해는 근대적 여성 교육이 꼭 필요하다는 식의 당대의 담론에 대해 직접적인 반감을 드러내는 내용이다. 자신의 의견이 '구습에 젖은 견해'로 보일 수 있다는 겸양의 말을 덧붙이고는 있지만, 여자의 행실은 '술과 음식 만드는 것(酒食之間)'에 있고 의무는 '부모와 시부모 섬기는

---

64 "伏念姨從妹난 今年十餘歲에 但以膝下承歡으로 必無學業이니 現時난 女學界가 大爲發達하야 婦人女子라도 如無學問이면 未免近禽之歎孟子云,逸居而無教則近於禽獸이오니 秋期開學에 幸須勸送于女學校하사 使之受業이 若何잇가 …… 女子之行이 無非本宜에 議在酒食之間詩傳云, 無非無宜, 推酒食是議이오 且有姆教謂女師之教하니 在家에 善事父母하고 有行謂嫁也에 孝養舅姑而已라 姙姒周太任, 太姒之德과 馬鄧漢馬皇后, 鄧太后之賢이 何曾經由學校하야 千古稱美耶아 切勿以我言으로 泥膠卽固軟不通口氣舊習而反爲譏笑하라." 김천희 44번(姨姪→姨母) 왕답서.

일(事父母事舅姑)'일 뿐이며 본보기는 '태임, 태사(姙似)'와 현숙한 여성의 대명사인 '마황후와 등태후(馬鄧)'라는 언급은 단호하기까지 하다. 이 서간은 여성의 학업을 장려하는 듯한 전반적인 척독집 기조의 이면에 있는, 여성 교육에 대한 부정적 시각을 표면화하고 있는 사례로 볼 수 있다. 즉 척독집 여성 서간은 '공부하는 여성 형상'이라는 소재를 통해 근대적 여성 교육을 수용하는 듯한 양상을 보이고 있지만, 이것은 사실상 매우 피상적이고 제한적인 시각에서, 혹은 부정적이고 회의적인 단서하에서 만들어지고 있음을 보여준다고 할 수 있다.

(3) 근대적 경제 질서 수용의 표상 – 경제 활동과 현실적 생존의 담당자로서의 여성

근대 척독집 소재 여성 서간에서 가장 특징적인 내용 중 하나는 자손들에게 경제적인 차원에 대한 훈유와 충고를 전해주고 있다는 것이다. 이들 서간문들은 아들과 손자를 상대로 상업에 종사할 것을 적극 권장하는가 하면, 먹고 살기 위해서는 변화한 인정세태에 잘 적응해야 한다는 충고의 내용을 담고 있다. 그래야만 부모를 봉양하고 자식들을 먹여 살리며 나아가 집안을 보존할 수 있다는 것이다. 이러한 내용적 모티프는 앞서 2장에서 본 바와 같이 척독집 소재 '모친·조모'의 서간문에서 본격적인 본론이자 용건을 이루며 분량 면에서도 제법 길게 서술되고 있어서 특히 주목을 요한다.

부모와 처자식이 한집에 모여 앉아 기쁘게 세월을 보냄이 인간 세상의 즐거운 일이건마는 생활이 어려우니 다만 곁에서 모시기만 알고 생산하기를 돌아보지 않으면 위로 부모를 모시고 아래로 자식을 기름에 스스로 도모할 방법이 없다.

지금 사세를 돌아보건대 비록 아주 작은 돈이라도 생기면 살고 생기지 않으면 살지를 못하니 어찌 멀리 떠나 있음을 자식의 죄로 여기겠는가. 바라기는 객지 바깥에서 스스로 몸을 보신하여 부모에게 걱정을 끼치지 말고 한 푼의 돈이라도 절검하여 저축하여 모음으로써 훗날 집안을 지키는 방법을 삼아야 한다.[65]

네가 1~2년 사이 사람들과 관련하여 낭패를 보지 않음이 없었으니 늘 삼가고 삼가서 요행의 일과 부당한 이익을 꾀하지 말며 초면의 감언이설을 믿지 말고 일거에 흥망이 있음을 취하지 말지어다. 대저 세상일은 인력으로 강제하지 못하니 범위 내의 분수와 직분을 순순히 지켜 무사히 돌아옴을 간절히 바라노라.[66]

위 첫 번째 예문은 '계활(契活)이 간구(艱窶)'한 세상에서 삶을 살아가는 현실적 요령을 절절하게 설파하고 있다. 부모 자식이 한집에 함께 모여 사는 것이 좋은 일이지만 '부모를 모시기만 하고 생산 활동을 하지 않으면' 굶어 죽을 수도 있는 세상, '한 푼의 돈이라도 있으면 살고 없으면 죽는' 세상이 되었다는 것이다. 위 서간은 그런 세상에서 생산에 관련된 일을 하기 위해 멀리 떠나는 것은 자식으로서의 죄가 아니라고 옹호하면서 오히려 힘써야 할 것은 '절검과 저축', 그리고 그로 인한 '가문을 지킴 (保家)'이라고 주장한다.

---

65 "父母妻子가 團聚一室하야 歡喜送日이 人間樂事언마난 契活이 艱窶하니 但知侍側하고 不顧 生産이면 仰事俯育이 無以自謀니 顧今事勢가 雖錙銖之金이라도 得則生이오 不得則不生이 니 豈以遠遊로 爲不肖之罪리요 惟冀客外에 自重保身하야 毋貽父母憂하고 得寸得尺을 節儉 貯蓄하야 以資異日에 保家之方이어다." 지송욱 8번(子 → 母) 답서.

66 "汝ㅣ 年來로 與人相關이 無非狼狽인즉 則須愼之하야 僥倖의 事와 不經의 利를 勿謀하 며 初面의 甘言利說을 勿信하야 一舉에 興亡이 存在함을 勿取할지어다 大抵 世事난 人力으 로 强爲치 못하나니 範圍內의 分職을 順守하야 無事往返함을 切祝切祝하노라." 노익형 4번 (母 → 子).

두 번째 예문에서는 아들이 근래 사람들과의 사업 관계에서 '낭패를 보지 않음이 없었다'는 말로써, 사업을 통해 이익을 보기 어려운 현실이 되었음과 세상 인심이 크게 변했음을 언급한다. 그런 세상이기 때문에 '초면에 감언이설' 하는 사람을 믿지 말 것, 일거에 큰 이득을 취하는 일을 바라지 말 것, 요행으로 성공하는 일도 바라지 말 것과 같은 실질적인 경계와 당부를 전하고 있는 것이다. 첫 번째 예문에서는 상업 활동이 아니면 굶어죽을 수도 있다는 절박한 생존 의식을, 두 번째 예문에서는 개인의 힘으로 어찌해볼 수 없는 세상이니 조용히 분수를 지키며 살아남아야 한다는 순응 의식을 읽어볼 수 있다.

그러나 이러한 상업의 권고 및 경제적 생활에 대한 충고는 구체적인 식민지 현실의 경제 상황을 생생하게 반영한 것이라기보다는 '세상이 바뀌었으니 그에 맞게 살아야 한다'라는 식의 다소 표피적이고 추상적인 처세론의 성격을 띠고 있다. 아래 두 예문은 경제적인 당부와 지침을 전달하면서도 궁극적으로는 '세상을 대하는 자세'의 중요성을 강조하고 있는 예문이라 할 수 있다.

젊어서 경영에 힘쓰고 늙어서는 실제에 힘써 털끝만큼 작은 것이라도 아끼기를 수레의 땔나무처럼 무겁게 하고 먼지처럼 작은 것도 모아서 산과 바다를 이루게 하여 집안을 일으키기를 힘써 계획하여 훗날 함께 안락함을 누리면 부모의 기쁨이 또한 마땅히 어떠하겠는가.[67]

실업에 착수한다 하니 …… 너는 매사에 처함에 상세하고 주밀하게 하고 사람

---

67 "少年에 經紀를 獨言經營를 務要老實老成信實하야 毫末之細라도 惜之若與薪孟子云一興薪, 言重也하고 涓埃之微涓滴塵埃, 猶言細微라도 聚以成山海하야 務圖成家하야 得於後日에 共享安樂하면 父母嘉悅이 尤當何如오." 김천희 20번(母 → 子).

을 접함에 공경하고 근실하게 하라. 상업 매매에도 박리다매를 주로 하여 조모의 이 말을 간폐(肝肺)에 명심하도록 하라.[68]

위 첫 번째 예문은 '상업 경영과 실질'에 힘을 써야 한다는 당부와 '티끌 모아 태산'의 가르침을 전하고 있으며, 두 번째 예문은 '일에는 상밀함, 사람에게는 공근함, 매매에는 박리다매'를 주로 하라는 훈계를 제시하고 있다. 이는 제법 상세한 지침처럼 보이지만 사실상 모두 원론적 도리와 가치일 뿐이다. 큰 목표는 제시하고 있지만 구체적인 방법론은 생략된 훈계인 것이다. 이는 사실상 '실용을 추구해야 몸을 보전하고 살아남을 수 있다'는 생각에서 비롯된 생존주의의 자세이며, 그렇게 살아남기 위해서는 '어떤 자세를 가져야 하는가'를 역설하는 처세주의적 태도라고 할 수 있다. 이렇듯 실용과 보신의 가르침이 강조되는 처세주의적 경향은 한편으로는 그만큼 살아가기가 힘들었던 당시 식민지 현실의 세태와 생존의 절박성을 역으로 증명해 보여주는 것이라 할 수 있다. 처세주의는 어떠한 새로운 변화도 시도하기 어려운 상황 속에서 현상유지적 세계관의 표현이기 때문이다.

그런데 흥미로운 것은 자손들에게 경제 활동을 강조하고 상업을 권장하는 이러한 처세주의적 충고가 척독 교본 내 남성 서간에서는 거의 발견되지 않으며 오직 '여성 서간'에서만 등장한다는 점이다. 즉 현실에서 감내해야 할 경제적 어려움과 그에 대응하는 문제에 대한 권고와 경계는 '모자 간, 조모·손자 간' 왕복 서간에서 '모친, 조모'의 입을 통해서만 이루어지고 있다는 것이다. 이는 '부자 간, 조손 간' 왕복 서간에서 '부친,

---

68 "實業(실업)에 着手(착수)한다하니 …… 汝須處事詳密(여수처사상밀)하고 接人恭謹(접인공근)하라 商板賣買(상판매매)에도 薄利多賣(박리다매)가 爲主(위주)이니 祖母此言(조모차언)을 肝肺(간폐)에 銘記(명기)할지어다." 고병교 18번(外孫→外祖母) 답서.

조부'의 훈계 소재가 거의 일관되게 '학업'에 대한 것이라는 점과 크게 대조를 이룬다. 아래 표는 척독 교본에 실려 있는 '부자 간, 조손 간' 왕복 서간의 주요 내용의 요약이다.

표 3. 근대 척독 교본 소재 부자·조손 간 서간의 주요 내용

노익형, 박문서관(1920)	지송욱, 신구서림(1923)	고병교, 회동서관(1932)	김천희, 광한서림(1929)
1. 父子, 아들의 경성 유학생활 경계	1. 孫祖, 용산선린상업학교 입학한 손주에게 학업 훈계	1. 祖孫, 경성 유학 중인 손주에게 학업에서 경쟁심 분발하라는 당부	1. 祖孫, 사범학교에서 어학·산술·이화학 공부하는 손주의 학업 근황
2. 子父, 아우에게 맞는 규수 소개	2. 祖孫, 조부의 시골 농가에서의 요양 중 안부	2. 祖孫, 지송욱 2와 동일. 시골 농가 요양	2. 祖孫, 집안일 당부
3. 父子, 외직에 있는 부친이 아들의 학교 생활 경계	3. 子父, 명치대학교 수업 중인 손주에게 유학생활 경계	3. 父子, 공직 근무 중인 부친이 아들의 학업 훈계	3. 孫祖, 외지에 계신 조부 안부, 조부의 치가 부탁
6. 祖孫, 손주에게 자기 아들의 간병 당부	4. 父子, 외직 근무 중인 부친이 형제의 학업에 대해 훈계	4. 子父, 지송욱 3과 동일. 명치대 유학 중 손주에게 유학 생활 경계	4. 孫祖, 손주에게 복습 당부, 어학·산술 배운다는 답
7. 孫祖, 조부에게 습자 공부 위한 용품	5. 祖孫, 손녀 혼처 탐색 중인 조부에게 손주가 자기 동창 추천		5. 父子, 부친의 학업 지침, 내지 풍토·습속·실업 관찰 당부 및 공원·명승·극장 가지 말 것
8. 祖孫, 손주에게 서간 쓰기에 힘쓸 것 당부	6. 父子, 시골에 있는 부친이 아들의 유학 생활 경계, 추기시험 우등 소식		6. 父子, 집안 환경 어려우나 선비의 가난은 당연, 독서 전념하라 훈계
			7. 子父, 동생들 입학시험 합격 알림
			8. 子父, 외직 중인 부친 안부, 청렴 다짐
			9. 父子, 아들 학업 걱정, 학비 송부, 하기시험 우등 소식

위 표는 척독 교본에 실린 남성 서간문에 '학업' 소재가 압도적으로 많음을 단적으로 보여준다. 노익형, 지송욱 척독은 '부자·조손 간' 서간 6편 중 4편의 서간이, 고병교 척독은 '부자·조손 간' 서간 4편 중 3편이,

김천희 척독은 '부자·조손 간' 9편의 서간 중 6편이 '학업'에 대한 경계를 주 소재로 하고 있기 때문이다. 남성 서간에서는 학업을 중심 내용으로 삼지 않은 경우에도 혼담 의논, 치병·간병 의논, 집안일의 단속, 농장의 소출 등의 모티프들이 기타 소재로 등장할 뿐, 상업 활동을 권유한다거나 경제적 생활 방식을 당부한다거나 실용에 힘써야 한다는 훈계 등은 전혀 찾아볼 수 없다.

이렇듯 여성 서간에서는 주요 내용적 모티프로 여러 척독집에 두루 공유된 경제 관련 모티프가 남성 서간에서는 일체 등장하지 않는다는 점은 주목을 요한다. 척독집 내 남성 서간은 경제적 관념에 대한 원론적인 경계는 물론 가족의 생계 걱정이나 상업 위주의 세태 변화에 대한 내용을 전혀 다루지 않는다. 즉 남성 서간에서는 오직 자손들의 학교 생활에서의 규율을 강조하고 학업 성취의 중요성을 훈계할 뿐이며, 간접적인 상황 맥락에서 간혹 생업을 위한 직무가 언급될 때에도 '농업'이나 '공직 생활'을 하고 있음을 전제할 뿐 '상업'의 맥락을 전제하는 경우는 거의 찾아볼 수 없다.

이는 소재 및 내용에서의 '남성-명분-학업' 대 '여성-실리-가계운영'이라는 명백한 분리를 보여주며, 이러한 분리는 근대 척독집이라는 텍스트가 '살림과 노동', 혹은 '생계 유지와 가계 관리'의 책무를 온전히 '여성'의 영역으로 배치시키고 있음을 보여주는 것이다. 즉 척독 교본의 여성 서간은 가문을 유지하기 위한 자손들의 경제 활동을 관리·지시하고, 살아남기 어려운 생존 경쟁의 세태 속에서 어떻게 해야 생존할 수 있는지 처세술을 훈육하며, 그럼으로써 현실적 생존의 문제를 끊임없이 지휘해야 할 주체로서의 여성의 책임을 부각시키는 텍스트라고 볼 수 있다.

4) 한문 서간의 주체로 여성을 상정한다는 것―상상된 여성 주체, 상상된 여성 글쓰기

이 글을 시작할 때의 근본적인 문제의식은 '한문 편지 쓰기의 학습서인 척독 교본에서 여성을 서간의 주체로 상정한다는 것이 어떤 의미인가' 하는 것이었다. 척독 교본 소재 여성 서간은 '한문으로 된 편지를 읽고 쓰는 여성'을 전제하고 있기 때문이다. 따라서 이 글은 척독 교본의 대중화 전략이 본격화된 1920~30년대 근대 척독 교본에 다양하게 등장한 여성 서간의 자료 상황을 정리하고, 이들 텍스트에 반영된 젠더 의식의 양상과 의미를 읽어보고자 했다.

척독 교본에 실린 여성 서간을 보면 그 대상은 주로 가문의 '남성'이고 '답서'의 형태를 띠고 있으며 가문 내 연소한 여성들의 서간은 적다는 점을 알 수 있었다. 이는 척독 교본의 저자들이 여성들의 한문 서간을 적극적이고 주도적인 의사소통의 매체라기보다는 남성과의 피할 수 없는 소통의 필요 상황에 대응하게 하기 위한 대비 수단 정도로 인식하고 있음을 보여주는 의미라고 보았다.

척독 교본 여성 서간의 내용에 기반한 젠더 의식의 특징적 양상은 크게 세 가지로 분류하였다.

첫째, 여성 서간은 여성들을 가족 내적 위치로 호명함으로써 그들의 위치를 전통적인 성별 체계로 재위치시키고 그 위치에서 마땅히 해야 할 여성의 덕목을 제시하고 있다고 보았다.

둘째, 일부 척독 교본의 여성 서간들은 근대 여성 교육 및 여성의 학업에 대한 소재를 긍정적으로 형상화하고 있는 듯하지만, 사실상 여성 교육의 구체적인 내용과 범위에 대해서는 성별적 선입견을 보여주며 여성의 공부를 회의적으로 바라보는 시각이 암암리에 깔려 있다고 분석하였다.

셋째, 척독 교본의 여성 서간은 경제적 현실의 냉혹함과 인정세태의 변화에 적극 부응할 것을 충고하는 처세주의적 내용을 담고 있으며 이런 소재가 남성들의 서간에서 전혀 나타나지 않는다는 사실을 지적하였다. 이를 통해 여성 서간이 생계 유지와 관련된 현실적 가계 관리의 책무와 생존의 문제를 여성에게 전담시키고 있다고 보았다.

그렇다면 1920~30년대 척독 교본의 여성 서간에 나타난 이러한 젠더 의식의 의미는 무엇인가. 척독 교본 소재 여성 서간을 통해 궁극적으로 읽어볼 수 있는 것은 당대 척독집 저자들이 여성에 대해 갖고 있는 인식 및 여성 글쓰기에 대한 인식이다. 그것은 곧 남성 저자에 의해 남성 중심적으로 '상상된 여성 주체' 및 '상상된 여성 글쓰기'라고 집약할 수 있다.

척독 교본의 여성 서간에 나타난 여성 주체는 남성 중심적 질서에 부합하는 양상으로 재단되어 있었다. 그들의 형상은 근대 문물에 대한 정보와 근대적 질서 체제를 인지하고 있으면서도, 유교적 위계와 전통적인 성별적 역할을 벗어나지 않으며, 남성의 공적·학문적 성취를 위해 가문의 경제적 보존을 관리·유지시키는 역할을 홀로 담당한다. 글쓰기 차원에서도 철저하게 척독 교본의 저자들이 상상할 수 있는 범위 내의 여성 글쓰기를 보여주고 있었다. 즉 여성이 한문 서간의 주체가 된다고 했을 때 발생할 수 있는 내용상, 어휘상, 문체상의 변화를 전혀 고려하지 않은 채 가정 내에서의 역할을 다하는 여성의 모습만을 보여주고 있는 것이다.

이는 척독 교본 저자들이 여성 한문 서간의 필요성을 다소간 인식은 하였지만 '현실적이고 구체적인 여성 서간 주체를 상정'하는 데까지 이르지는 못했다고 파악하게 되는 지점이다. 한문 서간의 정형성을 전달하는 것을 본질로 하는 척독 교본 자체의 보수적 회귀성 또한 여성 서간의 성격을 이렇게 '남성 중심적'인 것으로 만드는 근본적인 원인이라고 보인다.

이 글에서는 1920~30년대 척독 교본에 실린 여성 서간의 자료 상황을 정리하고, 그 속에 나타난 젠더 의식의 양상을 분석하여 척독집의 보수적 성격과 남성 중심성을 밝혀보았다. 척독 교본의 여성 서간은 근대 시기의 여성 한문 글쓰기의 가능성을 보여준다는 점에서 주목되는 자료이지만, 철저히 남성 중심적 상상력 안에서 재단된 여성 형상과 여성 글쓰기를 보여주는 텍스트이다. 그런 점에서 여성 서간 텍스트는 척독 교본의 보수적 회귀성을 더 분명하게 읽어볼 수 있게 하는 의의를 가진다.

3. 근대 척독집의 새로운 시도 1
-『신체미문 시문편지투』

1) 새로운 척독 교본의 등장

이 글은 이문당(以文堂)에서 1926년 발행한 『신체미문(新體美文) 시문(時文)편지투』(이하 『시문편지투』)의 자료적 가치를 탐색하고 그 특징과 의의를 살펴보고자 한다. 이 텍스트를 통해 한문 서간의 투식구 학습서인 근대 척독 교본의 변화의 한 양상을 밝히고 그 문체론적, 문장론적, 문화론적 차원의 의미를 밝히고자 하는 것이다.

척독 교본은 근대라는 시대에 직면하여 한문이라는 전통적 글쓰기 체계가 어떠한 당대성을 확보해나갔는지를 추적해볼 수 있는 중요한 자료 중 하나이다. 그런 면에서 『시문편지투』는 대중적인 한문 글쓰기 규범 제시의 진폭을 매우 크게 보여주는 자료이며, 근대 척독 교본이라는 자료군의 다양한 스펙트럼에서도 상당히 특이한 위치에 서 있는 것으로 간주되는 자료이다.

『시문편지투』는 서간문을 나열하는 한문 서간 학습 및 교본서의 기본적 체제를 갖고 있다는 점, 전통적인 국한문 서간들이 상당수 실려 있다는 점, 한문 서간 특유의 상투적 안부 표현 및 친인척 호칭들이 소개되어 있다는 점에서 근대 척독집의 공통적인 장르 특성을 분명히 보여준다. 하지만 동시에 이 텍스트는, 언문일치의 지향성을 담은 국문 위주의 문체가 전반적으로 강세를 보이고 있다는 점, 근대 시속과 문물을 반영하고자 하는 저자의 가치관이 강하게 드러나 있다는 점에서는 전형적인 근대 척독 교본의 특성을 벗어나는 특이성이 있다고 보인다. 또한『시문편지투』는 위당(爲堂) 정인보(鄭寅普)의 '서(序)', 국한문 이중 글쓰기 체계와 서한의 규범적 문체에 대한 작가의 의식을 보여주고 있는 '저자의 말', 문장의 기원과 서한문 쓰기에 대한 10개의 장으로 된 장문의 논술문인 '서한문강화략초(書翰文講話略抄)' 등과 같이, 텍스트의 성격을 해명하는 데 중요한 지침을 제시해줄 수 있는 부가적인 자료들이 들어 있다는 점에서도 본격적인 연구를 필요로 하는 텍스트이다.

따라서 본고에서는『시문편지투』의 기본 자료 양상을 검토하고 척독 교본으로서의 특징적 국면을 살펴본 뒤, 이 텍스트가 갖고 있는 '독본적 성격'으로의 확장이라는 차원을 살펴보고자 한다. 이를 통해 지금까지 본격적으로 거론된 적이 없었던 이 자료를 학계에 소개하고 향후 심화된 논의를 이끌어내기 위한 기초 역할을 할 수 있기를 기대한다.

2) 기본 자료 양상

(1) 저자, 판본, 출판 연도

현재『시문편지투』의 고서 원본을 소장하고 있는 곳은 서울대, 서강대, 계명대 도서관으로, 이 글에서는 서울대와 서강대 소장본의 기본 서지를 확인하고 비교, 검토하였다.[69] 먼저 서울대 소장본의 표지와 판권지를 통해 확인할 수 있는 『시문편지투』의 기본 정보는 다음과 같다.

① 서울대 소장본
· 저자: 朝鮮詩文硏究會 編(겉표지) / 著作 兼 發行者 株式會社 以文堂 代表
  者 李明世(판권지)
· 제명: 新體美文 時文편지투
· 발행 연도: 昭和 十一年(1936) 九月 十五日 三版 發行, 昭和 十二年(1937)
  八月 十日 再版(四版) 發行[70]

한편 서강대 도서관에는 서울대본과는 다른 두 종류의 텍스트가 소장
되어 있으며 그 기본 정보는 다음과 같다.

② 서강대 소장본 A
· 저자: 朝鮮詩文硏究會 編
· 제명: 新體美文 時文편지투
· 발행 연도: 판권지 누락으로 확인 불가

---

69 자료집 형태로 간행되어 있는 구자황·문혜윤 편의 『시문편지투』(도서출판 경진, 2011)
는 서울대 소장본을 저본으로 하고 있다. 자료집의 편자인 구자황, 문혜윤 두 분 선생
님께서는 원본의 소재 파악 및 기본 정보 등을 확인하는 작업에 큰 도움을 주셨다. 깊
은 감사의 마음을 전한다.

70 서울대 소장본과 같은 해에 나온 동일 판본인 박해남 소장본에는 이 부분이 '四版'으
로 되어 있다. 연도의 순서로 볼 때 '再版'으로 잘못 인쇄된 부분을 나중에 다시 바로
잡아 출판한 판본인 듯하다. 선뜻 귀한 자료를 제공해주신 박해남 선생님께도 감사를
드린다.

③ 서강대 소장본 B

·저자: 趙用九 著(속표지)/ 著作 兼 發行者 株式會社 以文堂 代表者 尹鍾惠
(판권지)

·제명: 新體美文 時文편지투

·발행 연도: 昭和 四年(1929) 四月 三十日 印刷, 昭和 四年(1929) 五月 十日
發行

서울대본에 따르면 『시문편지투』의 저자는 표지에는 '조선시문연구회'
로, 책의 맨 뒤의 판권지에는 '저작 겸 발행자 주식회사 이문당 대표자
이명세'라는 인물로 명시되어 있다. 서강대 A본은 표지의 저자 표기를
'조선시문연구회 편'이라고 하였으며 책 맨 뒤의 판권지 부분은 누락되
어 있어 더 이상의 저자 정보를 확인할 수 없다. 서강대 B본의 경우 책의
표지에는 '조용구 선생 저'라고 개인 저자의 이름을 명시했으나, 책의 맨
뒤에 있는 판권지 부분에는 서울대본과 마찬가지로 '저작 겸 발행자 주
식회사 이문당 대표자'를 밝혔으나 '이명세'가 아닌 '윤종덕'이라는 인물
을 명시했다.

이를 종합하여 『시문편지투』의 저자에 대한 사항을 정리하면, 서울대
본에서는 '조선시문연구회(겉표지), 이명세(판권지)'로, 서강대 A본에서
는 '조선시문연구회(겉표지)'로, 서강대 B본에서는 '조용구(속표지), 윤종
덕(판권지)'으로 제시되어 있다. 한 권의 책 안에서 저자 표기가 불일치
하는 경우는 저작권 개념이 뚜렷하지 않았던 근대 출판물에서 자주 발견
할 수 있는 현상으로, 판권지 부분에 이름을 올리고 있는 '이명세'와 '윤
종덕'은 '발행자, 이문당 대표자'라는 표현으로 짐작건대 출판사의 운영
자로 보는 것이 합당할 듯하다. 따라서 『시문편지투』의 실질적인 저자
개념에 근접하는 대상은 서강대본 표지에서 이름을 볼 수 있는 '조용구'

라는 인물이거나 혹은 그를 주축으로 한 '조선시문연구회'라는 그룹이었을 가능성이 많다.

『시문편지투』의 저자로 거론되고 있는 인물들인 '이명세, 윤종덕, 조용구, 조선시문연구회'에 대해서는 보다 면밀한 조사 및 추적이 필요하지만, 이 중 이명세는 서울대 이인호 교수의 조부로 1940년대 이후 친일 행적을 보였던 인물이며,[71] 조용구와 윤종덕에 대해서는 알려져 있는 바가 거의 없다. 다만 저자가 이명세, 조용구, 윤종덕 중 어떤 인물이든 공통적으로 해당되는 점은 이 저자가 위당(爲堂)과 육당(六堂)의 가르침을 받는 그룹에 속해 있는 인물이었다는 점이다. 이 책의 서문을 쓴 위당 정인보가 자신이 '저자와 가까운 관계'라고 한 표현, 저자가 스스로 서문에서 위당과 함께 육당 최남선(崔南善)에게도 가르침을 받았다고 밝힌 점 등을 볼 때 위당, 육당과 일정한 관계망을 형성했던 인물들이었다는 점은 분명하다. 저자와의 관계를 보여주는 서문 부분은 아래와 같다.

　　이冊은時文편지투로 새로난 著作이니 著者와갓가운나로서는 出倫하다함이 或 阿私의嫌疑도 업지안이하나−정인보, 「서(序)」

　　이글을 내노흘쌔까지 爲堂 六堂 두先生의만흔가라침을 주심과 조흔글을 주심을 이冊읽는 여러분과갓치 기리感謝하고겨한다−「저자(著者)의 말」

최초의 저작 연도에 대한 정보를 알 수 있게 해주는 책 속의 단서는 위당 정인보의 서문 마지막 대목의 '병인년(丙寅年, 1926)'이라는 대목이

---

71 이상의 내용은 동양고전학회 발표회 자리에서 김인규 선생님 등 여러 학회 관계자분들께서 주신 정보이다. 감사의 말씀을 전한다.

다. 이는 이 책의 저작 연도 및 초판본 출판 시기를 1926년으로 확정할
수 있게 해주는 중요한 단서이다. 서울대본은 소화 12년, 즉 1937년에
출판된 '4판'이다. 서강대 A본은 판권지가 없어서 출판 연도를 확정할
수 없지만 하드커버로 장정되어 있는 형태나 속표지에 정인보를 '연전교
수(延專教授)'로 권위를 강화한 표현을 쓰고 있는 점[72] 등을 볼 때 보다
후대에 출판되었을 가능성이 높다고 보인다. 서강대 B본은 판권지의 '소
화 4년'이라는 표기를 통해 1929년본임을 알 수 있으며, 초판본이 발견되
지 않은 현 상황에서는 이것이 현전하는 텍스트 중 시기상 가장 앞선
판본이 된다.

이를 다시 정리하면『시문편지투』는 1926년에 저작되어 같은 해 초판
이 출간되었으며, 이후 적어도 1929년과 1937년에 4판 이상 출판되었다.
저자는 판본에 따라 '조용구, 조선시문연구회, 윤종덕, 이명세'로 표기되
어 있으며, 위당 정인보의 감수자 역할을 표지에 강조함으로써 그의 명
성을 활용하여 책을 홍보하고자 했음을 알 수 있다.

(2) 구성 및 체계

『시문편지투』의 전체 구성은 정인보의 '서(序)', 이 책의 저자가 쓴 '저
자(著者)의 말'이 각각 3면, 2면씩 실려 있고, 본문은 241면의 분량이 4개
의 장으로 나뉘어 있으며, 뒤에는 별도로 35쪽 분량의 부록이 첨부되어
있다. 본문의 순서를 표로 제시하면 다음과 같다.

---

72 표지에 밝혀져 있는 정인보 관련 원문 표기를 비교하면 이렇다. 서강대 A본에는 "延
專教授 鄭寅普 先生 序"로, 서강대 B본에는 겉표지에 "延禧專門學校講師 鄭寅普先生
監修", 속표지에 "鄭寅普 先生 序"로 되어 있다.

장 제목	절 제목	글 제목
제일장(第一章) 학우평교왕복 (學友平交往復) (75편)	제일(第一) 경하(慶賀) (6편)	우인졸업축하(友人卒業祝賀) l 우인입학축하(友人入學祝賀) l 취직축하(就職祝賀) l 우인부모회갑(友人父母回甲) l 결혼축하(結婚祝賀) l 유학축하(遊學祝賀)
	제이(第二) 시령(時令)과 청요(請邀) (17편)	연하장(年賀狀) l 상원답교(上元踏橋) l 척사회(擲柶會) l 상사(上巳, 삼짇날) 원족 l 전춘(餞春) 꽃구경 l 단오산책(端午散策) l 탁족천렵(濯足川獵) l 중양상국(重陽霜菊) l 설야관월(雪夜觀月) l 하휴귀향(夏休歸鄉)한 우(友)에게 l 동휴친우(冬休親友)에게 l 부모수연청(父母壽筵請) l 토론회청(討論會請) l 운동회청(運動會請) l 하휴여행(夏休旅行) 쇠임 l 스켓회(會)에 청(請)함 l 제석야감(除夕夜感)을 친우(親友)에게
	제삼(第三) 조위(弔慰) (12편)	친상조위(親喪弔慰) l 조부모상(祖父母喪) 조위(弔慰) l 형제상(兄弟喪) 위문(慰問) l 처상(妻喪) 위문(慰問) l 숙부상(叔父喪) 위문(慰問) l 봉적(逢賊) l 한재(旱災) l 수해(水害) l 화재(火災) l 우인(友人)의 친환(親患) l 우인(友人)의 병(病) l 망야(亡夜)를 회(懷)함
	제사(第四) 잡부(雜部) (40편)	경성유학(京城留學)하는 우인(友人)에게 l 상해유학(上海留學)하는 우인(友人)에게 l 동경(東京) 가는 이에게 l 양행(洋行)하는 이에게 l 졸업후귀가(卒業後歸家)하는 이에게 l 병(病)으로 귀국(歸國)하는 이에게 l 동향우(同鄉友)의 내경(來京)을 영(迎)함 l 친우중국여행(親友中國旅行)을 영(迎)함(中國에서) l 우인(友人)에게 서적(書籍)을 증(贈)함 l 사진(寫眞)을 정우(情友)에게 l 묘종(苗種)을 송(送)함 l 과실(果實)을 송(送)함 l 여행(旅行)한 곳에서 회엽서(繪葉書) 보냄 l 입학수속(入學手續) 문(問)함 l 입학안내(入學案內) 청구(請求) l 학교선택(學校選擇) 문의(問議) l 전거통지(轉居通知) l 입학통지(入學通知) l 안착통지(安着通知) l 입원통지(入院通知) l 성적통지(成績通知) l 우인사망(友人死亡)을 통지(通知) l 서적청차(書籍請借) l 빌어온 서적환송(書籍還送) l 금전차여(金錢借與)를 청(請) l 소개장(紹介狀)을 청(請) l 회사발기(會社發起)를 권유(勸誘) l 강습소설립(講習所設立)을 권유(勸誘) l 농림학연구(農林學研究)를 권유(勸誘) l 의사(醫師)를 천(薦)

		|우인방탕(友人放蕩)을 충고(忠告) ｜ 입원(入院)한 우(友)에게 ｜ 퇴원(退院)한 우(友)에게 ｜ 전지요양(轉地療養)하는 이에게 ｜ 퇴직귀향(退職歸鄉)하는 이에게 ｜ 취직의뢰(就職依賴) ｜ 사업내용(事業內容)을 문(問) ｜ 교사(敎師)를 천(薦) ｜ 모교근황문(母校近況問) ｜ 고향근황문(故鄉近況問)
제이장(第二章) 향당사교왕복(鄕黨社交往復) (40편)	제일(第一) 장상선배왕복(長上先輩往復) (20편)	존장(尊丈)에게 ｜ 상급생(上級生)에게 ｜ 외국체재(外國滯在)한 동창우(同窓友)에게 ｜ 구사(舊師)에게 ｜ 전직(轉職)한 선생(先生)께 ｜ 양행(洋行)하는 선생께 ｜ 춘기휴가(春期休暇)에 선생께 ｜ 하기휴가(夏期休暇)에 선생께 ｜ 동기휴가(多期休暇)에 선생께 ｜ 하휴시(夏休時) 선생께 ｜ 귀성(歸省)한 선생께 ｜ 병환결근(病患缺勤)하는 선생께 ｜ 사임(辭任)한 선생께 ｜ 외국(外國)에서 구사(舊師)께 ｜ 취직후은사(就職後恩師)께 ｜ 구사(舊師)에게 장래방침(將來方針)을 문의(問議) ｜ 노형(老兄)에게 ｜ 선배(先輩)에게 강연(講演)을 청(請) ｜ 목사(牧師)에게 사경(查經)을 청(請) ｜ 선진문사(先進文士)에게 투고(投稿)를 청(請)
	제이(第二) 후진왕복(後進往復) (5편)	모교졸업(母校卒業)한 우(友)에게 ｜ 고향동창우(故鄉同窓友)에게 유학(遊學)을 권(權) ｜ 외국(外國)에 재(在)한 우(友)에게 ｜ 취직(就職)한 제자(弟子)에게 ｜ 우인(友人)의 장래(將來)를 계(戒)함
	제삼(第三) 일반사교(一般社交) (15편)	교우회(校友會)에 출석(出席)을 청(請) ｜ 청년회발기(靑年會發起)를 권유(勸誘) ｜ 하기강습(夏期講習)에 내강(來講)을 청(請) ｜ 지명선배(知名先輩)에게 훈도(訓導)를 청(請) ｜ 지명인사(知名人士)에게 교(交)를 청(請) ｜ 회관건축(會館建築)에 기부(寄付)를 청(請) ｜ 치수사업(治水事業)의 책임(責任)을 문(問) ｜ 기사취소(記事取消)를 청(請) ｜ 순회강연(巡廻講演)에 원조(援助)를 청(請) ｜ 순회운동단(巡廻運動團)을 영(迎) ｜ 원고첨삭(原稿添削)을 청(請) ｜ 사교집단(社交集團)의 상황(狀況)을 문(問) ｜ 원유회(園遊會)에 청(請) ｜ 음악가(音樂家)에게 내주(來酒)를 청(請) ｜ 미술가(美術家)에 화본(畵本)을 청(請)
제삼장(第三章) 가정족척왕복(家庭族戚往復) (46편)	제일(第一) 가정왕복(家庭往復) (31편)	객지(客地)에 게신 부친(父親)께 ｜ 객지(客地)에 게신 부친(父親)께 답(答) ｜ 객지(客地)에서 부친(父親)께 ｜ 객지(客地)에서 부친(父親)께 답(答) ｜ 모친(母親)께 ｜ 객지(客地)에서 모친(母親)께 답(答) ｜ 객

		지(客地)에 게신 조부(祖父)께 │ 객지(客地)에 게신 조부(祖父)께 답(答) │ 조모(祖母)께 │ 집에 게신 백숙부(伯叔父)께 │ 객지(客地)에 게신 백숙부(伯叔父)께 │ 백숙모(伯叔母)께 │ 집에 게신 형(兄)님께 │ 객지(客地)에 게신 형(兄)님께 │ 객지(客地)에 잇는 아오에게 │ 집에 잇는 아오에게 │ 집에 잇는 누님께, 출가(出嫁)한 누님께 │ 객지(客地)에 잇는 남형(男兄)에게 │ 친가(親家)에 잇는 남제(男弟)에게 │ 객지(客地)에 잇는 종형(從兄)에게 │ 집에 잇는 종제(從弟)에게 │ 분거(分居)하는 종형(從兄)께 │ 집에 잇는 안해에게 │ 객중(客中)에 잇는 남편(男便)에게 │ 친가(親家)에 잇는 안해에게 │ 집에 잇는 족하에게 │ 조부상(祖父喪)에 부(父)를 위(慰)함 │ 형상(兄喪)에 질(姪)을 위(慰)함 │ 조모상(祖母喪)에 조부(祖父)를 위(慰)함 │ 형수상(兄嫂喪)에 형(兄)을 위(慰)함
	제이(第二) 족척왕복(族戚往復) (15편)	외조부(外祖父)께 │ 외조모(外祖母)께 │ 외조부(外祖父)께 답 │ 외숙(外叔)께 │ 이모부(姨母夫)께 │ 이모부(姨母夫)께 답 │ 이모(姨母)께 │ 족숙(族叔)께 │ 외구(外舅)에게 │ 외족형(外族兄)에게 │ 내종형(內從兄)에게 │ 자형(姉兄)께 │ 이종형(姨從兄)께 │ 족형(族兄)에게 │ 동서(同壻)에게
제사장(第四章) 예사식사급서 한문강화(禮辭 式辭及書翰文 講話) (14편, 논설문)	제일(第一) 예사급식사(禮辭及 式辭) (14편)	졸업생답사(卒業生答辭) │ 졸업식축사(卒業式祝辭) │ 개회식축사(開會式祝辭) │ 창립일주년기념축사(創立一周年紀念祝辭) │ 외국유학생고국순유환영사(外國留學生故國巡遊歡迎辭) │ 우답사(右答辭) │ 교장송별예사(校長送別禮辭) │ 청년회장신임예사(靑年會長新任禮辭) │ 청년회장환영사(靑年會長歡迎辭) │ 교사낙성식축사(校舍落成式祝辭) │ 직공상조회개회사(職工相助會開會辭) │ 명사추도회(名士追悼會)에 추도문(追悼文) │ 우인장식(友人葬式)에 조사(弔辭) │ 구사(舊師)의 추도사(追悼辭)
	제이(第二) 서한문강화략초(書 翰文講話略抄)	인생(人生)의 감정발표욕(感情發表慾)과 문장(文章)의 기원(起源) │ 문장(文章)의 요소(要素) │ 문장(文章)의 조직(組織) │ 문장(文章)의 종류(種類) │ 문장(文章)의 가치(價値)와 효과(效果) │ 문장(文章)과 인생생활(人生生活)과의 관계(關係) │ 서한문(書翰文)의 특점(特點) │ 시대(時代)와 서한(書翰) │ 현대서한(現代書翰)의 귀취(歸趣) │ 서한(書翰)의 활용(活用)

『시문편지투』의 구성에서 우선 눈길을 끄는 것은 정인보의 '서'와 '저자의 말'이다. 근대 척독집 중에 저자 서문이 있는 경우는 간혹 있지만 일반적인 일은 아니며, 더욱이 고위 관료나 유력 인사의 서문을 받아 싣고 있는 경우는 매우 드물다.[73] 따라서 출판사에서는 당시 문인으로 유명세를 떨치고 있던 정인보의 이름을 책의 홍보 및 판매에 적극 이용하고자 척독집의 표지부터 그의 이름을 강조하고 있는 것을 볼 수 있다.

책 본문은 편지 예문을 다양하게 제공하는 방식으로 제시되는 예문류 척독집의 구성을 보여주고 있다. 책의 말미 부분에 있는 부록에만 기존 척독 교본의 '규범집류', 즉 정식류(程式類)[74]에서 볼 수 있는 '칭호(稱號), 두서류(頭書類), 기두류(起頭類), 결미식(結尾式)' 등의 부분별 예시 문구가 30여 쪽에 걸쳐 제공되고 있다. 이렇듯 척독집의 본문에서는 편지 예문을 중점적으로 다양하게 제공하고 부록에서 형식적인 상투어구를 집중적으로 제시하는 방식은 1920년대 이후 예문 중심의 척독 교본에서 자주 볼 수 있는 구성이라 할 수 있다.

---

73 척독집 서문은 책의 편찬 과정 및 저자에 대한 정보, 저자의 척독 인식과 문장 의식 등을 읽어볼 수 있는 귀중한 자료이다. 척독집 서문을 연구한 김진균에 따르면 '척독 교본은 대개 특별한 설명이 없어도 독자들이 책의 의의와 학습서로서의 활용 방법을 직관적으로 알 수 있었기 때문에 대개 척독 교본에는 서문이 붙어 있지 않고 바로 본문이 시작되는 경우'가 많았다고 하며, 그래서 '척독 교본의 저작자의 인식을 직접 드러내'는 서문이 있는 경우는 연구할 만한 가치가 있다고 하였다. 실제로 척독집 전체 100여 종 중에서 저자 서문이 있는 경우는 10여 종 내외이며, 근대 척독집이 가장 성행했던 1920~30년대의 상업화된 척독집에서는 거의 서문을 찾아볼 수 없다. 근대 척독집의 서문에 대한 연구는 김진균의 앞 논문과 홍인숙, 「근대 척독집의 편찬과정 및 장르의식 연구─김우균의 『척독완편』의 판본별 서발문을 중심으로」, 『한국학연구』 38, 2011. 9 참고.

74 근대 척독 교본에서 편지의 각 분석된 형식을 제공하여 독자가 그것을 선택 조합하여 편지를 만들어낼 수 있도록 하는 책을 '정식류(程式類)', 다양한 감상용 척독 예문을 제공하는 책을 '예문류(例文類)'로 하자는 제안은 다음을 참고할 수 있다. 김진균, 앞 논문, 135쪽.

『시문편지투』의 본문은 1장에서 3장까지 편지 예문, 4장은 연설문 예문과 논설문으로 구성되어 있다. 1장은 '학우평교왕복(學友平交往復)'이라는 제목으로, 여기에는 75편(왕복 150편)의 서한문이 들어있다. 1장 안에는 4개의 절이 주제별로 구분되어 있는데, 1절은 축하편지에 해당하는 '경하(慶賀, 6편, 왕복 12편), 2절은 절기 편지 및 초대의 내용을 담은 '시령(時令)과 청요(請邀)(17편, 왕복 14편)', 3절은 문상 및 위로 편지인 '조위(弔慰, 12편, 왕복 24편)', 4절은 다양한 주제의 편지들이 제시되어 있는 '잡부(雜部, 40편, 왕복 80편)'이다.

2장은 '향당사교왕복(鄕黨社交往復)'으로, 여기에 실린 40편(왕복 80편)의 서한문들은 관계의 성격에 따라 세 개의 절로 나뉘어 있다. 1절은 연장자 및 선배에게 쓰는 편지 예문으로 '장상선배왕복(長上先輩往復, 20편, 왕복 40편)'이며, 2절은 동년배나 후배에게 쓰는 편지 예문인 '후진왕복(後進往復, 5편, 왕복 10편)' 3절은 일반적인 사귐에서 주고받을 수 있는 서간문인 '일반사교(一般社交, 15편, 왕복 30편)'이다.

3장은 일반적인 근대 척독집에서 자주 볼 수 있는 가족·친지 간 서한문인 '가정족척왕복(家庭族戚往復)'이다. 1절은 직계 가족 연장자와의 관계에서의 서간들이 들어 있는 '가정왕복(家庭往復, 31편, 왕복 62편)', 2절은 외척 관계의 서간 중심인 '족척왕복(族戚往復, 15편, 왕복 30편)'이다.

4장의 제목은 '예사식사급서한문강화(禮辭式辭及書翰文講話)'이다. 4장의 1절은 공식적인 행사에서의 연설문 성격의 글인 '예사(禮辭), 식사(式辭)'의 예를 담고 있으며, 2절은 '서한문강화략초(書翰文講話略抄)'라는 제목으로 문장의 기원과 본질에 관한 논설문 형식의 글이 들어 있다.

부록에는 학사나 가정사에 관련된 각종 서식, 가족 친지의 칭호를 정리한 각당 칭호, 편지의 주제별 투식구, 편지 한 통 내에서의 대목별 투식구, 자주 사용되는 한문 문구, 미문 표현, 신문명 관련된 어휘들이 정리 제시되고 있다.

3) 근대 척독집으로서의 특이성

(1) '시문체(時文體)', 언문일치 구심력 내에서 공존하는 국한문체

『시문편지투』는 책 제목에서 '척독'이라는 말을 쓰지 않고 '편지투'라는 표현을 쓰고 있다. 그러나 '투(套)'라는 표현이 말 그대로 '편지의 투식'을 의미한다는 점, 실제 책 본문에서 독음을 달지 않은 한자가 상당한 수준으로 병기되어 있다는 점에서 한문 서간의 교본인 근대 척독집 장르의 자장 안에 있는 텍스트임은 분명하다.

이 척독집에서 문체와 관련하여 먼저 주목해야 할 부분은 제명에서부터 눈에 띄는 단어인 '시문(時文)'이라는 표현이다. 원래 '그 당시의 문장, 문체'라는 뜻의 이 '시문'은 춘원 이광수와 육당 최남선이 중심이 된 '신문관-광문회' 그룹의 문체관을 상징적으로 집약하는 키워드이다. 이광수가 『청춘(靑春)』의 현상문예 심사평인 「현상소설고선여언」에서 '한자 약간 석근 시문체(時文體)'를 작성하라고 하면서 제시한 문체의 기준이자 규범이 바로 '시문'이었으며, 최남선이 1916년에 펴낸 독본류의 최대 베스트셀러였던 책이 또한 『시문독본(時文讀本)』[75]이었기 때문이다. 이때의 '시

---

75 『시문독본(時文讀本)』은 1916년 1월 초판 당시 1, 2권이 발행되었고, 1918년 4월 3, 4권이 개정증보되었으며, 1922년 정정합편(訂正合編)이 출간되었다. 『시문독본』에 대한 상세한 연구는 다음을 참고 할 수 있다. 구자황, 「최남선의 『시문독본』 연구−근대적 독본의 성격과 위상을 중심으로」, 『과학과문화』 통권 9호, 2006. 2; 문혜윤, 「문예독본류와 한글 문체의 형성」, 『어문논집』 54, 민족어문학회, 2006. 10; 김지영, 「최남선의 『시문독본』 연구−근대적 글쓰기의 형성과정을 중심으로」, '한국현대문학회/국제비교한국학회' 학술대회 발표문, 2007.

문'이라는 말이 지칭한 구체적인 문체 양상은 상당히 가변적이고 잠정적인 것이었지만[76] 구어체, 즉 입말에 기반한 언문일치체를 지향하는 국한문체였다는 것에는 대부분의 연구자가 동의하고 있다.[77]

표제에서 '시문'을 내세운 만큼 『시문편지투』의 저자는 문체에 대해 적잖은 고심을 했음을 스스로 서문에 밝히고 있다. 저자 서문 격인 '저자의 말'에서 저자가 당시의 문체에 대해 어떤 문제의식을 가졌는지, 이 책에서 어떤 문체를 의도적으로 구사하고 관철시키고자 했는지에 대한 언급이 드러난 부분은 다음과 같다.

우리는언문과 진서라 일컷는 二種의書翰을 써왓섯다 그하나는우리의글이앗고 하나는 漢文을 가라침이다 그랫스나 지금에 이르러는 그두가지가 다변변치못하기에 이르고마랏다 …… 나는 엇지하면 편지의한例를 잘만드러볼가하얏섯다 그러나말과글이 이런現狀에 잇고야 書翰에一定한格式을 차리기 참으로 어려웟다 …… 이것이 우리글로 편지쓰는例에 비롯이되야 차차理想에차는 글이나오게 되면 다행일까한다 …… 될수잇는대로 漢文틔를 버스랴 하얏스나漢文으로살든 우리는 아조그버릇이 버려지지 안엇고 말과글을 잘調和하랴다가 낭픽도 더러當

76 최남선의 『시문독본』 '壬戌版 例言'에서는 시문체의 잠정적 성격에 대해 다음과 같이 언급하고 있다. "이책의文體는過度時期의一方便으로생각하는바ㅣ 니冊論完定하자는 쯧이아니라이즉동안우리글에對하야얼마콤暗示를주면이책의期望을達함이라." 최남선, 『시문독본』, 구자황·문혜윤 편, 도서출판 경진, 2009.
77 춘원과 육당의 '시문' 개념에 대한 선행 연구의 분석을 참고하면 다음과 같다. "한문 글쓰기의 영향력이 지배적이었던 당대의 언어현실 속에서 한문체를 한글의 통사구조에 맞추어 풀어내는 일이 시문체의 일차적인 과제였음을 짐작할 수 있다." 김지영, 위 논문, 129쪽. "거칠게 말하자면 이광수의 시문체는 …… 오늘날의 한국어 통사구조에 흡사하고 어휘 부분만을 한자로 대체하는 형태인데 …… 정도의 차이는 있지만 최남선, 현상윤에게 있어서도 시문체는 동일한 문제의식과 개념으로 공유되었고 그들 역시 시문체에 관한 한 득의의 영역을 개척한 것으로 공인받기에 이른다는 사실이다." 구자황, 위 논문, 5쪽.

하얏다 이것이 이글의 體系로 흐르는병이다—'著者의 말'

위 글에서 주목해야 할 부분은 두 가지이다. 첫째는 저자가 서기체계 자체를 '언문과 진서', 즉 '우리의 글'과 '한문'의 두 종류로 인식하고 있다는 점, 둘째는 '지금 그 두 가지가 다 변변치 못하게' 되어서 '말과 글이 이런 현상에 있고서는 서한의 격식을 만들기가 어렵다'고 진단하고 있다는 점이다. 이는 저자가 당시의 글쓰기에서 국문과 한문을 조합하는 정도와 방식의 문제, 즉 '국/한문의 시의적절한 문체', 즉 '시문(時文)'을 만들어내는 점에 대해 상당한 사명감과 문제의식을 갖고 있었음을 알게 해준다.

이러한 인식 및 진단은 곧 저자가 『시문편지투』를 쓸 때 어떤 문체를 기준으로 하였는지에 대한 고백으로 이어진다. 위 인용문에서 밑줄 친 부분을 보면 우선 저자는 '우리 글로 편지 쓰는 이상적인 예'를 만들고 싶었으며, '말과 글을 잘 조화하려'고 노력했다고 밝히고 있다. 국/한문의 서기체계 중 저자가 방점을 두고 있는 쪽이 한문보다는 '국문' 쪽이며, '말과 글의 조화', 즉 언문일치의 방향성을 분명하게 의도했음을 드러내고 있는 것이다.

흥미로운 것은 이렇게 '국문 중심의 언문일치 글쓰기'를 추구함을 뚜렷이 표명했음에도 불구하고 저자는 '漢文틱'를 벗어날 수 없다는 점, '그(漢文) 버릇을 아조 버릴 수는 없음'을 또한 분명히 언급하고 있다는 점이다. 실제로 『시문편지투』에서 시도되고 있는 다음의 본문 서한들은 실제 말하기와 구별된 문어체가 아니라 구어의 자연스러움을 글쓰기에 반영한 '언문일치체'의 문체 지향을 보여주고 있지만 그와 동시에 한문식 표현이 자연스럽게 녹아 있는 국한문체 문장이 공존하고 있음을 또한 보여준다.

①-1 劇烈한競爭으로 有爲한靑年의가삼을태우던選拔試驗을지나 畢竟入學이許可되엇다오니무엇이라致賀할지 모르겟나이다. 이로부터兄의平日聰智와快活이바야흐로 伸暢發育할機會가 이르럿사오니未來의無窮한前道는可히 占처期待할지라 廣闊한벌판에 쌛도를두루심과 熱鬧한街衢에智源을探索하시는樣보는듯하오이다 蟄居하는孤友를恒常愛導하시기바라오며自愛健勉하시압소서—1장 第一 慶賀 중 '2. 友人의入學을祝賀함'

①-2 數年前에 改良種林檎의苗木을 어더 試栽하얏섯더니 今年에 처음으로想外에 만히結實하얏나이다 생각에 品이조하나 못하나 市上에 벌려노흔것과는 다른것같하야 一簍을 보내오며 在來本土種林檎도 좀보내오니 並賞하시기 바라나이다 —1장 第四 雜部 중 '12. 果實을送함'

②-1 殿寒이尙峭하온데 省節이安泰하신지듯기 바라나이다 踏橋玩月과 嚼破胡桃는 비록俗習으로 無稽之行이라하나 元宵月下에 滿城點燈을 求景하고 淸空明月에 俗塵을 滌去함도쏘한 一興이不無하오니 幸湏惠伴하시기바라나이다 二三情友가 團會苦得하오니 幸勿孤負하소서—1장 第二 時令과請邀 중 '2. 上元에 踏橋를請함'

②-2 向日伏承下答하와 伏慰且喜이오며 邇后月開하온대 伏未審此時에 兩堂氣體候萬安하시며 渾室이 無故하압고 堂兄家도 亦他故나업삼나잇가 伏慕伏慕로소이다 子는 到着하온後로 客裏에 眠食이 姑依하오며 膝下를쳐음써나 繁雜한人事에 接하오니 一動一靜이在家時갓지되지안니이다—3장 第一 家庭往復 중 '3. 客地에서父親쎄'

위 ①-1과 ①-2는 단어들이 한자로 표기만 되었을 뿐 사실상 언문일치체이다. 주요 문장성분의 위치는 물론 '~하니 ~하여 ~하다'라는 식의 연결어미의 논리가 우리말 식으로 자연스럽게 구현되어 있는 국문 통사구조의 문장인 것이다. ①-1에서 풀이가 필요한 단어는 '유위한(有爲한, 해야 할 일이 있는)'과 '신창발육(伸暢發育, 활짝 펴서 길러낼)' 정도이며, ①-2에서의 '시재(試栽, 시험 삼아 재배한)', '병상(並賞, 함께 맛보다)' 또한 한자만 병기한다면 의미의 전달에 큰 문제가 없을 정도이다. 이러한 실질적인 국문 중심 통사구조에 기반한 자연스러운 언문일치체 문장은 『시문편지투』 서한의 약 70퍼센트 정도의 예문에서 구현되고 있다. 즉 『시문편지투』의 주조를 이루는 문체는 확연하게 언문일치 지향의 국문 중심 문체이며, 단어로 분절된 단위의 표기에서만 한자를 사용하는 수준이다.

그러나 이러한 주요한 흐름과 함께 국한문체 특유의 느낌이 강조된 표현들 또한 분명히 공존하는 양상을 보인다. 위 예문 중에서 ②로 분류한 두 개의 예문이 대표적인 사례이다. ②-1에서는 '전한(殿寒)이 상초(尙峭), 성절(省節)이 안태(安泰)'와 같은 옛스러운 표현과 함께 '답교완월(踏橋玩月), 작파호도(嚼破胡桃), 무계지행(無稽之行), 원소월하(元宵月下), 만성점등(滿城點燈), 단회고득(團會苦得)'과 같은 한자어 특유의 네 음절 조어가 연속해서 사용되고 있으며, '불무(不無, 없지 않다)', '행물고부(幸勿孤負, 부디 홀로 저버리지 말라)' 등의 한문식 문구가 쓰인 것을 볼 수 있다. ②-2는 '향일복승하답(向日伏承下答), 복위차희(伏慰且喜), 복미심차시(伏未審此時), 양당기체후만안(兩堂氣體候萬安)'과 같은 한문 서한의 투식구가 그대로 사용되고 있으며, 전체적인 문장 구조에서 한문 문장식의 문법 비중이 앞의 ①의 예문에 비해 강조되어 있는 상태임을 볼 수 있다. 이러한 서한들은 주로 1장의 '시령(時令)과 청요(請邀)', 2장의 '장상선배왕복(長上先輩往復)', 3장의 '가정족척왕복(家庭族戚往復)'에 집중되어 있어, 전통적인 절기 인사에서의 관습적인 표현 및 가족·친족·연장자 등 유교적 위계질서가 중시되는 관계에서의 문체는 국한문체로 조율되고 있음을 보여준다.

이러한『시문편지투』특유의 문체적 특징은 한마디로 육당 그룹의 시문체(時文體), 즉 '언문일치의 이상과 공존하고 있는 국한문체의 현실', 또는 '언문일치 구심력 내에서 공존하는 국한문체'라고 할 수 있다.[78] 즉 저자는 국문 중심의 자연스러운 말글의 일치가 실현되는 언문일치를 이상적인 문체라고 생각하고 있지만, 당대 시점에서 한문 문장의 문체를 현실적으로 '아주 버릴 수는 없음'을 의식하고 이를 자신의 저작에 반영하고 있는 것이다. 단어 수준으로 해체된 한자 병기이지만 시각적으로 한자 분량이 상당히 많다는 점, '여(如)한, 불무(不無)하다, 적(適)하다, 거(擧)하다, 필(畢)하다' 식의 가벼운 한문식 표현이 전반적인 문체에 스며들어 있는 점, 절기나 시령 등 관습적 표현이나 수직적 관계에서의 서한문에는 한문 투식구를 그대로 차용하는 점 등은 국한문체 사용의 공존이 뚜렷이 드러나는 대목이라 하겠다.

(2) '우인(友人)'과 '학교(學校)', 수평적 관계성과 학업 중심 일상성

근대 척독 교본에서 본문의 구성은 그 교본에서 중시하는 사회적 관계의 우선순위를 보여주는 척도라고 할 수 있다. 따라서 한문 전통과 유교

---

78 국문 중심의 언문일치 지향과 한문식 문체기 혼개되어 있는 양상은 최남선의『시문독본』에서도 비슷하게 나타난다고 기존 연구에서 지적한 바 있다. 김지영은 최남선의『시문독본』의 본문 분석을 통해 이 텍스트의 문체에 대해 다음과 같이 지적했다. "『시문독본』의 문장들은 국주한종체 국한문과 한주국종체 국한문, 그리고 순한글 위주의 문장을 함께 싣고 있는데 이들을 차등적으로 위계화하여 구분하지는 않았다." 김지영, 위 논문, 129쪽.

적 질서의 강한 영향력 속에서 만들어진 대부분의 근대 척독 교본의 목차 체계는 대개 유교적 상하 위계와 존비의 질서를 바탕으로 한다. 일반적으로 '가서식(家書式)', 즉 가족 관계에서 주고받는 서한이 1장에 배치되며, 그 안에서의 순서 또한 가족 내 직계의 '남성·연장자'와의 서간문이 우선적으로 소개되는 방식이다. 즉 전체적인 서한문 제시의 순서 자체가 유교적인 관계 맺기의 기본 원리라고 할 수 있는 친친(親親)의 원리를 따라, '조부·부→조모·모→부부·형제→백숙부(모), 종형제, 외조부모→장인·장모, 처남·매부, 사돈, 동서→존장, 스승'의 순서로 배치되는 것이 보편적인 경우인 것이다.[79]

이에 비해 『시문편지투』의 본문 구성에서 눈에 띄는 것은 친구 간 왕복 편지를 중심으로 한 1장 '학우평교왕복(學友平交往復)'으로, 책의 맨 앞에 75편의 최대 분량이 배치되어 있다는 것이다. 이는 대부분의 근대 척독 교본의 체계가 '조손(祖孫)·부자(父子)' 중심으로 확장되는 남성 직계 가족 위주의 왕복 편지를 중추로 하고 있는 점과 판이하게 다른 대목이다. 즉 보통 근대 척독집이 가족 및 친족 관계에서 왕래되는 서한문을 주로 다룸으로써 수직적·위계적인 가문 중심의 관계성을 강조하는 것에 비해, 『시문편지투』는 '우인(友人)·평교(平交)'로 상징되는 근대적인 학교에서 만들어질 수 있는 수평적 관계에서의 왕래 편지를 학습하게 하려는 책임을 목차에서부터 확연하게 보여주고 있는 것이다.

이러한 구성은 나머지 장의 체계 및 내용에서도 쉽게 확인할 수 있다. 40편의 편지 예문이 실려 있는 2장 '향당사교왕복(鄕黨社交往復)'에서 상정하고 있는 관계는 '선생(先生), 상급생(上級生), 동창우(同窓友), 선배(先

---

79 근대 척독집이 '유교적 위계질서와 예법의 반영'이라는 요소를 그 구성 원리로 삼고 있다는 점에 대해서는 다음 논문을 참고할 수 있다. 홍인숙, 「근대 척독집 성행의 문화적 의미와 근대 한문학사적 위상」, 『한국고전연구』 30, 한국고전연구학회, 2014. 12.

輩)'와 같이 학교를 중심으로 한 사회적인 관계에서의 서한문들이 주를 이룬다. 가족 관계에서의 왕래 서한문들인 '가정족척왕복(家庭族戚往復)'은 3장에 가서야 등장하는데, 그나마 앞의 두 장에 비해 서한문 각각의 길이가 짧고 내용도 형식적이어서 장 전체의 분량도 적은 편이다. 공식적인 행사에서의 답사 및 축사 예문을 담고 있는 4장 '예사식사급서한문 강화(禮辭式辭及書翰文講話)'의 1절 '예사급식사(禮辭及式辭)'에서 예를 들고 있는 공식 행사는 대부분 학교에 관련된 것들이다. 4장 1절에 실려 있는 글의 제목을 나열하면 다음과 같다.

졸업생답사(卒業生答辭), 졸업식축사(卒業式祝辭), 창립일주년기념축사(創立一周年紀念祝辭), 외국유학생고국순유환영사(外國留學生故國巡遊歡迎辭), 우답사(右答辭), 교장송별예사(校長送別禮辭), 청년회장신임예사(靑年會長新任禮辭), 청년회장환영사(靑年會長歡迎辭), 교사낙성식축사(校舍落成式祝辭), 직공상조회개회사(職工相助會開會辭), 명사추도회(名士追悼會)에 추도문(追悼文), 우인장식(友人葬式)에 조사(弔辭), 구사(舊師)의 추도사(追悼辭)

위의 인용에서 볼 수 있듯이 『시문편지투』에서 공식적인 행사에서 필요할 것으로 상정하고 있는 것은 '졸업식, 개회식, 유학생 환송회, 청년회장 취임식, 교사 낙성식' 등 행사에서의 공식적인 축사, 개회사, 답사이다. 즉 이 책이 상정하고 있는 공적인 행사의 범위는 학교 및 근대 교육의 자장 안에 있는 청년의 공식적 교유에 관련된 것들로 집중되어 있는 셈이다.[80]

---

[80] 이 절에 실린 13편의 글 중 이러한 성격에서 벗어난 것은 '직공상조회개회사' 한 편뿐이다.

『시문편지투』의 책 전반에 걸쳐 강조되고 있는 '친구(友)'와 '학교(學校)' 중심의 관계성은 책의 부록에서도 확인할 수 있다. 보통 척독집의 부록은 중국 문인들의 글씨나 한시 시품, 또는 축문식, 조장식, 혼서식 등과 같은 전통 지식에 관계된 정보나 서식을 짧게 추려 제공하거나, 근대 법제, 우편 용어, 조선 지리, 외국 수도, 동서양 연대표 등과 같은 근대 문물에 대한 간단한 정보 등을 제공하는 경우가 많다. 그러나 『시문편지투』에서 부록의 맨 앞에 제시된 것은 '입학원서, 이력서, 결석계' 등의 서류 양식을 모아놓은 '학사(學事)의 관(關)한 것'이다. 또한 학생의 일상에 관련된 소재들에 대한 어휘 및 상투어구를 모아놓은 다음과 같은 대목이 등장하는 것은 다른 척독집에서는 볼 수 없는 매우 이채로운 부분이다.

수상(受賞), 진급(進級), 졸업(卒業)

○품행(品行)○행위(行爲)○조행(操行)○성적(成績)○학적(學績)○학업(學業)○정근(精勤)○우등(優等)○우량(優良)○방정(方正)○단전(端正)○면려(勉勵)○분투(奮鬪)○근면(勤勉)○노력(努力)○근고(勤苦)○분발(奮發)○고벽(苦闢)○적공(積功)○성공(成功)○상장(賞狀)○상품(賞品)○표창(表彰)○포상(襃賞)○우등(優待)○발전(發展)○향상(向上)○대성(大成)

○그처럼우등(優等)의성적(成績)으로진급(進級)하섯다하오니　○일년(一年)이란광음(光陰)도속(速)하기한(限)없어라도또한급(級)을더올으시게되니　○본듸교중(校中)에서칭송(稱頌)이자자(藉藉)튼바특대생(特待生)의영예(榮譽)를밧으시게되심　○특별(特別)한포상(襃賞)을밧으섯다니　○다년간적공(多年間積功)으로써필경졸업(畢竟卒業)케되시니　○학업(學業)을맞이고교문(校門)을나오시게되니　○밤과낫으로부즈런하신소치(所致)외다　○평소(平素)에그처럼힘섯으니그와같은결과(結果)간신(艱辛)이낙제(落第)를면(免)하엿나이다○발표(發表)한결과(結果)를

겨우무렴(無廉)이나면(免)한것을행(幸)으로 ○일시요행(一時僥倖)으로된것이남의칭찬(稱讚)까지받게된것은 ○육년간학창생활(六年間學窓生活)이오즉시ㅜㅁ과갓흘니 ○학창생활(學窓生活)을떠나매섭섭할따름

낙제(落第)

○난문제(難問題)○일수(日數)○불길(不吉)○불행(不幸)○낙심(落心)○낙망(落望)○관심(關心)○개의(介意)○일층(一層)○분발(奮發)○배전진력(倍前盡力)

○본듸그같은난문제(難問題)에는과연통과(果然通過)키어려운데 ○일수(日數)가불길(不吉)함이라 ○이번의낙제(落第)된원인(原因)은 ○의외(意外)로 낙제(落第)됨은 ○일시불행(一時不幸)이나타일(他日)의성공(成功)을위하야 ○일시(一時)의운명(運命)으로돌니시고더욱분려(奮勵)하시옵 ○평소(平素)에도 확실(確實)한자신(自信)과입지(立志)가게신형(兄)은조금도관심(關心)할것이업이 ○일승일패(一勝一敗)는병가(兵家)에상사(常事)

위 예문은 '수상, 진급, 졸업'과 같은 상황에서 서한문을 작성하려고 할 때, 또는 '낙제'와 관계된 내용의 서한을 써야 할 때, 사용할 가능성이 많은 관련 단어들을 모아놓고 나아가 그러한 상황에서 상대를 축하하거나 위로하기 위한 투식구를 보여주고 있는 부분이다. 특히 학업 성적이 부진해서 낙제를 한 경우 상대를 위로하고 격려하기 위한 수사적 표현으로 '난문제(難問題)', '일수(日數)가 불길(不吉)', '배전진력(倍前盡力)' 등의 표현들이 제안된 것이 눈길을 끈다.[81]

물론 이 책의 부록에도 '혼서식, 부고, 축문, 조장식' 등의 예문과 함께

---

81 『시문편지투』의 부록 부분에서 학업 및 학교 중심의 일상성을 전제한 어휘 및 투식구 모음은 이 외에도 '입학(入學)', '유학(留學)', '원족(遠足)', '운동회(運動會)', '토론회(討論會)', '학예회(學藝會)', '관극(觀劇)' 등으로 다양하게 제시되고 있다.

친족들의 각당 칭호와 편지의 대목별 상투어구 및 한자 투식어를 제시하는 일반적인 척독집 부록 내용이 들어 있기는 하다. 그러나 다른 책에서 볼 수 없는 학업 관련 어휘들과 상투어구의 모음이 부록에까지 제시되어 있다는 점은 『시문편지투』가 학교 중심으로 맺어지는 수평적 교류와 학업 위주의 일상을 전제로 하는 척독집이라는 사실을 단적으로 보여준다고 할 수 있다.

4) '청년다움'에 대한 규범을 제시하는 '독본'적 성격

앞서 살펴본 것처럼 『시문편지투』는 근대 척독집의 장르성을 갖고 있으면서도 문체나 내용, 관계성 면에서 기존의 척독집과는 상당히 구별되는 특이성을 갖고 있음을 알 수 있다. 이러한 측면은 저자가 '위당(爲堂) 육당(六堂) 두 선생(先生)의 만흔 가라침'을 받았다는 말대로, 그가 이들 그룹의 문체나 사상적 지향을 공유하는 일정한 영향권 안에 있었기 때문으로 보인다.

이 장에서는 『시문편지투』가 서한문을 통해 특유의 청년 담론을 펼치고 있으며, 이를 통해 읽기 책인 '독본'으로서의 성격이 강화되고 있다는 점을 살펴보고자 한다. 저자 스스로도 서문에서 '독방자료(讀方資料)가 될 만한 것도 있다'거나 '문장강화(文章講話)의 의사(意思)가 다소 섞이려 했다'는 언급[82]을 하고 있는데, 이 장에서는 『시문편지투』가 구현하고 있는 '독본적 성격'에 초점을 맞추어 그 내용을 살펴보고, 그 의의를 탐색해

---

82 원문은 다음과 같다. "書翰文講話略抄라하야 편지라는것과 편지쓸째에 생각할일을 말하는대 <u>文章講話의 意思</u>가 다소석기여지랴하얏다 本來이속에 잇는글가운대는 다만편지로만볼것이 안이라 <u>讀方資料</u>나 <u>或은作文資料</u>가 될듯한것도잇스니 그러케보면 이册의境域이더넓어질 것이다."「著者의말」,『시문편지투』.

보고자 한다.[83]

근대 독본은 '편찬자가 정수(精粹)라고 여기거나 모범이 될 만하다고 판단한 글을 뽑아 묶어놓은 책'으로, '식민지 대중 독자들의 문해력 향상'을 목표로 하는 국어 교과서 역할을 했던 장르로 평가된다.[84] 이러한 근대 독본의 성격과 위상에 대한 지금까지의 연구에서 주목되는 것은 '독본'이라는 장르가 특정한 성격으로 고정된 것이 아니라, '근대지(知) 일반을 전달하고 계몽하는 목표'를 가진 텍스트로서 근대적인 문학 장의 형성 및 분화의 문제, 근대적인 문체 형성의 문제, 교육 및 계몽담론의 추이를 살펴보기에 생산적인 역할을 하는 다층적이고 가변적인 매체라는 사실이다.

이렇게 볼 때 『시문편지투』에 실려 있는 서한문들은 '근대 청년의 이상적인 상(像)'에 대한 규범적인 모델을 제시하는 내용을 일관되게 보여주고 있다는 점, 또한 청년이 갖춰야 할 교양적 지식과 지적·정서적 포즈를 제안하는 내용을 담고 있다는 점에서, 저자가 이상적으로 생각하는 청년상을 집약한 일종의 '독본'과 같은 역할을 하는 것처럼 보인다. 실제

---

83 『시문편지투』의 '문장강화(文章講話)'적 성격은 별도의 연구에서 살펴볼 예정이다. 맨 앞에 실려 있는 위당 정인보의 서문 자체가 한 편의 짧은 문장론의 성격을 갖고 있으면서 이 책의 방향성을 규정하고 있다는 점, 서간론의 성격을 갖고 있는 별도의 논설문인 '서한문강화략초'라는 글이 원문으로 약 18쪽에 달하는 분량으로 들어 있다는 점, 서한문의 다양한 문체·어조·정서를 보여줌으로써 저자 서문의 표현대로 '작문자료'로서의 성격을 본문에서 구현하고 있다는 점 등에서 이 텍스트의 '문장강화'로서의 면모를 따로 자세하게 고찰할 필요가 있다고 생각되기 때문이다.

84 근대 독본의 성격에 대해서는 다음 연구들을 참고할 수 있다. 구자황, 「근대 독본의 성격과 위상 (3)−1930년대 독본의 교섭과 전변을 중심으로」, 『반교어문연구』 29, 반교어문학회, 2010. 6쪽; 구자황, 「근대 독본의 성격과 위상 (2)−이윤재의 『문예독본』을 중심으로」, 『상허학보』 20, 상허학회, 2007. 6; 김지영, 앞 논문; 문혜윤, 앞 논문. 이들 논의에 따르면 독본은 '표준화된 언어를 제시하고 글쓰기의 전범을 마련하며, 보편적이고 정전화된 지식을 반영하고 생산하는 매체'(김지영)이자, '근대 초 문학 개념의 형성과정에서의 권력의지의 계보화 도구'(구자황)였다고 평가된다.

로『시문편지투』에 실려 있는 서한문은 각각의 내용과 상황이 매우 구체적이고 입체적이어서 각 서한의 서사에 집중하여 읽게 되는 경향이 있다. 이는 독자에게 텍스트 내용을 '전달'하고 '계몽'한다는 목표를 중시하는 '읽기 교재(Basic Reader)'로서의 독본의 기본적 성격에 부합하는 면이기도 하다.

『시문편지투』에 실린 서한문의 주된 내용은 대체로 '조선의 지식 청년이 마땅히 취해야 할 삶의 태도'에 대한 것이라고 할 수 있다. 여기에는 근대를 살아가는 젊은이의 일상과 사유, 지적 고민과 사명감을 토로하는 내용이 다양하게 드러나고 있다. 다루고 있는 소재의 편폭도 제법 다양한 편이어서 미래의 진로에 대한 고민, 청년의 불안감과 고뇌, 조선의 현실에 대한 사명감, 세상에 대한 지적 욕구, 유학 계획과 같은 주제들이 상당히 입체적으로 기술되고 있음을 볼 수 있다. 다음의 예문을 보자.

생(生)이 이번에 당지(當地) 보통학교(普通學校)를 맛치게 되얏는대 졸업후(卒業後)는 어느 학교(學校)를 계속할지 방황(彷徨)하야 앙의(仰議)하나이다 생(生)의 취미(趣味)와 성질(性質)에는 고보(高普)를 맛치고 농림전문(農林專門)을 목적(目的)하는대 가정(家庭)과 선배간(先輩間)에서는 고상(高尙)한 학교(學校)를 동경(憧憬)함은 현재부화(現在浮華)한 유행(流行)에 염(染)한 까닭이요 현재실정(現在實情)을 지(知)치 못한다고 반대(反對)이오며 광이를 메이고 전야(田野)를 파랴면 학교(學校)에 단일 필요(必要)가 무엇이냐고 반박(反駁)이 자심(滋甚)하압나이다 아! 그러면 고토(故土)의 옥야(沃野)를 내버리고 망막(茫寞)한 만주(滿洲)로 쫏겨가는 농민(農民)들과 옥답비전(沃畓肥田)을 와서 경영(經營)하는 이와는 무엇이 차(差)가 되야 추방(追放)을 당(當)하얏는지요! 정말 농군(農軍)이 조선(朝鮮)에 몃치임닛가 농림전문(農林專門)이 무엇이 부화(浮華)한지 나는 예술(藝術)이 생명(生命)임을 주창(主唱)하지도 안엇스며 모르고 엇더케 농사(農事)할지 나는 지금이 원시적농경기(原始的農耕期)가 아닌 줄 압니다 형(兄)이여 밝은 가라침을 주시기 바라나이다 사실(事實) 내가 아해(孩兒)가 연(淵)에 임(臨)하는 위험시기(危險時期)가 아닌 것은 아니올시다 그러나 나에게 현명(賢明)한 지도(指導)가 엄습니다…… (답서) 형(兄)가튼 이상가(理想家)가 대영웅(大英雄) 대위인(大偉人)보다 조선사회(朝鮮社會)에는 필요(必要)하외다—1장 제사(第四) 잡부(雜部) 중 '16. 학교선택(學校選擇)을 문의(問議)함'

위 예문은 지역의 보통학교를 졸업한 청년이 상급학교 진학 문제를 선배에게 의논하는 상황을 담고 있다. 화자는 농업전문학교에 진학하고자 하지만 주변에서는 '지금의 부화한 유행에 물든 것'이라고 반대하기도 하고 '괭이를 메고 밭을 매려는데 학교에 다닐 필요가 없다'고 반대하기도 한다는 것이다.

눈길을 끄는 것은 이러한 주변의 반대에 대해 화자가 당시 조선의 농업 현실을 개탄하면서 그러한 현실을 타개하기 위해 학문과 교육이 필요함을 강조하고 있다는 점이다. 그는 여기서 '고향땅을 버리고 만주로 추방당한 농민'들이 '비전옥답을 와서 경영하는 이'와는 무슨 차이가 있어서 쫓겨났냐고 묻는다. 화자가 수탈당하는 조선의 현실이라는 맥락에서 농업에도 전문적인 학문이 필요하다고 주장하는 논리를 펼치고 있다는 점, 답서의 화자가 농업전문학교 진학을 적극 지지하면서 '형 같은 이상가가 영웅, 위인보다 필요하다'고 격려하는 점 등은 계몽 담론의 논조를 잘 보여주는 대목이다.

또한 이 서한에서는 '강개함과 비탄', '방황과 고민'이라는 근대 청년의 정서적 포즈 또한 흥미롭게 관찰된다. 화자는 '진정한 농군이 조선에 몇이나 되냐'고 묻기도 하고, '예술도 아닌 농업에 대한 학문이 왜 부화하냐'고 따지기도 하며, '모르고 엇더케 농사를 짓냐'면서 '지금은 원시적인 농경기가 아니'라며 답답해한다. 동시에 그는 고민하는 자신의 모습을 '아해(孩兒)가 연(淵)에 임(臨)하는 위험시기(危險時期)가 아닌 것은 아니'라는 말로 표현하며 좌충우돌하는 청년기의 고뇌를 전달하는가 하면, '밝은 가르침, 현명한 지도'를 '우러러 의논(仰議)'하고자 하는 미숙하고 양순한 청년의 자세를 드러내기도 한다.

『시문편지투』가 제안하는 이상적인 청년의 상에는 앞서 본 예문에서 처럼 '조선의 몽매함을 깨우쳐야 하는 계몽 주체'로서의 모습, 즉 청년으로서의 과제와 사명감을 강조하는 부분이 분명히 있다. 개량종 묘종을 보내는 서한에서 농업 개량의 절박성과 함께 '아! 농촌(農村)을 비(肥)케 합시다'라는 농촌 진흥의 목표를 언표한다거나, 졸업 후 귀향하는 벗에게 '삼천리근역(三千里槿域)에 우선 먼저 모범촌(模範村)을 건설(建設)하라'는 직접적인 계몽적 언술을 제시하는 서한문들이 그러하다.[85]

그런가 하면 유학을 소재로 한 서한들에서는 외국에 대한 역사, 지리적 정보를 자연스럽게 소개하면서 근대지를 전달하는 내용이 보이기도 한다. 이때에도 역시 유학생으로서 가져야 할 책임감과 함께 각 국가에서의 조선의 유학생이 마땅히 수행해야 할 구체적인 책무와 목표를 훈유, 계몽하고 있다. '상해(上海)'는 '세계(世界)의 축도(縮圖), 혁명(革命)의

---

85 다음 예문에 보이는 것과 같이 청년의 사명을 노골적으로 계몽하는 어조가 드러나는 경우도 간혹 발견된다. "改良種의 菜蔬 果樹 園藝植物等의 種子도 處處에 잇사오니 必要하거던 通知하시면 代金引換으로 注文하여 드리겟나이다 기름지지 못한 農園을 다른이에게 依賴하랴함은 自殺의 前兆라고 늘 말삼하섯지요 <u>農業改良과 殖産興業이 唯一의 活路가 아니오리까 아! 農村를肥케합시다.</u>"-1장 第四 雜部 중 '11. 苗種을 送함; "荒廢한山野와 不規한農制 單純한村民의思想과 鄕約의묵은俗에서버서나彷徨하는 農民 敎育의不徹底와 現勢의暗昧함! <u>農村振興은 무엇보다 急先務라 함이다</u> 글을보고 實地를 體得하시는 兄으로셔는 임의 만혼 方針과抱負가 게실줄아오니 <u>아!兄님이시여! 三千里槿域의 우선먼저模範村을建設하소서.</u>"-1장 第四 雜部 중 '5. 卒業後歸家하는이 에게'

발원지(發源地)'이니 지금의 '지나(支那)'가 비록 황폐하고 무력해 보여도 '타일(他日)의 대성(大成)'이 있을 것이니 잘 관찰하라거나,[86] '동경(東京)'은 '동양(東洋)의 권위지(權威地)'이니 '경제와 정치에 대한 복잡한 조사'를 필요로 한다거나,[87] 유럽의 각 나라의 현황을 집약적으로 나열하면서 '구주(歐洲)에도 동양학(東洋學) 사조(思潮)'가 일고 있다고 격려하는 서한[88]들이 이에 해당될 것이다.

그러나 『시문편지투』의 청년상에서 또 다른 한 축을 이루고 있는 것은 '고뇌와 방황'에서 오는 '부정의 진정성'이라는 감수성이다. 『시문편지투』가 청년 담론을 독본식으로 전달하고 있다고 할 때 가장 주목되는 지점은 바로 이 대목이다. 이러한 부정적인 고뇌의 감수성을 근대 청년으로서 갖춰야 할 정상적인 '정서적 포즈'로 전달하고 학습하게 하는 역할을 한다고 보이기 때문이다.

---

86 "上海는 世界의 縮圖이며 革命의 發源地라 種種의文化를 골고로接觸할機會가具備하얏스며 勇躍할 活動兒의 힘을다쓸수잇는天地이라 燦爛한設備와 繁華한街衢가 目이眩하고 氣가昏할지라 …… 支那는自古로東洋文明의總本元이요 世界文明의一占地라 오늘 비록外面으로 沉寂荒寞하고 孤陋無力한듯하되 傳來의文化와 伏在한精粹가 他日의大成이 잇슬줄은 自體도認하는模樣이요 衆目이環視하는 情形인즉 足히求하고得할배 無量하겟스나 弟의庸凡한才質이 무슨맛봄과 으듬이 잇슬가 疑惑의念이不絶하나이다." —1장 第四 雜部 중 '2. 上海에留學하는이에게 答書'
87 "東京은 東洋에權威地라고 안이할수업는곳인즉 近日여러가지形便으로 留學生이 좀以前보다 적을듯할른지 모르되 그래도相當히多數이온즉 調査가 複雜하실듯하압나이다 더구나經濟狀況이야 歐洲의政界變動과 財界波瀾이며 太平洋彼岸 米大陸과의 關係와 東洋의現勢며 日本의現狀에 鑑하야 多端한 經濟界에狀況이 毋論比較의不振하겟스나 不振한故로 調査는 더욱困難할까하나이다."—1장 第四 雜部 중 '3. 東京가는이에게'
88 "歐洲學界에도近日에는 東洋學研究의思潮가 旺盛한가 보오니 兄과갓치 漢學의 만흔 蘊蓄이 게시고 民族史의 만흔 修練이게신이는 맛당히 한번 歐洲學界에 遊觀할必要가 切實할듯하오이다 …… 瑞西의奇絶한山水와 伊太利의美雅한風物이며 佛蘭西의華麗한 藝術과 獨逸의沉奧한科學이며 英吉利의黙重한民俗과甌露의 赤化하는現狀이 모다研究의資料에 當할지라."—1장 第四 雜部 중 '4. 洋行하는이에게'

① 요란(擾亂)한 현경제계(現經濟界)에 제(弟)와 여(如)한 용재(庸才)가 엇지 감(敢)히 거두(擧頭)나 하릿가 다만 최선(最善)의 력(力)으로 일할 쑨이오나 교탁(敎卓) 밋헤 이상(理想)함과 파란(波瀾)이 기복(起伏)하는 실사회(實社會)가 엇지 일치(一致)하겟사오며 서생(書生)으로서의 수양(修養)도 쏘한 일지반해(一知半解)의 혐(嫌)이 불무(不無)하오니 동동(憧憧)할 쑨이오이다─1장 제일(第一) 경하(慶賀) 중 '3. 취직(就職)을 축하(祝賀)함 답서(答書)'

② 혼란(混亂)한 현하정세(現下情勢)를 초탈(超脫)하야 이상(理想)의 현합(賢閤)을 영(迎)하시게 되오니 정호지락(靜好之樂)이 크실 줄 아오며 …… 화함(華函)을 배승(拜承)하야 감사천만(感謝千萬)이오며 금반실가(今般室家)를 영(迎)케 됨은 실로 상외(想外)이오나 종래(從來)의 습속(習俗)은 아조 파탈(擺脫)키 어려워 사회(社會)에 처(處)할 지반(地盤)이 미고(未固)하고 장래(將來)의 이상(理想)이 미확(未確)한 금일(今日)에 취실(娶室)케 되얏나이다─1장 제일(第一) 경하(慶賀) 중 '결혼(結婚)을 축하(祝賀)함 답서(答書)'

③ 저절로 눈을 감나니 얼켜진 만(萬)가지 상출(想出)을 엇지 그려서 능(能)히 표(表)하릿가 천고(千古)의 석(昔)과 무궁(無窮)한 미래(未來)! 묘막(渺漠)한 공간(空間)과 거긔의 성체(星體)! 양(洋)의 동서(東西)와 국(國)의 대소(大小)! 영웅호걸(英雄豪傑)과 성현군자(聖賢君子)! 선(善)과 악(惡)! 사(死)와 생(生)! 그러나 우리는 영웅숭배시대(英雄崇拜時代)가 임의 지내이고 성현만능시대(聖賢萬能時代)가 벌서 썩었스며 적나라(赤裸裸)한 인생(人生)의 진(眞)된 생(生)이라야 할 것을 다시 쌔닷고 그리다가 「아살음! 참된 살음과 죽엄!」하고 절규(絶叫)하며 초연(悄然)히 임학(林壑)을 뒤지고 저즌 한가지푸를 머리에 걸고 서서(徐徐)히 마을에 저녁 연기(煙氣)를 바라보며 일일(一日)의 더위를 푸러주는 임간량풍(林間凉風)과 한가지로 집으로 향(向)하나니다 하로 동안에 어듬이 무엇인지? 체형(體形)은

업스나 상화(想華)는 무궁(無窮)하다 하겠지요 승겁다할는지 참되다할는지 고견(高見)에 위(委)하나이다—1장 제이(第二) 시령(時令)과 청요(請邀) 중 '10. 하휴(夏休)에 귀향(歸鄕)한 우(友)에게'

위 ①과 ②는 각각 취직과 결혼을 축하하는 내용의 서한문이다. 그런데 ①에서 화자가 토로하고 있는 감정은 '요란한 경제계'로 집약되는 현실에 대한 불안감과 무력감이다. 그는 취직한 직장에서 최선을 다하겠지만 '교탁에서 배운 이상'과 '파란 많은 현실'이 일치할 리 없다는 불안과 고민에 빠져 있다. ②에서 전달되는 감정 역시 '혼란한 현하 정세'에 '지반도, 미래에 대한 이상도 확립되지 않은' 상황에서 구습을 깨버리지 못해 결혼부터 하게 되었다는 당혹감이다. 여름방학의 안부를 벗에게 전하는 일상적인 서간문의 성격인 ③에서는 청년의 막연한 고뇌와 부정적인 정서가 좀 더 문학적인 미문투로 표현되고 있다. '얼켜진 만 가지 상출(想出)'의 내용은 구체적인 것이 아니라 '과거와 미래, 막막한 우주, 영웅과 성현, 선악과 생사'의 문제와 같은 막연한 고민이다. 지금은 '영웅과 성현의 시대가 썩'었다는 인식 역시 앞서의 예문과 마찬가지로 부정적인 현실 인식이라고 할 수 있다.

그러나 『시문편지투』에서 이러한 '현실과 이상과의 불일치, 고루한 현실에 대한 답답함, 불투명하고 막연한 미래에 대한 불안과 두려움'은 '청년다운 고뇌'라는 긍정적 전형으로 제시되고 있는 듯하다. ③의 화자가 여름방학의 하루를 이러한 막연한 고뇌 속에 괴로워하다 돌아오는 길에 '저즌 풀' 한 가지를 걸치고 '마을의 저녁 연기와 숲속 시원한 바람'을 맞으면서 '하로의 어듬'을 언급하는 대목은 이러한 고민과 방황의 낭만적 진정성을 옹호하는 것으로 보이며, 이를 '청년다움'의 권장할 만한 하나의 정서적 포즈로 제시해주는 것처럼 보인다.

이와 같이 『시문편지투』의 서한문들은 단지 문체를 모방, 인용하기 위한 척독집 서한의 성격보다는 읽기 자료이자 규범적 교본인 독본에 가까운 성격을 갖고 있음을 살펴보았다. 『시문편지투』는 근대 조선의 지식 청년이 져야 할 시대적 책무와 계몽적 역할을 전달하고 있기도 하고, 청년이 가져야 할 근대지의 내용을 나열하고 전달하고 있기도 하며, '청년다움'을 상징하는 고뇌와 부정의 정서를 미문투로 제시하고 있기도 했다. 이러한 『시문편지투』의 '근대 청년의 이상적인 상(像)'에 대한 규범적인 모델의 제시, '청년다움의 정서와 포즈'의 학습 기능 등은 '독본'의 성격으로까지 확장된 근대 척독집의 면모를 잘 보여주는 점이라고 할 수 있을 것이다.

5) 근대 척독집 스펙트럼의 확장과 변전

이 글에서는 아직 학계에 널리 소개되지 않았던 자료인 『신체미문(新體美文) 시문(時文)편지투』의 자료 양상을 전반적으로 검토하고 근대 척독집으로서의 특이성을 해명하고자 하였다.

자료의 일차적인 검토를 위해 우선 서울대와 서강대에 소장되어 있는 실제 고서 원본을 확인하여 비교하는 작업을 진행했다. 서울대본 1종과 서강대본 2종의 총 세 종류의 판본을 비교하여 저자, 출판 연도 등의 기본 사항을 정리하고 전체 구성과 체계를 살펴 각 장별 서간문 예문의 주요 관계와 내용 및 부록의 전반적인 양상을 소개하였다.

또한 이 글에서는 『시문편지투』라는 텍스트가 갖고 있는 근대 척독집으로서의 특징적 국면을 두 가지 면에서 살펴보았다. 첫째, 문체 면에서 『시문편지투』는 언문일치를 지향하는 '시문체(時文體)'를 표방하면서도 동시에 국한문체의 자장을 벗어나지 않는 문체적 특징을 보여주고 있음을 살펴보았다. 둘째, 내용 면에서 『시문편지투』는 '벗(友人)'과 '학교'를 중심으로 한 수평적 교유 관계와 학생 특유의 일상적 문화를 강조하는 특징을 갖고 있음을 지적했다.

나아가 『시문편지투』가 근대 척독집의 장르성을 유지하면서도 특유의 '청년 담론'을 통해 '독본'적 성격을 강화하는 방향으로 변화하고 있는 텍스트라고 분석하였다. 즉 『시문편지투』는 서간문 본문을 통해 근대 청년의 이상적인 삶의 태도를 제시해주는가 하면, 청년기 특유의 고뇌와 방황이라는 정서적 포즈를 드러내기도 하고, 부정적인 고뇌의 감정을 통해 진정성을 토로하는 등 '근대 청년 담론'을 제시하는 독본적인 기능을 갖고 있음을 살펴보았다.

이러한 『시문편지투』는 기존의 근대 척독집이 갖고 있던 '투식구를 제시하는 국한문 서한의 실용 교본', 즉 서한문 작성을 위한 작문 교재로서의 성격에서 그 스펙트럼을 '독본'의 영역까지 변전, 확장하고 있는 텍스트라고 할 수 있다. '저자(著者)의 말' 끝머리에 저자가 '독방자료(讀方資料)가 될 만한 것도 있다'고 한 언급은 저작의 시초부터 저자가 스스로 이 책을 통해 척독집과 독본이라는 두 장르의 결합 양태를 의도적으로 구현하고자 했었다는 사실을 짐작하게 해주는 대목이라고 보인다.

4. 근대 척독집의 새로운 시도 2
- 이종국의 『무쌍주해 보통신식척독』

1) 상호모방성을 벗어난 독자적이고 성찰적인 척독 교본의 등장

이 글은 근대 척독 교본 중 1930년에 출간된 이종국(李鍾國)의 『무쌍주해(無雙註解) 보통신식척독(普通新式尺牘)』의 특징과 의미를 살펴보고자 한다. 근대 척독은 상투적인 편지 문체를 익히게 해주는 투식구들의 모음집이자, 한문 초보자들에게 정형화된 문식을 제공해 당장 급한 짧은 편지를 쓰게 해주는 저급한 실용서적으로 평가되었다. 이러한 가치절하의 시선에는 근대 척독이 '계승하서(繼承下書), 복송차위(伏悚且慰), 복미심(伏未審), 기체후연향만안(氣體候連享萬安)' 등과 같은 전형적인 한문 상투어구의 나열로 이루어져 있다는 점, 진정성 있는 사연보다는 '안부, 축하, 부탁' 등과 같은 의례적인 상황만이 설정되고 있다는 점, 더욱이 그러한 형식적이고 틀에 박힌 편지 본문이 그대로 베껴지는 관행이 용인되었다는 점들이 작용하고 있다.[89] 이러한 평가에는, 근대 척독이라는 장르는 저자 개인의 창작성이나 작가 의식을 찾아볼 수 없는 몰개성적인

텍스트라는 평가가 전제되어 있기도 하다.[90]

그러나 척독 교본은 당대 신문 등 매체에 가장 많이 광고되고 가장 많이 팔렸던 책 종류 중 하나였다. 당시 신문에 실린 서적 광고에 대한 연구들에 따르면 1900년대 이후 가장 많이 소비된 책 장르의 순서는 '1위 소설, 2위 교재류, 3위 실용서류'였다고 하는데, 이 중 실용서의 절반 이 상이 척독류였다.[91] 그런데 이 척독류는 당시 대중들이 가장 많이 사 보 던 책인 소설류의 책 값에 비해 두세 배에서 무려 열 배에 달하는 고가의 책이었음에도 불구하고 대중들이 기꺼이 구입했다는 점에서 눈길을 끈 다.[92] 당대의 어려운 출판 상황에서 출판사들의 실질적인 운영을 지속할 수 있게 해준 주요 수입원이 척독서였다 할 만큼 근대 출판물 지형도에 서 한문 편지 쓰기 교본, 즉 근대 척독은 중요한 위치를 차지하고 있는

---

89 근대 척독집이라는 장르에서 상호 모방 및 베끼기 관습이 성행했던 사실에 대해서는, 다음 논문에서 "20~30년대에 가장 흔히 척독서가 편집, 구성되는 방식은 기존의 책 편 집을 그대로 옮겨 오거나 적당히 가감하여 활용하는 방식"이었다고 밝힌 바 있다. 본 서 2부 1장 참고.

90 박은경의 위 논문은 근대 척독을 '비창작물'이라고 단정하는 대표적인 경우이다. 이 논문은 현대문학 쪽에서 근대 척독을 본격적인 연구 대상으로 삼은 첫 시도라는 점에 서는 나름의 의미가 있으며, 근대 초기 저작권에 대한 설명, 당시 신문에 실린 척독 광고의 통계 및 서적 가격 조사 부분 등은 구체적인 자료들을 보여주고 있다. 그러나 근대 척독의 비개성적 특성을 전체 자료군에 일반화하여 '비창작물'로 단정한 점, 근 대 척독서의 효시라고 할 수 있는 김우균의 『척독완편』을 연구 대상에서 제외한 점, 1910~30년대 척독서의 전체적인 자료 목록을 밝히지 않은 상태에서 자의적으로 6~7 종의 척독서만을 언급하고 있는 점, 척독서의 실제 본문 분석은 거의 누락하고 있는 점 등은 아쉬운 점이라고 할 수 있다.

91 이경현, 「1910년대 신문관의 문학 기획과 한국 근대문학의 형성」, 서울대 박사학위논 문, 2013, 2장; 이기훈, 「독서의 근대, 근대의 독서─1920년대의 책읽기」, 『역사문제연 구』 7집, 2001. 12.

92 박은경, 위 논문의 2장 4절에서는 당시 척독서의 가격을 조사해 밝히고 있다. 이에 따 르면 척독서 가격은 책의 편폭에 따라 다양해서 소책자는 40전, 두꺼운 척독서는 1원 이 넘는 가격으로 다양했지만, 대부분의 척독서들은 70전 내외의 값으로 유통되었다 고 한다.

것이다. 따라서 한문 글쓰기의 대중적 형태를 가늠하기 위한 잣대로서, 또한 한국 근대의 독특한 문화 현상으로서 척독서라는 장르를 눈여겨봐야 할 필요가 있는 것이다.

근대 척독 교본의 종류는 거의 100~200여 종에 이르는데, 이렇듯 자료군의 모집단이 크다는 점은 그 속에 다양한 성격의 자료들이 존재할 가능성을 암시한다. 실제 자료군을 꼼꼼히 살펴보면 상투적인 한문 서한이라는 일반적 특징에서 벗어나는 특이한 개성을 보여주는 자료들이 종종 발견되기도 한다. 즉 장르 관행이 강한 척독 교본 내부에서도 저자의 특징이나 개성, 문체에 대한 고민, 시대적 특징이 강하게 살아 있는 자료들이 있다는 점을 주목해야 하는 것이다.

이 글에서는 저자의 개성 및 가치관이 강하게 반영되어 있으며 시대 반응의 산물로서 의미 있는 면모를 가진 척독 교본으로 이종국(李鍾國)의 『무쌍주해(無雙註解) 보통신식척독(普通新式尺牘)』(덕흥서림, 1930)을 주목하고자 한다. 이 책의 저자는, 당시 척독서 저자 표기가 다소 혼란스럽게 전개되었던 탓에 이전 연구에서는 저자를 '김동진'이라고 파악하기도 했으나 '이종국'으로 수정되어야 하는데, 이에 대해서는 다음 장에서 보다 자세히 서술하고자 한다. 이종국의 이 척독 교본은 상호모방이 당연시되었던 1930년대에 출간되었지만 단 한 편도 다른 척독 교본에서 문장을 베껴 오지 않았으며, 당대 세태에 대한 날카로운 관찰과 비판의식을 드러내고 있는 귀한 자료이다.[93] 또한 저자 특유의 국한문체가 문체적 일관성을 견지한 채 전체 척독에 구현되어 있다는 점, 척독이라는 장르 자체에 대한 강한 자의식을 드러내고 있다는 점에서도 가치가 있는 자료이다.

---

93 본서 2부 1장 참고.

그러면 이 글에서는 저자와 서지 및 편집 체제, 문체 등을 통해 이 텍스트의 1차적 면모를 밝힌 뒤, 이어 저자 특유의 개성이 내용적 측면에서 어떻게 구현되고 있는지 그 구체적인 양상들을 살펴보기로 한다.

2) 저자, 서지사항 및 편집체제

『무쌍주해 보통신식척독』(이하 『보통신식척독』)은 1930년에 덕흥서림에서 최초 출판된 척독집으로, 국립중앙도서관, 한양대학교 백남학술정보관, 원광대학교 도서관에 각각 보관되어 있다. 국립중앙도서관본은 소화(昭和) 7년 즉 1932년에 재판(再版)된 판본이며, 한양대본은 1934년, 원광대본은 1945년 판본으로, 현재 초판본은 전하지 않는 것으로 보인다.[94] 즉 이 척독집은 1930년에 초판본이 발행된 이후 1945년까지 15년에 걸쳐 재발간되었을 만큼 대중들의 호응을 많이 받았던 책이었음을 알 수 있다. 본고에서 연구 대상으로 삼고 있는 원본은 국립중앙도서관본[95]으로, 표지와 목차, 맨 뒤의 판권지를 제외하고 본문이 시작되는 페이지를 1면으로 하여 총 164면에 87쌍의 편지 예문과 부록[96]이 실려 있다.

---

94 현재 한국사자료데이터베이스에서 확인되는 자료는 국립중앙도서관본, 한양대본, 원광대본이 전부이지만, 아직 데이터베이스 시스템에서 확인되지 않은 개인 소장이 발견될 수도 있으므로 초판본의 존재 여부를 확정할 수는 없다. 국립중앙도서관본의 형태사항은 '四周雙邊 半郭 17×11.2cm, 有界, 13行 字數不定, 22×15cm', 한양대본은 '四周雙邊 半郭 17×11.2cm, 無界, 13行35字, 頭註, 20.8×14.8cm', 원광대본은 '四周雙邊 半郭 17×11.2cm, 有界, 半葉 行字數不定, 21×15cm'이다. 행자(行字)의 수와 테두리 여부에 약간의 차이는 있으나 형태상 큰 차이는 없는 것으로 보인다.

95 국립중앙도서관에서는 『무쌍주해 보통신식척독』을 원문정보 데이터베이스로 제공하고 있다.

96 부록으로는 '서식대요(書式大要)', '축문서식(祝文書式)', '동서양연대표(東西洋年代表)', '조선각도군인구수급정도리수표(朝鮮各道郡人口數及程道里數表)', '세계국명수부급인구표(世界國名首府及人口表)'가 첨부되어 있다.

서한 본문은 한글 독음이 부기된 전형적인 국한문체 문장으로 되어 있으며, 본문 상단에는 한자 단어를 풀이하는 두주(頭註)[97]가 달려 있다.

이 텍스트는 근대 척독 교본 특유의 저작자 개념의 혼란상을 잘 보여주고 있다. 주요한 근대 척독 교본 저자들 중에는 이 시기 출판사 운영자들이 다수 포함되어 있는데 박문서관의 노익형, 회동서관의 고유상·고병교·고병돈 부자, 회동서관 지점인 광익서관·삼문사의 고경상, 영창서관의 강의영, 대성서림의 강은형, 화광서림·삼광서림의 강범형, 진흥서림의 강남형, 덕흥서림의 김동진 등이 대표적이다.[98] 이들 출판사 주인들은 대중적으로 인기 있는 척독 교본을 그 자신이 직접 베끼거나 짜깁기하여 상투적인 척독서를 대량 판매 목적으로 편저하는 경우도 있었고, 원저자의 저작권을 사서 출판하는 과정에서 자신의 이름을 '저자'와 함께 기입하는 관행 또한 일반적이었다.[99]

---

[97] 이 책의 두주는 한자어 밑에 독음 없이 그 어휘의 뜻을 설명하는 한글 풀이가 두 줄의 작은 글씨로 달려 있다. 참고로 1면 두주를 제시하면 다음과 같다. '膝下부모의실하', '支離오래된것', '浪遊뼥람으로로난것', '期待바라난것', '孤어려서아비일흔것', '苦楚고생하난것', '效果효력', '優等상등', '淸亂어지러운것', '錯雜섯긴것'.

[98] 이들 출판사 운영자들에 대해서는 다음 논문들이 큰 도움을 준다. 방효순, 「일제시대 민간 서적발행 활동의 구조적 특성에 관한 연구」, 이화여대 문헌정보학과 박사학위논문, 2000; 이종국, 「개화기 출판활동의 한 징험−회동서관의 출판문화사적 의의를 중심으로」, 『한국출판학연구』 49호, 2005. 12; 최호석, 「지송욱과 신구서림」, 『고소설연구』 19집, 2005; 최호석, 「영창서관의 고전소설 출판에 대한 연구」, 『우리어문연구』 37집, 2010. 5; 「박문서관과 노익형 관련 자료 모음」, 『근대서지』 제6호, 2012. 775-806쪽; 방효순, 「근대 출판문화 정착에 있어 경성서적업조합의 역할에 관한 고찰」, 『한국출판학연구』 제38권 제2호(통권 63호), 한국출판학회, 2012. 12, 31~54쪽.

[99] 박은경, 위 논문, 61~66쪽, 2장 2절 '판권면 분석' 부분에서 이러한 당시 출판 관행에 대한 상세한 설명을 볼 수 있다. 당시 실용서의 저작자 개념이 엄밀하지 않았던 점에 대해서는 임상석의 다음 논문에서도 지적하고 있다. "저작이라는 말의 정의도 엄밀하게 통용되지 않았으며 작자의 표기 역시 제대로 하지 않았던 당시의 출판 관행을 감안하고, 이 책이 당시의 다른 출판물보다 저자의 존재가 더 숨겨져 있던 교과서 형태임을 생각하면 명확한 판단을 내리기는 어려운 상황이다." 임상석, 「국한문체 작문법

『무쌍주해 보통신식척독』의 저자 표기는 후자의 경우를 전형적으로 보여준다. 출판사 운영자인 덕흥서림의 '김동진'과 실제 저자인 '이종국'이 모두 '저자'라는 이름으로 기입되어 있기 때문이다. 책의 맨 앞장과 뒷장이 되는 속표지와 판권지에는 각각 '김동진 저(金東縉 著)'(속표지), '저작겸발행자(著作兼發行者) 김동진(金東縉)'(판권지)이라고 되어 있지만, 본문이 시작되는 1페이지에는 '저작자(著作者) 이종국(李鍾國)'이라고 쓰여 있다. 이는 원래 저자인 이종국이 서적상이자 출판업자인 김동진에게 저작권을 팔거나 넘겼을 정황을 짐작하게 하며, 당시 저작권에 대한 명확한 인식이 없었던 출판 관행상 원저자와 그 저작권을 산 출판업자를 모두 '저자'라고 표기하는 중복 표기가 가능했던 것으로 추측된다.

저자인 이종국에 대해서는 알려진 바가 거의 없다. 객관적으로 확인되는 사실로는 또 다른 척독집인 『증주부음(增註附音) 유행금옥척독(流行金玉尺牘)』(덕흥서림, 1929, 1934, 1936)[100]의 저자이기도 하다는 점, 척독 교본의 문체로 미루어볼 때 유교적 구질서와 한문 문장에 익숙한 잔반 가문이나 중인 계층 출신일 가능성이 높다는 점, 척독 내용에 보이는 불교적 색채로 미루어볼 때 일정하게 불교 문화에 친화성을 가진 인물이었다는 점 정도를 언급할 수 있을 듯하다.

편집 체제 면에서 『보통신식척독』은 편지 예문집류 척독 교본의 일반적인 구성인 서한 본문들의 나열식으로 되어 있다. 1~28번의 편지쌍은 가족·친지 간 왕복 서신, 29~39번의 편지쌍은 회갑·혼인 등 축하 서신 및 서식, 40~46번은 도적·화재·병환 등 위문 서신, 47~63번은 상을 당한

과 계몽기의 문화의식」, 『한국언어문화』 33집, 한국언어문화학회, 2007. 8, 89쪽.

100 이종국의 『증주부음(增註附音) 유행금옥척독(流行金玉尺牘)』은 고려대학교, 국민대학교, 경희대학교 도서관에 각각 소장되어 있다.

사람을 위로하는 상례 위문, 64~83번은 절기 안부, 84~87번은 물건을 빌리는 내용의 서신이다. 체제상으로는 일상적 가정 왕복 서신을 주로 하면서 축하, 위로, 절기 안부 등을 묻는 평범한 구성을 보인다고 할 수 있다. 부록 또한 큰 특이사항 없이 당시 척독 교본들에서 자주 볼 수 있는 축문(祝文) 서식, 동서양 연대표, 조선 각 도의 면적 및 인구표, 세계 각 대륙의 주요 국가 및 수도 등이 소개되어 있다.

3) 문체적 특징

이렇듯 일견 평범해 보이는 외견을 갖고 있는 『무쌍주해 보통신식척독』은 문체 면에서 상당히 특징적인 면모를 보여주고 있어 주목된다. 1920년대 이후 척독 교본의 문체는 한글, 즉 국문의 통사구조를 뼈대로 하여 한문 단어들이 배치된 '국주한종체(國主漢從體)'[101]가 대세를 이루기 시작하여 1930년대로 넘어가서는 그러한 문체가 거의 안착하는 듯한 경향을 보이고 있다. 그런데 이종국의 척독집은 1930년에 출간되었음에도 불구하고 상당히 강한 '한문'식의 통사구조에 기반한 '한주국종(漢主國從)' 계열, 즉 근대계몽기 시대로 되돌아간 듯한 느낌을 주는 한문 위주의 국한문체를 선택하고 있다. 1920~30년대 척독 교본들의 일반적인 국한문체 예문들과 『보통신식척독』의 문체를 비교하기 위해 다음의 예문들을 보도록 한다.

① 一城之內일성지내에 學校학교에 通學통학할 時시에도 下學後一二點하학후일이점

---

101 국한문체 유형에 대한 논의 및 구체적인 국한문체 분석의 사례에 대해서는 다음 저서가 큰 참고가 되었다. 임상석, 『근대계몽기 잡지의 국한문체 연구』, 지식산업사, 2007.

이 超過초과하면 常상히 門문을 倚의하야 望망하더니 今금에는 他鄕타향에 遠離원리하야 不見불견한지 頗久파구하니 觀念관념과 思戀사련을 不勝불승하야 將次病狂장차병광을 成성할듯한지라—노익형, 『주해부음(註解附音) 신식척독(新式尺牘)』, 5번 답서

② 近見근견한즉 新聞紙上신문지상에 浮浪者부랑자이라 指稱지칭하난 人인에 學生학생이 居多거다하다하니 可畏가외한 事사이로다 同窓동창의 友우일지라도 可가히 交道교도를 擇택지 아니치 못할지라 古人고인이 戒계하되 益者익자 l 三友삼우오 損者손자 l 三友삼우라 하얏나니 靑年청년의 發育時代발육시대에난 友우를 擇택함이 尤切우절하니라—강은형, 『부음주해(附音註解) 신식유행척독(新式流行尺牘)』, 4번 왕서

③ 汝書中所言焦悶云者여서중소언초민운자는 得不然也안득불연야리오 爲人子者事其親위인자자사기친에 居則治其養거즉치기양ᄒ고 病則治其憂병즉치기우는 是人理上固然也시인리상고연야라 汝之出家時여지출가시에 祖母及慈母之病患危篤조모급자모지병환위독을 見견ᄒ고 拘於事勢구어사세ᄒ야 不得侍湯부득시탕ᄒ고 終乃離庭종내리정인즉 於汝心어여심에 豈不悚懼煎悶乎기불송구전민호아 其如是存心기여시존심ᄒ야 勿效減倫悖常輩之忘親也물효멸륜패상배지망친야ᄒ라[102]—이종국, 3번 답서

위 ①은 1920년에 발간된 노익형의 척독 교본이다. 이 책은 1920~30년대 전체에 걸쳐 크게 유행한 국주한종(國主漢從)의 문체를 전형적으로 보여준다. '보고 싶은 생각과 그리움을 이기지 못하여'라는 뜻을 '불승관

---

[102] "네가 편지에서 근심되고 민망스럽다는 말에 대해서는 어찌 그렇지 않을 수 있겠는가. 자식이 그 부모를 섬기매 평소에는 잘 봉양하고 병 드셨을 때 근심하는 것은 이치상 당연한 것이다. 네가 집을 떠날 때 조모와 모친의 병환이 위독함을 보고도 일의 형편 때문에 탕약을 받들며 모시지 못하고 끝내 떠나야 했으니 네 마음이 어찌 두렵고 걱정되며 민망하지 않겠는가. 이 같은 마음을 보전하여 윤리 강상을 어그러뜨리는 무리들이 부모조차 잊음을 본받지 말도록 하라."

넘사련(不勝觀念思戀)'과 같은 한문체로 쓰지 않고 '觀念관념과 思戀사련을 不勝불승하야'와 같이 풀어서 썼다. 우리말의 일반적인 어순인 목적어 뒤에 서술어가 나오는 순서의 문장구조를 구사하면서 한자를 낱말의 수준으로 배치하고 있다. 이는 옆에 부기된 한글 독음만을 따라 읽어도 뜻을 거의 파악할 수 있는, 국문 위주의 국한문체라고 볼 수 있다.

②는 1929년에 발간된 강은형의 척독 교본인데, 여기서도 국문 중심의 통사구조가 문장 전체에 강하게 관철되어 있으며 한문이 단어 수준으로 나열되고 있다. '사귐의 도를 가리지 않을 수 없다'는 뜻을 전하기 위해 '불가불택교도(不可不擇交道)'와 같은 한문식 문장을 해체하여 '可가히 交道교도를 擇택치 아니치 못할지라'와 같은 표현으로 풀어서 쓰고 있는 것이다. 이러한 국주한종(國主漢從)의 국한문체는 한문 문장이나 문법에 기초가 없는 독자도 쉽게 읽을 수 있는 문체임을 알 수 있다.

이에 비해 『보통신식척독』에 실린 예문인 ③은 한문식 문법을 강하게 드러낸 한주국종(漢主國從)의 국한문체를 보여주고 있다. '안득(安得~), 기불~호(豈不~乎, 어찌 ~하지 않겠는가)', '물~야(勿~也, ~하지 말라)'와 같은 한문식 문장체를 그대로 쓰고 있음은 물론이고, '거즉치기양(居則治其養), 병즉치기우(病則治其憂)'와 같이 대구를 맞춘 한문식 표현도 쓰고 있다. '위인자자(爲人子者)가 기친(其親)을 사(事)하매'와 같이 우리말 어순으로 풀어 쓸 수 있는 구절도 '위인자자사기친(爲人子者事其親)'과 같이 한문 문장으로 그대로 쓰여 있다. 이러한 문체는 한문 옆에 부기된 한글 독음을 읽는다 해도 그 의미가 즉각 파악되지 않으므로 '해석'의 과정을 필수적으로 거쳐야 하는 한문 중심의 국한문체이다. 『보통신식척독』은 국문의 비중이 점점 커지고 있던 1930년대에 한문 문장에 가까운 국한문체 서한을 싣고 있는 보기 드문 텍스트인 것이다.

더욱이 『보통신식척독』이 채택하고 있는 국한문체는 나름대로의 문체적 일관성과 미감을 추구하고 있다는 점에서도 주목할 만하다. 사실 1920~30년대의 척독 교본은 국문과 한문의 혼용 정도와 방식 등에서 새로운 문체를 다양하게 모색하던 시기였기 때문에 한 텍스트 안에서도 일관되지 못한 양상이 나타나는가 하면, 문체가 미숙하거나 불균형한 면모를 보이는 경우가 많았다. 이에 비해 『보통신식척독』은 87쌍, 174편의 서한들에서 저자가 세운 일정한 기준에 의거한 듯한 문체적 일관성과 정연함을 보이고 있다.

우선 이 척독 교본에는 한문식 문장의 틀을 가능한 한 해체하지 않고 비교적 견고하게 유지하되, 전고나 용사가 들어 있는 의고적인 한문 표현은 가능한 한 쓰지 않으려는 경향을 뚜렷하게 보이고 있다. 또한 전반적으로 대여섯 자 내외에서 한문 구절을 분리함으로써, 지나치게 긴 한문 문장이 통째로 나오지 않게 하는 방식으로 난이도를 조절하고 문장의 리듬감을 살리고 있기도 하다.

예를 들면, '若只寓目歎賞약지우목탄상하고 無一記言之可稱무일기언지가칭즉 數百遍遊覽수백편유람이라도 終如不見종여불견으로 同동이니 不亦可愧乎불역가 괴호아'의 문장에서와 같이, '若, 亦' 등의 어조사나 '~乎, ~也, ~耶' 등의 종결어미를 쓰는 한문 문법을 유지하면서, 각 구절의 글자 수를 균형감 있게 유지하려는 의식적인 노력을 보여주는 노련한 문체를 구사하고 있는 것이다. 한문 특유의 문체 기조를 유지하면서도 난삽함을 피하고, 한문 낭독 때 특유의 유려함이 구현되는 문체를 만들기 위한 저자 나름의 의도는 이 책 전체에 걸쳐 일관되게 관철되고 있다.[103] 한주국종 국한문

---

103 이종국과 같이 한문 중심의 문체를 채택했으나 전혀 다른 느낌을 주는 김천희의 척독집인 『석자부음(釋字附音) 최신금옥척독(最新金玉尺牘)』(광한서림, 1929)과 그 문체를 비교하면 특징이 보다 여실히 드러난다. 김천희는 복고적인 한문 전통을 중시하는 듯한 척독 문체를 보여준다. 그는 유교 경전이나 중국 유명 문인들을 인용하는

체에 대한 저자 기준의 일관성 및 문체적 미감이 책 전반에 걸쳐 통일성
있게 드러나고 있다는 점은 이 척독서의 매우 큰 특징이라고 할 수 있다.

4) 내용적 특징

이 장에서는 『보통신식척독』의 내용 면에서의 전반적 특징을 살펴보
고자 한다. 이 척독 교본은 내용 면에서 크게 다음의 세 가지 특징을
보여준다. 첫째, 서간의 본론이라 할 만한 중심 사안이 강화되어 있으며
그에 대한 논변이 상세하게 구현되어 있다는 점, 둘째, 생생하고 입체적
인 상황 설정을 보여주고 있다는 점, 셋째, 서간 본문을 통해 저자가 '척
독'이라는 장르에 대해 갖고 있는 메타적 인식을 보여주는 척독론을 전
개하고 있다는 점이다. 다음의 각 절에서 보다 구체적인 내용을 살펴보
도록 한다.

(1) 중심 사안과 논변의 강화

1920~30년대의 대다수 척독 교본은 편지 쓰기의 투식과 전형적인 문구
들을 전달하는 것이 가장 큰 기능이었다. 즉 편지를 보내는 당사자와
상대방의 관계에 따른 적절한 호칭을 선택하는 법을 제시해주고, 안부를

순 한문의 2행짜리 세주(細註)를 자주 사용하며, 의도적으로 전고가 있는 표현을 선택
하여 쓰는 경향을 보여준다. 예를 들면 이렇다. "父主暮年부주모년에 客外役役객외역역
하사 風霜受苦풍상수고하시고 夙夜關心숙야관심하심이 總爲裕後之謨書傳云, 垂裕後昆총위
유후지모시니 敢不以父母之心감불이부모지심으로 體念哉체념재잇가 詩禮孔子, 謂伯魚曰女學
詩乎, 女學禮乎嚴訓시례엄훈을 努力奉遵노력봉준이오니 萬勿煩掛만물번괘하시고 刻賜還次
각사환차하오셔 傅授敎誨비수교회하시며 得免候門之望陶淵明歸去來辭云, 稚子候門득면후문지망
케 하소서." 김천희, 『석자부음 최신금옥척독』, 6번 답서.

물을 때 적절하고도 정중하며 격이 있는 어휘의 선택 사례를 보여주어야 하는 것이다. 그러다 보니 편지를 보내야 하는 핵심적 사안, 즉 일의 용건에 해당되는 본론 부분은 매우 평면적이고 전형적인 상황으로 설정되어 두세 줄 정도로 간단히 처리되는 경우가 대부분이었다. 한 편의 서간 내에서의 분량의 비율을 따진다면 문안 인사와 실제 본론 부분의 용건이 각각 절반인 경우가 일반적이다.

그러나 『보통신식척독』에 실려 있는 서한 예문들은 용건에 해당되는 본론 부분의 중심 사안이 매우 강화되어 있는 양상을 보여준다. 서한 한 편의 길이도 다른 척독집보다 평균 두세 배 이상의 길이이며, 그 속에서도 본론의 비중이 70~80퍼센트 정도로 중심 사안이 중요하게 부각되는 양상을 보여준다. 부친이 학업을 격려하는 소재를 다룬 다음 편지에서 본론에 해당되는 부분만을 예문으로 보기로 한다.

① 너의 종형이 동경 유학 중임은 네가 아는 바이거니와, 지난번 온 편지를 보니 금번 춘기시험에 우등을 했다고 하였다. 이는 다만 내 마음에 기쁨이 될 뿐 아니라 형수가 일찍 홀로되어 아비 없는 자식을 보살피고 양육함에 고초를 다한 효과가 비로소 오늘 나타남이니 실로 우리 가문의 경사이다.

② 너 또한 학과를 따라 독실히 공부하여 매번 시험에 반드시 우등할 것을 스스로 기약하고 절대 게을러지거나 포기하지 말아라. 이런 공부 방법은 선후와 본말이 저절로 있으니 마땅히 그 순서를 따른 후에야 스스로 어질러지거나 복잡해지는 폐단이 없을 것이다. 그 대강을 요약해 말한다면 자기에게서 말미암아 남에게 미친다는 것일 뿐이다. 그러니 선학의 수신지도(修身之道)를 하여 오직 근신하고 스스로를 지키며 헛되이 세상일을 논하지 말지어다.

③ 근래 젊은이들을 보니 매양 높고 기이함을 좋아하여 사람들에게 이야기하되 말하는 법은 반드시 외국어를 쓰고, 어제 처음 입학했는데 오늘 물리화학을 능히 말하며, 역사는 반드시 서양 것을 말하고 지리도 반드시 서양 것을 말하고 인물도 반드시 서양 것을 말하여, 세계 풍조와 고금 역사를 모르는 것이 없는 듯하니 이 무슨 패습인가. 그 실질을 들여다보면 우선 자기를 낳아준 부친과 조부의 이름도 모르고 또 자기가 사는 지방의 사적도 모르니 어찌 탄식하지 않으며 미워하지 않겠는가. 너는 삼가고 또 삼가서 한 번의 기거 동작도, 한마디의 말과 침묵도 방자하게 하지 말라.

④ 지금 네가 배우는 외국어는 현재 각 나라가 서로 통하는 시대에 배우지 않을 수 없으나 이는 학문은 아니다. 말을 교환할 때 부득이한 일일 뿐이니 다만 예에 따라 학습하고 그 약간의 통하여 해석하는 재주로 스스로 자랑스러워하거나 과장하지 말라.

⑤ 또 날마다 교유하며 따르는 친구는 반드시 나보다 나은 자를 택하여 깊은 교류를 맺고, 극장이나 공원 등에 왕래하는 일은 없도록 하라.[104]

---

104 "①汝從兄之在東京遊學은 汝之所知이거니와 昨見來書ᄒ니 今春期試驗에 爲優等云ᄒ니 不但吾心之爲喜라 嫂氏之自早年으로 撫孤養育에 喫盡苦楚ᄒ신 效果가 始見於今日ᄒ니 實爲吾家慶幸이라 ②汝亦逐課篤工ᄒ야 每受試驗에 必以優等으로 自期하고 切勿怠惰自棄ᄒ라 此做工方法이 自有先後本末ᄒ니 當循其次序然後에 自無淆亂錯雜之弊矣니라 略擧其槪而言之ᄒ면 不過曰由己而及人也라 然則先學修身之道ᄒ야 惟勤愼自守ᄒ고 切勿妄論世事어다 ③近觀兒少輩가 每多好高奇ᄒ야 對人談論에 語法은 必用外國語ᄒ고 昨日에 始入學ᄒ야 今日則能言物理化學ᄒ며 歷史則必稱西洋하고 地理則必稱西洋ᄒ고 人物則必稱西洋ᄒ야 世界風潮와 古今歷史를 有若無所不知ᄒ니 是何悖習고 叩其實하면 先不知自己所生之父祖名字ᄒ고 又不知自己所居地方事蹟ᄒ니 豈不可歎乎며 豈不可憎乎아 汝則愼之愼之ᄒ야 一動一靜과 一語一黙을 無得放肆ᄒ며 ④今汝之講習하난 外國語난 方此各國交通時代에 不可不學이나 此非學問也라 乃交言上不得已之事也니 但隨例學習ᄒ고 勿以其小有通解로 爲自負誇張也ᄒ

『보통신식척독』의 첫 서한이기도 한 위 서간문은 부친이 외지에서 학업 중인 아들을 훈계하는 내용이다. 서간의 발신자인 부친은 여러 가지 사안을 예로 들어가면서 외지에 나간 아들의 학업을 권면하는 내용을 제시한다. 그는 친척의 소식과 가문의 정황을 예로 드는가 하면, 구체적인 공부 방법에 대해 훈계를 하기도 하고, 당시 세태를 꼬집으며 그에 대한 자신의 비판과 염려를 아들에게 전하고 있다.

위 예문에서 볼 수 있는 바와 같이 ①은 동경 유학 중인 친척 조카가 우수한 성적을 받았다는 소식과 함께 일찍 과부가 된 형수의 노고를 치하하고 이러한 우등 소식이 가문의 영광이 된다는 말로 아들에게 학업의 중요성을 전달하고 있다. ②는 구체적인 공부법을 제시하고 있는 대목이다. 시험을 볼 때마다 우등하겠다는 목표를 세우고 게을러지거나 포기하지 말 것을 가르치는가 하면, 공부법에도 선후본말이 있으니 그 순서를 뒤섞지 말고 잘 지킬 것을 당부하기도 한다. 이 부분에서는 공부하는 법뿐만 아니라 자기 수양의 방도까지도 제시하고 있는데, 그 핵심은 '나의 경우에 미루어 남에게도 하라'는 것, 먼저 수신(修身)을 한 뒤 익히고 근신하며 세상일에 대해 섣불리 의견을 내지 말라는 것이다. ③에서는 당시 젊은 세대가 며칠 배운 짧은 신학문을 자랑스레 떠벌리며 무엇에든 '서양'을 들먹이는 모습을 '패습'이라고 신랄하게 비판하면서, 배운 것으로 자만하지 말 것을 아들에게 당부하고 있다. ④는 외국어는 꼭 배워야 하는 일(不得已之事)이지만 '학문(學問)'이 아님을 명시하면서 외국어를 배운다는 일에 대한 자신의 입장을 피력하는 대목이다. ⑤는 자기보다 나은 이를 친구 삼으라는 훈계와 더불어 공원 등에 가지 말 것을 당부하

라 ⑤ 又曰日交遊趨逐은 必擇勝己者ᄒᆞ야 以結深契ᄒᆞ고 無事往來於劇場及公園等處난 其痛禁也ᄒᆞ라." 이종국, 『무쌍주해 보통신식척독』, 1번 서한 '父가 在家ᄒᆞ야 在外한 子에게 寄하난 書 중 '某兒見'.

는 대목이다.

사실 이러한 학업 격려 소재는 거의 모든 척독서에서 일반적으로 발견할 수 있는 소재이다. 그러나 대부분의 척독 교본은 이 내용을 2~3행의 본론에 '주색이나 유흥에 침혹하지 말 것, 불량한 급우들을 멀리할 것, 학업을 게을리하지 말 것' 등의 '상투적인 훈계'로 전하고 있는 것이 보통이다.[105] 그러나 위에서 볼 수 있는 바와 같이 『보통신식척독』에서는 학업 격려의 내용을 담고 있는 서간에서 본론의 길이가 13행이나 되는 긴 분량으로 되어 있거니와, '학업의 당부'라는 중심 사안에 대한 자신의 의견을 소상하게 펼치는 서술을 보여주고 있다. 특히 구체적인 공부 방법과 수신의 요체에 대한 자신의 견해를 제시하는 ②와 당대 학생들의 신학문에 대한 천박한 자랑의 태도를 경계하는 ③, 외국어를 '학문'이 아니라 도구이자 기술로 보아야 한다는 견해를 피력한 ④ 등은 전통적인 한문 서간 특유의 '논변(論辨) 및 의론(議論)' 기능의 강화 양상을 잘 보여주는 서술 대목이다. 다음 예문 또한 그러한 사례를 잘 보여주는 경우이다.

① 나아가 아룁니다. 적이 의심스러운 일이 있어 이에 품고하오니 바라건대 세세히 살핌을 내리시어 하교해 주십시오. 안문성공(安文成公)은 우리나라의 대현이오니 우리나라에 교궁(校宮)의 창건이 실로 선생으로부터 시작되었은즉 오늘날 우리 민족이 오랑캐를 면함도 오로지 선생이 부지해온 힘에 의지해옴입니다. …… 그러나 선성과 선현의 영을 편안케 하는 전례도 스스로 절차가 있으니 서원이나 사당을 설립함은 개인이 사사로이 할 수 없는 것임을 일찍이 어르신들로부터 들어온 바가 있습니다. 그런데 지금 안문성공의 자손 중 한 사람이 조상

---

105 똑같이 '학업 당부' 소재를 다룬 노익형과 지송욱의 척독집에서는 2~4행에 불과한 전형적인 학업 훈계 내용을 담고 있는 서한을 발견할 수 있다. 노익형의 3번 서간, 지송욱의 6번 서간 등을 참고.

을 사모하는 정성으로 거만의 재산을 끌어모아 선생의 서원을 설립한다고 합니다. 그 정성은 조상을 애모하는 처지로 보면 극히 가상하지만 이 일은 두려워 알지 못하겠사오니 어찌하겠습니까.

② 대저 선현을 숭배하여 받드는 일에 대해서는 원래 한 개인이 홀로 결정하는 것이 아니며, 또한 그 자손 된 자가 능히 결정하여 행할 수 있는 것도 아니다. 사림의 공론이 있고 조정의 예전(禮典)의 법도가 있은즉, 이 공론과 예전에 의하지 않고 누가 홀로 서원을 건립하여 제사를 올리겠는가. 만약 독자적으로 서원과 사당을 설립한다면 이는 무당이 신을 모시는 것에 불과하니 선현을 대하는 예가 이러한 것이 가하겠는가. …… 선현은 불천지위이니 그 자손된 자는 다만 가묘에 삭망 분향과 기제사를 궐하지 않을 뿐이다. 서원의 건립 여부에 어찌 그 자손이 관여하겠는가. 지금 잘 모르는 어떤 이가 이 일을 창설하려 하나 그 정성은 심히 가상하지만 그 일은 잘못된 것이다. 근일 무식한 일의 사례가 이와 같이 많으니 어찌 족히 책하겠는가.[106]

---

106 "① 就悚竊有疑難之事하와 玆稟告하오니 伏望細細垂察하시와 下敎焉하소셔 安文成公은 卽東方大賢이온바 東方校宮之創建이 實自先生始焉인즉 今日惟吾民族之得免於左衽이 專賴先生扶持之力也라……然이나 先聖先賢安靈之典이 自由節次하야 設院設祠를 不可以個人私設은 曾有所聞知於長上前이온바 今聞安文成公子孫中一人이 以慕祖之誠으로 判得巨萬之財하야 設立先生之書院云하니 其誠則在於尊慕之地에 極爲嘉尙이오나 此事가 恐未知如何잇고 ② 大抵先賢崇奉之事에 對하야난 本非一個人之所獨擅이오 亦非爲其子孫者之所能擅行이라 士林之公論이 自在하고 朝家之禮典이 有制인즉 此公論과 禮典을 不由하고 誰其獨自建院하야 以享之乎아 若獨自設院祠之則은 是난 巫瞽之崇神에 不過함이니 待先賢之禮가 如是者ㅣ 其可乎아……先賢則爲不遷之位인 故로 爲其胄孫者난 但其家廟에 朔望焚香과 忌祭無闕할 而已라 書院之建不建이 何關於其子孫乎아 今未知何人이 創設此事이나 然이나 其誠則甚是可尙이오 其事則非矣라 近日無識之事가 例多類是하니 何足責也리오." 이종국, 『무쌍주해 보통신식척독』, 25번 서한 '老兄과 小弟間에 하난 書'.

위 예문은 『보통신식척독』의 25번 편지로, 안향(安珦)의 서원 재건축에 대한 의론의 내용을 보여주고 있다. ①은 문성공 안향의 서원을 그 자손들이 새로 지으려고 한다는 소식을 듣고 이 사안에 대한 의견을 선배에게 묻는 내용이며 ②는 그에 대한 선배의 답서이다.

여기서 ①은 전통적인 한문 서한에서 학문적 의견이나 견해를 묻는 질문의 형식으로 용건을 시작하고 있다. 자신에게 의심스럽고 풀기 어려운 일(疑難之事)이 있으니 이에 대한 자세한 가르침을 받기 원한다는 것이다. 이 예문은 뒤이어 성리학을 수입한 고려 말 유학자인 안향의 업적을 서술하고 그에 대한 숭모의 감정을 전하면서도, 그 가문에서 자손들이 사사로이 서원을 건축하는 일에 대해서는 예법과 절차에 맞지 않는 것 같다는 자신의 견해를 전하면서 선배의 답변을 구하고 있다.

이에 대해 답서인 ②에서는 선현의 숭봉지사(先賢崇奉之事)는 조정이나 사림의 의견 없이 진행할 수 없다고 잘라 말하면서, 서원 건립에 그 자손이 나서는 것은 사리에 맞지 않음을 논하고 있다. 답서의 화자는 '공론(公論)'과 '예전(禮典)'에 의거하지 않은 제사는 무속 숭배에 지나지 않는다고 호되게 비판한 뒤, 자손의 입장에서 선현의 제사는 '불천지위(不遷之位)'이므로 가묘에서의 삭망분향과 기제사를 끊기지 않게 해야 할 뿐 서원 건립에 나서는 일은 합당하지 않다고 논박한다. 이러한 자신의 의견을 종합하여 '그 정성은 가상하지만, 그 일은 잘못되었다(其誠則甚是可尙이오 其事則非矣라)'고 정리한 뒤, 근일 무식자의 일이 많으니 개탄스러우나 딱히 책망할 수도 없다고 서한을 마무리하고 있다.

『보통신식척독』에는 이렇듯 서한의 본론 부분인 중심 사안의 내용이 매우 강화되어 있으며, 그 내용을 문답과 의론의 형태로 상세하게 전개하는 예문이 종종 발견된다.[107] 사실 이러한 내용은 조선시대의 문인 지식인들의 한문 서간에서 학문과 사상을 교류할 때 주로 발견되는 것이다. 질문을 하는 쪽에서는 나름대로 자신의 입장과 견해를 밝히면서 더 자세한 의견을 상대방에게 묻는 것이며, 답변을 하는 쪽 또한 자신이 알고 있는 경험과 독서의 배경을 밝히면서 사안의 내력과 교훈과 시시비비의 과정을 상세히 변증하는 것이다. 근대 척독집에서 이렇듯 의론과 논변을 통해 중심 내용을 강화한 예문을 넣고 있다는 것은, 저자가 당대 척독서의 역할을 '의례적인 안부와 상투어구의 학습'에만 국한하지 않고자 하는 저자 특유의 시각과 입장을 잘 보여주는 대목이라 할 수 있다.

(2) 생생하고 입체적인 상황 설정

『보통신식척독』은 근대 척독 교본들이 대부분 전형적이고 평면적인 상황과 맥락을 설정해놓는 것과 달리, 매우 구체적인 당대의 일상적 상황을 입체적인 배경으로 제시해주고 있어서 흥미롭다. '서포 개설'이라고 하는 공통된 소재를 담고 있는 세 권의 척독집에서의 예문을 통해 그러한 특징을 살펴보기로 한다.

① 형께서 서포를 신설하시고 신구 서적을 산처럼 쌓으셔서 고객이 문에 가득하다 하오니 …… 형께서 작은 일을 비루히 여기지 않고 상업의 전쟁시대를 이롭게 쓰셔서 상업에 그 기술을 베푸시니 도주(陶朱)의 사업이 장차 멀지 않으심을 기꺼이 축하드리지 않을 수 없으며…….[108]

---

107 학문론과 친족우애론을 보여주는 9번 편지(숙질 간), 이익만 좇는 세태 변화 속에서의 처세론을 보여주는 11번 편지(숙질 간), 신학교(新學校) 교과과정에 대한 의론을 주고받는 15번 편지(종형제 간), 친구 간 우애론을 펼치고 있는 27번 편지(평교간), 신구 학문의 의의에 대한 문답을 담고 있는 28번 편지(사제 간), 도적을 만난 친구를 위로하면서 세태론과 민심론을 주고받는 41번 편지(평교 간) 등이 이에 해당된다.

108 "喜兄이 書鋪를 新設하시고 新舊書籍을 山積하시와 顧客이 塡門이라 하오니 …… 喜

② 이익의 길이 아니면 사람이 생존할 수 없고, 화폐의 이익이 아니면 헛되이 없어질 뿐이라. 이익의 시의가 어찌 중요하고 크지 않겠는가. …… 지금 형께서 통구(通衢) 대도(大都)에 서포를 크게 열어 사방에서 구매자가 시일로 답지하고 각지에서 청구하는 서한이 쌓여 수구수응(隨求酬應)에 눈코를 뜰 수 없으니…….[109]

③ 백방으로 연구하되 천성이 상업에 어두워 어떤 업종이 좋을지 모르겠습니다. 다만 아는 것은 문자일 뿐이니 몇 종의 필요한 서적을 편집하여 출판 발행할 수도 있겠으나 인쇄와 장책비와 종이값이 적지 않을 것이니 이 또한 자본이 문제입니다. …… 지금 세도를 보면 전일과 달라 상업이 아니면 빈곤을 면할 수 없는 것은 모르는 바가 아니나 상업에 어두운 것은 우리 두 사람이 모두 마찬가지입니다. 지금 아우님이 계획한 서적 간행은 내 생각에도 또한 아주 깊이 부합합니다. 또 아우님의 학문은 옛것에 박식하고 지금 것도 잘 아니, 혹 역사를 편집하든지 그 외 여타 소설 등 책을 저작하든지 하면 족히 사람들의 모범이 되어 반드시 애독자의 환영을 받을 것이니 이러한 경영이 방법에 가깝겠습니다.[110]

兄이 小事를 不卑하시고 商戰時代를 利用하시와 商業에 試術하시오니 陶朱의 事業이 將次不遠하심을 不勝欣賀이오며……." 노익형, 『주해부음 신식척독』, 47번 왕서.

[109] "人非利路면 無以生存이오 人無貨利면 徒爾死喪이라 利之時義가 豈不重且大與아……今聞吾兄이 通衢大都에 書肆를 宏開하야 四方購買者ㅣ 時日遝至하고 各地請求者ㅣ 書翰이 堆積하야 隨求酬應에 眼鼻를 莫開하니……." 지송욱, 『부음주석 신식 금옥척독』, 43번 왕답서.

[110] "百方研究하되 素昧商業하야 莫知何業之爲可이오 但所知者난 只是文字上而已온즉 幾種必要書籍을 編纂하야 出版發行이 似好이나 其印刷與裝冊費와 紙本價가 似甚不少인즉 此亦資本問題也라……第見今世道가 異於前日하야 若非商業이면 貧窘을 不得免焉者난 非不知也나 商業之素昧난 吾兩人이 俱是一般이라……今日賢從之所籌劃한 書籍刊行은 於吾意에도 亦似甚合이라 且賢從之學文은 旣博古知今인즉 或歷史를 編輯하던지 外他小說等書를 著作하던지하면 足可爲人模範하야 必受愛讀者之歡迎矣리니 此之經營이 似是得策이라." 이종국, 『무쌍주해 보통신식척독』, 18번 왕답서.

근대 척독 교본에서 서포를 개설한 지인을 축하하는 내용은 자주 발견되는 소재인데, 위의 ①번과 ②번 예문은 당시의 전형적 척독서 저자인 노익형, 지송욱의 책의 일부로, 각각 그러한 사례의 전형적인 표현들을 잘 보여주고 있다. 상업의 중요성이 새삼 부각되던 당시 상황을 '商戰時代', '營利者必居市中, 求富者莫如商業'과 같은 표현으로 압축적으로 제시하고, 그러한 시대 풍조를 따라 개설한 서포가 이미 성황을 이루고 있음을 '신구 서적이 산처럼 쌓여 있고 고객이 꽉 차 있(新舊書籍山積, 顧客塡門)'다거나 '각지에서 구매자가 답지하고 청구서들이 쌓이고(四方購買者 時日遝至, 各地請求者 書翰堆積)' 있다는 전형적인 표현으로 제시하고 있다. 즉 이 예문들은 상업이 대세가 된 시대이니 그 일을 하는 것이 당연하며, 또한 상업을 시작했으면 성공 또한 당연하다는 식의 상투적인 상황 설정과 평면적인 인식을 보여준다.

이에 비해 『보통신식척독』의 ③번 예문은 같은 소재인 '서포 개설'을 다루고 있음에도 불구하고 그 상황을 상당히 입체적으로 구성하고 있어서 흥미롭다. 서한은 이종동생이 이종형에게 보낸 것으로 설정되어 있는데 그는 '백방으로 연구해도 상업에 어두워 무슨 일을 해야 할지 모르겠다'며, 자신이 아는 것은 오직 문자뿐이어서 책을 출판한다 해도 '인쇄·장책·지가 등 모든 것에 걱정이 앞선다'는 고민을 털어놓는다. 이에 대해 답서를 보낸 이종형은 '세상의 도리가 예전과 달라 상업이 아니면 빈곤을 면할 수 없다'는 현실적 판단과 함께, 자신 또한 상업에 대해 전혀 모르지만 '종제의 학문이 고금에 모두 밝으니 역사 편집이나 소설 저작을 하면 애독자가 생길 것'이라 격려하고 있다. 이는 상업이 시대의 대세이니 추종하는 것이 당연하다는 식의 ①, ②번 예문과는 달리, 이익과 상업 위주로 변한 시대를 어쩔 수 없이 받아들여야 하는 개인의 처지를 부각시키고 있으며, 그 속에서 갈등하고 고민하면서 구체적인 방도를 찾기 위해 애쓰는 현실적인 상황을 묘사하고 있는 서술이라 할 수 있다.

더욱이 이 예문은 바로 앞 서한과 내용상 연계성을 갖고 있는 것으로 설정되어 있어, 그 사연의 개연성과 입체성을 더욱 부각시키고 있다. 앞 서한은 이종조카와 이숙(姨叔) 간에 오간 편지로, 조카가 빈궁함이 심해져 '밥도 짓지 못할 형편'이니 돈을 빌려달라는 청을 넣자 이모부가 답서에 약간의 돈을 보내면서 내년 봄에 자신의 아들과 의논하여 사업을 시작하여 가계를 일으키라는 권유를 했던 것이다.[111] 이 상황이 ③번 예문으로 이어지면서 이모부의 명에 따라 생업을 시작하고자 이종형에게 서포 개설에 대한 방도를 의논하는 서한이 제시된 것이다. 이러한 상황 설정은 기존의 척독 교본이 보여주는 평면적이고 전형적인 상황과는 달리, 생생하고 입체적인 맥락과 구체적이고 개별적인 정황을 부각시키는 설정임을 잘 보여준다.

이러한 『보통신식척독』의 입체적이고 생생한 상황 설정의 면모는 다른 예문들에서도 종종 발견된다. 아래 예문은 각각 외지로 나간 아들에게 집안 어른의 병세가 회복됨을 알리고 학업에 정진하라는 내용을 담고 있는 부친의 서한과, 지인의 아들이 걸린 병을 위문하면서 자신이 들은 주변의 쾌유 사례를 전하고 있는 서한이다.

① 네 편지 중 말한 바 초조하고 민망하다 한 것은 어찌 그렇지 않을 수 있겠는가. 자식된 자가 양친을 섬길 때, 거하면 그 모시기를 다하고 병들면 근심하는

---

111 "懸鼎之窘이 目前에 在하거늘 明春을 何可待乎아 百爾思之에 不得已하와 玆冒廉伏告하오니 五百圓金을 某樣下惠하시와 使此濱死之侄로 無訪於枯魚之肆케하심을 伏望하나이다 …… 東西推貸에 僅辦用副하니 以此爲奉率過歲之資하고 明春則另圖一營業하야 以爲濟家之計가 如何오." 이종국, 『무쌍주해 보통신식척독』, 18번 서한 '姨叔에 上하난 書'.

것은 사람의 도리상 당연한 것이다. …… 이와 같은 마음을 갖고 윤리와 강상을 무너뜨리는 무리들이 양친을 잊어버리는 일을 본받지 말거라. 어머님의 병환은 네가 간 후에 곧 회복되셔서 지금은 침식 등의 절차가 평소와 같으시다. 네 모친의 종기는 비록 완전히 아물지는 않았으나 다행히 좋은 약을 얻어 뿌리 독은 이미 뽑아 없애고 고름과 통증은 없으며 다만 환부 위에 고약을 발라 종기가 아물기를 기다리니 기거 동작이 누워 고생하던 것에서는 크게 면하였다.[112]

② 일전에 사직동 친우가 그 자식이 병들어 크게 염려하여 몇몇 곳에 있는 신의학박사에게 진찰을 받으니 모두 말하기를 폐와 장이 맺혀 있어 해부가 아니면 구할 수가 없다고 하였습니다. 더욱 깊은 근심을 더하였는데 그 집안에 칠십 먹은 노비가 고하기를, '서방님의 병은 심상하지 않은 듯하지만 또한 큰 걱정을 할 것도 아닙니다. 동침하여 상처를 접촉한 염려가 있는 듯하오니 급히 한의(漢醫)를 불러 화해재(和解材) 이삼 첩을 쓰십시오.' 주인이 그 말을 듣고 그대로 약을 쓰니 불과 2첩 만에 쾌히 효과를 보아 마치 구름 걷힌 푸른 하늘 같은지라.[113]

위 ①번 예문은 병든 모친과 조모의 곁에서 병수발을 하지 못함을 괴

---

112 "汝書中所言焦悶云者는 安得不然也리오 爲人子者事其親에 居則致其養ᄒ고 病則致其憂는 是人理上固然也라 …… 其如是存心ᄒ야 勿效滅倫悖常輩之忘親也하라 慈主病患은 汝去後에 因卽復常ᄒ야 今則寢食等節이 一如平昔ᄒ시고 汝慈母瘇崇도 雖未完合이나 幸得良劑ᄒ야 根毒은 已爲拔去ᄒ고 無復濃汁與痛勢ᄒ며 只用上膏藥塗附ᄒ야 第待合瘡ᄒ니 起居動作이 快免臥床辛苦라." 이종국, 『무쌍주해 보통신식척독』, 3번 답서.

113 "日前社稷洞親友가 以其子病으로 大念慮하야 受診於數處新醫學博士즉 皆云肺臟이 結核하야 若非解剖則不可救活이라하난지라 尤加深憂러니 其家七十奴婢가 告曰書房主之病이 似非尋常이오 亦似非大念慮이외다 似有犯房觸傷之慮이오니 急迎漢醫하야 用和解材二三貼하소서 主人이 聽罷에 如其言用藥이러니 不過二貼에 立見快效하야 怳若雲捲靑天이라." 이종국, 『무쌍주해 보통신식척독』, 47번 왕서.

로워하던 아들이 부친에게 학교를 그만둘 수 있게 처분해달라는 편지에 대한 답서이다. 이 답서에서 부친은 아들에게 학업을 계속하라는 답을 보내면서 두 환자의 구체적인 회복 상황을 상세히 전한다. 우선 그는 부모가 병에 걸렸을 때 '초조하고 민망하고 두렵고 괴로워함(焦悶悚惶)' 은 자식으로서의 당연한 마음이니 앞으로도 그 마음을 보존하라고 당부한 뒤, 조모의 병환은 회복되었으며 모친의 병도 차도가 있음을 전한다. 흥미로운 것은 여기서 모친의 병을 '종기'라는 병증으로 구체화해서 제시했을 뿐 아니라, 회복 중인 과정을 '다행히 좋은 약을 씀, 뿌리의 독은 제거, 고름과 통증은 없어짐, 지금은 고약만 바름, 누워 지내는 상태는 면함'이라고 하여 매우 상세하게 단계별로 제시하고 있다는 점이다.

②번 예문은 지인의 아들이 걸린 병을 위문하면서 당시의 '신의학(新醫學)'과 '서양식 의원(西醫)'을 맹신하는 풍조를 걱정하는 내용이다. 여기서는 특히 편지의 화자가 최근에 수술을 권유받았으나 거절하고 여종의 말대로 한약을 써서 나은 '사직동 친우'의 사례를 구체적으로 제시하고 있다. 그 친구는 신의학 박사에게 '해부'를 해야 한다는 진단을 받았지만 나이 많은 노비의 의견, 즉 '서방님의 병은 심상치는 않으나 큰 병 또한 아니라'는 말을 따라 '경험과 공부가 많은 한의(漢醫)'에게 두 첩의 한약을 지어 먹이고는 자식의 병을 완쾌시켰다는 것이다. 이 서한 또한 서한의 화자가 자신이 들은 주변의 사례를 이렇듯 매우 상세하게 제시하면서 그 상황을 구체적으로 서술하고 있다는 점에서 매우 생생한 인상을 남긴다.

이 외에도 외지에서 유학 중인 서한 속 화자가 밥값이 많이 드니 친구들과 함께 집을 얻어 밥 짓는 노파를 두고 싶다는 의견을 상의하는 편지[114]라든가, 아내의 병을 낫게 하기 위해 온천 요양 계획을 알리며 그

---

114 "就伏悚修業年限을 計之則尙餘幾年之多이온딕 若長久買食於旅舘이면 每朔費用이 爲

비용을 장인에게 요청하는 편지[115] 등은 당시 유학생이나 젊은 부부의 생활 배경을 보여준다. 또한 지인의 딸 혼사를 축하하는 서한에 빈한함 때문에 혼처 구하기가 쉽지 않았던 상황을 묘사[116]하고 있다거나, 집안에 도적이 든 친구를 위문하는 서한에서는 당대의 인심 세태와 구체적인 정황 묘사[117]를 전해주고 있기도 하다. 이렇듯 『보통신식척독』에는 서한 속 화자들의 구체적인 상황과 맥락을 입체적으로 부각시키는가 하면, 다른 척독집에서는 찾아볼 수 없는 독특하고 개별적인 소재를 통해 생생한 배경 설정을 한다든가 상황의 맥락을 강화하는 양상이 드러나고 있음을 알 수 있다.

(3) 주요 척독 저자인 '노익형 비판' 및 메타적 인식으로서의 '척독론' 제시

『보통신식척독』은 특이하게도 '척독'이라는 자신의 장르 자체에 대한 메타적 인식을 드러내는 서한을 매우 여러 편 담고 있다.[118] 이들 서한은

二十圓이오니 其支拂之難이 伏爲悶慮故로 方與同校生幾人으로 相議ᄒ야 得貰屋一棟ᄒ야 置炊飯之一老婆ᄒ고 買糧合食則較諸旅館에 似可爲經濟故로 玆稟達ᄒ오니 父主還次後卽爲下議ᄒ시와……." 이종국, 『무쌍주해 보통신식척독』, 6번 '從子가 在外ᄒ야 上伯父書'.

115 이종국, 『무쌍주해 보통신식척독』, 20번 '聘丈前에 上하난 書'.

116 이종국, 『무쌍주해 보통신식척독』, 32번 '賀人女婿'.

117 이종국, 『무쌍주해 보통신식척독』, 41번 '問人逢賊'.

118 전형적인 척독집 부류에서도 간혹 척독에 대한 의식을 드러내는 부분이 발견되기도 한다. 그러나 이들에서 보이는 척독 인식은 '척독론'의 단계까지 나아가지는 못한 것으로, 서한 문체가 차츰 국한문을 혼용하게 되었음을 지적하거나 서한의 원래 효용이 멀리 떨어진 사이에 서로의 마음을 전달하는 것이라는 원론적인 내용을 담고 있다. "現今札翰은 前日로 不同하야 鮮漢文을 互用함으로 其制作이 極히 容易하거늘 一次도 自手心劃은 得見치 못하니……." 노익형 8번 서한; "古人簡牒을 許多考閱하니

당대에 유통되던 실제 척독집에 대해 가차 없이 비판하는 태도를 취하고 있을 뿐 아니라, '척독론'이라고 명명할 수 있을 정도로 척독이라는 장르가 가져야 할 당위적 요소나 원칙적 기준을 제시하고 있다는 점에서 눈길을 끈다.[119] 다음 예문을 보자.

새로 간행된 척독을 한 부 사서 보았는데 학습하고 진보할 것은 전혀 없고 자못 우스운 것이 있었습니다. 손주가 외지에 계신 조부께 올리는 편지에서 말하길, '행차하옵신 후로 기적 소리만 바람결에 들려오면 남문역을 향하여 조부님께서 많은 행객들과 함께 같이 하차하셨겠구나 하고 질주하는 인력거를 차제 주목하오니 유연한 사모함이 날과 달이 갈수록 깊습니다' 하였으니, 이렇듯 문견 없는 자가 방자하게도 책을 지어 척독책이라고 칭하고 팔고 있습니다. 이런 책을 보고 공부한 근일의 학생들이 문자(文字) 경위(經緯)에 전연 무지한 것은 사실 이상할 것이 없습니다.[120]

위 예문에서 눈에 띄는 것은 실제 발간되어 있던 당대 척독 교본에 대한 직접적인 비판이다. 서한의 화자는 새로 간행된 척독집을 샀는데

劉弘書의 丁寧款密과 徐湛之의 音詞流暢은 非後學의 可及이오 餘外로 上에 久別離를 言하고 下에 長相思를 言하면 足矣라 하나 此난 千里面談을 不可詳陳이오 兩人心事를 不可說道라." 지송욱, 54번 서한.

119 『무쌍주해 보통신식척독』에서 이러한 '척독론'을 본격적이고 직접적으로 다루고 있는 서한은 2, 4, 8, 13, 14번의 총 5편이며, 간접적으로 척독에 대한 의식을 드러내고 있는 서한도 11, 16번으로 2편이 더 있다.

120 "買新刊行ᄒ 尺牘一部ᄒ야 披見ᄒ온즉 學習進步홀 것은 全無ᄒ고 頗有可笑者ᄒ야 孫이 在外ᄒ 祖父前에 上ᄒ난 書에 云ᄒ면 行次ᄒᆸ신 後로 汽笛소리만 風便에 聞하오면 南門驛을 向ᄒ야 祖父主끠셔 紛紛ᄒ 行客으로 더부러 同時下車ᄒ셧거니 ᄒ고 疾走ᄒ는 人力車를 次第注目ᄒ오니 油然한 思慕가 日久月深이라 ᄒ얏스니 如是無聞見ᄒ 人이 肆然著書ᄒ야 稱曰尺牘而賣却ᄒ니 見此而學習ᄒ 近日學生之全昧文字經緯가 容或無怪라." 이종국, 『무쌍주해 보통신식척독』, 8번 서한.

그 책이 '학습 진보할 것은 전혀 없고 웃음거리 될 만한 것'뿐이라며 노골적인 경멸의 태도를 보인다. 그리고 뒤이어 비판 대상인 척독 교본의 일부 구절을 인용하고 있는데, 흥미로운 것은 여기서 인용된 책이 실제 1920년에 발간되어 꾸준히 유통되고 있던 대표적인 전형적 척독서 중 하나인 노익형의 『주해부음(註解附音) 신식척독(新式尺牘)』(박문서관, 1920)이라는 점이다. 이 서한의 화자는 노익형 척독 교본의 7번 서한의 시작 대목을 구체적으로 지목해 인용하면서 '이렇듯 문견 없는 자가 방자하게 책을 지어 척독이라 칭하고 팔고 있다'고 하고, 이런 책을 보고 배운 학생들이 '문자 경위에 몽매한 것은 당연'하다고 탄식한다.

이렇듯 당대 유통되던 실제 척독 교본의 문체를 구체적인 표적으로 제시하는 것은 매우 대담한 비판적 자세라 할 수 있다. 여기서 비판 대상으로 거론된 노익형의 『주해부음 신식척독』은 문체, 상황 설정, 저자의 측면에서 가장 전형성이 강한 척독 교본으로, 이후 1920~30년대 다른 척독서들에 매우 여러 차례 서한 예문이 재수록되었을 만큼 대표성과 인지도를 가진 책이었다.[121] 이렇듯 대중적으로 널리 알려진 척독 교본을 비판 대상으로 삼았다는 사실은 결국 『보통신식척독』이 '척독'이라는 장르에 대해 남다른 자의식과 사명감을 갖고 있었음을 짐작하게 해준다.

실제로 이 책에서는 척독 장르에 대해 나름의 자부심을 강하게 드러내기도 하고, 척독 교본이 보여주어야 할 바람직한 문체와 표현에 대해

---

121 이 척독집은 서한 규범을 중점적으로 다루며 예문을 순 한문으로 제시한 1900~10년대 '편지 규범집류' 척독집과 달리, 평이한 국한문체 예문 중심의 1920~30년대 '편지 예문집류' 척독집의 최초 형태를 보여주는 책이다. 또한 이 시대 출판사 운영자들은 척독서의 주요한 저자 그룹이었는데, 이들이 펴낸 척독집은 특히 전형성과 상투성이 강할 뿐 아니라 기존의 척독집 서한을 모방하거나 재수록하는 경향이 강했다. 이에 대해서는 홍인숙, 「1920~30년대 편지예문집류 척독집의 양상과 그 특징」, 『동양고전연구』 51집, 2013. 6 참고.

구체적인 기준을 제시하기도 하며, 나아가서는 척독의 지향에 대한 저자 나름의 견해를 드러내고 있기도 하다.

① 사람의 문견이 있는지 없는지 알고자 하면 그 사람의 서찰을 보면 저절로 알 수 있다.[122]

② 대저 서찰은 말을 바꾸고 대신하여 그 정과 뜻을 통하는 것이다. 그러나 그 사용을 조율함이 각각 다르니, 말로써 말함은 되지만 글로써 말함은 안 되는 말도 있고, 글로써 말함은 되지만 말로써 말함은 안 되는 말도 있다.[123]

③ 종제는 원래 독실한 공부를 하였고 가정에서의 문견도 겸하였으니 무릇 왕복하는 서신 글에 어찌 거칠게 생략하고 잘못에 이르는 곳이 있겠는가. 또 민활한 재주가 많아 저술한 글의 체제가 간이하면서도 자세하니 한 마디 한 구절 이 헛되거나 소략한 것이 전혀 없고 모두 두터운 정성을 곡진하게 하므로 읽는 사람이 아끼고 감탄함을 그치지 못하게 한다. 그러니 지금 이 저본이 족히 사람 들에게 모범이 될 것을 미리 깊이 믿을 만하다.[124]

④ 최근 간행한 소위 척독이라는 책들이 거의 모두 청탁이 불분명하고, 그

---

122 "人之聞見의 有無를 知得코져 ᄒ면 其人의 書札를 見ᄒ면 自可知矣라." 이종국, 『무 쌍주해 보통신식척독』, 2번 서한.

123 "大抵書札은 是言語를 替代ᄒ야 通其情意이나 然이나 調用이 各殊ᄒ니 有可以言爲 言이 不可以書爲言之語ᄒ고 有可以書爲言이 不可以言爲言之語이라." 이종국, 『무쌍 주해 보통신식척독』, 8번 서한.

124 "賢從은 素抱篤實之工하고 兼有家庭聞見하니 凡於往復文字에 安有疏略致誤處리오 且多敏活之才하야 著作制裁가 簡易精詳하야 一語一句가 都不虛踈하고 皆曲盡情款 故로 令人讀之에 愛償不已하니 今此著本이 足可爲人模範을 豫爲深信이라." 이종국, 『무쌍주해 보통신식척독』, 16번 서한.

몽매하고 무식한 말로 스스로 문사가 성한 글이라 일컬으며, 망령되게도 부형께 보내는 말을 덧붙이니 가히 탄식할 만하다. 만약 이런 척독책을 학습한다면 도리어 배우지 않음만 못하니, 너는 책을 잘 골라 단점은 버리고 장점을 취하고 있는 것이냐. 대저 안부를 여쭙는 서찰은 다만 정을 통하는 것이니 모름지기 면담과 같아 먼저 안부를 여쭙고 그 다음에 사안에 근거하여 논의를 하는 것이니 이것이 큰 대략이다. 비록 평교 간에서도 공연히 강산풍월로 헛되이 문장의 기세를 펼치며, 종이에 가득한 긴 편지가 모두 이것이 방탕한 무리의 연애소설이니 도리어 곡진하지 않은 혐의에 유해함이 있거늘, 하물며 부형 앞으로 보내는 편지에 어찌 이러한 문자를 쓰겠는가. 다만 사실을 들어 있는 것을 있다 하고 없는 것을 없다 할 뿐이요, 장황하고 쓸데없는 이야기를 쓰는 것은 결코 불가한 일이다.[125]

위 예문 ①은 척독이라는 장르에 대한 자부심이 잘 드러나 있는 대목이다. 서찰은 그 사람의 '문견(聞見)의 유무'를 판단하게 해주는 기준이라는 것이다. '문견', 즉 '보고 들은 것'이라는 표현이 함축하고 있는 바는 한문 교양의 수준, 또는 그것이 자연스럽게 몸에 배어 있어 저절로 드러나는 전통적 지식의 배경을 가리키는 것일 터이다. 즉 이 대목은 서찰이 그것을 쓰는 사람의 한문 수준을 자연스럽게 노출하게 되는 계기라는 인식, 또한 서찰이 전통적인 지적 교양이 튼튼하게 뒷받침되어야 하는 장르라는 인식을 보여주고 있다.

---

125 "近日刊行ㅎ는 所謂尺牘이 擧多不分淸濁ㅎ고 以其蒙昧無識之語로 自謂文華라ㅎ야 妄加於父兄前ㅎ니 可歎이라 若此等尺牘을 學習則反不如不學이니 汝能擇之而去短取長乎아 大抵寒暄筍은 只是通情인즉 須是面談과 如히 先問安否ㅎ고 次及因事論議이니 此其大略也라 雖平交間이라도 空然이 江山風月로 虛張文勢ㅎ야 滿紙長書가 都是若蕩子輩의 戀愛小說홈이 反有害於不曲盡之嫌이거든 況父兄前에 何敢用此等文字乎아 但事實을 擧ㅎ야 指有爲有ㅎ고 指無爲無홀 而已오 張皇汗漫之說은 決不可用也니라." 이종국, 『무쌍주해 보통신식척독』, 4번 서한.

②는 척독이 가져야 할 바람직한 문체와 표현의 기준에 대한 견해를 드러내는 부분이라 할 수 있다. 이 예문에서는 원래 서한의 목적이 '마음을 통하는 것'이지만 '언어의 쓰임을 고르는 법은 각각 다르다(調用이 各殊)'고 지적한다. 여기서 '각기 다르게(各殊)' 써야 한다고 구별한 용례의 상황은 '말'과 '글'의 상태로, 편지글을 쓸 때는 말할 때의 구어적인 표현과는 다른 언어를 써야 한다는 기준을 제시하는 것이다. 그다음 문장에서 '말할 때는 쓸 수 있는 말을 글로 쓸 때는 사용할 수 없고, 글로 쓸 때는 사용할 수 있는 말을 말할 때는 쓸 수 없음(有可以言爲言이 不可以書爲言之語ᄒ고 有可以書爲言이 不可以言爲言之語)'이라는 설명을 덧붙인 것은, '말과 글에서 각각 허용되는 표현이 다름'을 힘주어 강조하는 것임을 알 수 있다. 그런 면에서 앞서 인용된 노익형 척독집의 문체, 즉 '행차하신 후 기적 소리만 바람에 들려오면 남문역을 향해 조부의 모습을 그리워한다'와 같은 구어적인 표현은 '문견 없는 무리들의 몽매한 일상의 이야기(但無聞見輩의 蒙昧常談)'에 불과하다는 평가를 받을 수밖에 없다. 따라서 이 화자는 그런 수준의 책은 '눈에 대서도 안 된다'고 단호하게 혹평을 내리고 있다.

올바른 척독 교본이 갖춰야 할 기준이나 미덕에 대한 논의는 ③에서도 찾아볼 수 있다. 이 예문은 척독서를 펴낸 종제(從弟)를 격려하는 설정의 서한인데, 그러한 상황 설정 속에서 '여러 사람들에게 모범이 될 만한 척독집'이 가져야 할 성격에 대한 저자의 견해가 잘 드러나고 있기 때문이다. ③의 내용에 따르면 좋은 척독 교본 기준 중 하나는 저술한 사람의 수준이다. 우선 그것을 저술한 이가 '독실한 공부'를 바탕으로 삼아야 하고 '가정에서 보고 들은 것'이 많아야만 '거칠게 생략하거나 오류에 이르는' 실수가 없다는 것이다. 척독 교본을 저술할 정도의 저자가 응당 갖춰야 할 한학의 수준이라든가, 가문 배경에 대한 기준을 사뭇 엄격하게 적용하고 있음을 볼 수 있다. 이는 당대에 주류 척독서들이 중인 이하 출신의 서점 운영자들에 의해 저작되고 유통되었던 점, 또한 그러한 척독 교본이 대부분 비슷한 상황과 예문을 거듭 베끼거나 재수록하고 있던 점을 겨냥한 비판이면서, 동시에 이런 책들이 그렇게 대충 짜깁기하듯이 만들어져서는 안 된다고 하는 저자 나름의 기준이 제시되고 있는 대목이라 하겠다. 여기에 더하여 좋은 척독 교본이 갖춰야 할 미덕으로 제시된 요소는 '저작제재(著作制裁)의 간이정상(簡易精詳)함'과 '일어일구(一語一句)의 곡진정관(曲盡情款)함'이다. 책의 체제가 간명하면서도 자세하고, 말의 표현이 곡진하고 정성스러워야 한다는 것이다.

예문 ④는 척독의 방향성에 대한 견해가 제시되어 있는 대목으로 볼 수 있다. 이 예문에서는 당대 척독 교본들을 통틀어 전반적으로 '청탁이 불분명하다'고 평가하면서, 이런 책은 '배우지 않음만 못하다'라며 신랄하게 비판한다. 특히 이 예문에서는 1920~30년대 들어 대세가 되기 시작한 연애편지의 문체를 거론하고 있어 눈길을 끈다. '공연한 강산풍월', '헛되이 문장의 기세를 펼침', '종이에 가득 방탕한 무리의 연애소설' 등의 구절은 모두 그러한 새로운 국문 연애편지의 문체나 표현의 영향을 가리키는 것으로 보인다. 이런 유행에 대하여 서한 속 화자는 '곡진하지 않은 혐의에 유해함이 있다(有害於不曲盡之嫌)'고 평가한다. 즉 한껏 자신의 감정을 감상적으로 과장하는 그 당시 편지의 '장황한만지설(張皇汗漫之說)'의 수사적 표현이 오히려 편지가 갖춰야 할 '곡진함'을 해친다는 것이다. 따라서 이 서한에서 강조하는 바 편지가 갖춰야 할 중요한 덕목은 '다만 사실에 의거하여 있는 것을 있다 하고 없는 것을 없다 할 뿐(但事實을 擧ㅎ야 指有爲有ㅎ고 指無爲無홀 而已)'이라는 것이다. 이는 척독이 지향해야 할 바에 대한 나름의 원칙을 알려주는 대목이라 할 수 있다. 즉 해야 할 말을 있는 그대로의 사실에 의거하여 정확하게 전달하는 것이 중요할 뿐, 수사적인 표현과 미사여구는 서한이라는 장르에서 불필요하며 무의미하다는 것이다.

이렇듯 『보통신식척독』은 척독, 즉 서한이라는 장르 자체에 대한 남다른 자의식을 '척독론'의 차원으로 보여주고 있다. 당대 유통되던 주류 척독 교본에 대한 강한 반발의식과 비판의 자세, 척독이라는 장르에 대한 자부심과 의의 부여, 척독 교본의 바람직한 문체와 표현에 대한 기준 제시의 차원 등 척독 장르 자체에 대한 저자의 고민과 견해가 곳곳에서 다양한 방식으로 표현되어 있는 책인 것이다.

5) 가치와 의의

이 글은 근대 척독 교본 중에서 이종국의 『무쌍주해 보통신식척독』이라는 자료를 중심으로 그 특징적인 양상과 의미를 살펴보았다. 이는 1920~30년대 척독서들이 대체로 상호모방과 짜깁기 중심으로 저술되었기 때문에 내려진, '몰개성적이고 저급한 실용서적'이라고 하는 일반적 평가와는 거리가 먼 특징들을 이 책이 갖고 있었기 때문이다.

앞서 살펴본 바와 같이 『보통신식척독』은 문체적 차원에서 그 시대의 일반 척독 교본들이 국문 중심의 국한문체로 쓰였던 경향과 반대로, 한문 문법을 중시하는 일관되고 정돈된 국한문체를 보여주고 있었다. 또한 이 책은 내용적 차원에서도 상당히 강한 저자의 개성과 가치관을 드러내고 있음을 살펴보았다. 그 첫 번째 특징은 일반적인 척독 교본에서는 그다지 중시되지 않았던 중심 사안과 논변을 대폭 강화하고 있다는 점이었다. 이를 통해 이 책의 저자가 전통적인 한문 서찰의 학문적 의론 기능을 중시하고 있으며, 근대 척독의 형식적이고 상투적인 안부 기능을 극복하고자 하는 의식을 갖고 있다고 보았다. 두 번째 특징으로는 이 책이 구체적이고 입체적인 상황 설정과 배경을 보여주고 있음을 살펴보았다. 대부분의 척독 교본이 평면적이고 전형적인 상황을 보여주는 점과 달리, 『보통신식척독』은 생생하고 실제 있을 법한 상황의 구체성을 확보한 서한 본문을 보여주고 있었다. 세 번째 특징은 이 책이 척독이라는 장르에 대한 메타적 인식으로서의 '척독론'을 개진하고 있다는 점이었다. 이 책은 당대의 유행 척독집이나 국문 편지투에 대해 신랄한 비판을 하거나 문견 없는 척독집에 대한 노골적인 경멸을 드러내면서, 좋은 척독서가 가져야 할 기준과 원칙에 대한 논의를 제시하고 있었다.

이러한 점을 종합할 때 이종국의 『보통신식척독』은 당대의 일반적인 척독 교본의 경향과는 상당히 다른 가치와 의의를 갖고 있는 책이라고 볼 수 있다. 즉 대부분의 척독 교본이 이상적이고 상투적인 상황 설정을 통해 근대적 삶에 대한 선망을 표현하고 시대 순응적인 성격을 보여주고 있었던 데 비해, 이 책은 여러 가지 면에서 저자의 개성과 세계관, 비판적 가치관이 매우 강하게 표현되고 관철되고 있기 때문이다.

전형적인 척독 교본은 대개 편저자의 가치관과 상관없이 '있을 법한 상황', 즉 개연성 높은 상투적인 상황의 설정과 그런 상황에서 반드시 써야 하는 관습적이고 관행적인 표현의 제시에 힘을 기울였다. 또한 그러한 평면적인 상황과 관행적인 표현을 수단으로 삼아, 세속적인 향유와 근대적 삶의 성공적인 성취를 장려하는 세계관을 표방했다. 즉 기존의 유행 척독집들은 소위 시대와 풍조에 대해 매우 '순응적'이고 '협조적'인 성격을 갖고 있는 텍스트라고 할 수 있을 것이다.

이에 반해 이종국의 척독집은 문체와 표현 차원에서부터 이미 저자가 차별화된 세계관과 가치 지향을 갖고 있음을 뚜렷이 보여준다. 그는 다소 어렵게 보일 수 있는 한문 중심의 국한문체를 선택하여 일관된 문체를 보여줌으로써 한문 서한으로서의 격조를 유지하고자 했다. 또한 그는 투식구를 최소화하는 대신, 사안의 여러 면모를 따져 묻는 의론적 성격과 입체적 상황을 강화하면서 세상에 대응하는 자세와 척독 장르에 대한 소신을 전하고자 하였다.

그러한 서한 내용의 구체적인 사례들은 '학업 수련의 방법, 양친이나 자식의 우환에 대한 걱정, 서포 개설 방법 의논'과 같은 개인적인 상황에 서부터, '안향 자손의 서원 건축, 당시 학생들의 서양풍 추수 현상, 대중들의 물질중심주의, 민족주의 정신의 필요'와 같이 사회적인 사건과 시대적 풍조에 대한 매우 광범위한 비판적 관심으로 드러나고 있었다. 즉 이 책은 척독 교본이라는 구태의연하게 보이는 실용 서적도 그 나름대로의 시대적 대응의 자세와 개성적 작가로서의 역량을 보여줄 뿐 아니라, 저자 특유의 가치관과 장르 인식을 전달하는 텍스트로 발전할 가능성을 보여주는 의미 있는 자료라고 볼 수 있다.

3부

근대 대중은 왜
'한문 서간'이라는 교양을 욕망했나

1. 1900~50년대 근대 척독집의 시대별 변화

1) 근대 한문 서간의 대중 교재, '척독 교본'

1900년대부터 간행되기 시작한 한문 편지 규범집인 근대 척독서는 1940~50년대에 이르기까지 꾸준히 출판 시장에서 소비되었던 단행본 장르이다. 척독 교본을 통해 당시 한문 편지를 쓰고 싶어 했던 대중들의 수요가 얼마나 많았는지는 이 시기에 저작된 척독서의 종류가 거의 100여 종에 달한다는 점, 근대 서점들의 대표적인 수입원 역할을 한 장르가 척독 교본이었다고 할 만큼 이 책들이 대부분 수차례씩 거듭하여 출판되었다는 점 등으로 짐작할 수 있다.

이러한 만큼 척독 교본은 '한문 글쓰기의 규범과 지식의 대중화 문제'와 관련하여 고찰해야 하는 장르이다. 그러나 한문학 분야에서는 18~19세기 한문 편지 규범집인 방각본 간찰 교본에 대한 연구만 진행되었을 뿐[1] 이 자료군의 후발 장르라 할 수 있는 근대 척독 교본에 대해서는

---

1 18~19세기에 간행된 한문 편지 규범집인 『간식유편』, 『간독정요』, 『한훤차록』, 『동관

본격적인 논의가 이루어지지는 못하고 있다. 근대문학 쪽 연구에서는 '언문일치'의 문체 변화와 '근대적 글쓰기 교육'이라는 문제의식의 틀에서 '서간'에 대한 연구 경향이 있지만[2] 이들 척독 교본에 대해 본격적인 논의를 보여주는 내용은 찾아보기 어렵다.[3]

이렇듯 근대 척독 교본에 대한 연구가 영성(零星)한 이유는 크게 두 가지로 볼 수 있을 것이다. 첫 번째는 척독서 장르의 '편지 교본' 성격에서 비롯된 낮은 문예적 가치 때문이다. 척독 교본은 기본적으로 18세기 후반 이후 간행된 대중적 방각본 편지 교본인『간식유편』,『한훤차록』의 뒤를 잇는 자료이다. 이는 근대 척독집의 기본적 성격을 '속류화된 상투

지록』에 대해서는 각각 다음 논문에서 상세하게 다루고 있다. 김효경, 「18세기 간찰교본 簡式類編 연구」,『奎章閣』 9집, 2003; 김동준, 「簡牘精要 해제」, 규장각한국학연구원; 류준경, 「방각본 간찰교본 연구」,『漢文古典硏究』 18, 2009; 박철상, 「『동관지록』을 통해 본 조선후기 간찰투식집 고찰」,『대동한문학』 36, 대동한문학회, 2012.

2 김경남, 「1920~30년대 편지글의 형식과 문체 변화」,『겨레어문학』 41집, 겨레어문학회, 2008. 12; 김성수, 「근대적 글쓰기로서의 서간양식 연구 (1)—근대 서간의 형성과 양식적 특징」,『민족문학사연구』 39호, 민족문학사학회, 2009. 4; 김성수, 「근대적 글쓰기로서의 서간양식 연구 (2)—근대 서간텍스트의 역사적 변천과 문학사적 위상」,『현대소설연구』 42호, 한국현대소설학회, 2009. 12; 김성수, 「근대 초기의 서간과 글쓰기교육 —독본, 척독, 서간집 텍스트를 중심으로」,『한국근대문학연구』 21호, 한국근대문학회, 2010. 4; 김성수, 「근대 서간의 매체별 존재양상과 기능」,『현대문학의 연구』 42집, 한국문학연구학회, 2010.

3 근대문학에서의 서간 연구의 중심은 '독본·강화류의 교재 및 신문·잡지 등 정간물'에 실린 서간문이나 근대적인 한글 서간집 텍스트인 경우가 많다. 그중 근대문학 연구에서 드물게 근대 척독 교본의 존재를 언급하고 있는 것은 김성수의 연구로, 그는 근대 척독류의 존재에 대해 '전반적인 서지작업이 어려울 정도로 생산, 유통의 규모가 대단했으며, 십수 판을 거듭한 베스트셀러도 적지 않았다'고 언급하였다. 또 그는 근대 척독의 성격에 대해서는 '중세적 전통의 서간규범과 명문장 예문 모음을 예시한 중세적 계몽기능'을 갖고 있으며, '한문 투식어의 격식화, 세분화가 강화된 것은 근대전환기의 또 다른 특징'이라고 지적하기도 했다. 김성수, 「근대 초기의 서간과 글쓰기교육—독본, 척독, 서간집 텍스트를 중심으로」,『한국근대문학연구』 21호, 한국근대문학회, 2010. 4, 176쪽.

적 편지문장 예문집'으로만 인식되게 만들었고, 이는 곧 한문학 연구자들에게 그 문학적 수준과 연구 가치가 매우 낮은 것으로 여겨지게 하는 요인이 되었다.

두 번째는 20세기 초반에 나온 한문학 자료라는 점 때문에, 고전문학과 근대문학의 전공 영역에서 공히 쉽게 그 연구의 가치를 인식하기 어려운 점이 있었다는 점 때문이다. 1900년을 전후하여 1940~50년대까지 출판되었던 근대 척독 교본은 고전 전공자에게는 한문학 쇠락기에 나온 말류화된 한문 문장 학습서로 받아들여졌으며, 근대 전공자에게는 극단적인 한문 문어체와 난삽한 수사를 구사하는 근대 한문 특유의 문체가 연구에 큰 장벽이 되었던 것이다.

이 글에서는 근대 척독 교본에 대한 연구가 왜 필요한지에 대해 크게 다음 두 가지 점에서 제시하고자 한다. 첫 번째는 한문학 쇠락기인 20세기의 한문학 자료로서의 연구 가치가 있다는 점이다. 20세기 이후에도 한문학의 영향력은 개인 문집과 유교 경전과 족보의 활발한 간행으로 여전히 유지되고 있었다. 이러한 상황은 단지 '말기 한문학은 쇠퇴했다'는 단정을 할 수 없게 만드는 부분이다. 근대 한문은 조선시대의 그것처럼 상층 지식인들이 배타적으로 소유했던 고급 지식이자 구별된 지식으로서의 성격을 더 이상 갖고 있지 않았다. 이 시대의 한문 편지 규범집인 척독 교본은 그러한 근대 한문의 대중적 위상을 가늠하게 해주는 자료로서 접근해야 할 것이다. 즉 근대 척독은 한문학의 쇠락기인 근대 시기에 '한문 글쓰기와 전통적 담론 생산'에 주력했던 이들의 의식 세계를 고찰할 수 있게 해주는 자료이자, 한문이라는 문자 체계에 대한 대중의 욕망의 문제 등을 더 첨예하게 바라볼 수 있게 해주는 자료이다.

두 번째는 근대의 흐름을 보여주는 자료로서의 연구 가치가 있다는 점이다. 근대 척독은 앞서 말했듯 1900년대에서 1950년대까지 꾸준히 다양한 종류와 판본으로 재인쇄를 거듭하며 출판되었다. 이는 근대 척독이라는 자료 내부에서 1910년대에서 1940~50년대까지의 시대적 흐름에 따른 자료의 변화 양상을 뚜렷하게 읽어볼 수 있게 해주는 부분이다. 따라서 1900년대 이후 각 시기별로 모범적인 것으로 제시되는 한문 문장의 수준, 한문 문장을 학습하는 방법의 변화 등의 문제를 엿볼 수 있을 뿐 아니라, 한문 편지의 규범 변화 및 권장되는 편지 문체의 규범 등과 같은 문제와 연관하여 '한문-국한문-한글'의 표기체계 사이의 긴장과 변화, 근대 문체로의 변화를 읽어볼 수 있게 해주는 자료로서도 큰 가치가 있다고 생각된다.

따라서 이 글에서는 근대 척독 교본의 간행 현황과 시대별 발간 상황의 특징을 살펴보고자 한다. 이는 1900년대 이후 50여 년에 걸쳐 꾸준히 대중들에게 베스트셀러로 소비되었던 척독 교본이라는 장르의 간행 흐름과 전체적인 자료상을 파악할 수 있게 만들어줄 것이다. 또한 근대 척독집의 특징을 문자체계, 표기방식, 편집체계, 편찬의식 등을 중심으로 살펴, 각 시대별 주요한 척독집의 저자, 전반적인 구성, 내용 면에서의 특징을 추출하고자 한다. 이러한 작업을 통해 척독 교본 발간의 전반적인 맥락을 파악하고 저자 및 체제 구성 면에서의 특징을 밝혀내는 것이 이 글의 목표이다.

2) 시대별 주요 근대 척독집의 저자 및 체제 구성

1900년대 김우균의 『척독완편』이 발간되고 대중들에게 크게 이 책이 유행한 이후, 박문서관(博文書館), 신구서림(新舊書林), 덕흥서림(德興書林), 유일서관(唯一書館), 광동서국(光東書局), 대창서원(大昌書院) 등 근대 초기를 대표할 만한 대부분의 출판사들에서는 다양한 종류의 척독 교본을 펴내기 시작했다. 이 장에서는 각 시대별로 대표적인 근대 척독서들의 목록을 제시하고,[4] 제시된 척독 교본들을 중심으로[5] 주요 편저자 및 체제 구성 등에 대한 기본 사항을 정리하여 척독서 간행의 시대별 흐름을 살펴보고자 한다.

(1) 1900~10년대

1900~10년대 척독 교본으로 현전하는 목록은 총 21종이며,[6] 그중 본 논문에서 살펴볼 이 시기의 주요 척독집은 다음의 6종이다.

① 김우균(金雨均), 『척독완편(尺牘完編)』, 박문사(博文社), 1905.
② 현채(玄采), 『척독자해(尺牘自解)』, 대창서원(大昌書院), 1913.
③ 한흥교(韓興教), 『모범(模範) 척독대방(尺牘大方)』, 경성서관(京城書館), 1913.
④ 지송욱(池松旭), 『신편(新編) 척독대방(尺牘大方)』, 신구서림(新舊書林), 1916.

---

4 각 대학 도서관 사이트와 '한국역사정보통합시스템' 검색을 종합하여 얻은, 현전하는 근대 척독집의 총 목록은 본서의 1부 1장에서 이미 63종으로 밝혀놓았다. 이후 고서점 등의 경로를 통해 11종의 목록을 추가할 수 있게 되어, 현재는 총 74종의 근대 척독집의 존재를 확인할 수 있다. 추가된 목록을 포함한 현전 근대 척독집 총 74종의 목록은 본서 3부 1장의 뒤에 부록으로 첨부하였다.

5 본 글에서 검토 대상으로 다루고 있는 척독집들은 독립기념관, 규장각 등 일부 대학 도서관과 기관 사이트 등에서 제공받은 원문 이미지와 고서점을 통해 직접 실물을 확보한 경우를 위주로 선택되었음을 밝혀둔다. 대부분 대학 도서관에서 소장 중인 근대 척독집들은 고서나 준고서로 지정되어 있어 복사나 대출이 불가능하기 때문에 실질적인 연구 자료로서의 도움을 받기 어려웠기 때문이다.

6 이 책 3부 1장 말미의 '부록' 참고.

⑤ 현채(玄采), 『척독대성(尺牘大成)』, 대창서원(大昌書院), 1917.

⑥ 정경석(鄭敬晳), 『경향통상(京鄕通商) 여행척독(旅行尺牘)』, 광문서시 (廣文書市), 1919.

1900~10년대는 '한문 편지규범집'으로서의 교본 성격을 가진 '근대 척독'이라는 장르가 처음 선보인 시기이다. 특히 1900년대에 출간된 ① 김우균의 『척독완편』(1905)은 그 선편을 잡은 최초의 저작으로 전체 판매량 면에서 1900~10년대를 대표할 뿐만 아니라 이후 근대 척독집이라는 자료군 전체를 통틀어 독보적인 위상을 갖고 있는 저작이다.[7] 이후 1910년대는 김우균의 척독서에 자극을 받아 그와 비슷한 형태와 규모의 척독 교본들이 다수 등장하기 시작한 것으로 보인다.

지금까지 현전하는 것으로 확인된 이 시기의 척독 교본들 중 이 글에서 실제로 살펴보고자 하는 위 6개의 목록 중에서도 ③ 한흥교의 『모범척독대방』과 ⑤ 현채의 『척독대성』은 완전히 동일한 책으로 판명되었다. 저자, 표제, 출판사명이 모두 상이하여 별개의 책으로 여겨져 왔으나 책 실물을 검토한 결과 완전히 같은 책이었다. 따라서 본고에서 검토 대상이 되는 이 시기의 척독집은 ② 현채의 『척독자해』, ③(=⑤)현채의 『척독대성』, ④ 지송욱의 『신편 척독대방』, ⑥ 정경석의 『경향통상 여행척독』의 네 종이다.

이 시기 근대 척독집의 주요 편저자인 김우균, 현채, 지송욱은 모두

---

7 『척독완편』은 김우균이 스승 최성학과 그 문하에서 함께 수학했던 동문들과 함께 편집에 참여해 완성한 최초의 근대 척독집으로, 1905년 박문사에서 출간된 이후 1908년 『신찬(新撰) 척독완편(尺牘完編)』, 1912년 『증보(增補) 척독완편(尺牘完編)』, 1916년 이후 1937년까지 『증보자전(增補字典) 척독완편(尺牘完編)』으로 거듭하여 확장판을 냈다. 『척독완편』의 체제와 저자에 대해서는 본서의 1부를 참고.

중인 계층의 근대 저술가 겸 출판인으로, 특히 김우균은 훗날 직접 '동문서림(同文書林)'이라는 출판사를 운영하면서 『척독완편』의 재판을 발행하였고, 지송욱은 '신구서림(新舊書林)'을 운영한 것으로 이미 잘 알려져 있다. 그러나 이 시기까지는 척독서의 편저자와 출판사 운영자 사이의 관계가 완전히 밀착한 것으로 드러나지는 않으며, 이러한 경향은 다음 시기인 1920~30년대에 가서 더욱 뚜렷하게 나타난다.

위 검토 목록에서 우선 ②『척독자해』는 100쪽 정도의 얇은 책으로 현채가 전문적인 척독 규범서인 『척독대성』을 집필하기 전에 지은 과도기적인 단계의 책으로 보인다. 체제는 맨 앞에 '사신정식(寫信程式)'이라는 제목하에 남을 지칭하는 다양한 용어들을 모아놓은 '인기(人己)의 각당 칭호(各黨稱號)'와 편지의 구절별 투식어구를 모아놓은 '구어활투(句語活套)'가 들어 있으며, 그 뒤에는 집에 보내는 편지인 '가서류(家書類)', 문안을 묻는 편지인 '문후류(問候類)', 부탁을 하는 편지인 '청탁류(請託類)' 등 21개의 편지의 주제별 분류에 따라 실제 예문들이 짤막하게 소개되어 있다. 부록으로는 '동서양연대일람표(東西洋年代一覽表)'가 붙어 있다. ⑥ 『경향통상 여행척독』은 220쪽 정도의 중간 분량에 일반 편지 규범집의 성격에 상인들의 구체적 상거래 물목과 상황을 첨부하고 있는 책으로, 척독 교본의 실용적 성격을 잘 보여준다. 체제는 140쪽까지는 구절별 투식구를 모아놓은 부분과 주제별 예문을 제시하는 부분으로 나뉘는 일반적인 척독서의 구성으로 되어 있고, 이후 80쪽에 걸쳐서 '상업급물리(商業及物理)', '여행급운송(旅行及運送)', '통신(通信)' 등의 장 제목하에 각 지역의 시장 위치와 시장이 열리는 날짜, 13도의 주요 항구 위치와 이름 소개, 수산물의 한자 이름, 주요 곡물·약재·과일·광물의 생산지 등을 소개하는 항목들이 자세히 열거되어 있다.

그러나 이후까지의 흐름에서 볼 때 1910년대를 대표하는 시대적 대표성과 전형성을 가진 척독서로 평가할 수 있는 것은 ③(=⑤) 현채의 『척독대성』과 ④ 지송욱의 『신편 척독대방』이다. 각각의 분량은 『척독대성』의 경우 600쪽, 『신편 척독대방』의 경우 480쪽 정도로, 김우균의 『척독완편』과 비슷한 규모의 전문 척독서를 표방하고 있다. 먼저 ③(=⑤) 현채의 『척독대성』의 체제 구성을 살펴보면, 목차는 상·중·하편으로 구성되어 있으며 자세한 내용은 다음과 같다.

상편(上編)
척독활투20류(尺牘活套二十類) ▎ 활투부4류(活套附四類) ▎ 기답식투8칙(寄答式套八則) ▎ 고찰20칙(古札二十則) ▎ 구체척독100칙(具體尺牘一百則) ▎ 외봉식2류(外封式二類) ▎ 각관응용첩식10류(各款應用帖式十類) ▎ 인기각당칭호14류(人己各黨稱呼十四類) ▎ 척독여구28류(尺牘麗句二十八類)

중편(中編)
분문척독900칙(分門尺牘九百則) ▎ 부학생응용구체척독47칙(附學生應用具體尺牘四十七則)

하편(下編)
지나역대명인척독113칙(支那歷代名人尺牘一百十三則) ▎ 해린척독86칙(海隣尺牘八十六則) ▎ 구식척독활투46류(舊式尺牘活套四十六類) ▎ 부구체척독8칙(附具體尺牘八則) ▎ 부록물류명목11칙(附錄物類名目十一則)

『척독대성』 상편의 체제는 편지의 '투식구 제시' 부분과 그런 투식구들을 조합하여 쓴 실제 예문을 보여주는 '예문 제시' 부분이 번갈아 제시되고 있다. 상편의 맨 앞에 있는 '척독활투'와 '활투부'는 편지의 서두부터 결미까지 차례대로 사용할 수 있는 투식구들을 모아 소개하였고, '기답식투'와 '고찰', '구체척독'에서는 실제 한 편의 편지 예문을 만들어 제시한 부분이다. '외봉식', '각관응용첩식', '인기각당칭호', '척독여구'는 다시 편지 형식 및 투식적 표현을 모아놓았다. 중편의 '분문척독'과 '부학생응용구체척독'은 모두 편지 예문을 제시하고 있으며, 하편의 '지나역대명인척독'은 제갈량, 안진경, 소식 등 중국 역대 문인들의 유명한 서신들을, '해린척독'은 역관 출신으로 널리 이름을 떨친 우선(藕船) 이상적(李尙迪)과 중국 문인들의 교유 서신을 실어놓았다.

『척독대성』은 경우에 따라 본문을 2단 및 3단으로 분할한 다양한 편집 방식을 시도하고 있기도 하다. '투식구 제시' 부분은 한 면을 가로 3단으로 구성하여 최대한 많은 단어와 구절들을 한 페이지에 담으려 했고, '예문 제시' 부분은 가로 2단으로 구성하여 상단에는 순 한문, 하단에는 국한문으로 풀어쓴 설명을 싣고 있으며, 실제 문인들의 유명한 편지들의 경우는 1줄 세로쓰기의 기본 편집을 고수하였다. 설명의 편의를 도모하고 내용에 맞는 편집 방식을 찾기 위한 고심의 흔적이 엿보이는 부분이라 할 수 있다.

④지송욱의 『신편 척독대방』의 체제는 훨씬 단순하다. 목차는 총 40장으로, 1장에서 5장까지의 내용은 서두에서 결미까지 한 편의 편지를 쓰기 위한 투식구 제시 부분이며, 이후 35장까지는 '가정왕복문(家庭往復門)', '족척왕복문(族戚往復門)' 등 주제별 분류에 따른 예문 제시 부분, 그 뒤 40장까지는 부록이다. 이는 이 책이 크게 '투식구 제시'(1~5장), '주제별 예문 제시'(6~35장), '부록'(36~40장)이라는 세 부분의 구성으로 이루어져 있음을 알 수 있게 해준다. 자세한 목차 분류는 다음과 같다.

제1장 유취려구문(類聚麗句門, 26칙) | 제2장 응용투식문(應用套式門, 6칙) | 제

3장 상중왕복문(喪中往復門, 6칙) ㅣ 제4장 신식단찰문(新式短札門, 23칙) ㅣ 제5장 삼당칭호문(三黨稱號門, 3칙) ㅣ 제6장 가정왕복문(家庭往復門, 32칙) ㅣ 제7장 족척 왕복문(族戚往復門, 19칙) ㅣ 제8장 가정상위문(家庭相慰門, 18칙) ㅣ 제9장 조위문 (弔慰門, 25칙) ㅣ 제10장 축문문(祝文門, 34칙) ㅣ 제11장 제문문(祭文門, 25칙) ㅣ 제 12장 만장문(輓章門, 15칙) ㅣ 제13장 상복도식(喪服圖式, 9칙) ㅣ 제14장 경하문(慶 賀門, 4칙) ㅣ 제15장 문위문(問慰門, 22칙) ㅣ 제16장 사송문(詞訟門, 3칙) ㅣ 제17장 시령문(時令門, 19칙) ㅣ 제18장 실업문(實業門, 7칙) ㅣ 제19장 권면문(勸勉門, 19칙) ㅣ 제20장 천인문(薦引門, 11칙) ㅣ 제21장 궤견문(餽遺門, 33칙) ㅣ 제22장 차구문(借 求門, 13칙) ㅣ 제23장 색취문(索取門, 5칙) ㅣ 제24장 송별문(送別門, 8칙) ㅣ 제25장 별장문(別章門, 5칙) ㅣ 제26장 요약문(邀約門, 25칙) ㅣ 제27장 서후문(敍候門, 6칙) ㅣ 제28장 조방문(造訪門, 3칙) ㅣ 제29장 청탁문(請託門, 13칙) ㅣ 제30장 규계문(規 戒門, 13칙) ㅣ 제31장 문예문(文藝門, 6칙) ㅣ 제32장 감사문(感謝門, 7칙) ㅣ 제33장 청요문(請邀門, 15칙) ㅣ 제34장 청첩식(請帖式: 普通請 10칙, 女客請 2칙) ㅣ 제35장 장유문(長幼門, 3칙) ㅣ 제36장 조선역대도(朝鮮歷代圖) ㅣ 제37장 조선왕실계서도 (朝鮮王室繼序圖) ㅣ 제38장 선원보략(璿源譜略) ㅣ 제39장 도군명칭위치관할구역 급명산대천(道郡名稱位置管轄區域及名山大川) ㅣ 제40장 시운선영(詩韻選英)

이러한 『신편 척독대방』의 주제별 분류의 제목에서 특기할 만한 것은 첫째, 가족과 친지 사이에 오가는 편지들을 '가정왕복문, 족척왕복문, 가 정상위문' 등의 큰 항목으로 상세히 소개하여 주요한 편지 왕복의 대상 을 가족·친지로 삼고 있다는 점이다. 그 외에도 둘째, 상장례에 관계된 편지 분류가 '조위문, 축문문, 제문문, 만장문, 상복도식' 등으로 5개 분류 에 걸쳐 세분되어 소개되고 있는 점, 셋째, '실업문, 궤견문, 차구문, 색취 문' 등 물건의 매매와 주고받음, 중개, 돈 거래 등 실용적인 사안과 관련 된 편지 예문을 다룬 주제 분류가 많다는 점, 넷째, 조선왕실과 관계된 부록을 세 종류나 싣고 있다는 점 등을 특징으로 꼽을 수 있다.

결국『신편 척독대방』은 실제 편지 작성의 과정을 '투식구 제시'와 '예문 제시'의 두 부분으로 된 구성을 보여주는 것인데, 이는 조선 후기 간찰 교본인『간식유편』과『한훤차록』의 전통적인 체제를 따르는 것이라고 볼 수 있다.[8]

(2) 1920~30년대

1920~30년대 척독 교본으로 현전하는 목록은 총 43종에 달하며,[9] 그중 이 글에서 살펴볼 이 시기의 주요 대상은 다음과 같다.

① 노익형(盧益亨),『주해부음(註解附音) 신식척독(新式尺牘)』, 박문서관(博文書館), 1920.

② 김동진(金東縉),『주해부음(註解附音) 척독대감(尺牘大鑑)』, 덕흥서림(德興書林), 1921.

③ 김원우(金元祐),『주토상식(註吐常識) 실용척독(實用尺牘)』, 동창서옥(東昌書屋), 1922.

④ 지송욱(池松旭),『부음주석(附音註釋) 신식금옥척독(新式金玉尺牘)』, 신구서림(新舊書林), 1923.

⑤ 조남희(趙男熙),『신식(新式) 비문척독(備門尺牘)』, 동양서원(東洋書

院), 1926.

⑥ 박중화(朴重華), 『최신독습(最新獨習) 일선척독(日鮮尺牘)』, 창문당 (彰文堂), 1929.

⑦ 강은형(姜殷馨), 『부음주해(附音註解) 신식유행척독(新式流行尺牘)』, 대성서림(大成書林), 1929.

⑧ 광한서림(廣韓書林) 편집부(編輯部), 김천희(金天熙), 『석자부음(釋字附音) 최신금옥척독(最新金玉尺牘)』, 광한서림(廣韓書林), 1929.

⑨ 김동진(金東縉), 이종국(李鍾國), 『무쌍주해(無雙註解) 보통신식척독(普通新式尺牘)』, 덕흥서림(德興書林), 1930.[10]

⑩ 회동서관(滙東書館) 편집부(編輯部), 고병교(高丙敎), 『대증보(大增補) 무쌍금옥척독(無雙金玉尺牘)』, 회동서관(滙東書館), 1932.

⑪ 성문당서점(盛文堂書店), 이종수(李宗壽), 『보통유행(普通流行) 성문척독(成文尺牘)』, 성문당서점(盛文堂書店), 1937.

1920~30년대는 근대 척독서의 대유행 시기라고 할 만큼 다양한 척독 교본이 폭발적으로 쏟아져 나온 시기이다. 지금까지 현전하는 것으로 확인된 이 시기의 척독서만 해도 43종으로, 한두 편의 단편적인 연구로 그 실체를 일일이 검토하기에는 버거운 규모이며, 속속 새로이 존재가 드러나고 있는 척독 자료들도 대부분이 1920~30년대인 경우가 많다는 사실 또한 이 시기가 근대 척독 교본 발간의 가장 활발한 시기였음을 증명해준다. 이 중 이 글에서 실제로 검토 대상으로 다루고자 하는 것은 위 11개 목록이다.

---

10 이 『무쌍주해 보통신식척독』의 저자로 표기된 '김동진'은 출판사의 운영자였고 실제 저자는 '이종국'이다. 이에 대해서는 앞의 2부 4장에서 상세히 밝혀두었다.

이 시기의 주요 척독 교본 저자들은 대부분 이 당시 출판업계의 대표적인 운영자들의 가계 출신이라는 점이 우선 흥미롭다. 출판업계와 관련 있는 이 시기 척독서 저자들은 노익형(盧益亨, 1884년경~1941), 고유상(高裕相, 1889년경~1962), 김동진(金東縉, 1885년경~미상), 강의영(姜義永, 1897년경~1945), 고경상(高敬相), 고병교(高丙敎), 강남형(姜南馨), 강범형(姜範馨), 강은형(姜殷馨) 등이다. 이 중 노익형은 일제시대 최대의 출판사로 이름을 날린 박문서관(博文書館)의 설립자이자 운영자이며, 고유상은 그 부친 대부터 고제홍서포로 출발하여 10만 부의 최고 판매고를 기록한 베스트셀러 『자전석요(字典釋要)』를 출판한 회동서관(滙東書館)의 운영자였다. 강의영과 김동진 또한 각각 영창서관(永昌書館)과 덕흥서림(德興書林)을 운영했던 출판사 및 서점의 주인이었다. 고경상은 고유상의 동생으로 회동서관의 지점인 광익서관과 삼문사를 운영하였고, 고병교는 고유상의 장남으로 회동서관의 운영을 이어받았던 고병돈의 형이다. 강남형, 강범형, 강은형은 영창서관의 운영자인 강의영의 종질들로, 강은형은 대성서림을, 강범형은 화광서림과 삼광서림을 각각 1920~30년대에 운영했고, 강남형은 1940년대에 진흥서림을 운영했다.[11]

위 검토 목록에서 우선 살펴볼 것은 ① 노익형의 『주해부음 신식척독』, ④ 지송욱의 『부음주석 신식금옥척독』, ⑦ 강은형의 『부음주해 신식유행

---

11 이들 출판사 운영자들에 대한 정보에 대해서는 다음의 논문들이 큰 도움을 주었다. 방효순, 『일제시대 민간 서적발행 활동의 구조적 특성에 관한 연구』, 이화여대 문헌정보학과 박사학위논문, 2000; 이종국, 「개화기 출판활동의 한 징험─회동서관의 출판문화사적 의의를 중심으로」, 『한국출판학연구』 49호, 2005. 12; 최호석, 「지송욱과 신구서림」, 『고소설연구』 19집, 2005; 최호석, 「영창서관의 고전소설 출판에 대한 연구」, 『우리어문연구』 37집, 2010. 5. 이들 연구에 따르면 근대 출판업자들의 생애 사실이 정확하게 알려져 있지는 않으나 대부분 지전, 잡화상, 포목상, 거간, 상점 직원 등의 상인 출신으로 출판업을 시작했던 것으로 보고 있다.

척독』, ⑧ 광한서림(김천희)의 『석자부음 최신금옥척독』, ⑨ 이종국(김동진)의 『무쌍주해 보통신식척독』, ⑩ 회동서관(고병교)의 『대증보 무쌍금옥척독』, ⑪ 이종수의 『보통유행 성문척독』이다. 이 여섯 권의 목록을 한데 묶어 먼저 살펴보는 이유는 이들의 체제 및 편차 구성이 매우 비슷하고, 심지어 ⑩과 ⑪은 내용상 완전히 동일한 책이기 때문이다. 이 책들은 대부분 140~170쪽 내외의 얇은 분량의 척독서로, 목차는 대분류 없이 '손(孫)이 재외(在外)하야 조부(祖父)께 상(上)하난 서(書)'와 같이 낱낱의 편지 제목으로 나열되어 있다.[12] 이 척독서들에는 대략 150편 내외의 한주국종체(漢主國從體) 국한문 편지 예문이 실려 있으며, 한문에는 모두 한글 독음이 표기되어 있고 본문 상단에는 본문 중 해설이 필요한 한자어를 한글로 풀이해둔 주석을 달아놓았다.[13]

---

12 이 중 ①의 본문 목차를 예로 제시하면 다음과 같다. "父가 在外한 子에게 하는 書, 答 / 子가 在外한 父에게 하는 書, 答 / 父가 在外하야 在外한 子에게 하는 書, 答 / 母가 在外한 子에게 하는 書, 答 / 子가 在外하야 母에게 하는 書, 答 / 祖父가 在外하야 孫子에게 하는 書, 答 / 孫이 在外한 祖父에게 하는 書, 答 / 祖가 在外하야 在外한 孫에게 하는 書, 答 / 妻가 在外한 夫에게 하는 書, 答 / 夫가 在外하야 妻에게 하는 書, 答 / 兄이 在外한 弟에게 하는 書, 答 / 弟가 在外한 兄에게 하는 書, 答 / 從子가 三寸叔에게 하는 書, 答 / 從子가 三寸叔母에게 하는 書, 答 / 從兄이 遊學하는 從弟에게 하는 書, 答 / 族兄이 族弟에게 하는 書, 答 / 外祖父가 外孫에게 하는 書, 答 / 外叔에게 하는 書, 答 / ······ / 友人에게 祖考喪에 慰問, 答 / 慰友人伯父喪, 答 / 慰友人妻喪, 答 / 慰友人兄弟喪, 答 / 慰友人子喪, 答".

13 본문의 표기 예를 들어보면 다음과 같다. "麥秋맥추가 午凉사량하니 晨夕居處신셕거처가 政難適宜뎡난뎍의로라 未諳邇辰미암리신에 做況쥬황이 安吉안길하고 渾室혼실이 均宜否균의부아 懸念殊深현념수심이라 祖조난 一路平順일로평순하야 農墅농서에 抵到져도하니 主人쥬인이 好在호재하고 接待졉대가 殊優수우하야 寢啖침담이 便宜편의하니 是所爲幸시소위행이라 某日爲始모일위시하야 獵夫렵부로 行蒐행수하야 卽日즉일에 一巨鹿일거록을 捕獲포획하야 鮮血션혈을 頓喫돈긱이러니 日來試步일래시보에 脚力각력이 不困불곤하고 宿食슉식이 稍勝초승하니 大有效力대유효력이로라 姑留幾日고류긔일하야 獵功렵공을 第觀뎨관하고 卽圖言旋즉도언션하리니 毋煩苦待무번고대하라 姑不具고불구하노라."(이상 본문) "麥秋 四月, 未諳 알지못하난듯, 做況 공부하난몸, 農墅 녹막, 寢啖 슉식, 行蒐 산양하난듯, 鮮血 더운피, 頓喫 마니먹은듯."(이상 상단 주석) 「祖조가 在外재외하야 孫손의게 寄기하난 書서」,

이들 ①, ④, ⑦, ⑧, ⑨, ⑩, ⑪에서는 '투식구 제시' 부분은 완전히 사라지고 '예문 제시' 부분만 나타나 있어 '편지 예문집' 같은 책처럼 보인다. 책에 소개된 국한문 편지 본문을 응용하거나 활용하는 방법의 설명도 없기 때문에 마치 본문을 베껴 쓰라는 용도의 책처럼 보일 정도이다. 이 책들은 부록도 거의 같은 내용을 수록하고 있는데, 여섯 권의 척독서가 모두 공히 '서식대요(書式大要)·축문식(祝文式)·신식단찰(新式短札)·동서양연대표(東西洋年代表)'에 해당되는 내용을 싣고 있다.

이들은 1920년대 초반에서 1930년대 후반까지에 걸쳐 있는 척독 교본이라는 점에서, 이 시기 가장 흔히, 가장 쉬운 방식으로 척독서가 편집, 구성되는 방식을 보여준다고 할 수 있다. 그것은 편저자의 특성이나 개성이 반영되는 방식이 아니라 '기존의 책 편집을 그대로 옮겨 오거나 적당히 가감하여 활용'하는 방식이었다.

그러나 ② 김동진의 『주해부음 척독대감』과 ⑤ 조남희의 『신식 비문척독』은 이러한 1920~30년대의 주류 척독서의 흐름과는 달리 전통적인 척독서 체제를 보여주고 있는 책이다. 이들은 한글 독음을 달지 않았으며, 각각 288쪽, 406쪽의 두꺼운 편폭을 보여주는 척독서이다. ②의 경우 1장에서 3장까지는 '투식구 제시', 4장에서 8장까지 '예문 제시'로 나뉘는 전형적인 척독서 구성을 보여주고 있으며,[14] ⑤의 경우 또한 '상편(上篇)'은 투식구를, '하편(下篇)'은 주제별 예문을 보여주는 구성을 취하고 있다.[15]

지송욱, 『부음주석 신식금옥척독』, 신구서림, 1923, 3쪽.

14 ② 김동진의 『주해부음 척독대감』에서 '투식구 제시' 부분인 1~3장은 각각 '제1장 各黨稱號', '제2장 書面諸式', '제3장 月令'이며, '예문 제시' 부분인 4~8장은 각각 '제4장 家庭往復', '제5장 鄕黨往復', '제6장 交際往復', '제7장 敬賀往復', '제8장 慰問往復'이다.

15 ⑤ 조남희의 『신식 비문척독』에서 상편은 '書柬活套'라는 제목하에 "通候例ㅣ答候叙慰例ㅣ探問例ㅣ時令例ㅣ保重例ㅣ自敍例ㅣ結尾例' 등의 소제목으로 나뉘어 있으며, 각각의 소제목에서는 다시 '~門'의 형태로 세분되어 경우에 따라 쓸 수 있는 투식구들이

특히 ⑤의 경우는 척독서의 투식구를 응용하여 실제 독자들이 자신이 원하는 편지를 쓸 때의 유의사항을 상세하게 덧붙이는 설명을 곳곳에 보여주고 있어서 실질적인 편지 쓰기 교본으로서의 성격을 잘 구비한 예외적 책이라고 할 수 있다.[16]

이 외에 ③ 김원우의 『주토상식 실용척독』은 88쪽의 가벼운 분량으로 일반적인 척독서 구성을 압축한 책이며, ⑥ 박중화의 『최신독습 일선척독』은 일본어 편지 쓰기를 위한 독학용 책이다. 이러한 책들은 1920~30년대 척독서 저자 및 구성의 다양화를 보여주는 자료로서 의미가 있다고 볼 수 있다.

(3) 1940~50년대

1940~50년대 척독 교본으로 현전하는 목록은 총 4종이며, 그중 본 논문에서 살펴볼 이 시기의 주요 척독서는 다음과 같다.

① 덕흥서림(德興書林) 편집부[김동진(金東縉)], 『현대미문(現代美文) 청년학생척독(靑年學生尺牘)』, 덕흥서림(德興書林), 1946.
② 저자 미상, 『현대미문(現代美文) 학생일용편지투(學生日用片紙套)』, 발행처 미상, 1946(?).
③ 장영구(張永九), 『가정척독(家政尺牘)』, 문창사(文昌社), 1955.

수십 개씩 소개되어 있다.

16 다음과 같은 해설이 그에 해당된다. "右는 結尾語니 相對者에 對하야 許多人事를 敍述하고 結尾에 至하야 些細한 事情까지 詳述함이니 事項에 因하야 一節을 用하고 下에 保重結尾語 或 簡單結尾語 兩門中 一語만 選擇하야 連續記入하나니……." 조남희, 『신식 비문척독』, 60쪽.

1940~50년대에도 여전히 편지 쓰기 교본으로 '척독'이라는 제목의 책들이 간간이 발행되었다. 그러나 이 시기는 일제 말기와 해방 후 혼란 등이 더해져 전반적으로 출판업계가 침체기에 빠진 시기였으며, 한문 편지 교본으로서의 척독서 장르 또한 쇠퇴하는 시기였다. 현재까지 이 시기 척독 교본으로 실물이 확인된 것은 4종인데, 본고에서는 그중 3종을 검토하고자 한다.

우선 ①『현대미문 청년학생척독』은 덕흥서림의 운영자였던 김동진의 편저이다. 총 118쪽이며 체제는 크게 '제1장 가정왕복(家庭往復)'에서 '제11장 통지부(通知部)'까지로 분류되어 있으며, 그 밑에는 1920~30년대의 주요 척독집들처럼 '객지(客地)에 재(在)한 조부(祖父)에게'와 같은 낱낱의 편지 예문들이 나열되어 있는 형식이다. 부록으로 '축문식(祝文式), 인칭도(人稱圖), 서식대요(書式大要), 제물진설(祭物陳設)하는 도식(圖式), 각도군청소재지리수일람표(各道郡廳所在地里數一覽表)'가 실려 있다.

②『현대미문 학생일용편지투』는 표지, 목차, 판권지가 일실된 상태이나 소장자가 만든 속표지에 '단군 기원 4279년(檀君紀元四二七九年)'이라고 되어 있어 1946년 이전에 출판된 책임을 알 수 있다. 중간 부분 결질이라 전체 면수 또한 정확히 파악할 수 없으나 상·하권의 체제로 보이며, 하권이 118쪽인 것으로 보아 상권 또한 그와 비슷한 규모일 것으로 짐작된다. 장별 구분 없이 '가정간왕복(家庭間往復), 사회상왕복(社會上往復)' 등의 큰 분류 아래 '조부주전상답시(祖父主前上答是), 백부(伯父)가 사질(舍姪)에 긔(寄)ᄒᆞᆫ 서(書)' 등으로 편지 예문이 실려 있다. 특기할 것은 상권의 경우 현토체 한문에 한글 독음이 작은 글씨로 달려 있는 전형적인 한주국종체(漢主國從體)의 국한문 표기이나, 하권의 경우는 한글이 주가 되고 한문이 작은 글씨로 달려 있는 국주한종체(國主漢從體) 표기의 편지들이 실려 있다는 점이다. 부록으로는 '각당칭호, 삼당의 복 입는

법, 사주, 혼서식, 단자 및 지방 쓰는 법, 동서양연대표'가 실려 있다.

③『가정척독』은 유일한 1950년대 척독 교본으로, 1955년 문창사(文昌社)에서 발행되었으며 편집인은 '장영구(張永九)'이다. 이 책은 자연스러운 구어체의 한글 편지 예문을 신고 있는데, 그럼에도 여전히 '척독집'이라는 제목을 고수하고 있음을 보여준다. 체제는 '사교에 관한 것, 축하의 편지, 위문의 편지' 등의 큰 분류가 있지만 '조부님께, 아버님께, 객지의 아버님께' 등의 제목을 단 편지 예문들이 나열되는 형식으로 되어 있다. 부록으로는 '궁합 보는 법, 육십갑자 병납음(並納音), 아이밴 데 남녀 아는 법, 칭명법, 토정비결, 가정단방치료법' 등의 잡다한 지식들과 '축문식(祝文式)'이 실려 있다.

3) 시대별 흐름에 따른 근대 척독집의 변화 양상

(1) 표기 체계 및 권장되는 한문 편지 규범의 변화

이 장에서는 1900년대에서 1950년대까지의 근대 척독서의 시대별 흐름에서 읽을 수 있는 변화의 양상과 그 의미를 살펴보고자 한다. 우선 시대별 척독집의 변화에서 가장 눈에 띄는 것은 표기 체계 및 권장되는 한문 편지의 기준 변화를 보여준다는 점이다. 1900년대에서 1910년대까지의 근대 척독 교본은 대체로 순 한문 표기에 가까웠으며 서간의 예문으로 제시된 편지들의 표기도 역시 한문체였다. 앞에서 1910년대의 대표적인 척독서로 예를 든 지송욱의 『신편 척독대방』과 현채의 『척독대성』에서의 본문 표기 사례를 제시하면 다음과 같다.

地隔一舍三十里爲一舍에 阻候累朔ᄒ오니 恒切慕頌이오며 伏不審體節이 萬安ᄒ

시니잇가 伏禱區區오이다 姨姪은 省事粗寧ᄒ오니 伏幸이오며 向敎姨從弟의 入學事는 學生募集이 似在本月中旬이오니 下諒ᄒ오셔 趁其時起送이 若何잇가 不備上候ᄒ노이다.－「姨姪上姨叔」[17]

(30리 멀리 떨어져 있어 몇 달 동안 소식이 막혔으니 항상 간절히 그리워하였습니다. 엎드리건대 살펴드리지 못하온 기거는 두루 안녕하시온지요. 엎드려 구구히 바라올 뿐입니다. 이종 조카는 살피는 일들이 대략 평안하니 다행입니다. 지난번 이종 아우의 입학 일은 학생 모집이 이번 달 중순이옵니다. 내려 살피셔서 때에 맞춰 보내주심이 어떠하신지요. 갖추지 못하고 올리나이다.－「이종조카가 이종 숙부께 올림」)

別將三載, 懷想高情, 無時去念也, 但聞邇來 動止榮膺多福, 深爲知己者慶. 動止는 起居오 多福은 詩에 詒爾多福이라. (上段) 別ᄒ지 將히 三載라 高情을 懷想ᄒᆷ이 時時仰念이오며 但聞ᄒ니 邇來에 動止가 多福을 榮膺ᄒ시다 ᄒ오니 深히 知己를 爲ᄒ야 慶ᄒ노이다. (下段)－「詢動履」[18]

(헤어진 지 장차 3년이라. 높은 정을 회상함에 때때로 우러러 그리워합니다. 요즘 들으니 신변에 영광된 큰 복을 받으셨다 하니 지기를 위하여 깊이 축하드립니다.－「발걸음을 옮기심에 안부를 물음」)

첫 번째 예문은 『신편 척독대방』 중 '족척왕복문(族戚往復門)'에 실려 있는 편지 중 하나로, 이종 조카가 삼촌에게 안부를 물으며 조카 동생의 입학을 위해 자기 집으로 동생을 보내달라는 내용을 전하고 있다. 두 번째 예문은 『척독대성』 중 '문후문(問候門)'에 실려 있는 편지로, 만난

---

17 「姨姪上姨叔」, 池松旭, 『新編 尺牘大方』, 新舊書林, 82쪽.
18 「詢動履」, 玄采, 『尺牘大成』, 大昌書院, 中篇 20쪽.

지 오래된 친구의 경사 소식을 듣고 축하를 전하는 내용이다. 편지의 내용은 친지와 친구 사이에 주고받을 수 있는 일상사를 다루고 있으나, 그것의 표기 방식은 첫 예문의 경우 현토체 한문, 두 번째 예문의 경우 순 한문과 현토체 한문의 병용으로 되어 있다. 특히 두 번째 예문은 주석에 『시경』의 '천보(天保)'편을 인용하여 단어를 설명하는 등 전반적으로 의고적인 단어의 사용을 보여주고 있음을 쉽게 알 수 있다. 아울러 두 책의 경우 모두 예문으로 제시하고 있는 편지의 내용이 대체로 각각의 상황과 경우에 반드시 해야 하는 형식적이고 의례적인 말을 담고 있으며 본문의 길이 또한 짧다. 이러한 표기 체계 및 단어, 문장체의 선택은 1910년대까지의 척독 교본에서 한문 편지 규범으로 장려된 편지 문장이 매우 엄격하고 의고적이며 의례적인 단문의 한문 문장이었음을 알게 해준다.

이러한 경향은 이 시기 척독서 저자들의 인식에서도 뚜렷이 드러난다. 김우균과 현채는 특히 각자 자신의 척독 책에서 완연한 복고주의적 문장 성향과 순 한문 문장에 대한 자부심을 드러내고 있었다. 1900년대의 대표적 저자인 김우균은 그의 『척독완편』 서문에서 척독은 '고문(古文)'의 여파에서 나온 것이며 서권기(書卷氣)가 담겨 있어야 한다'는 복고적인 주장을 폈으며,[19] 1910년대의 대표적 척독집 저자인 현채 또한 그의 『척독대성』 서문에서 '해내존지기, 천애약비린(海內存知己, 天涯若比鄰)'이라는 왕발(王勃)의 유명한 시구를 빌려 척독의 의의를 설명하고 있기 때문이다.[20]

---

19 김우균의 척독 인식의 복고적 성향에 대해서는 1부 2장을 참고.
20 "夫尺牘一書, 非直敍寒喧瀉哀慶而已, 其能嫺於此者. 靈犀相通, 金蘭可結, 卽海內知己, 天涯比鄰也." 玄采, 「尺牘大成序」『尺牘大成』, 大昌書院.

그러나 이러한 경향은 1920~30년대에는 약간의 변화를 보이게 된다. 이 시기에 대세를 이루게 된 것은 여전히 한문체 문장이 중심이 되긴 하지만 국문 독음 표기가 반드시 뒤따르는 방식이었기 때문이다. 앞서 1920~30년대의 주류 척독서로 살펴본 노익형의『주해부음 신식척독』의 본문을 일례로 제시해보면 다음과 같다.

原來兄弟원릭형데의 至極지극한 情理졍리난 一時일시도 分離분리함을 願원치 아니하나 今汝금여난 天民텬민의 職分직분을 修수코자하야 人生萬能인싱만능의 着席착셕되는 學業학업을 爲위하야 他鄕타향에 遠離원리하니 放浪방랑히 他鄕타향에 流落류락함과는 懸殊현주하나 有時孔懷유시공회난 伴秋益切반추익졀이로다 未諳秋淸미암추쳥한대 客況객황이 安迪안뎍하고 課工과공은 果有前進之望과유젼진지망하며 主人주인은 待人凡節디인범졀이 果溫良耶과온량야아 爲念不尠위념불션이로다 且聞學校차문학교난 體育運動톄육운동이 有유하야 變弱爲强변약위강이라 하니 汝여의 近間撮影근간촬영한 寫眞一幅사진일폭을 付送則汝부숑즉여의 容貌용모를 可가히 見而知之견이지지할 터이오 最近學科최근학과의 作文幾篇작문긔편을 亦送之역숑지하야 看驗優劣간험우열케 하야라 舍兄사형은 秋事추사에 汨沒골몰타가 近得少閑근득소한하야 農牛농우를 改備개비코자 明再明間명진명간에 親往安城市친왕안셩시하야 限今晦間歸來한금회간귀릭코자하기 略付數字략부수자하야 通信통신하고 不宣불션하노라[21]

위 예문은 형이 공부하러 타향에 간 아우에게 안부를 묻는 내용의 편지이다. 앞서의 순 한문이나 현토체 한문과는 달리 국한문체의 문장에 우리말 어순으로 쉽게 풀어져 있을 뿐 아니라, 한문 옆에는 국문 독음이

---

21 「兄형이 在外지외한 弟데에게 하는 書셔」, 盧益亨, 『註解附音新式尺牘』, 博文書館, 1920, 22~23쪽.

일일이 부기되어 있어 쉽게 그 뜻을 짐작할 수 있게 되어 있다. 이렇듯 1920~30년대 한문 문장체의 변화는 그 이전 시기와는 사뭇 다른 것이어서, 반드시 번역을 요했던 이전 한문 문장과는 달리, 읽으면서 그 어의가 대체로 전달되는 수준의 국한문체 문장이 되었음을 알 수 있다. 또한 전달하고자 하는 편지의 내용에서도 형식적인 어구들이 완전히 사라지진 않았지만 자신과 상대방의 안부를 전하면서 구체적인 일상 내용이 반영되는 양상을 보이고 있으며, 자연스럽게 본문 길이 또한 이전에 비해 길어진 모습을 볼 수 있다. 이러한 표기 체계 및 문체의 변화는 1920~30년대에 들어와 권장된 한문의 수준이 예전보다 쉽고 자연스러운 것으로 바뀌었다는 점과, 이 시기 척독 교본이 한문 문장의 학습 차원에서 '한글의 학습 보조 기능'을 강화하고 있었다는 사실을 알게 해준다.

척독 인식에서도 앞선 시기와 상당히 달라진 양상을 보여준다. 1920~30년대에는 근대 척독 교본 저자들의 척독 인식을 읽어볼 수 있게 해주는 자료인 서문이 아예 사라지는 경향을 보여주고 있기 때문이다. 이 글에서 검토 대상으로 삼은 척독 교본 자료 11권 중 서문이 달려 있는 경우는 단 두 권에 불과하며, 그 내용 또한 '척독은 초학자들을 위한 작은 기술일 뿐'이라는 상투적인 내용의 반복에 그치고 있다. 이는 저자들의 저자 정체성 및 자기 인식이 매우 약화되었음을 상징적으로 보여주는 중요한 근거로 볼 수 있는 지점이다. 실제 이 시기 주류 척독서들의 체계가 대체로 비슷해졌다는 점, 그 내용이 상호 중첩되는 경향이 강해졌다는 점에 더하여, 심지어 똑같은 내용을 다른 제목의 책으로 펴내는 관행까지 있었다는 사실은 그러한 해석을 더욱 강하게 뒷받침해준다 하겠다.[22]

---

22 근대 척독서의 이러한 저술 방식은 근대 작문 교본에서도 비슷하게 적용되었던 것으로 지적되고 있어서, 근대 초 실용서 및 교본의 저술 방식 일반의 특징으로 볼 수도 있을 듯하다. 『실지응용작문대방』은 …… 수록된 문장이나 작문의 요령에 대한 서술

(2) 전통 지식의 근대적 대중화 흐름 반영

근대 척독 교본의 특징과 성격을 파악하는 데 있어서 주목해야 할 부분 중 하나는 '부록'이다. 부록은 원래 무엇인가에 '덧붙여진 것'이라는 부수적인 영역이라고 보기 쉽지만, 어떤 책도 본문의 내용과 맥락에 어울리지 않는 내용을 부록으로 싣지는 않으며, 부록 부분은 대개 본문의 성격을 일정하게 보완하며 보충하는 기능을 갖고 있기 마련이다. 그런 점에서 척독 교본들이 부록에 어떤 내용을 선택하여 수록하고 있었는가 하는 점은 척독서의 또 다른 실용서로의 성격을 잘 보여준다고 생각된다. 이 장에서는 시대별 척독 교본의 부록의 변화가 전통 지식의 근대적 변용 과정을 잘 드러내준다고 보고, 그러한 면모를 살펴보려 한다.

실제로 근대 척독서의 부록에 실려 있는 지식들은 시대에 따라 그 성격이 상당히 크게 변화하고 있는 모습을 보인다. 먼저 1900~10년대의 대표적인 척독 교본인 김우균의 『척독완편』, 지송욱의 『신편 척독대방』, 현채의 『척독대성』에 실려 있는 부록을 나열해보면 다음과 같다.

- 김우균, 『척독완편』: 고명필초찰(古名筆草札) | 명가법첩(名家法帖) | 시품췌진(詩品萃珍)
- 지송욱, 『신편 척독대방』: 도군명칭위치관할구역급명산대천(道郡名稱位置管轄區域及名山大川) | 선원보략(璿源譜畧) | 시운선영(詩韻選英) | 고법첩초간(古法帖草簡)

등이 대부분 앞서 출간된 작문교본들에서 그대로 옮겨왔기 때문에 …… 그러나 그 편찬은 기계적인 표절이 아니라 나름의 기준을 가진 취합이며 한문으로 된 서술을 국한문체로 바꿔서 썼기에 근대 초기 글쓰기 인식의 변화를 보여주는 의미 있는 자료이다." 임상석, 앞 논문, 2011, 466쪽 참고.

· 현채, 『척독대성』: 지나역대명인척독(支那歷代名人尺牘, 130칙) | 해린
  척독(海隣尺牘) | 구식척독활투(舊式尺牘活套)

『척독완편』의 '고명필초찰', '명가법첩'과 『신편 척독대방』의 '고법첩초
간'은 중국 역대 문인들의 초서 편지를 영인해놓은 것이며, 역시 같은
두 책에서의 '시품췌진'과 '시운선영'은 한시의 운자(韻字)에 해당되는 글
자들을 모아놓은 것이다. 이들 부록의 기능과 목적은 명백하게 한문학
지식의 전수에 있는 것으로, 초서 편지를 읽고 베끼면서 초서체와 유명
서찰의 문장을 동시에 학습하게 하고, 아울러 한시의 성운(聲韻)을 보다
용이하게 운용하여 한시 창작을 돕게 하려는 것이다. 『척독대성』의 부록
인 '지나역대명인척독'과 '해린척독' 또한 역대 중국의 유명 문인들의 명
문장을 싣고 있는바, 이 시기 척독서들이 지향하고 중시했던 지식의 성
격이 전통적이고 복고적인 한문 지식 위주였음을 쉽게 짐작할 수 있다.[23]
이러한 부록의 성격은 1920~30년대에는 크게 달라진 모습으로 나타난
다. 이 시기 척독 교본의 부록에는 거의 빠짐없이 '동서양연대(비교)표'
가 등장하는가 하면, 각종 서식과 축문식, 제문식 등이 들어 있거나, 또
는 원래 '투식구 제시' 부분에 있어야 했던 '각당칭호'가 부록으로 실려
있는 경우도 찾아볼 수 있다. 대표적인 1920~30년대 척독서들의 부록들
을 정리해보면 다음과 같다.

· 『주해부음 신식척독』(1920): 신식단찰(新式短札) | 축문식(祝文式) | 동
  서양이백년간연대급연령대조표(東西洋二百年間年代及年齡對照表)

---

23 이는 이 시기 척독집의 전반적인 표기 체계가 순 한문에 가까웠으며, 권장하는 한문
편지의 규범 역시 엄격하고 의고적인 한문체였다는 사실과도 상통하는 것이다.

- 『부음주해 척독대감』(1921): 동서양연대대조표(東西洋年代對照表)
- 『부음주석 신식금옥척독』(1923): 서식대요(書式大要) | 축문식(祝文式) | 신식단찰(新式短札) | 동서양연대표(東西洋年代表)
- 『신식 비문척독』(1926): 인용고어석의(引用古語釋義) | 역조선역대연혁급세손(歷朝鮮歷代沿革及世孫) | 선원보략(璿源譜畧) | 관혼상제절략(冠婚喪祭節略)
- 『부음주해 신식유행척독』(1929): 서식대요(書式大要) | 축문식(祝文式) | 신식단찰(新式短札) | 동서양연대표(東西洋年代表)
- 『석자부음 최신금옥척독』(1929): 서식대요(書式大要) | 축문식(祝文式) | 동서양연대표(東西洋年代表)
- 『무쌍주해 보통신식척독』(1930): 축문서식(祝文書式) | 동서양연대표(東西洋年代表) | 조선각도군인구수급정도리수(朝鮮各道郡人口數及程道里數) | 세계각국명수부급인구표(世界各國名首部及人口表)
- 『대증보 무쌍금옥척독』(1932): 축문식(祝文式) | 신식단찰(新式短札) | 현행신식혼상(現行新式婚喪) | 동서양연대일람표(東西洋年代一覽表)

1920~30년대 척독 교본은 전반적인 체제 및 내용이 공유되었던 것처럼 부록들 또한 같은 내용을 싣는 경우가 많았다. 대부분의 척독 교본들이 '축문식'과 '동서양연대표'를 싣고 있는데, 축문식은 상례와 제례에서 쓰는 축문 형식을 분리해서 싣고 있으며, 동서양연대표는 간지와 일본 연호, 조선 개국연호, 중국 연호, 서력을 나열한 표로 되어 있다. 이 외에 '서식대요'와 '신식단찰'은 '미심류(未審類), 시진류(時辰類), 기체류(氣體類)' 등 구절별 투식구와 '삼당칭호(三黨稱號)' 등 명칭 모음의 내용으로, 이 또한 대동소이한 내용을 공유하고 있다.

1940~50년대의 척독 교본 부록은 여기서 더 실용화되고 세분화된 내용

을 싣고 있다. 1940년대 척독서에는 '삼당의 복(服)입는 법 | 부고(訃告) · 지방(紙榜) 쓰난 법 | 제물 차려논난 법',[24] '축문식(祝文式) | 가정간인칭도(家庭間人稱道)'[25] 등이 부록으로 실려 있으며, 1950년대 척독집인 『가정척독』에는 '궁합보는 법, 칭명법, 가정단방치료법' 등의 잡학 지식과 함께 '축문식'과 '민원계서식(民願届書式)'이 실려 있다.

1920년대 이후 척독 교본 부록의 변화 양상에서 주목되는 것은 축문식과 제문 등 상제례 중심의 서식에 대한 관심이 꾸준히 지속되고 있다는 점, 한문 편지의 투식과 명칭에 대한 지식이 부록화되고 있다는 점, 그리고 그 외 '사주, 단자, 지방 쓰는 법에서 제물진설도' 등으로 전통적 지식이 단편화되어 전달되고 있다는 점이다. 이는 근대 척독서가 '편지 쓰기의 학습 교본'이라는 성격으로 인해 원래부터 갖고 있던 기능적·실용적인 성격이 더욱 강화되면서, 대중들에게 전통과 근대의 단편적 지식들을 망라하는 잡학사전 같은 성격의 책으로 변화해가는 도정을 보여주고 있는 것이다. 이는 척독 교본의 시대별 변화가 곧 전통 지식의 근대적 대중화, 또는 전통 지식의 통속화 과정이라고 부를 수 있는 과정을 반영하고 있는 것이라고 볼 수 있을 것이다.

4) 척독 교본의 시대별 특징과 의의

이 글은 근대 척독집이 1900년대 이후 1950년대까지 꾸준히 발간되어온 정황을 추적하여, 각 시대별 척독집의 간행 현황과 변화 과정을 대략적으로 살펴보았다. 이를 위해 먼저 1900년대부터 1950년대까지의 척독

---

24 작자 미상, 『현대미문 학생일용편지투』, 1946(?), 부록.
25 덕흥서림 편(김동진), 『현대미문 청년학생척독』, 덕흥서림, 1946, 부록.

교본 저자에 대한 사항과 체제상 특징을 정리하고, 시대별 척독서들의 변화의 양상을 읽어보고자 하였다.

1900~10년대 척독 교본은 두꺼운 분량의 전문 척독서를 표방한 책들로, '투식구 제시'와 '예문 제시'의 두 부분의 체제적 분류를 갖고 있으며 순 한문의 한문 편지 규범을 제시하고 있음을 알 수 있었다. 1920~30년대는 척독서의 대유행 시기라 할 만큼 많은 종류의 책들이 쏟아져 나온 시기로, 대부분 출판사 운영자들의 가계에서 저자들이 배출되고 있었다. 이 시기의 척독서는 본격적인 한문 편지 교본이나 학습서라기보다는 가벼운 '편지 예문집' 성격을 강하게 띠게 되었으며, 훨씬 쉬운 우리말 어순의 국한문체 문장으로 바뀐 편지 예문들을 싣고 있었다. 또한 이 시기 척독서들은 기존의 책 편집을 그대로 옮기거나 적당히 가감하여 활용하는 방식으로 상호 간에 활발하게 내용이 공유되고 재생산되어 많은 종류의 책들이 발간되고 있음을 알 수 있었다. 1940~50년대는 근대 척독집의 쇠퇴기로, 앞 시기의 교본 체제에서 국문의 기능과 역할이 더 강화되고 있었다. 그리고 이러한 시대별 척독서들의 변화 양상은 곧 '권장되는 한문 편지 규범의 변화'라는 측면과 '전통 지식의 근대적 대중화'라는 현상을 반영하고 있다고 보았다.

다음 장에서는 근대 척독서의 체제상의 문제나 척독 인식, 부록에 다루어진 지식의 성격 문제를 넘어서, 대중들에게 '한문 편지'라는 전통 지식의 학습이 왜 그토록 욕망되었는지에 대한 질문을 탐구해보고자 한다. 척독집들이 보여주고 있는 '고정된 예문 제시의 경향'과 '국한문 문체'에 대한 차원에서 보다 본격적인 연구가 필요하다고 보이기 때문이다. 이는 대중들에게 끝까지 중시되었던 전통적 지식이 상제례 중심의 형식적이고 단편화된 지식이었던 점과 관련하여, 근대 시기 내내 척독 교본을 열렬하게 소비한 대중들의 욕망의 성격을 해명하고자 하는 작업이다.

* 근대 척독집 목록(추가 발견된 11종 밑줄 표시)

(1) 김우균(金雨均), 최성학(崔性學), 『척독완편(尺牘完編)』, 박문사(博文社), 1899/1905/1908/1912/1916/1937.

(2) 이정환(李鼎煥), 『국문구해(國文句解) 신찬척독(新撰尺牘)』, 대창서원(大昌書院), 1905.[『선문구해(鮮文句解) 신찬척독(新撰尺牘)』, 대창서원(大昌書院), 1913]

(3) 유일서관(唯一書館) 편[남궁준(南宮濬)], 『증보척독(增補尺牘)』, 유일서관(唯一書館), 1910.

(4) 안태영(安泰瑩), 『비문척독(備門尺牘)』, 광덕서관(廣德書館), 1910.

(5) 남궁준(南宮濬), 『증보(增補) 최신척독(最新尺牘)』, 유일서관(唯一書館), 1911.

(6) 광동서국(光東書局) 편집부(編輯部) 편, 『개정증보(改正增補) 일선비문척독(日鮮備門尺牘)』, 광동서국(光東書局), 1913.

(7) 백윤규(白潤珪), 『정선척독(精選尺牘)』, 운림서원(雲林書院), 1913.

(8) 유일서관(唯一書館) 편집부(編輯部), 『신정(新訂) 척독전서(尺牘全書)』, 유일서관(唯一書館), 1913.

(9) <u>현채(玄采), 『척독자해(尺牘自解)』, 대창서원(大昌書院), 1913.</u>

(10) <u>한흥교(韓興敎), 『모범(模範) 척독대방(尺牘大方)』, 경성서관(京城書館), 1913.</u>

(11) 구희서(具羲書), 『해동명가척독(海東名家尺牘)』, 광동서국(光東書局), 1914.

(12) 정운복(鄭雲復), 『독습(獨習) 일선척독(日鮮尺牘)』, 일한서방(日韓書房), 1915.

(13) 지송욱(池松旭), 『신편(新編) 척독대방(尺牘大方)』, 신구서림(新舊書

林), 1915/1916.

(14) 작자 미상,『여행필휴(旅行必攜) 회중척독(懷中尺牘)』, 한국도서주식
회사(韓國圖書株式會社), 1916.

(15) 현공렴(玄公廉),『일선척독대전(日鮮尺牘大全)』, 보급서관(普及書館),
1917 / 대창서원(大昌書院), 1923.

(16) 박문서관(博文書館) 편집부(編輯部),『근세(近世) 신편척독(新編尺
牘)』, 박문서관(博文書館), 1917.

(17) 김우균(金雨均),『문명척독(文明尺牘)』, 간행지(刊行地) 불명, 1917.

(18) 현채(玄采),『척독대성(尺牘大成)』, 대창서원(大昌書院), 1917/1919.

(19) 작자 미상,『비주(備註) 시행간독(時行簡牘)』, 조선도서주식회사(朝鮮
圖書株式會社), 1918.

(20) 노익형(盧益亨),『비음주해(備音註解) 시체척독(時體尺牘)』, 박문서관
(博文書館), 1919.

(21) 정경석(鄭敬晳),『경향통상(京鄕通商) 여행척독(旅行尺牘)』, 광문서국
(廣文書局), 1919.

(22) 노익형(盧益亨),『주해부음(註解附音) 신식척독(新式尺牘)』, 박문서관
(博文書館), 1920.

(23) 곽찬(郭瓚),『문자주해(文字註解) 고등척독(高等尺牘)』, 보문관(寶文
館), 1921.

(24) 김동진(金東縉),『주해부음(註解附音) 척독대감(尺牘大鑑)』, 덕흥서림
(德興書林), 1921.

(25) 조남희(趙男熙),『신식(新式) 비문척독(備門尺牘)』, 동양서원(東洋書
院), 1921/1926.

(26) 김원우(金元祐),『주토상식(註吐常識) 실용척독(實用尺牘)』, 동창서옥
(東昌書屋), 1922.

(27) 김우균(金雨均), 『회책화계(悔責花界) 진명척독(進明尺牘)』, 신구서림
(新舊書林), 1922.

(28) 강의영(姜義永), 『실용주해(實用註解) 신식보통척독(新式普通尺牘)』,
영창서관(永昌書館), 1922.

(29) 고유상(高裕相), 『최신(最新) 척독대관(尺牘大觀)』, 회동서관(匯東書
館), 1923.

(30) 김우균(金雨均), 『현토구해(懸吐句解) 척독합벽(尺牘合璧)』, 신구서림
(新舊書林), 1923.

(31) 지송욱(池松旭), 『부음주석(附音註釋) 신식금옥척독(新式金玉尺牘)』,
신구서림(新舊書林), 1923.

(32) 고유상(高裕相), 『부음주해(附音註解) 최신신척독(最新新尺牘)』, 회동
서관(滙東書館), 1923.

(33) 이종정(李鍾楨), 『석자부음(釋字附音) 최신금옥척독(最新金玉尺牘)』,
광동서국(光東書局), 1925.

(34) 강은형(姜殷馨), 『부음주해(附音註解) 최신유행척독(新式流行尺牘)』,
대성서림(大成書林), 1925.

(35) 조남희(趙男熙), 『신식(新式) 비문척독(備門尺牘)』, 간행지(刊行地) 불
명 → 동양서원(東洋書院), 1925.

(36) 한흥교(韓興敎), 『척독대방(尺牘大方)』, 경성서적공동출판사(京城書籍
共同出版社), 1925/1927.

(37) 김동진(金東縉), 『증주부음(增註附音) 유행금옥척독(流行金玉尺牘)』,
덕흥서림(德興書林), 1926.

(38) 작자 미상, 『수세척독(酬世尺牘)』, 조선도서주식회사(朝鮮圖書株式會
社), 1926.

(39) 이면우(李冕宇), 『주해부음(註解附音) 최신문명척독(最新文明尺牘)』,

영창서관(永昌書館), 1927.

(40) 지송욱(池松旭), 『부음주석(附音註釋) 최신금옥척독(新式金玉尺牘)』, 대동인쇄사(大同印刷社), 1927/1929.

(41) 지송욱(池松旭), 『최신(新式) 금옥척독(金玉尺牘)』, 신구서림(新舊書林), 1927.

(42) 강의영(姜義永), 『증보유행(增補流行) 신식보통척독(新式普通尺牘)』, 영창서관(永昌書館), 1927.

(43) 강의영(姜義永), 『최신무쌍(最新無雙) 일용대간독(日用大簡牘)』, 간행지(刊行地) 불명, 1928.

(44) 강의영(姜義永), 『주해부음(註解附音) 무쌍금옥척독(無雙金玉尺牘)』, 영창서관(永昌書館), 1928.

(45) 임남일(林南日), 『주해부음(註解附音) 신식간독편람(新式簡牘便覽)』, 태화서관(太華書館), 1928.

(46) 박중화(朴重華), 『최신독습(最新獨習) 일선척독(日鮮尺牘)』, 창문당(彰文堂), 1929.

(47) 강은형(姜殷馨), 『부음주해(附音註解) 신식유행척독(新式流行尺牘)』, 대성서림(大成書林), 1929.

(48) 광한서림(廣韓書林) 편집부(編輯部)[김천희(金天熙)], 『석자부음(釋字附音) 최신금옥척독(最新金玉尺牘)』, 광한서림(廣韓書林)[삼문사(三文社)], 1929.

(49) 김동진(金東縉), 『무쌍주해(無雙註解) 보통신식척독(普通新式尺牘)』, 덕흥서림(德興書林), 1930.

(50) 윤용섭(尹用燮), 『가정실용 반초언문척독』, 세창서관(世昌書館), 1931.

(51) 강의영(姜義永), 『주해부음(註解附音) 무쌍금옥척독(無雙金玉尺牘)』, 영창서관(永昌書館), 1932.

(52) 고병교(高丙敎), 『대증보(大增補) 무쌍금옥척독(無雙金玉尺牘)』, 회동
    서관(滙東書舘), 1933.

(53) 이철응(李哲應), 『부음주해(附音註解) 신식청년척독(新式靑年尺牘)』,
    화광서림(和光書林), 1933.

(54) 신태삼(申泰三), 『주해부음(註解附音) 모범금옥척독(模範金玉尺牘)』,
    세창서관(世昌書舘), 1934.

(55) 김동진(金東縉), 『증주부음(增註附音) 유행금옥척독(流行金玉尺牘)』,
    덕흥서림(德興書林), 1934.

(56) 이종국(李鍾國), 『증보부음(增補附音) 유행금옥척독(流行金玉尺牘)』,
    덕흥서림(德興書林), 1934.

(57) 작자 미상, 『주해부음(註解附音) 모범금옥척독(模範金玉尺牘)』, 세창
    서관(世昌書舘), 1934.

(58) 강은형(姜殷馨), 『주해부음(註解附音) 신식대성간독(新式大成簡牘)』,
    대성서림(大成書林), 1934.

(59) 강범형(姜範馨), 『주해부음(註解附音) 특별금옥척독(特別金玉尺牘)』,
    화광서림(和光書林), 1936.

(60) 이종수(李宗壽), 『대증보(大增補) 무쌍금옥척독(無雙金玉尺牘)』. 성문
    당서점(盛文堂書店), 1936.

(61) 이종수(李宗壽), 『보통유행(普通流行) 성문척독(成文尺牘)』, 성문당서
    점(盛文堂書店), 1936.

(62) 고경상(高敬相), 『두주부음(頭註附音) 無雙大金玉尺牘』, 三文社, 1937.

(63) 고경상(高敬相), 『부음주해(附音註解) 신식유명척독(新式有名尺牘)』,
    삼문사(三文社), 1937.

(64) 고경상(高敬相), 『신식유행(新式流行) 보통척독(普通尺牘)』, 회동서관
    (滙東書舘), 1937.

(65) 강남형(姜南馨), 『주해부음(註解附音) 무쌍금옥척독(無雙金玉尺牘)』, 영창서관(永昌書館), 1946.

(66) 김동진(金東縉), 『현대미문(現代美文) 청년학생척독(靑年學生尺牘)』, 덕흥서림(德興書林), 1946.

(67) 작자 미상, 『현대미문(現代美文) 학생일용편지투(學生日用片紙套)』, 발행처 미상, 1946.

(68) 저자 미상, 『가정척독(일상생활의 백과사전)』, 발행처 미상, 1955.

(69) 김동진(金東縉), 『이십세기(二十世紀) 영웅척독(英雄尺牘)』, 간행지(刊行地) 불명, 간행년(刊行年) 불명.

(70) 신길구(申佶求), 『최신무쌍(最新無雙) 일용대간독(日用大簡牘)』, 영창서관(永昌書館), 간행년(刊行年) 불명.

(71) 박준표(朴埈杓), 『청년실용(靑年實用) 무쌍신식간독(無雙新式簡牘)』, 간행지(刊行地) 불명, 간행년(刊行年) 불명.

(72) 저자 미상, 『개정증보(改正增補) 일선비문척독(日鮮備門尺牘)』, 발행처 미상, 연대 미상.

(73) 저자 미상, 『가정언문(家庭諺文) 최신현행척독(最新現行尺牘)』, 발행처 미상, 연대 미상.

(74) 저자 미상, 『해동명가척독(海東名家尺牘)』, 발행처 미상, 연대 미상.

2. 척독 교본의 문화적 의미, '옛 것(舊學)/당대성(時務)'의 이중적 효용

1) 소비재로서의 지식─근대의 '한문 편지 쓰기'라는 능력

> 본척독(本尺牘)은 이위간행어세(已爲刊行於世)ᄒ야 강호(江湖)의 호평(好評)을 박득(博得)ᄒ온바 금(今)에 국한문(國漢文)으로 신편증보(新編增補)ᄒ야 신구척독(新舊尺牘)에 우이(牛耳)가 되며 차근일(且近日) 신법령(新法令)의 긴요(緊要)ᄒ 자(者)를 유취부집(類聚附輯)ᄒ얏ᄉ오니 일반인사(一般人士)는 안두(案頭)에 필비(必備)홀 호서(好書)이옵.[26]

'강호의 호평'을 이미 널리 받고 있는 '호서(好書)'이니 독자들에게 '안두(案頭)에 필비(必備)'해야 한다고 1908년 신문광고를 통해 소개되고 있는 위 책은 근대 척독의 효시로 알려진 김우균의 『척독완편』이다. 이 책은 1898년 처음 책이 완성되었을 때부터 각지의 서당에서 '금과옥조로 받들며 베껴 가는 자가 무리를 이뤄 낙양의 지가를 올렸'고, '당시 젊은이

---

26 『대한매일신보』, 1908. 12. 1.

들이 그 규식을 배우고자 하지 않는 자가 없었다'고 할 정도로 큰 호응을 받은 책이었다.[27] 이 책은 1905년 근대적인 출판 과정을 거쳐 동문서림에서 발간되었는데 인쇄된 책 역시 이후 12년간 7판의 재인쇄와 3만여 질의 판매고를 기록했다.[28] 위 광고문에서 '신구척독의 우이(牛耳)'가 되었다는 표현대로 이후 근대 척독 교본의 대대적인 출판 유행을 이끌어내는 중요한 계기가 된 책인 셈이다.

근대 척독서는 한문 편지 쓰는 법을 용어와 예문을 통해 제시하는 실용 학습서로, 『척독완편』의 사례에서 볼 수 있듯 근대의 독자들이 가장 많이 소비한 출판물이었다. 근대의 주요 출판물이었지만 유통과 소비의 대상은 아니었던 족보·개인문집과 달리, 근대 척독서는 소비자들에게 열렬한 구매 대상이었으며 서포 및 출판사의 주요 수입원이었다. 근대 초기 서적상에 대한 연구에서 출판사 박문서관의 주인이자 근대 척독서의 저자인 '노익형'에 대해 그가 '잘 팔리는 책 만드는 일'을 우선했으며 개화기 출판사들 가운데 '유교 경전과 척독류로 출판을 시작했다'는 증언은 이를 잘 보여준다.[29] 1900년대 출판물 광고를 다룬 기존 연구에서 밝힌 바대로 당시 가장 상업적인 출판물이었던 교과서류 및 소설과 1, 2위를 다투는 순위에 척독 교본이 들어 있다는 점도 당시의 인기를 짐작하게 해준다.[30] 1906년에서 1910년까지 『척독완편』이라는 책 한 종류의

---

27 "命寔諸家塾, 於是焉片言隻字, 奉如拱璧, 索抄者衆, 殆紙貴洛陽." 金雨均, 「緖言」, 『(新撰)尺牘完編』, 1908; "年少者無不欲學其規式, 爭相抄寫, 以備時行之要, 常患其誤落相沿." 고응원, 「跋」, 『尺牘完編』, 1905.

28 "幾年의 間에 翻印이 凡六度오 三萬有餘帙에 達ᄒ야 居然이 域內에 衣被혼지라 …… 坊友가 完編의 第七度印布홈을 苦請ᄒᄂ故로……." 金雨均, 「文明尺牘叙言」, 『文明尺牘』, 1917.

29 "노익형은 잘 팔리는 책 만드는 일을 우선했던 것 같다. …… 초기의 박문서관은 개화기 여느 출판사와 마찬가지로 위인전기나 교과서류 및 經書, 尺牘類들로 출판을 시작하였다." 「博文書館과 盧益亨 관련 자료 모음」, 『근대서지』 6호, 2012, 803쪽.

광고만도 『황성신문(皇城新聞)』, 『대한매일신보(大韓每日申報)』, 『신한국보(新韓國報)』, 『국민보(國民報)』 등에서 100여 회 이상 발견될 정도이다.[31]

근대 척독서는 이렇듯 '한문 글쓰기'의 잔존이 근대 시기 전체에 걸쳐 매우 광범위하며 강력하게 지속되었음을 보여주는 특이한 자료군이다. 이는 크게 문학사적 차원에서 근대를 한문학이 '쇠퇴'해가는 시기라고 진단하는 일반적 시각과 충돌을 일으키며,[32] 글쓰기의 차원에서 근대로 갈수록 한글 위주의 언문일치로 '발전'해갔다는 통념에도 합치되지 않는 불편함을 준다. 그렇다면 왜 근대 척독집은 근대 한문학이 쇠퇴한 것이 아님을 주장하는 반론의 적극적인 자료로 연구되지 않았는가. 또는 글쓰기의 근대적 변화 과정에서의 다양성을 보여주는 자료로 충분히 언급되지 않았는가. 그것은 척독 교본 자료군이 갖고 있는 '문학 연구자료'로서의 가치가 적극적으로 인정되기 어려웠기 때문이다. 근대 척독은 생활에 필요할 때마다 베껴 쓸 수 있는 예문을 제공하는 실용서라는 장르

---

30 1910~17년 『매일신보』에서 광고 빈도가 높은 서적의 통계를 정리한 다음 논문에 따르면 상위 100종 중 척독류가 11종이다. 이 논문은 1910년 전후의 서적의 폭발적인 증가 현상을 방각본의 근대적 전환의 관점에서 분석했는데, 식민지기 내내 중요한 책 중 하나로 척독집을 언급하고 있다. 이경현, 「1910년대 신문관의 문학 기획과 한국 근대문학의 형성」, 서울대 박사학위논문, 2013. 31~40쪽.

31 이 책 1부 1장의 각주 4번 참고.

32 한문학이 근대에 '쇠퇴'했다는 단일한 발전론적 시각에 반론을 제기하면서 이 시기 한문학을 새롭게 재조명하는 연구가 최근 활발하게 이루어지고 있다. 임상석, 「1920년대 작문교본, 『實地應用作文大方』의 국한문체 글쓰기와 한문 전통」, 『우리어문연구』 39집, 우리어문학회, 2011. 1; 임상석, 「1910년 전후의 작문 교본에 나타난 한문전통의 의미」, 『국제어문』 42, 국제어문학회, 2008. 4; 김진균, 「한학과 한국 한문학의 사이, 근대 한문학」, 『국제어문연구』 51, 국제어문학회, 2011. 4; 김진균, 「근대 한문학의 세 지향」, 『인문과학』 49, 성균관대학교 인문과학연구소, 2012. 2; 한영규, 「儒家 아비투스의 상대화와 근대적 문장관의 출현—1920년대 조긍섭, 변영만의 논쟁을 중심으로」, 『동양한문학연구』 35, 동양한문학회, 2012. 8; 한영규, 「20세기 전반기, 이언진 문학의 호명 양상」, 『반교어문연구』 31, 반교어문학회, 2012; 신상필, 「근대 한문학의 성격과 신해음사」, 『한문학보』 22, 우리한문학회, 2010.

성격에, 투식구가 반복되는 비창작물의 경향을 갖고 있었다. 또 편저자의 개성을 논할 수 없을 만큼 책 내용의 부분적, 전체적 상호 모방이 당연하게 묵인되는 장르이기도 했다.

그러나 한 연구에서는 '섭치', 순우리말로 '너절하고 변변치 못한 물건'이라는 단어를 통해 고서점에서 헐값으로 거래되는 책들을 조명하면서 그중 하나로 조선 후기의 서간 교본인 『척독요람』과 『초간독』을 언급하고 있다. 이는 한문 편지 교본이 제대로 된 취급을 받지 못할 만큼 '흔해 빠진 것'이었음을 알려주는 동시에, 사실은 그 '대중적 유통량이 상당한 것이었음'을 역으로 짐작하게 해준다. 이 연구에서도 '조선후기 편지쓰기 교본이 다수 등장한 것은 지식의 대중화를 보여주는 증거'라고 지적하고 있기도 하다.[33]

이 글 또한 근대 척독을 한국 한문학의 변화와 모색을 진단하는 데 있어 대중성과 문화론적 차원에서 특유의 연구 가치를 갖고 있는 자료라고 판단하고,[34] '근대 척독서의 성행'이라는 문화적 현상의 의미와 맥락을 탐구해보고자 한다. 20세기 초 식민지 시기를 포함한 40~50년의 긴 시간 동안 많은 대중들이 왜 기꺼이 비용을 지불해가면서 '편지'라는 형식의 '한문 글쓰기' 능력을 획득하고자 했을까 하는 것이 이 글의 근본적

---

33 장유승, 『쓰레기 고서들의 반란』, 글항아리, 2013. 140~141쪽.
34 강명관은 예외적이고 특별한 문학적 재능을 가진 작가와 그의 작품만을 중요한 문학 연구의 대상으로 삼아왔던 태도에 대한 근본적인 문제의식을 제기했다. 평범한 대다수의 대중이 생활 속에서 행해온 문자행위의 실제 양상이 중요한 학문적 대상이 될 수 있다는 그의 시각은 매우 중요한 입론의 전환을 가능하게 해준다. "문학은 인간을 매개하는 주요한 수단이었으니 그 매개의 구체적인 방식을 탐구해야 한다. 문학이 생활의 어떤 방면에서 어떻게 사용되었는가, 창작의 절대 다수였던 비독창적, 비개성적 범작들은 어떤 상투적 수사학으로, 어떤 상투적 미학으로 쓰이고 유통되고 해석되고 감상되었던가 등을 물어야 할 것이다." 강명관, 「발전사관을 넘어 국문학 연구를 생각한다」, 2014년도 고전문학자대회 자료집, 2014. 10, 13쪽.

인 문제의식의 시작점인 것이다.

이러한 질문에 대해 이 글은 근대 척독집이 갖고 있는 독보적인 소비재로서의 매력의 근원이 '구(舊)'와 '시(時)'의 상반된 방향성을 동시에 추구하는 데 있었다고 주장하고자 한다. 근대 척독집은 한문이라는 구시대의 학문이 갖고 있는 유교적 '권위'와 근대적 활용성 차원에서의 시무적 '실용성'이 끊임없이 다양한 조합으로 결합된 '소비재로서의 지식'이었다는 것이다. 이를 증명하기 위해 이 글은 근대 척독집 13종을 대상으로[35] 각각의 척독 교본에서 읽어볼 수 있는 '구학(舊學)'과 '시무(時務)'의 양상을 살펴보고, 이러한 '구(舊, 권위)/시(時, 실용)'의 동시 획득이라는 이중적 효용이, 척독집이라는 상투적이고 무가치해 보이는 한문 편지 학습서를 50여 년의 한국 근대를 통틀어 최대의 베스트셀러가 되게 만든 궁극적인 원인이었다고 분석하고자 한다. 이러한 분석을 통해 한국 한문학사에서 근대 척독집이라는 자료군이 갖는 문화적 의미와 위상을 새롭게 조명하는 것이 본고의 최종적인 목표이다.

---

35 본고의 분석 대상 13종은 시대별로 각각 1900~10년대 5종, 1920~30년대 7종, 1940~50년대 1종이다. 김우균, 『척독완편』, 1905; 김우균, 『신찬 척독완편』, 1907; 김우균, 『증보 척독완편』, 동문서림, 1913; 지송욱, 『신편 척독대방』, 1915; 현채, 『척독대성』, 1917; 노익형, 『주해부음 신식척독』, 박문서관, 1920; 지송욱, 『부음주석 신식금옥척독』, 신구서림, 1923; 한기당, 『최신 척독대관』, 1923; 고병교, 『대증보 무쌍금옥척독』, 회동서관, 1932; 김천희, 『석자부음 최신금옥척독』, 광한서림, 1929; 이종국, 『무쌍주해 보통 신식척독』, 덕흥서림, 1930; 강은형, 『부음주해 신식유행척독』, 대성서림, 1929; 장영구, 『가정척독(일상생활의 백과사전)』, 문창사, 1955. 이하 예문 인용 시에는 저자와 출판 연도만으로 표기하기로 한다.

2) 장르적 본질, '구(舊)/시(時)'의 긴장과 공존

근대 척독 교본은 한문 편지를 쓸 수 있게 도와주는 학습 서적으로, 조선 후기의 '간찰 교본'과 '척독 선집'에 그 연원을 두고 있다.[36] 한문 서간의 모범적인 사례들을 통해 읽는 이가 서간의 표현과 문장 규범을 익히게 하는 이러한 서간 학습서의 전통은 조선 후기 이후 꾸준히 있어 왔던 것이다. 근대 척독서는 이들 한문 서간 교본의 장르성을 충실하게 이어받은 자료이며, 다만 한문 서간을 쓸 때의 상투적 표현이 좀 더 강화된 자료인 것으로 평가되어왔다.[37]

그런데 근대 척독집 내부에서 편저자의 목소리를 통해 확인되는 언급 중에 흥미로운 것은 '옛것(舊)'과 '당대의 것(時)'에 대한 예민한 인식이다. 이러한 언급은 상당히 여러 권의 척독집에서 공통적으로 드러나고 있어 눈길을 끈다.

> ① (최성학은) 노년에 서찰 기록에 뜻을 두어 연·조나라 사이에서 노닐며 물러나 여러 이름난 선비들과 문답한 바가 많으니 그것이 이 책이다. 새것과 옛것

---

36 조선 후기 간찰 교본과 척독 선집에 대해서는 각각 다음 논문을 참고할 수 있다. 류준경, 「방각본 간찰교본 연구」, 『漢文古典研究』 18, 2009; 이기현, 「19세기 중후반의 척독집 수용과 편찬」, 『漢文敎育硏究』 28, 2007. 방각본 간찰 교본은 정형화된 편지 서식을 일반화, 유형화된 지식으로 제공하는 것이 목적인 책으로, 상업적인 방각본으로 출판되었다는 것 자체가 '한문 지식의 대중화, 평균화'를 의미한다. 반면 필사본 척독 선집은 문예적 표현에 중점을 둔 문인들의 척독을 모아 편찬한 것으로, 문인과 예문 선정에 있어 편자의 취향이 중요하게 작용되는 자료이다. 따라서 이는 '배타적이고 고급한 한문 향유 문화'를 상징하는 자료라고 하겠다. 이 두 종류의 책, 방각본 간찰 교본과 필사본 척독 선집은 근대 척독집에 각각 '활용'과 '감상'이라는 두 가지 기능을 물려준 것으로 판단되는데, 이에 대해서는 별도의 논고를 마련하고자 한다.

37 박은경, 박해남, 김진균, 홍인숙 논문 참고.

을 서로 참고하고 압록강 동쪽의 습속은 다 털어버렸으며 조목과 종류를 나누어
서 각각 그 지향을 다하였다.[38] ―조병식, 「척독완편서(尺牘完編序)」, 김우균, 『척
독완편』(1905)

② 지금 시속이 일변하여 다양한 서찰 종류에 정해진 규범은 거의 없으니,
…… 지송욱 군은 이를 걱정하여 옛 글을 수집하고 새 규식을 뽑아서 한 편의
책을 만들고 '신편척독대방'이라 이름했다.[39] ―민종묵, 「서언(序言)」, 지송욱, 『신
편 척독대방』(1915)

③ 그런데 우리 조선인은 척독을 작은 기술로 여겨 그 기술을 전혀 못하지는
않으나, …… 이에 안타까움을 이기지 못해 옛것과 지금의 척독을 수집하고 엮었
다.[40] ―현채, 「척독대성서(尺牘大成序)」, 『척독대성』(1917)

위 인용문에서 공히 읽을 수 있는 것은 근대 척독집이 '옛것'과 '새것'을
아우르려고 했다는 의식이다. ①은 1905년 편찬된 『척독완편』에 실려 있
는 조병식의 서문이다. 그는 척독집을 편찬하는 과정에서 편저자인 최
성학이 후학 및 교류 문인들과 나눈 노고를 치하하면서, 『척독완편』이
'새것과 옛것을 서로 참고(叅互新舊)'했다고 언급하고 있다.
여기서 말한 '새것과 옛것(新舊)'은 과연 무엇을 말하는 것인가. 이에
대한 실마리를 제시해주는 것이 ②와 ③으로, 이들은 각각 1910년대의

---

38 "老年以翩翩書記, 屢遊燕趙之間, 退與諸名士, 多所問答, 故是編也. 叅互新舊, 悉祛鴨水
以東習氣, 條分類別 各極其趣."
39 "現今時風一變, 各樣書類, 殆無定規, …… 池君松旭甫, 惟是之憂, 搜輯舊聞, 採用新式,
作爲一編, 名之曰, 新編尺牘大方."
40 "酒者我鮮人, 視尺牘爲小技, 而全不下工, …… 玆蒐集古今尺牘而編譯之."

대표적인 척독 교본인『신편 척독대방』에 실린 민종묵의 서문과 현채의 『척독대성』자서이다. 여기서는 ①에서 막연히 '신구(新舊)'라고 지칭한 것의 실체를 짐작게 하는 표현이 등장한다. 그것은 ②에 따르면 '옛 글(舊聞)과 새로운 법식(新式)'이며, ③에 따르면 '옛날과 지금의 척독(古今尺牘)'이다. 즉 이들 예문은 근대 척독이 조선 후기 간찰 교본이나 척독 선집에서 볼 수 있는 기존의 한문 서간 예문을 기본으로 참고하되, 거기서 그치지 않고 20세기 초라고 하는 당대의 시대성을 담은 서간 예문을 탐구하고 모색했다는 것을 알게 해주는 것이다.

이러한 사실은 근대 척독 교본이 단지 조선 후기의 간찰 교본을 별 의식 없이 답습한 천편일률적인 한문 서간의 투식구 모음집이라는 기존의 시각에 약간의 균열을 준다. 이들 예문은 척독서 저자들이 한문 서간의 '전통적인 옛 서간문(舊)'을 고수하면서도 '그 시대에 맞는 것(時)'을 계속 추구했음을 보여주고 있기 때문이다. 이때 특히 주목되는 것은 이들이 각각 '그 시대에 맞는 것'을 찾게 된 이유, 즉 '당대의 관심사, 당대의 문제'가 무엇인가 하는 점이다.

②에서 1915년 지송욱의 척독 교본에 서문을 써준 민종묵은 '시속이 일변했다'고 단언하고 있다. 그리고 그로 인해 '각종 서찰의 종류는 다양한데 정해진 규식이 없어서' 곤란을 겪고 있다는 시대적 문제 상황을 지적한다. 즉 그의 문제의식은 시속의 급격한 변화에도 불구하고 서찰 규범은 그대로여서 모방을 하려고 해도 마땅하지 않다는 것이다. 민종묵에 따르면 지송욱이 척독집을 편찬한 이유는 바로 '이를 걱정해서(惟是之憂)'라고 한다.

급격한 세상의 변화를 민감하게 의식하고 그러한 변화에 맞게 척독 교본도 나름의 대응책을 찾아야 한다는 문제의식을 보여주는 사례는 다양하게 볼 수 있다.

④ 아아, 시국이 유신(維新)되고 시무가 매우 바빠져서 사귐을 논하는 도리가 날로 넓어지고 일에 수응하는 방법도 날로 많아지니 필히 읽지 않을 수 없는 것이 척독이다.[41] – 김우균, 「서언(緖言)」, 『신찬 척독완편』(1907)

⑤ 지금 천하 형세를 돌아보니 변화가 날로 빨라지니 부득불 그 사이에 더하 거나 깎아낼 것이 있다.[42] – 김우균, 「자서(自序)」, 『증보 척독완편』(1913)

⑥ 그러나 시국이 날로 변하여 요즘 법식이 전에 간행한 것과 달라 미진한 곳이 많아지니 다시 약간 누락된 것을 증보했다.[43] – 이용직, 「서(序)」, 김우균, 『증보 척독완편』(1913)

⑦ 공경하는 예절도 현재 통용되는 방식이 있으니 편지를 쓰는 자가 어찌 시 의에 맞게 함에 힘쓰지 않을 수 있겠는가.[44] – 정만조, 「최신척독대관서(最新尺牘 大觀序)」, 한기당, 『최신 척독대관』(1923)

위 인용문들은 각각 김우균, 이용직, 정만조 등의 척독 교본 서문의 일부이다. 이들은 척독이 필요한 이유, 혹은 척독서를 개수해야 하는 이 유를 '시대 상황의 급변' 때문이라고 말하고 있다. 이들은 공히 척독 교본 의 증보 및 개수의 원인을 세상이 '날마다 급변(日趨於變/時局日新)'하기 때문이라고 진단하고 있는 것이다. 이러한 변화 때문에 어쩔 수 없이

---

41 "噫라 局勢가 維新ᄒ고 時務가 劇忙ᄒ니 吾人도 論交之道가 日廣ᄒ고 酬事之路가 日 多ᄒ니 不可不必讀ᄒᆯ 者이 尺牘이라."
42 "所顧今宇內形勢, 日趨於變, 不得不有增删於其間者."
43 "然時局日新, 程式時異前刊, 多有所未盡處, 迺更增補其遺漏若干."
44 "其敬之之節, 自有現時通行之式, 爲書牘者, 何可不務適其時宜乎."

원래의 척독 교본에서 '더하거나 뺄 것(增刪)'이 있기도 하고, '법식이 달라져 미진한 것이 많(程式時異前刊, 多有所未盡處)'아 고쳐야 하기도 하며, '공경의 절차도 그 시대의 방식에 맞게(其敬之之節, 自有現時通行之式)' 해야 한다는 것이다. 즉 이들은 근대 초 척독 교본 저자들에게 가장 큰 문제의식 중 하나가 '그 시대에 맞는 척독 규범을 제시해야 한다는 것'이었음을 보여주고 있다.

이상의 인용문들을 통해 알 수 있는 것은 한문 서간의 전통을 고수하는 장르로 여겨졌던 근대 척독이 실은 나름대로의 '당대적 문제의식'을 드러내고 있는 장르라는 것이다. 물론 근대 척독은 한문 서간의 문법과 규율을 전하는 것을 그 근간으로 하는 장르이며, 한문 서간으로 표상되는 '옛 전통'에 대한 강한 동경과 선망이 작동하는 장르이다. 따라서 시대의 변화에 맞는 척독 문범을 마련해야 한다는 당대적 문제의식도 결국에는 격식과 권위를 제대로 갖춘 한문 편지를 쓸 줄 아는 '옛 전통'을 잘 살려야 한다는 해결 방안을 향하고 있다.

이 글은 근대 척독집의 성행이라는 문화적 현상을 해명하는 데 있어 근대 척독서가 이러한 '구전통(舊)'과 '당대성(時)'의 두 차원을 아우르고 있다는 점이 가장 중요한 대목이라고 본다. 따라서 다음 장에서는 그 '구(舊)'와 '시(時)'의 공존, 혹은 긴장적 결합이 근대 척독집에 구현되어 있는 양상을 구체적으로 살펴보고자 한다. 이를 통해 이러한 상반된 경향성의 공존이 근대의 대중들로 하여금 척독 교본을 끊임없이 소비하게 만든 원인이었다는 주장에 보다 근접해갈 수 있으리라 생각한다.

3) '옛 전통(舊)' 지속의 차원

이 장에서는 근대 척독 교본이 갖고 있는 '옛 전통(舊)' 지속의 측면을 구체적으로 살펴보고자 한다. 이를 위해 첫째, 척독 교본이 책 내부의 목차 체계 및 예문 등을 통해 구현하고 있는 유교적 질서와 그 의미를 주목해본 뒤, 둘째, 척독 교본이 구학문을 옹호하는 담론 매체로 기능하고 있었던 측면을 살펴보고자 한다.

(1) 유교적 위계질서와 예(禮)의 반영

이 절에서는 척독서의 내부 체제 및 예문 등에서 강조하고 있는 유교적 질서와 그 의미를 통해, 근대 척독이 '옛 전통(舊)'을 지속하고 있는 측면을 살펴보고자 한다. 가장 먼저 살펴볼 것은 목차 체계에서 드러나는 유교적 원리이다. 1900~10년대 척독 교본에서 목차상 거의 반드시 편성하고 있는 '각당칭호(各黨稱號)', '가정서식(家庭書式)', '활투(活套)' 부분은 그 독자들로 하여금 그러한 유교적 상하 위계와 존비의 질서에 기본적으로 동참할 수 있게 해주는 중요한 지침이었다. 근대 초 가장 대표적인 척독 교본인 김우균의 『증보 척독완편』(1913)의 사례를 제시하면 다음과 같다.

> 各黨稱號
> 第一節 父黨: 一. 父子 | 二. 祖孫 | 三. 叔姪 | 四. 兄弟 | 五. 從叔姪 | 六. 從兄弟 | 七. 族祖孫叔姪兄弟宗親 | 八. 姑叔姪 | 九. 妹夫
> 第二節 母黨: 一. 母 | 二. 祖母 | 三. 伯仲季母 | 四. 姑母 | 五. 嫂 | 六. 姉妹
> 第三節 外黨: 一. 外祖父母 | 二. 外叔父母 | 三. 外從兄弟 | 四. 姨叔父母 | 五. 姨

從兄弟姉妹

第四節 妻黨: 一. 妻 | 二. 妻父母

第五節 鄕黨: 一. 師 | 二. 父執 | 三. 平交

家書式

一. 上祖父書 | 二. 父在家寄子書 | 三. 子在家上父書 | 四. 母在家寄子書 | 五. 上外祖書 | 六. 母寄出嫁女書 | 七. 祖母寄孫女書 | 八. 弟在家上兄書 | 九. 兄在家寄弟書 | 十. 叔姪 | 十一. 舅甥 | 十二. 翁壻 | 十三. 上姑叔書 | 十四. 上姨叔書 | 十五. 夫在外寄妻書 | 十六. 內外從 | 十七. 男妹 | 十八. 宗族 | 十九. 姻戚 | 二十. 上姨兄書 | 二十一. 與姨弟書[45]

'각당칭호'는 친족의 범위를 분류하고 그 구체적인 명칭을 다양하게 소개, 나열하는 부분이다.[46] '부계(父黨), 모계(母黨), 외가(外黨), 처가(妻黨), 지역사회(鄕黨)'의 확장 순서 자체가 이미 유교 사회에서 마땅히 친밀하게 맺어야 할 관계의 우선순위를 나타내고 있으며, 그 각각의 하위 범주에서 다시 세분화되는 관계 또한 유교적 관계 맺기의 기본 원리인 '친친(親親)'의 순서로 제시되어 있다. '가정서식'은 가족 관계에서 주고받는 편지들을 한 통의 완성된 예문으로 소개하는 부분으로, 이 예문의 순서 역시 조손, 부자, 모자, 모녀, 조모손녀의 사례와 같이 '남성·연장자'를 중심으로 한 유교적 위계 질서에 따른 관계의 순서로 왕복 서한이 배치되어 있다.[47]

---

45 김우균, 『增補尺牘完編』, 同文書林, 1913.

46 예컨대 1절 '父黨'의 '父子' 관계 부분은 이렇다. "父主(父稱) 子 次子(子自稱) 家親 老親 家嚴 嚴親 家君(己父稱) 椿丈 椿府丈 椿當 尊大人(人父稱 以上生存稱) 先君 先人 先親 先考 先丈 先府君 先大人(人父稱 以上歿稱)."

또한 근대 척독 교본에 빠짐없이 들어 있는 '혼서식(婚書式), 축문서식(祝文書式), 조장식(弔狀式), 위장식(慰狀式)'의 서간 양식 역시 혼례와 상제례를 중시했던 유교적인 옛 전통의 지속을 상징적으로 보여준다. 특히 이들 혼례와 상례에 관련된 서간문 양식은 1940~50년대까지도 순 한문으로 된 예문이 실려 있다는 점을 주목할 만하다. 근대 척독 교본의 문체 양식이 1900~10년대의 한주국종 국한문체에서, 1920~30년대의 국주한종의 국한문체를 거쳐, 1940~50년대에는 거의 한글 위주로 급변하는 점을 고려해볼 때, 유교적 예식 절차의 서식(書式)만큼은 유독 순 한문으로 되어 있다는 점은 상징적이다.[48] 이는 척독 교본이 전통적인 유교적 예법을 중시했으며, 그것을 지속하는 것을 절대적인 가치로 여겼음을 잘 보여주는 지점이 아닐 수 없다.

근대 척독 교본의 예문에서 한문 서간을 쓸 때 유교적 상하질서, 즉 존비법을 잘 지키는 것이 중요하다고 주장하는 메타적인 관점의 글이 발견되기도 한다. 1930년에 출간된 이종국(李鍾國)의 『무쌍주해(無雙註解) 보통신식척독(普通新式尺牘)』은 자신의 척독서 예문을 통해 한문 서간에 대한 자신의 가치관을 '척독론'의 수준으로 피력하고 있는데,[49] 그

---

47 이러한 목차 분류 및 설정은 1910년대까지의 척독집인 지송욱의 『척독대방』(1915)과 현채의 『척독대성』(1917)에서도 유사하게 발견된다. 1920~30년대 편지 예문집 성격의 척독집은 전체적인 예문 제시의 순서가 친친의 원리로 되어 있으며 대략 '조부·부→조모·모→부부·형제→백숙부(모), 종형제, 외조부모→장인·장모, 처남·매부, 사돈, 동서→존장, 스승'의 순서로 서간문들이 제시되어 있다.

48 일례로 1910년대의 대표적 척독집인 김우균의 척독집에 실려 있는 축문 서식은 1955년 발행된 척독집인 『가정척독』에도 순 한문의 원문 상태 그대로 실려 있다. "題主祝 —維歲次云云孤子某, 敢昭告于顯考某官府君, 形歸窀穸, 神返室堂, 神主旣成, 伏惟尊靈, 舍舊從新, 是憑是倚." 김우균, 『增補尺牘完編』, 1913, 264쪽; 張永九, 『(일상생활의백과사전)家庭尺牘』, 文昌社, 1955, 132쪽. 1955년 발행된 척독집인 『가정척독』에서 축문서식, 상제례문, 혼서식을 제외한 나머지 모든 서간문은 완전한 언문일치의 순 한글 표기 서간이다.

는 당대의 한문 서간을 쓰는 이들이 가장 중시해야 할 기준이 '존비(尊卑)'라고 못 박는다.

⑧ 우선 기두 방식과 다음 기거류 순서에 이르기까지 존비와 선후를 스스로 마땅히 분별하여 써야 한다. 만약 그 순서를 잃어버리면 무지함에 빠져 남의 조소를 면하기 어려우니라. 어제 소위 새로 간행했다는 척독을 본즉 생질이 외숙에게 올린 편지에 먼저 외숙의 안후를 묻고 그다음에 외조부모의 안후를 물었으니 이는 그 선후가 뒤바뀐 것이다. 누구를 향하여 서찰을 보내든 그 사람의 조부, 부친이 계시면 먼저 조부, 부친의 안후를 묻고 다음에 그 부모를 물으며 그다음에 그 사람의 형제에 이르며 그다음 자질과 식구들에 이르러야만 순서를 잃지 않는 것이다.[50] ─이종국, 「外祖父에 上하난書 答書」(13번, 1930)

⑨ 비록 친족과 내외척의 숙질 간이라도 그 조카가 나이가 노성하면 삼촌 된 자가 항렬로써 스스로 높일 수 없다. 무릇 문자상 말을 엮을 때도 크게 하대해서는 안 되고 반드시 공경하여 말해야 하며, 또 공경이 지나쳐서도 안 되고 반드시 경중을 따져야 하니 마땅히 익힐 것을 힘써 바라노라.[51] ─이종국, 「外叔에 上하난

---

49 이종국의 척독집은 천편일률적인 상호 모방과 짜깁기를 벗어나 저자의 개성이 강하게 부각된 특이한 자료이다. 여기에는 근대 척독의 문체와 규범에 대한 문제제기를 비롯해 당대 문화와 인정세태를 흥미롭게 보여주는 개성적인 서간들이 들어 있다. 특히 이 자료에는 동시대인 1920년대 척독집을 신랄하게 비판하는 내용이 들어 있어 주목을 요한다. 본서 2부 4장 참고.

50 "始面起頭方式과 次及起居類順序에 尊卑先後를 自當分別用之也니 此若失其次序하면 陷於無知하야 難免人之嘲笑이니라 昨見所謂新刊行尺牘한즉 甥姪이 表叔에 上하난 書에 先問表叔之安候하고 次問外祖父母安候하얏스니 是其先後倒錯이라 誰某를 向하야 與書하던지 其人의 祖與父가 有하면 先問其祖父安候하고 次及其父母하며 次及其人兄弟하며 次及其子姪家內라야 次第를 不失함이오."

51 "雖親族及內外戚의 叔姪間이라도 其姪이 年紀가 老成하면 爲叔者가 不可以行列로 自高하야 凡於文字上措語에 不可太忽이오 必敬而言之가 可矣오 又不可過敬하고 必使輕

書 答書」(14번, 1930)

‘존비(尊卑)’란 높여야 할 사람과 그렇지 않은 사람에 대해 각각 합당한
예우를 하는 것으로, 한문 서간에서는 관계와 상황에 따른 정확한 호칭
을 적절하게 선택해 사용하는 것으로 드러난다. 위 ⑧번 예문은 서간문
을 시작하는 방식인 ‘기두 방식(起頭方式)’과 안부 묻는 말인 ‘기거류(起居
類)’에 있어서 ‘존비와 선후’를 잘 분별하여 쓸 것을 당부하고 있다.[52] 서
간문에 있어서 계절과 절기에 맞는 안부 인사, 사모와 그리움의 표현
등을 격조 있게 잘 선택하고 존비와 선후의 예우를 갖춤으로써 상대를
존중하는 것이 무엇보다 중요한 일임을 강조하고 있는 것이다. 이어 이
예문은 이러한 예법의 기본조차 지키지 못하고 안부 묻는 순서가 뒤바뀐
사례를 소개한다. 어느 척독 교본의 서간문에서 외삼촌의 안부를 먼저
묻고 나서 외조부모의 안부를 묻는 예문을 실었다는 것이다. ⑧은 이
서간문에 대해 ‘선후가 뒤바뀐(先後倒錯)’ 것이므로 ‘남의 조소를 면키 어
렵다(難免人之嘲笑)’는 혹독한 비판의 시선을 보내고 있다.

⑨의 예문에서는 ‘나이 많은 조카와 나이 어린 삼촌’의 예를 들면서
친족 간 항렬의 고하에 따라 무조건 존비법이 적용될 수 없다는 논지를
보여주기도 한다. 자기 항렬이 높다고 해도 연장자인 조카에게 지나친

重으로 得當習之를 務望이라.”
52 1910년대까지의 척독집에는 서간문의 흐름에 따라 기두에서 결미까지의 투식어를 모
아놓은 분류를 자주 볼 수 있다. 서간을 쓰고자 하는 사람은 이 투식어 모음에서 자기
상황에 맞는 단어나 표현을 적절하게 골라서 쓸 수 있게 되어 있다. 지송욱의 척독집
에는 “間別類 / 慕仰類 / 因時敍別類 / 缺候類 / 悃愉類 / 四時景色類 / 頌揚類 / 起居
類 / 欣喜類 / 自敍類 / 特愛類 / 干請類 / 臨書類 / 回示類 / 保重類 / 冀亮類”로, 현채
의 척독집에는 “起頭類 / 未審類 / 時令類 / 氣候類 / 萬安類 / 伏慕類 / 仰念類 / 小生
類 / 粗安類 / 就告類 / 饋遺類 / 結語類 / 不備類 / 伏惟類”의 분류로 되어 있다. 지송
욱, 『尺牘大方』, 신구서림, 1915; 현채, 『尺牘大成』, 대창서원, 1917.

하대를 해서는 안 된다는 것이다. 이는 존비법으로 상징되는 유교적 상하 질서와 예법이 형식적이고 기계적으로 적용되는 것이 아니라 상호간의 관계의 실질에 맞게 적용되는 섬세한 질서임을 보여준다. 이 예문은 따라서 한문 서간에서 그러한 위계질서를 제대로 알고 적용해서 쓰는일은 쉽지 않은 일이니 힘써 익혀야 한다는 당부로 마무리되고 있다.

위에서 살펴본 세 가지 측면, 즉 근대 척독서의 목차 순서와 '각당칭호'·'활투'의 편성, 상제례·혼례 서식의 순 한문체 유지, 그리고 척독서 자체의 예문을 통해 설파되고 있는 존비법의 강조 등은 모두 척독 교본이 '옛 전통(舊)'을 지속하는 면모를 강하게 갖고 있음을 보여준다. 근대 척독 교본은 기본적으로 한문 서간이라는 형식을 통해 구현되는 유교적질서와 권위를 매우 중요하게 여기는 장르였던 것이다. 따라서 독자로하여금 친족 상하 관계 및 상황에 따른 적절한 표현을 정확하게, 또한격식 있게 구사할 수 있도록 하는 것은 척독 교본의 중대한 목표였다.이는 근대 척독서가 한문 투식구로 점철된 상투적이고 의례적인 책이라는 비난을 받게 하는 지점이었으나, 역으로 척독집이야말로 '예(禮)'라는형식적 차원의 전통적 유교질서를 가장 강력하게 보존했던 장르임을 보여주는 대목이라고 볼 수 있다.

(2) 구학문 옹호론의 매개체

이 절에서는 근대 척독 교본이 구학문, 즉 한학(漢學)의 가치를 옹호하는 매체로 기능함으로써 '옛 질서(舊)'를 지속하고자 했던 측면을 살펴보고자 한다. 근대 척독 교본에서는 한문 문장 능력의 중요성을 강조하는내용이 종종 발견된다. 한문 서간을 공부하기 위한 학습서라는 척독서고유의 성격을 고려할 때 이는 당연한 것으로 보일 수도 있다. 그러나 사실상 근대 척독 교본의 주요 내용에서 최대 소재는 경성이나 외국에서의 유학 상황을 전제로 한 '학업 훈계'였다.[53] 흥미로운 것은 소재 면에서는 신식 학교제도에서의 수학 상황을 소재로 한 서간문이 압도적으로 많음에도 불구하고 신학문의 필요성을 논리적으로 옹호하는 내용은 거의 발견되지 않는다는 것이다. 그에 비해 한문 글쓰기 능력의 중요성, 혹은 유교적 경전 공부의 가치를 의도적으로 드러내 발언하는 내용이 여러 권의 근대 척독 교본에서 골고루 한두 편 이상 발견된다는 점은 눈길을 끄는 대목이다.

⑩ 근래 각 학교의 학생들이 신학문에는 과연 성취한 효과가 있어 그 웅변 고담이 족히 세상 사람들을 놀라게 한다. 그러나 한문에 대해서는 전혀 마음을 두지 않아서 집안 내의 서찰에서 친구 간의 편지까지 어구가 말이 되지 않고 어로(魚魯)를 분별하지도 못하며 또 글씨의 자획은 거칠고 졸렬하며 틀리기까지 하니 눈 뜨고 볼 수가 없다. 이런 사람이 설령 조정과 사회에 나아간다 해도 한문에 전혀 무식하니 다만 입으로만 하는 피상적인 학문으로 능히 일을 처리하겠느냐. 예전에는 한문에 얽매여 세상사를 밝게 알지 못했으나 지금은 이것을 버리는 데 이르러 편지를 쓸 때 마음속의 일을 다 꺼내 말하지 못하고 벙어리가 꿀 먹은 모양과 같으니 그 어리석음이 진실로 다 미칠 수가 없다. 너는 이런 어리석음을 따르지 말고 교과를 배우는 여가에 모름지기 한학에 힘을 다하여라. 한학을 이루면 다른 학문은 또한 쉽게 이루어질 것이다.[54]—현채, 「조(祖)가답손

53 특히 근대 척독의 대유행기였던 1920~30년대의 예문집류 척독집에서는 첫머리 20여 개의 왕복서간 중 절반 이상을 차지하는 소재가 근대적 학교제도에서 수학 중인 자손들을 격려하고 경계하는 내용일 정도이다.
54 "近來各學校學生이 新學問에는 果然成效가 有학고 坮 其雄辯古談이 足히 世人을 壓伏학나 然이나 至於漢文에는 全不留心학야 家內及朋友間短札에 語句가 全不成說학고 魚魯를 莫辨학며 坮 字畫이 畫荒拙걸 학야 寓目키 不堪학니 設令此人이 出학야 朝廷

「(答孫)홈 한문(漢文)을논(論)함」(1917)

위 예문은 1917년 현채의 척독 교본에 실린 서간문 중 조부가 손자에게 보낸 답서로, '한문을 논함'이라는 작은 부제가 달려 있다. 조손 관계의 서간문 형식을 통해 당시 사람들의 한문 글쓰기 상황에 대해 논하겠다는 뜻을 표제에 드러내고 있는 예문인 것이다. 한문을 논하겠다는 제목대로 이 예문은 당시 사람들의 한문 수준을 '편지글은 말이 되지 않고 자획은 졸렬하며, 글씨를 구별도 못 할 뿐 아니라 틀리기까지 한다'고 적나라하게 드러낸다. 또한 한문에 지나치게 얽매였던 과거의 문제점을 인정하면서도 자신의 '마음속의 일(心中事)'조차 서간에 제대로 쓰지 못하는 이들을 '꿀 먹은 벙어리(啞者食蜜)'라고 혹독하게 비판한다. 이러한 상황은 당시 사람들이 신학문에만 관심을 쏟다 보니 한문에 대해서는 '전혀 마음을 두지 않(全不留心)'고 '버리기(此신지棄)'까지 했기 때문이라는 것이다.

저자는 그러한 당대의 풍조를 크게 걱정하며 한문에 무식한 이들은 '조정과 사회에 나가서도 일처리를 할 수 없다'고 단언한다. 그에 따르면 신학문은 단지 '입으로만 떠드는 피상적인 학문(口舌及皮相의 學)'일 뿐이기 때문이다. 이렇듯 한문을 제대로 못 쓰는 사람은 제 구실을 똑똑히 할 수 없다는 생각을 보여주는 이 예문은 '한문이 모든 것의 기초이자 근본'이라는 관점을 강하게 설파한다.

及社會에 立ㅎ면 其漢文이 全無ㅎ고 惟但히 口舌及皮相의 學으로 能히 濟事ㅎ깃ᄂ냐 昔日에ᄂ 漢文에 拘泥ㅎ야 世事를 不曉ㅎ더니 今에ᄂ 幷히 此신지 棄ㅎ야 作書時에 心中事를 能히 宣吐치 못ㅎ니 便如啞者食密 其愚ᄂ 眞不可及이라 汝ᄂ 愼히 效尤치 말고 校科餘暇에 須히 漢學에 致力ㅎ여라 漢學이 成ㅎ면 他學이 또흔 易與ㅎ리라 姑此不一ㅎ고 來效를 竚觀ㅎ다."

이렇듯 근대 시기 신구 학문의 경쟁과 상호 비판의 구도를 날카롭게 부각시키면서 한문의 가치를 적극적으로 옹호하는 내용은 1930년 이종국의 척독 교본에서도 발견된다. 아래 예문은 사제 간의 서간으로, 제자가 『대학』을 읽다가 해독되지 않는 난해구를 별지에 첨부하여 스승에게 묻는 설정을 취하고 있다. 이때 제자는 경전 주해에 대한 가르침을 청하면서 더불어 구학문을 '부패한 학문'이라고 비판하는 입장에 대한 스승의 의견을 묻는다.

⑪-1 보내온 별지 초록을 구절마다 살펴보니 최근 공부의 독실함을 직접 보지 않았어도 눈으로 본 듯하다. 대저 공부의 방법은 책을 펴고 무조건 읽어서는 안 되며 오로지 깊이 생각하고 연구하되 그 순서가 있는 법이다. 우선 책을 펴고 책상에 앉아 수백 편을 낭독을 하게 되면 자연히 입과 눈에 익숙해져 책을 덮고 앉아 있어도 장구와 주해가 또렷이 본 것과 같게 된다. 그런 후에 또 반복하여 깊이 생각하여 의심나는 게 없는 곳에서 의심이 일어나야만 공부가 점차 정밀하고 실질적인 데로 들어가게 된다. 만약 노상 의문만 일으키고 그 의문을 풀지 못한다면 도리어 얕고 좁은 데로 빠질 것이니, 반드시 익히고 연구하여 석연하게 의심이 없어야만 바야흐로 진정한 공부라 할 것이다.[55] ─이종국, 「제자(弟子)가 선생전(先生前)에상(上)하난서(書) 답서(答書)」(28번, 1930)

⑪-2 또 신학교 입학은 좋은 일이다. 지금 각국이 상호 교통하는 세상에 옛 학문만 고수하고 신식 학문에 완전히 어두우면 어찌 남과 더불어 교제를 하겠는

---

55 "就伏白近讀大學에 其疑難處를 未得自解하와 逐句抄錄하야 別紙伏上하오니 下鑑後節 節詳註下教하시와 俾解迷惑을 伏望이오며 且有伏達事하오니 非他라 有人이 從京城來 하야 勸渠入新學校曰 舊日學文은 是腐敗之學이라 實無所用於今日인즉 新學文을 研究 하라 云하오니 新學校에 就學함이 恐未知何如인잇고."

가. 그러나 구학이 부패했다는 말은 지금 세상의 연소배의 망발이다. 그 경박함과 어그러짐을 절대 따라하지 말라. 몸가짐에 있어서는 필히 구학의 근신함으로 근본을 삼고, 세상에 나가서는 신학문으로 서로 참고하여 쓴다면, 교주고슬과 같은 고지식함의 오류가 없을 것이요 또한 경박하고 망패한 폐단도 없을 것이니 힘쓸지어다.[56] ─ 이종국, 「제자(弟子)가선생전(先生前)에상(上)하난서(書) 답서(答書)」(28번, 1930)

위 예문의 ⑪-1은 제자가 보내온 별지를 살펴본 스승이 질문의 수준으로 미루어볼 때 제자의 공부가 깊어졌음을 알 수 있다며 치하하는 말로 시작된다. 이어지는 내용은 올바른 경전 공부 방법을 훈유하는 내용으로, 자칫 형식적으로 흘러갈 법한 소재를 통해 매우 깊이 있는 의론을 보여준다. 우선 이 예문은 고리타분해 보이는 반복적인 경전 낭독과 암송이 결국 그 본래의 '의미를 탐구(講之究之)'하기 위한 실질적이고 효율적인 방책이라고 설명한다. 나아가 그렇게 스스로 제대로 안다고 믿는 지점에서 비로소 진정한 질문이 생기는 법이며 깊은 이해를 기반으로 하여 의문을 키워가야 '점차 정밀하고 실질적인(漸入精實)' 공부가 되는 것이라고 역설한다.

전통적인 공부법의 본질적 의미를 탐구하는 내용의 이 서간문은[57] 그

---

56 "送來別紙抄錄은 句句考見則近日所工之篤實을 不目是睹라 大抵用工之法이 不可開卷泛讀이오 惟尋思講究하되 其次第가 有하니 始則開卷對案하야 朗讀幾百遍則 自然習於口目하야 掩卷黙坐라도 章句註解가 瞭然如見이오 然後에 又反復尋역하야 無疑處에 起疑라야 工夫가 漸入精實이오 若一向起疑만 하고 不能釋疑則 反入於淺窄이니 必須 講之究之하야 釋然無疑라야 方是眞箇工夫라 且新學校入學도 亦是好事라 方今各國이 互相交通之世야 若固守舊學하고 全昧新學이면 何以能與人交際乎아 然이나 舊學腐敗之說은 乃是今世年少輩妄說이니 切勿效其輕悖하고 持身則必以舊學之謹愼으로 爲本하고 行世則以新學으로 叅互用之하면 自無膠柱鼓瑟之譏이오 亦無輕薄妄悖之弊矣리니 其勉之哉어다."

자체로 구학문의 가치를 강하게 전달한다. 여기에 이어지는 ⑪-2 부분은 구학문의 가치에 대한 저자의 견해가 표면적으로 드러나게 언급되는 대목이다. 저자는 스승의 입을 빌려 '새로운 시대에 맞는 새로운 공부도 필요하다'고 인정하는 합리적인 입장을 밝힌다. 그러나 구학문이 부패했다는 의견에 대해서는 '연소배의 망발(年少輩妄說)'이며 '경박하고 망패한 폐단(輕薄妄悖之弊)'이라며 날카로운 비판의 입장을 드러낸다. 그가 제시하는 해결책은 구학문을 수신의 근본으로 삼되 세상에서는 신학문을 참고하라는 것으로, 이는 신구 학문을 적절히 절충하라는 것처럼 보이는 결론이다. 그러나 앞서 말한 전통적인 공부법의 의론적 깊이의 맥락에서 이 내용을 볼 때, 또한 신학문을 '세속적 처신(行世)' 영역으로 배치한 데 비해 구학문을 '몸가짐(持身)'이라는 본질적 영역으로 배치하는 논리의 구도로 볼 때, 저자가 강조하는 것이 '구학문의 가치'라는 근본으로서의 성격이라고 하는 점은 명백하게 전달된다.

⑫ 지금 세상에 살면서 지금의 학문을 거칠게나마 알지 않을 수 없으나 학교 졸업 후에는 다시 고서를 읽어서 옛것을 참고하고 지금을 가늠함이 가르침의 방도에 가까울 것이다. 그러니 아무개 아이에게 이번 겨울에는 한문을 읽힐 것을 권하니 아무개 조카를 곧장 깨우쳐 보내 벗하여 강독게 함이 어떻겠는가.[58] ─지송욱, 「외종형(外從兄)이내종제(內從弟)의게여(與)하난서(書)」(20번, 1923)

<hr>

57 이러한 내용은 한문 서간의 전통 중에서도 퇴계의 서간에서와 같이 사제 간에 학문적 의론을 주고받는 서간에서 종종 발견되는 것이다. 이종국의 척독집에서 유독 두드러지는 의론적 성격에 대해서는 2부 4장 참고.

58 "居今之世하야 今之學問을 不可不粗解나 學校卒業後난 更讀古書하야 叅古酌今이 似爲敎方故로 使某兒로 今冬은 勸讀漢文하니 某姪을 卽爲喩送하야 使之伴讀이 如何오."

⑬ 우리가 학교 졸업생으로서 현시의 신학문은 거의 공부했다 할 수 있으나 이는 성성이가 말하는 수준을 면치 못합니다. 격치의 학문과 궁지의 공부는 옛 책 속에서 말미암아 나오지 않음이 없으니 남아라면 마땅히 다섯 수레의 책을 읽어야 바로 오늘날을 준비했다고 말할 것입니다. 저희 집에 경사자집과 백가제 류가 모두 갖춰져 있으니 바라건대 형께서는 곧 왕림하셔서 겨울 석 달 동안 문장과 역사를 족히 공부함이 어떻겠습니까.[59]—김천희, 「처남기매부(妻男寄妹夫)」(49번, 1929)

이 당시 척독 교본에서는 한문 글쓰기 능력의 중요성이나 한문 서간의 필요성을 직접적으로 언급하는 내용뿐 아니라, 유교 경전 및 사책, 백가 서로 상징되는 '구학문'의 공부와 독서를 권유하는 내용이 종종 발견되기도 한다. 위 두 예문은 모두 신구의 학문을 접하는 순서에 있어서 우선적으로 신식 학문을 익히되 나중에는 반드시 구학문을 보완해야 한다는 논지를 보여주고 있다.

⑫는 '학교'라는 신식 제도에서 신학문을 배워야 하는 이유를 '지금 세상에 살기 때문'이라는 현실적인 이유로 간단히 설명한다. 그러나 학교를 졸업한 후에는 다시 고서를 읽고 옛것을 참고해야 한다면서 조카에게 함께 한문 경전을 읽자는 제안을 하고 있다. ⑬은 신학문을 한 학생의 입장에서 스스로의 상태를 '성성이가 겨우 말할 줄 아는' 수준이라고 말한다. 신학문을 배운 자신을 성성이에 비유한 것은 신학문이 자기 몸에 익숙하게 배지는 않는 것이며 따라서 진짜 학문이 될 수는 없다는 생각

---

59 "吾儕가 俱以學校卒業生으로 現時新學文은 庶謂貫穿이나 此未免猩猩能言이라 格致之學과 窮知之功이 莫不由舊書中出來니 男兒須讀五車書난 正爲今日準備語也라 敝盧에 經史子集과 百家諸流가 無不畢備하니 望吾兄은 卽賜光臨하야 以做三冬文史足用之工이 如何오."

을 드러낸다. 이러한 신학문에 대비되어 서술되는 것은 '격치와 궁지의 학문(格致之學 窮知之功)'이 담겨 있는 '옛 책(舊書)'이다. 학교에서 배운 신학문은 흉내나 내는 것이지만 다섯 수레의 옛 책을 읽는 것은 '바로 오늘날을 준비하는 것'이라는 논지는 확실히 구학문에 진정한 학문으로서의 가치와 의미를 부여하는 것이라고 볼 수 있다.

살펴본 것처럼 근대 척독 교본은 구학문의 가치 옹호를 적극 수행하는 매체로서의 기능을 갖고 있으며 이를 통해 '옛 전통(舊)'을 지속하는 차원을 보여주고 있다. 이때 척독서에서 구학문을 옹호하는 논리는 그것이 다른 것으로 대체될 수 없는 '근본'이며 '진정한 학문'이라는 것이었다. 근대 척독서에서 보이는 이러한 구학문의 가치에 대한 옹호는 당시 대중들에게 일견 '시대에 뒤떨어진 것'으로 비칠 수 있는 구학문을 '세상이 달라져도 변치 않는 전통적 권위'임을 지속적으로 설득하는 기능을 했을 것으로 보인다.

4) '시대성(時)' 반영의 차원

이 장에서는 근대 척독 교본이 갖고 있는 '당대적인 시대성(時)' 반영의 측면을 보다 자세히 살펴보고자 한다. 이를 위해 첫째, 근대 척독 교본이라는 장르가 문체 의식의 차원에서 매우 민감한 시대적 변화를 보이고 있었던 측면을 주목해볼 것이다. 둘째, 근대 척독 교본이 당시 신문물을 소개하는 내용을 다양하게 담고 있었으며 나아가 문화적 학습서로서의 기능을 갖고 있었음을 구체적으로 살펴볼 것이다.

(1) 시대적 변화에 민감하게 반응한 문체 의식

근대 척독 교본에 실려 있는 한문 서간의 문체는 시대별로 상당히 급격한 변화를 보이는 편이다. 1900~10년대의 척독 교본이 거의 '순 한문'에 가깝다면 1920~30년대 대부분의 척독 교본은 국문 통사구조를 문장의 기본 구조로 하면서 한자로 된 단어들을 배치한 '국주한종체(國主漢從體)'의 문체였으며, 이후 1940~50년대의 척독 교본은 '순 국문'에 가까운 문체를 보이고 있기 때문이다. 시대별 척독 교본의 국한문 비율과 문체적 실현 양상의 대표적인 예를 간단히 제시하면 다음과 같다.

⑭ 思汝之際이 卽見手滋ㅎ야 以悉履況이 旅安ㅎ니 慰齬十分이로다 吾는 衰頹日甚ㅎ니 理所固然而汝父母가 俱安ㅎ春이 枚平ㅎ也라 冊子는 依到而鏡品이 亦極佳ㅎ야 正合吾眼이라 凡吾衰境媾書는 不過消遣法而若曰痼癖則不知我也라 ─김우균, 「上祖父書 答書」(1913)

⑮ 吾家오가가 本來高門巨族본래고문거족으로 近代근대에 至지하야 久구히 零替령체한지라 汝祖以來여조이래로 艱難中간난중에 在재하야 門祚문조가 甚薄심박하고 家聲가성이 幾絶긔절터니 幸항히 嗣續사속이 有유함으로 吾家오가의 舊業구업은 汝여의 身分신분을 至待지대하는 바이니 汝여는 尤當此우당차를 體톄하야 奮勵분려히 志지를 立립하고 學학을 修수하야 祖先조선의 業업을 繼계할지어다 ─강은형, 「父부가 留學류학하는 子자에 寄긔하난 書셔」(7번, 1929)

⑯ 봄기운이 나날이 깊어옵니다. 그동안 조부(祖父)님 조모(祖母)님 강녕(康寧)하시오며 아버지 어머니께서도 평안하시고 어린 동생들도 무사히 지내는지 알고 싶습니다. 저는 객지(客地)에서 잘 지내오며 학교(學校)에 매일(每日) 다니오

나 이번 삼학년(三學年)이 되어서는 수학(數學)이 전보다 어려워서 대단히 걱정입니다. ―장영구, 「조부祖父님께」(1번, 1955)

1910년대의 척독 교본인 ⑭의 예문은 전형적인 한주국종(漢主國從)의 국한문체이다. 국문 독음을 표기하지 않고 현토만 달아놓은 상태라 국문의 사용이 극히 제한적이며 한눈에 보기에도 순 한문에 가까운 표기임을 알 수 있다. 문장구조 면에서도 술어를 먼저 제시하는 한문 특유의 어순을 따르고 있으며, 평균 4자씩의 한자어를 사용하여 한문식 표현을 살리면서 '약왈~즉~야(若曰~則~也, 만약 ~라면 ~이다)'와 같이 15자 이상의 한문 문장체를 그대로 사용하는 양상을 보이기도 한다. 이러한 ⑭의 문체는 반드시 독해와 번역의 과정을 거쳐야 한다는 점에서 순 한문에 가까운 국한문체라고 하겠다.

이에 비해 1920년대의 척독 교본 예문인 ⑮는 우선 모든 한자에 한글로 된 독음이 표기되어 있으며 대부분의 한자어가 두 글자 정도의 단어 수준으로 파편화되어 있음을 알 수 있다. 문장의 기본 뼈대 역시 국문의 문장구조로 완전히 해체되어 있어, 읽는 즉시 독해가 가능한 국주한종(國主漢從)의 국한문체이다. 표기의 비율, 문장의 구조, 내용 전달 등의 면에서 국문의 역할과 기능이 크게 확장된 문체라고 할 수 있다. 이러한 1920~30년대의 국주한종의 국한문은 ⑯에서 볼 수 있는 것과 같이 순 국문에 일부 단어만 한자로 괄호 안에 표기하는 1940~50년대의 방식으로 변화해나가는 흐름을 보이게 된다.

근대 척독 교본이 시대 흐름에 따른 예민한 문체 의식을 갖고 있었다는 사실은 책 내부의 저자 발언으로 확인되기도 한다. 1910년대와 1930년대를 대표하는 척독 교본 저자인 김우균과 이종국은 우리말과 한문이 맞지 않는 '언문불일치' 상황에 대한 문제의식과 한문·국문의 역할에 대한 고민을 담은 발언을 남기고 있어 주목할 만하다.

⑰ 말은 글의 주요한 뇌이며 글은 말의 남아 있는 울림이다. 한자만 쓰면 예전에 비해 난삽하고, 국문만 쓰면 예전에 비해 조야하니 뜻있는 자들의 고민거리이다. 이에 『척독완편』 원고에서 번잡하고 쓸데없는 것을 깎아내고 간편하고 쉬운 것을 모아서 국문은 조금 돕게 하고 한자는 전처럼 써서 제목을 『신찬척독완편』이라 하여 널리 좋게 하고자 하였다.[60]—김우균, 「서언(緖言)」(1907)

⑱ 또 우리 풍속은 말과 글이 둘이라 일치하지 않는 병통이 있으므로 구두(句讀)로 풀었으니, 부녀와 아이들이 쉽게 이해하고 먼 시골도 똑같이 도달할 것을 기대했다.[61]—김우균, 「자서」(1913)

⑲ 일의 사유를 쓸 때 애초에 글이 부족하여 그 뜻을 다할 수 없는 경우면 국문을 섞어 써서 그로 하여금 자세히 알게 해야 하며 모호한 말을 제거하여 두서를 어지럽게 해서는 결코 안 된다.[62]—이종국, 「외조부(外祖父)에상(上)하난 서(書)」(13번, 1930)

⑰은 '말(言)'과 '글(書)'이라는 표현을 직접 사용하여 한문 서간에서의

---

60 "言는 書의 主腦오 書는 言의 餘響이라. 漢字만 專用ᄒ면 備前困澁ᄒ고 國文만 獨行ᄒ면 備前粗亂ᄒᆷ은 有志者의 遺憾이라. 於是에 尺牘完編 原稿에셔 繁閑을 刪拔ᄒ고 簡易를 蒐集ᄒ야 國文을 助少ᄒ고 漢字를 仍舊ᄒ야 更名日 新撰尺牘完編이라 ᄒ고 以公同好코자 ᄒᆷ이라."
61 "旣又病其我俗之言文二致之故, 而句讀而釋之, 期欲使婦孺易鮮, 遐僻均屆. 適因坊友之要廣佈, 猥許刊行者, 亦已數年."
62 "至若事由를 書할 時난 元文이 不足하야 不能盡其意할 境遇면 國文을 雜用하야 使人詳知케함이 可矣오 決不可糢糊說去하야 以亂頭緖이니라."

각각의 역할에 대한 생각을 드러내고 있는 1907년 김우균의 『신찬 척독 완편』의 서문 일부이다. 여기서 저자는 말이 '글의 주된 뇌(主腦)'이고 글은 '말의 남은 울림(餘響)'이라고 정의한다. 이는 하고자 하는 '말'의 존재가 우선이며 그것을 흔적으로 남기는 것이 '글'이라는 생각이 드러나는 대목인데, 이는 '말-우리말로 된 중심 생각', '글-한자로 된 한문 표현'이 분리되어 있는 언어 생활에 대한 어렴풋한 자각이라고도 볼 수 있다. 실제로 김우균은 언문불일치의 언어 상황에 대해 보다 발전된 자각을 1913년 개정판인 『증보 척독완편』의 서문 ⑱에서 '우리 습속은 말과 글이 일치하지 않는다(我俗之言文二致之故)'라는 명시된 표현으로 남기기도 했다.

그는 한문 서간 교본인 『척독완편』의 개정 이유를 '국문만 쓰면 조야하고, 한자만 쓰면 난삽'하기 때문에 '국문은 조금 돕게 하고 한자는 예전 것대로' 썼다고 밝힌다. 이는 '한자의 어려움'은 그대로 두되 '국문'의 기능은 늘리기로 했다는 표현으로, 실제로 1905년판의 『척독완편』의 단 한 글자의 한글도 찾아볼 수 없는 '순 한문'의 서간문들은 1907년판에서는 구두와 한글 현토가 표기된 '국한문체'로 바뀌게 되었다.

⑰과 ⑱은 이와 같이 김우균이라는 대표적인 척독 교본 저자가 갖고 있는 한문 서간에서의 '국문'과 '한자'에 대한 예민한 의식을 보여주고 있다. 그는 '말(言)-구어-국문(國文)'의 '거칠고 조야함(粗亂)'의 문제와 '글(書)-문어-한자(漢字)'의 '난삽하고 어려움(困澁)'의 문제를 지속적으로 고민했으며, 그 문제의식에 대한 해결 방안을 1907년, 1913년, 1920년 이후의 매 개정판마다 국문의 역할을 지속적으로 확장하는 방식으로 실현했다.

⑲는 이종국의 척독 교본에 실린 서간문의 일부로, 한문 서간을 쓸 때 주의해야 할 점을 훈계하는 대목이다. 이 예문에서 눈에 띄는 대목은 '국문'이 필요할 때를 '일의 사유를 쓸 때 글 실력이 부족해 그 뜻을 제대

로 전할 수 없는 경우(事由를書할時元文이不足하야不能盡其意할境遇)'라고 지목하고 있는 부분이다. 즉 서간에서는 무슨 일이 어떻게 된 것인지 그 용건을 뚜렷하고 정확하게 전달하는 것이 가장 중요한데, 한문 실력이 모자라서 자기 상황을 제대로 전할 수 없을 때 바로 '국문을 섞어 쓸 것(國文雜用)'이 필요하다는 것이다. 국한문체 사용이 일반화된 1920~30년대 척독 교본에서 '국문'의 역할이 '말하고자 하는 뜻을 정확히 보완'하는 것에 있었음을 보여주는 대목이라고 하겠다.

위에서 살펴본 것과 같이 각 시대별 척독 교본은 상당히 극적인 국한문체의 변화를 실현하고 있었다. 또한 대표적인 척독서 저자들 중 일부는 한문 서간에서의 '국문'과 '한문'의 역할에 대해, 또한 그 시대에 맞는 국한문의 적절한 비중과 표현에 대해 의식적인 자각을 보여주고 있기도 했다. 이러한 점들은 근대 척독 교본의 국한문의 혼용 비율과 그 문체적 실현 및 표현 면에서 시대적 변화를 민감하게 의식하고 반영하고자 했던 장르임을 잘 보여주는 것이라고 할 수 있다.

(2) 신문물의 소개 및 문화적 학습서

이 절에서는 근대 척독 교본이 신문물을 적극적으로 소개하는 역할을 갖고 있었을 뿐 아니라 그것의 문화적 활용 및 향유의 방식을 안내해주는 학습서로서의 기능을 갖고 있었음을 살펴보고자 한다. 근대 척독서는 한문 서간이라는 전통적인 글쓰기 방식을 가르치는 교본이었지만, 실제 서간문의 내용을 읽어보면 근대적 일상에서의 신문물을 매우 신속하게 소개, 안내하는 역할을 하고 있음을 알 수 있다. 이는 1910년대의 김우균의 『척독완편』에서부터 발견되고 있는 것으로, '공원에 놀러감(遊公園)', '활동사진을 봄(觀活動寫眞)' 등의 일상 문화적 소재를 담은 서간에서부터 '회사(會社), 의숙(義塾), 약국(藥局), 전당포(典當鋪), 요리점(料理店), 잡화포(雜貨鋪), 여관(旅宿店)' 등의 새로운 문물과 상업을 소개하는 편지, '경제(經濟), 법률(法律), 농사의 이치(農理), 어학(語學), 산술(算術), 물리학을 권함(勸物理學)' 등의 근대 학문 소개를 담은 편지까지 제법 다양한 근대적 문물과 제도를 소재로 한 서간문을 볼 수 있다.

그러나 1910년대의 척독 교본에서 신문물을 다룬 서간이 전체에서 약 5퍼센트 내외의 비중에 그 내용도 단편적이었던 것에 비해,[63] 척독집의 대유행기인 1920~30년대 척독 교본에서는 신문물 소재 서간문은 대략 절반 이상의 비중에 소재가 다양해지면서 내용도 좀 더 상황에 맞게 설정되는 경향을 보인다. 가장 많이 발견되는 신문물 소재는 단연 새로운 교육제도였던 '학교'로, 1920~30년대의 대표 척독 교본 5종에서 신식 학교를 소재로 한 서간문을 정리하면 다음과 같다.

편저자	서간문 번호	총 편수
노익형	1번, 7번, 8번, 11번, 13번, 15번, 16번, 17번, 20번, 21번, 25번	총 11편
지송욱	1번, 3번, 6번, 11번, 12번, 14번, 15번, 17번, 19번, 23번, 33번	총 11편
고병교	1번, 3번, 8번, 11번, 13번, 15번, 16번, 17번, 23번, 25번, 30번	총 11편
김천희	1번, 4번, 5번, 7번, 9번, 10번, 11번, 13번, 17번, 18번, 19번, 27번, 28번, 31번, 36번, 37번, 38번, 43번, 44번, 49번, 51번	총 21편
이종국	1번, 3번, 4번, 5번, 6번, 15번, 17번, 22번	총 8편

위 표에서 볼 수 있는 것처럼 1920~30년대의 척독 교본에서 학교 소재 서간문은 평균 10~20편, 즉 전체의 약 20퍼센트로, 단일 소재로는 매우

---

63 한 예를 들면 다음과 같다. "昨拜尙慰라 今日下午八時에 銅峴 高等演藝舘 活動寫眞이 比前極爲新奇云ᄒ니 倘無寓目之想也아 己與某某友로 有所相約ᄒ니 兄如有意어든 卽枉于敝所가 如何오 掃榻恭候ᄒ노이다." 김우균, 「觀活動寫眞」, 『增補尺牘完編』, 1913, 12~13쪽.

큰 비중이며 특히 대부분 척독 교본의 앞부분에 집중적으로 등장한다. 이는 척독집의 목차 배치가 연장자 남성의 편지 우선이기 때문이며, 이들 가족 내 남성 어른이 대체로 서간 내용상 학업 훈계의 주체이기 때문이다. 학교 소재 서간의 내용은 주로 성실한 학업 수행 독려 및 생활 습관과 교우 관계에 대한 경계, 입학 권유, 학교 설립 제안, 교사 초빙 권유, 우수한 학업 성취 축하, 답서에 등장하는 학업의 어려움 호소 등이다.[64] 그런데 이러한 1920~30년대 척독 교본에 실린 학교 소재 서간문에는 경성이나 외국에서 유학 중인 상대의 안부를 묻는 내용과 함께 자연스럽게 '사진', '우편 송금', '공원과 극장', '연예잡지와 문예소설', '여행' 등의 다양한 신문물이 더불어 맥락 속에서 소개되기도 했다. 다음 예문을 보자.

⑳ 또 들으니 학교에는 체육운동이 있어서 약함이 강함으로 변화된다 하니 네가 최근 찍은 사진을 한 장 보내면 너의 모습을 보고 알 수 있을 것이다.[65]—노익형, 「형(兄)이 재외(在外)한 제(弟)에게 하는 서(書)」(11번, 1920)

---

64 노익형 척독집의 '학교' 소재 서간의 구체적인 내용을 예로 들면 다음과 같다. 父子, 아들의 경성 유학생활 경계(1번) / 孫祖, 학교에서 습자 공부 위한 용품 부탁(7번) / 祖孫, 학교 생활 중 편지 쓰기 힘쓸 것 당부(8번) / 兄弟, 유학 간 아우에게 사진과 작문 요청(11번) / 姪叔, 고등학교 입학시험 기다리고 있음 알림(13번) / 從兄弟, 종제의 공부 근황 물으니 '물리화학산술' 등 어려움 호소(15번) / 族兄弟, 족제의 교직 생활 격려(16번) / 外祖孫, 외손자의 학교 공부 독려(17번) / 外從兄弟, 외종형 학교 설립하여 외종제에게 교사 초빙 제안(20번) / 婿翁, 자신의 학교 입학 시 처남을 같이 입학시키자 권유(21번) / 姨從弟兄, 보통학교 설립한 친구의 승인 관련 부탁(25번). 노익형, 『주해부음 신식척독』, 박문서관, 1920.

65 "且聞學校난 體育運動이 有하야 變弱爲强이라 하니 汝의 近間 撮影한 寫眞一幅을 付送則 汝의 容貌를 可히 見而知之할 터이오." 사진 소재는 강은형 14번, 33번 서간에서도 볼 수 있다.

㉑ 약간의 돈을 이체하여 보내니 서대문우편국에서 찾아 쓰도록 하라.[66] – 김천희, 「손재외상서(孫在外上書) 답서(答書)」(4번, 1929)

㉒ 내지관광은 심상한 유람이 아니니 실제 지역시찰을 십분 주의하라. 공원명승과 술집, 극장에는 절대 마음을 풀어 헛되이 쓰지 말고 풍토와 백성들의 생활과 습속과 실업을 눈여겨 보고 마음에 새기라.[67] – 김천희, 「부재가기자(父在家寄子)」(5번, 1929)

㉓ 근일 소위 문예소설이니 연애잡지니 하는 도깨비같은 소리나 하는 책은 절대 보지 말라. 반드시 실지가 있는 고금위인의 사적과 지방풍습을 널리 보고 연구하라.[68] – 이종국, 「자재외(子在外)하야상부서(上父書)」(3번, 1930)

위 예문들은 부자, 조손, 형제 간에 왕래한 학교 생활을 배경으로 한 서간들인데, 이 속에는 다양한 신문물 소재들이 자연스럽게 등장하고 있다. ㉑은 형이 외지에서 유학 중인 아우에게 '체육' 활동을 하여 신체가 강해졌으리라는 기대와 함께 '사진'을 받아 직접 건강해진 '용모'를 확인하고 싶다고 전하고 있으며, ㉑은 '서대문우편국'을 통해 송금한 학비를 찾아가라는 조부의 전갈이 담겨 있다. 멀리 떨어진 곳에서 유학 생활

---

66 "累朔에 旅費를 雖務從儉約이오나 近值囊空이오니 多少金을 郵便付送하심을 伏望이오며 …… 若干金을 爲替措交하니 推用이 西大門郵便局하라." 우편 송부는 노익형 7번, 지송욱 6번, 고병교 10번, 15번, 김천희 9번, 10번, 26번, 강은형 14번 서간 등에서 볼 수 있다.

67 "內地觀光은 非爲尋常遊覽이라 實地視察을 十分注意할지니 公園名勝과 酒肆劇場에 截勿放情浪洪하고 風土民物과 習俗實業을 着眼鏤心하야……."

68 "近日所謂 文藝小說이니 戀愛雜誌니 ᄒᆞᄂᆞᆫ 魍魎魑魅之聲과 同一ᄒᆞᆫ 書ᄂᆞᆫ 切勿閱見ᄒᆞ고 必實地가 有ᄒᆞᆫ 古今偉人史蹟과 及地方風習을 博觀講究ᄒᆞ라 如此則知識抱負가 自然增進ᄒᆞ리라."

중일 때 이용할 수 있는 편리한 근대적 문물과 제도로 '사진'과 '우편 송금'을 소개하고 있는 예문인 것이다.

㉒와 ㉓은 아들의 유학 생활을 경계하는 내용으로, '공원·명승이나 술집, 극장'에 가지 말고 '문예소설과 연애잡지'를 보지 말라고 훈계하는 내용이다. 이 역시 학생이 금기시해야 할 것을 언급함으로써 오히려 당대 학생들의 유희적인 놀이 문화가 소개되고 있는 대목이라 할 수 있다. 특히 ㉒와 ㉓에서 방탕한 놀이 문화의 대척점으로 권유되고 있는 것은 답사와 시찰의 성격을 띤 '여행'이라는 점이 주목된다. 실제 그 지역을 배경으로 한 '고금위인의 사적'을 답사하고 특정 지역에서만 접할 수 있는 풍토와 습속을 관찰하는 '실제 지역의 시찰(實地視察)'로서의 여행이 이 시기에 새로운 문물로 떠오르고 있었음을 알 수 있다.

이렇듯 신문물의 신속한 소개 매체로서의 근대 척독 교본의 성격이 극대화되어 나타난 텍스트는 강은형(1929)의 책이다. 이 책에는 오직 여기서만 볼 수 있는 특이한 소재들을 다룬 서간문이 다수 발견된다. 여성을 한문 서간의 주체로 설정한 20여 편가량의 서간문이 실려 있으며 여학생 및 여학교를 소재와 배경으로 한 서간이 유일하게 발견되는 이 척독 교본은, 근대 문물의 소개에 있어서도 매우 넓은 소재적 스펙트럼을 보여주고 있다.

㉔ 압록은 요수와 비슷합니다. …… 이 물은 북으로 대륙을 통하고 남으로 반도를 접하여 동토지리상(東土地理上) 요충지입니다. 원컨대 형을 맞아 이 물에 유람하여 신식 철교를 보고 통군정(統軍亭)에 올라 대륙과 반도의 형세를 깊이 관찰하면 흉중에 자연히 얻음이 있을까 하옵니다.[69]─강은형, 「요우유압록(邀友

---

69 "鴨綠은 疑似遼水이라 …… 此水난 北으로 大陸을 通하고 南으로 半島를 接하야 東土地理上樞要之地라 願컨대 兄을 邀하고 此水에 一遊하야 新式의 鐵橋를 觀하고 統軍

遊鴨綠)」(53번, 1929)

⑤ 지난번 딸을 시집보낼 때 요새 사람들의 간략한 예를 따라 혼례식은 예배당에서 거행하고 장로교 목사에게 혼인을 맹세케 하고 내빈은 선화요리점으로 초대하였으니 이것이 비록 세상을 따름이지만 선인의 예법을 어지럽힌 것이니 껄껄 웃을 수밖에 없습니다.[70] —강은형, 「우인(友人)의 가녀(嫁女)를 하(賀)함 답(答)」(69번, 1929)

⑥ 지난 토요일 황토현에 지나다가 이왕직미술관에 들어가니 은화(銀貨), 동화(銅貨), 비단이 찬연히 눈을 놀라게 하더이다.[71] —강은형, 「묵(墨)을 궤(饋)함」(85번, 1929)

⑦ 새해 인사를 부족하나마 표하여 여송연 한 갑과 화양식(和洋式) 과자 두 상자를 보내니 뿌리치지 마시고 신년 술과 함께 드소서.[72] —강은형, 「신년(新年)에 궤(饋)함」(71번, 1929)

⑧ 어제 화양잡화점에 들어가니 동서양 물건들이 산처럼 쌓여 있어 알아보지

亭에 等하야 大陸과 半島의 形勢를 審察하면 胸中에 自然이 有得할가 하오이다." 여행 소재를 본격적으로 다룬 서간은 이종국 20번, 21번 서간, 강은형 52, 54번 서간 등을 들 수 있다.

70 "項者에 女를 送할새 時人의 簡約한 禮를 從하야 婚式은 禮拜堂에서 擧行하고 長老教 牧師로 婚을 盟케 하고 來賓은 鮮華料理店으로 招待하얏사오니 此ㅣ 비록 俗을 從함이나 先人의 禮法을 亂히 함이오니 呵呵로이다."

71 "去土曜日에 黃土峴에 過하다가 李王職美術館에 入하니 銀銅貨帛이 燦然히 目을 驚하는지라."

72 "歲儀를 聊表하와 呂宋煙 一匣과 和洋式菓子 貳箱을 貢하오니 勿須勿揮하시고 椒觴을 以佐하소서."

못할 것도 많았습니다. 문진 쪽에 가 백옥필통 한 개를 사 형의 벼루 옆에 놓으려 하오니…….[73] —강은형, 「문진(文鎭)을 궤(饋)함」(80번, 1929)

위 ㉔는 여행을 제안하는 내용의 서간인데 앞서 본 ㉒, ㉓과는 여행이라는 소재가 다뤄지는 방식이 사뭇 다르다. ㉔는 우선 윗사람의 훈계를 통해 권유되는 막연한 여행이 아니다. 이 예문은 친구 간 수평적인 관계에서 자발적인 의사로 여행이 제안되고 있으며, '압록강'이라는 구체적인 여행지에 대한 자세한 정보가 제공되고 있다. '압록강'이 남북으로 대륙과 반도에 접해 있는 요충지(東土地理上樞要之地)라는 지리적 설명이 명확하게 제시되어 있는가 하면, '신식 철교와 통군정'으로 지칭되는 근대 문물의 압도감과 역사적 의식을 통해 여행의 포부를 달성하겠다는 목표가 정확하게 표명되어 있다. 근대 지식의 시각으로 여행지의 의미와 가치를 설명하고, 구체적인 여행의 계획과 의도를 보여주는 것은 명백히 '새로운 문화 취향으로서의 여행'이라고 할 수 있다.

또 위 ㉕와 ㉖은 신식 혼례 제도로서의 '서양식 결혼'과 새로운 문화 향유 방식으로서의 '미술관 관람'을 소개하고 있다. ㉕는 딸의 결혼식을 '예배당에서 장로교 목사의 맹세'로 진행하고 손님들은 '선화요리점'이라는 식당에서 대접했다고 하면서 이는 '요즘 사람의 간이한 예(時人의 簡約한 禮)'를 따른 것이라고 말하고 있다. ㉖은 이왕직미술관에 들러 '은동화백(銀銅貨帛)'이 화려하게 진열된 것을 구경했음을 전하는 내용이다. 이전에는 없었던 새로운 신식 문물이자 문화 행위로서, '미술관'이라는 공간과 전시를 구경하는 '관람 행위'가 소개되고 있는 예문이라 할 수

---

73 "昨日에 和洋雜貨店에 入하니 東準西繩의 物이 丘山과 如히 積하야 能히 辨知치 못할 者이 多한지라 文鎭係로 從하야 白玉筆筒壹個를 購하야 吾兄硯右의 具를 佐하오니……."

있다. ㉗과 ㉘은 근대적 생산품과 잡화점을 통해 신문물을 소개하는 예문이다. '여송연(呂宋煙)', '화양식 과자(和洋式菓子)', '화양잡화점(和洋雜貨店)'과 같은 소재는 그 이름만으로도 '일본(和)과 서양(洋)'의 신문물을 환기시키는 역할을 한다.

위에서 살펴본 것처럼 근대 척독 교본은 전반적으로 이러한 신문물 소개의 기능을 갖고 있었던 것으로 보인다. 특히 그러한 내용은 그 신문물에 관련된 '삶의 문화', 혹은 '소비와 향유의 방식'에 대한 안내를 제공하는 기능으로까지 점점 자연스럽게 확장되었던 것으로 보인다. 예컨대 '학교'라는 신식 교육 제도에 유학한 학생의 존재를 둘러싸고 어떤 안부와 요청과 훈계와 축하의 말이 오고 가는지 자체가 하나의 새로운 삶의 문화와 양식이라고 볼 수 있을 것이기 때문이다. 혼례를 서양식으로 진행할 때의 공간과 주재자와 내빈의 접대 방식을 자연스럽게 알려주고 있는 ㉕의 예문이나, 근대적 여행의 목표와 요령을 알려주는 ㉔ 예문, 구체적인 상품의 구매와 문화적 소비에 해당되는 내용의 ㉖~㉘의 예문들 또한 '신식 삶의 스타일'과 관련 있는 것이라 할 수 있다. 이러한 근대 척독 교본의 기능은 단순히 신문물을 단편적으로 소개하는 기능을 넘어서, 삶의 방식으로서의 근대 문화 안내서이자 신문물의 문화적 학습서로서의 역할까지도 담당하고 있었던 것이라고 볼 수 있을 것이다.

중요한 사실은 이렇게 근대 척독 교본에 다양한 신문물과 새로운 삶의 방식이 소개되고 있다는 점을 곧장 그 당시의 현실 반영이라고 볼 수는 없다는 것이다. 예를 들어 '학교'라는 신식 교육제도를 소재로 한 서간문이 다수 발견된다고 해서 '그 당시의 대중들이 일반적으로 학교에 진학하고 있었던 것'으로 볼 수는 없다. 즉 척독집 서간에 등장하고 있는 많은 신문물과 문화 소재들은 그대로 시대의 현실을 보여주는 것이라기보다는 그러한 새로운 문화에 대한 '당대인들의 욕망의 정도나 지향성'을 근대 척독집이 민감하게 포착하고 있는 것으로 보아야 할 것이다.

5) '구(舊)/시(時)', 이중적 효용과 근대 한문학사적 의미

이 글은 근대 시기 전반의 40~50년에 걸쳐 근대 척독 교본이 가장 많이 생산되고 가장 많이 팔린 출판물 중 하나라는 점에 문제의식의 출발을 두었다. 즉 근대 척독 교본이라는 '상투적이고 천편일률적인' 한문 서간 교본이 오랜 시간 동안 대량으로 출판되고 그만큼 많은 사람들에게 소비된 기현상의 문화적 의미와 맥락을 탐구하고자 했던 것이 이 글의 근본적인 시작 지점이었던 것이다.

이에 대해 이 글은 근대 척독 교본이 '옛 것(舊)/당대성(時)'을 동시에 획득하게 해주는 이중적 효용을 갖고 있었으며, 이것이 근대 시기 전반에 걸쳐 대중들이 척독 교본을 끊임없이 소비하게 만든 원인이었다고 분석하였다. 우선 근대 척독 교본은 '옛 것(舊)'의 지속 차원에서 그 전통과 권위를 수호하는 역할을 자임하였다. 척독 교본이 쓰여진 한문이라는 서기 체계 자체와 그 문자 체계가 환기하는 유교적 질서를 자신의 체제와 목차로 구현하고 있었던 점은 전통의 지속 측면을 잘 보여준다. 또한 척독 교본은 실제로 한문 지식의 권위를 직접 옹호하는 담론 매체로서의 역할을 담당하기도 했다. 한편 근대 척독 교본은 '당대성(時)'의 차원을 기민하게 반영하고 있었다. 척독 교본은 국한문의 비율과 문체 면에서 시대적 변화에 신속하게 대응하는 면모를 보였으며, 내용 면에서도 새로운 교육제도와 다양한 신문물을 다양하게 소개하고 그것을 삶의 방식으로 제시하는 문화적 학습서의 역할까지도 담당하였다.

이렇듯 근대 척독은 한문이라는 구지식의 권위와 동시대적 변화 민감성을 동시에 보여주는 텍스트이다. 이러한 척독집 소비 및 향유의 목적은 '옛 것(舊)'으로 상징되는 '전통적 권위'와 '당대성(時)'으로 상징되는 '시대적 필요'의 동시 획득이었다. '구학(舊學)'과 '시무(時務)', '권위와 실용', '(한문) 작문과 (근대) 문화'의 이중적 효용가치야말로 대중으로 하여금 비슷한 내용과 편제의 척독집을 끊임없이 소비하게 한 원동력이었던 셈이다. 근대 척독 교본이 갖고 있는 약 40~50년에 걸친 대중적 스테디셀러로서의 핵심적 가치는 바로 이것이라는 것이 이 글의 결론이다.

이러한 근대 척독 교본의 성격은 근대 한문학사의 차원에서 보았을 때 특별한 의미를 갖는 것으로 보인다. 근대 한문학은 말류화된 투식적 문장으로 점철되는 쇠퇴기의 산물이며 척독 교본 또한 그러한 특징을 보여주는 장르로 보는 것이 그동안의 일반적인 시각이었다. 그러나 척독 교본은 시대적 변화와 대중의 요구를 재빠르게 수용하면서 '한문 글쓰기'라는 차원에서 의외의 '대중적 활기'를 만들어준 장르가 되었다고 볼 수 있다. 척독 교본은 문체 면에서 한문과 국문의 비율과 조합을 다양한 방식으로 실험하고, 내용 면에서 전통적 유교 질서와 새로운 제도 문물의 소개를 지속적으로 포괄함으로써 대중성 획득에 꾸준히 성공할 수 있었던 것이다.

물론 이러한 한문 글쓰기의 대중화가 가져온 부정적 이면을 한문의 '통속적 지식화'라고 지적할 수도 있을 것이다. 그러나 그러한 통속화의 변화 방향을 타고 '한문'이라는 문의 체계가 끝까지 지속될 수 있었던 점은 충분한 문학사적 평가를 필요로 하는 지점이다. 또한 그러한 통속화의 배경에 자리잡고 있는 '대중들의 한문에 대한 욕망' 역시 충분히 주목을 받아야 하는 지점이라고 생각된다. 근대 척독 교본은 문학사적 발전이 단일하고 발전적인 한 방향으로 이루어지지 않았음과 동시에 '착종과 모순으로서의 근대'라는 지점도 보여주는 흥미로운 연구 자료 중 하나인 것이다.

3. 근대 척독 교본에 담긴 '한문 교양'에 대한 대중들의 욕망과 '쓰기' 리터러시

1) 한문이라는 '중세 상층 교양'에 대한 '근대 대중'의 욕망

사대부로 표상되는 남성 지식인에 의해 독점되었던 고급한 상층 지식으로서의 한문 혹은 한문학의 영역은 근대 이후 일본과 서양의 신문물 앞에서 구식 전통으로 치부되면서 그 입지를 점차 잃어가고 있었다. 육당과 춘원이 1917년부터 『청춘(靑春)』의 현상문예 심사에서 '순한문불취(純漢文不取)', '한자(漢字)약간석근시문체(時文體)'라는 기준으로 신문관의 문장 지향을 천명하고, 1931년 김태준이 『조선한문학사(朝鮮漢文學史)』에서 '문언체(文言體)의 한문을 배와서 한문을 짓는 시대(時代)는 완전(完全)히 살아저 버렷'으니 자신의 한문학사는 '조선한문학(漢文學)의 결산보고서(決算報告書)'[74]라고 단언하는 장면은 근대 시기 구축(驅逐)되

---

[74] "一.普通文 一行二十三字三十行以內, 純漢文不取, 入選賞金 天貳圓 地壹圓 人五十錢 一.短篇小說 一行二十三字百行內外 漢字약간석근時文體 入選賞金 天參圓 地貳圓 人壹圓." 「每號懸賞文藝爭先應募하시오」, 『청춘』 7호, 1917. 5; 金台俊, 『朝鮮漢文學史』, 1931; 金性彦 校註, 『조선한문학사』, 태학사, 1994, 13~14쪽.

어야 할 것으로 지목된 한문과 한문학의 위상을 상징적으로 보여준다.

근대 척독 교본은 이렇게 한문 전통이 타기해야 할 옛것으로 타자화되기 시작한 1900년대에 등장하기 시작하여 이후 약 40~50년간 지속적으로 활발하게 간행되었던 한문 서간 교본이다. 구습으로 치부되었던 한문 글쓰기의 전통이 척독 교본이라는 장르를 통해 근대 시기 전체에 걸쳐 많은 독자들에게 학습되고 소비되었다는 사실은 흥미롭다. 이러한 면에서 근대 척독서는 '한문'이라는 전통적인 서기 체계가 근대 전반에 걸쳐 단지 밀려나고 쇠퇴해갔던 것만이 아니라 다른 방식으로 그 존재를 유지하고 변전하는 과정을 보여줌으로써 근대 조선의 복합적이고 중층적이며 불균질한 면모를 고찰하게 해주는 자료라고 할 수 있다.

이 글에서는 근대 척독서의 '교본, 교재, 학습서'라는 기본적 장르성이 한문이라는 특정 소양을 신장시켜주는 '한문 교양/교양서'로서의 성격을 내포한다는 점에서 출발한다. 그리하여 이러한 교본으로서의 근대 척독집이 '한문 리터러시'라는 구시대 상층의 고급 지식을 근대 이후 일반 대중들이 갖춰야 할 '대중적 교양', 또는 '근대적 교양'으로 부각시키는 과정과 의미를 짚어보고자 한다. 근대 교양에 대한 기존 논의에서 주목할 만한 지점은 '교양'이라는 개념이 다분히 정치적이고 이데올로기적인 개념으로 형성되고 활용되었다는 점이다. 근대 독일에서의 교양이라는 단어인 'Bildung'이 후발 주자로서 민족국가 형성 과정에서 당대 독일 사회의 계몽주의적 조바심과 사회적 차별화의 기제를 보여준다는 논의나, 일본의 '다이쇼 교양주의'가 제국 내의 배타적인 엘리트주의의 형성 과정을, '경성제대의 교양주의'는 식민지 경성제국대 학생의 입신 출세의 좌절에 대한 차별적 보상 기제를 보여주는 '차별화와 교화의 이중적 표지'라고 하는 논의들은 교양에 대한 이러한 정치적 해석의 관점을 잘 보여주는 사례들이다.[75]

이 글의 문제의식은 이러한 관점에서 전통적이고 배타적인 지적 권위를 상징하던 중세 교양으로서의 한문이 대중화와 탈권위화의 과정을 거치면서 어떻게 '근대 교양'으로 변화하고 있는지, 그것의 문화적 의미는 무엇인지를 살펴보고자 하는 것이다. 이를 위해 이 글에서는 우선 1905년 출판된 근대 척독 교본의 효시인 김우균의 『척독완편』을 비롯하여 그 이후 1950년대까지 발간된 근대 척독의 대중적 유행이라는 현상을 출판시장에서의 판매와 유통 상황, 저자의 계층성 등을 통해 짚어본다. 그리고 근대 척독 교본의 주요 저자들의 척독에 대한 유용성 논의를 통해 한문 서간을 '대중이 갖춰야 할 교양'으로 제시하는 과정에서 부각되는 것이 특히 '한문 글쓰기'의 능력임을 살펴보고, '쓰기' 리터러시를 획득하고자 했던 이들 대중들 속에는 당대의 전통적 지식인인 '유자, 선비'들도 다수 포함되어 있음을 밝히려고 한다. 결론적으로 근대 척독 교본이라는 장르를 통해 이루어진 한문 교양의 대중화의 의미는 '중세의 배타적인 상층 교양이었던 '한문'이 '서간-글쓰기' 능력으로 좁혀지면서 '근대 대중의 교양'으로 전유되었다고 하는 점임을 지적하고자 한다.

2) 20세기 한문 서간 쓰기 책의 대중적 유행이라는 현상

한문 서간을 쓸 수 있게 해주는 학습서이자 교본인 근대 척독서가 출판 시장에서 소위 '잘 팔리는 상품'임을 알게 해준 첫 번째 책은 김우균

---

75 이향철, 「근대 일본에 있어서의 '교양'의 존재 형태에 관한 고찰」, 『일본역사연구』 31, 일본사학회, 2001. 4; 신인섭, 「교양개념의 변용을 통해 본 일본 근대문학의 전개양상 연구」, 『일본어문학』 23, 한국일본어문학회, 2004. 12; 윤대석, 「경성제대의 교양주의와 일본어」, 『대동문화연구』 59, 성균관대 대동문화연구원, 2007; 소영현, 「근대 인쇄매체와 수양론·교양론·입신출세주의」, 『상허학보』 18, 상허학회, 2006. 10.

(金雨均)의 『척독완편(尺牘完編)』이다. 이 책은 『대한매일신보』에 '안두(案頭)에 필비(必備)할 호서(好書)'[76]로 광고되었던 것을 비롯해 『황성신문(皇城新聞)』, 『신한국보(新韓國報)』, 『국민보(國民報)』 등의 신문 매체를 통해 1906년부터 1914년까지 지속적으로 등장했다.[77] 김우균의 또 다른 척독서인 『문명척독(文明尺牘)』의 서문에 따르면 1917년 당시 『척독완편』은 1905년의 초판 이후 여섯 차례에 걸쳐 재판되어 일곱 번째의 인쇄를 앞두고 있다고 했으며 이미 3만여 질이 팔려 장안을 뒤덮었다고 한다.[78]

문인 지식인들에게 지대한 영향을 미친 최남선의 『시문독본』이 1917년에서 1923년까지 7판, 이광수의 『무정』이 식민지기 전체에 걸쳐 8판이 팔렸음을 상기한다면,[79] 또한 1920년대 최대 베스트셀러로 10쇄 이상 인쇄되었던 노자영의 『사랑의 불꽃』, 『사랑의 선물』의 판매량이 2만 부였다는 기록과 견주어보면,[80] 이름조차 낯선 『척독완편』이라는 책의 판매량이 이러한 책들과 비견된다는 사실은 매우 새삼스럽게 다가온다.[81] 더

---

76 "今此局勢가 維新ᄒᆞ고 事爲가 繁劇ᄒᆞᆫ 時代에 際ᄒᆞ야 吾人도 論交酬世의 道가 日廣日多홈이 尺牘을 不可不讀이라 本尺牘은 已爲刊行于世ᄒᆞ야 江湖의 好評을 博得ᄒᆞᄋᆞᆫ 바 今에 國漢文으로 新編增補ᄒᆞ야 新舊尺牘에 牛耳가 되며 且近日 新法令의 緊要ᄒᆞᆫ 者를 類聚附輯ᄒᆞᆻᄉᆞ오니 一般 人士ᄂᆞᆫ 案頭에 必備홀 好書이오." 『대한매일신보』, 1908. 12. 1.

77 본서 1부 1장의 각주 4번 참고.

78 "幾年의 間에 翻印이 凡六度오 三萬有餘帙에 達ᄒᆞ야 居然이 域內에 衣被ᄒᆞᆫ지라 …… 坊友가 完編의 第七度印布홈을 苦請ᄒᆞᆫᄂᆞᆫ故로……." 金雨均, 「文明尺牘叙言」, 『文明尺牘』, 1917. 『척독완편』의 서문에는 이 책의 편찬 및 간행 당시의 독자들의 뜨거운 반응에 대해 "해내제가의 대찬상(海內諸家大讚賞)"을 받았다거나, "이에 한마디 말, 한 글자를 큰 옥처럼 받들어 찾아 베끼는 자가 많아지니 거의 낙양의 지가(紙價)를 올릴 정도였다(片言隻字, 奉如拱璧, 索抄者衆, 殆紙貴洛陽)"거나, "젊은이들이 다투어 베껴 갔다(年少者無不欲學其規式, 爭相抄寫)"는 등의 표현을 쓰고 있다.

79 김지선, 「최남선의 『시문독본』 연구―근대적 글쓰기의 형성과정을 중심으로」, '한국현대문학회/국제비교한국학회' 학술대회 발표문, 2007.

80 박지영, 「1920년대 '책 광고'를 통해서 본 베스트셀러의 운명」, 『대동문화연구』 53집, 성균관대 대동문화연구소, 2006.

욱이 근대 조선에서 대규모 인쇄자본이 등장하고 활판인쇄가 일반화되며 생산과 유통이 활발해지는 시기를 1920년대로 추정하는 연구를 참고한다면[82]『척독완편』의 판매가 1905년부터 1917년까지의 시기에 이루어졌다는 사실은 놀랍게 보이기까지 한다.

그런데 중요한 것은『척독완편』의 그러한 판매 호조가 이 책에만 국한된 현상이 아니었다는 점이다. 1910년대 출판 시장에서 근대 척독 교본은 민간 출판사들이 펴낸 책들 중 가장 비중 있는 단행본 종류 중 하나였다. 기존 연구에 따르면 1910년대『매일신보』에서 광고 빈도수가 높은 서적 100종 중 11종이 척독서이며, 1920년대의『동아일보』에서 4회 이상 광고를 게재한 도서의 종별 분포에서 '실용'으로 분류된 책의 다수를 차지한 것 역시 척독서임을 알 수 있다.[83]

이들 근대 척독서의 주요 저자는 앞 장에서 살펴본 바와 같이 출판업자 계층이었다.『척독완편』의 저자인 김우균(金雨均, 1874~미상)은 1910

---

81 다음의 판본 상황도『척독완편』의 유통량을 짐작하게 해주는 주요한 지표이다. 현전하는『척독완편』의 판본은 ①『尺牘完編』(1905년), ②『新撰尺牘完編』(1908/1912), ③『增補尺牘完編』(1912/1913), ④『增補字典尺牘完編』(1912/1916/1920/1937)으로 최소 4종 이상이며, '한국역사정보통합시스템'의 '한국고전적종합목록'의 제공자료 중 국립도서관 및 각 대학 도서관에 소장 중인『척독완편』은 44권 이상이다.

82 "1920년대 인쇄출판업계에는 이전보다 훨씬 큰 규모의 자본이 등장함으로써 생산과 유통과정에 변화가 일어나고 있었다. 다수의 영세상인들이 몰락한 반면 신구소설과 교과서를 중심으로 나름의 자본을 축적한 회사들이 등장하기 시작했다." 이기훈, 「독서의 근대, 근대의 독서─1920년대의 책읽기」,『역사문제연구』7호, 2001. 17쪽; 천정환, 「1920~30년대 소설 독자의 형성과 분화 과정」,『역사문제연구』7호, 2001, 76쪽.

83 이경현,『1910년대 新文館의 문학 기획과 한국 근대문학의 형성』, 서울대 박사학위논문, 2013. 이 논문의 2장 '1910년대 한국 근대문학 형성의 문화적 배경'에서는 1910~1917년의『매일신보』의 서적 광고를 통해 출판시장의 변화를 살펴보고 있다. 이 논문에 따르면 1910년대『매일신보』책 광고를 통해 확인할 수 있는 척독서의 종류만도 매년 30종에서 60종 사이이다. 1920~1927년의『동아일보』책 광고에 대해서는 이기훈(2001)의 앞 논문 참고. 이 논문의 뒤에는 30페이지에 달하는 연도별 '동아일보 게재 서적광고' 표가 실려 있어 근대 척독의 목록 보완 작업에 큰 도움이 된다.

년 동문서림(同文書林)을 직접 경영했고, 1920~30년대 척독서의 주요 저자인 노익형(盧益亨, 1885~1941)과 지송욱(池松旭, 1880년대 추정~미상)은 각각 식민지 시기 최대 출판사였던 박문서관(博文書館)과 신구서림(新舊書林)의 운영자였다. 역시 1920~30년대 주요 척독서 저자로 이름을 발견할 수 있는 고병교(高丙教, 1900년대 추정~미상)는 회동서관(匯東書館) 운영자였던 고유상(高裕相, 1889년경~1962)의 장남이었고, 강은형(姜殷馨, 1900년대 추정~미상)은 영창서관(永昌書館) 운영자였던 강의영(姜義永, 1897년경~1945)의 종질로 그 자신 대성서림의 주인이었으며, 김동진(金東縉, 1885년경~미상)은 덕흥서림(德興書林)의 운영자였다.[84]

이러한 출판업 관련 인물들의 생애는 많이 알려져 있지 않고 정확하게 추적되지 않은 것이 대부분이다. 그중에서 그래도 비교적 많은 자료가 남아 있는 김우균과 노익형의 경우를 종합하면 대개 이들의 신분은 중인층에서 평민 상인층까지에 걸쳐져 있으리라고 생각된다.[85] 사실 '척독'이라는 장르와 중인 계층 사이의 연관 관계는 그 연원이 꽤 깊은 것으로 볼 수 있다. 기존 연구에서는 근대 척독서의 전신이라고 할 수 있는, 조선 후기 대표적인 방각본 간찰 교본인 『간식유편(簡式類編)』의 간행자인 이인석(李寅錫)이 경아전 출신의 중인 계층임을 알려주고 있으며, 19세기 한문 척독 선집의 향유와 창작에 주요하게 관여한 이들이 중인인 조

---

84 이들 출판업자들에 대한 정보는 다음 논문들이 큰 참고가 되었다. 방효순, 앞 논문; 이종국, 「개화기 출판활동의 한 징험─회동서관의 출판문화사적 의의를 중심으로」, 『한국출판학연구』 49호, 2005. 12; 최호석, 「지송욱과 신구서림」, 『고소설연구』 19집, 2005; 최호석, 「영창서관의 고전소설 출판에 대한 연구」, 『우리어문연구』 37집, 2010. 5; 엄태웅, 「회동서관의 활자본 고전소설 간행양상」, 『고소설연구』 29, 한국고소설학회, 2010; 『근대서지』 편집부, 「박문서관과 노익형 관련 자료 모음」, 『근대서지』 제6호, 2012.

85 김우균 및 노익형의 생애 사실에 대한 보다 자세한 내용은 『근대서지』 편집부, 「박문서관과 노익형 관련 자료 모음」, 『근대서지』 제6호, 2012; 본서 1부 1장 참고.

희룡(趙熙龍), 이상적(李尙迪), 류최진(柳最鎭), 이기복(李基福) 등임을 밝히고 있기도 하다.[86] 김우균은 부친 김성진이 군수 출신이라고 하지만 모친이 대표적인 중인 가문인 천녕 현씨라는 점, 역관 출신인 스승 최성학에게 사사받은 점, 중인 출신 동료들과 함께 스승의 척독 정리 작업을 진행했다는 점 등으로 미루어보아 한미한 양반 출신이거나 중인인 것으로 추정되며, 노익형은 1905년 박문서관 개점 전까지 '저포전(苧蒲廛) 용아(傭兒), 객주(客主)집 거간(居間), 잡화영업(雜貨營業)' 등을 거쳐 온 생애 경로를 볼 때 상인 출신으로 출판업을 시작한 경우로 보이기 때문이다.

여기서 중요한 지점은 서점 운영과 출판업을 병행했던 이들 근대 척독서의 저자들이 독자가 선호하지 않는 책, 팔리지 않는 책을 계속 찍고 있었을 리 없다는 점이다. 이들은 당연하게도 인쇄된 출판물의 판매와 유통에 가장 민감했던 인물들이었을 것이기 때문이다. 이러한 근대 척독집 저자들의 인쇄, 출판, 서적업 종사 관련성은 근대 출판업계에서 약 40~50년에 걸쳐 척독 교본이 대량 생산되는 순환 구조를 만들었으며, 독자의 수요를 끌어내고 그들의 요구에 재빠르게 반응하며 지속적으로 변모되고 갱신되는 성향을 자극했던 것으로 판단된다.

실제로 1905년부터 1950년대까지 발간된 근대 척독 교본은 각 시대별 특징이 뚜렷했으며[87] 다양한 수준의 국한문체로 분기해갔다.[88] 심지어

---

86 이에 대해서는 다음 논문을 참고할 수 있다. 류준경, 「지식의 상업유통과 소설 출판」, 『고전문학연구』 제34집, 한국고전문학회, 2008; 류준경, 「방각본 간찰교본 연구」, 『漢文古典研究』 18, 한국한문고전학회, 2009; 이기현, 「19세기 중후반의 척독집 수용과 편찬」, 『한문교육연구』 제28호, 2007.

87 각 시대별 특징을 간략하게 제시하면 이렇다. 발흥기인 1900~10년대 척독집은 주로 500쪽 내외의 두꺼운 책에 순 한문으로, 목차가 다소 복잡하게 구성되어 있으나 크게 보면 조선 후기 간찰 교본의 체제를 따라 편지 작성의 과정을 '투식구'와 '서간 예문' 부분으로 나누어 제시하는 경향을 취했다. 척독집의 대유행기인 1920~30년대에는 편폭이 대폭 줄어든 150쪽 내외의 분량에 한주국종체(漢主國從體) 국한문이 주를 이루

척독 교본의 시대별 변화는 표제 면에서도 두드러졌다. 1900~10년대 초기 척독집이 주로 제목에 '완편(完編), 비문(備門), 대성(大成), 대방(大方)', '신정(新訂), 신찬(新撰), 신편(新編), 신식(新式)' 등의 조어를 사용해 다양한 서간들의 '완비됨'과 '새로움'을 어필하고자 했다면, 1920~30년대 전성

었고, 한글 독음 표기와 두주의 단어 풀이가 일반화되었다. 체제 면에서는 서간 예문만 병렬적으로 나열되는 간결한 구성이 일반화되었고, 척독집 상호 간의 모방·재수록·재편집이 자주 일어났다. 1940~50년대 쇠퇴기에는 한 권의 척독집 안에 한주국종체(漢主國從體)와 국주한종체(國主漢從體)가 1, 2부로 함께 들어 있는 경우를 자주 볼 수 있다.

88 간단한 문체 예시를 보이면 다음과 같다.

초기(1900~10년대): "別將三載, 懷想高情, 無時去念也, 但聞邇來 動止榮膺多福, 深爲知己者慶. 動止는 起居오 多福은 詩는 詒爾多福이라." 玄采, 『尺牘大成』(1917) '問候門' 중; "自汝發程後로風雨頻仍호야念念不尠터니第未知穩抵而客狀이何如며所看事는將有就緖之期也아其鬱其鬱이라吾는一如前樣호고汝妻子도俱善호니爲幸耳라餘는適因轉便호야玆付數字而已오姑不具라." 金雨均, 『尺牘完編』(증보판, 1913) 중 '父在家寄子書'.

전성기(1920~30년대): "行次행차호읍신後후로汽笛기적소리만風便풍편에聞춘하오면南門驛남문역을向향호야 祖父조부쥬씌셔紛紛분분흔行客행객으로더부러同時下車동시하차호셧거니고疾走질주호는人力車인력거를次第注目차졔주목호오니油然유연한思慕사모가日久月深일구월심이라." 盧益亨, 『註解附音新式尺牘』(1920) 중 '孫손이在外재외혼祖父前조부전에上상호눈書셔'; "人非利路인비리로면無以生存무이생존이오人無貨利인무화리면徒爾死喪도이사상이라利之時義리지시의가豈不重且大興기불즁차대여아……今聞吾兄금문오형이通衢大都통구대도에書肆서사를宏開굉개하야四方購買者사방구매자ㅣ 時日遝至시일답지하고各地請求者각디쳥구자ㅣ書翰셔한이堆積퇴적하야隨求酬應슈구슈응에眼鼻안비를莫開막개하니……." 池松旭, 『附音註釋新式金玉尺牘』(1923) 중 '友人우인의書鋪開設서포개설을賀하하난書셔'.

쇠퇴기(1940~50년대): "去月三十一日郵便上函거월삼십일일우편상함은伏料抵燭복료져촉이온바條經兩週혼경량주에尙未承復상미승교복호오니下懷하회ㅣ悵缺無地창결무디이오이다更伏審雪寒깅복심설한에氣候萬康긔후만강호시고旅次調節려츠조절이均吉否균길부잇가伏慕不任下誠복모불임하셩이오며孫손은省事셩시如常無頉여상무탈호오며 課工과공이無缺무결이오ᄂ……." 저자미상, 『現代美文學生日用片紙套』(1946) 중 '祖父主前조부쥬전上白은샹빅시; "전편轉便으로듯사온즉則그사이디방地方에 행차行次하셧다하오니무슨일로어느디방地方에출장出張하셧삽나잇가복불심차시시不審此時에 긔톄후만강氣候萬康하압시고 숙모주叔母主게압서도제졀諸節이무손無損하시오며내종형內從兄도잘잇사오닛가복축불이伏祝不已압나이다." 저자미상, 『現代美文學生日用片紙套』(1946) 중 '생질甥姪이외삼촌外三寸게올니난편지片紙.

기 척독집들은 '석자(釋字), 구해(句解), 부음(附音), 비음(備音)' 등의 단어를 제목에 넣어 한글 독음이나 단어 풀이가 있음을 명시하고 '배우기 쉬움'을 강조하는 식이었다.

즉 이들 척독 교본은 국한문의 서간 쓰기를 배우고자 하는 당대의 대중 독자들의 수준과 요구에 발빠르게 부응하는 장르였음을 알 수 있다. 이렇게 근대 척독 교본은 독자들에게 국한문 서간의 글쓰기 및 문체의 규범을 '용이성과 편의성' 위주로 정립하고 독자들의 접근을 쉽게 함으로써 한문 문식성의 대중화를 주도해나갔던 장르였던 것이다.[89]

3) '척독 유용론'을 통해 본 당대 '한문 교양'의 상황

앞서 살펴본 것처럼 근대 조선의 전 시기에 걸쳐서 출판시장에서 결코 무시할 수 없는 비중의 베스트셀러였던 근대 척독은, 그러나 하나의 본격적인 장르로 인정받기보다는 늘 약간의 '하대'의 대상이 되곤 했다. 조선 후기 서간 교본인 『척독요람』이나 『초간독』 같은 책이 고서점에서 헐값에 거래되는 흔해빠진 책이라는 뜻으로 변변치 못한 물건인 '섭치' 취급을 받았다는 점, 박문서관 주인인 노익형이 돈을 벌기 위해 '경서, 척독류'로 출판을 시작했다고 회고하고 있는 점 등은 근대 척독에 대한

---

89 근대 척독의 유행에 일본 에도시대부터의 전통적인 학습서인 '往來物(오우라이모노)'와 척독집 유행의 영향이 있을 수 있다는 지적을 해준 하지영 선생에게 감사를 전한다. 일본 근대 척독집과의 연관성에 대해서는 차후 연구에서 별도로 다루어볼 주제라고 생각된다. 그러나 근대 조선에서의 척독집 성행의 배경에 조선 후기 간찰 교본의 전통 및 척독 선집의 편찬과 같은 문학적 전통이 있었음을 우선 전제한 상태에서 근대 일본 문물의 수입과 영향을 따져볼 필요가 있을 것이다. '往來物'에 대해서는 츠지모토 마사시 지음, 이기원 옮김, 『일본인은 어떻게 공부했을까』, 지와사랑, 2009, 37~43쪽 참고.

폄하의 시선의 일단을 엿보게 해주는 대목이다.[90] 이는 같은 시기 본격적인 학습서 역할을 했던 장르였던 '독본'과 '한문 작문 교본'[91]의 위상이나 이들 텍스트에 대한 문화적 시선과도 상당히 대비되는 것이었다.

그래서인지 당시 척독 교본의 서문에는 종종 척독의 기본적인 '필요성과 유용함'을 설득하고자 하는 내용을 발견할 수 있다. 이 장에서는 근대 척독서의 서문들과 일부 본문 서간에서 간간이 볼 수 있는 척독 장르에 대한 메타적인 언급들을 통해 척독의 필요성과 유용성을 강조하는 '척독 유용론'이 설파되고 있음을 살펴보고자 한다. 1절에서는 이러한 척독 유용론의 논리 속에 한문 서간의 '쓰기 능력'이 곧 '교양 수준을 판단하는 척도'로 지목되고 있으며, 따라서 누구나 반드시 갖추어야 할 소양으로 부각되고 있음을 살펴볼 것이다. 또한 2절에서는 척독을 필요로 했던 수요층 중에 '신진, 학생'뿐만이 아니라 당대 '유림과 선비'들이 포함되어 있었으며, 이들의 한문 문식성이 주로 '읽기'에 치우쳐 있었다는 사실을 지적하고자 한다.

---

90 장유승, 『쓰레기 고서들의 반란』, 글항아리, 2013; "노익형은 잘 팔리는 책 만드는 일을 우선했던 것 같다. …… 초기의 박문서관은 개화기 여느 출판사와 마찬가지로 위인 전기나 교과서류 및 經書, 尺牘類들로 출판을 시작하였다." 「博文書館과 盧益亨 관련 자료 모음」 중 , 『근대서지』 6호, 2012, 803쪽.

91 근대 독본 및 한문 작문 교본의 위상과 문화사적 의미에 대해서는 다음 논문을 참고할 수 있다. 구자황, 「최남선의 『시문독본』 연구—근대적 독본의 성격과 위상을 중심으로」, 『과학과문화』 통권 9호, 2006. 2; 문혜윤, 「문예독본류와 한글 문체의 형성」, 『어문논집』 54, 민족어문학회, 2006. 10; 김지영, 「최남선의 『시문독본』 연구—근대적 글쓰기의 형성과정을 중심으로」, '한국현대문학회/국제비교한국학회' 학술대회 발표문, 2007; 구자황, 「근대 독본의 성격과 위상 (2)—이윤재의 『문예독본』을 중심으로」, 『상허학보』 20, 상허학회, 2007. 6; 구자황, 「근대 독본의 성격과 위상 (3)—1930년대 독본의 교섭과 전변을 중심으로」, 『비교어문연구』 29, 비교어문학회, 2010; 임상석, 「1910년 전후의 작문 교본에 나타난 한문전통의 의미」, 『국제어문』 42, 국제어문학회, 2008. 4; 임상석, 「1920년대 작문교본, 『實地應用作文大方』의 국한문체 글쓰기와 한문 전통」, 『우리어문연구』 39집, 우리어문학회, 2011. 1.

(1) 척독의 필요성: '갖춰야 할 교양'이 된 '한문 쓰기' 능력

근대 척독집에서 척독의 필요성을 강조하기 위해 자주 채택했던 언술은, 척독이라는 것이 '작은 기술'일 뿐이지만 '꼭 필요하다'는 식의 논리였다.

① 척독은 짧은 글이니 큰 문장과 비교하면 체와 격이 다르고, 춥고 더운 계절 인사나 경조사를 알리는 사이에 일에 따라 정이 통하면 그것으로 족하다.[92]

② 이 책은 깊은 문장과 심오한 뜻으로 영예를 구하거나 미를 훔치고자 함이 아니요, 외진 마을 먼 시골에서 일용하는 수응(酬應)의 도구로 도움을 주기에는 넉넉하게 남을 것이다.[93]

③ 무릇 다른 이와 교제함에 척독이 아니면 대략 마음을 논하고 일을 서술할 수 없다. 그렇기에 편지를 보내서 천만 리에 떨어져 있지만 그리워하는 곡진한 정을 전하고 얼굴을 맞대 이야기하듯 기뻐했으니 이것이 진준과 위척이 편지를 쓰는 이유였다.[94]

위 ①과 ②에서 척독의 필요성에 앞서서 먼저 힘주어 말하고 있는 것은 '척독'이라는 장르의 범주와 역할에 대한 선 긋기이다. 여기서 척독과

---

92 "況尺牘短篇也, 與大文字, 體格有異, 寒喧哀慶之間, 隨事通情足矣, 焉用程式爲哉. 然民生久矣, 雖尋常往復, 羣分類聚, 具收幷畜." 李容植, 「尺牘重刊序」, 金雨均, 『增補字典尺牘完編』, 1912.

93 "是編之作, 非深文奧義, 欲以干譽而掠美, 其在僻巷遐鄕, 以資其日用酬應之具, 則綽綽然有餘." 高應源, 「尺牘完編跋」, 『尺牘完編』, 1905.

94 "夫與人交際, 非尺牘, 率莫由論心而叙事. 故裁魚寄雁, 或在千萬里, 相思繾綣之情, 雖如面譚. 是以陳遵之善書, 韋陟之牋記." 崔性學, 「自序」, 『尺牘完編』, 1905.

구별해야 하는 대상은 '큰 문장', 즉 '깊은 문장과 심오한 뜻으로 영예나 미를 추구하는 글'이다. 이들이 강조하고 싶은 것은 척독은 깊고 심오한 글, 즉 고상한 문예나 본격적인 문학과는 '체와 격(體格)'이 원래부터 다른 '짧은 글'일 뿐이며, '계절 인사, 경조사'에 정을 전하는 도구이자 '벽항하향의 수응 수단'에 불과한 글이라는 것이다.

이렇게 근대 척독서 편저자들이 척독을 폄하고 그 한계를 지적하는 듯한 발언을 하는 목적은, 척독이 고상한 시문이나 형이상학적인 학문 탐구의 '어렵고 대단한' 문장이 아니라 구체적인 인생살이의 '필요'에 따른 '실용적 용도'를 가진 글이라는 점을 독자들에게 강조하고자 하는 것이었다. 한문 글쓰기이긴 하지만 심오한 한문 역량을 요구하지 않으며 일상적 필요와 연결되어 있는 장르라는 것을 설득하기 위한 포석인 것이다.

③에서는 그러한 일상적 교유의 도구로서의 척독의 유용성을 역설하고 있다. 그것은 '마음을 논하고 일을 전하는 것(論心而叙事)', 멀리 떨어져 있어도 '마주 앉아 말하는 것 같은 기쁨을 주는 것(驪如面譚)'이라는 점이다. 멀리 있는 사람에게 소식을 전한다는 것, 그로 인해 서로의 안부와 존재를 확인할 수 있게 해주고 만남의 기쁨을 전해주며 일의 사정을 알려준다는 것은 편지라는 소통 수단의 가장 근본적인 성격을 강조하는 것이자, '실용'이라는 현실적 필요에 정당성과 설득력을 실어주는 기본적인 수사적 표현이었다.[95]

---

95 안부와 소식을 전하는 기능을 들어 척독의 필요성을 강조하는 표현은 여러 곳에서 발견된다. "尺牘은 萬家平安의 喜를 傳ᄒ고 千里跋涉의 勞를 代ᄒ니……." 金雨均, 「緖言」, 『新撰 尺牘完編』, 1908; "至於河山遙隔, 渴塵頓消, 魚雁可憑, 夢魂相接. 委曲宛轉, 簡繁俱該, 慙慙懇懇, 其感人者深, 莫尺牘若耳." 玄采, 「尺牘大成序」, 『尺牘大成』, 1917; "書中所錄事實은 一一詳記하야 完若面接直聞에 頗無疑訝未解者하니……." 李鍾國, 『無雙註解 普通新式尺牘』, 1930; "夫四海之人, 勢不可一室之居, 則不得不以文字代言語, 是名爲書牘, 書牘非事情之最切者乎." 鄭萬朝, 「最新尺牘大觀序」, 韓幾堂, 『最新 尺牘大觀』, 1923.

④ 시국이 유신되고 시무가 매우 바빠져서 사귐을 논하는 도리가 날로 넓어지고 일에 수응하는 방법도 날로 많아지니 필히 읽지 않을 수 없는 것이 척독이다. …… 어찌 부화한 옛것만을 숭상하고 새로움의 정수를 싫어하리오.[96]

⑤ 지금 천하 형세를 돌아보니 변화가 날로 빨라지니 부득불 그 사이에 더하거나 깎아낼 것이 있다. 고루함을 헤아리지 않고 1년간 고심하여 사례(四禮)에 대한 질문, 『변자유편(騈字類編)』의 풀이, 당송 명인의 초서 중 본보기가 될 만한 것에 이르기까지, 쓸데없는 것을 없애고 정수만을 뽑으며 또 그 문장의 심오한 것을 발췌하여 조목으로 풀고 자세히 설명하였다.[97]

⑥ 또 사람은 귀천과 노소의 차이가 없을 수 없는데 한 단계의 어른과 한 갑자의 어른이 있으면 공경하는 바에도 차이가 있다. 공경하는 예절도 현재 통용되는 방식이 있으니 편지를 쓰는 자가 어찌 시의에 맞게 함에 힘쓰지 않을 수 있겠는가.[98]

그런데 근대 척독서의 필요성과 유용함을 결정적으로 설득한 것은 안부와 교류라는 편지의 기본 기능에 대한 단순하고 평면적인 이유가 아니라 바로 '시대의 변화에 맞춘 필요'였다. 이것은 근대 척독 교본에 대한 당대 독자들의 폭발적인 수요를 이끌어낸 요인이며, 시대별로 지속적인

---

96 "局勢가 維新ᄒ고 時務가 劇忙ᄒ니 吾人도 論交之道가 日廣ᄒ고 酬事之路가 日多ᄒ니 不可不必讀홀 者이 尺牘이라 …… 엇지 浮華를 尙古ᄒ고 精粹를 厭新ᄒ리오." 金雨均, 「緖言」, 『新撰 尺牘完編』, 1908.

97 "所顧今字內形勢, 日趨於變, 不得不有增删於其間者. 不揣孤陋, 苦心歲餘, 擧凡四禮之相問, 騈字之釋義, 以及唐宋名人章草之可爲典型者, 祛冗撮精, 且摘其文典之深奧, 條鮮而縷釋之." 金雨均, 「自序」, 『增補字典 尺牘完編』, 同文書林, 1912.

98 "且人不能無貴賤少長之等夷, 而一階之尊, 一甲之長, 所敬有差, 其敬之之節, 自有現時通行之式, 爲書牘者, 何可不務適其時宜乎." 鄭萬朝, 「最新尺牘大觀序」, 韓幾堂, 『最新尺牘大觀』, 1923.

자기 변화와 갱신을 가져온 원인이기도 했다.

④에 따르면 척독의 유용성은 감정 교류 이상의 의미가 있다. 그것은 '국세(局勢)와 시무(時務)'가 급변하여 각종 사회적인 교류 역시 급격히 확장되고 있다는 것이며, 그로 인해 한문 서간을 쓸 때도 '부화한 옛날 식'이 아니라 '새로운 방식'으로 써야 하니 척독은 '반드시 읽어야 할 것(不可不必讀)'이 되었다는 것이다. 급변하는 시대에 따라 그에 맞는 편지쓰기-글쓰기의 새로운 규범과 지식이 필요하다는 수사는 확실히 독자들의 수요를 자극하는 표현이었다. 세상이 달라졌는데 시대에 맞지 않는 과거의 척독집에 있는 예전 식대로 글을 써서는 안 되며, 변화한 시대에 맞게 새로 쓴 척독서가 필요하다는 것이다. 다종다양한 새로운 척독 교본의 끊임없는 간행의 배경에는 이러한 '시대 변화에 부응한다'는 명목으로 소비 욕구를 자극하는 척독서 필요의 논리가 작용하고 있었던 것으로 보인다.

⑤와 ⑥에서는 그렇게 새롭게 편집되는 방향에 대한 단초를 제공하고 있는 부분이다. 무엇이 어떻게 새로운가에 대한 설득력 있는 설명이 있어야만 독자들을 끌어모을 수 있기 때문이다. ⑤는 그 새로움을 '쓸데없는 것을 빼고 핵심만 모았다(祛冗撮精)', '어려운 부분을 뽑아내 조목별로 풀어 설명했다(摘其文典之深奧, 條鮮而縷釋之)'는 것으로 집약한다. '핵심 정리와 쉬운 풀이'라는 표현은 독학으로 한문 서간의 쓰기 능력을 빨리 획득해야 하는 독자, 학습자들에게 가장 효과적인 설득의 방법이었을 것이다.

⑥에서는 또 다른 방식으로 그 시대에 새로 나온 척독서의 필요를 설득하고 있다. 그것은 '예절도 그 시대에 통용되는 방식이 있다(其敬之之節, 自有現時通行之式)'는 것이다. 시대 변화에 따른 친소·존비의 예법과 용어의 변화를 '시의에 맞게' 쓸 줄 아는 것이 한문 서간의 쓰기에서 매우

중요하다는 설명은 충분히 독자들에게 의미 있는 것이었다. 일반적으로 잘 쓰지 않는 어휘와 벽자, 관용구, 상하 위계를 표현하는 차별적 용어 등을 쓰는 한문 편지 특유의 관습을 생각할 때,[99] 특히 그 시대에 주로 사용하는 표현과 관용적 문법에 '맞게 써야 한다'는 것은 중요한 기준이었다.[100]

⑦ 자기 집안의 왕복 서찰로 시작하여 어른, 평교, 아랫사람에 사용하는 문자의 존비와 청탁을 자세히 분간하여 학습하라. 사람의 문견이 있는지 없는지 알고자 하면 그 사람의 서찰을 보면 저절로 알 수 있다. 부형이나 어른께 쓸 문자를 평교와 아랫사람에게는 쓰지 못하니 대가들의 안목 있는 서간을 유심히 펼쳐보아 그 기두와 안부의 예를 가장 긴밀하게 잘 익히고…….[101]

⑧ 근래 각 학교의 학생들이 신학문에는 과연 성취한 효과가 있어 그 웅변고담이 족히 세상 사람들을 놀라게 한다. 그러나 한문에 대해서는 전혀 마음을 두지 않아서 집안 내의 서찰에서 친구 간의 편지까지 어구가 말이 되지 않고 어로(魚魯)를 분별하지도 못하며 또 글씨의 자획은 거칠고 졸렬하며 틀리기까지

---

99 벽자와 어려운 한문 문구를 주로 쓰는 한문 서간 특유의 과시적·차별적 성격에 대한 언급은 김효경, 「18세기 간찰교본 『簡式類編』 연구」, 『규장각』 9집, 2003 참고.

100 조선 후기 간찰에서도 이러한 '달라진 현실'에 맞게 써야 한다는 표현을 찾을 수 있다. 조선 후기 간찰 교본 중 하나인 『간식유편(簡式類編)』에서는 평교를 하는 친구 사이에도 존경용 표현을 사용하기 시작했다든가, '上白是'라는 표현은 하층이 상전에게 올리는 서간에서만 쓰고 사대부가의 편지에서는 사용하지 않는다는 식의 변화를 언급하고 있다. 류준경, 앞 논문(2009), 283쪽.

101 "始自家間往復으로 以至尊丈平交手下에 使用ᄒᄂ 文字의 尊卑와 淸濁을 仔細分揀學習ᄒᆞ나 人之聞見의 有無를 知得코져 ᄒ면 其人의 書札을 見ᄒ면 自可知矣라 父兄이나 尊丈前의 用ᄒᆯ 文字를 平交와 手下에 用ᄒ지 못ᄒ나니 大方家 眼目이 有ᄒ 書簡을 留心披閱ᄒᆞ야 其起頭와 安候의 例를 最緊熟習ᄒᆞ고……." 李鍾國, 『無雙註解 普通新式尺牘』, 1930, 2번 서한.

하니 눈 뜨고 볼 수가 없다. 이런 사람이 설령 조정과 사회에 나아간다 해도 한문에 전혀 무식하니 다만 입으로만 하는 피상적인 학문으로 능히 일을 처리하 겠느냐.[102]

⑨ 척독은 사람의 혀이니 사람이 혀가 없으면 말을 할 수 없고 말을 할 수 없으면 교제를 할 수가 없으니 이러면 어떻게 인류 사회에 서겠는가. 또 척독을 혀에 비해봐도 특히 긴밀하여 벙어리가 말을 할 수 없어도 척독에 능하다면 혀 대신 마음과 뜻을 통할 수 있다. 이 때문에 문명국 사람들이 어린아이 때부터 척독 배우기를 먼저 하는 것이다.[103]

'당대의 관습에 틀리지 않게 쓸 것'이라는 기준의 내용은 ⑦에서 좀 더 구체화되어 제시된다. 그것은 '존장, 평교, 수하(尊丈平交手下)'의 관계 에 맞게 쓸 것, 문자의 '존비와 청탁'을 정확히 할 것, '기두와 안부'에 유의할 것 등과 같은 한문 서간 쓰기의 규범이다. 아울러 이 예문에서 특히 주목하게 되는 것은 이러한 한문 서간 쓰기의 능력이 그 사람의 '문견(聞見)의 유무'를 판단하는 것으로 연결된다는 것이다. '보고 들은 것(聞見)', 즉 그 사람의 지적·학문적 배경을 알고 싶으면 그의 서찰을 보면 된다는 말은, '한문 서간'이 곧 한 사람의 '교양 수준'을 판단하는

---

102 "近來各學校學生이 新學問에는 果然成效가 有ᄒ고 또 其雄辯古談이 足히 世人을 壓 伏ᄒ나 然이나 至於漢文에는 全不留心ᄒ야 家內及朋友間短札에 語句가 全不成說ᄒ 고 魚魯를 莫辨ᄒ며 또 字畫이 畫荒拙걸 ᄒ야 寓目키 不堪ᄒ니 設令此人이 出ᄒ야 朝廷及社會에 立ᄒ면 其漢文이 全無ᄒ고 惟但히 口舌及皮相의 學으로 能히 濟事ᄒ 깃ᄂ냐." 玄采, 『尺牘大成』, 1917.

103 "尺牘, 人之舌, 人而無舌, 言語不能, 言語不能, 交際不能矣, 如此則何以立於人類社會, 此尺牘比於舌, 尤爲喫緊, 卽啞者雖不能言, 如能於尺牘, 可以代舌而通情意, 故文明國 人, 卽自童稺, 先學尺牘矣." 玄采, 「勸學尺牘」, 『尺牘大成』, 1917.

척도가 되고 있음을 알려주는 것이다.

⑧과 ⑨는 이러한 교양으로서의 한문 글쓰기 능력의 중요성을 역설하고 있다. ⑧에서는 당시 신학문을 배운 학생들이 '웅변 고담'에는 능하지만 한문 능력이 떨어짐을 '눈뜨고 볼 수 없(寓目키 不堪)'을 정도라고 개탄한다. 이들의 서간이 '어구가 말이 되지 않고 비슷한 글자를 구별하지도 못하며 자획도 거칠고 졸렬하니' 이런 인물이라면 '조정과 사회에서의 역할'을 제대로 할 리 없고 '일을 해냄(濟事)' 능력도 없으리라는 것이다. 이 예문에 따르면 '한문을 제대로 쓰지 못한다는 것'은 곧 '입으로만 하는 피상적인 학문(口舌及皮相의 學)'에 머물고 있다는 뜻이며, 사회에서 요구하는 공적 업무를 수행할 수 있는 근본 능력으로서의 교양을 갖추지 못했다는 뜻이 된다.

나아가 ⑨에서는 척독이라는 한문 글쓰기 능력의 필요성을 '인류 사회와 문명'으로까지 확장시킨다. 척독을 곧장 '사람의 혀(人之舌)'에 등치시킨 이 글의 논리에 따르면, 혀가 없으면 말을 할 수 없고 교제도 할 수 없으므로 '인류 사회'에 설 수가 없게 된다. 이 때문에 '문명국'에서도 어린아이부터 척독 쓰기를 배운다는 것이다. 즉 한문 서간의 작문 능력은 '인류 사회'와 '문명'에 도달하기 위해서도 반드시 '갖춰야 할 교양'이 된 것이다.

(2) 근대 유림의 한문 교양: '읽기' 위주의 한문 문식성

이러한 척독 쓰기의 필요성에 대한 언술을 보면 원래 척독 교본의 예상 독자는 앞서의 예문에서 볼 수 있는 것처럼 '청년학생' 계층이다. 꼭 신학문을 배운 청년학생이 아니어도 실제 대부분의 근대 척독서에서 구체적인 독자 대상으로 지칭하고 있는 표현은 이제 막 '배움을 시작한

이'라는 뜻의 '초학(初學)'[104]이 가장 많다. '초학'과 유사한 표현으로 '연소학천자(年少學淺者)',[105] '가숙아배(家塾兒輩)',[106] '신진후학(新進後學)',[107] '부녀동치(婦女童穉), 초부목수(樵夫牧豎)'[108]와 같은 표현들이 쓰이기도 했는데, 결국 이러한 말들을 종합해보면 근대 척독서의 본격적인 예상 독자층은 바로 '한문을 처음 배우기 시작한 사람', 즉 한문을 배울 기회가 없었던 세대와 계층이었던 것으로 보인다.

그러나 변화된 시대의 사회상 교류를 원활하게 하기 위해, 또한 시의에 맞는 한문 서간의 규범을 갖추기 위해, 나아가 조정과 사회, 인류의 문명 사회에서 제대로 된 역할을 하기 위해, '한문 서간의 쓰기 능력'이라는 교양을 구비하고 싶어 했던 이들, 근대 척독집을 필요로 했던 수요층은 이보다 훨씬 광범위한 대상이었던 것으로 보인다.

다음의 예문을 보자.

⑩ 모두 옛 책에 능하다고 칭송받고 능히 많은 책을 두루 통했다며 훌륭한 문장을 깊이 음미하고 '장자'며 '이소'를 거론하지만, 주고받는 편지글에 이르러서는 그 투식에 어두워서 오히려 붓을 놓기를 면치 못하니 하물며 여염의 선비에 있어서랴.[109]

---

104 척독집의 학습 대상을 '초학'으로 밝히고 있는 글은 다음과 같다. 趙秉式, 「序」, 『尺牘完編』, 1905; 崔性學, 「自序」, 『尺牘完編』, 1905; 高應源, 「尺牘完編跋」, 『尺牘完編』, 1905; 玄采, 「尺牘大成序」, 『尺牘大成』, 1917; 李鍾國, 『無雙註解 普通新式尺牘』, 1930, 8번 서한.

105 "年少學淺者, 依倣之具, 則亦足爲學生界一要覽" 李容稙, 「尺牘重刊序」, 『增補字典 尺牘完編』, 1912.

106 "不過爲家塾兒輩之初梯耳." 金雨均, 「自序」, 『增補字典 尺牘完編』, 同文書林, 1912.

107 "新進後學, 雖欲援古徵今, 于何摸倣." 閔種默, 「序」, 池松旭, 『新編 尺牘大方』, 1915.

108 "婦女童穉와 樵夫牧豎라도 旨意를 自解하야 瞭然無疑할지라." 池松旭, 『附音註釋 新式金玉尺牘』, 1923.

⑪ 그런데 우리 조선인은 척독을 작은 기술로 여겨 그 기술을 전혀 못하지는 않았으나, 옛것에 박학하고 지금 것에 달통하여 스스로 글을 잘한다고 내세우는 자도 이것에 있어서는 항상 눈을 휘둥그렇게 뜨고 막히며 마음과 손이 응하지 않고 속에 품은 생각을 펼치지 못한다.[110]

⑫ 사람들이 척독은 족히 배울 만하지 않다고 하면서 버려두고 돌아보지 않아 노사숙유(老士宿儒)라는 자들도 시부(詩賦)와 표책(表策)에는 능하지만 친구 간의 서찰 한 편에는 그 마음을 통하지 못하는 자가 많습니다. 그러니 마음속에 할 말이 만 마디 있은들 장차 무엇에 쓰겠습니까.[111]

⑬ 소위 속학자(俗學者)들은 입으로는 오경(五經)의 장구를 외고 손으로 과문(科文)의 여섯 문체를 늘어놓지만 서한을 쓰려 종이를 마주하면 끙끙거리면서 혹 말이 뜻에 닿지 않기도 하고 혹 정해진 방식에 어긋나기도 하여 자기의 졸렬함을 드러내 사람들의 웃음을 자아내니 그 부끄러움이 또한 심하지 않은가.[112]

⑩에서 지적되는 것은 당대에 자기의 학문 수준을 자랑하는 선비들도 한문으로 제대로 된 서간 쓰기를 못하고 있다는 상황이다. '옛 책에 능하고 많은 책을 두루 섭렵(見稱於古籍 能博涉群籍)'한 선비들이 막상 '일상에

---

109 "皆見稱於古籍, 能博涉群籍, 含英咀華, 僕命莊騷, <u>至於往復之詞, 昧其套式, 猶未免擱筆, 況委巷之士乎</u>." 崔性學, 「自序」, 『尺牘完編』, 1905.

110 "迺者我鮮人, 視尺牘爲小技, 而全不下工, <u>其博古達今, 自號能文者, 獨於此而每瞠然自沮, 心手不應, 衷懷莫宣</u>." 玄采, 「尺牘大成序」, 『尺牘大成』, 1917.

111 "世人謂尺牘不足學, 等棄不顧, <u>至於老士宿儒, 能於詩賦表策, 而知舊間一札不通其情緒者多</u>, 然則胸中雖有万言, 將焉用之." 玄采, 「勸學尺牘答書」, 『尺牘大成』, 1917.

112 "<u>向所謂俗學者, 口誦五經章句, 手列科文六體, 而於書牘臨紙戛戛, 或辭不達意, 或違戾程式, 顯己拙而貽人笑, 不亦可羞之甚乎</u>." 鄭萬朝, 「最新尺牘大觀序」, 韓幾堂, 『最新尺牘大觀』, 1923.

서 왕래하는 글(往復之詞)'을 쓸 때는 붓을 놓아버린다(未免擱筆)는 것이다. '수많은 옛 책들(古籍群籍)'을 해박하게 꿰고 있다는 말이나, '깊이 음미함(含英咀華)', '장자와 이소를 거론함(僕命莊騷)'이라는 표현으로 드러나고 있는 이들의 한문 문식성의 수준은 상당히 오랫동안 한문 교육을 받아왔음을 전제로 한다.

그런데 이렇게 오랫동안 한문을 익혀온 이들, 심지어 그 자신은 한문을 잘한다고 자부하기까지 하는 이들이 일상의 편지조차 쓰지 못한다는 현실은 어떻게 이해해야 하는 것일까. 주목해야 할 것은 이 '음미한다'는 행위가 '작문·저술(쓰기)'의 영역이 아니라 '해독·이해·감상(읽기)'의 영역이라는 점이다. 즉 이 예문에서 알 수 있는 것은 당대 유자들 중 상당한 수준의 한문 해독력과 감상 능력을 갖추고 있는 이들도, 실제 한문으로 자유롭게 문장을 작성할 수 있는 수준에 이른 경우는 거의 없었다는 사실이다. 그러니 한문 읽기의 수준이 그보다 못했을 평범한 '여염의 선비들(閭巷之士)' 같은 이들의 경우에는 한문 서간의 쓰기가 거의 불가능에 가까웠으리라는 상황을 짐작할 수 있게 된다.

⑪에서 ⑬에 이르는 예문들이 지적하고 있는 상황 역시 같은 현실이다. 여기서 표현되고 있는 유자들 역시 '글에 능하고 밝은' 이들이다. 이들은 '고금에 밝고 스스로 글 잘한다고 내세우는 자(博古達今 自號能文者)'들이며, '시부와 표책에 능한 나이 지긋한 선비와 유자들(老士宿儒 能於詩賦表策)', '입으로 오경 장구를 외우고 손으로는 과문 여섯 체를 줄줄 늘어놓는(口誦五經章句 手列科文六體)' 학자들이다.

그런데 이렇듯 '고금'에 해박하고 '시부와 표책'에 능하며 '경전과 과문'을 줄줄 외는 이러한 '노사숙유(老士宿儒)'들이, 한문 서간 쓰기를 앞두고는 '눈만 멀뚱히 뜨고 막혀서는 마음과 손이 서로 응하지 못하(瞠然自沮 心手不應)'는가 하면, '종이만 펴놓고 끙끙대며 말이 안 맞거나 법식이 틀려서(臨紙憂憂, 或辭不達意, 或違戾程式)' 웃음거리가 되는 경우가 종종 있었다는 것이다. 이러한 기이한 상황은 이 선비들의 한문 문해 능력이 '읽기' 영역에 국한되었기 때문에 일어난 일이었다고 이해할 수밖에 없다. 요컨대 '스스로 글에 능하다고 칭한다(自號能文)'는 말에서의 '능문(能文)'은 한문의 읽기, 즉 '해독·이해·감상'에 능하다는 뜻으로 보아야 하는 것이다.

특히 ⑬에서 당대 유자들의 한문 리터러시의 구체적인 상황에 대해 보다 근접한 예상을 할 수 있게 제시된 표현은 '구송(口誦)'과 '수열(手列)'이라는 단어이다. '구송'은 말 그대로 '입으로 읊기(誦)'라는 낭송 행위이며, '수열'은 '늘어놓는다(列)'는 글자로 보아 스스로 한문 문장을 짓는 행위라기보다는 '글씨를 베끼거나 옮겨 쓰기'를 하는 행위로 보이기 때문이다. 즉 이 시기 대부분의 유자들의 한문 능력은 주로 '낭독-해독-이해와 감상'으로 이어지는 '읽기' 영역의 능력이었으며, 한문으로 '쓰기'를 하는 경우에는 자기가 문장을 짓는 주체로서 작문이나 저술을 수행하는 것이라기보다는 남의 글을 옮겨 쓰거나 베껴 쓰는 '필사'에 가까운 행위였음을 알게 되는 것이다.

이는 조선 후기까지의 선비, 문인들이 한문으로 된 문장을 자유자재로 구사했으리라는 기대를 깨뜨린다. 이들 근대 조선의 유자와 선비들에게는 육체에 각인된 표상처럼 한문으로 자연스럽게 작문을 수행할 수 있는 리터러시 능력이 획득되어 있지 않았던 것이다.[113] 이들의 한문 문식성

---

113 이러한 당대 양반층의 한문 작문 능력의 저하 현상이 근대 초입에 갑자기 일어난 일이었던 것은 아니다. 숙종 6년(1680) 당시 음석과 구두만을 묻는 과거 시험의 폐해를 지적하면서 이단하(李端夏)가 "칠서(七書)에 통달한 자도 간찰을 짓지 못한다"고 한 말(김효경의 앞 논문 참고)은 체계화된 성향으로 한문 작문의 아비투스를 체현하고 있는 상층 지식인의 비율이 17세기의 조선에서도 그다지 높지 않았을 가능성을 짐작하게 해준다. 더욱이 조선 후기 이후 양반층이 지속적으로 확대되면서 한미한 지방

은 대체로 '읽기' 영역에만 국한되어 있었다. 요컨대 한문으로 된 글의 문면을 해독하는 차원을 넘어서 한문학의 미적 전통과 수사적 표현에 대한 배타적 감식안을 발휘하는 고차원적인 '읽기' 능력을 가진 경우에 도, 자신이 생각한 바를 적절한 어휘를 구사하여 한문의 통사구조에 맞게 배치하는 글쓰기-작문의 영역에는 이르지 못한 경우가 종종 있었다는 것이다.

이러한 상황에 처해 있던 당대의 많은 선비들에게 한문 서간, 즉 '한문으로 글쓰기'라는 것은, 그것을 하지 못하면 웃음거리가 되는 것, 즉 반드시 갖춰야 할 중요한 교양의 영역이었다. 따라서 이들은 '초학, 신진'이라 언급되었던 한문에 익숙하지 않은 새로운 세대의 청년 학생과 함께, 서간이라는 양식의 한문 글쓰기를 습득하게 해주는 근대 척독집의 매우 중요한 수요 계층이 되었다.

근대 척독 교본의 척독 유용론은 결국, 이 시기에 '한문 교양'이라는 것의 기준이 어떤 것이었는지, 그것을 필요로 했던 계층과 대상은 누구였는지를 알려준다. 그것은 자신의 일상 안부를 '한문'이라는 서기 체계에 담아 전달할 수 있는 기본적인 '쓰기' 능력, 즉 '한문 작문'의 능력이었으며, 그것을 필요로 했던 이들은 '청년 학생, 신진 초학'으로 대변되는 새로운 학문의 진입 세대뿐만이 아니라 한문으로 된 '쓰기 리터러시'를 획득하지 못했던 당대의 많은 '선비들, 향반 유림'이었다는 사실이다.

사족, 지역의 잔반, 몰락 양반 중에서는 양반으로서의 실질적 경제 수준을 유지하기 어려운 상황이 많았다는 점을 고려할 때 조선 후기 양반 계층의 한문 문식성, 특히 '쓰기'의 일반적인 수준은 생각보다 낮은 것이었을 수 있다. 또한 이는 거꾸로 '한문'을 쓸 줄 안다는 것, 즉 한문으로 문장을 쓰고 글을 짓는다는 것이 상당히 고급하고 배타적인 능력이었음을 암시하는 것이기도 하다.

4) '한문 교양'의 대중화의 의미—'서간-글쓰기' 능력에 방점을 둔 한문의 '대중 교양'화

앞서 근대 척독집이 광범위한 유통 및 판매량을 보였으며 출판업에 종사했던 다수의 척독집 저자들이 대중들의 수요를 자극하고 이끌어왔다는 점을 살펴보았다. 또한 근대 척독집이 '한문 서간의 쓰기'라는 기술을 독자에게 그들이 꼭 갖춰야 할 교양으로 제시했음을 살펴보고, 그 '대중'들 속에는 학생층을 비롯하여 한문 전통에는 익숙하지만 한문 작문의 능력을 갖추지는 못했던 당대의 선비, 유림의 상당수도 포함되어 있으리라는 점을 지적했다.

이러한 근대 척독집의 의미는 확실히 조선시대에 상층 남성들의 배타적인 지적 능력이었던 한문을 근대의 대중 교양으로 전유하였다는 데서 찾을 수 있을 것으로 보인다. 이때 '한문'이라는 전통적 권위의 서기 체계가 왜 다른 어떤 장르도 아닌 '근대 척독집'이라는 장르를 통해 대중화될 수 있었는가. 이 글에서는 그 계기가 바로 '서간'이라는 기능적 문종의 단일 장르에 집중되어 있었다는 점, 그리고 '한문 쓰기' 능력의 간략한 수행 방법을 효율적으로 전달했음을 언급하는 것으로 마무리를 삼고자 한다.

사실 한문 전통의 권위를 본격적으로 계승하고 근대라는 거대한 문화 전환의 상황에 정면으로 대응하면서 국한문체로 전환하기 위한 주체적인 노력을 했던 근대 출판물은 '한문 작문 교본'이었다. 이들 작문 교본은 한문 문체에 대한 근대적 모색과 탐구를 실현하고 있으며, 동시에 전통적인 한문학 분류에 의거한 정통 산문 체제를 취사선택하면서 새로운 분류 체제를 구성하기 위해 치밀한 고민을 했다.[114] 그러나 한문 산문 분류의 정통성의 승계와 국한문체의 변모를 진지하게 고민했던 이들 작문 교재는 대중들에게는 다가가기 어려운 장르였다.

이에 비해 근대 척독서는 당송 고문을 전범으로 삼으며 '논(論), 설(說), 기(記), 전(傳)' 등의 정통 한문 산문의 분류 체계를 근간으로 했던 작문 교본과 달리 '서간'이라는 한 장르만을 다루고 있다는 점에서 대중들에게도 '접근할 만한' 것으로 여겨졌다. 또한 근대 척독서가 집중한 '서간' 장르 특유의 '일상적 교류 수단'이라는 기능적 성격 또한 대중들에게 그것이 자신의 삶에도 필요한 기술이라는 것을 설득하기에 용이한 것이었다. 더욱이 근대 척독서는 실제 한문 교육의 배경이 낮은 수준의 독자들에게도 '한문 글쓰기'를 현실화할 수 있게 해주었다.

이상에 척독 활투 각 종류와 함께 그 밑에 척독여구를 보충해놓은 부분이 구비되어 있으니 편지를 연습할 때 몇 구절을 뜻대로 취하여 쓰되, 그 시작과 결미 부분의 정식(定式)을 생략할 수 있고 중간 부분도 가감하고 순서 배치를 스스로 할 수 있으니 다만 순서대로 글을 지어 변환하여 활용할 수 있다.[115]

위 예문에서 볼 수 있듯 근대 척독 교본은 한문 서간의 법식과 규범을 독자가 틀리지 않게 따라할 수 있으면서도 자기가 말하고자 하는 뜻에 맞게 쓸 수 있도록 '발췌와 인용, 생략과 가감, 편집과 배치'라는 단순하고 쉬운 방법으로 한문의 '쓰기'라는 행위가 가능하게끔 유도했다. 즉

---

114 한문 작문 교본의 문체 탐구, 한문 전통의 수용과 모색에 대해서는 임상석의 연구에서 상세하게 고찰된 바 있다. 임상석, 「국한문체 작문법과 계몽기의 문화 의식」, 『한국언어문화』 제33집, 한국언어문화학회, 2007. 8; 임상석, 앞 논문, 2008; 임상석, 앞 논문, 2011.

115 "以上에 尺牘活套各類와 并히 以下에 尺牘麗句拾遺等이 俱備ᄒ얏스니 修書時에 幾句와 幾節을 隨意取用ᄒ되 其起頭結尾에 定式이 略有ᄒ고 至於中間에 加減과 顚倒를 自任ᄒ며 但히 順序成文ᄒ야 變換活用홈이 可ᄒ오." 玄采, 『尺牘大成』, 1917. 20쪽.

근대 척독서는 이러한 간단한 방법으로 당대의 일반 독자들로 하여금 과거의 권위를 체현하고 있는 '한문 서간'이라는 '글쓰기'를 수행하고 있다는 만족감을 얻게 해주었고, 자신의 지적 수준을 차별화할 수 있는 기표로서 '한문 서간'의 능력을 과시할 수 있게 해주었던 것이다.

근대 척독서가 취한 이러한 한문의 '쓰기 리터러시'의 대중화 전략이 당대 독자들에게 한문으로 자신의 생각을 제대로 쓸 수 있는 '한문 작문 능력'을 익히게 해주었던 것으로 보기는 어렵다. 이는 한문이라는 '문'의 체계에 대한 읽고 쓰기의 기본 학습과 한문적 소양이라는 문화적 기반이 뒷받침된 진정한 '작문 능력'이었다기보다는, '모방과 편집'의 방법으로 파편화되고 단순화된 '수행 능력'이었기 때문이다.

그럼에도 불구하고 근대 척독서는 '서간-쓰기' 능력의 필요성을 부각시키면서 '한문을 근대의 대중 교양으로 정립'하는, 불가능해 보이는 미션에 성공했다고 평가할 수 있다. 즉 척독 교본은 근대 조선의 동시적인 것의 비동시성을 체현하며, '근대 한문'의 문화적 위상의 변화와 대중의 관련성을 흥미롭게 바라보게 해주는 자료인 것이다. 이 글에서는 이러한 근대 척독서의 출판 시장에서의 대중적 유행 현상과 함께 척독 유용론을 통해 읽어볼 수 있는 당대 한문 교양의 상황을 분석해보고자 했다. 또한 '서간'의 장르성과 '쓰기' 리터러시 능력의 필요성을 설득하면서 근대 척독집이 한문 교양을 근대 대중[116]의 교양으로 정립하고 있음을 지적했다.

---

116 근대 조선의 '대중'이라는 대상을 개념화하는 것은 어려운 일이다. 그들은 '여가, 도시 거주, 현금 구매력을 가진 비농업인구(전체 인구의 15~30퍼센트)'로 볼 수도 있고, '보통학교 교육을 마친 이들(1910년대 이후 매년 10~25만 명)'로 추정할 수도 있다. 다만 '대중'을 정의할 수 있는 핵심 요소를 그들의 '성층상의 지위에서보다 취향과 행동과 문화적 향유체계'로 보는 관점은 유의미하다고 생각된다. 천정환, 앞 논문, 2001, 80쪽, 86쪽, 88쪽.

참고문헌

1부 김우균의 『척독완편(尺牘完編)』, 근대 한문 서간 교본의 유행을 알리다

1. 근대 척독집 최초의 베스트셀러, 김우균의 『척독완편』

『國民報』

『畿湖興學會月報』

『大韓每日申報』

『新韓國報』

『皇城新聞』

金雨均, 『尺牘完編』, 博文社, 1905.

金雨均, 『新撰尺牘完編』, 同文社, 1908 / 中央書館, 1912.

金雨均, 『增補尺牘完編』, 미상, 1912.

金雨均, 『增補字典尺牘完編』, 同文書林, 1916.

金雨均, 『文明尺牘』, 미상, 1917.

권용선, 『근대적 글쓰기의 탄생과 문학의 외부』, 한국학술정보, 2007.

김동준, 「簡牘精要 해제」, 규장각한국학연구원.

김수경, 「근대 척독의 현황과 특징」, 한국고전연구학회 제1차 콜로퀴움 발표문, 2010. 7.

김효경, 「18세기 간찰교본 簡式類編 연구」, 『奎章閣』 9집, 2003.

류준경, 「坊刻本 簡札教本 硏究」, 『漢文古典硏究』, 18, 2009.

박대현, 『漢文書札의 格式과 用語 硏究』, 영남대 한문학과 박사학위논문, 2009. 12.

박철상, 「『동관지록(童觀識錄)』을 통해 본 조선후기 간찰투식집 고찰」, 『대동한문학』 36, 대동한문학회, 2012.

천정환, 『근대의 책읽기』, 푸른역사, 2004.

2. 『척독완편』의 편찬 과정, 그리고 김우균의 편저자 위상 변화

『皇城新聞』

金雨均, 『尺牘完編』, 博文社, 1905.

金雨均, 『新撰尺牘完編』, 同文社, 1908 / 中央書館, 1912.

金雨均, 『增補尺牘完編』, 미상, 1912.

金雨均, 『增補字典尺牘完編』, 同文書林, 1916.

金雨均, 『文明尺牘』, 미상, 1917.

강명관, 「이덕무 소품문 연구」, 『조선후기 소품문의 실체』, 태학사, 2003.

권정원, 「청장관 이덕무의 척독 연구」, 『東洋漢文學研究』 15, 2001.

김동준, 「簡牘精要 해제」, 규장각한국학연구원.

김효경, 「18세기 간찰교본 簡式類編 연구」, 『奎章閣』 9집, 2003.

류준경, 「방각본 간찰교본 연구」, 『漢文古典研究』 18, 2009.

안대회, 「조선후기 소품문의 성행과 글쓰기의 변모」, 『조선후기 소품문의 실체』, 태학사, 2003.

정민, 「연암 척독의 문예미」, 『韓國漢文學研究』 31, 한국한문학회, 2003.

홍인숙, 「이덕무 척독 연구─내면, 혹은 사적 자아의 발견」, 『韓國漢文學研究』 33, 한국한문학회, 2004.

홍인숙, 「근대 척독집 연구─김우균의 『척독완편』을 중심으로」, 『한국문화연구』 19, 이화여대 한국문화연구원, 2010. 12.

2부 1920~30년대, 근대 척독서의 대유행

1. 1920~30년대를 풍미한 '편지 예문집류 척독집'

노익형(盧益亨), 『주해부음(註解附音) 신식척독(新式尺牘)』, 박문서관(博文書館), 1920.

지송욱(池松旭), 『부음주석(附音註釋) 신식금옥척독(新式金玉尺牘)』, 신구서림(新舊書林), 1923.

강은형(姜殷馨), 『부음주해(附音註解) 신식유행척독(新式流行尺牘)』, 대성서림(大成書林), 1929.

김천희(金天熙), 『석자부음(釋字附音) 최신금옥척독(最新金玉尺牘)』, 광한서림(廣韓書林), 1929.

김동진(金東縉), 『무쌍주해(無雙註解) 보통신식척독(普通新式尺牘)』, 덕흥서림(德興書林), 1930.

고병교(高丙敎), 『대증보(大增補) 무쌍금옥척독(無雙金玉尺牘)』, 회동서관(滙東書館), 1932.

이종수(李宗壽), 『보통유행(普通流行) 성문척독(成文尺牘)』, 성문당서점(盛文堂書店), 1937.

방효순, 『일제시대 민간 서적발행 활동의 구조적 특성에 관한 연구』, 이화여대 문헌정보학과 박사학위논문, 2000.

홍인숙, 「근대 척독집 간행현황과 시대별 변화 양상」, 『한국고전연구』 24, 한국고전연구학회, 2011.

2. 근대 척독집에 실린 여성 서간들

강은형(姜殷馨), 『부음주해(附音註解) 신식유행척독(新式流行尺牘)』, 대성서림(大成書林), 1929.

고병교(高丙敎), 『대증보(大增補) 무쌍금옥척독(無雙金玉尺牘)』, 회동서관(滙東書館),

1932.

김우균(金雨均), 『증보척독완편(增補尺牘完編)』, 同文書林, 1913.

김진균, 「근대 척독 교본 서문의 척독 인식」, 『한민족문화연구』 46, 한민족문화학
회, 2014.

김천희(金天熙), 『석자부음(釋字附音) 최신금옥척독(最新金玉尺牘)』, 광한서림(廣韓
書林), 1929.

노익형(盧益亨), 『주해부음(註解附音) 신식척독(新式尺牘)』, 박문서관(博文書館), 1920.

지송욱(池松旭), 『부음주석(附音註釋) 신식금옥척독(新式金玉尺牘)』, 신구서림(新舊
書林), 1923.

박은경, 「文範과 時文으로서의 근대 척독 연구」, 성균관대 석사학위논문, 2013.

박해남, 「근대 척독 자료집 『척독완편』의 출판 현황과 배경」, 『반교어문연구』 32집,
2012.

안나미, 「간찰서식집 자료의 현황 및 출판 양상 고찰」, 제주대 인문과학연구소, 『인
문학연구』 27, 2019.

윤세순, 「간찰서식집 연구의 현황과 제언」, 제주대 인문과학연구소, 『인문학연구』
27, 2019.

홍인숙, 「근대 척독집 간행현황과 시대별 변화 양상」, 『한국고전연구』 24집, 2011.12.

홍인숙, 「1920~30년대 '편지예문집류 척독집'의 양상과 그 특징」, 『동양고전연구』
51집, 2013. 6.

3. 근대 척독집의 새로운 시도 1-『신체미문(新體美文) 시문(時文)편지투』

이명세, 『新體美文 時文편지투』, 구자황, 문혜윤 편, 도서출판 경진, 2011.

최남선, 『時文讀本』, 구자황, 문혜윤 편, 도서출판 경진, 2009.

구자황, 「최남선의 『시문독본』 연구-근대적 독본의 성격과 위상을 중심으로」, 『과
학과문화』 통권 9호, 2006. 2.

구자황, 「근대 독본의 성격과 위상 (2)-이윤재의 『문예독본』을 중심으로」, 『상허학보』 20, 상허학회, 2007. 6.

구자황, 「근대 독본의 성격과 위상 (3)-1930년대 독본의 교섭과 전변을 중심으로」, 『반교어문연구』 29, 반교어문학회, 2010.

김지영, 「최남선의 『시문독본』 연구-근대적 글쓰기의 형성과정을 중심으로」, '한국현대문학회/국제비교한국학회' 학술대회 발표문, 2007.

김진균, 「근대 척독 교본 서문의 척독 인식」, 『한민족문화연구』 46, 한민족문화학회, 2014.

문혜윤, 「문예독본류와 한글 문체의 형성」, 『어문논집』 54, 민족어문학회, 2006. 10.

박은경, 「文範과 時文으로서의 근대 척독 연구」, 성균관대 석사학위논문, 2013.

박해남, 「척독 교본을 통해 본 근대적 글쓰기의 성격 재고」, 『반교어문연구』 36, 반교어문학회, 2014.

홍인숙, 「근대 척독집의 편찬과정 및 장르의식 연구-김우균의 『척독완편』의 판본별 서발문을 중심으로」, 『한국학연구』 38, 2011. 9.

홍인숙, 「근대 척독집 간행 현황과 시대별 변화 양상-1900~1950년대 간행된 척독집을 중심으로」, 『한국고전연구』 24, 한국고전연구학회, 2011. 12.

홍인숙, 「근대 척독집 성행의 문화적 의미와 근대 한문학사적 위상」, 『한국고전연구』 30, 한국고전연구학회, 2014. 12.

4. 근대 척독집의 새로운 시도 2-이종국(李鍾國)의 『무쌍주해 보통신식척독』

김천희(金天熙), 『석자부음(釋字附音) 최신금옥척독(最新金玉尺牘)』, 광한서림(廣韓書林), 1929.

노익형(盧益亨), 『주해부음(註解附音) 신식척독(新式尺牘)』, 박문서관(博文書館), 1920.

이종국(李鍾國), 『무쌍주해(無雙註解) 보통신식척독(普通新式尺牘)』, 덕흥서림(德興書林), 1930.

지송욱(池松旭), 『부음주석(附音註釋) 신식금옥척독(新式金玉尺牘)』, 신구서림(新舊書林), 1923.

「박문서관과 노익형 관련 자료 모음」, 『근대서지』 제6호, 2012, 775~806쪽.

김동준, 「簡牘精要 해제」, 규장각한국학연구원.

김효경, 「18세기 간찰교본 簡式類編 연구」, 『奎章閣』 9집, 2003.

류준경, 「방각본 간찰교본 연구」, 『漢文古典研究』 18집, 2009.

박은경, 「文範과 時文으로서의 근대 척독 연구」, 성균관대 석사학위논문, 2013.

박해남, 「근대 척독 자료집 『척독완편』의 출판 현황과 배경」, 『반교어문연구』 32집, 2012.

방효순, 『일제시대 민간 서적발행 활동의 구조적 특성에 관한 연구』, 이화여대 문헌정보학과 박사학위논문, 2000.

방효순, 「근대 출판문화 정착에 있어 경성서적업조합의 역할에 관한 고찰」, 『한국출판학연구』 제38권 제2호(통권 63호), 한국출판학회, 2012. 12, 31~54쪽.

이경현, 『1910년대 신문관의 문학 기획과 한국 근대문학의 형성』, 서울대 박사학위논문, 2013.

이기훈, 「독서의 근대, 근대의 독서 – 1920년대의 책읽기」, 『역사문제연구』 7집, 2001. 12.

이종국, 「개화기 출판활동의 한 징험 – 회동서관의 출판문화사적 의의를 중심으로」, 『한국출판학연구』 49호, 2005. 12.

임상석, 「국한문체 작문법과 계몽기의 문화의식」, 『한국언어문화』 33집, 한국언어문화학회, 2007. 8, 89쪽.

임상석, 『근대계몽기 잡지의 국한문체 연구』, 지식산업사, 2007.

최호석, 「지송욱과 신구서림」, 『고소설연구』 19집, 2005.

최호석, 「영창서관의 고전소설 출판에 대한 연구」, 『우리어문연구』 37집, 2010. 5.

홍인숙, 「근대 척독집 간행현황과 시대별 변화 양상」, 『한국고전연구』 24집, 2011. 12.

홍인숙, 「1920~30년대 '편지예문집류 척독집'의 양상과 그 특징」, 『동양고전연구』 51집, 2013. 6.

3부 근대 대중은 왜 '한문 서간'이라는 교양을 욕망했나

1. 1900~50년대 근대 척독집의 시대별 변화

권용선, 『근대적 글쓰기의 탄생과 문학의 외부』, 한국학술정보, 2007.

김경남, 「1920~30년대 편지글의 형식과 문체 변화」, 『겨레어문학』 41집, 겨레어문
학회, 2008. 12.

김동준, 「簡牘精要 해제」, 규장각한국학연구원.

김성수, 「근대적 글쓰기로서의 서간양식 연구 (1)−근대 서간의 형성과 양식적 특
징」, 『민족문학사연구』 39호, 민족문학사학회, 2009. 4.

김성수, 「근대적 글쓰기로서의 서간양식 연구 (2)−근대 서간텍스트의 역사적 변천
과 문학사적 위상」, 『현대소설연구』 42호, 한국현대소설학회, 2009. 12.

김성수, 「근대 초기의 서간과 글쓰기교육−독본, 척독, 서간집 텍스트를 중심으로」,
『한국근대문학연구』 21호, 한국근대문학회, 2010. 4.

김성수, 「근대 서간의 매체별 존재양상과 기능」, 『현대문학의 연구』 42집, 한국문
학연구학회, 2010.

김효경, 「18세기 간찰교본 簡式類編 연구」, 『奎章閣』 9집, 2003.

류준경, 「방각본 간찰교본 연구」, 『漢文古典研究』 18, 2009.

박대현, 『漢文書札의 格式과 用語 연구』, 영남대 박사학위논문, 2009.

방효순, 『일제시대 민간 서적발행 활동의 구조적 특성에 관한 연구』, 이화여대 문
헌정보학과 박사학위논문, 2000.

이종국, 「개화기 출판활동의 한 징험−회동서관의 출판문화사적 의의를 중심으로」,
『한국출판학연구』 49호, 2005. 12.

임상석, 「1920년대 작문교본, 『實地應用作文大方』의 국한문체 글쓰기와 한문 전통」,
『우리어문연구』 39집, 우리어문학회, 2011. 1.

천정환, 『근대의 책읽기』, 푸른역사, 2004.

최호석, 「지송욱과 신구서림」, 『고소설연구』 19집, 2005.

최호석, 「영창서관의 고전소설 출판에 대한 연구」, 『우리어문연구』 37집, 2010. 5.

홍인숙, 「근대 척독집 연구 - 김우균의 『척독완편』을 중심으로」, 『한국문화연구』 19, 이화여대 한국문화연구원, 2010. 12.

홍인숙, 「김우균의 『척독완편』 서발문을 통해 본 근대 척독집 편찬과정 및 척독 인식」, 『한국학연구』 38집, 고려대 한국학연구소, 2011. 9.

2. 척독 교본의 문화적 의미, '옛것(舊學)/당대성(時務)'의 이중적 효용

강은형(姜殷馨), 『부음주해(附音註解) 신식유행척독(新式流行尺牘)』, 대성서림(大成書林), 1929.

고병교(高丙敎), 『대증보(大增補) 무쌍금옥척독(無雙金玉尺牘)』, 회동서관(滙東書館), 1932.

김우균(金雨均), 『척독완편(尺牘完編)』, 박문사(博文社), 1905.

김우균(金雨均), 『신찬(新撰) 척독완편(尺牘完編)』, 동문사(同文社), 1908.

김우균(金雨均), 『증보(增補) 척독완편(尺牘完編)』, 동문서림(同文書林), 1913.

김천희(金天熙), 『석자부음(釋字附音) 최신금옥척독(最新金玉尺牘)』, 광한서림(廣韓書林), 1929.

노익형(盧益亨), 『주해부음(註解附音) 신식척독(新式尺牘)』, 박문서관(博文書館), 1920.

이종국(李鍾國), 『무쌍주해(無雙註解) 보통신식척독(普通新式尺牘)』, 덕흥서림(德興書林), 1930.

장영구(張永九), 『(일상생활의백과사전) 家庭尺牘』, 문창사(文昌社), 1955.

지송욱(池松旭), 『신편(新編) 척독대방(尺牘大方)』, 신구서림(新舊書林), 1915.

지송욱(池松旭), 『부음주석(附音註釋) 신식금옥척독(新式金玉尺牘)』, 신구서림(新舊書林), 1923.

한기당(韓幾堂), 『최신(最新) 척독대관(尺牘大觀)』, 1923.

현채(玄采), 『척독대성(尺牘大成)』, 대창서원(大昌書院), 1917.

강명관, 「발전사관을 넘어 국문학 연구를 생각한다」, 2014년도 고전문학자대회 자료집, 2014. 10, 7~20쪽.

『근대서지』 편집부 편, 「博文書館과 盧益亨 관련 자료 모음」, 『근대서지』 6호, 2012, 775~806쪽.

김진균, 「한학과 한국 한문학의 사이, 근대 한문학」, 『국제어문연구』 51, 국제어문학회, 2011. 4, 137~166쪽.

김진균, 「근대 한문학의 세 지향」, 『인문과학』 49, 성균관대 인문과학연구소, 2012. 2, 73~91쪽.

김진균, 「근대 척독 교본 서문의 척독 인식」, 『한민족문화연구』 46, 한민족문화학회, 2014, 133~156쪽.

류준경, 「방각본 간찰교본 연구」, 『漢文古典硏究』 18, 2009, 257~291쪽.

박은경, 「文範과 時文으로서의 근대 척독 연구」, 성균관대 석사학위논문, 2013, 1~172쪽.

박해남, 「근대 척독 자료집 『척독완편』의 출판 현황과 배경」, 『반교어문연구』 32집, 2012, 233~258쪽.

박해남, 「척독 교본을 통해 본 근대적 글쓰기의 성격 재고」, 『반교어문연구』 36, 반교어문학회, 2014, 181~200쪽.

신상필, 「근대 한문학의 성격과 신해음사」, 『한문학보』 22, 우리한문학회, 2010, 107~129쪽.

이경현, 「1910년대 신문관의 문학 기획과 한국 근대문학의 형성」, 서울대 박사학위논문, 2013, 1~273쪽.

이기현, 「19세기 중후반의 척독집 수용과 편찬」, 『漢文敎育硏究』 28, 2007, 407~431쪽.

임상석, 「1910년 전후의 작문 교본에 나타난 한문전통의 의미」, 『국제어문』 42, 국제어문학회, 2008. 4, 71~98쪽.

임상석, 「1920년대 작문교본, 『實地應用作文大方』의 국한문체 글쓰기와 한문 전통」, 『우리어문연구』 39집, 우리어문학회, 2011. 1, 463~489쪽.

장유승, 『쓰레기 고서들의 반란』, 글항아리, 2013.

한영규, 「儒家 아비투스의 상대화와 근대적 문장관의 출현－1920년대 조긍섭, 변영만의 논쟁을 중심으로」, 『동양한문학연구』 35, 동양한문학회, 2012. 8, 393~416쪽.

한영규, 「20세기 전반기, 이언진 문학의 호명 양상」, 『반교어문연구』 31, 반교어문
    학회, 2012, 65~99쪽.
홍인숙, 「근대 척독집 간행현황과 시대별 변화 양상」, 『한국고전연구』 24집, 2011.
    12, 325~358쪽.
홍인숙, 「1920~30년대 '편지예문집류 척독집'의 양상과 그 특징」, 『동양고전연구』
    51집, 2013. 6, 119~160쪽.
홍인숙, 「1930년대 개별 척독집 연구－이종국의 무쌍주해보통신식척독(1930)의 특
    징 및 의의」, 『한국고전연구』 28, 한국고전연구학회, 2013. 12, 367~404쪽.

3. 근대 척독 교본에 담긴 '한문 교양'에 대한 대중들의 욕망과 '쓰기' 리터러시

金雨均, 『尺牘完編』, 1905.
金雨均, 『新撰 尺牘完編』, 1908.
金雨均, 「自序」, 『增補字典 尺牘完編』, 1912.
金雨均, 『文明尺牘』, 1917.
金台俊, 『朝鮮漢文學史』, 1931. / 金性彦 校註, 태학사, 1994.
李鍾國, 『無雙註解 普通新式尺牘』, 1930.
池松旭, 『新編 尺牘大方』, 1915.
池松旭, 『附音註釋 新式金玉尺牘』, 1923.
『청춘』 7호, 1917. 5.
韓幾堂, 『最新 尺牘大觀』, 1923.
玄采, 『尺牘大成』, 1917.

구자황, 「최남선의 『시문독본』 연구－근대적 독본의 성격과 위상을 중심으로」, 『과
    학과문화』 통권 9호, 2006. 2.
구자황, 「근대 독본의 성격과 위상 (2)－이윤재의 『문예독본』을 중심으로」, 『상허
    학보』 20, 상허학회, 2007. 6.
구자황, 「근대 독본의 성격과 위상 (3)－1930년대 독본의 교섭과 전변을 중심으로」,

『반교어문연구』 29, 반교어문학회, 2010.

김지영, 「최남선의 『시문독본』 연구—근대적 글쓰기의 형성과정을 중심으로」, '한국현대문학회/국제비교한국학회' 학술대회 발표문, 2007.

김진균, 「근대 척독 교본 서문의 척독 인식」, 『한민족문화연구』 46, 한민족문화학회, 2014.

김효경, 「18세기 간찰교본 『簡式類編』 연구」, 『규장각』 9집, 2003.

류준경, 「지식의 상업유통과 소설 출판」, 『고전문학연구』 제34집, 한국고전문학회, 2008.

류준경, 「방각본 간찰교본 연구」, 『漢文古典研究』 18, 한국한문고전학회, 2009.

문혜윤, 「문예독본류와 한글 문체의 형성」, 『어문논집』 54, 민족어문학회, 2006. 10.

방효순, 「일제시대 민간 서적발행 활동의 구조적 특성에 관한 연구」, 이화여대 문헌정보학과 박사학위논문, 2000.

박은경, 「文範과 時文으로서의 근대 척독 연구」, 성균관대 석사학위논문, 2013.

박해남, 「척독 교본을 통해 본 근대적 글쓰기의 성격 재고」, 『반교어문연구』 36, 반교어문학회, 2014.

소영현, 「근대 인쇄매체와 수양론·교양론·입신출세주의」, 『상허학보』 18, 상허학회, 2006. 10.

신인섭, 「교양개념의 변용을 통해 본 일본 근대문학의 전개양상 연구」, 『일본어문학』 23, 한국일본어문학회, 2004. 12.

엄태웅, 「회동서관의 활자본 고전소설 간행양상」, 『고소설연구』 29, 한국고소설학회, 2010.

윤대석, 「경성제대의 교양주의와 일본어」, 『대동문화연구』 59, 성균관대 대동문화연구원, 2007.

이경현, 『1910년대 新文館의 문학 기획과 한국 근대문학의 형성』, 서울대 박사학위논문, 2013.

이기현, 「19세기 중후반의 척독집 수용과 편찬」, 『한문교육연구』 제28호, 2007.

이기훈, 「독서의 근대, 근대의 독서—1920년대의 책읽기」, 『역사문제연구』 7호, 2001.

이종국, 「개화기 출판활동의 한 징험—회동서관의 출판문화사적 의의를 중심으로」,

『한국출판학연구』 49호, 2005. 12.

이향철, 「근대 일본에 있어서의 '교양'의 존재 형태에 관한 고찰」, 『일본역사연구』 31, 일본사학회, 2001. 4.

임상석, 「1910년 전후의 작문 교본에 나타난 한문전통의 의미」, 『국제어문』 42, 국제어문학회, 2008. 4.

임상석, 「1920년대 작문교본, 『實地應用作文大方』의 국한문체 글쓰기와 한문 전통」, 『우리어문연구』 39집, 우리어문학회, 2011. 1.

임상석, 「국한문체 작문법과 계몽기의 문화 의식」, 『한국언어문화』 제33집, 한국언어문화학회, 2007. 8.

천정환, 「1920~30년대 소설 독자의 형성과 분화 과정」, 『역사문제연구』 7호, 2001.

최호석, 「지송욱과 신구서림」, 『고소설연구』 19집, 2005.

최호석, 「영창서관의 고전소설 출판에 대한 연구」, 『우리어문연구』 37집, 2010. 5.

『근대서지』 편집부, 「박문서관과 노익형 관련 자료 모음」, 『근대서지』 제6호, 2012.

츠지모토 마사시 지음, 이기원 옮김, 『일본인은 어떻게 공부했을까』, 지와사랑, 2009.

홍인숙, 「근대 척독집 연구─김우균의 『척독완편』을 중심으로」, 『한국문화연구』 19, 2010. 12.

홍인숙, 「근대 척독집 성행의 문화적 의미와 근대 한문학사적 위상」, 『한국고전연구』 30, 한국고전연구학회, 2014. 12.

부록

척독론 관련
원문 및 번역문

1. 주요 척독집 소재 서문

○ 김우균, 『척독완편』(1904/1905) 소재 서발문

조병식(趙秉式), 서(序)

尺牘完編序 척독완편 서문

凡尺牘所以言情, 而剖析幾微者也. 然未嘗不動由規式, 自尊卑長幼親疎之際,
俱有應用文字, 允合時宜, 固不可徑情而布置混襍也. 是以操觚者, 先立乎規式, 次
論事理之歸要. 皆勤款言簡而意摯, 使文瀾汩穆, 斯可謂得其體矣. 噫, 我東書札
之制, 槪因謏寡, 相率爲常, 及時務之學興, 而稍變其規, 猶未盡善焉.

무릇 척독은 감정을 말하는 것이기 때문에 작은 기미도 정확히 밝히는
것이다. 그러나 법식에 말미암지 않으면 안 되므로 존비, 장유, 친소에
따라 쓰는 문자가 갖추어 있어 진실로 시의에 맞으며, 진실로 정을 드러
내며 혼잡해서는 안 된다. 이것이 글 쓰는 자들이 먼저 법식을 세우고
다음으로 이치가 귀결되는 요점을 논하는 까닭이다. 모두 말을 간단히
하고 뜻을 지극히 하는 데 힘쓰되, 문장이 심원하면 이는 가히 그 체를
얻었다고 할 만하다. 아아, 우리나라 서찰의 제도는 대개 너무 적어서
서로 따라서 함이 일상이 되니, 시무의 학문이 일어나는 때에 그 규식이
약간 변했으나 오히려 아직 다 제대로 되지 못하였다.

崔君研農才旣淹博, 老年以翩翩書記, 屢遊燕趙之間, 退與諸名士, 多所問答, 故是編也. 叅互新舊, 悉祛鴨水以東習氣, 條分類別 各極其趣, 令初學開卷, 瞭然輒曉其規式之詳略, 而措語之瑰奇栗密, 皆有依據. 統一篇而無媺不臻, 寔爲酬世之模楷. 孰不欲先睹爲快哉. 余庸是忻佩, 爰志數言如此時.

연농 최성학 군의 재주는 매우 해박하다. 노년에 서찰 기록에 뜻을 두어 연나라와 조나라 사이에서 노닐면서 물러나 여러 이름난 선비들과 문답한 바가 많으니, 그것이 이 책이다. 새 것과 옛 것을 비교하고 압록 강 동쪽의 습속은 다 털어버렸으며 조목과 종류를 나누어서 각각 그 지향을 다하였으니, 초학자들이 책을 펴면 그 규식의 자세하고도 간략함과 조어의 기이하고 치밀함이 모두 의지할 만함을 환히 알 수 있다. 한 편을 통틀어서 아름답지 않은 것이 없으니 이 책은 실로 세상에 수응하는 모범이 될 것이다. 누군들 먼저 보고 쾌히 여기지 않겠는가. 내가 이에 흔쾌히 여겨 이때에 몇 마디 말을 지어주었다.

光武 八年 甲辰 仲秋節 七十三叟 趙秉式書.
광무 8년(1904) 갑진 중추절 칠십삼 세의 노인 조병식이 쓰다.

황민수(黃民秀), 서(序)

尺牘完編序 척독완편 서문

稽夫阮瑀[1]之敏才, 掌軍謀於筆札, 陳遵[2]之佳製, 論交道於尺書. 慷慨連篇, 能替

---

1 阮瑀 : 자는 원유(元瑜)이며, 죽림칠현으로 유명한 완적(阮籍)의 아버지. 건안칠자(建

322

面談之穩, 淋漓累幅, 殆同目擊之奇辭摯意, 眞情殊事異. 每思神契,[3] 輒叙幽懷, 然則去雁來魚, 必有時而相訂,[4] 今雲舊雨, 雖易地而不違道. 誼竺肫勔, 蘇黃之函簡風流, 磊落報元白之郵筒.

완우(阮瑀)는 민첩한 재주로 군모(軍謀) 벼슬을 맡아 서한을 지었고, 진준(陳遵)은 뛰어난 솜씨로 편지에 사귐의 도를 논하였다. 강개한 많은 편지가 대신했던 은근한 대화가 여러 폭에 흘러넘치니, 마치 기이한 말과 지극한 뜻, 진실한 정과 특별한 일의 다름을 직접 보는 것 같다. 늘 교분을 생각하며 그으근한 회포를 펼치니 오고 가는 편지로 반드시 때를 정해 약속을 맺었고, 새 친구나 옛 친구나 비록 입장이 바뀌어도(다른 곳에 있어도) 도리를 어기지 않았다. 정분 담은 대나무와 정성스러운 권면은 소식과 황정견의 서찰의 풍류요, 원진과 백거이가 서찰로 주고받은 큰 우정이었다.

向讀崔硏農師弟所輯尺牘完編. 乃吾黨醇儒, 當時詞匠, 交多車笠,[5] 遊徧關河, 念其來學之要値. 此更張之曾驗, 諸閱歷勞以揣摩,[6] 盖行路山川風物之險易, 隨見

安七子) 중 한 사람으로 문장이 뛰어나 조조가 사공군모좨주(司空軍謀祭酒)로 삼아 외교문서와 격문 등을 짓게 했다.
2 陳遵 : 전한 말 두릉 사람으로 자는 맹공(孟公). 매일 손님을 모아놓고 주연을 베풀어 구애됨 없이 자유분방하게 살았다. 빈객이 오는 것을 너무 좋아하여 모여 술을 마실 때마다 손님들이 가지 못하도록 수레바퀴의 굴대를 떼어내어 대나무 숲에 던지고 문을 걸어서 손님을 붙들었다고 한다.
3 神契 : 정분, 같은 마음. 또는 신교(神交).
4 相訂 : 약속을 맺음.
5 車笠 : 우의가 두터움을 말한다. 월나라 노래에 "그대는 수레를 타고 나는 갓을 쓰고 다른 날에 만나서 수레에서 내려 읍한다"는 말에서 따온 것이라고 한다. 월나라 풍속에 남과 처음 사귈 때 토단을 쌓고 개와 닭을 잡아 제사를 지내며 '거립(車笠)'이라는 말로 축원했다고 한다.
6 揣摩 : 자기의 마음으로 남의 마음을 헤아림.

聞而詳述. 凡與人慰賀唱酬之纖巨, 從離合而儘裁袪.

지난번 연농 최성학과 그의 제자가 모은 『척독완편』을 읽었다. 순후한 우리 유림 무리와 문장가들은 서로 두터운 우의가 많아 산과 강을 두루 다니며 후학과의 만남을 중요하게 여겼다. 이는 경장의 효과를 모으고 여러 겪은 일을 힘써 헤아려 행로, 산천, 풍물의 험이를 보고 들은 대로 자세히 썼다. 무릇 사람들을 위문하고 축하하고 창수하는 크고 작은 일들이 만나고 헤어짐을 따르며 편집되고 사라지기를 다하였다.

東俗之襲, 訛擬華人, 而剙例備諸體, 而權在筆端. 決片言, 而旨生絃外,[7] 隴梅[8] 寄信歲暮云, 何關柳送情, 春光自在, 雕詞繪句, 得者爲榮, 欵玉唾珠,[9] 視皆如寶. 編籤旣富規式. 頗明較新舊, 而祭看辨尊卑, 而採用徒, 欲藏之錮篋. 毋寧惠及操 觚.[10] 於是更請校讐.[11] 亞謀剞劂.[12] 指迷津於學海, 垂芳軑[13]於藝林, 允稱趙璧[14] 之歸, 完庶免秦碑[15]之沒字.

우리 동쪽 풍속의 계승이 중국의 방식을 잘못 따라 하였기에 예문을 만들고 여러 문체를 정비하니 그 중요함이 붓끝에 달려 있었다. 한마디 말을 정해주니 맛있는 것이 나면 보내고, 언외(言外)의 뜻을 전할 때, 고

---

7 絃外: 미처 말하지 않아도 전해지는 뜻. 언외지의(言外之意)를 뜻함.

8 隴梅: 산 위에 활짝 피어 있는 매화꽃이라는 뜻이다. 당나라 송지문(宋之問) 제대유령 북역시(題大庾嶺北驛詩)의 "내일 아침 고향을 바라보는 곳, 활짝 핀 산 위 매화 응당 보리라(明朝望鄕處 應見隴頭梅)."에서 나온 구절로, 고향을 그릴 때 인용한다.

9 欵玉唾珠: 내뱉는 침 모두가 구슬 같다는 해타성주(咳唾成珠)의 고사.

10 操觚: 문필(文筆)에 종사함.

11 校讐: 교정(校正)하는 일로, 한 사람이 단독으로 하는 것을 '교(校)', 두 사람이 대교(對校)하는 것을 '수(讐)'라고 한다.

12 剞劂: 판각(板刻)하는 일을 말한다.

13 芳軑: 아름다운 끌채. 수레의 끌채 끝에 있는 멍에 매는 곳.

14 趙璧: 초나라 사람 변화(卞和)가 형산(荊山)에서 캤다고 하는 진귀한 보옥.

15 秦碑: 진나라의 비갈명. 진한(秦漢) 때 많이 새겨졌던 비갈문, 금석문을 말함.

향을 그리며 연말에 소식을 전할 때 등등의 경우들이었다. 어찌 '관문 버들에 정을 보낸다'거나 '봄볕이 두루 비친다'는 식의 문장을 아로새길 뿐이겠는가. (이 책을) 얻은 이들이 행운이니 실린 문장들이 모두 주옥같아 마치 보물 보듯 했다. (책 내용을) 편집하고 시험하여 이미 규식이 풍부한데, 신구를 분명히 비교하고 존비를 구분해 참고했으니 이를 뽑아 쓰는 무리들이 (이 책을) 자물쇠 있는 상자 속에 갖고 싶어 했고, 편안함과 은혜가 문필에 종사하는 일에 미쳤다. 이에 다시 교정하기를 청하고 빨리 출판하기를 꾀했으니, 학문의 바다에서 길 잃은 이에게 길을 알려주고 문예의 세계에 아름다운 길잡이를 내려줌이 아니겠는가. 진실로 귀한 화씨벽(和氏璧)이 돌아온 것이라 할 만하다. 진나라의 비문에 글자가 사라지지 않게 된 것에 거의 비길 만하다.

噫, 數行短序, 質玆集之, 必傳一副, 美規證後生於同好.
아, 몇 줄의 짧은 서문을 이렇게 모은 것에 붙이고, 이 아름다운 규식을 후세와 동호(同好)들에게 반드시 한 부 전하고자 한다.

時中秋, 上浣, 合浦, 黃民秀 謹序.
중추절 즈음 상완(上浣, 초순)에 합포에서 황민수가 삼가 서문을 쓰다.

최성학(崔性學), 자서(自序)

自序 스스로 쓴 서문

夫與人交際, 非尺牘, 率莫巾論心而叙事. 故裁魚寄雁, 或在千萬里, 相思繾綣之情, 驩如面譚. 是以陳遵之善書, 韋陟[16]之牋記. 皆見稱於古籍, 能博涉群籍, 含英咀華,[17] 僕命莊騷, 至於往復之詞, 昧其套式, 猶未免擱筆, 況委巷之士乎.

무릇 다른 이와 교제함에 척독이 아니면 대략 마음을 논하고 일을 서술할 수 없다. 그렇기에 편지를 보내서 천만 리에 떨어져 있지만 그리워하는 곡진한 정을 전하고 얼굴을 맞대 이야기하듯 기뻐했으니 이것이 진준과 위척이 편지를 쓰는 이유였다. 모두 옛 책에 능하다고 칭송받고 능히 많은 책을 두루 통했다며 깊이 음미하고 문장을 짓고는 스스로 장자며 이소라고 하지만, 주고받는 편지글에 이르러서는 그 투식에 어두워서 오히려 붓을 놓기를 면치 못하니 하물며 여염의 선비에 있어서랴.

邇來髦儁在廷, 克贊聖天子·中興之業, 官制更張, 政治維新. 凡係公文私札, 亦從以丕變, 務祛譾陋, 此沿俗尙之宜者耳. 余嘗倦遊南北, 交知益廣, 所經風雨關河, 東草盈篋. 及老而假館與諸生, 設爲問答分類. 相證取淸市所刊諸編, 曁吾邦簡錄, 刪冗撮要, 裒成六卷, 閱四年而告竣.

요사이 뛰어난 선비들이 조정에서 성천자(聖天子)의 중흥 업무를 도와 관제를 개혁하고 정치를 유신하였다. 무릇 공사(公私)의 문서와 편지가 연계되어 또한 그에 따라 큰 변화로써 잘못되고 거친 것을 떨어내니, 이것이 종래의 관습이 그것을 숭상함이 마땅한 것이다. 내가 일찍이 남

---

16 韋陟 : 위척(韋陟)은 당(唐)나라 때의 명필로 순공(郇公)에 봉해졌다. 그는 항상 오채전(五采牋)에 서찰(書札)을 썼는데 대부분 시첩(侍妾)에게 쓰도록 맡겨버리고 자신은 서명만 하고서 스스로 말하기를 "내가 쓴 척(陟) 자는 오타운(五朵雲), 즉 오색의 드리운 구름과 같다"고 했다고 한다.

17 含英咀華 : 한유(韓愈)의 진학해(進學解)에, "농욱한 글에 푹 젖어들고, 그 묘미를 머금고 씹어서 문장을 지어내니, 그 글이 집에 가득하다.(沈浸醲郁 含英咀華 作爲文章 其書滿家)"라고 한 데서 온 말로, 머금어 씹는다는 것은 깊이 음미(吟味)하는 것을 뜻하고, 뱉어낸다는 것은 문장을 짓는 것을 뜻하며, 영화(榮華)는 곧 문장의 정영(精英)과 화채(華彩)를 의미한다.

북을 한가로이 유유자적하며 교제하는 범위가 더욱 넓어지고 산하에서
풍우를 겪은 바를 쓴 글이 상자에 가득하였다. 노년에는 집을 빌려 여러
선비들과 문답하고 분류하는 자리를 마련했다. 청나라에서 간행된 여러
편 및 우리나라의 차록(箚錄)을 취하여 서로 대조하고 다듬고 요점을 추
려 여섯 권을 모아 이루었으니 4년이 지나서야 완성을 알리게 되었다.

雖曰小道, 若以妥辭當句, 隨處引之, 叅互其用, 則與人交際, 情格俱摯, 庶幾無
臨時窘跲之患. 而又有註脚慕詳, 俾觀者了然, 竊以爲初學之津梁云爾.

비록 작은 도이지만 온당한 말과 적당한 구절로 곳에 따라 인용하고
그 쓰임을 서로 참고한다면 남과 교제할 때 정과 격을 다 잡고, 임시로
군색하게 넘어지는 걱정은 거의 없을 것이다. 또 밑에 상세한 설명을
두어 보는 자로 하여금 또렷이 알게 했으니, 생각건대 초학자들에게는
나루터와 다리라고 할 만하다 하겠다.

光武 己亥 小春月 硏農居士 崔性學 題于寶芸山房
광무 기해년(1899) 11월 연농거사 최성학이 보운산방에서 쓰다.

김우균(金雨均), 후서(後序)

尺牘完編後序 척독완편 후서

余常患世之爲書札者, 知格式易, 而措語之難, 何也. 盖粗涉其槩, 認以爲通情之
具, 而不知其原出於古文餘派, 故其體委靡, 愈覺陳腐矣. 嘗觀名彦往復之辭, 只不
過數行, 而寄託殊深, 或至於就事論事風生, 腕底縱橫考据, 有確乎不可奪之理, 此

仗書卷氣耳. 然太高則慢, 太卑則諂, 太文則奢, 太質則野, 雖宏博之士, 猶不能無
是病, 而況不文而欲恃其規格哉.

나는 세상의 편지를 쓰는 자들이 격식은 쉽지만 말을 엮는 것은 어렵
게 아는 것을 늘 걱정하였으니, 왜 그런가. 그 대강을 거칠게 통해 정을
나누는 도구로만 알고 그 근원이 고문의 여파에서 나온 줄은 모르기 때
문에 그 문체가 쇠약하고 더욱 진부하게 되는 것이다. 일찍이 저명한
선비들이 주고받은 편지를 보면 불과 몇 줄 안에도 특별한 깊이를 담아
서, 혹 의론이 격렬한 데 이르러도 팔 밑에서 종횡으로 참고하여 증거로
삼아 분명히 뺏을 수 없는 이치가 있으니 이것이 곧 서권기(書卷氣)이다.
그러나 너무 높으면 오만하고 너무 낮으면 아첨 같고 너무 문채 나면
사치스럽고 너무 질박하면 조야하니, 비록 굉박한 선비라도 이 병이 없
을 수가 없다. 하물며 문채 나지도 않는데 그 규격을 믿기만 해서랴.

丁酉春, 余受讀于崔師硏農, 尋摘之暇, 與同學, 因習尺牘. 取華人所著, 錄折其
衷, 叅互東俗, 篇各問答, 而師乃潤色之, 輯爲六卷. 命寘諸家塾, 於是焉片言隻字,
奉如拱璧, 索抄者衆, 殆紙貴洛陽.

정유년(1897) 봄 내가 최연농 선생에게 수학하며 옛 구절을 빌려 글을
짓고 동학들과 척독을 익히게 되었다. 중국의 책에서 그 핵심을 기록하
고 조선의 풍속을 서로 비교하여 각 편마다 문답을 하면 선생께서 그것
을 가다듬어주셨으니, 편집하니 여섯 권이었다. 여러 서당에 두도록 명
하니, 이에 한마디 말, 하나의 글자를 모두 큰 옥처럼 받들어 찾아 베끼
는 자가 많았으니 거의 낙양의 지가(紙價)를 올린 일이 되었다.

噫, 師今老矣, 爲後生矻矻[18]膈迷,[19] 而閱歲編摩. 推舊而爲新, 去煩以從簡, 首
尾完賅, 論情寫景, 詞藻陸離儵然.[20] 如倉猝立就者, 苟非素涵畜文力, 藉其經歷,

終未免墨枯筆澁, 旋致疎惧. 書札雖爲小技, 亦由乎古文餘派, 則知格式易, 而措語之難者, 抑爲此歟.

아아, 스승은 이제 늙으셨는데 후생을 위해 열심히 깨우쳐주시고 해를 넘겨 엮고 다듬으셨다. 옛 것을 참고해 새 것을 만들고 번잡함을 없애 간이함을 따랐으며 처음과 끝을 완전히 갖추었으니, 감정과 경물을 묘사하는 문장이 뛰어나고도 신선 같았다. 창졸간에 곧장 나아가는 자가 평소 함축한 문장력이나 경험을 빌리지 않는다면, 결국 먹이 마르고 붓이 막히며 제자리에서 거칠게 잘못됨을 면치 못할 것이다. 편지는 비록 작은 기예지만 또한 고문의 여파에서 나온 것인즉, 격식을 쉽게 알고 말 엮기를 어렵게 아는 것은 또한 이 때문인가.

甲辰秋, 黃參奉民秀, 見是書而悅之, 要余商訂, 更加註脚. 出資付活字, 庸爲廣布, 其嘉惠於藝林多矣. 不勝欣感, 玆掇緣起于左.

갑진년(1904) 가을 참봉 황민수가 이 책을 보고 기뻐하며 내게 상의해 정정할 것을 요청하여 다시 하단에 주석을 달았다. 자본을 출자하여 활자로 찍어 널리 이것을 배포하니 그 아름다운 은혜가 예림에 자자했다. 기쁜 감회를 이기지 못해 이에 그 과정을 엮어 적는다.

光武 八年 莫秋 文人 金雨均 敬識.

광무 8년(1904) 늦은 가을 문인 김우균이 공손히 적다.

---

18 矻矻 : 부지런히 일하는 모양.
19 牖迷 : 어리석은 이를 깨우쳐 줌.
20 陸離 : 눈부시게 아름다운 모양.

고응원(高應源), 발(跋)

尺牘完編跋 척독완편 발문

尺牘一書, 乃硏農師弟, 爲初學而編輯也. 久爲東閣[21]邇來, 年少者無不欲學其
規式, 爭相抄寫, 以備時行之要, 常患其誤落相沿. 於是金君雨均, 念傳鉢之恩, 慨
然以付梓爲已, 任歷三處, 擇其刊而不憚勞費. 又約余及李君恒烈, 崔君相浩, 監其
印役, 歲周而才竣較原本.

이 한 권의 척독 책은 연농 선생 사제가 초학자들을 위해 편집했다.
오래전 동각(東閣)의 풍습 이래로 젊은이들이 그 규식을 배우려고 하지
않는 이가 없어 서로 다투어 베껴서 요새 시행하는 요점을 갖추려 하나
그 오자와 낙자가 이어짐을 늘 걱정하였다. 이에 김우균 군이 스승의
은혜를 생각하여 개연히 책을 출판하기로 하고, 세 곳을 거쳐서 그 간행
할 곳을 택하고 노고와 비용을 아끼지 않았다. 또 나와 이항열(李恒烈)
군, 최상호(崔相浩) 군이 그 인쇄 작업을 감독하기로 약속하여 한 해가
지나 겨우 원본과의 비교가 끝났다.

雖縮爲上下卷, 條理旣明, 極其精簡, 合浦之珠, 終歸所報,[22] 豊城之劍, 不掩其
光.[23] 盖書之顯晦, 抑有數存焉, 是編之作, 非深文奧義, 欲以干譽而掠美, 其在僻

---

21 東閣 : 한나라 공손홍이 승상일 때 동쪽의 작은 문을 열고 어진 선비를 맞았다는 데서
  유래하여 정승이 현자를 초빙하는 곳이라는 뜻.
22 合浦之珠, 終歸所報 : 『후한서(後漢書)』, 「맹상전(孟嘗傳)」. 광서 지방의 합포는 진주조
  개 채취로 유명했는데 탐관오리의 탐욕으로 진주조개가 씨가 말라 백성들이 모두 다
  른 지방으로 도망갔다. 새로 부임한 태수 맹상(孟嘗)이 사정을 파악하여 진주조개가
  다시 나오기 시작하자 백성들이 합포로 돌아와 정착했다는 고사가 있다.
23 豊城之劍, 不掩其光 : 예장(豫章)의 풍성(豊城) 지방에 묻힌 두 개의 명검으로, 용천(龍

巷遐鄉, 以資其日用酬應之具, 則綽綽然有餘. 將使初學, 皆爲繩墨, 能免於固陋之稱, 其所補者, 奚止投良劑於沈痾, 指迷津於跬步而已. 噫, 幸際文明之會, 以此區區爲不朽計者, 豈師之所欲哉. 然微金君安得闡誨人之義, 而廣傳于世, 斯可謂有志者事竟成也夫.

비록 상하권으로 줄었지만 조리가 분명하고 정밀하고도 간이함을 지극히 하였으니, 합포(合浦)의 진주가 결국은 돌아오고 풍성(豊城)의 검이 그 빛을 숨기지 못함과 같다. 세상에는 알려지거나 알려지지 않은 책이 많겠지만 이 책은 깊은 문장과 심오한 뜻으로 영예를 구하거나 미(美)를 훔치고자 함이 아니요, 외진 마을 먼 시골에서 일용하는 수응(酬應)의 도구로 도움을 주기에는 넉넉하게 남을 것이다. 장차 초학자들로 하여금 모두 법도로 삼아 고루하다는 칭호를 면할 수 있게 하였으니, 그 도움 되는 바가 어찌 깊은 병에 좋은 약을 투여함이나 헤매는 길에 반걸음을 가리켜줌에 그치겠는가. 아아, 다행히 문명을 만나는 때에 이로써 구구하게 썩지 않을 계획으로 삼으니 어찌 스승이 하고자 한 바이겠는가. 그러나 김 군이 사람들을 밝혀 깨우치는 의리를 이에 얻어 세상에 널리 전하였으니, 이것이 가히 뜻 있는 자가 마침내 일을 이룬다고 할 수 있음인가.

光武 九年 小春月 後學 高應源 謹書.
광무 9년(1905) 소춘월(11월) 후학 고응원.

泉)과 태아(太阿)를 말함.

○ 김우균, 『신찬 척독완편』(1908) 소재 서문

김우균, 서언(緖言)

崔師研農氏와 其門人諸氏等 所集혼 尺牘完編이 刊行發賣ᄒ야 海內諸家의 大讚賞을 受ᄒ고 大光榮을 得ᄒ니라. 噫라 局勢가 維新ᄒ고 時務가 劇忙ᄒ니 吾人도 論交之道가 日廣ᄒ고 酬事之路가 日多ᄒ니 不可不必讀홀 者이 尺牘이라. 尺牘은 萬家平安의 喜를 傳ᄒ고 千里跋涉의 勞를 代ᄒ니 엇지 浮華를 尙古ᄒ고 精粹를 厭新ᄒ리오.

스승 연농 최성학 씨와 그의 문인 몇몇이 편집한 『척독완편』이 간행 발매되어 세상 많은 이들에게 큰 찬사와 영광을 얻고 있다. 아아, 시국이 유신되고 시무가 매우 바빠져서 사귐을 논하는 도리가 날로 넓어지고 일에 수응하는 방법도 날로 많아지니 반드시 읽지 않을 수 없는 것이 척독이다. 척독은 모든 집안에 평안하다는 기쁨을 전하고 천 리 길을 직접 가는 노고를 대신하니, 어찌 부화한 옛 것을 숭상하고 새로움의 정수를 싫어하리오.

言ᄂ 書의 主腦오 書ᄂ 言의 餘響이라. 漢字만 專用ᄒ면 備前困澁ᄒ고 國文만 獨行ᄒ면 備前粗亂홈은 有志者의 遺憾이라. 於是에 尺牘完編 原稿에셔 繁閑을 刪拔ᄒ고 簡易를 蒐集ᄒ야 國文을 助少ᄒ고 漢字를 仍舊ᄒ야 更名曰 新撰尺牘完編이라 ᄒ고 以公同好코자 홈이라. 其一字의 愼密과 一句의 誤失이 以謂何如오. 孔子ㅣ 敎人以博學이라ᄒ시니 雖云小道나 豈可以閉關時代와 同一而語哉아.

말은 글의 주요한 뇌이며 글은 말의 남아 있는 음향이다. 한자만 쓰면 예전의 난삽함을 갖게 되고, 국문만 쓰면 예전의 조야함을 갖게 되니 뜻있는 자들의 고민거리이다. 이에 『척독완편』 원고에서 번잡한 것과 거친 것을 다듬고 뽑으며, 간편한 것과 쉬운 것을 모아서 국문은 조금 돕게 하고 한자를 예전처럼 써서 명칭을 바꿔 『신찬 척독완편』이라고 하여 널리 좋아하게 한 것이다. 한 글자의 신중함과 한 구절의 과실을 말해 무엇 하겠는가. 공자께서 '널리 배움으로써 사람을 가르친다'고 하셨으니 (척독이) 비록 작은 도이지만 어찌 가히 쇄국의 시대와 같다고 말하겠는가.

況且新裁判所에 關흔「構成法」「民刑事訴訟規則」「裁判所及檢事局處務規程」「民事訴訟期限規則」「己未決囚押送規則」「看守及女監取締職務規程」「監獄職員給與令」「在監人領置金品處理規程」「民事訴訟手數料規則」「警察留置場에 關흔件」「土地家屋所有權證明規則」「同施行細則」 等諸法令과 「舊行民刑受理節次」法은 國民의 生活要所也니 洵是同胞之指南이요 亦爲博覽之珍笈이기 敝社에서 幷付手民호야 以助交際上之聰明호노라.

하물며 또 새로운 재판소에 관한 「구성법」, 「민형사 소송 규칙」, 「재판소 및 검사국 처무 규정」, 「민사 소송 기한 규칙」, 「기미결수 압송 규칙」, 「간수 및 여감 취체 직무 규정」, 「감옥 직원 급여령」, 「재감인 영치금 처리 규정」, 「민사 소송 수수료 규칙」, 「경찰 유치장에 관한 건」, 「토지 가옥 소유권 증명 규칙」, 「동 시행세칙」 등의 여러 법령과 「구행 민형 수리 절차」 법은 국민의 생활요소이다. 이는 진실로 동포의 나침반이요 또한 널리 볼만한 보물상자이므로 본사에서 백성의 손에 함께 붙여 이로써 교제상의 총명에 도움이 되고자 한다.

同文社 識
동문사에서 알림.

○ 김우균, 『증보자전 척독완편』(1916) 소재 서발문

이용직(李容稙),[24] 서(序)

尺牘重刊序 중간된 척독에 붙이는 서문

土壤何足爲泰山之損益, 細流何足爲河海之加減, 以其不讓故愈大, 不擇故愈深者也.[25] 金君雨均, 有志於敎導後生, 編輯尺牘一册, 刊行于世, 旣有年. 然時局日新, 程式時異前刊, 多有所未盡處, 迺更增補其遺漏若干, 且恐後生末學, 或昧於句讀, 以諺文表章之. 將重刊, 屬余以弁卷之文.

태산을 이루는 데 작은 흙덩이가 어찌 손해나 이익이 되겠으며, 강과 바다가 되는 데 어찌 작은 흐름이 보탬이나 모자람이 되겠는가. 그래도 태산은 그것을 사양하지 않으므로 더욱 크며, 바다는 그것을 가리지 않으므로 더욱 깊은 것이다. 김우균 군은 후생을 가르치고 지도하는 데 뜻을 두어 척독집 한 권을 편집해 세상에 간행한 지 몇 년이 되었다. 그러나 시국이 날로 변하여 전에 간행한 것에 비해 법식이 달라져서 미진한 곳이 많게 되었으니, 이에 다시 그 놓치고 누락된 것 약간을 증보하였다. 또 후학과 후진들이 혹 구두(句讀)에 어두울 것을 걱정하여 언문을

---

24 李容稙 : 이용직(1852~1932). 조선 말기의 문신. 본관은 한산(韓山). 자는 치만(稚萬), 호는 강암(剛庵). 을사조약 때 분사(憤死)한 조병세(趙秉世)의 사위이다. 이조참판, 황해도관찰사 등을 지내고 1904, 1909년 학부 대신을 역임했다. 1910년 일본에게 자작의 작위를 받았으나, 1919년 3·1운동 때 경학원부제학 재직 시 대제학 김윤식(金允植)과 함께 조선독립청원서사건으로 작위를 박탈당했다.

25 土壤何足爲~不擇故愈深者也 : 진(秦) 이사(李斯)의 「상진황축객서(上秦皇逐客書)」에 나오는 "태산은 조그마한 흙덩어리도 거부하지 않기 때문에 거대해질 수가 있고, 황하와 바다는 가느다란 물줄기도 거부하지 않기 때문에 깊어질 수가 있다.(泰山不讓土壤, 故能成其大, 河海不擇細流, 故能就其深)"에서 비롯된 말.

꺼내 드러냈다. 이제 중간을 앞두고 내게 서문을 부탁하였다.

噫, 堯舜之世, 無加讀之書, 尙有二典三謨[26]之謹嚴雅重. 此有德者, 必有言之明
證的據也. 況尺牘短篇也, 與大文字, 體格有異, 寒暄哀慶之間, 隨事通情足矣, 焉
用程式爲哉. 然民生久矣, 雖尋常往復, 輩分類聚, 具收幷畜. 以爲博覽廣考者, 比
照之資, 年少學淺者, 依倣之具, 則亦足爲學生界一要覽. 此書之愈備而愈要者, 以
其無遺無漏之所致也. 向所云山不讓土, 海不擇流者, 非此之類歟.

아아, 요순 시대에는 읽을 책을 더하지 않고 이전(二典)과 삼모(三謨)의
근엄함과 중후함을 숭상했다. 그러니 덕이 있는 이가 말을 하면 반드시
명증한 근거가 있었다. 그러나 척독은 짧은 글이니 큰 문장과 비교하면
체와 격이 다르고, 춥고 더운 계절 인사나 경조사를 알리는 사이에 일에
따라 정이 통하면 그것으로 족하니 어찌 법식을 쓰겠는가. 그러나 백성
들의 삶이 오래되자 심상하게 왕복하는 편지도 종류별로 무리가 분류되
고 갖춰지며 쌓이게 되었다. 이것이 널리 보고 상고하는 이에게는 견주
어볼 만한 밑천이 되고, 어리고 배움이 얕은 이에게는 기대어 모방하는
도구가 되니, 또한 족히 학생계의 한 요람이 될 것이다. 이 책이 더욱
잘 준비되고 긴요한 점은 빠지거나 누락됨이 없도록 지극히 했기 때문이
다. 앞서 말했던, 산은 흙덩이를 사양하지 않고 바다는 작은 물을 가리지
않는다는 것이 이러한 것을 말함이 아니겠는가.

購覽此書諸君子, 先體金君, 啓發來學之苦心實情於文字之外, 則於人大有所
濟云.

---

26 二典三謨 : 상서(尙書)의 「요전(堯典)」, 「순전(舜傳)」, 「대우모(大禹謨)」, 「고요모(皐陶
謨)」, 「익직(益稷)」편. 전아한 문장을 가리킴.

이 책을 사 보시는 여러 군자들은 김 군을 본받아 앞으로의 학문이 문자의 바깥 실정에 고심할 것을 계발한다면, 남보다 크게 성취하는 바가 있을 것이다.

壬子冬 剛菴 李容稙 序.

임자년(1912) 겨울, 강암(剛菴) 이용직(李容稙)이 서를 쓰다.

김우균, 자서(自序)

自序 스스로 쓴 서문

粵自蒼頡氏造文字以來, 凡屢千載之間, 上自典謨[27]銘頌詩賦序策, 以至傳奇詞曲之類, 指不勝摟. 其體裁焉, 各樹一幟, 逈不相侔, 其品藻焉, 關於風氣, 萬有不齊. 自非魄力之出類超群者, 有未能備嘗其全鼎之珍於便便之腹 而水湧於織指之端矣. 況今一世級之久遠, 寰宇之熙穰,[28] 史乘如雲, 著作齊斗, 實非眇然七尺之軀, 所可涉獵而領略也.

창힐 씨가 문자를 만든 이래 수천 년 동안 위로는 전모(典謨), 명송(銘頌), 시부(詩賦), 서책(序策)으로부터 전기(傳奇), 사곡(詞曲) 등에 이르니 가리켜도 다 모을 수가 없다. 그 체제는 각자 한 깃발에 심어도 멀어서

---

27 典謨 : 전(典)은 『서경』의 「요전(堯典)」, 「순전(舜典)」이며, 모(謨)는 「대우모(大禹謨)」, 「고요모(皐陶謨)」, 「익직(益稷)」 등의 편을 가리킨다. 모두 제왕의 도리와 치국(治國)의 대도(大道)를 논한 글이다.

28 熙穰 : 사람들이 분주하게 이익을 좇아 오가는 모습을 형용한 말이다. 『사기(史記)』 권129 「화식열전(貨殖列傳)」에, "천하가 희희(熙熙)함은 모두 이익을 위해 오는 것이요, 천하가 양양(壤壤)함은 모두 이익을 위해 가는 것이다" 하였다. '壤'과 '穰'은 통용되었다.

서로 같지 않고, 그 품평은 풍기에 관계되니 만 가지가 있어도 같지 않
다. 정신이 무리에서 빼어나게 뛰어난 자가 아니면 살진 배에 솥 가득한
진미를 맛보게 할 수도 없고, 물이 직지(織指)의 끝에서 용솟음치게 할
수도 없다. 하물며 지금 세급이 떨어진 지 오래되고 천하는 이익을 좇는
데, 구름처럼 쌓인 역사책이나 한 말 가득한 저작들은 실로 작은 칠 척의
몸으로는 가히 섭렵할 수도, 핵심을 잡을 수도 없다.

余自弱冠, 熏炙乎經籍之藪, 埋沒於蠹魚之叢, 始焉不知量而貪多務得, 末乃望
洋知醜而會神於約.

　내가 이십대부터 경전의 수풀에서 김을 쐬었고 좀벌레 무더기에 파묻
혀, 처음에는 제 양을 모르고 많이 탐하여 힘써 얻었으나 끝에는 학문의
깊이에 탄식하여 추함을 알고 정신을 요약하는 데로 모았다.

其奈世諦[29]之關於四威儀[30]者, 惟札翰之應酬者. 寔繁雖欲已而不能已, 信知此
最近於儒者事, 而後始驗程子之不我欺也.

　세상의 도리가 사람들의 위의에 관계된 것이 그 어찌 오직 서신을 주
고받는 것뿐이겠는가. 그러나 진실로 번화하여 비록 그만두고자 하나
그만둘 수 없어 '이것(서찰)이 유자(儒者)의 일에 가장 가까운 것'이니 나
중에야 비로소 정자(程子)께서 나를 속이지 않음을 알게 되었다.

於是遠溯左國史漢, 以逮明清名家之往復簡編, 擬欲成一家言者, 久矣. 然既有

---

29 世諦 : 불교 용어로 세속의 도리라는 뜻.
30 四威儀 : 불교 용어로 사람의 행동의 네 가지 위의, 즉 행(行), 주(住), 좌(坐), 와(臥)를
　　말한다.

函海[31]等書, 汗牛盈車, 如粟如麻, 可謂前人之述備矣.

이에 멀리 거슬러 올라가 좌구명(左丘明)의 『국어(國語)』와 『사기(史記)』, 『한서(漢書)』에서부터 명청 시대 명가들의 왕복한 편지에 이르기까지 일가의 말을 이루고자 한 것이 오래되었다. 그러나 이미 『함해(函海)』 등의 책이 수레에 가득하여 소가 땀을 흘리도록 많으니, 가히 전대 사람들의 저술이 갖추어졌다고 말할 만하다.

嘗恨夫靑邱右文之稱詡, 不爲不美, 而號稱老士宿儒者, 談性理如菽粟, 撰詩賦如咳唾. 及乎哀慶慰賀之際, 長幅短章, 率多塗抹陳腐, 拘束窠臼, 千編一套, 了無書卷之氣.

일찍이 우리나라가 글을 숭상한다는 칭송이 있음이 아름답지 않은 것은 아니나, 나이든 선비나 이름 높은 유학자라고 하는 이들은 성리(性理)를 마치 콩이나 밤을 이야기하듯 하며 시 짓기를 가래와 침처럼 여긴다. 경조사나 위문하고 축하할 일이 있을 때면 긴 종이에 짧게 쓰되 대략 진부한 표현으로 많이 도배하며 형식적인 표현에 묶임이 많아 천편일률이라 서권기(書卷氣)라고는 없다.

未始不爲具眼者之嗤點, 使新學幼年, 無從知津[32]而發軔, 豈細故哉. 迺敢諮決於師友之論, 融通以中東之規, 蒐輯一編, 以公同好者, 旣有年矣. 旣又病其我俗之言文二致之故, 而句讀而釋之, 期欲使婦孺易鮮, 迡僻均屆. 適因坊友之要廣佈, 猥

---

31 函海 : 건륭·가경 연간에 문단의 대가로 꼽히던 이조원(李調元, 1734~1802)이 엮은 총서로 『함해(函海)』, 『속함해(續函海)』를 출판하였다.

32 知津 : 공자가 채(蔡)나라로 갈 적에 자로(子路)가 주위에서 밭을 갈던 장저(長沮)와 걸닉(桀溺)에게 나루터로 가는 길을 묻자, 장저가 공자를 가리키며 '저 사람은 나루터를 잘 알 것이다' 하면서 공자가 자주 떠돌아다니는 것을 비꼬았다. 『論語』, 微子.

許刊行者, 亦已數年.

애초에 안목 있는 자들의 비웃음거리나 되지 말자 했으니 새로 배우는 어린 학생들에게 갈 길을 알고 일을 시작하게 함이 어찌 작은 이유이겠는가. 이에 감히 스승과 벗들과 상의하고 결정하여 우리나라에 맞는 규식으로써 통하게 하자고 하여, 책 한 편이 되게 수집함으로써 함께 좋아하는 일이 된 지 몇 년이 되었다. 또 우리 풍속은 말과 글이 둘이라 일치하지 않는 병통이 있으므로 구두(句讀)로 풀었으니, 부녀와 아이들이 쉽게 이해하고 먼 시골도 똑같이 도달할 것을 기대했다. 그때 마침 동네의 벗이 널리 배포할 것을 요청하니 외람되이 간행한 것이 또한 몇 년이 되었다.

所顧今宇內形勢, 日趨於變, 不得不有增删於其間者. 不揣孤陋, 苦心歲餘, 擧凡四禮之相問, 駢字³³之釋義, 以及唐宋名人章草之可爲典型者, 祛冗撮精, 且摘其文典之深奧, 條鮮而縷釋之. 奚敢曰求玄珠於罔象耶. 不過爲家塾兒輩之初梯耳.

지금 천하 형세를 돌아보니 변화가 날로 빨라지니 부득불 그 사이에 더하거나 깎아낼 것이 있다. 고루함을 헤아리지 않고 1년간 고심하여 사례(四禮)에 대한 질문, 『변자유편(駢字類編)』의 풀이, 당송 명인의 초서 중 본보기가 될 만한 것에 이르기까지 쓸데없는 것을 없애고 정수만을 뽑으며 또 그 문장의 심오한 것을 발췌하여 조목으로 풀고 자세히 설명하였다. 어찌 감히 망상에게서 구슬을 구했다고 하겠는가. 다만 글방 아이들의 배움의 첫 계단에 불과할 따름이다.

---

33 駢字 : 『변자유편(駢字類編)』. 청 강희제가 칙찬한 240권의 유서(類書)로, 천지(天地), 시령(時令) 등 12목(目)으로 나누어 그 숙어(熟語)를 머리글자가 같은 순서로 편집한 책이다.

夫子嘗曰, 辭達而已, 達其易言哉. 蓋文詞之要, 不以辭勝義, 必以理勝辭, 若能悟了於理勝, 則文不足加求也. 嗟夫文字之運命, 與世俱老, 華而無實, 煩而不詳. 若使蒼頡氏時代之人, 讀今之書, 其不瞠然晦而規然驚者, 幾希矣.

공자께서 일찍이 말씀하시기를, '글은 뜻이 전해져야 한다'라고 하셨는데 쉬운 말에 도달함을 이름이로다. 대개 문장의 요점은 말이 뜻을 능가하는 것이 아니라 이치가 말을 능가해야 하는 것이니, 만약 이치의 중요함을 깨달을 수 있다면 글은 족히 더 구할 필요가 없다. 아, 문자의 운명이란 세상과 함께 늙는 것인데, 화려하되 실속이 없고 번잡하되 상세하지 못하니, 만약 창힐 씨 시대의 사람들에게 지금의 글을 읽게 한다면 눈을 휘둥그렇게 뜨고 쳐다보며 한심해하며 놀라지 않을 자가 거의 없을 것이다.

今於此書, 務以簡而備, 爲第一義, 而反不免於瑣屑, 此其關於時代之趨於卑而風斯下者, 非耶. 不禁撫卷而慨然云耳.

지금 이 책은 간략하되 갖춰짐에 힘쓰기를 제일의 의무로 했으나 도리어 시시하게 됨을 면치 못했으니, 이는 시대가 비루한 상태로 달려가고 풍습이 떨어지고 있는데 나는 그만도 못하기 때문일 것이다. 그렇지 않은가? 책을 어루만지며 개연히 탄식을 금치 못할 뿐이다.

壬子冬 春圃居士 金雨均 題于琴書山房.
임자년(1912) 겨울 춘포거사 김우균이 금서산방에서 쓰다.

○ 김우균, 『문명척독』(1917) 소재 서문

김우균, 문명척독서언(文明尺牘叙言)

僕이 於光武二年歲에 家塾兒輩의 發軔홈을 起見ㅎ야 尺牘完編을 纂集홀시 經春抵冬ㅎ야 始克成書ㅎ얏더니 坊友의 嗜痂혼 바를 作ㅎ야 印布ㅎ기에 至 ㅎ니 幾年의 間에 翻印이 凡六度오 三萬有餘帙에 達ㅎ야 居然이 域內에 衣被 혼지라.

나는 광무 2년(1898) 서당 아이들이 공부 시작함을 보고 『척독완편』을 편찬하여 봄을 지내고 겨울이 되어 비로소 책을 완성했다. 지역의 벗들 에게 황송한 애호를 받아서 인쇄하여 배포하게 되었으니, 몇 년 사이에 다시 인쇄한 것이 여섯 번, 삼만여 질에 달해 넉넉히 역내를 뒤덮었다.

如斯혼 際에 若干剗補의 功을 費ㅎ얏소나 楮葉三年의 刻[34]이 大方家에게 見笑ㅎ빈 不尠ㅎ얏도다 嗣於昨年夏에 索居無憀ㅎ야 與黃孄[35]爲隣홀시 坊友 가 完編의 第七度印布홈을 苦請ㅎᄂ 故로 技癢을 不禁ㅎ야 往時體裁를 一變 ㅎ야 文明尺牘이라 稱名ㅎ고 共合千有餘百의 套式일 撰著ㅎ야 一切人事上의 尋常往復까지 無有包括ㅎ니

이러한 때에 약간 보완하는 공을 들였으나 각고의 노력을 한 것이 대 가들에게 웃음거리가 된 바가 적지 않았다. 이어 작년 여름에는 홀로 거하며 근심 없이 서책이나 벗삼아 지내는데 벗들이 '완편(完編)'의 일곱

---

34 楮葉三年의 刻 : 춘추시대 송나라 사람이 자기 임금을 위하여 상아를 깎아서 닥잎을 만드는 데에 3년이 걸렸는데, 그것을 진짜 잎과 섞어놓아도 구분을 할 수 없었다고 함. 기예나 학문 수행에 각고의 노력을 하는 것.

35 黃孄 : 책을 보면 잠이 잘 온다 하여 낮잠, 혹은 서책을 뜻함.

번째 인쇄를 거듭 청하는 고로 기양을 금하지 못하고 옛 체재를 바꾸어 『문명척독』이라고 칭하고 모두 천백여 개의 투식을 뽑았으니 인간사 일체의 심상한 왕복까지 포괄하지 않음이 없었다.

其凡例를 略擧ㅎ건디 文明에 關한 禮式과 修身上에 必要혼 事項을 繪圖解釋ㅎ며 札翰의 起頭브터 結尾까지 分節條解ㅎ며 家庭書類及哀慶問訊等套를 分門彙輯ㅎ며 又短札名片上의 裸體를 一一拈出ㅎ야 愛讀君子의 便覽을 供ㅎ니 一幕年의 間에 集腋成裘의 苦心惱神이 亦復不淺ㅎ나 自家消遣法에 不過ㅎ며 遊戲法에 不過혼지라. 具眼者의 哂을 受혼달 又何傷ㅎ리오.

그 범례를 간략히 들어보면 문명에 관한 예식(禮式)과 수신(修身)에 필요한 사항을 그림을 그려 설명하였고, 서찰의 기두부터 결미까지 구절과 조목을 나누어 해설했으며, 가정에서 쓰는 편지류, 경조사, 문안 등의 투식을 종류를 나누고 모아 편찬하였다. 또 단찰과 명편 서찰의 각 문체를 하나하나 뽑아내 애독 군자가 편리하게 열람하도록 돕고자 했다. 일년 사이에 여러 사람의 힘을 모은 고심과 고뇌가 얕지 않았으나, 내 소일거리이자 유희하는 방법에 불과하니 안목 있는 자들의 비웃음을 산들 또 어찌하겠는가.

大正 六年 丁巳 初夏 春圃居士 金雨均 識.
대정 6년(1917) 정사 초여름 춘포거사 김우균 적음.

○ 지송욱, 『신편 척독대방』(1915) 소재 서문

민종묵(閔種默),[36] 서문

人之有書札往復, 如食飮之不可廢也. 噫, 冬日飮湯, 夏日飮水, 天下之口相似, 而因時序之變遷也. 殷尙敬, 周尙文,[37] 天下之書同文,[38] 而因世代之損益也. 現今時風一變, 各樣書類, 殆無定規, 新進後學, 雖欲援古徵今, 于何摸倣.

사람이 서찰을 주고받는 것은 음식을 폐할 수 없음과 같다. 아, 겨울에 뜨거운 국을 마시고 여름에 냉수를 마시니 천하 사람의 입맛이 비슷함은 계절이 바뀌는 순서를 따르기 때문이다. 은나라는 공경함을 숭상하고 주나라는 문채를 숭상하나 천하의 서찰이 같은 문장임은 그 세대의 손해와 이익에 따르기 때문이다. 지금 시속이 일변하여 다양한 서찰 종류가 있으나 정해진 규범은 거의 없으니, 신진과 후학이 비록 옛 것을 끌어와 지금을 밝히고자 해도 어디에서 본뜰 것인가.

池君松旭甫, 惟是之憂, 搜輯舊聞, 採用新式, 作爲一編, 名之曰, 新編尺牘大方. 編之以長札短札, 慰唁慶賀, 請邀送別等語, 其文簡而精, 備而要, 此是後生之柯則也. 附之以古人法帖草簡, 尤可爲筆家模範, 又錄以朝鮮歷代王室繼序璿源譜畧,

---

36 閔種默 : 민종묵(1835~1916). 조선 말기 형조, 병조판서, 외부대신, 규장각제학 등 요직을 거쳤다. 청과 일본에 사신 및 신사유람단으로 다녀와 외부 정세에 밝았다. 합방 후 일본 남작의 작위를 받았다. 『일본문견록(日本聞見錄)』, 『일본각국조약(日本各國條約)』, 『일본외무성시찰기(日本外務省視察)』 등을 남겼다.

37 殷尙敬, 周尙文 : 원문은 '夏尙忠'으로 시작하여, 하는 충을, 은은 질박함을, 주는 문채를 숭상했다는 뜻. 후대로 갈수록 형식을 중시했다는 맥락이나, 각 왕조마다 다른 가치를 숭상했다는 뜻으로 쓰인 것으로도 보인다.

38 天下之書同文 : '서동문거동궤(書同文車同軌)', 즉 진시황의 통일정책을 말한다.

其文則史, 雙手警讀.

　지송욱 군은 이를 걱정하여 옛 것을 수집하고 새 규식을 뽑아서 한 편의 책을 만들고 '신편척독대방'이라 이름했다. 길고 짧은 서찰, 위로와 축하, 초대와 이별 등의 말을 편집했으되, 그 글이 간결하고 정밀하며 갖추고도 요약되니 이야말로 후생의 본보기이다. 고인의 초서 간찰 법첩을 덧붙여 더욱 글씨 쓰는 이에게 모범이 될 만하며, 또 조선왕실의 역대 계승 순서와 간략한 선원보를 기록하여 글이 곧 역사이니 두 손으로 공경하며 읽을 것이다.

　去其固陋, 至若詩韻選英, 咨嗟詠歎, 自不能已者也. 粤自夏殷之盛, 厥有歌頌, 至周大備, 里巷歌謠, 聖人編之爲經. 蒼葭白露, 時物之變也, 唉唉蠻蠻, 蟲鳥之唫也, 感於物而發於辭者也. 顧今東洋, 莫不是尙, 擧國靑年, 宜其勉旃焉. 嗚呼池君此書, 晴牎梨几, 常目在之則, 意味深長. 傳曰, 人莫不飮食也, 鮮能知味, 知此味者, 其儒家者流乎.

　그 고루함을 없앰이 뛰어난 시운을 뽑아냄에 이르면 한숨과 탄식을 스스로 멈출 수 없다. 하나라와 은나라가 융성하고부터 항상 노래가 있었는데 주나라에 이르러 크게 갖춰져 여항의 노래들을 성인이 엮어 경전으로 만드셨다. 푸른 갈대와 흰 이슬은 계절에 따라 사물이 변함이요, 요요와 만만은 벌레 울음소리니 사물에 감응하여 말로 드러난 것이다. 지금 동양을 돌아보면 이를 숭상하지 않음이 없으니 온 나라의 청년들은 마땅히 힘써야 한다. 아아, 지 군의 이 책이 맑은 창가의 책상에 늘 보는 곁에 있으니 그 의미가 매우 깊다. 전(傳)에 이르기를, 먹고 마시지 않는 이는 없으나 맛을 아는 이는 드물다고 했으니 이 맛을 아는 자들이야말로 유자(儒者)들인가.

是歲槐夏 翰山閔種默書.

올해 4월 한산(翰山) 민종묵(閔種默) 쓰다.

○ 현채, 『척독대성』(1917) 소재 서문

현채, 척독대성서(尺牘大成序)

尺牘大成序

夫尺牘一書, 非直敍寒喧瀉哀慶而已, 其能嫺於此者. 靈犀相通,[39] 金蘭可結, 卽海內知己, 天涯比鄰[40]也. 亦能釋仇怨於俄頃, 締盟好於百年, 至於河山遙隔, 渴塵頓消, 魚雁可憑, 夢魂相接. 委曲宛轉, 簡繁俱該, 勤勤懇懇, 其感人者深, 莫尺牘若耳. 然則尺牘之爲用, 豈不偉且大矣哉.

迺者我鮮人, 視尺牘爲小技, 而全不下工, 其博古達今, 自號能文者, 獨於此而每瞠然自沮, 心手不應, 衷懷莫宣.

可勝慨然, 玆蒐集古今尺牘而編譯之. 惟望讀此之諸君子, 布情愫於寸管, 達辭命於四方, 能吐肝膽而忘形骸, 走儀秦於楮墨之間, 是不佞與有榮焉.

甲寅孟春[41]漢水玄采.

척독대성 서문

무릇 척독 한 통은 다만 춥고 더운 계절 인사를 쓰고 슬프고 기쁜 경조사를 베끼는 것만이 아니다. 이에 익숙한 자는 그 마음이 서로 통하고

---

39 靈犀相通 : '영서일점통(靈犀一點通)'. 영험함이 있는 무소의 뿔은 한 가닥의 흰 줄이 쭉 통하고 있다는 데서 나온 말로, 서로의 마음이 암묵 중에 통함을 말한다.

40 海內知己, 天涯比鄰 : 海內存知己, 天涯若比鄰. 王勃의 시구.

41 孟春 : 음력 정월.

금란지교를 맺으니 곧 천하를 친구로 삼고 세상 끝까지 이웃으로 삼는 다. 또 잠깐 사이에 원망하는 마음을 풀 수도 있고, 백 년 이어질 맹세를 맺을 수도 있으며, 심지어 산과 강으로 멀고 아득히 막혔던 것도 먼지처럼 갑자기 사라지고, 물고기와 기러기에 기대어 꿈속에서 영혼이 서로 만나기도 한다. 자세하고도 곡진하며 간결함과 복잡함을 함께 갖춰 간절하고 정성스러우니, 사람을 감동시키는 정도가 깊음은 척독만 한 것이 없을 것이다. 그러니 척독의 쓰임이 어찌 훌륭하고 크지 않은가.

그런데 우리 조선인은 척독을 작은 기술로 여겨 그 기술을 전혀 못하지는 않으나, 그 옛 것에 박학하고 지금 것에 달통하여 스스로 글을 잘한다고 내세우는 자도 이것에 있어서는 항상 눈을 휘둥그렇게 뜨고 막히며 마음과 손이 응하지 않고 속에 품은 생각을 펼치지 못한다.

이에 안타까움을 이기지 못해 옛 것과 지금의 척독을 수집하고 엮었다. 오직 바라는 것은 이 책을 읽은 여러 군자들이 붓으로 그 마음을 펼치고 사방에 문장을 도달하게 하여, 능히 간담을 토해내고 자기 형체를 잊는 친밀한 교우를 맺으며, 글 사이에서 장의와 소진을 향해 가게 된다면, 그것이야말로 미천한 나의 영광이라 하겠다.

갑인년(1914) 1월 한수(漢水) 현채(玄采).

범례(凡例)

一. 此書分上中下三編, 上篇, 活套及短札爲圭臬, 中篇, 仍上篇門類而擴張之, 下篇, 以支那歷代尺牘及海隣尺牘, 另成一編, 并附以朝鮮舊式尺牘等若干頁, 盖人之嗜好旣殊, 取捨亦異, 要之隨其意而入門, 可也.

일. 이 책은 상중하 세 편으로 나뉘어 있다. 상편은 법도가 될 만한 활투와 단찰들이고, 중편은 상편의 분류에 따라 확장하였으며, 하편은 중국 역대 척독과 해린 척독을 따로 한 편으로 하고 조선의 옛날 척독 등도 약간 면을 덧붙였다. 대개 사람이 좋아하는 바는 달라서 취하고 버림 또한 다를 것이니, 그 뜻을 따라 입문하는 것이 가할 것이다.

一. 尺牘內, 應有活套及語類, 逐一臚列, 以竢用者取裁.

일. 척독 내에는 응당 활투와 단어류가 있을 것이니 나열한 한 줄을 따라서 그것으로 사용하는 자가 취하여 재단하면 된다.

一. 各類, 分載尊丈師長平交官士商醫等名目, 其語類, 各隨尊卑品位, 分量發揮, 庶令學者依類取用, 可以暢達而分明之.

일. 각류는 존장, 스승과 어른, 평교, 관리와 선비, 장사치와 의사 등의 명목으로 나누어 실었고 그 단어류는 각각 존비와 품계에 따라 그 분량을 나눠 뽑았다. 여러 학자들은 분류대로 취하여 씀으로써 뜻을 펴고 분명하게 전할 수 있을 것이다.

一. 此書, 非秖爲文人而發, 幷欲令初學入門故, 分上下層而對照譯註之.

일. 이 책은 다만 문인들만을 위해 뽑은 것이 아니라 초학자와 입문자들도 쓸 수 있게 상하로 층을 나눠 대조하여 역주하였다.

一. 各類, 多載長輩平交, 至晚輩不甚指定, 盖詞尙謙遜, 風氣有以致之, 然則其未另列晚輩處, 均可於平交類中, 取用之.

일. 각류는 웃어른과 평교를 많이 실었는데 후배에 이르러서는 (용어를) 지정함이 심하지 않다. 대부분 겸손한 말을 숭상하고 풍기가 지극하니, 후배 부분에서 그 줄이 나뉘지 않은 곳에서는 평교 중에서 쓰는 것과 똑같이 취하여 쓴다.

一. 此書, 本之以如面談, 又傍及酬世錦囊, 幷採取名家尺牘而加減之, 又幷以已意略爲增補, 所以全編文理不能一氣呵成, 且急於編撰不得儘意做去, 安望其精且備也, 幸諸君子恕其愚而諒其情可也.

일. 이 책은 원래 얼굴을 맞대고 이야기하는 것 같고 또 곁에 세상살이에 대한 금낭을 둔 것과 같다. 명가의 척독을 뽑아 함께 두었으니 가감하여 쓰고 또 자기의 뜻을 간략하게 하여 보완해야 하니, 이는 전편의 문리가 단숨에 이루어질 수 없기 때문이다. 또한 이 책을 편찬함에 급하여 뜻을 다해 계속할 수는 없었으니 어찌 정밀하고 갖춰졌기를 바라겠는가. 제 군자께서는 우둔함을 용서하고 마음을 알아주기를 바랄 뿐이다.

중간 설명 부분 (상편 20면)

以上에 寄答八則을 集ᄒ야 定程을 作爲ᄒ얏스니 其所寫書式의 長短은 先生及尊體等에ᄂ 另行에 擡頭寫去ᄒ고 其餘光霽琅函及品行等稱도 亦然ᄒ나 倘히 擡頭處가 過多에 紙幅이 狹隘ᄒ야 敍事에 有防ᄒ거든 此等處를 空一字홈이 亦可ᄒ고

이상에 답장 여덟 칙을 모아 정해진 정식(程式)을 지었으니 그 서식을 베껴 쓰는 바의 장단점은 선생과 웃어른께는 다음 줄에 줄을 바꿔 쓰고 그 나머지 광풍제월, 귀한 서찰 및 품행 등을 칭할 때도 또한 그러하다. 그러나 혹시 줄을 바꾸는 곳이 너무 많아서 종이가 모자라 본론을 쓸 때 방해가 되면 이런 곳에는 한 글자만 비울 수도 있다.

又短札에ᄂ 秪히 時景브터 說起ᄒ고 又或劈頭에 隨卽敍事ᄒ며 結尾處에 套語幾句를 略用ᄒ고 又或套語ᄭ지 删煩就簡홈이 可ᄒ고

또 짧은 편지에는 절기부터 먼저 시작하고 간혹 첫머리부터 곧장 본론

을 말하기도 하며, 결미 부분에 투식 몇 구를 간략히 쓰거나 투식구도 생략하여 간략하게 할 수도 있다.

又以上에 尺牘活套各類와 幷히 以下에 尺牘麗句拾遺等이 俱備ᄒᆞ얏스니 修書時에 幾句와 幾節을 隨意取用ᄒᆞ되 其起頭結尾에 定式이 略有ᄒᆞ고 至於中間에 加減과 顚倒를 自任ᄒᆞ며 但히 順序成文ᄒᆞ야 變換活用홈이 可ᄒᆞ오

또 이상의 척독 활투 각 종류와 함께 그 밑에 척독여구를 보충해놓은 부분이 구비되어 있으니, 편지를 연습할 때 몇 구절을 뜻대로 취하여 쓰되 그 시작과 결미 부분의 정식을 생략할 수 있고 중간 부분도 가감하고 순서 배치를 스스로 할 수 있으니, 다만 순서대로 글을 지어 변환하여 활용할 수 있다.

又以上에 寄答八則은 長短間에 盡히 式套를 俱ᄒᆞ얏스며, ᄯᅩ 故人도 長編巨作이 多ᄒᆞ나 然ᄒᆞ나 其實을 言홀진된 尺牘이라 云ᄒᆞᄂᆞᆫ 者ᄂᆞᆫ 知舊間에 通情敍事ᄒᆞᄂᆞᆫ 것이 第一主要가 되ᄂᆞ니 今에 數行短簡에 常例를 不提ᄒᆞ고 直히 心中情緖를 明白寫去홈이 尤히 可貴홀지라. 然則邊幅과 虛飾을 崇尙하야 實事를 不求ᄒᆞ면 還히 接書人의 厭苦를 致홀 ᄲᅮᆫ아니오 幷히 自家의 主義를 失ᄒᆞ야 要緊句語를 遺漏ᄒᆞ기 易홀지니 此卽學者의 最着意處라. 此下에 古札二十則과 又附十二則을 錄入ᄒᆞ얏스니 此를 觀ᄒᆞ면 古人의 務實去華를 加知홀지라. 卽此下第一札에 諸葛亮이 關羽로 더부러 相隔이 數千里오 不見이 又數年이어늘 然ᄒᆞ나 其書中에 套語와 例言이 絶無ᄒᆞ고 但히 實事를 提及홀 ᄲᅮᆫ이니 然則 古人이 便易簡精을 爲主ᄒᆞ고 煩瑣冗雜을 不喜홈을 可知오 且式套의 繁多ᄒᆞᆫ 것은 近來 漢文家의 餘弊니 學者가 尤宜知之홀 것이라.

또 이상의 답장 여덟 칙은 길고 짧은 사이에 모두 투식을 갖추었으며 또 고인도 장편거작이 많으나, 그 실제를 말하자면 척독이라 말하는 것

은 친구 사이에 정을 통하고 이야기를 하는 것이 제일 주요한 것이다. 지금 몇 줄짜리 짧은 편지에 상식적인 예를 끌어오지 않고 곧장 마음속의 정서를 명백하게 베껴낸다면 더욱 귀한 것이다. 그러니 겉모양과 허식을 숭상하여 실제 일을 구하지 않으면 도리어 글을 접하는 사람이 괴롭게 느낄 뿐 아니라 자기가 중요하게 전할 뜻도 잃어버려 긴요한 말들을 빠뜨리기 쉬울 것이니, 이는 배우는 이들이 가장 뜻을 전해야 할 곳이다. 이 아래에 옛 편지 스무 칙과 열두 칙을 기록해두었으니, 이를 보면 옛사람들이 실제에 힘쓰고 화려함을 제거했음을 알 수 있다. 이 아래 첫 편지는 제갈량이 관우와 떨어진 거리가 수천 리요 만나지 못함 또한 몇 년이었으나 그 편지 중에 상투어나 예식의 말은 전혀 없고 다만 실제 일을 끌어올 뿐이니, 옛 사람들이 편리하고 간결함을 위주로 하고 번다하고 잡스러움을 좋아하지 않았음을 알 수 있다. 그러니 투식구의 번다함은 근래 한문가의 폐단일 뿐이니 배우는 자들이 더욱 마땅히 알아야 한다.

漢諸葛亮與關羽書

孟起, 兼資文武雄烈過人, 一世之傑黥彭[42]之徒, 當與翼德, 並驅爭先, 猶未及美髥公之絶倫逸群也 孟起는 馬超의 字오 關羽가 嘗以書로 問超人才가 可誰比ᄒ야 欲與爭雄이어늘 武侯以此答之오 美髥公은 羽가 美髥故로 云이라

한나라 제갈량이 관우에게 보낸 편지.

맹기는 문무의 자질을 겸하였고 웅건함과 열렬함이 남보다 뛰어나니

---

42 黥彭 : 회남왕(淮南王) 영포(英布)와 양왕(梁王) 팽월(彭越). 영포는 얼굴에 입묵(入墨)하는 경형(黥刑)을 받아서 경포(黥布)라고 불렸음. 둘 다 항우의 수하에 있었으나 나중에는 유방의 장군이 되어 항우를 쓰러뜨리는 데 일조했고 다시 유방에게 숙청당한 명장들임.

일세의 영포, 팽월과 같은 무리지요. 마땅히 장익덕과 나란히 앞을 다투어 달릴 만합니다. 그러나 미염공(美髯公)의 무리 중 뛰어난 절륜함에는 미치지 못합니다. 맹기는 마초(馬超)의 자이다. 관우가 편지로 마초의 재주가 누구와 비견하여 호걸스러움을 다툴 만한가 물으니, 제갈량이 이에 답한 것입니다. 미염공은 관우의 수염이 아름다워 이른 말이다.

○ 한기당, 『최신 척독대관』(1923)

정만조(鄭萬朝[43]) 서문

最新尺牘大觀序 최신척독대관서

近日俗學者, 有二病焉. 騖遠而忽近, 好古而陋今, 忽近故不切於事情, 陋今故不適於時宜. 夫四海之人, 勢不可一室之居, 則不得不以文字代言語, 是名爲書牘, 書牘非事情之最切者乎. 且人不能無貴賤少長之等夷, 而一階之尊, 一甲之長, 所敬有差, 其敬之之節, 自有現時通行之式, 爲書牘者, 何可不務適其時宜乎.

근래 속학자들에게 두 가지 병이 있다. 먼 곳에 힘써 가까운 것에 소홀함과 옛 것을 좋아해 지금을 낮추는 것이다. 가까운 것에 소홀하니 일의 사정에 절실하지 못하고, 지금을 낮추니 시의에 적합하지 않다. 무릇 세

---

43 鄭萬朝 : 정만조(1858~1936). 조선 말기의 학자. 자는 대경(大卿), 호는 무정(茂亭). 강위(姜瑋)의 문하에서 수학했다. 규장각부제학, 헌종·철종 양조의 『국조보감(國朝寶鑑)』 편찬위원을 지냈다. 1910년 이후 친일적인 경향을 띠어 조선사편수회의 위원, 경학원(經學院) 대제학 등을 역임했고 일제 하에서 『고종실록』, 『순종실록』의 편찬사무를 주재했다. 저서에 『무정전고(茂亭全稿)』가 있다.

상 사람들이 방 안에 앉아서만 살 수 없으므로 부득불 문자로 말을 대신하게 되는데, 이것이 편지를 쓰는 명분이니 편지야말로 사정의 가장 절실한 것이 아니겠는가. 또 사람은 귀천과 노소의 차이가 없을 수 없는데 한 단계의 어른과 한 갑자의 어른이 있으면 공경하는 바에도 차이가 있다. 공경하는 예절도 현재 통용되는 방식이 있으니 편지를 쓰는 자가 어찌 시의에 맞게 함에 힘쓰지 않을 수 있겠는가.

向所謂俗學者, 口誦五經章句, 手列科文六體, 而於書牘臨紙戞戞, 或辭不達意, 或違戾程式, 顯己拙而貽人笑, 不亦可羞之甚乎.

소위 속학자들은 입으로는 오경의 장구를 외고 손으로 과문의 여섯 문체를 늘어놓지만 서한을 쓰려 종이를 마주하면 끙끙거리면서 혹 말이 뜻에 닿지 않기도 하고 혹 정해진 방식에 어긋나기도 하여 자기의 졸렬함을 드러내 사람들의 웃음을 자아내니 그 부끄러움이 또한 심하지 않은가.

老友韓幾堂侍郎 以敎育後進自任, 一日叩侍郎于弼雲山莊, 破茅廛數楹, 晝無明窓, 宵無臥榻, 左圖右史, 泊然端坐, 猶手鈔蠅頭細字. 余問所鈔何書何乃苦也. 侍郎曰余閔俗學者, 以書牘爲不屑, 因是後生於書牘尤□(글자 불명)如也. 所以爲苦耳. 居數日, 手一書命曰, 最新尺牘大觀, 索敍於余. 余感歎侍郎之苦心不辭, 而爲之序. 且勉讀是書者, 知得用侍郎苦心之半庶乎, 其有成也.

노인 친구인 한기당 시랑은 후진 교육을 자임하였다. 하루는 필운산장으로 시랑을 방문했는데 기울어가는 몇 칸짜리 초가집에 낮에는 밝은 창도 없고 밤에는 누울 침상도 없이 좌에는 그림을, 우에는 역사를 놓고 단정히 앉아서는 파리 머리만 한 작은 글씨를 쓰고 있었다. 내가 무슨 책을 베끼느라 그리 고생인지 물었다. 시랑이 답하기를, 내가 속학자들이 서한을 우습게 여김을 걱정하여 이로 인해 후생이 더욱 서한을 □(글자 불명)함으로 고생을 하고 있다고 하였다. 며칠간 한 권의 책을 쓰고 '최신 척독대관'이라 이름하고는 내게 서문 써줄 것을 부탁했다. 내가 시랑이 고심을 불사함에 감복하여 서문을 지었다. 이 책을 힘써 읽는 자는 시랑의 고심의 반 정도라도 쓸 수 있다면 그 성취가 있음을 알 것이다.

庚申小春茂亭鄭萬朝書.
경신년 10월(小春)에 무정 정만조가 쓰다.

2. 주요 척독집 소재 여성 서간문

○ 노익형, 『주해부음 신식척독』(박문서관, 1920)

4번

母가 在外한 子에게 하는 書

自汝發行으로 信息이 漠然하야 頗爲關念이며 況春風이 困人太甚한데 未知伊來에 無擾穩抵하야 客況이 何如하며 所幹은 果然所聞과 如히 相反의 嘆이 無하야 就緒의 望이 有하냐 汝ㅣ 年來로 與人相關이 無非狼狽인즉 則須慎之慎之하야 僥倖의 事와 不經의 利를 勿謀하며 初面의 甘言利說을 勿信하야 一擧에 興亡이 存在함을 勿取할지어다 大抵 世事난 人力으로 强爲치 못하나니 範圍內의 分職을 順守하야 無事往返함을 切祝切祝하노라 人便이 忽忙하야 畧付數行한다

5번

答某兒 (子가 在外하야 母에게 하는 書)

一城之內에 學校에 通學할 時에도 下學後一二點이 秒過하면 常히 門을 倚하더니 今에는 他鄉에 遠離하야 不見한지 頗久하니 關念과 思戀을 不勝하야 將次病狂을 成할듯한지라 以爲하되 客館에 宿食이나 不便치아니한 지 公務에 너모 奔忙치아니한지 諸多馳慮가 無日不切터니 平信을 得見함애 慰豁이 無比하도다 一幅의 書信을 見하고도 慰喜함이 如此한즉 汝若暫時라도 來見하면 宿疴가 殆히 快祛하겟도다 近者에 公務餘況이 安勝하

다하니 喜幸^{희행}喜幸^{희행}이로다 汝^여의 客苦^{객고}난 不見可知^{불견가지}나 汝須慎之^{여수신지}하야 善攝度日^{선섭도일}

하고 家間事^{가간사}난 過慮^{과려}하지 말아라 母^모난 前日^{전일}과 如^여하고 各眷^{각권}이 別警^{별경}은 無^무하

니 多幸^{다행}하며 新穀^{신곡}이 入來^{입래}하야 粮道^{량도}난 無憂^{무우}하니 是幸^{시행}이다 送來^{송래}한 二種^{이종}의

勿^물은 義到而吾^{의도이오}ㅣ 近日^{근일}에 齒痛^{치통}으로 因^인하야 口味^{구미}가 頓減^{돈감}한 中 咀嚼^{저작}이 尤難^{우난}하

야 對飯^{대반}에 柔軟之物^{유연지물}을 是思^{시사}터니 此兩物^{차양물}이 俱是柔軟之物^{구시유연지물}이오 且味甚佳良^{차미심가량}

한 者^자라 受置獨饌^{수치독찬}하니 欣喜欣喜^{흔희흔희}라 餘^여난 客裡^{객리}의 安過^{안과}하는 消息^{소식}을 頻聞^{빈문}하기

切企^{절기}하고 畧此不一^{략차불일}한다

9번

妻^처가 在外^{재외}한 夫^부에게 하난 書^서

自來^{자래}로 喜鵲^{희작}의 靈異^{영이}함을 聞^문하온 故^고로 連日晴窓^{연일청창}에 其音^{기음}이 査査^{사사}하압기로

庶或聞信^{서혹문신}일싸하와 天際飛雁^{천제비안}을 眼孔^{안공}이 穿^천하도록 瞻望^{첨망}하압더니 春樹啼鳥^{춘수제조}

난 無聲^{무성}의 落花^{낙화}만 空恨^{공한}할 而已^{이이}오니 誰云靈鵲^{수운영작}이 知來者^{지래자}오릿가 瞻彼江雲^{첨피강운}하

오니 懷思悠悠^{회사유유}하오이다 敬詢此時^{경순차시}에 客中體度^{객중체도}ㅣ 萬安^{만안}하시오며 幹事^{간사}난

果然所料^{과연소료}에 違反^{위반}이나 無^무하오닛가 並切仰念^{병절앙념}이오며 仄聞^{측문}하온則^즉 那邊^{나변}은

從來^{종래}로 水土^{수토}가 不適^{부적}하다 하오니 飮啜之節^{음철지절}에 有損^{유손}치나 아니하시닛가 窮峽^{궁협}

店供^{점공}이 甚不宜人^{심불의인}하올쏫하온지라 朝夕對飯^{조석대반}에 自然^{자연}하온 奉念^{봉념}이 靡日不勤^{미일불근}

이오며 妾^첩은 身姑無恙^{신고무양}하압고 渾率^{혼솔}이 無故^{무고}하오니 此外^{차외}의 幸^행은 無^무하오나

凡事^{범사}에 主管^{주관}이 沒人^{몰인}하옴애 諸般困難^{제반곤란}이 自多^{자다}하온中 兒女^{아녀}의 自由活動^{자유활동}을 禁止^{금지}

키 難^난하오니 極^극히 悶然^{민연}하오이다 兒曹^{아조}의 工夫^{공부}를 時時^{시시}로 戒飭^{계칙}하오나 母之百^{모지백}

言^언이 父^부의 一舌^{일설}을 不適^{부적}하오니 此^차가 尤極悶歎^{우극민탄}이로소이다 大宅忌故日^{대택기고일}이

不遠^{불원}하오니 伊時^{이시}에는 還駕^{환가}하실쏫하와 預切欣慰^{예절흔위}하오며 畧此不備^{략차불비}하압고

以時保重^{이시보중}하심을 祝天^{축천}하나이다

答上狀 (夫가 在外하야 妻에게 하는 書)

傳來하압는 古語를 聞하옴애 別離난 男子의 堅忍한 心志로도 肝腸을 斷
盡한다 하압거든 況兒女子호며 且西風이 蕭瑟하고 霜華가 寒冷하옴애
軟弱한 心懷를 按住키 難하와 恒常遠天을 瞻望하압고 嗚雁의 嘹喨함을 側
耳하압더니 柴門이 有喜하와 親札을 奉讀하오니 喜出望外하와 再三披閱
하옴애 紙毛가 鬖髿함을 不覺하나이다 然이나 旅窓에 困難하심이 紙面에
露溢하오니 古語에 云하되 客地膏粱이 家中藜藿만 못하다하오니 店供의
鹽淡과 客館의 溫冷이 엇지 每每히 身口에 適合하시오릿가 其所困惱난
不言可想이오니 不勝悶然이오며 繼切貢慮로소이다 教示中偏房은 客裡의
供奉便宜를 圖하심이오니 妾雖不敏이오나 周南의 德化를 曾聞하온지라
엇지 些少의 嫉妬之心을 懷하야 傍人의 唾笑를 自取하오릿가 惟願良人은
便宜를 從하시고 妾은 少毫도 疑慮치 말으서서 千金貴體를 順時保重하시
와 公私에 欠點이 無케 하시면 妾의 光榮도 亦不少하올지니 엇지 家國의
景幸이 아니오리잇가 所懷를 欲爲罄陳인딕 山不高而水不深故로 止此而已
오니 撫時納祜하시고 時賜玉音하소셔

答姪兒 (姪이 叔母에게 하는 書)

相距가 綿邈하고 生涯가 係身하얏다나 音聞의 阻隔함이 엇지 如此하
랴 晝則家累에 汨沒하야 念不可及이로대 入夜寂寞한 時를 當하야 悄然히
思念하니 我家가 本來에 孤子하야 오즉 우리 大小家뿐이라 一室에 團圓함
은 已無暇論이어니와 接隣의 樂도 容易히 得지 못하고 各分南北하야 消息
이 間間頓絶하니 엇지 至情間의 可堪할 者이랴 念來念去할애 潸然한 淚가
襟裾에 霑濕함을 不覺하더니 此際에 手滋를 得接하야 憑悉履況이 安迪하

고 所幹이 매우 有望한듯하니 幸何如之리오 然而白面書生으로 元來商販의 經驗이 無한터인즉 凡事를 再三思量하고 他人의 無據한 利說을 信聽하지말아라 現今人心이 前日과 大相不同하야 可信할 者가 百에 一人이 不易하니 엇지 可懼치 아니하랴 所送의 十元金은 依數히 推用하니 緊莫緊焉이나 餘裕가 無한 生涯에 엇지 如此히 念及하얏나냐 悶然함을 不勝하노라 吾는 身姑無病하고 渾率이 均一하니 斯外에 何行이 有하랴 山茶幾束을 付送하니 一時饌用이나하야라 那邊에는 稀貴한 者인故로 付送한다 燈下에 艱草하야 不盡하노라

22번

答 (女婿가 聘母에게 하는 書)

月初에 吉夢을 得하얏더니 果然 賢婿가 쏘 靈異한 男子를 得하시도다 賢婿의 無窮한 福力은 아마 此世에 稀罕하시도다 富貴가 雙全하시고 未滿四十에 子女가 四男妹에 至하시오니 人間行樂이 모다 賢婿와 如하올진딕 (一墮人間萬種愁)의 古人詩句가 엇지 虛言이 아니오릿가 聞不勝喜悅之至하야 繼切雀躍之賀이오 兼하야 堂上諸節이 安寧하시고 賢婿도 侍奉이 淸旺하시며 女兒도 産後無恙한듯 하오니 慰不可量이오이다 聘母는 年近七旬하옴애 衰頹함이 日甚하야 吟病으로 消日이오니 悶嘆不已오며 長薑七束과 紅蛤十串을 付送하오니 笑領하심이 如何如何오 日間에 枉顧하시갯다하오니 預切欣慰하고 不宣奉狀하나이다

○ 지송욱, 『부음주석 신식금옥척독』(신구서림, 1923)

7번 (고병교 7번과 동일)

8번

(答) 家兒回見 (子가 在外하야 母親께 上하난 書)

歲暮天寒하니 舐犢之情이 此時尤切터니 卽見手墨하니 喜如見面이라 備

認殘疨에 旅履安吉하니 欣喜沒量이나 所關事務가 晝宵役役하니 旋切遠慮

라 母난 別無顯恙하고 汝의 父主氣力이 亦無大損하시고 兒孫이 善在하며

渾眷이 俱依하니 是爲可幸이라 書意를 詳悉하니 父母妻子가 團聚一室하

야 歡喜送日이 人間樂事언마난 契活이 艱寠하니 但知侍側하고 不顧生産

이면 仰事俯育이 無以自謀니 顧今事勢가 雖錙銖之金이라도 得則生이오

不得則不生이니 豈以遠遊로 爲不肖之罪리요 惟冀客外에 自重保身하야 毋

貽父母憂하고 得寸得尺을 節儉貯蓄하야 以資異日에 保家之方이어다 今日

百圓은 如數來到하야 緊用於困急하니 可幸可幸이라 餘在匪久面話不具하

노라 年月日 母答

9번(고병교 9번과 동일)

13번

(答)某侄回見 (侄이 在外하야 伯叔母께 上하난 書)

風威雪豪가 俱極酷寒한대 幸見來書하야 備認凝疨에

省履ㅣ 安勝하고 堂節이 一安하시니 慰喜沒量이라 伯母난 畏寒蟄伏하야

不能出門하고 與爐爲友하야 坐如泥塑하니 此何人斯오 汝의 伯父主諸節은

別無欠損하시고 眷下俱依하니 是幸이라 寄來冊子난 開卷暫見하니 心神이

潛着하고 意味가 漸緊하야 百遍常看이라도 猶云不厭이니 吾年이 到老에
所看諺册 非不多矣로대 未有如此册之着味着意也라 留當珍藏하야 聊作
平生要覽이로라 入冬以來로 支離長夜에 接眠을 不得하야 或看古說이라도
曾所閱覽이라 別無神奇하고 還有厭症이러니 及見此册하니 眞可謂曠世之
寶라 豈以百朋으로 可比리오 多感多謝라 不宣答하노라 年月日 伯母答

18번

(答)外孫回見 (外孫이 外祖母께 上하난 書)

天寒窮蔀에 歲色이 垂暮하니 天時人事가 俱是相催라 際玆懷想이 正是
難耐러니 幸覩書信하니 喜出望外라 備認殘沍에
旅況이 安好하고 社務擴張하니 滿心欣慰에 楮難盡述이라 外祖母난
長時寒疾로 擁衾而臥하고 汝의 外祖父난 以咳祟로 恒在枕席하시니 衰老
人事가 元是例症이라 勢使奈何오 惟以兒輩與渾眷이 無警으로 爲幸耳로라
書意난 詳悉하고 其間에 汝之父母書信에도 家內形便을 畧聞이어니와 世間
艱窶者가 十居八九하나 豈有如汝家之尤甚者乎아 寸布尺帛을 無以求得하
니 赤身이 裸立이오 一米半粒을 莫可取貸하니 全口僵臥라 里人이 但謂以
必死하고 朋友가 莫救以聊生하니 惟死以外에난 萬無一計러니 汝之父子가
本以德義로 至死之境이라도 行一不義하고 爲一不德을 秋毫無犯故로 皇天
이 矜憐하샤 至有今日에 會社成立하야 衣食之資가 得以無憂하고 第宅之居
가 足爲安庇하니 老身從此로 死無餘恨이라 付送海物及幣貨난 如示來到이
나 言念往昔에 竿頭之勢하면 錙銖之金과 毫末之利를 豈有饋遺之暇리오
一以勤儉貯蓄으로 爲矢心하야 但務陶朱之術을 爲望이오 歲初來見은 預切
欣企로라 姑留不具答하노라 年月日 外祖母答

26번

(答)某郎侍丌回照 (女婿가 聘母께 上하난 書)

古來稱仲春三日이 爲文昌降日이라 하니 君家貴兒가 此日適生이 尤極
稀貴라 今聞此報하니 懽天喜地에 自不覺手之舞之하고 足之蹈之로라 尤況
外貌骨格이 酷肖其祖父云하니 異日之望이 奚止克家리오 施之大廈에 棟樑
之用을 可擬오 濟之巨川에 舟檝之用을 可期할지라 從此로 門閭가 尤爲
高大하고 祖先에 尤爲有光하리니 此兒난 必是天上에 文昌星이 降精이로
다 今卽急往하야 欲見狀貌하나 其在外人하야 有嫌拘忌故로 未得如意하
니 身雖在此하나 心專在彼로라 乳母난 自正初以來로 招置家中하고 等待
久矣라 回趾伴送하니 房舍를 必擇其精潔居處하고 接待之節도 極盡其殊優
하라 幼兒乳哺도 人之有乳면 未必皆哺라 極加審愼이니 此女가 本以良家
女子로 早年寡居에 幸有一子하니 乳道自足하고 自幼天性이 寢不側邊하고
坐必正席하고 食必割正하고 耳不聽淫하고 目不視惡하니 如此然後에야 方
可謂乳母라 顧此行色이 乳母雇聘은 決不欲聽從이나 生孩時로 吾家成長하
야 出嫁時에 吾家成婚하니 吾有一言이면 至死不辭할지라 所以勉從이니
以此諒存하야 毋或輕忽하고 極加優待가 如何오 第俟三朝하야 卽當往見이
오 留不縷하노라

○ 고병교, 『대증보 무쌍금옥척독』(회동서관, 1932)

7번 (지송욱 7번과 동일)

答 某孫回展 (孫이 在外하야 祖母께 上하난 書)

自汝出門으로 左右無人하야 暮年寂寞이 正難遣懷러니 幸接來書하야 仍
審比寒에 旅履安好하고 所營事爲가 漸至就緒하니 何喜何幸이리오 祖母

난 數年以來로 每於多寒에난 以不寐症으로 爲苦러니 至於今多하야난 尤

有甚焉하야 十時以前은 家人이 會座하야 或作談笑하고 或觀兒戱라가 十

時以後난 各歸其所하고 仍就寢席하야 輾轉不寐하야 通宵作苦라가 每爽之

時에 少得接目하니 支離長夜를 何以堪耐리오 爲是切悶터니 此送女人을

觀其外貌하니 精緊簡黙이 見於辭色하야 凡事可堪을 從可知矣오 稗說讀册

을 數宵聽過하니 非徒心寓耳傾이라 有時乎甘眠을 頻成하니 如此罕世之人

을 何處得送하야 使此衰老로 得爲消遣가 汝之誠孝난 眞可謂出天이라 甚

庸嘉悅이로다 姑留不具하노라

8번

答家兒 (子가 在外하야 母의게 上하난 書)

汝의 年幼未擧함으로 母子의 至極한 情理를 分離하고 四顧無親한 遠地

에 客苦난 擧論할바이아니나 安否도 天涯갓치 通키 어려우니 時時焦思하

난 心懷난 實로 測量키 難하다 近來에 陰曆의 廢址됨은 전혀 生覺지 못하

고 於心에 歲時에난 必히 歸家하리라 하고 臘月性間부터 望眼이 欲穿토

록 苦待하얏더니 念八日에 下來치 못한다난 書信을 得見함의 心念이 解弛

하고 胸懷ㅣ 鬱鬱하야 所謂換歲라고 아조 無味히 지냇스며 汝의 父親쎄옵

서도 平時에난 그다지 思念치 아니하시더니 當此新正하시와 前隣後里에

汝와 갓흔 少年이 新衣를 着하고 成群作隊하야 歲拜來往함을 보시고 家中

에서난 汝妻의 感懷를 惹起할가 念慮하셔서 顯露치난 아니하시나 間或

感歎의 辭色의 發露되시니 엇지 悶罔치 아니하겟나냐 手書를 得見하니

身狀은 平吉한듯하나 汝亦思親之懷가 溢於紙面하니 憐悶不已하노라 卒業

期限이 不遠하다하니 幸히 工課를 篤實히 하야 優等을 期圖하야 五六年

客苦를 虛負치 말고 門戶를 光榮하야 隣里의 欽羨하난 바가 되게 하여라

心撓不一하노라

答夫君回啓 (夫가 在外하야 妻의게 與하난 書)

一馬昔往엔 楊柳依依러니 雙鯉書回에 木葉이 蕭蕭하니 中間日月이 遠踰

歲週라 拜審秋冷에

旅體度ㅣ 連護萬安하시니 伏慰不任이나 道路僕僕에 安歇이 無暇하시니 窃爲大悶이오이다 婦난 身家無故하고 舅姑主諸節이 無甚有損하시며 幼兒도 善苗하니 情私萬幸이니다 喻示난 雖無此囑이나 爲人媤하야 舅姑 孝養은 當然한 道理오 爲人母하야 兒子敎導난 自在한 責任이오 主中饋하 야 家事整理난 固有한 職分이니 何用遠慮하야 至有此煩乎잇가 毋煩遠慮 하시고 客外風霜에 加餐自重하시며 商路興業을 務圖吉利하사 家産凡百이 秒得餘足이어든 整裝言歸하시고 毋作久旅受苦之人하소서 姑留不備謝上 하노이다

10번

答某侄 (從子가 伯母쎄 上하난 書)

相距가 秒遠하고 生涯가 係身이나 莫往莫來가 一至於此耶아 書則多事 하야 念不可及이로되 深夜人靜한 時를 當하야 兀然獨坐에 左思右想하니 本來 繁族치 못한 大小家나마 一室에 團聚함은 姑捨하고 接隣의 樂도 不易 하니 泫然한 淚水가 沾襟함을 不已하는 中 近者에 至하야난 書信까지 間間杜絕되니 感歎之懷를 實難裁抑이로다 得見手墨하야 身狀이 有欠이라 하니 聞甚爲慮이며 營業에 從事함은 奇特이나 白面書生의 經歷이 秒無한 則 무삼 多大한 利益이 有하야 六七家眷을 接濟한 餘暇에 祭需錢을 如此히 寄送하엿나냐 還切悶然이로다 伯母난 渾率이 無警하나 農務에 奔走하야 間隙이 少無하니 口腹生涯가 一直如是耶아 可歎且呵耳라 山菜若干을 付送 하니 京城에는 稀貴한 者이라 一時饌需나 하여라 燈下에 眼昏하야 畧草不

^일
一하노라

18번

답 외손 서 외손 외조 모 상 서
答外孫書 (外孫이 外祖母께 上하난 書)

인 지 소 육   천 부 동 만 부 동   유 오 노 욕   유 유 일 넘   여 급 여 모   차 생
人之所欲이 千不同萬不同하나 惟吾老欲은 悠悠一念이 汝及汝母를 此生

미견   주 즉 사 념   야 즉 혼 거   기 호 성 병   욕 망   미 수
에 未見할가하야 晝則思念하고 夜則魂去하야 幾乎成病하나 欲望을 未遂

의외   수자   접견   여   생후 초 문자   재삼 피열   기 희 쌍
터니 意外에 數字를 接見하매 汝의 生後初文字이라 再三披閱하고 奇喜雙

지   명춘   여 급 여 모   일시 병 지   노욕   성취   예선 흔
至이며 明春에난 汝及汝母가 一時幷至한다하니 老欲이 成就될 듯 預先欣

약   굴 지 이 대   차시 세 색   박모   시황   연길   부모
躍하야 屈指以待하며 此時歲色이 薄暮한대 侍況이 連吉하고 汝의 父母도

의 전   실업   착수   작일   강보 유아   어언 장성
依前하다하며 實業에 着手한다하니 昨日갓치 襁褓幼兒가 於焉長成하야

거대   경영   능   운모   경행 만만   여 수 처 사 상밀   접 인 공근
巨大한 經營을 能히 運謀하니 景幸萬萬이며 汝須處事詳密하고 接人恭謹

상판 매매   박리다매   위주   조모 차 언   간폐   명기
하라 商板賣買에도 薄利多賣가 爲主이니 祖母此言을 肝肺에 銘記할지어다

해의 생 치   시 귀 품 이 여 시 다수 부송   거가 포식   차후   절물 여 차
海衣生雉난 是貴品이며如是多數付送하야 擧家飽食이나 此後에난 切勿如此

야   증 돈 일 수   송부   이위 세수 지용   고 차
也하라 蒸豚一首를 送付하니 以爲歲首之用하라 姑此하노라

19번

답 표 질 서   표 질   외숙모   상   서
答表侄書 (表侄이 外叔母께 上하난 書)

춘간   숙질   대좌   전무후무   한발   비경   별후
春間에난 우리 叔侄이 對坐하야 前無後無한 旱魃을 備經하엿더니 別後

미기   공전절후   림우   삼 하 연 주   전답   성천   실 소
未幾에 쏘 空前絶後한 霖雨가 三夏連注하매 田畓이 成川하고 人畜이 失所

상전벽해   환 작   숙모   요행   가내   무고   신 건 가 사
하야 桑田碧海를 幻作하엿스며 叔母난 僥倖이 家內난 無故하나 新建家舍

동 패 서   산 구 농 기   몰수 표산   일변 벌목 구옥   일변 매입
가 東沛西躓하고 産具農器가 沒數漂散하매 一邊伐木構屋하고 一邊買入

물산   형제 분호   흡사   행년 육십   가탄 가소   속담   오비
物産하야 兄弟分戶함과 恰似하니 行年六十에 可歎可笑이며 俗談에 吾鼻가

삼척   급 념   표 표   서신   시봉   평길   기 근 처
三尺이라 及念치못하엿더니 料表에 書信을 비겨 侍奉이 平吉하고 其近處

포변   유 이   우수   창일   원 독 침해 무
난 浦邊과 有異하야 雨水가 漲溢치아니하야 垣屋의 浸害가 無한듯하니

위 희 교 절   간자   현질   지방 학무   시찰   응당 차 근 린 읍
慰喜交切이며 間者에 賢侄이 地方學務를 視察하엿다하니 應當此近隣邑에도

來過하엿슬듯 可謂過門不入이라 推恨無已하고 愁亂中畧盡하노라 年月日

外叔母答

23번

侄兒回見 (姑母께 上하난 書)

輪船과 鐵道난 無하나 매양 郵便의 往還을 證驗하매 五六日에 不過하기
로 去月書字도 出付한 後 六日만 苦待하더니 昨日싸지 二十餘日을 經過하
되 回信이 漠然한 故로 間者秋霖에 道路가 不通인가 賢侄의 事務난 出張이
頻煩하다하매 公務를 因하야 地方에 在한가 하야 色色의 思念이 書字를
未付하기 以前에 倍加하더니 不意에 身病으로 一望間이나 喫苦하엿다하
니 賢侄의 謹愼하는 天稟으로 他慮는 無하거니와 感冒滯祟에 如是見苦云
耶아 遠外喫驚이며 幸히 病根은 祛去하엿다하나 此際에 加一層注意할지
어다 病加於少愈하나니 支離한 勞力과 生冷한 食飮을 切禁勿近할지오
廣潤한 公園等地에 新鮮한 空氣를 吸收散步하고 散步吸收하야 活活發發하
면 不啻蘇完而已라 健康의 一妙方이니 幸卽試之어다 姑母는 老病이 幸無
添症하니 是幸이며 家兒의 工課난 僅免浪遊而篤工云稱善云者난 虛譽濫稱
이오 女兒난 雖曰學校出身이나 刺繡와 學科가 尙此初步를 未免하야 繼續
硏究中이며 賢侄의 要求한바 繡囊은 曾前부터 留念한 者가 有하다하기
寄送하며 多少난 慎攝面唔를 切望하노라

26번

답봉장 (여서가 빙모께 상하난 서) = 노익형 22번과 동일

27번

姨姪奉答 (姨姪이 姨母끠 上하난 書) = 노익형 19번과 유사

헌 반   추 월   연 명   야 외   상 풍   처 량   추 창 간 운   실 내
軒畔에 秋月이 姸明하고 野外에 霜楓이 凄凉하매 推窓看雲타가 室內에

환 입   안 두 일 몽   유 유 만 만   소 도 일 처   형 제 상 봉   정 화 미 미
還入하야 案頭一夢이 悠悠漫漫하야 所到一處에 兄弟相逢하야 情話娓娓터

의 외   형 주   하 서   현 질   수 찰   일 시 쌍 지   몽 불 허 사
니 意外에 兄主의 下書와 賢侄의 手札이 一時雙至하엿스니 夢不虛事이라

위 희 차 하   간 래 궁 추   형 주 기 후   만 안   보 권   균 의   암
慰喜且荷이며 間來窮秋에 兄主氣候ㅣ 萬安하시고 普券이 均依타하니 暗

합 소 축   이 모   상 풍   촉 감   해 수   발 작   다 일 전 극
合所祝이며 姨母난 霜風에 觸感함인지 咳嗽가 發作하야 多日轉劇하매

가 아   매 약 차   기 근 지   홀 홀   왕 환   형 주   진 배
家兒가 買藥次로 其近地까지 갓다가 忽忽히 往還함으로 兄主씌 進拜치 못

지 금   죄 송 미 안   거 역 차 의   형 주   상 서   현 질
함을 至今것 罪悚未安타 하며 渠亦此로 兄主씌 上書한다 하더니 賢侄이

선 지   기 내 용   부 지   창 신 무 정   연
先知하엿스니 其內容은 不知하고 엇지 悵薪無情타 아니하엿스리오 然하

해 증   소 가   심 행   여   병 요 간 초   불 능 주 실
나 咳症은 少可하니 甚幸이며 餘난 病撓艱草하고 不能周悉하노라

○ 강은형, 『부음주해 신식유행척독』(대성서림, 1929)

14번

처   재 가   부   기   서
妻가 在家하야 夫게 寄하난 書

륜 선   총 총 한   편   발 행   공 규 일 월   절 서   일 변
輪船의 悤悤한 便으로 發行하신 後에 空閨日月이 節序가 一變하온지라

교 수 요 망   비 안   허 도   서 풍   소 삽   구 곡   촌 단
翹首遙望하오매 飛雁이 虛度하고 西風이 蕭颯할 뿐이오니 九曲이 寸斷함

난 감
을 難堪이오이다

복 유
伏惟컨대

여 체 후   일 향 안 왕   첩   경 중 안 색   일 감   의 대   자 완
旅體候ㅣ 一向安旺하시오닛가 妾은 鏡中顔色이 日減하와 衣帶가 自緩하

하 일   부 서   재 거   륜 선   회 도   전   차 병   우 중
오니 何日이라도 夫壻를 載去하온 輪船이 回棹하기 前은 此病이 尤重할가

추 의   일 건   우 편   부 납   사 수   정 하 황 국   미 조
하노이다 秋衣 一件을 郵便으로 付納하오니 査收하시고 庭下黃菊이 未凋

전   환 차   기 절   무 궁   사 단   여 산 여 해
하기 前으로 還次하심을 跂切하노이다 無窮하온 事端은 如山如海하오나

생 략
省略하노이다

연 월 일   실 인   성 명   상 서
年月日 室人 姓名 上書

15번

답 (부夫가 재외在外하야 처妻에 기奇하난 서書)

答 (夫가 在外하야 妻에 奇하난 書)

석昔에 왕往하실 시時난 만수萬樹에 선성蟬聲이 요란擾亂하더니 금今에 사思호매 천산千山에 백설白雪

昔에 往하실 時난 萬樹에 蟬聲이 擾亂하더니 今에 思호매 千山에 白雪

이 분비紛飛하오이다 주소晝宵의 현망懸望이 일구일심日久日深하옵든 차此에 안서雁書를 봉람奉覽하옴애

이 紛飛하오이다 晝宵의 懸望이 日久日深하옵든 此에 雁書를 奉覽하옴애

광제光霽를 대對하온 듯 희열喜悅하옴을 비유譬喩키 난難하오며 부교俯教하옵신 바 감지甘旨의

光霽를 對하온 듯 喜悅하옴을 譬喩키 難하오며 俯教하옵신 바 甘旨의

공供과 아배兒輩의 교육教育은 첩妾의 본분本分이온즉 엇지 일각一刻인들 나태懶怠히 하오릿가

供과 兒輩의 教育은 妾의 本分이온즉 엇지 一刻인들 懶怠히 하오릿가

세하歲下에 환가還駕하실가 망望하오며 답례答禮를 불비不備하오니 복걸伏乞 조안調安하옵소서

歲下에 還駕하실가 望하오며 答禮를 不備하오니 伏乞 調安하옵소서

연월일年月日 실인室人 성명姓名 상 답서上答書

年月日 室人 姓名 上答書

16번

부주전父主前 상 답서上答書 (부 재외父在外하야 여아女兒에 기奇하난 서書)

父主前 上答書 (父在外하야 女兒에 奇하난 書)

복모 간절伏慕懇切하옵든 차次에 하서下書를 복승伏承하와

伏慕懇切하옵든 次에 下書를 伏承하와

여차 기력旅次氣力이 만안萬安하압심을 복실伏悉하오니 복위伏慰하와 하성下誠에 무임無任이오이다

旅次氣力이 萬安하압심을 伏悉하오니 伏慰하와 下誠에 無任이오이다

여식女息은 침식寢食이 여일如一하옵고 자후慈候ㅣ 조안粗安하시며 남형여제男兄女弟가 구 위무 탈俱爲無頉하압

女息은 寢食이 如一하옵고 慈候ㅣ 粗安하시며 男兄女弟가 俱爲無頉하압

고 대소제절大小諸節이 일양一樣무사無事하오니 복행 하달伏幸何達이로소이다 취복백 소위 과공就伏白所謂課工은

고 大小諸節이 一樣無事하오니 伏幸何達이로소이다 就伏白所謂課工은

별반 지각別般遲刻의 흠欠은 무無하온바 근간近間은 당급當級으로 특별特別히 수공 과정繡工課程을 첨가添加하야

別般遲刻의 欠은 無하온바 近間은 當級으로 特別히 繡工課程을 添加하야

기 학술其學術이 심甚히 자미滋味가 유有하오이다 근근近近히

其學術이 甚히 滋味가 有하오이다 近近히

환차還次하신다 하오니 희심喜心을 불이不已하옵고 답백答白을 불비不備하압나이다

還次하신다 하오니 喜心을 不已하옵고 答白을 不備하압나이다

연월일年月日 여식女息 명名 상 답서上答書

年月日 女息 名 上答書

17번

부주전父主前 상백시上白是 (출가出嫁한 여女가 부父에 상上하난 서書)

父主前 上白是 (出嫁한 女가 父에 上하난 書)

문 안 상백問 安上白하오며 복 불심伏不審컨대 차시此時에

問 安上白하오며 伏不審컨대 此時에

기체후氣體候ㅣ 일향 만안一向萬安하압시고 형급제매兄及弟妹가 안 시安侍를 구득俱得하온지 복모 구구伏慕區區하

氣體候ㅣ 一向萬安하압시고 兄及弟妹가 安侍를 俱得하온지 伏慕區區하

와 하성下誠에 불임不任이오이다 식息은 존정尊庭이 일안一安하압고 아배兒輩도 무 탈無頉하오니 복행伏幸

와 下誠에 不任이오이다 息은 尊庭이 一安하압고 兒輩도 無頉하오니 伏幸

이로소이다 就伏白今番에 丈夫의 述喩를 聞하온즉 慈主께옵서 老産으로
得하압신 稚弟의 乳母를 求하신다 하오니 比隣에 年滿한 婦女가 有하야
兒生數朔에 乳道가 甚足하고 備德이 純至하온지라 乳弟를 爲하와 此母를
選納코저 하오니 家庭에 議下하시와 可否를 下敎하압심 伏望하압고 是白
을 不備하노이다

年月日 息 名 上書

18번

母主前 上書

歸寧의 行次를 作하옵신 後로 慈愛하시난 顔色을 久違하오니 向慕懇切
이오며 伏審컨대 此時에

氣體候ㅣ 安康하옵시고 外祖主兩堂氣力이 無欠하시며 弟輩도 善哺하난
지 晝宵로 伏慕하와 下誠에 不任하노이다 女息은 嚴庭省節이 泰安하시오
며 兄姊가 安侍하고 所謂課工은 如常히 受業하오나 近日은 敎師가 遞任되
야 敎導의 方法이 前日과 不同함으로 今回試驗에 落第가 되얏사오니 愧悚
이오이다 餘萬은 速히 還次하심을 伏祈하옵나이다

年月日 女息 名 上書

答女兒

汝를 思함이 時切하더니 手滋를 適見하야 家內ㅣ 無故함을 備悉하니
慰幸慰幸이며 汝의 課業은 今에 비록 落第하얏다 하나 間寒이 無하다 하
니 幸甚이로다 尤當勉力하야 後日을 可圖하라 오즉 女子界에 學問이 普及
지 못함은 識者의 咄嘆하는 바이니 汝난 孜孜不厭하라 歸期가 不遠하기로
留하지 못하고 不盡이라

年月日 母 書

19번

出嫁한 女가 母에 上하난 書

膝下를 離하야 慈顔을 違함으로브터 天氣ㅣ 酷熱하오니 下懷가 伏鬱하
오이다 伊來에 氣力이 一向萬康하압시고 諸節이 均吉하시온지 伏慕하와
下誠이 不任이로소이다 女息은 媤門에 入하온 後로 尊舅姑의 寬恕하심을
蒙하와 時日의 經過가 無頉하오니 伏幸何達이오며 餘난
安候를 種種繼承하옴을 伏祝하옵고 白을 不備하노이다
年月日 女息 名 上書

女兒奉答

百兩으로 汝를 送함에 粧구가 未備하야 未洽之歎이 於心에 恒切이나
此난 家庭婦女의 瑣碎之愁에 不過하더니 今에 所示를 見한즉 媤門에 得容
하야 咎責이 別無하다 하니 他門의 仁恕난 汝의 幸福이로다 吾의 懸望은
是外에 無過하니 尤當히 君子를 承順하고 舅姑를 孝奉하라 吾난 全率이
無故하니 親家로난 念慮치 말나 只此不多라
年月日 母 手答

20번

出嫁한 孫女가 祖母에 上하난 書

尊堂問候를 久闕하오니 向慕의 誠이 悠悠不息하오며 忽然秋風이 甚高하
온데 伏審컨대
氣力이 神護萬旺하시오며 兩親이 安侍具寧하옵고 第節이 均康하시온
지 下誠에 伏溯不任하노이다 孫女난 媤家ㅣ 一安하오며 身亦無故하오나
親庭을 遠離하와 安候의 承聞이 缺闊하오니 念念不捨로소이다 繡囊壹個
를 奉上하오니 領納하옵소서

金安을 伏祈하오며 伏白을 不備하노이다

年月日 孫女 名 上書

孫女奉答

汝의 于歸를 行할 時에 桃花가 灼灼하드니 今에 汝를 思하매 楓菊이
秋를 爭하도다 老去心緒가 政是紛亂터니 汝의 書를 見하고 汝의 無頉함
을 知하니 慰幸이 多大로다 然이나 汝가 親家를 向慕不已함은 人情의 所
因然이나 親父母兄弟를 遠離함은 女子의 當分이니 決然히 私情을 不循하
고 大體를 恪守하야 他門에 容納하야라 製送한 繡囊을 見한즉 手品이
前日보담 優良한 듯하니 針刺를 極히 注意하야 良好한 成績을 得케 하라
餘난 昏擾不及이라

年月日 祖母 答

21번

出嫁한 孫女가 祖父에 上하난 書

拜辭하온 後에 居然히 新舊歲가 經過하오니 恐喜의 心이 交切하오며
此時元正에 氣候ㅣ 萬安하옵시고 大小ㅣ 安吉하시온지 伏慕之情이 下誠에
不任이로소이다 孫息은 媤宅省率이 無警하오니 伏幸이오며 尊舅께옵서
年來로 經營하시든 女子學校를 設立하시여 校舍를 莊前에 建築하고 學徒
를 募集하야 教授를 實行하옵는 바 息으로 教師의 責任을 負擔케 하신지
라 아즉은 生徒가 零星하와 息의 學識으로 하야도 能히 教授를 堪耐함즉
하오되 將次 相當한 教師를 雇聘한 後에 謝免코저 하노이다 餘는 不備하
노이다

22번

尊舅(존구)主前(주전) 上書(상서) (子婦(자부)가 尊舅(존구)에 上(상)하난 書(서))

問安(문안)을 伏白(복백)하오며 不審(불심)커이다 此時(차시)에 氣體候(기체후)ㅣ 一向(일향)萬安(만안)하옵시며 大小(대소)ㅣ 一安(일안)하압신지 伏慕(복모)區區(구구)하와 下誠(하성)에 不任(불임)하나이다 子婦(자부)는 身狀(신장)이 無頉(무탈)하압고 親家(친가)ㅣ 依前(의전)하오나 乳兒(유아)가 數日前(수일전)브터 肝氣(간기)가 復發(복발)되야 恒時(항시)로 充實(충실)치 못하오니 悶沓(민답)하옴을 不勝(불승)이오나 此祟(차수)는 거의 本證(본증)이온즉 過慮(과려)치 勿(물)하심을 伏祝(복축)하노이다 秋成後(추성후)에는 還省(환성)하겟사오니 下燭(하촉)하옵소서 餘(여)는 氣力(기력)이 康健(강건)하심을 伏祝(복축)하옵나이다

23번

尊姑(존고)主前(주전) 上書(상서) (子婦(자부)가 尊姑(존고)에 上(상)하난 書(서))

人力車(인력거)回便(회편)으로 安寧(안녕)히 行次(행차)하시온 일 듯자온 後(후)로 다시 數日(수일)을 問候(문후)ㅣ 積阻(적조)하오니 下情(하정)에 伏悵(복창)하와 하오며 伏不審(복불심)커이다 日來(일래)에

旅中(려중)氣體候(기체후)ㅣ 一向(일향)萬安(만안)하옵신지 伏慕(복모)하와 下誠(하성)에 不任(불임)하노이다 子婦(자부)는 省節(성절)이 依昨(의작)하오며 家中(가중)이 無故(무고)하와 伏幸(복행)이로소이다 就伏告向者(취복고향자)에 彼處(피처) 某夫人(모부인)의 付托(부탁)을 受(수)하온 老松棲鶴圖(노송서학도)를 今(금)에 了工(료공)하앗삽기로 簇本(족본)을 此回(차회)로 付上(부상)하오니 垂覽(수람)하옵소셔 他人(타인)의 眼目(안목)에 棄物(기물)을 免(면)치 못할가 恐(공)하노이다 餘(여)는 金安(금안)을 伏祈(복기)하노이다

答子婦書(답자부서)

離(리)한진 數日(수일)에 懷想(회상)이 政緊(정긴)하드니 汝(여)ㅣ 今(금)에 書(서)를 送(송)하야 慰問(위문)하고 家中(가중)이 安過(안과)하다 하니 欣幸(흔행)이 良大(량대)며 伴送(반송)한 簇子(족자)는 卽時(즉시)로 某家(모가)에 納(납)하매 一門(일문)男女(남녀)ㅣ 咸集(함집)하야 觀覽(관람)하드니 汝(여)의 手法(수법)을 一口(일구)稱道(칭도)하는지라 吾(오)는 其(기) 畫法(화법)을 不知(부지)하나 足(족)히 他家(타가)의 收用(수용)됨을 見(견)하고 喜愛(희애)함을 不捨(불사)하노라 姑留(고류)하고 不及(불급)이라

24번

^{사매봉장} ^{사형} ^{재외} ^{사매} ^기 ^서
舍妹奉狀 (舍兄이 在外하여 舍妹에 寄하난 書)

^{방초 교남} ^{별래일구} ^{간운} ^회 ^{시일} ^{구장} ^{리자}
芳草橋南에 別來日久하니 看雲의 懷가 時日로 俱長이라 履玆에

^{시봉} ^{청길} ^{당후} ^{쌍안} ^{아배} ^{무탈} ^{원문} ^{사형}
侍奉이 淸吉하고 堂候ㅣ 雙安하시며 兒輩가 無頉한지 願聞이로라 舍兄

^{객거} ^{다시} ^{려미} ^{유감} ^{시행} ^{한중백일} ^{일년} ^여
은 客居한지 多時에 旅味가 猶甘하니 是幸이며 閒中白日이 一年과 如한데

^{면여} ^가 ^{일기 책중} ^{연필} ^{황망} ^초 ^{소포 내} ^포
眠餘를 暇하야 日記冊中에 鉛筆노 荒忙이 招한 것이 有하기 小包內에 包

^송 ^{정열} ^후 ^{모필} ^{인찰지} ^{등사} ^{후일 참고} ^{충용}
送하노니 精閱한 後에 毛筆로 印札紙에 謄寫하야 後日參考에 充用케 하기

^망 ^{환가} ^{정기} ^{고무} ^{이차지실} ^{지자} ^식 ^{불구}
를 望하노라 還家는 定期가 姑無하니 以此知悉하라 只此오 式을 不具라

^{사형 주전} ^{상 답서}
舍兄主前 上答書

^{봉별} ^{일구} ^{회상} ^{복절} ^차 ^{안소} ^{복승} ^{차간}
奉別이 日久하와 懷想이 伏切하옵든 次에 雁素가 伏承하와 此間에

^{여중 기거} ^{만안} ^{비심} ^{복위 만천} ^{사매} ^{성사}
旅中起居ㅣ 萬安하심을 備審하오니 伏慰萬千이오이다 舍妹는 省事에

^{조안} ^{대소} ^{안도} ^{복행} ^{금회} ^{하송} ^{일기 초}
粗安하시며 大小ㅣ 安度하와 伏幸이로소이다 今回에 下送하압신 日記抄

^{복열 미득} ^{정사} ^{하교} ^{봉부} ^{단 서법} ^{선량}
는 伏閱은 未得하엿사오나 精寫의 下敎는 奉副코저 하오되 但書法이 善良

^공 ^{환가} ^기 ^상 ^{지정} ^무 ^{복민}
치 못할가 恐하노이다 還家하실 期는 尙히 指定이 無하오니 伏悶이오며

^여 ^{편망} ^{답례} ^{불비} ^{금안} ^{복기}
餘는 便忙하와 答禮를 不備하압고 金安하심을 伏冀하압나이다

25번

^{자주 전} ^{상서}
姊主前 上書

^{이향} ^{세색} ^{장모} ^{홀견} ^{유유} ^{향사} ^{타신} ^{배절}
異鄕에 歲色이 將暮함을 忽見하오니 悠悠한 鄕思가 他辰보담 倍切하오

^{복유컨대} ^{구력} ^{무 다}
이다 伏惟컨대 舊曆이 無多하온데

^{시체 후} ^{수시 강왕} ^{제 절} ^{균 시 태평} ^{원외} ^{복 소}
侍體候ㅣ 隨時康旺하시며 諸節이 均是泰平하오닛가 遠外에 伏溯하와

^{하침} ^{무임} ^{사제} ^{객미} ^{일여} ^{평장랑종} ^{도연} ^{귀익}
下忱에 無任이오이다 舍弟는 客味가 一如하오나 萍場浪蹤이 徒然히 歸翼

^실 ^{간금 세모} ^{귀녕} ^{수성} ^{시하} ^{인사} ^{소조}
을 失하와 看今歲暮하온데 歸寧을 遂誠치 못하오니 侍下의 人事가 所措를

^{망지} ^{장차 래춘} ^{기대} ^{환성} ^{이차 량촉} ^{고당}
罔知하오며 將次 來春을 期待하야 還省코저 하오니 以此諒燭하시고 高堂

에 代稟하심을 伏望하노이다 語澁하와 備禮를 不能하노이다

答舍弟書

君이 出外함이 幾時가 經過하얏는고 今에 盆上臘梅가 已綻함을 見하고 歸家함을 冀待하드니 書中의 所陳이 必竟은 春後로 還來한다 하니 愴懷를 曷已리오

雙親이 堂上에 在하시야 菽水의 供을 다른 兄弟가 孝養한 者이 無하거늘 君이 他鄕에 過歲함은 道理에 不可하도다 白髮老親이 時로 倚門의 望이 尤切하시니 此ㅣ 人子의 忍爲한 事이리오 不日促裝하야 還省함을 唯望하고 餘는 只此不式하노라

26번

舍姪奉答 (舍姪이 在外하야 姑母에 上하난 書)

隔年之餘에 汝를 遇하야 旋卽退去하니 汝의 顔을 夢中에 一見함과 恰如하도다 傳素를 受하야 旅履ㅣ 安詳함을 備知하니 慰幸이며 姑母는 家眷이 無故하기 如昨하다 郵送한 乾魚兩種은 食料의 貴重品이라 彼處는 産地가 雖近하나 價格이 猶高할지어늘 多數한 物을 購送하니 客地에 濫用함이 心猶不安이로다 回期는 那間에 在하겟나냐 詳聞키를 願하고 姑留不備하니 旅況을 珍攝하라

27번

奉答媤叔書 (媤叔이 在外하야 兄嫂에 上하난 書)

再度郵函은 次第로 領悉이오며 今晩에 驛夫ㅣ 荷物을 配達하압기 物標證의 箇數를 依하야 一一이 收納하얏나이다 此際潦炎이 過度하온데 旅體ㅣ 淸穆시온일 慰賀良深이옵고 錦還의 喜報는 豫定한 日字가 甚近

하오니 何等欣幸이오잇가 夏熱에 萬萬旅安하옵소서

28번

弟嫂가 在家한 媤伯에 上하난 書

行旆하시온지 星霜이 累易하온지라 郵寄하시는 家函을 連次憑承하오나 問候의 禮를 尙此未修하와 罪悶하옴을 形喩키 難하오이다 今番에 伏聞하온즉 家眷의 全部를 滿洲地方으로 移率하신다 하오니 果然 可決하신 事인지 未知하오나 往年에 親家再從叔게옵서 西間島로 移住하온지 二個年이 未滿하야 率去한 財産을 狼狽하고 還歸한 事이 有하온지라 今에 此를 擧하심은 不可하온 經營인가 思唯하오니 伏乞裁諒하옵소서

旅次氣候ㅣ 安康하심을 敬請하노이다

31번

答 (女壻가 岳母에 上하난 書)

女兒를 送한 後로 每夜에 夢兆가 乖常하야 心緖를 難定터니 手墨을 接하와 女兒의 證勢를 聞하옵고 我의 夢事를 推測하온즉 胎點이 分明하오이다 深慮치 마옵소서 胎中에는 漢藥도 極히 擇用할 것이여늘 洋藥을 用함은 더욱 操心되오니 藥物은 絶禁하심이 可하오며 連하와 侍奉이 安吉하옵소서

62번

友人의 生女를 賀함

芝宇를 未接한지 旬朔이 忽逾하야 鄙吝의 氣가 復萌함을 不覺이로이다 昨宵에 忽然夔宿ㅣ 德門에 垂輝함을 見하고 天象이 垂照함을 自賀하얏드니 吾兄이 果然瓦慶을 得한 時라 俗에 半喜라 稱하되 弟난 全奇라 賀하오

니 兄은 尤當愛之하실시라 遙祝하오며 近祺를 幷請하노이다

答

巖瞻이 正切터니 珠玉의 寵頒을 忽承하오니 懼忭을 不勝이로이다 但
人間生育은 男女의 等數가 平均을 求함은 天翁의 造化이라 男을 得하야도
猶可喜也오 女를 生하야도 足可喜也니 男女之生에 次等의 愛가 豈有하리
오 設使等分이 有하다 할지라도 此난 人力所不能이니 生男을 不重하고
生女를 重히 한다 함도 此亦戲談에 不過하나이다 伏唯調安하옵소서

65번

友人의 女卒業을 賀함

離亭落月과 南浦停雲에 相思ㅣ 無盡하야 忉怛이 徒增이나 魚雁이 落落
ㅎ야 音問을 莫憑터니 今朝에 某社雜誌를 閱覽하다가 芝宇를 對한 듯
欣喜自若이온중 令愛의 芳名이 某女學校 第三回 卒業生에 在함을 見하온
지라 玆에 馳賀하오며 臨風依依하노이다

答

景仰이 方殷터니 靑鳥가 飛來하야 寶箋을 傳함을 忽承하오니 欣忭欲舞
오며 女兒난 今期에 修業을 卒하얏스나 高等課를 敎授하려 하되 以上의
學校난 此邊에 不在함으로 遺憾이오이다

69번

友人의 嫁女를 賀함

令愛의 于歸에 其苦가 何如하오닛가 竹筍와 練裙은 古道이오 百輛과
諸姊난 今俗이니 道를 從하면 情에 不忍한 바이 多하고 俗을 從하면 勢에

不逮한 바이 多할지라 兄은 斯二者에 節約하야 收用하소서
福祉를 馳候하오며 遐祝을 無任하노이다

答

惠寄하온 琅函을 展悉하오니 良感을 不勝하노이다 昔에 宋范正公의 子
ㅣ 婦를 娶할새 羅幬의 盛함을 聞하고 不悅曰 吾家난 本來 淸貧하거늘 엇
지 家法을 亂케 하리오 至하면 庭에 燒하리라 하니 此事난 尋常輩의 行할
바이 아니로다 項者에 女를 送할새 時人의 簡約한 禮를 從하야 婚式은
禮拜堂內에서 擧行하고 長老敎牧師로 婚을 盟케 하고 來賓은 鮮華料理店
으로 招待하얏사오니 此ㅣ 비록 俗을 從함이나 先人의 禮法을 亂히 함이
오니 呵呵로이다

○ 김천희, 『석자부음 최신금옥척독』(광한서림, 1929)

19번

祖母在家寄孫

暮年餘生이 惟以汝在家承懽으로 專爲所樂矣러니 一自出門으로 悵然失心
貌如失하야 動靜語黙에 無處寓懷하니 永日寥寂에 自憐自憐이라 卽問客狀
이 安吉하고 館舍가 不用艱辛謂艱難辛苦 耶아 汝之氣質이 本是虛弱하고
食性이 亦甚淺短하야 惟憂論語云父母惟其疾之憂夜慮가 無時不切하니 近日遞信
이 無處不傳인즉 種種付書하야 以慰我懸懸之心이어다 不具하노라
年月日 祖母

20번

모 재가 기 자
母在家寄子

自汝離家로 花謝葉茂한대 何無一字書信하야 使我鬱念에 朝夕倚門상주
견하야 寢食이 靡甘하니 於汝心에 得無戀親之情耶아 恨矣恨矣라 伊來에
客狀이 連吉하고 生意가 稍有微效耶아 少年經紀獨言經營를 務要老實老成信實
하야 毫末之細라도 惜之若興薪孟子云一興薪,言重也하고 涓埃之微涓滴塵埃,猶言細
微라도 聚以成山海하야 務圖成家하야 得於後日에 共享安樂하면 父母嘉悅
이 尤當何如오 願兒난 切記하야 毋負至囑하라 不具하노라

21번

父主前上答書 (父在家寄出嫁女)

久離膝下와 屺岵詩傳云,陟彼屺兮,瞻望父兮,陟彼岵兮,瞻望母兮之情이 去益突切言深
切이압더니 伏承下書하와 憑伏審
氣體候ㅣ 安康하시고 慈節이 一安하오며 諸度均泰하오니 伏慰且喜오며
女息은 尊堂堂謂舅姑이 一安하시고 身亦好在하오니 伏幸이외다 嚴諭난 敢
不祗奉이릿가 執玉奉盈禮記云,孝子,如執玉,如奉盈을 恒思戒懼오며 孝友悌順을
惟恐不及이오니 勿致過慮하소서 餘伏祝對時萬安이오며 不備上白하노
이다

22번

母寄出嫁女

向於玉潤樂廣,女婿衛价,人謂玉潤來見에 槪探安信하고 伊后日富言多日에 此心
이 耿耿이라 未認近頃에 侍奉이 平順하고 大度俱安否아 恒庸致念이라 此
中은 上下均慶이라 出涕飲瀾詩傳云,出宿于涕,飲餞于涕,言嫁也가 縱云遠行註見上이
나 歲華歲色已改하고 春序又暮하니 言告師氏하야 得有歸寧詩傳云,言告師氏,言

告言歸,害辭害否,歸寧父母之行耶아 舐犢註見上情私가 戀戀益深이라 留不具하
노라

慈主前上答書

一自拜辭後로 條忽光陰이 歲華又新하온대 憑伏審
兩堂氣體候ㅣ 萬安하시고 羣兄諸姪이 俱得安侍하오니 伏不勝欣幸이오
며 女息은 親候粗安하시옵고 身亦無頉하오나 伏奉慈諭하와 陟岵註見上之
情을 益復難抑이압고 望雲註見上之懷가 尤爲如結이오니 敬當告歸註見上하
야 以伸孺慕猶言赤子之慕之忱호리다 伏惟下鑑이오며 不備上答하노이다

23번

祖母寄出嫁孫女

施衿結帨가內則云,女子之嫁,母,施衿結帨以送條經裘褐謂經冬經夏이라 我懷繾綣謂
情緖延棉不絶에 何日忘之아 況汝天賦慧悟謂慧黠伶悟하고 至誠孝悌하야 前日使
我時에 養志養口을 靡不供職하며 扶我杖屨하야 以便戶庭之行하고 問我
飮食하야 以適甘旨之供하며 永夜無寐에 講稗說小說而怡心하고 微疴在身
에 進藥餌而回陽謂快差하야 此生餘年을 伏汝賴러니 今旣遠行註見上에 何
愴如之아 然이나 移事我之誠하야 以事舅姑則誠孝之極이 奚啻陳歸陳孝婦,其
姑無齒,乳其姑而享壽리오 用是切望이며 姑留오 不具하노라

祖母主前上答書

生成撫育을 特蒙慈愛하압고 區區微忱이 未伸反哺慈烏曰孝烏,長則反哺其母이
오니 嶽積之罪난 擢髮難數오며 雖緣有行詩傳云,女子有行이오나 切切愴慕가
日深時增이압더니 反覆諭示가 宛如承顏이오며 伏承審霜沍에
氣體候ㅣ 萬康하시고 父母俱安하오니 伏慰無任之至오며 孫女난 省狀이

姑保하오니 伏幸何達이릿가 蚕繰謂蠶繢가 已爲告功이압고 禾稼가 方今
登場이압기 一襲衣와 一筐餌를 伏呈하오니 服之若燠寒之問謂問衣燠寒하시
며 啗之如含弄漢馬皇后曰含飴弄孫,不復關政之喜하시면 身雖在外나 心可伏慰오
니 下燭을 伏望이오며 不備上達하노이다

24번

舅主前上答書 (舅寄子婦)

久曠之餘에 伏承下書하와 憑伏審邇來에
氣體候ㅣ 一向萬安하시니 伏慰區區無任下誠이오며 媳은 親節이 幸安이
압고 産後免恙하와 眠食이 一依오며 乳道난 僅可繼哺이압고 幼兒도 充實
好在하와 舅姑兩位의 嘉悅字幼言慈愛之恩이 及於微身하오니 伏不勝感激之
至오며 下賜銀은 伏受오이다 留不備白하노이다

25번

姑寄媳子婦

歸寧註見上後에 侍況이 平廸否아 爲念願聞이라 老姑난 自賢婦送歸後로
食息之節이 甚不適宜謂適口宜身하고 且中饋周易謂,無收遂,在中饋,貞吉無人하야
一任婢僕輩濫猾謂濫費姦猾하니 隨速言旋詩傳云,言旋言歸하야 以慰懸念하라 且
兒子가 緣游學而尙未來覲謂覲親하야 左右ㅣ 甚寂廖이라 餘不具하노라

姑主前上答書

拜辭閱月하와 下懷伏鬱이압더니 伏承下諭하오니 伏不勝罪悚之至오며
憑伏審氣體安康하시고 舅主近節이 一安하시니 伏喜且慰오며 子婦난 家嚴
이 近在患席하사 迎醫試劑에 姑未奏效謂未有差道이압고 多日彌留謂遲緩하시
와 不能離側이오니 曠省謂定省久闕祗望恕燭이오며 餘不備白하압나이다

378

26번

妻答夫 (夫在外寄妻)

夫君別後로 屈指三載라 室邇人遠에 寸心千里러니 奉接手織하야 知旅淸
泰하시니 擧家甚喜며 但思臨行時囑語를 拳拳服膺中庸云,拳拳服膺而勿失하야
不敢有違어날 今又誨示殷勤하시니 人雖豚魚周易云,孚及豚魚나 豈不孚及이릿
가 堂上供旨를 克盡誠孝하고 膝下子女를 嚴加敎育하고 家間凡務를 須要整
理謂整齊料理호리니 毋勞遠慮하시고 客外風霜에 加餐進食自愛하야 毋貽
父母之憂하시며 經營이 稍遂어든 卽賜回駕하사 奉侍雙親하고 敎誨子女하
며 團聚一室하야 共享安樂하소서 万祈珍攝謂自愛調攝이며 不備하노이다

27번

答 (姪在外上伯叔母)

分離閱月에 書面이 久阻하야 此懷가 甚鬱터니 獲接手墨하야 知照旅況
이 近好하니 稍慰渴望이라 吾난 惟以渾室無警으로 爲幸이라 書示는 一切
閱悉이며 迷난 年雖學樂禮記云,十三學樂이나 貌儀未成이 便同幼兒故로 姑
留膝下하야 但受家訓하고 且汝之伯父主가 尙不肯送入學校故로 未得起送
하니 稍待一二年長成하야 期欲赴校受學이며 恩恩不具하노라

28번

答 (夫弟在外上兄嫂)

一自少郞의 遠離親側으로 高堂謂親堂懸念이 時日尤深하시니 在下情私가
尤切悶迫이러니 際承惠函하야 謹審
旅體護旺하시니 慰副願言이오며 兄嫂난 舅姑兩堂이 近候一安하시고
大小均廸하오니 伏幸이오며 爲媤子稱之婦之道에 誠孝事親은 當然底道理오
나 孝誠이 淺薄하와 定省註見上之節에 未克養志하고 供旨謂供養甘旨之方이

不得適宜하와 恒切罪悚이오며 祇加戰兢戒懼貌이온대 有此諭示하시니 不勝

汗顏言愧也이오이다 旅外游學이 不甚受苦이신지 万祈保嗇卽保重하사 毋貽

親憂하소서 不備答上하노이다

32번

自余離家로 日邁月征詩傳云,我日斯邁,而月斯征하야 堂上懸念을 未克侍慰하니

不肖何似며 罪悚何旣旣,盡也아 少可行者난 惟汝侍側하야 作弄雛之戲老萊子,

年七十,着五色斑爛之衣,弄鳥雛,作戱於親側하야 以悅親志하고 獻哺鳥之誠註見上하야

以供親旨하리니 何喜何感가 家兄은 仕務가 一層苦劇하야 早進晚退에 無

暇良苦라 女子讀本一冊을 賚寄하니 針線餘暇에 黽勉讀習則 亦爲閨範之裨

益이니 常目在之하라 留不具하노라

답

答

拜辭以後로 魚雁이 阻隔하와 徒切瞻慕이압더니 伏奉下書하와 憑伏審

旅體候ㅣ 万安하시니 伏慰無任하오며 小妹난 侍奉無警이오니 伏幸何達

이릿가 下送教科書난 間暇畧涉이온즉 修身規模가 綜詳正當하와 可謂女子

模範이오니 從後에 又有此等書册이어든 勿忘購寄하심을 伏望이오며 不備

上答하노이다

36번

答 (外孫上外祖母)

骨肉之情이 到老益深하야 朝夕依望이 無時少弛러니 今見書信에 未遑來

見하니 勢所使然이나 悵則難名이라 第念客況이 經歲做好하니 爲幸이며

所工은 如是喫緊하니 聞甚嘉悅이라 異日成功에 立身揚名謂立身揚名,以顯父母

이면 吾家榮耀가 亦復不淺이라 留不具하노라

38번

答 (甥姪上外叔母)

茂陰이 肥綠한대 渴想이 際切터니 幸接來信하야 備認

侍履淸和하고 諸節이 一安하니 慰喜沒量이라 迷兒所工은 侍君勉勵하노

니 勿以幼年等棄謂等閑棄置하고 耳提而諄諭하며 面命詩傳云,非面命言捉其耳而篤

課하라 非食惡衣論語云,大禹,非飮食而惡衣服난 自是士子輩本色이니 豈可掛念이

리오 然而城市契活謂生活이 常患不贍謂不足이어날 一口添累가 不勝難安이

라 雉鷄十首와 燒酒三壺를 付送하니 哂收也하라 姑不宣하노라

40번

答 (內姪上姑母)

山積阻懷가 與秋俱深터니 卽接手緘하야 備認省履安勝하고 合眷이 何幸

如之아 姑母난 姑無現頉而惟以兒曹供喜로 爲消遣耳라 寄來蚕繭은 品質이

果鮮潔하니 非土産謂本土所産可比라 多感多感이라 留不宣하노라

44번

姨姪上姨母

昨春拜辭가 忽復十數月矣라 悵慕不已오며 伏不審此時에

氣體康泰하시고 姨從妹도 亦得安侍否잇가 伏祝區區오며 姨姪은 慈主近

節이 以痰咳靡寧하시니 焦悶度日이오이다 伏念姨從妹난 今年十餘歲에 但

以膝下承歡으로 必無學業이니 現時난 女學界가 大爲發達하야 婦人女子라

도 如無學問이면 未免近禽之歎孟子云,逸居而無敎則近於禽獸이오니 秋期開學에

幸須勸送于女學校하사 使之受業이 若何잇가 專此不備上達하노이다

答 (姨姪上姨母)

2
22

一別이 許久하야 幾乎相忘이러니 匪意見書하니 少尉渴懷라 備認

湯節이 近以咳崇欠和하시니 縱然老人例症이나 遠外獻慮가 尤切憧憧이

라 惟吾同胞의 餘年이 無多어날 久未面奉하니 豈不悵歎猶言愴缺가 示意난

女子之行이 無非無宜에 議在酒食之間詩傳云,無非無宜,推酒食是議이오 且有姆教

謂女師之敎하니 在家에 善事父母하고 有行謂嫁也에 孝養舅姑而已라 姙姒周太

任,太姒之德과 馬鄧漢馬皇后,鄧太后之賢이 何曾經由學校하야 千古稱美耶아 切

勿以我言으로 泥膠卽固執不通口意舊習而反爲譏笑하라 恩恩不宣하노라

47번

岳母寄婿

北風이 栗烈詩傳,云二之日栗烈,言十二月之寒하고 朔雪謂北方寒雪이 侵凌한대

時時懷想이 有倍常品謂常時이라 際茲에

侍節이 錦護하고 渾眷이 均禧否아 爲溯爲溯라 聘母난 每到寒節에 咳喘

이 益肆하야 叵耐謂不堪其苦오 且念女兒의 幼年弱質을 送納尊門에 姆教師謂

女之敎全昧하고 婦道未嫻謂未得嫻熟하니 多少內政을 何以勝堪인지 晝宵爲慮

라 望賢壻난 敎之而成德하고 導之而就方則恩同海濶이오 感深草結左傳云,

魏顆,獲杜回,初,武子有嬖妾,武子謂顆曰必嫁,若病則必殉,及卒嫁之,後及戰,有老人結草推鋒,

以亢杜回故獸之,此內女之父鬼,感而報恩이니 萬加曲諒하라 歲除祗隔故로 玆將菲

物謂薄物하야 以資元旦辛盤謂五辛盤之需하니 惟希哂存謂笑納이며 胡草오謂略草

不旣旣,盡也하노라

주요 척독집 소재 척독 필요론

○ 현채, 『척독대성』(대창서원, 1917) 중간 예문 부분 (상편, 62~63면)

孫奉書祖父　告以能寫短札

祖父大人膝下, 孫現能寫一小篇短札, 冀博得

祖父快心, 未審

大人果然歡喜否, 此後孫擬寫一簡明書信, 伏呈, 欲以驗漢文造詣如何, 肅此虔叩

福安伏乞, 垂鑒

月日　由某學校寄宿舍小孫　名上書

孫이 祖父끠 奉書홈 短札을 能寫홈을 告함

祖父大人膝下에 跪稟ᄒᄂ이다 孫이 現에 一小篇短札을 能寫ᄒ와

祖父의 快心을 博得코자ᄒ大人끠셔 果然歡喜ᄒ시올ᄂ지 此後에 孫이 一簡明ᄒ 書信을 寫ᄒ야 伏呈ᄒ와 漢文造詣의 如何를 以驗코자ᄒᄂ이다 肅此ᄒ와

福安을 虔叩ᄒ옵고 伏乞垂鑒ᄒᄂ이다

月日　由某學校寄宿舍小孫　名上書

할아버지께 올립니다. 제가 지금 한 편의 짧은 편지를 써서

할아버지의 쾌한 마음을 얻고자 하니

대인께서 과연 기뻐하실지 모르겠습니다. 이후에도 제가 한 편의 간명한 서신을 써서 엎드려 바쳐 한문 조예를 쌓았는지 여부를 이로써 시험

하고자 합니다. 이에 공경하며

복안을 두드리고 엎드리건대 봐주시기를 바랍니다.

祖答孫 論漢文

見汝書信, 足徵汝之工夫比前頗進, 慰甚甚, 近來各學校學生, 於新學問果有成
效, 又其雄辯古談足以壓伏世人, 然至於漢文全不留心, 家內及朋友間短札, 語句
全不成說魚魯不辨, 又字畫荒拙걸 誤, 不堪寓目, 設令此人, 出而立於朝廷及社會,
其全無漢文, 惟但以口舌及皮相之學, 能濟事乎, 昔日拘泥漢文不曉世事, 今則并
此而亦棄之, 作書時心中事不能宣吐, 便如啞者食蜜, 其愚眞不可及汝愼勿效尤,
校科餘暇, 須致力於漢學, 漢學成, 其他諸學亦易與矣, 姑此不一, 竚觀來效

月日 祖書寄孫某

祖가 答孫홈 漢文을 論홈

汝의 書信을 見ᄒ니 足히 汝의 工夫가 比前頗進홈을 徵홀지라 慰甚甚이다
近來各學校學生이 新學問에ᄂ 果然成效가 有ᄒ고 쏘 其雄辯古談이 足히 世
人을 壓伏ᄒ나 然이나 至於漢文에ᄂ 全不留心ᄒ內及朋友間短札에 語句가 全
不成說ᄒ고 魚魯를 莫辨ᄒ며 쏘 字畫이 畫荒拙걸 ᄒ야 寓目키 不堪ᄒ니 設
令此人이 出ᄒ야 朝廷及社會에 立ᄒ면 其漢文이 全無ᄒ고 惟但히 口舌及皮
相의 學으로 能히 濟事ᄒ깃ᄂ냐 昔日에ᄂ 漢文에 拘泥ᄒ야 世事를 不曉ᄒ
더니 今에ᄂ 幷히 此신지 棄ᄒ야 作書時에 心中事를 能히 宣吐치 못ᄒ愚ᄂ
眞不可及이라 汝ᄂ 愼히 效尤치말고 校科餘暇에 須히 漢學에 致力ᄒ學이
成ᄒ면 他學이 쏘ᄒ 易與ᄒ리라 姑此不一ᄒ고 來效를 竚觀ᄒ다

네 서신을 보니 너의 공부가 전에 비해 좀 나아갔음을 족히 보여주니
매우 위안이 된다. 근래 각 학교의 학생들이 신학문에는 과연 성취한
효과가 있어 그 웅변 고담이 족히 세상 사람들을 놀라게 한다. 그러나
한문에 대해서는 전혀 마음을 두지 않아서 집안 내의 서찰에서 친구 간

의 편지까지 어구가 말이 되지 않고 어로(魚魯)를 분별하지도 못하며 또 글씨의 자획은 거칠고 졸렬하며 틀리기까지 하니 눈 뜨고 볼 수가 없다. 이런 사람이 설령 조정과 사회에 나아간다 해도 한문에 전혀 무식하니 다만 입으로만 하는 피상적인 학문으로 능히 일을 처리하겠느냐. 예전에는 한문에 얽매여 세상사를 밝게 알지 못했으나 지금은 이것을 버리는 데 이르러 편지를 쓸 때 마음속의 일을 다 꺼내 말하지 못하고 벙어리가 꿀 먹은 모양과 같으니 그 어리석음이 진실로 다 미칠 수가 없다. 너는 이런 어리석음을 따르지 말고 교과를 배우는 여가에 모름지기 한학에 힘을 다하여라. 한학을 이루면 다른 학문은 또한 쉽게 이루어질 것이다.

勸學尺牘

尺牘, 人之舌, 人而無舌, 言語不能, 言語不能, 交際不能矣, 如此則何以立於人類社會, 此尺牘比於舌, 尤爲喫緊, 卽啞者雖不能言, 如能於尺牘, 可以代舌而通情意, 故文明國人, 卽自童穉, 先學尺牘矣 尺牘은尺札也니 言札之盈尺耳라

尺牘을 勸學홈

尺牘은 人의 舌이라 人이 無舌ᄒ語를 不能ᄒ語를 不能ᄒ際를 不能ᄒ지니 如此ᄒ면 엇지 人類社會에 立ᄒ리오 ᄯᅩ 尺牘은 舌에 比ᄒ야도 더욱 喫緊ᄒᄂ니 곳 啞者가 비록 能言치 못ᄒ나 만일 尺牘에 能ᄒ면 可히 舌를 代ᄒ야 情意를 通홀지라 故로 文明國人은 곳 童穉브터 尺牘을 先學ᄒᄂ이다

척독 배우기를 권함

척독은 사람의 혀이니 사람이 혀가 없으면 말을 할 수 없고 말을 할 수 없으면 교제를 할 수가 없으니 이러면 어떻게 인류사회에 서겠는가. 또 척독을 혀에 비해봐도 특히 긴밀하여 벙어리가 말을 할 수 없어도 척독에 능하다면 혀 대신 마음과 뜻을 통할 수 있다. 이 때문에 문명국 사람들이 어린아이 때부터 척독 배우기를 먼저 하는 것이다.

答

世人謂尺牘不足學, 等棄不顧, 至於老士宿儒, 能於詩賦表策, 而知舊間一札不通其情緒者多, 然則胸中雖有万言, 將焉用之, 謹遵來敎, 當黽勉於此也

答

世人이 謂호되 尺牘은 不足學이라호고 等棄不顧호야 至於老士宿儒가 詩賦表策에는 能호나 地久間一札에 其情緒를 不通호는 者多호니 然則胸中에 비록 萬言이 有혼덜 將焉用고 來敎를 謹遵호와 當히 此에 黽勉호리이다

답

사람들이 척독은 배우지 않아도 된다고 하면서 버려두고 돌아보지 않아 나이 지긋한 선비와 유자들도 시부와 표책에는 능하지만 친구 간의 서찰 한 편에는 그 마음을 통하지 못하는 자가 많습니다. 그러니 마음속에 할 말이 만 마디 있은들 장차 무엇에 쓰겠습니까. 삼가 내려주신 가르침을 따라 마땅히 이에 힘쓰겠습니다.

○ 노익형, 『주해부음 신식척독』(박문서관, 1920)

8번

現今札翰은 前日로 不同하야 鮮漢文을 互用함으로 其制作이 極히 容易하거늘 一次도 自手心劃은 得見치 못하니 此는 札翰方法에 用力하지 아니한 所以라 可歎可歎이로다 無常時로 應用하는 此例를 若一向歸諸不知하고 等閒看過하면 後將奈何오 汝須用力于此하야 爲先家間往復은 他人을 依賴치 말지어다 汝祖의 此言이 送汝客地하고 頻頻히 聞信코자함만 아니오 汝의 來頭를 憂慮하는 것이니 銘心勿忘也하라

지금 서한은 과거와 달라 조선어와 한문을 섞어 쓰니 쓰기가 극히 쉬

운데도 한 번도 스스로 손으로 쓴 글을 받아볼 수 없으니, 이는 서한 쓰는 법에 힘을 쓰지 않았기 때문이니 탄식할 만하다. 아무 때나 응용하는 이 형식을 매양 모르는 채로 등한시하며 간과한다면 나중에 장차 어찌할 것인가. 너는 모름지기 이에 힘을 써서 우선 집안에 보내는 왕복서한은 남을 의지하지 마라. 네 조부의 이런 말이 너를 객지에 보내고 자주 서신을 받고자 해서가 아니라 너의 앞날을 걱정하는 것이니, 명심하고 잊지 말도록 하라.

답서

不肖孫이 於札翰方法에 不無致力이오나 校中通學에 餘暇가 無하와 有意未伸이오나 自今以後로는 當加意用力하와 凡於札翰에는 親疎를 不拘하압고 他人을 依仰치 아니코자 하오니 物心過慮하심을 千萬伏望하압나이다.

불초한 손자가 서한을 쓰는 법에 힘쓰지 않은 것은 아니나 학교 통학에 여가가 없어 뜻이 있어도 펴지 못했습니다. 그러나 지금 이후로는 마땅히 뜻을 더하고 힘을 써서 서한을 쓸 때는 친하거나 멀거나에 상관없이 타인을 의지하지 않으려 하니 과히 심려하지 마시기를 엎드려 비옵니다.

28번

大抵今日則與前殊異하야 郵便이 發達된 故로 海陸을 勿論하고 消息을 傳하기 風雷와 如하니 雖云家累에 纏綿되야 暇隙을 乘하기 難할지라도 數數寄信하야 俾解耿結之懷가 如何如何오

무릇 오늘날은 전과 달라 우편이 발달되었으니 해륙을 물론하고 소식을 전하기가 풍뢰와 같다. 비록 집안에 얽매여 있어 틈을 내기 어렵더라도 자주 서신을 보내 회포를 푸는 것이 어떻겠는가.

38번

控挽近尺牘의 完全한 者이 鮮하옴을 慨歎하와 非敢曰能이오나 公餘의 暇
隙을 乘하와 現今普通의 尺牘一部를 抄選하와 計將刊行이온바 吾兄의 大作
을 頭戴하오면 價增萬倍이압기 冒悚仰呈ㅎ오니 頭眉를 俯覽하신後 或可允
諾下筆否아

요즘 척독 중에 완전한 것이 드문 것을 개탄하여 감히 능력이 되지
않으나 공무의 여가에 틈을 타 현재 보통의 척독 한 부를 뽑고 가려 장차
간행하였으니, 우리 형의 크신 글을 권두에 실으면 그 가치가 만 배나
높아질 것이기에 아뢰기 두려우나 우러러 바치오니 처음부터 끝까지 살
펴봐주신 후 혹 가히 글을 내려주시기를 허락해주시겠습니까.

답서

貴著尺牘은 可謂現今札翰界之指南이라 不煩不撓하고 不濫不畧하며 溫而麗
하고 簡而詳하야 頗得古人之體하오니 秋水蘇黃이 不能遠過于此라 札翰界에
無限한 歡迎을 受하실 豫料하오며 至於序文하야난 篇首에 放光者이라 淺見
薄識으로 엇지 能히 萬一을 襃揚하오릿가마는 戒意勤摯하심으로 汚佛之罪
를 不顧하압고 數行의 蕪辭로 僅玆塞責하오니 裁諒揷入하압소서

귀하께서 지은 척독은 가히 지금의 서한계의 지남철이라. 번다하거나
어지럽지 않고 넘치거나 소략하지 않으며, 문장이 부드러우면서 아름답
고 간이하면서도 자세하여 고인의 문체를 얻었으니 맑고 깨끗한 소동파,
황정견의 문체가 여기서 멀지 않은지라. 서한계에 무한한 환영을 받으
시리라 예상하오며, 서문에 대해서는 책의 앞머리에서 빛나는 것이라
비천하고 얕은 견식으로 어찌 능히 만에 하나라도 제대로 드높이겠냐마는
뜻을 경계하고 부지런히 힘쓰심으로 더러움을 털어내는 죄를 돌아보지
않고 몇 행의 거친 글로 이에 책임을 겨우 다하니 재량하여 삽입하소서.

○ 지송욱, 『부음주석 신식금옥척독』(신구서림, 1923)

54번

友人의게 序文을 請하난 書

弟난 近日에 古人簡牒을 許多考閱하니 劉弘書의 丁寧款密과 徐湛之의 音詞 流暢은 非後學의 可及이오 餘外로 上에 久別離를 言하고 下에 長相思를 言하면 足矣라 하나 此난 千里面談을 不可詳陳이오 兩人心事를 不可說道라 尺牘一冊을 忘拙搆蕪하야 今始編成에 將欲刊行하니 婦女童穉와 樵夫牧竪라도 旨意를 自解하야 瞭然無疑할지라 兄高手로 斥正을 另加하시고 序文一度를 製付하시면 左思의 三都賦와 如하야 都下紙品이 高價에 至하고 方外發售도 三倍에 增하리니 勿斬唾玉하소서 不備上하노이다

아우는 최근 고인의 서찰집을 다수 상고하여 살폈으나 유홍[44] 서찰의 은근하며 간곡함과 서담지[45]의 음사의 유창함은 후학이 미칠 바가 아니지요. 다만 위에 오래 헤어짐을 말하고 아래에 길게 그리워함을 말하면 족하다고는 하나 이는 천리나 떨어져 말하는 것을 자세히 늘어놓을 수 없고, 두 사람의 심사를 다 말하지는 못합니다. 척독 한 책을 망녕되이 엮어 지금 편찬을 시작하여 장차 간행하려는바, 부녀와 아동, 초부와 목동이라도 대강의 뜻을 스스로 해득해 분명하게 의심이 없게 하려고 합니다. 형의 높으신 실력으로 날카로운 교정을 더해주시고 서문 한 편을 지어주시면 좌사의 삼도부와 같아서 도성의 종이값이 배에 이르고 방외의 주문도 세 배로 늘어날 것입니다.

---

44 진(晉)나라 형주자사였던 유홍의 편지가 매우 간곡하여 누구나 감동시켰다고 함. 그의 편지 한 장에 어디나 잘 통하여 십부종사(十剖從事)보다 낫다고 했다.

45 남조 송 무제의 사위이자 문제의 처남. 회계공주의 남편이었다. 글을 잘 썼으며 문제가 깊이 신임했다.

답서

兄以倚馬之才와 江河之文으로 著作之癖이 愈往愈健하야 有此撰述하니 一
見上下에 文法이 備而詳하고 辭意가 款而曲하고 旨義가 瞭而暢하야 眞可謂
酬世錦繡오 應人金玉이라 千里面談이 存於尺書하고 兩人心情이 盡於一幅하
니 此난 彌衡의 盡人腹中之欲言也로다

형의 뛰어난 글재주와 유장한 문장으로 저작하는 취미가 더욱 왕성해
져서 이를 찬술하였습니다. 한 번 앞뒤를 보니 문법이 갖춰졌으되 자세
하고, 말뜻이 정성되면서 곡진하고, 그 뜻이 분명하게 진술되었으니, 진
실로 세상에 수응하는 금낭이며 사람을 대하는 금옥이라 할 만합니다.
천 리에 얼굴을 맞대고 이야기함이 척독에 있고 두 사람의 심정이 한
폭 종이에 펼쳐지니 이는 미형이 가슴속 하고 싶은 말을 다하는 것과
같습니다.

○ 고병교, 『대증보 무쌍금옥척독』(회동서관, 1932)

28번

戚弟가 戚兄의게 하난 書

就白戚弟以消遣的으로 尺牘一部를 編輯하와 將欲刊行이온바 兄主의 序文
一幅을 頭載하오면 價增三倍이옵기 玆敢仰瀆하오니 一次閱覽하신 後에 或
可允諾否아

말씀드릴 것은 아우가 소일거리 삼아 척독서 한 부를 편집하여 간행하
고자 하는바, 형님의 서문 한 편을 책머리에 실으면 그 값이 세 배가
될 것이기에 이에 우러러 바라오니 한번 살펴보신 후에 혹 하실 수 있는
지 허락해주시지 않겠습니까.

答書

貴著尺牘은 正襟披閱에 夜以繼日하고 忘寢廢食하야 首尾一週日에 不知困不知勞하오니 可謂現代尺牘에 第一位를 占領하올지라 此尺牘을 著述하시고 美愼이 全快하섯슬지라 健賀非輕이오며 至於序文하야난 篇首放光者어늘 蕉辭拙筆이 汚佛之罪를 未免하올지라 何敢當也이리오마난 勤敎鄭重하심으로 畧搆數行하야 僅玆免責하오니 裁諒揷入이 如何如何오

답서

귀하게 지은 척독을 옷깃을 바로 하고 펼쳐보기를 밤과 낮을 이어가며 침식을 잊은 채 처음부터 끝까지 일주일간 했는데도 피곤함도 모르겠고 수고로움도 모르겠으니, 가히 현대 척독에 제1위를 차지할 것이네. 이 척독을 저술하시고 병환도 완쾌하였을 것이니 건강을 축하함도 가볍지 않은 일이네. 서문에 대해서는 책의 앞머리에 빛을 더하는 것인데 거친 졸필로 더럽히는 죄를 면치 못할 것이니 어찌 감당하겠는가. 그러나 힘써 정중히 가르치시니 대략 몇 줄을 얽어 보내 겨우 책임을 면하오니 재량껏 삽입함이 어떻겠는가.

○ 이종국, 『무쌍주해 보통신식척독』(덕흥서림, 1930)

2번

父在外ㅎ야 在家흔 子의게 寄ㅎᄂ 書

且日用使用에 第一必要者가 乃是往復書札이니 先爲學習ㅎ되 始自家間往復으로 以至尊丈平交手下에 使用ㅎᄂ 文字의 尊卑와 淸濁을 仔細分揀學習ㅎ라 人之聞見의 有無를 知得코져 ㅎ면 其人의 書札을 見ㅎ면 自可知矣라 父兄이나 尊丈前의 用홀 文字를 平交와 手下에 用ㅎ지 못ㅎᄂ니 大方家 眼目이

有훈 書簡을 留心披閱호야 其起頭와 安候의 例를 最緊熟習호고 自餘措語는 隨事記錄則可無妄發之嫌矣리니 勉之勉之호라

매일 사용하는 제일 필요한 것이 왕복 서찰이니 먼저 배우고 익히되, 자기 집안의 왕복 서찰로 시작하여 어른, 평교, 아랫사람에 사용하는 문자의 존비와 청탁을 자세히 분간하여 학습하라. 사람의 문견이 있는지 없는지 알고자 하면 그 사람의 서찰을 보면 저절로 알 수 있다. 부형이나 어른께 쓸 문자를 평교와 아랫사람에게는 쓰지 못하니 대가들의 안목 있는 서간을 유심히 펼쳐보아 그 기두와 안부의 예를 가장 긴밀하게 잘 익히고 나머지 조어는 일에 따라 기록하면 가히 망발의 혐의는 없게 될 것이니 힘쓰고 힘쓰라.

4번

孫이 在外호야 祖父前에 上호는 書

緣於現世風潮호야 舊代學文은 專無講習故로 日用之間에 最艱者 乃是寒喧書札也라 問答安否를 全昧尊卑호와 決欲學習호야 近買註解尺牘一册호야 始自家庭往復으로 次第鍊習호야 今旣看了過半이외다

현세의 풍조에 따르면 옛 학문은 도무지 익히지 않으니 일상에서 가장 괴로운 것이 안부를 묻는 서찰입니다. 안부 묻는 문답에서 존비를 전혀 몰라 배우고자 결심하고 최근 주해척독 한 권을 사서 가정 왕복서한으로 시작하여 차례로 연습하여 지금 절반 넘게 보았습니다.

答孫兒

往復書札則不可不知이니 着心見習호되 汝之近刊尺牘이 未知何如나 近日刊行훈 所謂尺牘이 擧多不分淸濁호고 以其蒙昧無識之語로 自謂文華라호야 妄加於父兄前호니 可歎이라 若此等尺牘을 學習則反不如不學이니 汝能擇之而去

短取長乎아 大抵寒暄箚은 只是通情인즉 須是面談과 如히 先問安否ᄒᆞ고 次及
因事論議이니 此其大略也라 雖平交間이라도 空然이 江山風月로 虛張文勢ᄒᆞ
야 滿紙長書가 都是若蕩子輩의 戀愛小說ᄒᆞᆷ이 反有害於不曲盡之嫌이거든 況
父兄前에 何敢用此等文字乎아 但事實을 擧ᄒᆞ야 指有爲有ᄒᆞ고 指無爲無ᄒᆞᆯ 而
已오 張皇汗漫之說은 決不可用也니라

왕복하는 서찰은 몰라서는 안 되는 것이니 마음에 두고 보고 익혀라.
네가 본 근간 척독이 어떠한지는 모르겠으나 최근 간행한 소위 척독이라
는 책들이 거의 모두 청탁이 불분명하고, 그 몽매하고 무식한 말로 스스
로 문사가 성한 글이라 일컬으며, 망령되게도 부형께 보내는 말을 덧붙
이니 가히 탄식할 만하다. 만약 이런 척독책을 학습한다면 도리어 배우
지 않음만 못하니, 너는 책을 잘 골라 단점은 버리고 장점을 취하고 있는
것이냐. 대저 안부를 여쭙는 서찰은 다만 정을 통하는 것이니 모름지기
면담과 같이 먼저 안부를 여쭙고 그 다음에 사안에 근거하여 논의를 하
는 것이니 이것이 큰 대략이다. 비록 평교 간에서도 공연히 강산풍월로
헛되이 문장의 기세를 펼치며, 종이에 가득한 긴 편지가, 모두 이것이
방탕한 무리의 연애소설이니 도리어 곡진하지 않은 혐의에 유해함이 있
거늘, 하물며 부형 앞으로 보내는 편지에 어찌 이러한 문자를 쓰겠는가.
다만 사실을 들어 있는 것을 있다 하고 없는 것을 없다 할 뿐이요, 장황
하고 쓸데없는 이야기를 쓰는 것은 결코 불가한 일이다.

8번

從姪이 在外ᄒᆞ야 從叔에 上ᄒᆞᄂᆞ 書

買新刊行ᄒᆞᆫ 尺牘一部ᄒᆞ야 披見ᄒᆞ온즉 學習進步ᄒᆞᆯ 것은 全無ᄒᆞ고 頗有可笑
者ᄒᆞ야 孫이 在外ᄒᆞᆫ 祖父前에 上ᄒᆞ난 書에 云ᄒᆞ면 行次ᄒᆞ옵신 後로 汽笛소
리만 風便에 聞하오면 南門驛을 向ᄒᆞ야 祖父主끠셔 紛紛ᄒᆞᆫ 行客으로 더부

러 同時下車ᄒᆞ셧거니 ᄒᆞ고 疾走ᄒᆞ는 人力車를 次第注目ᄒᆞ오니 油然한 思慕
가 日久月深이라 ᄒᆞ얏스니 如是無聞見ᄒᆞᆫ 人이 肆然著書ᄒᆞ야 稱曰尺牘而賣却
ᄒᆞ니 見此而學習ᄒᆞᆫ 近日學生之全昧文字經緯가 容或無怪라

새로 간행된 척독을 한 부 사서 보았는데 학습하고 진보할 것은 전혀
없고 자못 우스운 것이 있었습니다. 손주가 외지에 계신 조부께 올리는
편지에서 말하길, '행차하옵신 후로 기적 소리만 바람결에 들려오면 남
문역을 향하여 조부님께서 많은 행객들과 함께 같이 하차하셨겠구나 하
고 질주하는 인력거를 차제 주목하오니 유연한 사모함이 날과 달이 갈수
록 깊습니다' 하였으니, 이렇듯 문견 없는 자가 방자하게도 책을 지어
척독책이라고 칭하고 팔고 있습니다. 이런 책을 보고 공부한 근일의 학
생들이 문자 경위에 전연 무지한 것은 사실 이상할 것이 없습니다.

何以則可能解其惑ᄒᆞ고 俾得開導乎잇가 其精詳簡易ᄒᆞ야 雖初學者라도 可
以自曉其尊卑淸濁홀 手簡一冊을 下送이 若何오

어떻게 하면 그 의혹된 것을 풀고 개도할 수 있겠습니까. 자세하고도
간명하여 초학자라도 가히 그 존비와 청탁을 스스로 깨우칠 서찰책을
한 권 내려주심이 어떻겠습니까.

答從姪書
所言手簡本은 別無可取者라 若非舊日先輩之所撮則 全然混淆妄發ᄒᆞ야 晩進
後學이 都無取法之道ᄒᆞ니 是庸可歎이라

말한 바 서찰책은 따로 취할 만한 것이 없다. 옛날 선배들이 모은 것이
아니면 완전히 혼란되고 망발되어 후배, 후학들이 도무지 본받을 도리가
없으니 이는 탄식할 일이다.

大抵書札은 是言語를 替代ᄒ야 通其情意이나 然이나 調用이 各殊ᄒ니 有可以言爲言이 不可以書爲言之語ᄒ고 有可以書爲言이 不可以言爲言之語이라

대저 서찰은 말을 바꾸고 대신하여 그 정과 뜻을 통하는 것이다. 그러나 그 사용을 조율함이 각각 다르니, 말로써 말함은 되지만 글로써 말함은 안 되는 말도 있고, 글로써 말함은 되지만 말로써 말함은 안 되는 말도 있다.

是以로 聞見이 有한 然後에 可矣니 汽笛만 聞ᄒ야도 還次홈을 望ᄒ얏다난 語를 祖與父前에 面白홀 時난 或如是爲言홀 道도 似有矣나 以書如是爲言則此난 文華를 盛飾홈도 아니요 情曲을 表明도 아니오 但無聞見輩의 蒙昧常談에 不過ᄒ지라 寧爲全然無識이언정 所謂此等尺牘은 都不接目이 可矣니 若有購覽者어든 無論何人ᄒ고 說明開導ᄒ야 使之抛棄ᄒ고 須取前人有眼目文字ᄒ야 以爲披閱케홈이 亦是訓己訓人之道이라

그러므로 문견이 있은 연후에 가하니, '기적 소리만 들려도 돌아오심을 바란다'는 말을 조부와 부친 앞에서 면대하여 말할 때는 간혹 이런 말을 할 수도 있지만, 편지로 이런 말을 한다면 이는 글의 화려함을 수식함도 아니요, 곡진한 정을 표명함도 아니요, 다만 문견 없는 무리의 몽매한 대화에 불과한지라. 오히려 완전히 무지할지언정 소위 이러한 척독은 눈을 대지 말아야 하니, 만약 이런 책을 보는 자가 있으면 누구든지 설명하고 개도하여 버리게 하고 마땅히 옛사람의 안목 있는 문자를 취하여 보게 함이 자기와 남을 가르치는 도리이다.

11번

族叔前에 上하난 書

第悚人之處世에 若無家庭聞見이면 言語酬酌과 往復文字가 自多卑陋하야

有眼家嘲笑를 難免이라 是以로 居地를 不可不觀而現今此處난 交通이 便利하고 物產이 豊富하야 生活程度에난 頗有樂觀이오나 日夕趨逐이 只是營利之說而已라

사람이 세상에 나갔을 때 가정에서 배운 문견이 없으면 말을 주고받음과 왕복 서찰에 비루함이 많아 안목 있는 이들의 조소를 면하기 어렵다. 그러므로 사는 곳을 보지 않을 수 없는데 지금 이곳은 교통이 편리하고 물산이 풍부하여 생활 정도는 보기 좋으나 늘상 쫓아다니는 것이 다만 이익 경영에 대한 말뿐이다.

13번

'外祖父에 上하난 書'의 答書

書中所錄事實은 ——詳記하야 完若面接直聞에 頗無疑訝未解者하니 事之成否난 自在次第件事이거니와 文字上所工之得其妙理가 極爲佳償이라 凡於往復時에 猛加研精하야 務從簡易詳明하되 始面起頭方式과 次及起居類順序에 尊卑先後를 自當分別用之也니 此若失其次序하면 陷於無知하야 難免人之嘲笑이니라 昨見所謂新刊行尺牘한즉 甥姪이 表叔에 上하난 書에 先問表叔之安候하고 次問外祖父母安候하얏스니 是其先後倒錯이라 誰某를 向하야 與書하던지 其人의 祖與父가 有하면 先問其祖父安候하고 次及其父母하며 次及其人兄弟하며 次及其子姪家內라야 次第를 不失함이오 至若事由를 書할 時난 元文이 不足하야 不能盡其意할 境遇면 國文을 雜用하야 使人詳知케함이 可矣오 決不可糢糊說去하야 以亂頭緖이니라

서찰에 기록한 사실을 일일이 자세히 기록하여 완연히 면대하여 직접 듣는 것 같으니 의아하거나 알 수 없는 것이 없었다. 일의 성패는 그다음 일에 자재한 것이거니와, 문자상 공부하여 얻은 그 묘리가 극히 가상하다. 무릇 서찰 왕복 시에 열심히 연구하여 간이함과 상세히 밝힘을 힘써

따르되, 우선 기두 방식과 다음 기거류 순서에 이르기까지 존비와 선후를 스스로 마땅히 분별하여 써야 한다. 만약 그 순서를 잃어버리면 무지함에 빠져 남의 조소를 면하기 어려우니라. 어제 소위 새로 간행했다는 척독을 본즉, 생질이 외숙에게 올린 편지에 먼저 외숙의 안후를 묻고 그다음에 외조부모의 안후를 물었으니 이는 그 선후가 뒤바뀐 것이다. 누구를 향하여 서찰을 보내든 그 사람의 조부, 부친이 계시면 먼저 조부, 부친의 안후를 묻고, 다음에 그 부모를 물으며, 그다음에 그 사람의 형제에 이르며, 그다음 자질과 식구들에 이르러야만 순서를 잃지 않는 것이다. 사유를 쓸 때 원문이 부족하여 그 뜻을 다할 수 없는 경우면 국문을 섞어 써서 그로 하여금 자세히 알게 해야 하며, 모호한 말을 제거하여 두서를 어지럽게 해서는 결코 안 된다.

14번

外叔에 上하난 書

就白家庭間往復과 及親戚老少平交에 往復하난 書札格式을 不可不習인 故로 近買一新尺牘하야 方今學習中이온디 其舅甥間往復을 見하온즉 外叔이 甥姪에 答하되 先言甥姪의 安否하고 其下에 自己의 姊氏卽甥姪의 慈親安候를 言하얏싸오니 於渠意에난 如此則先後次序가 似爲錯亂인 故로 如是伏告하오니 下鑑後其經緯를 分析下示하시와 以警迷惑하심을 伏望하나이다

말씀드리건대 가정 간 왕복과 친척, 노소, 평교에 왕복하는 서찰 격식을 익히지 않을 수 없는 고로 근래 한 권의 새로운 척독을 사서 이제 학습 중입니다. 숙질 간 왕복을 보니 외숙이 생질에게 답하되 먼저 생질의 안부를 말하고 그 아래에 자기 누이, 즉 생질 모친의 안부를 말했으니, 제 생각에는 이러면 선후와 차서가 거꾸로 되었으므로 이와 같이 고합니다. 살펴보신 후 그 경위를 분석하여 알려주시고 미혹함을 경계

해주실 것을 바라나이다.

答書

近間書簡工夫에 着意做去云하니 聞甚佳償이라 君之聰明이 本不魯下하고 家庭聞見이 自有범富인즉 若不怠惰持心하고 惟勤勤做得하면 其所成就가 甚是容易이니 益加用力焉하라 舅甥間往復時에 엇지 甥姪의 安否를 先問하고 其下에 其慈親의 安候를 後問하리오 此則無識을 露出하난 書이니 其勿取則하고 雖親族及內外戚의 叔姪間이라도 其姪이 年紀가 老成하면 爲叔者가 不可以行列로 自高하야 凡於文字上措語에 不可太忽이오 畢竟而言之가 可矣오 又不可過敬흥고 必使輕重으로 得當習之를 務望이라

근간 서간 공부에 뜻을 두고 공부한다니 듣기에 매우 가상하다. 군의 총명이 본래 노둔하지 않고 가정에서 익힌 문견이 풍부하니 게으른 마음을 품지 않고 부지런히 공부하면 성취가 매우 용이할 것이니 더욱 힘쓰기를 더하라. 숙질 간 왕복 시에 어찌 생질의 안부를 먼저 묻고 그 밑에 모친의 안부를 나중에 묻겠는가. 이러면 무식을 노출하는 편지이니 그 규칙을 취하지 말라. 비록 친족과 내외척의 숙질 간이라도 그 조카가 나이가 노성하면 삼촌 된 자가 항렬로써 스스로 높일 수 없고 무릇 문자상 조어에도 소홀할 수 없으니 마침내 그렇게 해야만 할 것이다. 또 공경이 지나쳐도 안되고 반드시 경중을 따져야 하니 마땅히 익힐 것을 힘쓰기를 바라노라.

16번

賢從은 素抱篤實之工하고 兼有家庭聞見하니 凡於往復文字에 安有疏略致誤處리오 且多敏活之才하야 著作制裁가 簡易精詳하야 一語一句가 都不虛踈하고 皆曲盡情款故로 令人讀之에 愛償不已하니 今此著本이 足可爲人模範을 豫

爲深信이라

　종제는 원래 독실한 공부를 하였고 가정에서의 문견도 겸하였으니 무
릇 왕복하는 서신 글에 어찌 거칠게 생략하고 잘못에 이르는 곳이 있겠
는가. 또 민활한 재주가 많아 저술한 글의 체제가 간이하면서도 자세하
니 한 마디 한 구절이 헛되거나 소략한 것이 전혀 없고 모두 정과 정성을
곡진하게 하므로 읽는 사람이 아끼고 감탄함을 그치지 못하게 한다. 그
러니 지금 이 저본이 족히 사람들에게 모범이 될 것을 미리 깊이 믿을
만하다.